有爱的青春陪伴者

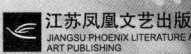

周沅 著

沉溺 上

江苏凤凰文艺出版社

图书在版编目（CIP）数据

沉溺：全2册 / 周沅著. -- 南京：江苏凤凰文艺出版社, 2024. 9. -- ISBN 978-7-5594-8762-9

Ⅰ．I247.5

中国国家版本馆CIP数据核字第2024EM0206号

沉溺：全2册

周沅 著

责任编辑	王昕宁
特约编辑	裴欣怡
出版发行	江苏凤凰文艺出版社
	南京市中央路165号，邮编：210009
网　　址	http://www.jswenyi.com
印　　刷	天津睿和印艺科技有限公司
开　　本	880mm×1230mm 1/32
印　　张	18
字　　数	452千字
版　　次	2024年9月第1版
印　　次	2024年9月第1次印刷
书　　号	ISBN 978-7-5594-8762-9
定　　价	65.80元（全2册）

江苏凤凰文艺版图书凡印刷、装订错误，可向出版社调换，联系电话025-83280257

上　册

第一章　·夏日邂逅·

第二章　·风雨同舟·

第三章　·心动信号·

第四章　·本能吸引·

第五章　·欲念引诱·

第六章　·坠入春夜·

下册 /

283　第 七 章　·陷入失控·

321　第 八 章　·爱与牢笼·

374　第 九 章　·甘愿入局·

421　第 十 章　·束之高阁·

459　第十一章　·我只要你·

494　第十二章　·人间烟火·

558　番　　外　·七夕礼物·

第一章·
夏日邂逅

火车行驶在隧道中，窗外漆黑。

呼啸的风裹挟着寒意从列车连接处的缝隙里挤进了车厢，吹散了长途列车内复杂的混浊。

此趟列车全程二十三个小时，车厢内死气沉沉。

斜对面抽烟区的青年歪靠着车厢，吞云吐雾，手上反复刷着同一条短视频。手机失去了信号，最后一条视频卡在了网红八卦上。

"知名网红嘉鱼大翻车，细数十宗罪……"

向嘉走近车门，寒凉的风透过口罩吹拂到皮肤上。

青年关掉视频，抽完最后一口烟，准备扔掉烟头的时候，抬头往前面看了眼，动作便停住了。

呼啸的风声和火车轨道的撞击声突然清晰地冲击着耳膜，窗外陡然大亮，列车出了隧道。

向嘉抬头，漂亮的杏眸落在灰黄的光下，长而密的睫毛被映成了金色，瞳仁澄净一尘不染。

青年回神，匆忙把烟头扔进了铁质的烟灰缸里。这是个美女，哪怕只露了一双眼睛，其他五官全被帽子口罩遮挡也能看出来。

"溧县即将到站，要下车的旅客请带好随身物品。"列车员拎着钥匙穿过车厢走了过来，看了向嘉一眼，"去溧县？"

向嘉点头拖着行李箱退回车厢，手机"叮叮咚咚"地响起了消息通知声。来信号了。

"你是学生吗？你看起来很小。"对面的青年走了过来，搭讪道，"你去溧县是旅游？一个人？怎么不去大盈古镇？溧县有什么好玩的，破地方。"

"没到站的旅客请回到自己的车厢，不要在出口逗留。"列车员指着青年，"你到站了吗？车票拿出来我看看。"

"没有。"那青年讪讪地往车厢退去，一边走一边不死心地回头看向嘉。

"出门在外不要随便跟人搭话，别被人套信息了。"列车员是个年轻女人，语调温柔，"你一个人去溧县？有没有朋友接你？"

向嘉"嗯"了一声，说道："有。谢谢。"

"注意安全，有什么事喊我们，我会叮嘱同事注意这边。"女列车员做好开门准备，说道，"你可以站过来了。"

列车进站发出绵长而尖刺的长鸣笛，持续了半分钟才停止。向嘉的手机在包里响了起来，她拿出来看了一会儿才接通。

"你在什么地方？今晚的饭局为什么不来？你知道我说了多少好话、找了多少人才求来这个机会吗？你就这么'鸽'了？你现在翅膀硬了是吧？你还想不想在这个圈子混了？"

向嘉在这趟列车上坐了十四个小时，长时间不说话让她的嗓音有些哑："我不在上海，徐总。"

徐宁在电话里暴跳如雷："你现在还有心思跑出去？你真是疯了，赶紧给我回来。我警告你，这是你最后一次机会，秦少那边说了，今晚看不到你，你就得彻底从这个圈子消失！"

"列车已经到站，溧县站停靠时间是两分钟，请下车的旅客带好自己的行李，抓紧时间下车！"随着列车员一声喊，车门"哐当"一声打开，寒风卷进了车厢。

列车员拎着折叠铁台阶挂上了列车,连接上了站台,喊道:"小姑娘,溧县到了,我帮你拿行李。"

"什么'立县'?你跑到哪个鬼地方去了?晚上十二点能赶到上海吗?"

火车的铁台阶又窄又高,脚下轨道一片黑暗。

向嘉看了眼遥远处暗深的山脉,山脊线与天相连,延伸向黑暗尽头。她谢绝了列车员的帮助,踩上窄陡的台阶,用力把行李箱从火车上拖了下去,行李箱重重砸到地面上。她说:"不能。"

说完向嘉立马挂断关机,拖着行李箱走向了出站口。

西南山城,深夜寂静。

峻岭高耸如云,零星路灯亮在其中,照不透刚升起的浓雾,天空在酝酿一场大雨。

破旧的灰色五菱穿梭在盘山公路上,开车的是个苗族姑娘,叫阿乌,扎着两根乌黑的大辫子,戴着蝴蝶纹银饰耳环。

"你叫什么名字?怎么称呼你?"阿乌问道。

"向上的向,嘉庆的嘉,"向嘉看着窗外,车身贴着悬崖飞驰而过,升上了车窗,"向嘉。"

车子在盘山公路上开了二十分钟到溧县,县城高楼林立,异常繁华。车开进广阔而寂静的街道,向嘉才看清繁华灯海后的烂尾楼,孤独地伫立在黑暗中,显得庞大而腐朽。

"我们这里自然风光不比大盈古镇差,三省交汇,中间有著名的溧江。当初政府是想先在我们这儿发展旅游,盖了很多楼,后来发生了一些意外。隔壁大盈古镇又被明星带火了,大家都涌向了大盈古镇。"阿乌单手握着方向盘换挡,车子随着她的动作狠狠颠簸,飞驰向黑暗的尽头,"总有一天,我们这里会发展起来,像大盈古镇一样繁华。"

003

街道尽头有一盏高大的路灯,向嘉借着光看到手表上的时间。

夜里十点。

车又开了接近半个小时才到桐镇,镇上已经没有开门的店铺了。

阿乌客栈在江边,需要走很长的青石板小道下去。向嘉和阿乌一前一后往下走,这条道倒是没有什么变化,十年如一日的陡峭。

走到中途,下起了雨,细雨霏霏,山间小镇寂静,偶尔传来一声狗吠。

梅雨季节,青石板上长满了绿色青苔,经过雨淋变得湿滑。向嘉走得很慢,看着前面拎行李的阿乌影子由长变短,又由短变长。

"这条巷子进去有个四百年历史的院子,本地人带去不收门票。"阿乌一边走一边介绍,"明天我带你去看看。"

雨越下越大,向嘉压低了帽檐,埋着头往前走。转过陡直的墙角,吉他声遥遥响起,是一曲民谣调子,慢悠悠地响在细雨中。

"这是我们镇子上唯一一家酒吧,我们客栈的顾客过去消费打八八折。"阿乌语速飞快地介绍,十分诚恳,"你有时间一定要过去坐坐。"

青石窄巷的尽头,一线江景劈开了天地,两边各自伫立着青瓦灰墙的建筑。左边小楼侧边悬挂着一块饱经风霜的木招牌,手写着四个字:一家酒吧。

招牌漆点斑驳,缠着五颜六色的廉价彩灯,透着不健康的色调。正门在短窄的巷子里,大门半开,里面灯光昏暗。

隐约能看到舞台中央坐了个青年,支着长腿垂首抱着吉他,姿态散漫。

向嘉对这种酒吧不感兴趣,便移开了眼,看向另一边的阿乌客栈:"晚上会吵吗?我不喜欢太吵的环境。"

"晚上十点半关音乐,不会吵到你,你放心。"

阿乌拎着向嘉的箱子踏进阿乌客栈,一个瘦小的老太太小跑过来,一把抓住了向嘉的手臂:"乖乖。"

向嘉吓一跳,还没做出反应,老太太便被阿乌推向另一个方向:"奶奶你认错人了,你赶快去睡觉,不然我要生气了。"

客栈的院子不大，墙角种着一棵茂盛的三角梅，一路从一楼爬到了二楼楼顶，艳色的花开在黑暗中，一部分花瓣被雨打落躺在湿漉漉的青石板上。

阿乌把奶奶推到一楼的房间关上门，又跑回来帮向嘉搬箱子。踏上木楼梯的瞬间，楼梯就发出了不堪重负的"咯吱"声，她一口气走到二楼才停下来歇息。

"那是我奶奶，七十岁了，脑子有些糊涂，偶尔会分不清谁是谁，刚才她是把你当成我了。"

向嘉扶着龙纹精雕木栏杆上了楼，木楼梯上挂着苗绣装饰品，绣工一流，属于上品。小楼远看简陋，内里装修倒是精致干净，空气中飘荡着花香。

"你把身份证给我登记一下，我们这里需要联网登记。这是你的房间，Wi-Fi 密码在门后面。全天供应热水，早餐免费。午饭、晚饭、夜宵的菜单都在床头柜抽屉里，扫码加我的微信点餐。"

向嘉从包里取出身份证递给阿乌，便拎着箱子进了房间。

"你比我大呀？真看不出来，你像是没毕业的大学生。"阿乌一边抄写向嘉的身份信息，一边介绍，"需要陪游直接给我发微信或者去一楼找我，我们这里大部分景点我都能给你拿到优惠价。"

房间是木地板，装修是原木风格，临江的木框窗户上面有大片的玻璃，隐约能看到窗外的方桌和藤椅。隔壁的吉他声也能听见一些，这里的隔音效果一般。

"你的身份证。"阿乌把身份证还给向嘉，抱着登记簿说道，"我住在一楼，有什么事喊我或者打电话，你早点休息。"

向嘉点了点头，接过身份证装回背包，反手关上了门。她摘掉帽子和口罩，关掉房间的灯，推开露台的门走了出去。

江面广阔，山脉辽远。

连绵的山一层叠着一层延向远方，山脊线与天相连。一束光照在江面，滔滔江水与细雨交织，世界开阔。

隔壁响起很重的关门声，向嘉转头看去。

二楼露台恰好能看到"一家酒吧"的正门，穿着白衬衣的高挑男人走出昏暗，来到了光下。他的衬衣松松垮垮，扣子散开，能看到他冷白的锁骨线条。

他停在屋檐下，取了一支烟咬着，垂下眼点烟。随着金属打火机清脆一声响，火光亮起，他也抬起了头。

一张脸落在光下，清绝俊美。

细雨绵绵，酒吧大门彻底敞开，暗色的光照在湿漉漉的青石板路上，显出靡靡。

他手上的火光暗了下去，他咬着烟靠在陈旧的木质雕花栏杆上，半晌才吐出烟雾，一团青烟袅袅。

"林清和，你要一辈子烂在这里吗？"女人暴怒的声音从酒吧里传出来。

"我愿意。"男人终于是开口了，非常好听的声音，很独特，明明被香烟熏染得沙哑，底子却是意外的干净。

"我最后再给你一次选择，跟我回去还是留在这里？"女人从黑暗里走出来，走到了光下。她手里拎着爱马仕大象灰 Birkin 中号，手腕上戴着百达翡丽。黑色深 V 长裙露出脖子上的翡翠，在灯光下散发着金钱的气息。

她保养得极好，从头精致到脚，长得也很漂亮，但能看得出来上了年纪，至少有四十岁。向嘉觉得她有点眼熟，但一时间想不起来在哪里见过。

欺男霸女的戏码让向嘉来了兴致，她转身趴到栏杆上看楼下的闹剧。

林清和的手指修长，骨节分明，拿下香烟虚夹着，漫不经心地轻弹，白色烟灰飘飘扬扬地落在湿淋淋的青石板上，他对面前这一切毫不在意，很随意地敷衍："我选后者。"

"无可救药！"女人扬起手却没有挥下去，她狠狠把手放下，说道，"你真是疯了，我等你后悔那天。把他这里给我砸了，砸干净点。"

向嘉这才看清酒吧里还有个人，是个挺高挺壮的男人。

酒吧的门从里面被关上了，随即响起了玻璃碎裂的声音。风卷着江水扑向岸边，带起了巨大的水浪声，砸东西的声音淹没其中。

男人忽然抬头，猝不及防地跟向嘉对上了视线。

向嘉立刻往后退到了黑暗里。他似乎没看到向嘉，若无其事地移开视线，漫不经心地抽着烟，任由对方砸着他的酒吧。

起风了，夜渐寒凉。

对方应该是砸完了店，高跟鞋踩着青石板路发出的声响渐渐远去。

向嘉背靠着木栏杆，从雕花屋檐的缝隙里看那个男人叼着烟仰头看天。

夜色浓重，天上的云压得很低，酒吧的灯很暗仿佛与黑暗相融。

他的下颌到喉结拉出一条白净清冷的诱人线条，烟雾缠绕着他的薄唇缓慢地厮磨，才朝着天空荡去。

他拿下烟随意地捏在手上，直起身迈着长腿跨过高高的木门槛，走进了酒吧。

雨下得更大了，雨线如织。

远处响起狗吠，江上最后一束光湮灭在黑暗中。

向嘉拿出手机开机，打开了直播软件，十几万条私信一起涌了出来。无数肮脏的字眼像是利箭一样射向向嘉，万箭穿心。

△拜金女今天去爬了谁的床？

△捞女翻车了？也不看看自己的样子，秦朗能看上你？听说你的设计作品也是抄袭的，你还有什么是真的？我以前眼瞎了喜欢过你，真恶心。

△真为女人丢人，不知道自强自立只会攀男人……

△假鱼假鱼，你还有什么是真的？

…………

向嘉猛然转身面对浩瀚江面，寒风卷着江水重重拍击岩石。手机在她的手心里"嗡嗡"振动,不知道谁打电话过来了。

她死死攥着手机,呼吸时胸口会疼。

隔壁"哗啦"一声响。

向嘉转头看去,那个高挑清瘦的男人拎着碎了玻璃的木框架走出了酒吧,他叼着烟,挽起衬衣袖子,右手腕上缠着一串深色檀木小佛珠,显出一种沉静。

玻璃碎得不彻底,打断骨头连着筋,走一步"哗啦"一声。

木框架被扔进了路边的垃圾桶,他修长的手腕一扬,残留的碎片划破了他的手臂,血立刻涌了出来。一串血珠顺着他的手腕甩落。

他对此毫不在意,甩了甩手转身回去,殷红的血顺着他冷白的指尖飞出去,融进了雨夜。

酒吧被砸得乱七八糟很是惨烈,他搬了四趟,大大小小的变形框架以及歪曲的金属物品,还有破碎的玻璃。一个垃圾桶已经盛不下去了,他把碎片堆在垃圾桶旁边。

向嘉看了很长时间,手机还在持续振动,始终没有停。她没有看来电的都是谁,关掉手机,戴上口罩,把房门钥匙装进衣兜转身下楼。

一楼房间里亮着灯,但院子里没有人。

地面湿漉漉的,细雨缠绵。走廊里放着装雨伞的木桶,纸板上写着"需要自取,按时归还即可"。

她取了一把伞撑开,走出阿乌客栈的小院。

男人把最后一箱子玻璃碴放到垃圾桶旁,身上的白衬衣已经湿透,可惜,他里面还穿着一件白色背心,腹肌轮廓只能看到个大概。

他比在楼上看时更高一些,一米八五以上。向嘉斜了伞面看他,他只是懒懒地抬了下眼皮,便转身走回了酒吧。

向嘉握着伞柄,跨过中间的巷子,走到了酒吧门前。墙角的纸板被风吹折了大半,经过雨淋软塌塌地烂在地面。纸板上面"求包养"三个字笔迹洇开,又大又重。

酒吧里响起扫玻璃的声音,向嘉推开虚掩的门,跨过了那道门槛。

"闭店了,明天再来。"林清和背对着门口在扫地上的玻璃碴,对来人没什么兴趣,语调冷淡没有起伏,"营业时间是下午六点到晚上十点半。"

酒吧面积并不小,吧台在门口位置,原本应该是玻璃结构,现在只剩下个木框架。墙上摆着几种酒吧常见的酒,一张手写的酒水单悬挂在上面。

字迹张扬,遒劲有力。

高脚凳倒了一地,男人利落地捡起来摞到一起。

临江的一面窗户,挂着一长串彩灯,摆着四张桌子,木桌和木椅都是固定在地面上,得以幸免。中间是小舞台,光线偏暗,谱架和话筒架都倒在地上,一把吉他断了弦,摔在角落。

"有酒吗?"向嘉合上雨伞,环视四周,找到放伞的水桶便将伞插了进去,跨过地上的狼藉,走到靠窗的位置,拉开椅子坐下。

"闭店了。"男人把手里的垃圾倾倒进旁边的纸箱子里,一声巨响后,他撂下扫把,明显耐着性子,"十点半后不再营业。"

"你打扫卫生不需要时间吗?"向嘉往后倚靠在椅背上,双手插入口袋,扬起下巴说道,"你打扫你的卫生,我喝我的酒。我不需要你的服务,也不挑剔环境。你打扫完,我可能就喝完了,互不耽误。"

男人蹙了冷峻的长眉。

向嘉不为所动,迎着他的目光:"有什么酒?"

他单手插兜,往后退了半步,倚到只剩下框架的吧台上,下颌微微上扬,双眼皮压得很深,眼尾斜飞出去睨视向嘉。

"我喜欢烈一点的,"向嘉的脊背贴着木质椅背,"越烈越好。"

"没有。"林清和随意地指着身后的酒架,"只有雪花和百威。"

"百威。"向嘉说。

"一百元六瓶，喝不完可以免费寄存，付款码在桌上。"林清和绕过破烂的吧台，拉开冰柜取出六瓶酒。他想找酒架，环视四周，酒架被砸得稀烂。他一只手拎起六瓶酒走向向嘉，酒瓶"哐当"一声全落在木桌上。他捡起桌子上的酒瓶起子，撩起眼皮，"开几瓶？"

"全开吧。"向嘉插在口袋里的手指敲了敲手机背面的玻璃，抬眼正对上男人的眼，他没有开酒，只是看着她。

近距离看，他身上的浪荡气没那么重了，他唇色偏淡，眼睛非常干净，睫毛根根分明。

"付钱。"男人长手一捞桌上的立牌，将其摆到向嘉面前，"扫这个。"

向嘉回过神来，酒吧消费是需要先付费的。

她从口袋里拿出手机划开解锁，徐宁的未接来电提醒和一条很长、全是威胁的短信一起跳了出来。向嘉划着手机屏幕跳过乌烟瘴气的信息，扫码付款。多付了五百块，收款语音提示在酒吧里响了起来，她握着手机反扣到桌子上。

"多付的五百是想买我？"男人把玩着食指上的银色宽戒，在灯光下显出冷淡，"我不卖身。"

向嘉震惊，看着面前五官俊美的男人，迟疑了大概有半分钟，开口问道："多少钱你会卖？"

她想知道在同样的境地下，男人会做出什么样的选择。

空气寂静，窗外仍在下雨，酒吧靠窗的彩灯不厌其烦地跳闪。

"出门右拐步行八百米有个警亭，你去那里问问。"男人撂下酒瓶起子，转身走到酒吧中间，捡起扫把继续清扫那一片狼藉。

"刚才你怎么不报警？"向嘉拿起瓶起子给自己开了两瓶啤酒，泡沫升腾。她自顾自地从消毒柜里取出玻璃杯，倒了一杯酒。等待泡沫消融的时间里，她拉下了口罩，漂亮的一张脸落到灯光下，"你不敢吗？"

林清和拎着扫把，缓缓回头看去。

她很瘦很白，小圆脸落在暧昧的暗光里，原本应该是清纯乖顺的长相，偏那双杏眸清冷倔强，看人时直接锐利。她歪了下头，说道："她是你的金主？"

向嘉端起还含着泡沫的啤酒喝了一大口，苦涩冰凉的啤酒顺着喉咙一路滑到了胃里。她有十几个小时没吃东西，乍然喝到这么凉的酒忍不住抖了下。

她放下酒杯，环视四周："你惹她不高兴了？砸成这样。"

她的手指瘦长，手腕内侧有文身。非常罕见的图案，很独特，似盛开的花又似狰狞可怖的鬼。

"跟你有关系吗？"林清和干脆放下了扫把，插兜的双手撑起了湿漉漉的裤子。这女人的眼神不怀好意。

"你今晚怎么不跟她走？"向嘉仰头把那杯啤酒一饮而尽，一只手支着下巴，另一只手倒酒，笑着看林清和，"你跟她多久了？下手这么狠。"

她意有所指。

"不想，要什么理由？"林清和又恢复了那副懒怠散漫的模样，下颌上扬，语调慢悠悠的，"站街仔也有拒绝的权利。"

向嘉扶着额头，笑得眼眶潮湿。半晌后，她举起桌子上的酒杯，远远地朝林清和比了个碰杯动作，她把第二杯酒喝完："一起喝一杯？你叫什么？"

"陪酒是另外的价格，你付不起。"林清和看了向嘉一会儿，越过酒吧空旷的大厅，走向昏暗的木质楼梯，声音落在身后，"喝完自己走吧，不奉陪了。"

"你怎么知道我付不起？"向嘉倒上第三杯酒，仰起头看昏暗灯光下的林清和，"你陪酒是什么价格？"

"我愿意，分文不取；我不愿意，千金难买。"林清和双手插兜，敞着腿站在暗色的木楼梯上，明暗交界处，身后是大片黑暗，眼前是暧昧的彩灯，他语调散漫，"对你，我不愿意。"

011

向嘉哑然。

"醉酒后毁坏店内任何物品都需要双倍赔偿,你住隔壁阿乌客栈对吧?我会找到你。"他踏入黑暗的二楼,随着关门声,整个酒吧陷入一种古怪的静。

一道闪电划过天空,照亮了窗外的山野与暗深的江面,随即轰隆隆的雷炸在天地之间。

向嘉沉默地喝完了第二瓶啤酒。

外面雨下得很大,雷声一道接着一道。

向嘉撑起雨伞走回了客栈。刚进门,徐宁的电话就打了过来,向嘉走上露台,在风雨中接通了电话。

"向嘉,你也不想多年的心血付诸东流吧?我的耐心是有限的,我最后一遍警告你。你听话了,我们还是最好的搭档,你还是冰清玉洁的嘉鱼,你的粉丝还会爱你。"

向嘉一下就笑了,她看着远处黑暗的江面,很轻地回道:"我不愿意。"

"什么?"

"我说,我不玩了,徐总你自己玩吧。"向嘉挂断电话,拉黑徐宁,她把存稿箱里那条放了很久的聊天记录发了出去。

微博跳出"发送成功"字样,她用尽全部力气扬手把手机从二楼甩了出去。

外面电闪雷鸣,江水滔滔,甩出去的手机连回音都没有,便消失在黑暗里。

她迎着江风深吸一口气,退了两步,转身走回房间,取了睡衣,走进浴室。

向嘉大学学的服装设计,那时候心高气傲,一心想创立属于自己的品牌。她也确实那么做了,但做出来跟卖出去是两个概念,她设计的衣服无人问津。

短视频时代来了，向嘉也进入了这一行业，她本来不温不火地做着几十万粉丝的视频号，卖着自己品牌的衣服。

后来，她认识了做传媒的徐宁。徐宁一开始对她的服装品牌表现出很大的热情，他说会帮她做大她的品牌。

待向嘉入了局，徐宁转变嘴脸，只想把她往直播的风口浪尖上推。普通创业人设不火是吧？那就夸大人设，搞噱头。

天才服装设计师白富美，怎么夸张怎么来。租豪车租豪宅，与其他网红抱团互相吹捧。

虚幻的美丽，人人向往。

向嘉做了三年短视频才几十万粉丝，而这个虚假人设，让她在一年时间拥有了五百万粉丝。最火的时候，她上过热搜前几。

海市蜃楼，总有一天会倒塌。

时间越久，向嘉越想退，她没办法理直气壮地用这种虚假的东西去装饰自己，那不是真正的她。她从一开始想要的就是她做的衣服有人穿，仅此而已。

可徐宁野心勃勃，他想要更多。他不退，也不允许向嘉退，他把向嘉送到了秦朗的酒桌上。

秦朗这个人怎么说呢，如果他爹妈没钱，他早被打死八百回了——浪荡花心，随意玩弄女人，不把人当人。

可惜，他有一对好爹妈。他拥有金钱地位，一众慕富粉丝，拥护着他的话语权，他可以随意支配小主播的命运。

向嘉拒绝他的追求后，便被威胁了，网上开始出现她的黑料，她的海市蜃楼要崩塌了。最后一次，秦朗说只是见个面吃个饭就放过她。

向嘉抱着侥幸心理去了，那天秦朗在别墅里布着天罗地网就等着她。她意识到不对，立刻想办法逃了出来。那时候她还很庆幸，以为自己能下赌桌，她没有第一时间报警。

第二天，她衣衫不整地离开秦朗家的视频上了热搜，秦朗指责她道德败坏，为了前途勾引他，说她不知廉耻毫无底线。他义正词严，占据道德制高点，仿佛贞洁烈男。

与此同时，无数主播跳出来爆料拉踩向嘉。

黄谣是毁掉一个女生最好用的武器。

如果有人反驳，那就再加上一个贪财的罪名。

事后，向嘉报警了，请求调监控，她澄清的声音被谩骂淹没，她被踩到了泥里。

徐宁和秦朗是一伙的，他们一起给向嘉设了一个局，他们最后给了她两个选择：一是跟秦朗道歉，主动送上自己，继续和徐宁合作，徐宁会联合秦朗方发声明洗白她，让她"干净"回来；二是，如果她拒绝，她就会被毁掉，在全网消失。

徐宁笃定向嘉会低头，毕竟向嘉奋斗了这么多年，她与梦想一步之遥。

向嘉选了三：鱼死网破。

洗完澡后，向嘉的意识便模糊了，她没有吹头发直接上床，卷了被子便陷入了沉睡。

她做了个梦，梦到了小时候，她生病了外婆背着她去县城看病。

电闪雷鸣的夜，雨下得很大，山路湿滑，她趴在外婆的背上摇摇晃晃。大概是发烧了，她很难受，头疼，胃里翻江倒海痉挛着疼。她蜷缩成一团，紧紧抱着外婆的脖子，试图汲取一点温暖。

"阿婆。"向嘉呢喃出声那一瞬间，清醒了，随即胃里的翻涌着直蹿嗓子眼，她从床上起来，穿上拖鞋，奔向了洗手间，吐得昏天暗地。

天已经亮了，外面有淅淅沥沥的水声，猫在屋檐下"喵"了一声，踩着瓦片一阵作响。

向嘉感觉左下腹揪着疼，疼得她直不起腰，她怀疑是肠胃炎发作了。

她勉强扶着墙，走到洗手台处，洗了一把脸，看着镜子里自己惨白的脸湿漉漉的，嘴唇也没有一点颜色。

露台门没关，江风卷进了门，吹动着窗帘，带来了寒意。

向嘉拿了套衣服，走过去关门、拉窗帘，手上一顿，昨晚她把什么扔出去了？

向嘉，人称两瓶倒，两瓶以后就开始耍酒疯。

她几乎是扑到露台的栏杆上，天地之间一片暗沉，浓雾笼罩着山水。距露台一米远的地方就是溧江，风卷起浪重重拍击着江边高高的岩石，溅起水花。

手机呢？

朦胧的记忆渐渐清晰，昨晚她破罐子破摔地把所有信息都发到了网上，随后站在风雨缥缈的露台，把手机扔到了江里。

向嘉抱着侥幸心理，回房间换上衣服，又取了个口罩戴上，拉开门顺着楼梯下楼。

肠胃还是绞着疼，短短一段路她走得眼前发黑，呼吸急促。在一楼院子里她撞到了阿乌的奶奶，来不及跟对方打招呼，她直奔江边。

细雨浇在脸上冰凉一片，向嘉脚上还穿着客栈的拖鞋，一步三滑地冲到了江边。湿漉漉的青石板江堤一眼看到头，空无一物。

江堤下便是滔滔江水，幽蓝一片，深不见底。

现代文明社会人没有手机能生存吗？

向嘉犹不死心，走到江堤边缘往下看，也许手机会挂在什么地方。

奶奶的声音在身后响了起来，浓重的方言，向嘉囫囵理解了大概意思。

"乖乖，不要去江边，会掉下去。"

向嘉回头看到瘦小的奶奶小跑过来，满脸担忧。她抿了下唇，心脏隐隐疼了下。她转身拦住了往江边去的奶奶，说道："没事。"

"乖乖,你脸色怎么这么差?生病了?还是累到了?"奶奶拉住向嘉的手,牵着她往回走,一边走一边试图脱自己的衣服,"让你多穿点衣服,每次都穿那么少,我把衣服脱给你穿。"

奶奶粗糙的手心贴着向嘉的手背,茧子刺得她有些疼。她恍惚了一下才回神,连忙按住奶奶的手:"奶奶,我不冷……"

话刚出口,向嘉就感觉身上发冷,胃里又翻涌出来一阵恶心。怕吐到奶奶身上,她抽出手,快步往院子里走:"洗手间在什么地方?"

"乖乖怎么了?"奶奶连忙打开了一楼洗手间的门,满脸焦急,"你不舒服?你怎么吐了?"

向嘉来不及说话,关上门,摘掉口罩,便扶着墙吐了出来。

昨天没吃东西,吐的全是胆汁苦水。她耳朵嗡鸣,头昏脑涨,在扶着墙冲水缓和的空隙里,听到奶奶急迫的带着哭腔的说话声。

"乖乖生病了,乖乖在吐。"

"奶奶你先别急,慢慢说。"门外响起一个男人的声音,带着没睡醒的惺忪,微微的沙哑,"是阿乌生病了吗?她在哪里?"

隔壁酒吧老板?

向嘉拉开洗手间门,正好跟林清和对上视线。他大约是被人直接从被窝里拉出来的,头发还凌乱着。身上套着宽大的黑色兜头连帽衫,牛仔裤勾勒出笔直的长腿,脚下的白色运动鞋连鞋带都没来得及系。

"乖乖,"奶奶松开了紧拽着林清和的手,小跑到向嘉面前,"你是不是肚子疼?让你叔叔带你去县医院打一针。"

向嘉忍着痛,抬眼看到对面竖着一根呆毛、挑着眉的俊美年轻的酒吧老板。

林清和抬手一拽卡在衣服内侧的拉绳,修长手指顺势滑上去把兜帽勾起来戴到头上,压下了翘起的头发,浑身上下带着一股子冷淡的散漫劲儿:"你?需要帮忙?"

向嘉还在震惊怎么一晚上辈分就降了,她的手就被老太太强行塞到了男人的手里,老太太的手劲儿很大。

一瞬间,他们同时挣扎,又同时放弃了挣扎,奶奶粗糙干瘦的手把他们的手握在一起。

"大林,你没有钱吗?我现在回去给你拿。你要帮乖乖——"

"不用。"林清和握住了向嘉的手,没看向嘉,只看奶奶,嗓音沙哑却不敷衍,"我送她去医院,我有钱,您别担心。"

"好!"奶奶一连说了好几个好,推着他们两个往外面走,"赶快去医院,打一针就不疼了,不疼了就好。我去给你们拿伞,对,拿雨伞,你们不能淋雨去。淋雨要生病的,淋雨会生病。"

奶奶松开了他们的手,转身着急忙慌地往屋里走。奶奶瘦得厉害,弓着的脊背让单薄衣衫下的骨骼清晰。

她很像向嘉的外婆。

"你要拉着我到什么时候?"

向嘉松开了手,仰起头,管他叔叔不叔叔,她得拖个人去医院。

"我可能是肠胃炎发作了,阿乌不在,我需要去医院。"

向嘉微卷的长发凌乱地散在肩头,脸上惨白,湿漉漉的睫毛停在杏眸上方。此刻她微微颤抖,声线虚弱:"我叫向嘉,你怎么称呼?"

向嘉示了弱,她记得昨晚自己给这位老板多刷了五百块。这五百块,必要时她得要回来。

手机没了,小镇医院不一定能刷卡,她相当于身无分文。

奶奶拿着雨伞小跑出来,努力地往林清和的头顶撑,带着很明显的讨好。林清和弯腰接过雨伞。伞角磕到向嘉的肩膀,雨水顺着她的衣服沁到了皮肤上,冰凉一片。

向嘉暗暗地磨了下牙,远离林清和。

林清和直起身，站在一方小院里看向嘉，灰瓦一碧如洗，青石板在细雨里泛着寒光。

"我上去取我的证件。"向嘉忍着脾气，人在屋檐下不得不低头，她退后一步，尽可能让自己的目光诚恳真切，"谢谢您。"

林清和顿了顿。

向嘉快步上楼，回房间后，先从行李箱里翻出一件厚外套穿在外面，又换了一双运动鞋，然后拿了背包匆匆下楼。

院子里，林清和已经不见了，奶奶拿着伞和针织外套守在楼梯口。

"我已经穿上衣服了。"向嘉立刻张开手，向奶奶展示了身上的衣服，接过雨伞，说道，"我去医院，您别跟着我了，赶快回去。"

奶奶还跟在身后，亦步亦趋。

向嘉跨出阿乌客栈大门，撑开伞举到头顶。林清和倚靠在对面酒吧门口的屋檐下，白天"一家酒吧"的招牌更显破旧。他的鞋带系上了，双手插兜，靠着雕花木柱，垂着眼不知道在想什么，或者什么都没有想，只是纯粹地发呆。

"您快回去，不要出门，不要去水边。"向嘉回头看向奶奶，狠了狠心，道，"您再不回去乖乖待在家里，我永远不会再回来了。"

对面林清和掀起了眼皮，黑眸陡然锐利。

奶奶眼圈一红，但什么都没有说，转身弓着单薄消瘦的背走了回去。

向嘉斜了下伞面，面对林清和，说道："走吧。"

林清和抬手随意一指陡直的青石板路，语调淡淡："从这里上去有通往县城的公交车，投币一块钱，坐到县医院站下车——"

"你不去？奶奶说让你送我去医院。"向嘉隔着雨雾看他。

兜帽压得很深，林清和的眉眼陷在阴影里，只有睫毛上沾着光。他皮肤很白，姿态懒散，没有起身的意思："忽然不想做好事了，我看你体力挺好，一个人也能去医院——"

向嘉没等他说完便蹲了下去，声音颤抖道："我不能。"

林清和看着向嘉，她迎着他的目光。她明明脆弱得被风一吹就折，偏眼神带着挑衅。

"奶奶。"向嘉提高了声音叫道。

林清和大步走过来拿走雨伞，另一只空闲的手一把拎起她，带着她往湿漉漉的青石板台阶上走："'乖乖'是她女儿的小名，去世快十年了。向女士，你可以利用她，但没必要对她那么残忍。"

"残忍吗？"向嘉疼得直不起腰，倚靠着他舒服多了。

他很高，手很有劲儿，刚才那一下差点把向嘉提离地面，核心力量很强，应该是经常健身。

向嘉的手肘碰到他紧实的腰："她有阿尔茨海默症吧？我外婆就有阿尔茨海默症，我当时要去外地读书，怕她伤心，骗她说我每周都会回去看她。她为了接我，出了意外。"

林清和往旁边挪了半步，远离她的手和呼吸。雨伞倾斜到向嘉这边，他半边肩膀落到了雨里。

"这个病就是这么残忍，她的逻辑和我们不一样，这里离江很近。"向嘉没把话说完，转头看向林清和完美的下颌线，转移了话题，"我昨天听那个人叫你林清和，是哪几个字？清和四月？林木华滋？"

"你不想意外地从这里摔下去，就别说话。"林清和好看的眉毛蹙着，没有多少耐心，语调恢复了之前的散漫，"我只睡了两个小时就被叫起来，没睡醒，头很疼。"

青石板台阶又长又陡，林清和不想说话，向嘉疼得话都说不出来。

后面一段路她几乎是挂在林清和的手臂上才走完。

镇上街道也是清冷的，阴雨缠绵。

林清和抽出了手，把伞塞给了她，从裤兜里摸出了两枚硬币，等在简陋的公交牌下:"你去靠一下公交站牌。"

三十七度体温的人是怎么能说出这么冰冷的话?

向嘉斜着伞,仰头看乡镇的公交站牌,上面写着桐镇站,再没有多余的信息。她转头看林清和那张英俊得堪比明星的脸,他的薄唇抿着,冷得快要跟这天气融为一体了。

"你没车?"

"没有。"林清和穷得理直气壮,"买不起。"

向嘉觉得那五百块能要回来的概率很小,林清和比她想象中的更穷。

酒吧打赏的钱和直播间打赏的一样,非未成年绝不可能退回。

公交车缓缓驶了过来,随着"刺"的一声响停在他们面前。向嘉深吸一口气,忍着疼直起身。林清和从后面提着她的衣领把她送到了公交车上,在她身后把那两枚硬币投进投币箱里,"哗啦"一声,他说:"两个人。"

公交车上没什么人,空空荡荡。林清和把向嘉送到靠窗的单独位置坐下,自己则坐到了后排。他从裤兜里摸出两个白色耳塞塞到耳朵里:"我睡一觉,到县医院再叫我。叫不醒可以拉我,但别趁机占我便宜。"

林清和白皙修长的手指一拉帽檐遮住了眼,他抱臂靠在座位里,只余下高挺的鼻梁和紧抿的薄唇在外面:"别跟我说话。"

穷的,向嘉见过,践的,向嘉也见过,又穷又践的,向嘉还是第一次见。

向嘉合上雨伞放到脚底下,她屈腿弯腰,尽量蜷缩着,一只手抓紧前排座位靠背,脸贴着手臂,转头看窗外飞快后退的乡镇。

她曾经以为自己一辈子都不会再回桐镇,没想到这么快就回来了。没有衣锦还乡,只有狼狈不堪。

盘山公路陡峭,转弯时车子晃动幅度很大,车上的人被甩得东倒西歪。只有后排抱臂睡觉的林清和,稳如磐石。向嘉怀疑是因为他腿长,下盘足够稳才能在这种车况下稳住身体。

车程二十分钟,林清和便睡了二十分钟。

到县医院的时候,雨已经停了。向嘉和林清和一前一后地下车,向嘉没那么疼了,也就不需要再倚靠他。

林清和单手插兜,另一只手拎着雨伞,一边走在前面一边发短信。他身高腿长,但步伐不快,不紧不慢地与向嘉保持着两米远的距离。到入口处,他停住脚步,垂下手里的旧款手机,说道:"不需要挂号,直接去诊室,在二楼。阿乌送完客人会来找你,有事跟她打电话——"

"你还不能走。"向嘉看着他那款过时好几年的手机,一鼓作气地把需求说出了口,"我的手机昨晚掉江里了。"

林清和停住脚步,缓缓转头,让黑眸从兜帽里露了出来,冷淡、倦懒、疑惑地看着向嘉。

"我身上现在只有一张卡,如果不能刷卡,我连看病的钱都没有。"向嘉到底没好意思要那五百块,"我需要跟你借点钱,先让我打上止痛针。如果你不放心的话,我可以把身份证押给你,或者把手表抵押给你。"向嘉说着就去摘手腕上的卡地亚钻石表,"这块手表是卡地亚的。"

这块手表在二手市场随便一家店都能卖几万块。

林清和注视了向嘉片刻,修长又骨节分明的手递到了她面前:"身份证。你的手表,隔壁步行街一百块五块。"

这人难道对奢侈品一点概念都没有?他穷是有原因的。

向嘉把手上原价快十万的钻石手表戴了回去,从包里取出身份证递给林清和:"可以吗?"

林清和接过向嘉的身份证翻到正面,照片上的向嘉还有点婴儿肥,十分乖巧的一张脸。

上海人,她比他大两个月。林清和若无其事地把身份证揣进裤兜,大步往医院里走:"交完钱我会给你账单。"

诊断结果很快出来了，如向嘉所料，是急性肠胃炎，需要输液。

林清和拿着单子缴费去了，向嘉在输液大厅里扎上了针，她靠在简陋的铁椅子上，听隔壁小孩扯着嗓子哭号。

林清和迟迟没有回来，向嘉开始怀疑他是不是拿着自己的身份证跑去办贷款了。

向嘉看着药水一滴一滴地缓慢滴进输液软管，没有手机时间过得非常慢。

输液大厅里的人不多，基本上是老人。向嘉后面坐着一个奶奶抱着小男孩在玩手机，前面是一对年纪比较大的夫妻搀扶着倚靠在一起。乡镇老龄化很严重，除了留守儿童便是老人。十几年前如此，如今更严重。

向嘉手表上的时间显示现在是上午九点半，抱着小男孩的奶奶从后面探头过来，怯生生地把手机递过来，用方言说道："你会操作智能手机吗？怎么放动画片？"

向嘉看着老人，老人脸上是讨好的笑，眼尾沟壑很深，她又用蹩脚的普通话重复了一遍。

"要放什么？"向嘉接过手机，没找到播放器，只有一个短视频软件。她连上医院的免费 Wi-Fi，放柔声音问道，"小朋友，你想看什么动画片？你可以告诉我名字。"

小男孩止住了声嘶力竭的哭，泪眼婆娑地看着她，似乎不是很懂。

短视频软件搜索处排行第一的是"#秦朗回应称嘉鱼是神经病#"，紧跟其后的是"#嘉鱼深夜发文手撕秦朗#"，第三是"#嘉鱼人设崩塌#"。

向嘉的心脏仿佛被攥紧，本能地反胃。她避开乌烟瘴气的话题，在儿童频道找到《汪汪队》，才将手机递给男孩。

小男孩心满意足地抱着手机倚回奶奶怀里，不再哭了。

向嘉拉上外套帽子，输液让她感觉到了冷，她把冰凉的手蜷进衣服深处。视线内多了两条笔直修长的腿，向嘉歪了下头，让眼睛从帽檐下露出来。

温热的粥和包子从空中降落到她怀里,向嘉连忙接住,面的香气扑鼻而来。

"先吃东西后吃药,药盒上有服用方法。"林清和清冷的嗓音在头顶响起,一袋子药落到向嘉旁边的椅子上,连同一张对折叠好的缴费单,"这上面有阿乌的电话,有事找她。"

"谢谢。"向嘉抱着怀里温热的粥和包子,捡起了药袋。

林清和的手机响了起来,他看了眼来电并没有接,但也没有挂断。他修长的手指握着手机转了一个来回,垂下手,说道:"这边虽然偏僻,但治安很好,每个镇都有警亭。别到处找人做不该做的事,小心被抓进去。"

向嘉倏然抬头。

这是什么话?

只见林清和转身走出输液大厅,很快便消失不见。

向嘉拿出袋子里的吸管狠狠扎进装粥的密封杯,吸了一大口。没有加糖的小米粥落入口腔,温温热热。

她两天没吃东西,胃里空着,小米粥来得如此恰好。她喝完了一杯粥,胃里才舒服一些。

. 小米粥和包子这种传统早餐向嘉以前是绝对不吃的,她要出镜需要保持身材,极少碰这种升糖很快的碳水。

向嘉掰了一块包子,青菜馅的,小心翼翼地放到了嘴里。面皮松软,馅料鲜嫩,意外的好吃,她吃完了一整个。

向嘉在原地坐了一会儿,起身拖着输液架,走到角落,接了一杯温水,坐回来喝药。

这里没人认识她,她把口罩摘下来也没人往这边看。

缴费单上的金额是一百二十六元,背面的空白写着一行数字,笔锋遒劲有力。向嘉把缴费单装进了斜挎包里,靠在椅子上看输液管。

023

上午十点半，向嘉便输完了液，阿乌还没有来，她拎着药离开了医院，在附近找了一台自助取款机取了两万元现金。

隔壁商场卖手机的店铺传出巨大的广播声，最新款的某水果手机只需要5299元。向嘉把现金装进背包，收起卡，走出自助银行，站在台阶上，看卖手机的店铺。

"看手机吗？"一个中年女人从五颜六色的宣传单后面探出头，说道，"美女，进来看看啊。"

向嘉走向女人："你好，我的手机丢了，我能不能借你的手机打个电话？"

女人表情凝固。

"不行就算了，谢谢。"

"可以。"女人打开了手机店的大门，"你是外地人？来这里旅游的？可以先买个备用机，我们这里有99元的套餐免费送手机。"

"说不定我能找回来。"向嘉走进店铺，看向手机，她需要一部手机，可她不敢买，说道，"我给你付电话费。"

"那倒不用，现在谁的手机套餐都用不完，没人打电话。"女人把手机解锁递给向嘉，"你用吧。"

向嘉给阿乌拨了个电话，很快那边就接通了。

"我是向嘉，昨天入住你们客栈的。"

"你在什么地方？"阿乌激动起来，"我到了医院没找到你，你还在医院吗？"

"我在医院对面的商场。"向嘉说，"出门左拐大概三百米的地方有个手机店，我在这里。"

"好的，我马上过去。"

向嘉挂断电话，把手机还给店主，再次看了眼店里的手机，最终还是准备离开。

"真不买吗?一般丢了的手机很难找回来的。"女人苦口婆心地劝向嘉,"现在的人没有手机跟盲人、聋哑人一样,你在我这里买个手机,拿身份证去隔壁营业厅补办一张卡,一点都不耽误。"

"我身份证也丢了。"向嘉已经看到了阿乌的灰色面包车,她走下台阶,"谢谢你了,我觉得做个盲人、聋哑人挺好。"

阿乌的面包车急刹后停在路边的花坛处,她从驾驶座探出头来:"美女小姐姐,这里。"

向嘉大步走过去,拉开车门上车。车内多了花香,她回头看到后面摆着一大束鲜红的野百合。

"刚才陪客人去山里,捡到的花,漂亮吧?"阿乌发动引擎把车开出去,看向嘉手边的药,"你怎么得肠胃炎了?是水土不服吗?"

"嗯。"向嘉拉上安全带,升上了副驾驶的车窗。虽然吹着风很舒服,但灌了凉风胃会疼。

"那我回去给你煮白粥,最近要忌口,酸辣、重口的都不能吃。我之前得了肠胃炎,喝了一周的白粥才缓过来,特难受。"阿乌大大咧咧,"今天送你来医院的就是隔壁酒吧的老板,他人是不是特好?长得也很帅?"

确实很帅,林清和这张脸放进娱乐圈,哪怕只做一个花瓶,也能吸引一群小迷妹。

"他不是本地人吧?"向嘉随口问道,"怎么会来这里?"

"不是本地人。"阿乌把驾驶座的车窗也升了上去,"他好像是上海人,不清楚为什么来这里,没问过。"

"他的酒吧开多久了?"

"一年多,不到两年。"阿乌知无不言,"他人特别好,我们镇上的景观灯是他装的。去年发大水,江堤被冲毁了一段,也是他个人出钱修好的,他过年会给镇上的孤寡老人送米面。镇上没什么年轻人,老龄化太严重了,

025

时代发展又太快,像智能机什么的老年人都不会操作,大家都去找他。"

白天县城人也不多,三三两两的老人背着竹筐佝偻着背慢吞吞地走着,极少有年轻人。乡镇渐渐趋于老龄化,经济落后的地区,老龄化更严重。

天上的乌云渐渐散去,一束阳光挤出云层,照向大地。县城被溧江一分为二,绿水环绕青山,安静得像一幅水墨画。

"他多大?有二十五岁吗?"

"和你一样大,都是九六年的。"阿乌说。

"有女朋友吗?"还是有些闷,向嘉把车窗降下了一道缝。凛冽的风灌进来,吹透了向嘉厚重的衣服。

"没有吧。"阿乌迅速看了眼向嘉,"有很多年轻客人喜欢他,追求他,给他送东西他都不要。镇上也有长辈给他介绍对象,他好像不太热衷,连微信都不加。具体的我也不清楚,他很少说他自己的事。"

"你追过吗?"向嘉看向阿乌。

阿乌在红灯前猛踩刹车,她往前栽了下才坐稳,连连摆手,脸都涨红了:"没有没有,我对他没有那种想法,你别乱猜。林哥是带我们发家致富的大哥,我当他是亲哥,我很尊重他。"

"你奶奶有阿尔茨海默症?"向嘉把车窗彻底降下来,看向县城唯一的红绿灯,"多久了?"

阿乌一愣,转头看向嘉。

"绿灯了。"向嘉指了指前面的信号灯,直行的指示灯已经变绿了。

阿乌连忙向前开。

面包车经过县城那片高大的烂尾楼,向嘉从副驾驶的后视镜里看到了林清和。

他仰头看那片高楼,兜帽已经摘掉了,英俊的脸在烂尾楼的阴影里,显得更加深邃冷刻。

一辆黑色迈巴赫缓缓开到他面前停了下来,他收回视线,弯腰上了车。

"她不会攻击人,只是记忆混乱。如果你介意,我再给你找一家客栈,房费我全部退给你。"阿乌握着方向盘的手很紧,嘴角还噙着笑,但眼睛已经不笑了,"抱歉,我没有第一时间跟你说清楚,欺骗了你,是我的问题。"

面包车转弯,那辆迈巴赫消失在面包车的倒视镜里。

"我不介意。"向嘉收回视线,"我家以前也有患阿尔茨海默症的老人,我只是想提醒你,如果刚发现送到医院进行系统治疗,症状可能会缓解。阿尔茨海默症患者需要家人陪伴,她一个人在家很危险。"

"确诊五年了,她刚确诊的时候,我才读高三。我知道她需要人陪,可我家里只有我们两个人,我不出来接送客人就赚不到钱。"阿乌又笑了起来,"幸好我们邻居都挺好,会帮忙照顾奶奶。你家的老人呢,现在还好吗?"

劲烈的风席卷车厢,向嘉的头发被风吹得飞舞。她看着远处山脉,天边的乌云散去,天空渐渐变得湛蓝。

"我不知道大医院会不会好一些,我只带我奶奶去过我们这里的市医院,治疗效果一般。"阿乌重新看向前方的路,换挡加速冲上了坡道,"你们上海的医院我们外地人能去看病吗?"

"回头我问问上海的朋友,有治疗这个病效果好的医院,我推荐给你。"向嘉看向阿乌,"你们还在一起,总是有希望的。"

"谢谢你。"阿乌笑了起来。阳光穿过雾蒙蒙的玻璃照进车厢,落到阿乌的脸上,她鼻梁处有雀斑,皮肤上有血丝,五官不算精致漂亮。但她笑起来格外好看,干净纯粹。她又道,"只要人还在,总是有盼头。我奶奶情况算好的,她能生活自理,偶尔清醒,也许还有治疗的机会。等以后我们客栈做大了,赚到大钱条件好起来,我带奶奶去市里定居,好好给她看病,我守着她,生活会好起来的,越来越好。"

向嘉看着窗外一路过来越来越冷清的道路,在心底叹了一口气。

这个地方还要多久才能发展起来呢?

怀着希望就一定会过得好吗？向嘉努力了那么多年，吃了那么多苦，她好不容易建立起来的一切。一个小小的变故，她便一无所有。

"你们这里客源稳定吗？现在是旅游旺季吧？"

"是旺季，我家客栈客源挺稳定。沾了隔壁林哥客栈的光，今年几乎每天都有客人，照这样下去一个季度赚几万块不是问题。比前几年好太多了，林哥没来之前，我经常几天见不着一个客人。"

面包车穿梭在高大的树木之间，江两岸的青瓦建筑在树影之间若隐若现。路边种着几棵繁盛的花树，颇有几分世外桃源的味道。这里旅游资源挺好，但旅游一直没发展起来挺让人遗憾的。

"县城那个烂尾工程一直没人接手吗？"车子开上了盘山公路，已经看不到县城的建筑了。

"没有，听说是盘子太大，启动的话得好几亿，这个地方花几亿投资，可能都怕回不了本。"

"有没有试着找些网红来做宣传？拍视频之类，现在网络的影响力很大。"

"请不起，太贵了。不过我有试着自己拍视频，我拍了两年，有一千多个粉丝。"提到这个阿乌就非常骄傲，"我有粉丝千里迢迢过来住我家客栈。"

两年累积了一千多个粉丝，向嘉不用看她的账号都能猜到她拍摄的内容。

白天小镇的主街人也不多，大多店铺都冷清。路边有几个阿婆坐着绣花，脚边摆着一大堆绣品，颜色鲜艳明亮，和向嘉记忆中的画面重叠。她的外婆年轻时就是绣娘，绣得一手漂亮的溧县苗绣。

到了客栈向嘉就回房休息，午饭是小米南瓜粥，阿乌给她送到了房间。

南瓜的清甜和小米的软糯清香让向嘉的肠胃舒服了许多，向嘉吃完饭又吃了药便睡过去了。

似乎为了弥补她在上海的长期失眠，又或者，在破罐子破摔后，她紧绷了一个多月的神经得以舒缓,向嘉回到溧县后睡眠好到出奇,几乎是沾到枕头就睡。

没有手机的打扰,没有徐宁的催命,没有每天不停涌进来的谩骂信息,没有跳动的销量数字,也没有每天像个畜生一样被一根叫金钱的鞭子鞭策着向前跑。

向嘉醒来的时候已经是晚上了,房间一片漆黑,风掀动着窗帘荡在黑暗里。微风徐徐,水浪声一声接着一声。天际线与山融为一体,分不清天与地,世界一片昏暗。

隔壁酒吧响着一首民谣,吉他混着男歌手偏低的嗓音,像是遥远的吟唱。

向嘉把手搭在额头上,下午气温升高了,她睡觉前穿了件衬衣,此刻汗津津的。躺了许久,她才坐起来打开灯,拿起床头的手表,看了一眼,此刻是晚上九点半。

起床洗澡吃饭,去隔壁要身份证。

向嘉拎着要换洗的衣服进洗手间,打开门,吉他声和着男人高扬的嗓音直冲进耳朵。向嘉停住脚步,洗手间的窗户开着,正对着隔壁酒吧二楼的窗户。

疯狂的吉他声混着男人自由的吟唱,带着冲击力,直逼心脏。

酒吧里,高昂的音乐里混着女孩子声嘶力竭的喊叫,似乎在喊老板。

林清和在唱歌?不是放的音乐?

吉他声变快,他的声音也快了起来,带着洒脱不羁的张扬。仿佛这世界上没什么东西能约束得了他,自由狂妄。

向嘉从不追星,对音乐也没有太大的兴趣。

她靠在洗手间的门边,听林清和唱完了一整首。吉他很有力量,他的声音也是。她一直以为摇滚的歌词都是含混不清带着堕落的气息,但林清和把每个字都唱得很清楚。

向嘉没有关窗户,她脱掉衣服赤身走到淋浴喷头下面。冲洗到一半,她关掉水,拿起毛巾擦了一把脸,穿上衣服打算去隔壁看看。

走到门口,向嘉又折回去取了现金装进口袋,戴上口罩出了门。

阿乌不在院子里,只有一只通体乌黑、油光水滑的大胖猫瘫在椅子上舔毛。看到她,猫警惕地坐直了身体。

向嘉走下台阶,穿过院子,拉开门,走了出去。

"一家酒吧"的房门虚掩着,音乐声不算清晰,酒吧隔音不错。隐约能听到拨片刮过吉他弦带起的音符,干净赤诚。

向嘉推开了门,迈过高高的门槛。

被砸得只剩下框架的酒吧并没有复原,只是垃圾被清了出去,原始又空旷。

林清和抱着吉他坐在中间小舞台的高脚椅上,他穿着白色 T 恤、蓝色破洞牛仔裤,支起的一条长腿裸露出膝盖,刘海随意地垂落在眉骨上,双眼皮被他压得很深。他垂着眼弹吉他,用骨节分明的修长手指拨动着琴弦,腕骨上戴着的深色佛珠随着他的动作在灯光下晃动。

冷倦的声音从他的嗓子里发出,通过音响传达到酒吧的每一个角落,明明是一副烟嗓,却意外的干净。

灯球转动,白色灯光落到他身上。他旁若无人地拨动吉他,仿佛游离在世界之外。唱着一首向嘉从来没有听过的歌,旋律很好听。

唱到高音时,他扬起了头,冷冽的喉结线条落到了白光里。

禁欲,极致的清冷。

靠窗位置有人发出声嘶力竭的尖叫,向嘉循声看去,酒吧里竟然有不少听众,都是女孩。

靠窗边的四张桌子已经坐满了人,另一边的暗光里不知道什么时候搭了个大木桌,也已经坐满了人。

这个小地方居然有这么多人?

真是一个小酒吧拉起整个镇的 GDP，看来阿乌提到这家酒吧就一副感恩戴德的样子是有原因的。

向嘉重新看回舞台，舞台上的男人不知道什么时候睁开了眼，隔着空旷的昏暗注视着她。

他身上的劲儿还没散，眼神漆黑。

向嘉心口莫名一紧，他不是在看自己吧？她转头环视四周，跟吧台后面高瘦的男生对上了视线。男生穿着宽大的黑色 T 恤，随着音乐还在晃动身体，一副很嘻哈的样子，挥着手对向嘉喊道："喝酒还是听歌？听歌免费，喝酒在这里点单。"

被砸得只剩下框架的吧台此刻横了一块木板，粗犷原始，但在这个地方居然也不显得违和。

也是，他们老板都能拿着破吉他在废墟里唱歌，再烂又能怎么样？

向嘉走向了吧台，吧台前摆着几张桌子，大概是这里离舞台太远，没人往这边坐。

"我刚刚喊了你好几声，你都没听见，看我们老板看入迷了？"男生笑嘻嘻地喊道，"我们老板是不是很帅？"

音乐声恰好低了下来，他这一嗓子响彻酒吧。

靠窗边的一个女生大声回应，十分大胆："好帅啊！老板有女朋友吗？"

向嘉把口罩往上拉，如果能戴面罩就更好了，这叫小镇青年也疯狂吗？

她走到吧台前，坐到高脚凳上，说道："我要一瓶水。"

"别压桌子，会压翻，这只是一块木板。"吧台后的男生提醒。

他们穷得坦荡，破得也坦荡。

"矿泉水。"向嘉凑近一些，提高了声音，"我等你们老板，找他有事。"

"来我们这里喝水？喝水是泡不到我们老板的，冰的还是常温的？"男生转头朝着舞台方向挥挥手，大声喊道，"林哥，你的小迷妹！"

声音响彻整个酒吧。

"知道了。"林清和的声音从话筒里响了起来,微沉冷淡,尾调有些哑,"今天的表演结束,喝完酒早点回家,不要去水边,注意安全。"

话筒支架可能也被砸坏了,用胶带缠了好几圈还是往下沉,他低着头,睫毛在眼下投出一片阴影。

"老板,能加你微信吗?"有喝多了的女生举着手机摇摇晃晃地走向舞台,"我下次叫朋友过来给你捧场。"

"加我们的调酒师山哥的微信,我的加不了。"林清和终于受不了那磕头似的话筒支架,起身摘下吉他,拎起话筒说道,"我的手机掉江里了。"

随着一声话筒漏音的嘶鸣声,他把话筒和音响一起关掉了。

"你还不如直接拒绝。"女生反应了一会儿才把手机收回去,吐槽道,"谁的手机会掉江里?这是什么烂借口。"

向嘉默默把头扭回去,她的手机就掉江里了。

转头正对上调酒师看热闹的脸,她拿出两百块现金放到桌子上。

"矿泉水五块钱一瓶,不用两张。"调酒师敛笑,取了一瓶常温矿泉水放到向嘉面前,"不能用微信或者支付宝扫码支付吗?找钱好麻烦。"

"她的手机掉江里了,找她六十九元。"林清和大步走过来,拉开挡板,进入吧台。他弯腰从下面的盒子里取出向嘉的身份证,戴着戒指的修长手指挡住了上面的重要信息,将其递给向嘉,他的嗓音还带着刚唱完歌的哑,"这个理由确实很烂。"

向嘉接过身份证装进外套口袋。

"有情况?怎么要收一百三十一块?"陈小山收起向嘉的两百块,拿出零钱盒找钱,审视向嘉和林清和,"已知条件你们两个的手机一起掉江里了,假设,你们俩是一起掉的……"

林清和缓缓转头看向陈小山。

陈小山狠狠咳嗽一声，从零钱盒里找出三张十块的纸钞，剩余的全是硬币。

"朋友，你要不要喝杯酒？我给你打折。"陈小山把零钱盒摆到了桌子上，用力一按桌面，"这堆硬币我真是数得够够的——"

木板随着陈小山大力一按猛然倾斜翻向内侧，向嘉坐得太近，躲已经来不及了，只好双手握住木板边缘往下压，以免木板突然翘起来刮到她的脸。

上面的杯子"哗啦"一声倾斜到边缘又被一股大力紧急拦住，桌子重重倾斜回来，磕到向嘉的手心。尖锐的刺痛袭来，她抬头看到木板的另一头，林清和两只手握着木板边缘，撞她手心那一下显然是他干的。

他手劲儿极大，撞得非常重。

"我忘记了这不是以前的玻璃柜，我这脑子！"陈小山手忙脚乱地帮忙把木板复位，也不八卦了，"再砸一次，我们明天都得歇业，没杯子了。"

向嘉起身看着对面的林清和，抬手摊开到了灯光下。两只手都有一道鲜红的血痕，破皮了，血正慢慢往外渗。

陈小山和林清和同时停住了动作。

林清和放下杯子，缓慢地用舌尖顶了下腮，踢了陈小山一下，才转身去翻医药箱。

"怎么这么严重？对不起，对不起！"陈小山连忙道歉，他急得像是热锅上的蚂蚁，"怎么办？镇上没诊所，去县医院吗？可现在都这么晚了。"

林清和从酒柜底下找到医药箱，推开挡板，大步走到了向嘉面前，略一停顿才拉起向嘉的手，指尖的纹路贴着向嘉的手背，他拧着眉："只有酒精棉球，忍一下。"

"你不推那一下我不会伤这么重，林老板。"向嘉坐回高脚凳，仰着头看林清和的脸，"这回不怪我吧？"

林清和沉着脸，从医药箱里取出酒精棉球："你想要什么赔偿？"

林清和本身就比向嘉高很多，如今向嘉坐着他站着，他的存在感更是让人无法忽视，整个影子都投到了向嘉身上。逆光之下，他的睫毛又长又密，五官更加深邃。

酒吧里空气浑浊，烟酒混着檀木香薰是一种糜烂的调调。但他身上的味道相对干净，他下午应该没抽烟，身上没有烟味，只有很淡的线香混着医用酒精的气味。

"陈小山，把大灯打开。"林清和喊了一声，"什么都看不清。"

向嘉两只手心都溢出了血，她往后仰了下，两个人靠得太近了，温度似乎有些升高，连气息都纠缠在了一起。她极少跟男人靠这么近，多少有点不适。

陈小山跑去开大灯，吧台这边的灯亮了起来。

向嘉看着林清和，再一次感慨他的颜值，他要是进娱乐圈绝对能火，能赚大钱。

手上火辣辣的疼感让向嘉回过神，她疼得别开脸，倒吸一口凉气。

"伤口不深不用缝针，但里面有木刺，需要挑出来。"林清和手上动作没停，语调很沉，"你信我，我给你挑；不信我，我现在送你去医院。"

手上那点伤不至于去医院，太小题大做。

"挑吧。"

林清和下手很果断，向嘉并没有疼多久。他挑完了刺，快速倒上了止血消炎粉，给向嘉的两只手都缠上了绷带。

"这么熟练，你以前干什么的？"向嘉问道。

林清和用剪刀剪掉多余的纱布，收起桌子上的药："吃抗生素吗？我这里有阿莫西林。"

"我中午吃的药里有头孢，不需要再吃了。你刚才说什么赔偿？你打算赔我什么？"

"美女，这两百块先退给你。"陈小山把两百块现金从吧台里递出来，"相遇即是缘，一会儿我们一起去吃个饭？我请客给你赔礼道歉，刚才都怪我。上面有一家土鸡火锅味道特别好，鲜活的走地鸡现炖，不是本地人都找不到，我带你去。"

"不用退钱给我,一码归一码。"向嘉若有所思,"你只占百分之三十的责任,林老板推那一下才是主责。你老板还没道歉,你道什么歉?"

林清和合上医药箱拎着,转身走了回去。

"我哥有'道歉障碍',他一道歉就休克,一般都是我替他道歉。"陈小山满嘴跑火车,"那家店的鸡真的很好吃,来桐镇不吃炖鸡火锅等于白来。你有忌口吗?我让他们先杀了炖上?炖鸡得一会儿时间。"

"你想好赔偿找我。"林清和开口。

"大哥,您去收您的东西吧,您别拱火了。"陈小山恨铁不成钢,"赶快闭店去吃饭。"

"不要辣椒。"向嘉松口了。

"收到。"陈小山欢快地拿起手机打电话,等待接通的时间,他说,"你跟我哥是怎么认识的?怎么还有一百多块的纠葛?"

电话通了,陈小山用方言跟那边交流点餐情况。

向嘉的手心火辣辣地疼。

酒吧里的客人已经散得差不多了,只剩下一桌客人在追问林清和吧台这边的女人是不是他的女朋友。

向嘉看了眼自己,吧台这里只有她一个女的。

林清和慢条斯理地收拾小舞台上的音响电线,弯腰时T恤贴着他的后腰,腰背线条流畅。

"十点半打烊,喝酒明天再来。"林清和把线放回去,关掉设备,语调淡淡,"今天结束了,散了吧。"

最先发问的女孩犹不死心:"帅哥老板,你怎么不去大城市开酒吧?你要是去大城市肯定能大火,比开在这里赚得多。"

"大城市不需要我。"林清和拎着吉他走向二楼。

酒吧营业时间结束,几个女孩起身收拾东西离场。

大城市不需要他，这里需要他，他来了，让这里好几个客栈都有客人。

陈小山跟那边交代完，抬眼猝不及防看到向嘉的脸，他愣了下才说："你还喝水吗？我帮你打开？"

"谢谢。"向嘉问道，"你是桐镇的？"

"是啊。"陈小山再次认真看向嘉，她的五官单看都不算惊艳，脸型也不是当下流行的尖脸，而是偏圆一些，偏偏组合到一起格外惹眼。没有化妆，杏眸清冷，慵懒长发披肩，休闲牛仔外套偏大，穿在她身上有些松垮，她身上有着跟他老板同样的气场，"你是哪个地方的人？过来旅游还是有其他的事？怎么称呼？"

"旅游。"向嘉说，"向嘉。"

"嘉人的嘉？一个人来旅游？男朋友不陪你？"陈小山把拧开的水递到向嘉面前，"我叫陈小山，耳东陈，大小的小，山脉的山。"

向嘉笑了："是不是人人都得有个男朋友？男朋友是标准配置吗？"

"当然不是，单身自由，单身万岁。"陈小山继续道，"看我们老板，孤寡代言人，一直单身一直爽。"

确定你们老板一直单身吗？

向嘉准备单手把瓶盖拧回去，面前突然有一道颀长身影靠近，她还没看清，手上的水瓶便被拿走了。

向嘉抬眼。

林清和套上了一件黑色休闲防风外套，没扣扣子，随意敞着，将手上的钥匙撂给陈小山："我带她去吃饭，你收店，忙完再上去。"

向嘉跟在林清和身后出了酒吧，江对岸的景观灯亮了起来。

灯光与夜色交相呼应，岸边种着的千年古树上有蝉在不知疲倦地鸣叫。

"这里的夜景很漂亮，唯一的缺陷是交通不便，没有经过专业的开发。"

向嘉转头看向已经走上台阶的林清和,风掀起了他的衣角,他身形挺拔高挑,影子拉得很长。

阿乌客栈的招牌闪烁着彩灯,墙角的三角梅盛开在黑夜里,火红的花,妖冶蓬勃。林清和恰好走到了蓬勃的三角梅下,一朵红花随风飘落,落到了他的肩头。

"你来这里做什么?"

"旅游啊。"向嘉仰头看天,黑夜并不纯粹,天空是深蓝的,一望无际。银河横空,繁星闪耀。

林清和转头看来,向嘉也收回视线,看向了他。他的瞳仁似墨,片刻后,他收回视线,继续往前走,运动鞋踩上青石板台阶,散漫语调落在身后:"是吗?"

"不然呢?"向嘉扬起下巴,看向林清和的后脑勺。一个男人连后脑勺都长得这么好看,她很没素质地理解了那位富婆因为他不听话,砸店的心情,"我来这里追求你吗?"

林清和脚步停顿,背对着向嘉,扯了下嘴角。

"我今天看到你上了那辆迈巴赫S680。"

林清和倏然回头,蹙眉注视着向嘉。

向嘉双手插在牛仔外套口袋,快走了两步越过林清和,比他高出两级台阶。

"你跟那位和好了?"

林清和沉默不语,只是表情有些奇怪地看着她。

"你不是不愿意吗?今天又愿意了?"

林清和这回顶腮的动作大得向嘉都看清了。他"哧"了一声,从裤兜里摸出一颗薄荷糖,撕开绿色包装,把糖扔进了嘴里,抬起长腿往台阶上走:"关你什么事?"

"还有糖吗?"向嘉看向林清和捏着绿色塑料包装纸的手,说道,"给我一颗。"

"没了。"林清和悠闲地咬着薄荷糖,糖块被他推到了腮边,顶出一块,他原本冷淡的唇因为吃糖有了水泽。

"她应该挺有钱的吧?你怎么会这么穷?连一颗糖都不舍得给?"

林清和忽然掀起眼皮,直直看了过来,向嘉的目光跟他撞上,她倒是没躲:"他们还不知道你有这么个——姐姐吧?"

"怎么,想威胁我?"林清和把薄荷糖咬碎了,薄荷糖的甜在口腔里溢开,又凉又甜。他下颌上扬,眸子在夜色下沉黑。

"给我一颗糖,我帮你保密。"向嘉伸手到林清和面前,突然很想吃薄荷糖。又甜又凉的薄荷糖,她已经很久没有吃过了,"你可以报警说我勒索你一颗糖。"

林清和的兜里一定不止一颗糖。

林清和盯着向嘉看了半晌,从裤兜里摸出一颗薄荷糖扔给向嘉:"最后一颗,没了。"

"谢谢。"向嘉接糖的时候,不小心碰到了手心的伤,疼得她差点面目狰狞,但她够能忍,成功地控制住了表情。

粉色包装,桃子口味,在大城市的娱乐场所随处可见的那种免费普通薄荷糖。她撕开包装,将薄荷糖塞进嘴里,甜味一下子就溢开了。

"你跟她在一起多久?"

林清和踩着脚下的影子,很轻地磨着后槽牙,开口时声音淡到有些薄了:"怎么,你想撬墙脚?"

向嘉沉思片刻问:"好撬吗?"

"不好。"林清和倒是很直接,他拐进一条又黑又长的窄巷子里,"我不喜欢你这样的。"

向嘉含着只剩下薄薄一片的糖块,鼓了下腮帮,把所有的话吞了回去。

土鸡火锅在主街街尾的广场上,挂满了闪烁的彩灯,摆了十几张桌子,只有一桌客人。游客打扮,应该都是外地来旅游的。

老板是个三十来岁的女人,看到他们就热情地迎了上来:"林老板,过来了?这位是?女朋友?"

"不是。"林清和否认得很干脆,拉开椅子坐下,"炖鸡好了吗?"

"还得一会儿,小山电话打得晚,土鸡需要多炖一会儿才好吃。我做了黄凉粉,先给你们上一份?"

"不要辣椒。"林清和叮嘱。桌子有些矮,他的长腿有着无处安放的尴尬,索性敞开着摆到了桌子两边。

向嘉没有立刻坐下,走到了广场边缘。广场地势很高,能俯瞰小镇的夜景。

江对岸的景观灯如同游龙绵延向远方,山脉层层叠叠,山脊线与苍穹倒是有一线之隔,启明星亮在离山最近的地方。

山间的风并不柔和,但今晚温度很高,凛冽却不让人讨厌。

向嘉深吸气,站了很长时间,才走回去拉开林清和对面的椅子坐下。

"你们这张台球桌可以用吗?"旁边的游客询问老板,向嘉端起桌子上的大麦茶喝了一口,扭头看去。

靠近饭店的地方搭了个棚子,里面放着台球桌。

"可以。"老板端着黄凉粉和不知名的凉拌野菜出来,将东西放到了向嘉这边的餐桌上,才走向台球桌,说道,"我给你们拿球。"

"你会玩台球吗?"陈小山还没有到,向嘉不好先动筷子。黄凉粉和记忆中奶奶做的一模一样,她十几年没吃过了。

身后"哗啦"一声,台球被倒在桌子上,中年男人闹哄哄地教女伴打球。

"手上的绷带一天换一次,结痂后就不用再包了。"林清和倚靠在椅子里,叠起了修长的腿,手指搭着陈旧的手机,打开了小程序里的游戏,"我只负责你在酒吧受伤的部分,你玩其他的受伤可不关我的事。"

"说起来,你还欠我一个道歉。"向嘉的注意力落在林清和的银戒上,他的手指骨瘦而长，戴偏深的古银首饰很有质感，冷淡又性感，"这样吧，你跟我打一局球。你赢了就不用道歉，我们算扯平，我的手如何都和你没关系；我赢了，帮我个忙。"

林清和专注地玩游戏，头都没抬："什么忙？"

"做我的模特。"向嘉抛出了她的目的。

"不做。"林清和玩游戏不开音效，只有手机屏幕的光映着他冷白的指尖，"没兴趣。"

"你怕输？"

"珍惜生命。"林清和慢条斯理地道，点着手机屏幕，"远离黄赌毒。"

"你又不知道我的技术怎么样，这么怕输给我？"向嘉故意刺激他，扬起自己受伤的手，"我两只手都受伤了，你赢的概率很大。"

"坐上赌桌就是输。"林清和目光专注地落在手机上，屏幕上只剩下一片锅碗瓢盆，没有相同的三个图案，他停住了手指。

"我赢了，接下来一周你给我做向导加司机，你不用再向我道歉。"向嘉降低了条件，"敢不敢？"

林清和把手机放到了木桌上，抬眼，黑眸锋锐注视着向嘉，他缓缓开口："不用让球，你输了，你离开这里。"

大约过了一分钟，向嘉起身，扬起了白皙的下巴："好。"

打球，她没输过。

那一桌游客打得不太行，女的不会打，打到一半男的没了耐心撂下球杆换人。

林清和接过球杆，抽出一张纸简单地擦了一遍，又慢条斯理地擦粉盒："让你开球，话说到前面，愿赌服输。输了你哪里来的回哪里去，不要再出现在这里。"

向嘉接过老板递来的球盒扣到了桌子上，不知道林清和哪里来的自信，一定能赢她:"黑八?"

"可以。"林清和放下粉盒,拎着球杆信步而来。

向嘉摆好球,她打球路子比较野,姿势也不是很规范,随意拎着粉盒擦了下球杆,转身直接开球。

"砰"的一声响,台球四散开来,三号球滚进了球袋。

打算离场的中年男人看到这个开球停住了脚步,他原本还在吐槽女伴天生运动细胞差,看到这一幕不由得往向嘉脸上看,这女孩又漂亮打球又野,他不愿意承认女孩技术好,只感慨:"运气这么好?你的球位置都很好。"

确定了目标球,向嘉调整了位置再次击球。她一连进了六颗球,旁边空气都沉默了。

还剩下一颗和对方的球黏在一起的黑球,两个容易进球的位置不是带上黑八就是带上对方的球。黑八的规则是黑球掉进去,满盘皆输。

向嘉换了两个位置都没有找到击球点。

"借旁边的十一号球撞一下,把球先放出来。"看热闹的中年男人开口指挥,"等下一杆,这才开始,他的球位置都不是很好,不可能一下就清台了。"

向嘉看了眼林清和,他拎着球杆气定神闲地站在一边,表情很淡,似乎对这个局面早有预料。

向嘉没有听看客的话,她不确定林清和的技术怎么样。

她决定赌一把,打对角线。

虽然计划很好,但实施起来难度很大,她确实把对角打出来了,但力量小了几分,目标球离袋口还有一段距离却停住了。

向嘉拎着球杆退回去,活动了一下手腕。

向嘉是服装设计师,林清和是她一直想找的那种男模特。很讽刺的是,她在事业最盛时从来没遇到过像他这样带感的模特。

如今她声名狼藉,事业被毁得差不多反而遇到了。

林清和走过去，拎起球杆开了第一球。向嘉原本想喝水，看到他的动作停住了。

林清和打球非常专业，不管是姿势还是打球思路都不是业余玩家能有的。

跟她的野路子不同，林清和打球优雅强势，他不紧不慢地把难打的球分开且平稳地送进了洞口。

甚至连母球撞击目标球发出的声响都很小，他游刃有余。

向嘉不动声色地抿了下嘴角。

"小姑娘，你要输了，还是你男朋友更厉害点。"旁边看热闹的中年男人像个见风使舵的舵手，来回横跳，"小哥，你这个水平都能去打职业赛了，你干什么的？"

向嘉和林清和的注意力都在球桌上，没有人去纠正他的口误。

"江边酒吧是我开的，欢迎去玩。"球桌上的林清和慢条斯理还有心情为自己的酒吧打广告，他架起了球杆打最后一颗球。这颗球的位置很好，以林清和的技术必进。

他的手指修长，握球杆的姿势标准，倾身时后腰与臀腿绷出了完美的弧线，非常有张力。

向嘉要输了。

向嘉放下球杆，甩了甩手腕，猝不及防地碰到了球桌边缘，发出巨大一声响，她疼得"咝"了一声。球桌上的林清和手一滑，击出去的球杆歪了个很小的幅度。"砰"的一声，母球撞上目标球，目标球飞向袋口，在袋口处旋转一圈后又转向了球桌中间，停到了黑球附近。

观赛的中年男人发出了一声惋惜，恨不能时光倒流，他亲自上场替林清和打那最后一杆："就差一点！怎么滑杆了？这么好打的球，可惜了，可惜了！太可惜了。"

林清和收杆，直起身看向嘉。

"既然林老板让我，"向嘉因为这个变故笑得非常灿烂，她捡回自己的球杆，下巴上扬，清冷的一双眼弯着，鲜活动人，生机勃勃，"那我不客气了。"

她没发现自己手上的伤口裂开了，血缓慢洇出染红了纱布。

林清和收起球杆转过去靠到墙上，抽纸擦指尖上的粉灰。

向嘉这一球他不用看就知道肯定进了，果不其然，随着巨大的撞击声，她的最后一颗目标球应声落袋，干脆利落。

"你女朋友打球很猛。"看热闹的中年男人把烟盒递了过来，目光还黏在向嘉身上，"杀气腾腾的。"

林清和看了中年男人一眼，接过了烟。

向嘉把最后一颗黑球送进袋口，她拎着球杆侧头看林清和，眼尾带着得意劲儿，张扬明媚："林老板，愿赌服输。"

林清和眸色暗深，转着手指把烟攥到了手心，转身大步走回广场。

"怎么这么热闹？"陈小山气喘吁吁地走上广场，喊了一嗓子，"林哥，向嘉美女，吃上了吗？"

"打台球呢，林老板和这位小美女都很厉害，我这就去看炖鸡，差不多了。"老板看完了热闹，匆匆往饭店里面走，"我去换锅。"

"美女还会打球？谁赢了？"陈小山是出于礼貌这么问，实际上林清和打球没输过。

"美女。"隔壁桌那个中年男人也走了回去，"两个人都打得不错。"

向嘉放下球杆才感觉到疼，右手的绷带一片血红，她敛起了心绪，垂下手，问道："洗手间在什么地方？"

"饭店里面，进门右拐。"陈小山给向嘉指了路，拉开椅子坐下，疑惑地看向了林清和，压低声音，"林哥，你打台球输给了她？"

林清和端起桌子上的大麦茶一饮而尽，放下杯子，走向了饭店。

"林哥，你也去洗手间？"

"加个菜。"林清和迈着修长的腿踏上了饭店的台阶，推开了玻璃大门，走向柜台。

"那帮我把饭锅拎过来。"陈小山喊道,"饿死了。"

向嘉在洗手间里解开了绷带,她撞的是右手,血涌出来了,染红了整片纱布。

她把纱布解下来扔进了垃圾篓,抽纸擦掉伤口边缘的血迹。伤口看起来狰狞其实不太深,晾着反而愈合得更快,只是看上去有些恶心。

敲门声响起,这边饭店洗手间不分男女,共用一个,向嘉连忙把染血的纸扔进垃圾篓:"马上好。"

"是我。"林清和微沉的嗓音在外面响了起来,"出来。"

向嘉挑了下眉,匆匆洗掉指尖上的血迹,转身拉开了门。

林清和倚在洗手间斜对面的啤酒货架上,五官深邃。

"林老板。"

"纱布。"林清和直起上身,递来一卷纱布,目光审视,"就那么想赢?"

向嘉接过纱布,站到了林清和对面,拿着纱布往手上缠,觉得林清和这话很有意思:"我不喜欢输。"

"怕输就别赌。"林清和看向嘉笨拙地缠纱布的样子,挪开了眼,"不赌就永远不会输。"

"有的人生来就在赌桌上。"向嘉左手操作有些笨拙,磕磕绊绊地将纱布缠好。她环视四周没找到剪刀,想低头用牙在纱布边缘咬开缺口撕掉,"不是所有人都有得选。"

面前阴影一斜整个罩住了她,向嘉倏然抬眼。林清和扯着她的手,把她带到了吧台处。他拧眉从吧台里找了把剪刀,剪掉了向嘉手上多余的纱布。

两个人靠得很近,他的睫毛在眼下投出一片荫翳,他很有耐心地解着向嘉手上凌乱的纱布。

林清和眉目精致如同水墨画,鼻梁高挺,薄唇微微抿着。向嘉隐约能感受到他的温度，炽热带着灼烧感。

向嘉看着他根根分明的睫毛，目光下移到他的唇上。他的唇看起来很软，颜色很浅。

"你为什么来这里？"向嘉问道，"你也不是本地人。"

林清和垂眸，利落地缠好纱布，打了个结，他松开向嘉的手，退后一大步，彻底地与她拉开了距离。

"没有离不开的赌桌，只有被欲望绑架的赌徒，我没听说过谁离开赌桌会死。"

不知道是不是错觉，向嘉听到他嗓音似乎有些哑。

"是吗？"向嘉不置可否，她确实是赌徒，她输得一无所有。她活动着手腕，借着灯看手上的纱布，"包得很好，谢谢林老板。不管怎么样，我赢了，你会履行赌约的吧？"

他不置可否，退后两步，转身抬步走出了饭店大门。玻璃门随着他的离开晃了两下，才慢悠悠地归于平静。

向嘉整理了会儿，才走向广场。

炖鸡已经上桌，砂锅下面烧着炭火，澄黄的鸡汤在砂锅里"咕噜噜"冒着泡，香气四溢。

陈小山在盛汤，看到向嘉立刻招呼："小美女，尝尝我们这里的土鸡汤，特别好喝，外面喝不到的。"

向嘉拉开椅子坐下，接过了陈小山递来的汤碗："谢谢，我应该比你大。"

"我 1999 年的。"陈小山说，"你多大？"

"1996。"向嘉喝了一口汤，又香又鲜，是那种最原始的做法。新鲜的土鸡经过炖煮，鸡肉里的脂肪与水融合，几乎没什么香料，全是食材本味。汤里放了些新鲜菌类，滑嫩可口。

"美女小姐姐。"陈小山改了口，视线在向嘉和林清和之间游移，"小姐姐,你生日在几月?你和林哥一年的,不知道谁大?"

"陈小山,去拿蘸水,我要辣椒。"林清和出声打断了陈小山的八卦。

"好嘞。"陈小山中止话题,离开座位飞奔向饭店,他对林清和言听计从。

向嘉拿起筷子夹黄凉粉,挑了眉看对面的林清和:"林老板,除了那个姐姐,你谈过恋爱吗?"

"十几岁就开始谈,一年四五个。"林清和毫不在意,语调散漫,"你想打听哪个阶段的恋爱?"

向嘉夹着黄凉粉一时间不知道该不该往碗里放,这菜林清和吃过吗?

虽然她没有洁癖,可这位的私生活确实夸张。

难怪他长成这个样子,他身上的浪荡感是历经风月淬炼出来的吧?

向嘉之后没怎么吃东西,只喝了两碗鸡汤,全程听陈小山热情地介绍当地风景人文。

林清和边吃饭边玩手机,对陈小山和向嘉的聊天没有一丝一毫的兴趣。

陈小山家住在街上,吃完饭便跟他们分开了。向嘉和林清和一起原路返回,林清和应该是住在酒吧。

皎洁的月亮终于爬上了山头,照亮了一半溧江,对面山水轮廓在月光下清晰起来。层层叠叠的山峦绵延向远方,江水如镜,倒映着天地。

夜风徐徐,蝉鸣消停了,蛐蛐的叫声此起彼伏。

向嘉仰起头看了一会儿天上的繁星,低头时见林清和已经顺着长长的台阶走下去,挺拔修长的背影消失在拐角处。

第二章·
风雨同舟

溧县的天气变化极快,前半夜还皎月当空,后半夜就刮起了妖风,早晨开始下暴雨。

屋檐的水犹如瀑布往下冲,向嘉十点下楼吃早饭。阿乌不在,只有奶奶坐在院子的屋檐下绣花。

奶奶看到她,目光陌生,看了一会儿,问她:"你是谁?"

空气潮湿微凉,三角梅被雨打落了一地,满地鲜艳。向嘉看着奶奶眼神里的茫然,迟疑片刻说道:"我是阿乌客栈的客人。奶奶,我想吃早饭,我饿了。"

奶奶依旧想不起来这是谁,但年轻孩子说她饿了,她放下绣棚,尽可能用普通话和蔼地说道:"吃什么?有包子、稀饭,还有米粉。"

"包子和稀饭。"向嘉看向地上的绣棚,上面绣着凤凰雏形,绣工精湛,凤凰跃然在深色的布料上。溧县苗绣,色彩鲜艳,花纹生动,曾经也火过一段时间。只是随着时代发展,机械代替了人工,现在它们几乎退出了市场。

"姑娘,吃饭了。"奶奶喊她。

向嘉穿过昏暗的走廊到了饭厅,干净的木桌上放着一碟青菜、一碗白粥、两个包子,还有个水煮蛋。

"奶奶,我叫向嘉。"向嘉坐到了小板凳上,摘掉口罩,仰起头看奶奶单薄瘦削的身影,"嘉奖的嘉。"

"嘉嘉。"奶奶用带着川渝方言口音的别扭普通话喊她,又给她拿了一碟咸菜,叮嘱道,"多吃点,长得胖胖的,你太瘦了,你爸妈会心疼的。"

她爸妈才不会心疼,她爸妈恨不得她悄无声息地死在外面,他们如今对她唯恐避之不及。

"阿乌小时候就不好好吃饭,长得又瘦又黑。"奶奶边唠叨着边走出院子,拿起绣棚继续绣。

粥的味道很普通,但奶奶给她盛了一大碗,向嘉也喝完了。

向嘉吃包子的时候,林清和撑着雨伞进了院子。他穿黑色的防风外套,拉链拉到下巴,黑色的休闲裤子塞在雨靴里,根据颜色判断身上的衣服几乎全湿了,他手里拎着两条鱼进门:"奶奶——"

伞面一斜,他跟向嘉撞上了视线。向嘉坐在没有开灯的饭厅里,穿一条红色长裙,长发披肩,白得泛光,正坐着啃包子。

"你是谁啊?"奶奶一脸迷茫地抬起头,仔细辨认了一下,"你是不是找错门了?"

"我是林清和,隔壁开酒吧的,陈叔送了几条鱼。"林清和走向饭厅,带着一股潮湿的寒气进了门,合上雨伞,说道,"我不会做鱼,送来给你们。"

饭厅不大,林清和身材高大,特别占地方,几乎挡住了全部的光线。向嘉往后倚靠,以防被他身上的水溅到。

"吃饭了吗?"奶奶放下手里的绣活,对于别人吃没吃饭非常上心,"我给你拿鸡蛋。"

"吃过了,我在陈叔家吃的。"林清和把装鱼的袋子放进了水盆,拎起雨伞,视线一转落到向嘉身上,慢条斯理道,"向女士,今天去哪里玩?需要我怎么陪游?"

林清和是挑衅吧?这雨都下成了瀑布,出去玩?

"不用了。"向嘉把最后一口包子咽下去,战术性后仰,微笑着面对林清和,"忽然对你没兴趣了,赌约取消。"

林清和黑眸渐沉,居高临下地审视她片刻,随后移开视线,重新打开伞,

"砰"的一声响。深色雨伞遮住了大片的光,他迈着长腿大步跨过门槛踏入暴雨,冷淡的声音落在身后:"你最好是永远没兴趣。"

林清和长得很带感,极致的干净与极致的浪荡这两种感觉居然能杂糅到一个人身上。向嘉的目光从他露出来的一截后颈肌肤,一路滑到他窄瘦但有力量的腰上。

可惜了,他浪得太过具体。

"再见。"

吃完早饭,向嘉坐在屋檐下看奶奶刺绣。

奶奶记性很差,会忘记针线在哪里,会忘记下一步该做什么,但她的绣工很扎实。一针一线,花鸟鱼各有象征,这是独属于它们的语言。

她一边绣花,一边跟向嘉聊着过去,不知道又把向嘉当成了谁。向嘉听了个大概,了解到她一生有四个孩子,只有两个成年了。

大儿子掉进江里没了,小女儿得了肝病是十年前走的,走的时候总是肚子疼需要去打止痛针。

向嘉看着奶奶的绣架,上面多是象征平安吉祥的花纹。

暴雨把天空压得黑沉,震耳欲聋的雷声一道接着一道,雨声鼎沸。又一道闪电划过天空,照亮了昏暗的屋檐。奶奶脸上的沟壑清晰,眉宇显出焦虑。

阿乌一身雨水,推开大门,手中雨伞折了一半,她浑身都是水,风风火火地进屋:"外面雨太大了,山上的橘子园都被冲了。镇上的人都在上面挖渠,我回来换件衣服也去。"

奶奶连忙起身想往雨里扎,向嘉一把拉住她,另一只手拦住了被奶奶撞翻的绣架。

"奶奶你回去!你别给我添乱了。"阿乌喊了一嗓子,连忙跑过来,乍然看到向嘉,她脚步停顿。

向嘉心里"咯噔"了一下,阿乌也拍短视频,认出自己来了吗?在这里

049

待了几天一直没人认出她，她胆子渐渐大了起来。

网络也没有想象中那么遍地都是，不上网不刷视频的人有很多，她也没有那么红。

"你长得真漂亮。"阿乌由衷地夸赞，夸完也就完了，"好多年没下过这么大的雨了，今天不能出去玩了。"

天上的云都快成黑色的了，雨从九天之上大股大股地往下泼。

中午阿乌叫了林清和过来吃饭，向嘉便没跟他们一起吃。

她的饭被送到了房间，是一锅鲜嫩的炖鱼。没有放辣椒，汤白肉嫩，撒一把细香葱，色香味俱全。

房子隔音不是很好，向嘉吃饭期间隐隐能听到楼下的人说话的声音。

林清和对奶奶特别温和有耐心，跟对别人不一样。

他和别人说话哪怕是笑着，也是漫不经心，没多少感情。

这人又穷又跩。

阿乌的声音很大，好像说什么雨太大冲毁了一段隧道，这边唯一一趟列车暂停运营了。

鱼肉鲜嫩没有一点腥味，江鱼虽然刺多，但格外鲜美。向嘉慢悠悠地吃完了一小盆鱼，想打开露台门看看外面情况，立刻被暴风雨拍了回来。

她坐回去。

前路一片渺茫，她只是跟秦朗撕破了脸，还没有跟徐宁彻底闹掰。

可能还是要回去，可回去该怎么收这个场？

向嘉非常头疼，她内心是恐惧上海的，待在上海最后那一个月，她吃药都不能正常入睡。即便用了辅助药物逼自己入睡，也会因心悸惊醒。

铺天盖地的辱骂嘲讽，她被推到太阳底下被人围观。

网友撕碎了她最后那点伪装，她丑陋地赤裸着。

下午的雨下得比上午还大，露台完全陷在暴风雨的洗礼中，不能站人。

从窗户看到江水漫过河堤时，向嘉第一时间并没有反应过来，以为是来不及褪去的浪潮。

直到江水淹没了堤岸，她才意识到发生了什么。她飞快地回到房间穿上外套，背上自己的包，带上重要证件跑下了楼。

她曾经在江边住了十二年，外婆教过她如何观察江水动静来判断是否蕴藏风险。

这个情况，很危险。

阿乌没在，奶奶抱着大黑猫，站在屋檐下，看着漫上来的雨水，神情焦急："水漫上来了，阿乌呢？阿乌去哪里了？我去找找阿乌。"

雨水肆虐，院子里的积水已经十几厘米高了。随着雷声，天陷入了古怪的黑。向嘉喊了两声阿乌，喊声被巨大的雨声淹没，没有一点痕迹。

江水明显倒灌进了院子，这勾起了向嘉小时候对暴雨的恐惧，她在进城之前也是山里人，靠天吃饭。

"奶奶，江水倒灌上来了，你跟我走，我们去高处。"向嘉很后悔此刻没有手机，她联系不上阿乌，她去抓奶奶的手。

奶奶狠狠甩开她的手，抱着猫往楼梯退："你是谁呀？你想干什么？"

"奶奶？"向嘉试探着说，"我是乖乖。"

"你不是。"奶奶转身朝楼上喊道，"阿乌！乖乖！"

江水只要漫上河堤，蔓延开来是非常快的。她不知道水还会不会继续往上涨，一旦涨起来阿乌家第一个被淹。

自然灾害面前，人类脆弱渺小。

"我去叫人，你别下楼也别去水边。"向嘉找到一把雨伞撑在头顶，踏入暴雨。院子的水瞬间便淹到了膝盖，她逆着水流艰难地走出门。主巷更可怕，肆虐的黄色洪水夹杂着断裂的树枝与山石奔腾而下，犹如巨兽。

"一家酒吧"的大门虚掩着，向嘉一咬牙快速冲了过去。短短一段路，

051

她走得惊心动魄，水流湍急，人是会被洪水冲走的。

"一家酒吧"地势高，江水还没有倒灌进去。向嘉推开了酒吧的大门，还来不及观察，她便喊道："林清和你在吗？"

雨声喧嚣，她握着伞柄，提高了声音："林清和！你在吗？"

楼上传来一声门响，林清和穿着白衬衣，顶着一头凌乱的头发，从二楼露头。他的衬衣领口敞着，露出一大片胸膛，里面没穿背心，眼尾还带着一丝惺忪的嘲讽，似乎还想刺她两句。

"水漫过江堤了，可能会淹到这里，水涨得很快。阿乌的院子已经被淹了，阿乌不在，我带不走奶奶！"

林清和黑沉的眼睛注视着向嘉，几秒钟后，他拧眉，开口时嗓音沙哑："什么？"

"这边被淹过吗？不管有没有被淹过，现在非常危险。以防万一，赶快转移！"向嘉发现水已经漫进了酒吧，她不知道当地有没有通知，这场雨下得太突然了，"我在江边住了十几年，这个情况很不妙。还有第二条路吗？主巷的水太大可能走不了。"

"后面。"林清和指着酒吧后门，面色冷峻，一边扣扣子，一边往二楼的露台快走，"二楼的后门能通到高处，有小路，水什么时候漫上来的？"

"刚刚。"为什么要观察江水呢？向嘉不想细想原因，但她一直看着那片江，看着水位迅速上升，"你快下来带着奶奶走，她不认识我不跟我走。"

林清和迈着长腿跑回来，拿着手机匆忙打电话，三步并作两步下了楼梯，跟那边说道："陈小山，水漫上来了，叫江边的人赶紧撤。"

手机信号不太好，向嘉听到电话那头陈小山扯着嗓子喊："我们在叫人了，我刚要给你打电话！这个水太吓人了，什么情况啊。我长这么大都没见过，要命呢。"

林清和没有打伞径直冲进了雨里，直奔阿乌客栈去了。

"你先走别跟过来,二楼左手边那扇门从里面开。"林清和没回头,只是冲向嘉喊道,"快走!"

酒吧里的水已经迅速漫到了小腿,水涨得非常快。

向嘉冲上了二楼,二楼只有一个房间,林清和刚才出来的地方,门敞开着,只有门口一点光照亮方寸之地。

有一张床,再里面便是漆黑一片。

她找到林清和说的那扇门,拿下上面挂的锁,拉开门便看到一条通往高处的路。

一楼的酒吧响起了林清和的声音,他应该是在跟奶奶说话。

"您别害怕,我带您走。"

向嘉回头看到林清和背着奶奶带着大黑猫进了一楼的酒吧,他身上的衣服都湿透了,贴在皮肤上,肌肉线条清晰分明,很有力量,给人一种安全感。

"奶奶,从这里走。"林清和把奶奶放到楼梯上,"快走,水淹上来了,您松手,我带您去找阿乌。"

奶奶死死拉着栏杆,林清和不敢用力抠她的手,怕把她弄伤了。

她异常焦虑。她这个病越焦虑人越糊涂,她一会儿喊阿乌,一会儿喊女儿的名字。她害怕漫天的水,她有亲人曾在水中失去了生命。

"阿妈。"向嘉尽可能去回忆这里的方言,开口的那一瞬间她心脏抽痛了一下。她抿了下唇,在林清和的目光中,伸手到奶奶面前,用当地方言说道,"我怕水,我们去高处。"

"你是谁啊?"奶奶眼神有些迷茫地看向向嘉。

向嘉给林清和使眼色,林清和看奶奶手上略松,一把提着她上了楼梯。他把黑猫放在了地板上,黑猫很机灵,立刻往高处走。他看了向嘉一眼,说道:"你怎么会当地方言?"

向嘉没有回答他,拉住奶奶的手,快步顺着通道出去,找了条路先往高处走,斜着的伞尽可能撑到奶奶的头上:"林清和,我们去哪里?"

"顺着巷子尽可能往高处走，这边所有的巷子都是通的，走到高处找地方避雨。"林清和看了眼向嘉，她身形单薄但脊背挺直很直，并不脆弱，"我不能跟你们一起走，江边还有几户人家只有老人在家子女不在——"

向嘉肩膀突然被大力一揽，她带着奶奶整个撞进林清和的怀里，手里的伞跌落，一截巨大的断木带着沙石滚滚而来，带着她的雨伞轰然而下。

一个小型挡水坝被冲毁了，泥石流冲到了住宅区。

林清和拉着向嘉往后迅速退去，把她带到安全地带，他指着一条小路，匆匆说道："从这里往上走，看着路，一定要走小路。绕着走，快点走。"

向嘉整个人都是蒙的，刚才她离死亡很近。

林清和环抱她时的体温似乎还在，他长得高，手臂很长，把她整个护在怀里。那瞬间，向嘉感觉到自己的渺小，生命脆弱。

没了他的遮挡，冰冷的雨水混着风把向嘉浇透了。她嗓子很紧，拉着奶奶往窄巷子里走。

向嘉走了两步，回头冲着已经跑远的林清和大声喊道："林清和，注意安全！"

林清和脚步一顿，随即扬起戴着佛珠的手摆了摆，身影便拐进了下行的巷子，消失在肆虐的暴雨中。

向嘉快走到街上的时候，遇到了阿乌，阿乌把她们带到了镇政府大院。这里聚集了不少行动不便的老人，一开始是山洪冲毁了住在山前的人家，镇上的人都去帮山前的人家转移，没想到江边也淹了。

阿乌安排好她们便着急忙慌地出门，镇上的青壮年不多，能干活的都在干活。阿乌算是"年轻力壮"里的一个了，她得去扛沙袋筑堤坝防洪水。镇上还没有完全被冲毁，就有希望。

向嘉在高楼里住了太久，快要忘记人们最原始的模样。

没有那么多钩心斗角，每个人都拼尽全力，努力地活着。山洪来势汹汹，以一种吞天食地的姿态,想要将这个小镇吞没。

但这里的人不愿意,他们尽管并没有多少劳动力,可他们各司其职,有一点行动能力的老人照顾没有行动能力的老人。

没什么力气的在后方装沙袋,有力气的扛沙袋在前方治水筑堤,能防一点是一点。

也许每个人心里都有害怕,但没有人退缩。

向嘉不知道自己为什么要加入装沙袋的队伍,她明明已经脱离了这个地方,走出去很多年了。

挥动的动作重复了上百次,比在健身房练一天还累。她累到麻木,脑子是空白的,机械地重复干着同一件事。

雨披早就破了,身上的衣服湿透又被体温烘热。雨浇在身上一开始有些疼,等习惯了之后,只觉沉重。

向嘉的母亲是个努力挤进城市的农村人,学历不太高,靠着勤奋努力在城里有了一份工作。她不想回到穷困潦倒的大山里,想留在城市。

钢筋水泥筑成的鸽笼房虽然狭窄,但那里盛着她的梦想。

她目的性很明确,她要扎根在城市。她找的男人必须是上海户口,于是她找到了向嘉的父亲。为了能嫁进去,她主动追求,想方设法让自己怀孕,可怀上了,对方的母亲始终不肯松口让儿子娶她。

他们都在等待着,等待她肚子里能生出一个男孩。他们家重男轻女,生出男孩,两人结婚,生出女孩的话,那就再等等。

曾经向嘉的母亲一直以为肚子里的孩子是儿子,她嗜酸,肚子是尖的,孕吐很严重,胎动时很有力量非常活泼。所有孕期反应都在提醒着她,这一定是个男孩。

她在生的前一刻还幻想着一举得男能嫁进去,到时候就可以骄傲地挺起胸膛,告诉所有人,她是上海人了。

向嘉出生那天雨很大,母亲哭得声嘶力竭。奶奶掀开包着向嘉的被子看了眼性别,转头把煲好的鸡汤倒了。

外婆不认字,不会说普通话,只会磕磕绊绊讲几个常用的词。她一个人千里迢迢赶到那个繁华的大城市伺候女儿月子,连一口水都没喝,便被塞了个孩子。

外婆倒出一背篓吃的,把出生没多久的向嘉放了进去,背着向嘉走上了返乡路。

她的火车票是央求路人帮忙买的,那时候回程的火车整整三十多个小时。她在漫长的时间里,接受了那么大一个城市但容不下一个婴儿的事实。

向嘉的名字是外婆取的,外婆不认字,也不知道具体的字是什么,只知道是家的音。她希望她的孩子有家,不要再被抛弃。

外婆的病其实早有征兆,她丢三落四、忘东忘西,可没钱去大地方检查,她也不舍得把钱花在"没用"的地方。

她要给外孙女攒读大学的钱,她要给外孙女攒嫁妆。直到她一次犯病时摔断了腿,生活不能自理。

远在大城市的母亲终于赶了回来,见到了厌恶已久的向嘉。

外婆被送到了疗养院,向嘉被母亲带回了上海。

母亲说外婆糊涂了,为了接她放学跌进了疗养院门口的小水塘,淹死了。因为向嘉走的时候跟外婆说,她一定会回来看外婆,一定会回来接外婆。

可向嘉被送到了寄宿学校,一个月只能出校一次。她没钱买车票,她那时候连普通话都说不利索,在陌生的地方被同学欺负自身难保,她活得很艰难。

她见不到外婆。

她不知道外婆是心甘情愿走进了水塘,还是意外跌进了水塘。向嘉后来去看过那个小水塘,特别浅,躺进去翻个身脸就露到了外面。

可外婆就是在那里把自己淹死了。

她好好学习考上好的大学，拼尽全力赚钱买了一套房，留在大城市，说着标准的普通话，成为上海人，在冰冷的水泥钢筋建造的高楼林立之间，找到一个栖身之地。

不知道装了多少个沙袋，雨势渐渐小了，装沙运沙的人动作慢了下来。向嘉感觉两条手臂仿佛都不是自己的了，她麻木地抬起头，抹了一把脸上的雨水。

细沙刮到她的皮肤上，是种粗粝的疼。

向嘉甩了甩手，甩出一点血痕，很快被雨水淹没。她这才发现纱布早就被血染红了，但经过雨水冲刷，血的颜色很淡了。

她仰起头看天，猝不及防地跟站在沙袋前的林清和对上视线。他不知道什么时候上来了，身上穿着一件粗糙的黑色雨衣，脸上身上都是泥。他个子高、皮肤白，脏成这样依旧在人群中十分瞩目。

他若无其事地收回视线，拎着沙袋高高扬起，修长手臂很有力量，沙袋被他扔到了挡水堤坝上，稳稳垒到了高处。

"白富美这么接地气的吗？白富美在装沙袋。"陈小山扔完最后一个沙袋，伸手拍了下旁边的草丛，借着上面的水洗干净手，"她昨天戴的那块带钻手表，你猜多少钱？"

林清和捡起地上的铁锹拎在手里，踩着沙袋绕到另一边查看。

雨势小了，但水流并没有减弱，仍然汹涌。

这场灾难太突然了，让人猝不及防。

经过岁月沉淀的青瓦建筑此刻暗沉，百年历史的苗寨因为这场雨被冲毁了好几家，已经挂果的猕猴桃树横七竖八地倒在山坡上。江岸全陷在了水里，这是溧江水坝建成后第一次被淹，非常糟糕。

江上雾气缭绕，天边雨雾渐渐散开，远处青山有了清晰的轮廓。沿江有好几个寨子，几百户人家，不知道受灾情况。

林清和的手机在裤兜里振动着，他甩掉手上的泥，从裤兜里摸出手机，看到裂成蜘蛛网的手机屏幕上显示三条红色预警，一条溧县水灾新闻，还有母亲的短信轰炸。

林女士：溧县下暴雨了，你那里怎么样？你还住在江边，安全吗？回我电话。

林女士：我就说让你走，你不听我的，怎么样？淹到你了吧！

林女士：怎么不接电话？你在干什么？

林女士：林清和！

林清和蹙眉，重重按着手机屏幕，回复"您能不能让我安静几天，别发疯了"，手机屏幕在他拉向嘉时撞墙上了，碎得非常均匀，打字有延迟，几个字打得艰难，他删掉了后几个字，只回复：活着。

回完，他把手机塞了回去。

"十万！一块手表，十万。"陈小山语气夸张，比画着，"很有钱，长得又漂亮，她不会是什么大明星吧？你觉不觉得她长得像明星？我总觉得在哪里见过她。"

"所有长得好看的女孩，"林清和走到边缘查看土质情况，别再塌陷了，泥石流之后就是大面积塌方，"你都在梦里见过。"

"我是真觉得她很熟，特别像明星。"陈小山从裤兜里摸出一盒薄荷糖，撕着包装，叹了一口气，"这鬼天气，酒吧算是彻底不能营业了。我原本还想今天提前过去将木桌钉起来，再把边缘做个抛光。吃糖吗？林哥。"

林清和伸手拿走了陈小山的糖，自然地装进了自己的裤兜。

陈小山："……老板，我没让你全拿吧？"

"你爸过来了。"林清和拎着铁锨，走下土坡，"今天这么大的事，你爸不会好受。再说废话，你爸会把你从这里踹下去。"

陈小山倒是不怕他爸，但很听林清和的建议。

他是个没心没肺的小混混，十几岁不读书跑出去混，差点被他爸打断腿。混了几年没混出名堂，看别人回家乡拍短视频、直播赚钱，他也买了设备回来直播，连电费都没赚回来，又被他爸揍。

直到林清和过来开酒吧，他才终于有了工作。林清和教他调酒，让他在酒吧打工兼职直播，除了林清和，他可以随便拍。陈小山的收入在这一年里达到了有史以来的巅峰，过上了梦想的生活。

他对林清和很崇拜，言听计从。

陈小山看了眼带着人走来的陈建忠，不要薄荷糖了，一抹身上的泥，拎着铁锹跳下沟渠走了。

"这边控制住了吗？"陈建忠搓了搓满是沟壑的脸。他是桐镇的镇长，负责一方安危。桐镇早上下暴雨，他便奔波在各个沟渠之间处理山上的水，却没想到江水还能倒灌，他都快愁疯了，"我刚从江边回来，临江的房子全部淹了，这么大的事，这么多户人，可怎么办啊？"

林清和年纪不大，办事却特别稳。他来的第一年就帮当地卖了快要烂在地里的猕猴桃，今年年初他说要帮溧县拉投资，还真被他拉来了一个大公司，有钱有能力接收县城的烂尾工程，又对这个地方感兴趣。

县里招商办的人都想把他供起来，可惜，他不喜欢坐办公室。

他还开着那个小酒吧，白天睡觉晚上唱歌，他靠着这个酒吧盘活了桐镇的客栈。说不上大富大贵，至少让人有饭吃，让人看到了希望。

林清和的来头谁也不知道，他不说自己的事。这里的人只知道他是上海人，来这里度假，喜欢这里就住下来了。

陈建忠特别喜欢林清和，觉得他有文化见识广，读过大学，对各行各业都了解，办事可靠。

镇上的事，他很喜欢找林清和商量，林清和提的建议很靠谱。

"暂时控制住了,只要雨停了就不会再扩大损失。"林清和余光里看到向嘉和村里的几个妇女一起离开了。她不知道穿着谁的雨衣,又大又宽,显得她瘦小单薄。

"人都没事就好,慢慢重建。"

"猕猴桃都被冲了,刚挂果真可惜。"陈建忠眼睛泛红,狠狠抹了一把脸,"那投资旅游的大公司,不知道还看不看得上我们镇。"

"这次是整个县的,不单单是我们桐镇。"林清和的话一顿,看向远处渐渐散开的乌云,整个县更倒霉,损失太大,就没有投资的价值了,旅游景区很怕自然灾害,"我再想想办法,您先别急,先保障山洪不会再进村镇。"

雨是傍晚六点停的,临江的一排房子全泡在水里,只能看到青瓦屋顶。

当地人给向嘉找了一套苗族绣花两件套褶裙,换掉了她那湿淋淋的一身衣服。手上的绷带没有再缠回去,伤口因泡水都肿胀起来了,向嘉喷了些云南白药想让它晾一会儿,怕捂臭了。

镇政府大院里支起了锅,镇上开饭店的都拿了家里的食材过去给受灾的住户做饭。他们已经迅速支起了床铺,做起了灾后工作。

向嘉没有过去,站在土鸡火锅店所在的广场边缘看溧江。

厚重的乌云散开,青山与天的交界处一道纯粹的金光劈开云层,突然跃了出来,金光瞬间染红了天,一望无际的天空燃烧起来,如火如荼。

世界落入一片金色,山脉渐暗,江面平息。

"那边吃饭了,你在这里喝风?"男人清冷的嗓音在身后响起。

向嘉回头,看到林清和在衬衣外面套了件黑色夹克,夹克的款式老得像是二十年前的,但穿在他身上很合适。他的颜值能撑起所有的衣服,笔直的长腿顺延而下,落入黑色的雨靴里。

他手里拎着个白色塑料袋,里面装着一块看起来很软的白发糕。发糕的发酵香气清淡,随着他的走近飘了过来。

向嘉饿了，中午吃的那盆鱼早就消化完了，上一个月去健身房都没今天流的汗多。

"吃饭了吗？我不知道。"向嘉怕看到流离失所的老人麻木的眼神，怕看到灾后满目的疮痍，她看着林清和落在金色夕阳光下的脸，风很寂静，她问，"林老板，这个发糕是给我吃的吗？"

"不是。"林清和很干脆地拒绝。

"看起来不错，甜吗？"向嘉没有理会他的拒绝，手伸到他面前，"给我掰一块。"

林清和视线下移落到她的手心，狰狞的伤口十分刺眼。

向嘉也看到了手心的伤，她换了一只手伸到林清和面前，这只手的伤口很细，如今只剩下一条血线："我很饿。"

林清和看了她一眼，把发糕放到了她手上："涂药了吗？"

"嗯。"

林清和果然是来给她送发糕的，这个男人嘴可真硬啊。

发糕是温热的，很松软，向嘉扒开塑料袋，咬了一大口，看向远处如火的晚霞，金光荡涤污垢，世界明亮，她说："它带来了灾难，也带来了光明。"

"阿乌客栈被淹了，我给你找了一家街上的民宿，你先住着。等火车通了，你走吧。"林清和从裤兜里摸出糖盒，取出一颗填进嘴里，转头看向向嘉，"你的行李大概值多少钱，你算一下。"

向嘉站在风里，她穿着深底红绣线的苗服，她穿红色很明艳。乌黑长发随意地束在脑后，被风吹得微微飘动。白皙的脸上没有妆，眉目如画，只是眼神清冷。

林清和漫不经心地把硬糖顶到了腮帮上，又用舌尖缓慢地勾回，也看向天边："我来负责。"

向嘉来这里的时机非常巧，那晚恰好林女士来找林清和，三人正面撞上。

向嘉也许不认识林清和，但肯定知道林安可。

林安可在业内相当有名，投资界最张扬的暴发户，财大气粗，行事高调。

分走前夫一半家产，继承父母的半壁江山。她这辈子最不缺的就是钱，隔三岔五上一次新闻，炫耀着她的财富，向世人展现她有多成功。

她投资从来都是只看心情不看收益，对于普通创业者来说，林安可简直是天使，头顶光环的那种。

林清和早就知道向嘉的来路，虚荣拜金满眼都是钱的"网红"，削尖了脑袋往富贵圈里扎，野心勃勃的功利者。

一个没什么背景只有野心的女孩进入"豺狼圈"，她被围杀是必然的事。

这个圈子早就被垄断了，所有"创业者"从露头那一刻起就进入了他们的围杀计划，要么加入他们被拿走主动权仰人鼻息，要么被赶出圈子，永远消失。从来都是这样，没有过例外。向嘉进了他们的圈套，这是个死局，她出不来了。

她没认命他倒挺意外，可她也挣扎不了太久。鱼上了岸，再跳又能跳到哪里去呢？

她那么刻意接近他，加上这样浮夸的表演，他早就识破了。可惜，她找错人了，他林清和虽然是林安可名义上的儿子，但他不会回去继承家产，林安可有多少钱都跟他无关。

今天向嘉很拼，她很明显地卖惨讨好，林清和把所有事想了一遍，如果直接拒绝，告诉她在做无用功也太残忍了。

他给了她一个台阶，如果她提了需要帮忙，林清和虽然不回林家，但他也可以竭尽所能地帮她介绍人脉。

行李是借口，他在给向嘉送一个机会。

希望她到此结束，拿到这个机会从他的世界消失，别再来打扰他。

"你喜欢阿乌?"向嘉咽下发糕,问道。

林清和咬着糖,缓缓转头盯着向嘉,眉头蹙了起来:"向女士,你有事吗?"

"不是?"向嘉依旧没看他,继续吃发糕。

空气中弥漫着薄荷糖的气味,林清和很喜欢吃糖啊。

"当然不是,我跟她没关系。阿乌十七岁就辍学回家照顾奶奶,她奶奶的病……难以治愈。这边都是在山地种地,高投入低回报,旅游也不太行,一直没发展起来。县城赚钱的机会并不多,她很努力,这么多年也才攒够了装修房子的钱。如今,她经不起一点波折。"

"这是你来这里的原因?"向嘉咬着发糕,漫无目的地嚼着。发糕是原味的,只有米浆的香,吃起来没闻起来那么香甜,"做慈善?"

还在绕圈子,她到底是精明还是傻?

林清和双手插兜,敞着长腿,面向远处山脉,下颌上扬,没了耐心:"你真是来旅游的?"

"你信佛吗?"向嘉放下发糕,转头看林清和手腕上的佛珠。他的手指修长漂亮,手背上的筋骨隐隐可见。檀木佛珠缠了三圈,贴着他冷肃的腕骨,"你这个是念珠吧?求什么的?"

"我为什么要告诉你?"林清和斜着肩膀,眼尾微挑睨视她,"向女士。"

不要废话,说正事。

"我也想求一串来戴戴。"向嘉的视线从他手腕上的佛珠上移开,似随口问道,"你以前做什么工作的?"

林清和彻底转过身来,面对向嘉,修长的眉毛压低,凌厉地横着,偏长的眸子深邃地审视着向嘉:"你是真不知道,还是装不知道?"

装不知道?

向嘉环视四周,空无一人。

天边最后那道霞光隐入云层,山脊线与天之间的界限越来越模糊。天要黑了，林清和英俊的五官深邃，睫毛上沾着的光辉随着晚霞的褪去变得暗深。

他的长相很有攻击性。

"那个职业做——"向嘉在想怎么开口会更文明一些，她把发糕装进了塑料袋，用手比了个鸭子嘴巴，"嘎？"

"还是酒吧卖唱？收入稳定吗？"向嘉迎着林清和的目光，就他这个脾气富婆应该也不会给他太多钱，她放下手，说道，"我没有歧视的意思，我尊重每一份工作，只是觉得你挺有意思。"

林清和咬碎了薄荷硬糖，缓慢磨着糖粉："哪里有意思？"

"别人是'穷则独善其身，富则兼济天下'，你是穷富都兼济天下，不顾自身。"向嘉拎着那个发糕袋子晃了晃，太大了，她一时吃不完，"林老板，你给我安排的是哪家客栈？麻烦带我过去吧。阿乌的事我会衡量，不用麻烦你做中间人。"

林清和盯着她看了大约有一分钟，皱眉："你没有其他话要跟我说？"

"今天，谢谢救命，你也找个地方休息吧。"向嘉转身往回走，天要黑了，傍晚的风还是有些凉，她说道，"你又不是铁人。"

林清和身上衣服没换，湿了又干，他只在外面套了件外套。

风一吹透心凉。

她不知道他是谁？

林清和一顶腮帮，双眼皮压得很深，丹凤眼上扬。

向嘉这是个什么态度？还是想要更多？

向嘉拎起放在土鸡火锅店门口的小香包，抖了抖上面的泥沙，转头冲林清和道："你不累吗？走了。"

这个男人自身难保，还要救济天下。

风吹着她的头发，掀起了她的裙摆。天地昏暗，暴雨冲断了电缆，镇上停电。天光陷入山脉尽头,世界昏暗,她的裙子上绣着艳红色的花。

"我不会为难阿乌,你别担心了。"向嘉把香奈儿小包甩到肩膀上,姿态潇洒,"我不是什么洪水猛兽,我是个人。"

阿乌家整个被淹了,向嘉除了挎在身上的香奈儿包,一无所有。

新订的客栈在街上,环境还可以,价格很便宜,六十块一晚。由于向嘉也是遭灾的人,还帮镇上干活,第一天入住老板不收钱。

店老板很热情,免费给向嘉煮了一碗热气腾腾的泡面,还加了个鸡蛋。

向嘉坐在院子里吃完了面,连汤都喝干净了。电缆依旧没有修好,太阳能的路灯由于蓄电不足,忽明忽暗。

江水在晚上退去了,带走了一些人的希望,徒留满地狼藉。

向嘉是第二天中午去的阿乌客栈。天已经放晴了,大片白云飘在浩瀚蓝天上。青石板路上有残留的淤泥,镇上的人都出动了,都在清扫青石板路。

昨天她帮忙装沙袋,镇上的人基本上都认识了她。几百米的路,一路上都有人跟她打招呼,她还收到了两个黄灿灿的橘子。

江水经过一夜的沉淀,渐渐清澈,断裂的树木漂浮在上面,随波逐流。阿乌客栈门口堆了很大一堆淤泥,三角梅花叶全没,光秃秃地伫立着。

向嘉看了眼"一家酒吧",更狼藉,门都被冲走了,原本挂招牌的地方只剩下一个钉子。

"一家酒吧"是原木结构,整个泡在淤泥里,目前还没有人清理,门窗烂得一塌糊涂,十分惨烈。

林清和真惨。

阿乌客栈房屋是石砖结构,招牌歪歪扭扭地挂在墙上,门口的淤泥已经清了大半。向嘉跨过门槛,看到阿乌握着一把铁锹埋头铲着厚重潮湿的淤泥,属于她的东西被水泡得不成样子了,大概是阿乌捡回来的,又把东西整理好摆在院子中间。

"阿乌，"向嘉握着手里的橘子，"你一个人干活吗？"

阿乌停住动作，匆匆抹了一把脸才回头，眼睛泛红："姐，你下来了？那个什么，二楼的门被冲掉了，你的行李全在泥里。我捡起来了，估计不能要了。要不，你估下价，我分期还你行吗？"

"吃橘子吗？"向嘉递给阿乌一个橘子，环顾这个原本漂亮的小院，如今一片狼藉，到处都是淤泥。

"对不起。"阿乌抿了下干燥的唇，没有接橘子，她低垂着头，嘴唇上有血丝，整个人很憔悴，"我也没想到会有这么大的雨，给你带来麻烦了。"

"是天灾带来的这一切，不是你，不用跟我道歉。"阿乌客栈的房屋主体结构是青石砖，重新装修不出半年应该就能正常营业。但装修的钱对于阿乌来说，可能有些压力，"你不用给我赔偿，你也别干了，你一个人清不完这些。好好照顾奶奶吧，这里重装起来需要多少钱，我来出钱。"

阿乌没反应过来，迷茫地看着向嘉。

向嘉还穿着昨天红婶给她找的两件裙，深底红色绣线，她非常适合穿红色，站在那里有种让天地失色的美。

"不要让你的身体垮了，你已经走了很长的路，也许前面就是曙光。"向嘉在漫长的时间里接受了那么大个城市能容纳几千万人口，却容不下她一个人的事实。这么多年，她挤破头往里钻，她用尽全力，头破血流，但到底也没能融进去。

"算是我投资这里，不过我需要想想怎么投，确定下来我们再走合同。"向嘉从包里拿出剩余的钱，一共有一万九，她取了两万只花了几百块，环视四周也不知道该放哪里，于是她递给了阿乌，"你拿这些钱请人来清理淤泥应该够了，先清理，再检查房屋结构。一定要保障安全，人才是根本。"

阿乌没接钱，整个人都是傻的。

她昨晚坐在江边等待着水退下去，露出她的房子，她蹚水进了院子号啕大哭，所有的努力化为乌有。

向嘉连橘子带钱塞到了她的手心里,想在院子里转转,看到行李箱附近还摆着一本被洪水浸泡的手稿。洪水带走了外层纸张,泡得太久了,上面的字迹已经模糊了,只能隐隐看到一句话:你有理想,山海皆平。

"我打算投资你。"向嘉看着那几个字,天一晴,纸张会变硬板结,字迹消失,"我看好你,我觉得你很有发展前途。你不用觉得不好意思,我会拟合同,我不吃亏你也不会占太大便宜,我们是合作关系。小金乌,希望你能发光。"

金乌是太阳,能驱散黑暗。

阿乌攥着钱愣怔了几秒,突然爆发出声嘶力竭的哭声。她捂着脸,蹲在一片污泥里,单薄的脊背在衣服下颤抖着,哭得声势浩大。

"该吃饭就去吃饭,多陪陪奶奶。"向嘉不想看阿乌哭,看别人哭是一件很不舒服的事,她不喜欢流眼泪。她第一次把欺负自己的人干翻在地的时候,她就不流泪了,"别哭太久,好好想想我们合作的细节,怎么把阿乌客栈重新做起来。"

向嘉踩着地上的污泥跨过了高高的门槛,迎面跟林清和对上视线。

他穿着黑色T恤和很旧的牛仔裤,裤子上虽然没有破洞但磨损得很严重,裤脚扎在黑色雨靴里,腿修长笔直。他一只手拎着一把锤子,另一只手里拿着一块崭新的还带着油漆味道的招牌。

他的颜值是真不错,穿这么破都不影响他的帅气。

向嘉拉上了阿乌客栈的大门,把阿乌的哭声关在了房子里。

"你钉这块招牌有用吗?"都"裸奔"了,还在乎一个补丁?

"有用。"林清和一副满不在乎的样子,一手按着招牌,另一只手拿钉子固定位置,骨节分明的修长手指间夹着锤子。

一个人钉起来有些难度,向嘉看了他一会儿,走过去帮他扶着木招牌。

"通往县城的路通了吗?"

林清和动作停顿，随即不动声色地往旁边移了半步，把钉子立在木板上："两点通车。"

向嘉的头发高高盘起，露出白皙细瘦的脖颈，杏眸清冷。站得太近，林清和偏一下头都能看到她锁骨处一片白。

街上客栈的沐浴露质量一般，但味道极大，白茶味香得很有攻击性。

"火车明天通。"林清和提醒了她一句。

"你给这里捐过钱是吗？是通过机构还是个人？"

"个人，你问这个做什么？"

"直接找镇长吗？你跟镇长熟吗？"

"你想捐钱？"林清和几下就把铁钉敲进去，看了向嘉一眼，又从裤兜里摸出一根钉子，他绕到向嘉那边，示意向嘉松手，不需要固定了。

"嗯。"向嘉大眼睛闪烁了一下，她扶着木板蹲下去，一只手还高高举着那块板子。她的指尖纤细雪白，落在阳光里，很纯净的质感。

林清和突然停止动作。

"如果你为了某些事而来，可以直接说。"林清和没再赶她走，扶着钉子往里钉，语调沉慢，"没必要投入太多，你得不到你想要的……结果。"

向嘉仰头看林清和挥锤时手臂绷起的肌肉线条，流畅利落，难怪他能赚到女人的钱。

"我没想要什么结果，也没有结果，不用扶了吧？"

林清和看了她一眼，拎着锤子走下台阶，从裤兜里摸出一盒糖来，递给向嘉："吃吗？"

"我是本地人。"向嘉伸手到林清和面前，声音很轻，"我外婆是江尾村的，离这里二十公里，现在已经被水淹了。"

林清和给她倒糖的手停顿，向嘉是本地人？向嘉会说本地方言，虽然发音很奇怪，但基本音是对的。

"一颗就够了，谢谢。"向嘉拿起一颗糖，放到了舌尖上，转头看浩荡的溧江，白皙的下巴落到阳光下，风把她的头发吹到了后面，"我小时候，每到下雨季节我的外婆就神经紧绷，怕雨水倒灌，怕田地被淹，怕家里那几棵橘子树被水冲走。这里赚钱太难了，她得小心翼翼地守着不能失去一分。我外婆在我十二岁那年去世了，我连她最后一面都没见到。"

风掀起江水狠狠拍击着江堤岩石，发出巨大声响。

向嘉扭头看林清和，笑着说道："林老板，我不是什么白富美也不是什么城里人。我是山里的孩子，这里是我的家乡。"

江水滔滔，风声凛冽。

"我不敢回来。"

这么多年，她拼了命地赚钱，想把曾经没有的东西赚回来。如果当年有钱，她就可以带外婆一起走。她可以买个大房子把外婆接过去，她绝不会把外婆丢到疗养院。

她像曾经的母亲一样，不顾一切地往上爬，为了钱可以失去一切。

"这里的人不认识我，但我认识很多人。陈建忠不是桐镇本地人，他是因工作调动过来的，在这里待了很多年。我小时候见过陈小山，他妈去我们村里教了一年书，姓刘。刘老师做的腊肉炒蒜薹很好吃，还有发糕。昨天那块发糕，也是她蒸的吧？"

向嘉咬着薄荷糖，在嘴里打转："要是我早点回来，可能做的事多一些。现在我——我也不知道未来会怎么样，尽人事听天命吧。我想给这里捐点钱，我不想走机构。"

"镇长去县里开会了，"林清和咬着薄荷糖，审视着向嘉，"晚上能回来。"

"那我留个电话号码给你吧，你先跟镇长说一声。"向嘉说，"我去县城一趟，补办好卡，这个号码就能通了。"

林清和拿出手机划屏解锁递给了向嘉。

向嘉接过林清和的手机，看到蜘蛛网一样的手机屏幕愣了下，点着屏幕输入号码。

手机外屏碎了，打字时有种锋利的刮手感。触屏很不灵敏，向嘉花了一分多钟保存号码，将手机还给林清和："麻烦了。"

"那我走了。"

"等下。"林清和接过手机在手心里转了一个来回，抬眼，"你……前几天追我，什么意思？"

向嘉忽地笑了，林清和挺自恋的，谁追他了？她眼睛弯成了月牙："见色起意，但你对你那个姐姐忠贞不二，撬不动。那就算了，再见，林老板。"

远处响起蝉鸣，天彻底晴了。

林清和咽下糖块，喉结一滚。

去他的姐姐，那是他妈。

手机响了一声，是短信提示音。林清和漫不经心地拿起手机看到内容，一瞬间黑眸中所有的情绪都褪了干净。

林女士：给你三天时间考虑，回来，你想做的事我全力支持。不回来，你想做的事一件都做不成。

林清和弯起修长的手指，指甲嵌入手心。

"林老板。"头顶传来一声喊，是向嘉的声音。

林清和松开了手，跨出阴影，仰头看向高处青瓦灰墙之间招摇的一抹红。

"你喜欢什么颜色？"

"红色。"林清和听到自己的声音，突然他咳嗽了一声，嗓子很疼，胸口那团雾缓慢地苏醒翻涌，"干什么？"

"没有红色，黑、白、灰、紫四选一。"

"白色。"林清和闻到了潮湿的泥土味道，隐约还有点花香，白茶沐浴露的香气似乎还残留在空气中，他身体感官在恢复，手心炽热。

"再见。"向嘉挥挥手，转身走了。

林清和看着向嘉的背影彻底消失在青石板路的尽头，才拿起手机打字：

我明天回去,我可以不再来这个地方。我唯一的要求,别安排人来接我,我直接回上海,我不想让他们知道我是林安可的儿子。

下午两点镇上通车,向嘉坐公交车到县城。

县城很混乱,这边的人都在救灾,沿江的房子损失惨重。为了做旅游打造一线江景,大多房子临江而建。

昨天的暴雨对当地建筑是摧毁式打击,新闻车和救护车奔驰着。巨大的招商广告被风吹掉了一半,倒在淤泥里,被路过的人踩踏。

世外桃源,人间仙境,最美溧县的广告图上,如今只剩下"人间、溧县"能看清。

没有仙境,只有人间。

向嘉沿着大桥走了一个来回,江边宛如人间修罗场。有人在抢修江边房屋,有人在高声哭泣,有人失去了家,有人失去了亲人。

上游江边建到一半的水上乐园被水冲得七零八碎,水边公园的树木连根被拔起,横七竖八地倒在了黄泥里,满目荒凉。

江对岸,云高天阔,碧水蓝天,溧江清澈波光粼粼。仙山高直陡立直逼天际,长林深峭,自然风光美得无比震撼。

向嘉在桥上站了很久,风吹得她头发都快散了,她才折回去取钱买手机,补办手机卡。

县城的商场也被水淹了,负一层泡在污水中。有人在组织抽水,人们脸上都是麻木。

开门的店铺很少,衣服款式也陈旧,向嘉随便挑了两套。两套衣服花了一百五,这是向嘉这几年穿过的最便宜的衣服。

有钱后,她什么都要最好的,她要把自己打扮得接近有钱人,她要混进有钱人的圈子里,融入进去,赚更多的钱。

买了LV,买香奈儿,买了香奈儿才知道真正的白富美都背爱马仕。

买爱马仕还要配货拼额度讨好SA（销售顾问），花很多钱买一些丑得大家都嫌弃的产品，才能得到一个排队买包的资格。

费劲买到了爱马仕才知道原来还分皮质，三六九等，她买到的永远是最低等。

一条红色绣花长裙，五十五块，老板还一脸"你还价啊，你还价我马上给你便宜"的表情。

向嘉换上长裙，拎着老板送的绣花布袋，把手机、钱包和她那个磨破皮的香奈儿一起扔了进去，一个免费的布袋比大牌托特更能装也更实用。

肩背布包坐上公交车，向嘉把手机卡塞进了手机。

开机输入基本信息登录账号同步软件，手机页面瞬间恢复曾经的模样。科技的便利，什么都可以线上操作，非常便利。

无数的信息涌了进来，无数的未接来电。

辱骂她的信息铺天盖地，不知道是手机号被泄露了，还是被人买了骚扰套餐。全是最近几天发的，互不相识的陌生人，路上见面可能都认不出来。只是隔着网络，便用尽世界上最脏的词辱骂她，仿佛有着深仇大恨。

微信上，徐宁歇斯底里。

徐宁：你疯了？你知道你在做什么吗？你为什么要发那种微博？马上给我删掉，发微博道歉！你死了你知道吗？你道歉还有机会，你的名声有救，你的前途也有救。

徐宁：还不删，你完蛋了你！你等死吧！

徐宁：怎么不接电话？开机回我电话。

徐宁：向嘉！给你一天时间，你再不删微博，我就公开你的全部信息。生在农村，长在乡下。普通本科，没有人脉没有关系也不是什么名师之徒，去名校门口拍一张照片装自己读过那个学校。抽烟、喝酒、文身、混社会，虚荣贪财不知好歹。

徐宁：离开我，你什么都不是。用你的脑子想想清楚吧，你就是个一无是处的泥腿子！乡下人！

徐宁：好自为之。

徐宁：你完了！

最新一条消息，徐宁给她分享了一条新闻，标题是：扒一扒"大网红嘉鱼"的那些年。

助理颜云：嘉姐，你发生了什么事？你在什么地方？快点接电话。

助理颜云：嘉姐，我听到个消息。徐总可能会搞事，他觉得你红了后不好控制才跟秦朗合伙做这一出。你一定要注意安全，不管怎么样，都要保证人身安全。

助理颜云：求求了，你一定要保护好自己。

助理颜云：平安。

"桐镇到了，有人下车吗？"

向嘉抬头时有几分茫然，一时间分不清现实与虚幻。

"姑娘，你是不是到桐镇下车？"司机回头冲向嘉喊道。

"是，谢谢。"向嘉拎起布袋，快步走下公交车，脚踩到沙砾地面上，她抿了下唇，继续往下看。

她没有删秦朗的微信，秦朗只在第一天给她发了一条消息：希望你能继续刚下去，加油哦。

很嚣张，他从没把向嘉放在眼里。

也是，人们不会去关心地上的蚂蚁怎么反抗，没必要。

夕阳西沉，天边绚烂，江也被染成了红色，像是火烧到了天际尽头。向嘉攥着手机，听着手机"叮叮咚咚"的声音，还有人不断地给她发信息。

"向嘉？"

向嘉回头看去，陈小山正朝她挥手："这里，你回来了？我还以为你直接走了呢。你穿红色真漂亮，这条裙子是你刚买的吗？我刚才远远看到以为镇上又来美女了呢。"

街上店铺没有开灯,也可能还没修好电线。不知道谁家在做饭,饭香飘荡在街上。

陈小山猴子似的跑过来,后面林清和拎着工具箱迈着长腿,运动鞋踩上了街道。

向嘉鬼使神差地想,如果她是陈小山,她就跟林清和绝交,远离林清和,他们两人站在一起,陈小山是找不到对象的。

"我去县城买手机。"向嘉扬了扬手里的手机,指尖摸到手机的静音键,一键静音。狂跳的心脏渐渐平息,她走向陈小山,说道,"你们干什么去?"

"刚刚帮阿婆换了电线,现在带林哥回家吃饭。"陈小山随着向嘉的走近,眼中惊艳都具体化了,"你吃了吗?没吃的话去我家吃?我妈在家做饭,她的厨艺比你住的那个客栈老板好。"

"行啊,谢谢。"向嘉没客气,她要去找镇长。她转头看向林清和,他也在看自己。向嘉不知道他有没有给自己发信息或者打电话,她手机上的信息和未接来电都塞满了,她根本找不出来新的,"林老板,你那边问了吗?"

"问什么?"陈小山转头看林清和,"你们俩有事?"

"有什么事?你倒是有事,把这个还给电工去。"林清和把箱子塞到陈小山的怀里,"我带她去你家。"

陈小山抱着箱子,目光在他们之间游移,"啧"了一声,转身走了。

"你打算捐多少钱?"林清和审视向嘉,她今天连手腕上的钻石表都不戴了,裸露着手腕上的文身。很普通的红色长裙穿在她身上却格外惊艳,显得她皮肤特别白。

林清和的目光若无其事地从她的脸上移开,双手插兜,走在她身边:"确定之后就不能反悔了。"

向嘉被套得很牢,手里应该不剩什么钱了。

"我不能告诉你具体数目,我打算匿名捐。"向嘉从布袋里取出手机盒递给林清和,"我不喜欢欠人情,昨天你救我一命,给你带个手机,送你,我们两清了。"

林清和停住脚步,直直看着向嘉。

"你中午选的白色。"向嘉不知道他是不是不好意思收,环顾四周,街上现在没人。见林清和插着兜,她把手机盒塞到了林清和的手腕与裤袋之间的缝隙里,正好卡住。

"我上去把东西放到客栈,再跟你去陈小山家。"向嘉把布袋背回肩膀,跟林清和拉开了距离,"等我一会儿。"

向嘉快步穿过街道到对面,走进临街客栈的大门。

她回房间放下布包,取出卡和手机装到裙子口袋里,拎着钥匙下楼。

天色渐暗,路灯亮了起来。

林清和单手插兜,站在路灯下,他身材挺拔颀长,影子在脚下。昏黄的灯光笼上他深邃英俊的脸,他神色冷淡,不知道在想什么。

"林老板。"向嘉喊他。

林清和抬眼,看着向嘉,他的手臂还夹着那个手机盒。

"看什么?"向嘉穿着红裙子,从茂密的树影里走了过来。

林清和迈着长腿走在前面带路:"他家在上面,要走一段路。"

"哦。"向嘉走在林清和身边,"你是不是还没跟陈镇长说?"

"没有。"林清和的手臂紧紧卡着方方正正的手机盒,硌着皮肤。

向嘉送了他一部手机。

白色的手机。

"为什么?"向嘉转过身,面对林清和,清凌凌的眼里有一点碎光,"你认为我会反悔?诈捐?我长着一张诈捐的脸吗?"

"我明天回上海。"林清和对上她的视线,嗓音沉下去,慎重又慎重,"可能不会再来这里了,以后都不来了。你再仔细想想,真的要捐?"

林清和要走很合理，他的酒吧全毁了，再开起来至少得二十万左右。对于普通人来说，二十万是笔巨款。

他不是本地人，没必要在这里死耗。

旅游景点最怕自然灾害，这里遭遇了这么大的灾，一经报道游客几年都不敢再来了。林清和守在这里毫无意义，没有未来。

他二十七岁，不算特别年轻，他不可能一辈子都这么混着。

林清和与向嘉不一样，林清和是上海人跑来山里，向嘉是山里人往上海挤，失败了，滚回家乡。

"你是上海本地人？父母都在上海？"

"嗯。"林清和盯着向嘉的眼，想从她身上找到一点撒谎的痕迹，但一无所获，"昨天不算什么救命，举手之劳。你送我一部手机，可以交换一个要求。"他顿了下说，"什么都行。"

"我不需要，送你就送你了。"林清和能满足她什么要求？他也是自身难保，她又问，"你这次回去是要跟那个姐姐，还是结婚？"

林清和舌尖抵着腮帮，轻嗤一声，他扬起凌厉的下颌："我是不婚主义，我这辈子都不会结婚。"

林清和这种长相，估计还能吃很多年的富婆饭。

人各有志。

向嘉仰头看天上渐渐清晰的星星，说道："你明天坐火车走吗？"

"大巴，我早上走，火车只有中午的。"

"是坐大巴到市区换乘高铁吗？方便吗？"向嘉问，"我过几天可能也要去上海一趟，我只坐过这边的火车，很长时间很累。"

"方便。你要回上海？"林清和挑了下眉，指尖在裤兜里很轻地敲了下。

"不是回去。"向嘉不再看天，她脚踏实地往前面走，"是离开，过去收拾东西。我最近想明白一个道理，外面的天很高，海很蓝，世界很繁华，可跟我有什么关系呢？"

天黑了，整条街道的太阳能路灯都亮了起来。随后，小镇来了电，刹那，临街住户的窗户亮起了光。

小镇寂静，晚风和煦。

小超市的音响可能停电前没关，自动放起一首老歌。

她没有很好的家境，没有很多人爱，没有受到良好的教育，没有背景，没有依靠。即便有了上海户口，她依旧飞不上蓝天，跨不过阶层，她是一个普普通通的普通人。

"我是吃腊肉米饭长大的，土生土长的桐镇人。外面的世界很好，但不是我的世界，强融也没意思，我不去挤破头往里钻了。我不是因为你留在这里，是因为我自己想通了。"向嘉仰着白皙的下巴，漂亮的小圆脸落在灯光下，她眼睛里有一种不一样的坚韧，"林老板，你也不必担心你走后这里没有客源。我做了六年自媒体，有好几个账号，管理过上百人的公司，我自认为，在引流方面，我不会做得比你差。这片土地，只要有人，就永远有希望。我捐的钱，就有用。"

向嘉要捐两百万，大额定向捐款镇上没资格接收，得去县里。

第二天一早林清和就离开了，向嘉坐陈建忠的摩托车去县城捐款，看到林清和坐在大巴上。

他穿着洗得泛白的灰色T恤，偏长的黑色刘海垂到眉骨，修长手臂支着窗户，垂眼漫不经心地往耳朵里塞了个白色无线耳机。姿态冷倦，仿佛周围的一切都跟他无关。

"清和！"陈建忠喊他。

林清和转头跟向嘉对上视线，他看了一会儿，才推开车窗："陈叔。"

"注意安全。"陈建忠冲他挥挥手，"有时间回来玩。"

向嘉坐在简陋的摩托车后座，戴着一个巨大的不合适的头盔，背着个布袋子，仰头看他。

林清和把另一只耳机也塞到了耳朵里，支着下颌，"嗯"了一声。

阳光蓬勃热烈，洒在他偏白的肌肤上，睫毛在他眼下投出一片阴影。他没有笑，也没有任何表情，目光寂静，仿佛傍晚时分，无风无雨的溧江江面。

大巴发出一声长而悠扬的鸣笛，启动后缓缓往前开。

林清和看到向嘉挥挥手，似乎在跟他道别。

山城弯多，转个弯便再也看不见了。

"姑娘，你要不再考虑考虑？"陈建忠听到向嘉要捐两百万的时候，震惊得手里的烟都掉了，年轻小姑娘，一次捐这么多，"两百万不是小数目，你得好好想想。我知道你是溧县人，但也不用捐这么多。"

"叔，我打算搬回桐镇住。"向嘉说，"定向捐款可以指定项目，两百万，分一百万给我们镇，有钱了，上面便会重视我们镇，把江边所有房屋都修一修。如果大家都能赚到钱，我这个钱没白花，那就值得。"

尘归尘，土归土，一切回到了最初。不属于向嘉的钱，还是从她手里出去了。

陈建忠叹了一口气，说道："你和清和都是好孩子，好人。"

向嘉不是好孩子，也不是什么好人。她也就是在桐镇还能被当成个人，出去是人人喊打的过街老鼠。

捐款的金额太大，不能匿名，向嘉用了外婆的名义捐赠了这笔钱，在县城跑了几天，完成了捐款的整个流程。

钱转过去，她的积蓄所剩无几。

向嘉托陈建忠在镇上租了个院子，就在百年老院附近，靠近主街，出行便利。

两层楼小院，院子里有一棵巨大的合欢树，经过暴雨依旧屹立着。房子结构很扎实，安全没有问题。房主在城里买了房，全家搬过去了，不会再回来，租金非常便宜。

一年一千五百块，生活成本一下子就降低了。

陈建忠做事雷厉风行，出面签完租房合同，把陈小山拎去打扫卫生。一天时间就打扫到了能入住的程度，向嘉把钥匙交给了阿乌。

阿乌的奶奶不适合住在江边，一是不安全，二是既然江边的房子拿来开客栈就不适合再继续当家住了。

根据县里那边的消息，江边要建统一的景区，项目已经有人接手了。溧县要开发景区，在走合同阶段。

景区建起来，桐镇这里早晚也能发展起来。

桐镇交通上不占便宜，优势是安静，风景秀丽。

远离城市的喧嚣，这里很适合做一个真正的心灵疗愈所，所以客栈环境不能太差。阿乌之前的客栈有些太粗糙了，她的房子面积、位置都不错，做低价客栈很可惜。

可好的装修需要很多钱，向嘉联系了几个装修改造的视频博主，挑大博主联系。

他们对当地很感兴趣，溧县风景漂亮流量肯定不会差，但对向嘉表现出了各种程度的排斥。向嘉名声太差了，在业内臭名昭著，拥有一堆黑粉，还惹了秦朗。

向嘉承诺她绝不会出现在镜头里，不会影响别人的拍摄，不会把黑粉引流到博主的头上，终于说动了两个博主过来看看。

这些装修改造博主他们的主业是拍视频引流做广告，向嘉需要的是有人给她装修房子，能顺便帮当地引流。他们出东西，向嘉出场地，合作天衣无缝。

主打一个花别人的钱，办自己的事。

向嘉安排好当地的事情便要去上海，处理那边的烂摊子。

当初向嘉野心勃勃想扩店，发展线下。她把钱都砸到了店里，也进了徐宁和秦朗的圈套。

要么投靠他们任人摆布，要么损失掉之前的投资，全亏出局。

他们笃定向嘉不舍得在这个时候出局，就像是赌博，赌徒输空筹码的时候能不知道接下来是什么命运吗？他们不是不明白，而是不敢去想，不敢下赌桌。

一旦下了赌桌，前功尽弃，前期所有的"投资"都会失去。下不去，舍不得，没勇气。

人的一辈子能翻盘几次？能有几次爬起来的机会？

但，不破不立。

及时止损，放弃幻想接受现实。她不想再被那些东西裹挟，被迫沉沦。

在徐宁还在做春秋大梦，认为向嘉会回来道歉，再次回到赌桌上陪他们玩的时候，他收到了向嘉的解约通知，她不干了。

实体店没做起来便不做了，前期所有的投资全部打了水漂。网店关闭，工作室解散，中止全部合同，她唯一要求是带走嘉鱼的账号。

向嘉破釜沉舟，只为了下赌桌，她不玩了。

徐宁暴跳如雷，他什么都准备好了，就等向嘉下锅，向嘉不玩了，他前期的投资不就白费了吗？鸡飞蛋打？怎么可能！

他当然是拒绝，并且放了狠话，不可能放向嘉走。

徐宁不信向嘉真的破釜沉舟不干了，向嘉这种没什么背景的女孩，最好拿捏。穷，有野心，能干，没退路。她在大城市扎根不容易，混了这么多年，怎么会舍得离开？普通人快三十岁，没有翻盘的勇气。

当天晚上向嘉开了直播，这是她第一次素颜直播，没有滤镜没有美颜。她穿着很普通的白T恤，乌黑的长发披散着，小圆脸完完全全展现出来。在一个很小的房间里，她举着手机诚恳地道歉。

她承认了做过的错事。

她不是白富美，也没有留学经历，她曾经通过了英国某知名服装设计学院的研究生申请，由于一个意外，她的存款一夜清零，她放弃了出国。

这一直是她的遗憾，后来她跟徐宁提过，徐宁就带她去了英国，去了那所学校，拍了照片和视频，发出去的标题特别有误导性。可阴错阳差，那个视频大火，火到一夜涨百万粉丝。她曾经也羞愧想要否认，没读过就是没读过，可没有翻盘的勇气。

她没有多少钱，房子是租的，车是公司的。她只有一辆国产车，因为老板觉得不符合她的人设不允许开。

她十几岁就开始打工赚生活费，她打过很多工，做过地推，倒卖过衣服，创立过两次品牌，只一个"嘉鱼"成功过。

她的所有衣服都是她亲自设计打板到下厂去做，所有衣服都是原创。没钱请模特，她自己做模特，后来市场偏向于线上，她开了直播。

在嘉鱼品牌刚有起色的时候，徐宁伸来了橄榄枝，说可以帮她把品牌做大，她确实有野心，便跟徐宁合作了。却没想到，一脚踏进了地狱，葬送了全部。

她也否认了她没做过的，她是资深颜控，看不上秦朗。她没整过容，她只是直播开了瘦脸美颜。她没有勾引过任何人，也没有花过男人的钱。

她看不上！

不管是钱还是人。

秦朗是徐宁介绍给她认识的，但第一次见面后她就拒绝了秦朗，秦朗死缠烂打后开始对她人身攻击。

向嘉把当初发生的事，原原本本讲了一遍，配上了所有证据。

证据准备得齐全，她说出来的每一句话都有证据支撑。

她放出了徐宁逼迫她的微信、短信，也把徐宁跟她打电话劝她顺从秦朗的音频播了一遍。

向嘉有理有据，语调不急不缓。她很平静地讲完全部，弹幕上的谩骂渐渐平静。

"过了今天我可能会失去所有,失去这个账号,失去直播的机会。也许有一天,我连声音都发不出来了,我这张脸也不会再出现。"她沉默了一会儿,笑道,"我怕消失,可我更怕没尊严地活着。"

与其让别人添油加醋地抹黑她,不如明明白白地把自己剖开给大家看。

"明天,我会直播起诉的整个过程。如果这个账号被封了,我会换其他账号直播,有兴趣的可以来看看。最后再说一句对不起……"

话没说完,她的直播间被封了,留下十几万张看热闹的脸。

长达三个小时的直播,一个女孩剖开自己,把自己摆到太阳底下自毁式澄清,因为被封画上了句号。

太讽刺了。

比起徐宁和秦朗那边高高在上的鄙夷姿态,向嘉这里有理有据有截图有音频有视频更有说服力。

之前她不敢站出来说是一直都清楚,这么做会有什么后果,但她为了自己的尊严,最后还是硬着头皮上了。她不是一个完美的人,但她也是个人吧。

她拼尽一切去发声,可她很快就失去了发声的资格。那种感觉就像她被当众掐住了喉咙,拖到了黑暗中。

一个活生生的人,在大众面前消失了。

她说了什么不该说的要被封?她只是把别人对她做的事复述了一遍。

围观的人从一开始看热闹,狗咬狗多好玩,到蒙住到震惊最后是愤怒。

直播间被封在向嘉的预料之中,但这封的时机也太搞笑了,向嘉也很意外,她以为会在中途被封,她备案都做好了,但封在结尾,戛然而止。

徐宁和秦朗这么蠢的吗?还是他们真的狂?觉得无所谓。

打向嘉还分什么时候?他们有的是资本,想什么时候打就什么时候打。

向嘉靠在椅子上,看着电脑上直播已经停止,下面还在疯狂飙升的评论。评论从一开始全在骂她,变成了质疑,现在已经有一部分向着向嘉说话了。

△为什么要封直播间?她说错了什么?早不封晚不封这个时候封?

△嘉鱼说的都是真的吗?徐宁平时出现在别的网红直播间里看起来挺和蔼的,背后这么凶残的吗?逼良为娼?

△这边已经截图了,坐等秦朗和徐宁那边回应。

△嘉鱼是做错了事,但那也是对不起粉丝,值得大佬这么兴师动众来封直播间?还是戳中痛脚了?怕她说出更多的内幕?

△是不把我们观众当人吗?当众都这么嚣张,要是没有网络,现在嘉鱼还能活着吗?不敢想。

△嘉鱼在什么地方?人安全吗?要是明天她开不了直播,大家报警。秦朗和她公司的老板干的吧,记住这两个贱男人。

△嘉鱼这个案子很典型,不知道大家还记不记得前段时间热议的围杀案。当一个新公司,在这里也可以说新的媒体人崭露头角,便进入了上层的猎杀圈。嘉鱼一开始确实有点虚荣,但也合情合理,出来打拼的谁没有野心?大公司伸来橄榄枝正常人都不会拒绝,结果进了他们的圈套,他们逼她去做越过底线的事。一旦她一只脚踩进去了,他们就会拿着这个把柄逼她往前走,不走就会把她曝光出去,把她之前的积累全部毁掉。大部分人会妥协,嘉鱼就是这样一步步被推到地狱,直到她再也妥协不了。才鱼死网破,同归于尽。

这一条评论下有了很多回复,大家都在讨论"围杀"。

手机响了起来,来自徐宁,向的胃瞬间便疼了起来,她稳住情绪平静地开口:"徐总。"

"你疯了?你知不知道你在做什么?你有没有脑子?你是疯子!"

当一个人无计可施的时候就开始污蔑对方是疯子。

向嘉微笑着回答:"解约吗?不解约我会打官司解约,只是拖的时间长一点，早晚还是会解约。不过，徐总，在这漫长的打官司期间，我一天播一场。你尽管封我的号，我总能找到地方播。我光脚的不怕穿鞋的，就是不知道徐总和秦少你们这些高高在上的贵人，怕不怕掉价。"

第三章·
心动信号

江边空中法式餐厅,小提琴旋律悠扬。

服务生优雅地送来牛排,轻声细语地介绍菜品与主厨,微笑着祝客人用餐愉快。

苏澜用餐非常不愉快,对面那位大夏天穿三件套西装、戴黄金劳力士,从进门起就跷着二郎腿打游戏的男人是她今天的相亲对象。

如果不是他那张脸实在难得,苏澜可能在第一时间就转身走了。

哪个正常人在这个季节穿三件套西装出来吃饭?喷那么多香水是想要熏死人吗?那香水能当驱蚊水用了,蚊子都绕着他飞。

极佳的脸和身材,人却是个极品。

"听阿姨说你读的音乐学院。"苏澜喝了一口红酒,屏住呼吸,他的香水太难闻了,"学什么专业?"

"二胡。"林清和再一次输了,他放下手机也放下了长腿,拉椅子时,厚重的地毯绊得椅子寸步难行,他用力一拽,后排的桌子跟着晃动。

素质不高,劲儿挺大。

服务生快步过来帮他调整座椅。

苏澜精致的眉毛跳了下,想扶额,但教养让她忍住了,优雅大小姐快忍不下去了:"英国的音乐学院真独特,居然有二胡。"

"还有唢呐,多去外面看看。"林清和对桌子上的菜没什么兴趣,但他不挑食,拿起刀叉切牛排,"世界很大。"

苏澜彻底忍不下去:"林先生在音乐上有什么成就?"

林安可那么优秀的人,怎么生出林清和这么个奇葩。

"我会拉《二泉映月》。"林清和拉松了领带,虽然这里有空调,可四十度的上海穿三件套西装非常傻缺,他解开西装外套扣子,低头看到手机上跳出来的信息。

林女士:不准随便脱衣服,不准带女孩去看什么《二手玫瑰》,不准去逛公园走几万步。

林清和把手机扣到桌上,继续切牛排。他动作粗暴,刀叉划拉到盘底发出刺耳的声音,他满不在乎:"你个子有点矮,太瘦了,这么瘦不好生孩子吧?"

苏澜失语。

"我不喜欢太瘦的女孩,"林清和把牛排放到嘴里漫不经心地嚼着,姿态散漫,"也不喜欢太矮的。"

您选妃呢?

"我一米七。"苏澜冷笑,"你是需要找个两米的?"

"既然你主动介绍自己,想必是对我很满意了。"林清和吃完一块牛排,抽纸巾擦嘴,抬手一摺餐巾,身子后仰,"我说下我的要求,我不喜欢女人太强势,跟我在一起后,我希望我的另一半不要工作了。我家也不需要你赚的那一点钱,结婚后在家相夫教子。还有很重要的一点,你谈过恋爱吗?我的妻子必须要没有谈过恋爱。"

沪圈最神秘的林家小公子居然是这么个玩意儿。

苏澜起身拎起自己的包就走:"有病。"

"苏小姐,能不能把单买了?我昨天去酒吧喝大了,现场女孩太多,我不知道把卡塞给谁了,我不方便跟我妈要钱。"林清和重新拿起刀叉,一时间不知道该对桌子上的哪道菜下手,这些都不如一盘蒜薹炒腊肉有食欲,"你可以借结账要我的联系方式,下次我请。"

苏澜折回来，拿起桌子上的酒杯，把剩余的半杯酒泼到了林清和的脸上："清醒了吗？没有下次。"

她从包里取出墨镜戴上，踩着高跟鞋快步走了。

林清和握着刀叉闭上眼，长睫毛上挂着一滴红酒，昳丽的脸上有红酒缓缓滑落。

悠扬的小提琴依旧飘荡在空气中。

他睁开眼，拿起餐巾擦了一把脸，捡起放在手边的手机，用纸仔细擦着，红酒溅到了手机上，该戴个手机壳。

他擦干净红酒，打开屏幕确定手机能正常使用才放心。

这是林清和回来的第三次相亲宴，第一次他带人去看《二手玫瑰》，台上刚开始吟唱，对方就把他拉黑了；第二次他带人去逛公园，一天走了四万步，姑娘被家里人接走的时候看他的眼神里充满了恨意。

第三次林安可亲自安排，他被泼了一脸红酒。

手机响了起来，林清和看了眼来电，把擦脸的纸巾扔到桌子上，摆烂地往后一靠，敞着长腿姿态懒散："林总，对方走了，我是继续坐下去，还是进行下一场？我被泼了一脸红酒，衣服毁了。"

"林清和你故意的吧！"

"她看不上我，我有什么办法？"林清和打算去洗手间洗脸，刚站起来就被服务生拦住了。

"先生，请先结账。"

服务生对他充满了警惕，刚才闹出的动静餐厅的工作人员几乎都听见了。

"多少钱？"

"一万三千八百块。"

林清和指了指洗手间的方向，说道："我不逃单，我去洗个脸。"

"我现在身无分文。"林清和对电话里的林安可说，"一万三千八，您安排人来接我,还是等我被带去派出所上个新闻再来接我?"

"我把钱转给你,你买完单给我滚回来。"林安可不想跟他多废话,"不要在外面丢人。"

"好。"林清和不骞,"谢谢。"

挂断电话,林清和扯掉领带,解开西装外套,扔到了洗手台上,他打开水龙头,狠狠洗了一把脸。

他把头发、袖子、脸都洗得湿漉漉的,脱掉了马甲,抬手扔到了一边的垃圾桶上。他解开两粒衬衣扣子随意散着,靠在洗手台上看手机。

微博跳出通知,嘉小鱼直播在线。

她的微博账号叫嘉小鱼。

林清和点开了直播。

已经有二十万人在线观看了,画面很抖,拍摄的是起诉文件,她有些疲惫的嗓音忽然在手机里响了起来:"第十三份起诉书,谢谢关心我的朋友们,谢谢你们一直在,给了我勇气。明天还有一场直播,跟一些还没有入行的小朋友科普一下上层垄断,我没有针对任何人,只是聊聊业内的一些情况,别对号入座……"

林清和忽然笑了起来,他的唇沾了水,红得潋滟,漆黑的睫毛湿漉漉地垂下,让他狭长的丹凤眼又深又长。他下颌扬起,拉出完美的脖颈线条,恣意张扬。

正要进门提醒他结账的服务生骤然看到这么惊心动魄的一幕,停住脚步。

这个人虽然行为奇葩,但长得真好看。

手机"叮"的一声,林清和漫不经心地撩起眼皮,手机上方弹出消息,到账提醒。

林女士给他转了五百万零花钱。

林清和敛起了笑,修长的手指划着屏幕到充值页面。

四百九十万充值花了五分钟，他点开了向嘉的直播间打赏页面，十分钟送完。

…………

向嘉从早上八点开始直播，起诉的人太多了，她把曾经站在秦朗那边污蔑她的人全部起诉了。有一些博主做贼心虚，在向嘉第一场直播后迅速删了造谣。

没关系，向嘉有截图有录屏有全部的证据。

她起诉所有人的目的都不是为了要赔偿，她只要那些人付出最惨重的代价。罪及刑法就坐牢，达不到犯罪的标准就公开道歉。

当一个人什么都不在乎，她就没有弱点，坚不可摧。

负责她这个案子的是个跟她认识很多年的律师叫王玉，王玉和向嘉在最贫穷的时候认识，因为合租。穷困潦倒时的友谊最坚不可摧，两人关系一直好到现在。

这也是唯一一个愿意接向嘉这个官司的律师。

知名律师对向嘉这种官司不感兴趣，标价太低了，向嘉名声太差，碰到惹一身腥。打舆论战向嘉不占便宜，打赢打输都没有多大意义，不会有什么加成，普通律师不敢得罪秦朗。

秦朗有一整个律师团，向嘉赢秦朗的概率不算特别大。

王玉其实一开始也不敢接，她倒不是害怕秦朗，主要是怕水平不行，怕向嘉输。但向嘉说，不管输赢，放手去干。输了有她承担，骂名是她的。王玉本身是小律师，在业内没什么名气，损失也损失不到哪里去。

可一旦赢了，就不一样了，王玉也许拿不到很多钱，但以向嘉的热度和宣传能力，一定会让她出名。

这场直播持续了四个小时，向嘉已经看到平台发出好几次提醒，说有人举报直播间泄露隐私，再有一次就封。

"我的直播间可能又要被封了,我下一个直播间号是——"向嘉介绍到一半,看到满屏飞花,炫目的特效挡住了她的屏幕。

乌烟瘴气的辱骂与质疑声都被打赏特效给吞并了。

"什么东西?"向嘉蹙眉看着屏幕,"这是什么?彩虹是什么?"

△ 1385786Y- 给您送了十个彩虹。

向嘉以前从不用这个直播软件直播,对打赏也没什么研究。

她这两天直播主要是道歉和讲自己的事,来看的不是骂她的就是来看热闹的路人,不会有人给她打赏,她也就没开打赏页面。

一个彩虹多少钱?

这么明显的小白号给她送这么多礼物?干什么?想做什么?

"不要送礼物,别送,是不是送错了?朋友,你送错直播间了吧!我叫嘉鱼,是个小主播,不是大神。"微博上有很多明星直播,明星才有这么土豪的粉丝,误入直播间的事也不是没发生过。

"我马上就关直播了,我不需要打赏,你不是我的粉丝吧?我告别人的钱还是有的。怎么关了打赏?我第一次用这个直播软件。"向嘉看不到弹幕,手忙脚乱地操作着没找到关打赏的按钮,转头问王玉,"王律师,帮我用你的手机搜一下,怎么关直播的打赏。"

说话间,直播间再次弹出特效。

△ 1385786Y- 给您送了二十个彩虹。

△ 1385786Y- 给您送了五十个彩虹。

△ 1385786Y- 给您送了五十个彩虹。

满屏都是彩虹,绚烂多彩的彩虹,一道一道炸在她的屏幕上,炸得向嘉眼前生出一种五彩斑斓的黑。

一个彩虹一万块,对方给她送了四百九十个彩虹。

四百九十万。

彩虹的特效炸了二十分钟。

1385786Y-：希望你能打赢官司，祝好。

向嘉不知道谁给她打赏了四百多万，这么大的数目，还是用小白号送的。除了那句弹幕留言，他没有再留下只言片语。

他的微博没有发内容，看不到 IP 地址。

向嘉沉默，原本乌烟瘴气的弹幕跟她一起沉默。

哪个神仙这么舍得？

打赏金额巨大，所有平台都一样，有钱赚他们不会轻易封直播间。除非对方也拿出同样多的钱，平台拿抽成，他们对向嘉的账号便有了保护。

四百万对于那些富豪确实不算多，买不起一辆豪车，但对于普通人来说相当炸裂。于是向嘉很快再次上了热搜，这次上热搜的词条是 # 希望你能打赢官司 #，直接冲到了热搜前排。

有人梳理了整件事的来龙去脉，很快，秦朗就被骂上了热搜。

之前向嘉发聊天记录，秦朗公开骂她有妄想症，是神经病，P 图诬陷。这回向嘉直接开直播硬刚，还跑去了法院直播告秦朗。

两天了，秦朗一个字都没回应。

公众人物不回应，基本上就是实锤。

大众坐不住了，纷纷让秦朗站出来说话。秦朗也是大几千万粉丝的网红，直播带货一次也是赚千万的主儿，形象污点更让人接受不了。

秦朗原本下午有一场直播，他上了热搜后，临时取消了。

这下锤得更凶，不敢直播是心虚吗？向嘉说的都是真的了？

当初怎么骂向嘉的，现在就怎么反噬给他。

向嘉播完就换地方了，秦朗和徐宁都在疯狂跟她打电话，她一个都没接。她找了家政公司的人上门打包好行李寄到溧县，在微信上联系房东退了房。

第二天她换了个更小更破的宾馆，准时登上了直播间。她没有说什么直接露骨的话，怕被告。但阴阳怪气了徐宁公司的流氓操作模式，她跟徐宁合作的时候算是小有名气的网红了，大几十万粉丝，有店铺有粉丝还被坑成这样，入坑的新人可就注意了。

第三天，她又准时登上了直播，她回来五天，播了五天，每天讲个行业内幕，不指名道姓大家自己去对号锤人吧。

谁干净？

向嘉在业内快六年，别人有她的把柄，她同样也有别人的软肋。她手里的内幕八卦打印出来，一米多高。

光脚不怕穿鞋的，她什么都不在乎了，看谁能威胁得了她。

徐宁和秦朗都处于恶心但是没办法的状态，他们根本找不到向嘉在什么地方，向嘉比鱼还滑。

向嘉这个人长得一脸单纯，一副仰着脸等男人投喂露水的傻白甜模样，实际上，她是个彻头彻尾的疯子。

向嘉第一天直播的时候，秦朗就把徐宁的头给砸破了，当初徐宁信誓旦旦说给他送个枕边人。

结果，给他送了个炸弹。

这个炸弹没有保险栓，随机爆炸。秦朗的团队连律师函都不敢发，不知道向嘉手里还有多少铁锤，他怕自己前脚发后脚就被锤沟里去了。

连续五天，他的损失达到了上亿。客户那边都开始质疑他的形象了，他怒不可遏，扬言逮住向嘉肯定会弄死她，这辈子向嘉别想在圈子里混。

可骂得再凶也挡不住向嘉一天一场直播。账号是封不完的，封一个账号她弄一个新号，引起一波同情，引起粉丝对他的质疑。封账号简直就是帮向嘉，给她增粉的行为。

再播下去就要引起轰动了，秦朗捏着鼻子认了。

向嘉要什么，赶紧给她，让她滚蛋。

向嘉在上海的第五天，终于接到了徐宁的解约通知。和平解约，她的东西还给她，但要签协议，她不能再在网上攻击任何一个人了。

向嘉带了个律师过去，进公司之前特意发了一条微博，拍了徐宁。如果她不能在微博上报平安，请找这位。

徐宁恨得咬牙切齿，却不能拿向嘉怎么样，她什么都不在乎，钱不要了，东西不要了，她就要自由。

"你可真是——"徐宁带向嘉去办公室，磨着牙，"疯子！"

"我跟您合作的时候我好像讲过，我从不怕重开。"向嘉穿着T恤短裤，拎着个绣花大布袋，十分朴素。她没有戴口罩帽子，不施粉黛，目光清冷坚韧，"我不喜欢有钱男人，我很讨厌在金钱上要挟我的人。我在这方面，不接受任何潜规则。"

玩鹰的被鹰啄了眼。

徐宁推开办公室门，发出巨大声响，他胸口起伏，深吸一口气："你这个号可就全毁了，哪怕拿到手也没有用。"

这么大张旗鼓地直播，自毁式引热度。看热闹的有，但这样她基本上就毁了，她不会再有什么成就。

疯成这样，以后也不会有人敢跟她合作。

"我可以不用，但我的东西，它死也得死在我手里。"向嘉自顾自地拉开椅子让律师先坐，她才坐到旁边，"徐总，解约合同呢？"

徐宁把解约合同拿出来递给向嘉，他在对面点了一支雪茄，阴恻恻的眼睛盯着向嘉："你找了谁？"

"什么？"向嘉让律师检查合同，确认没有问题，她签下了名字。

"都解约了，也不用装了吧。"徐宁吐出烟雾，他是真的气，但也真的拿向嘉没办法，"那个四百九十万是哪位？"

封向嘉的直播，那位出来捣乱，给平台砸钱故意卡他的时间点，封还不如不封。

对方不透露身份，不按常理出牌，想一出是一出。他都不知道对方到底什么时候会在线，什么时候会出来捣乱。以至于他的公关费特别高，还一点效果都没有。

徐宁和秦朗通了个电话，都觉得这事不简单，可想破脑袋也想不通到底是谁这么大手笔会在这个时候捞向嘉？捞得这么任性。

"正义的路人吧。"向嘉若有所思，徐宁这么问是因为他忌惮那位四百多万打赏的路人，能让徐宁忌惮是好事，她语调也就沉了下去，"你们做了那么多恶事，会翻车不是早晚的事吗？"

确实是正义的路人，但徐宁听她这么说，肯定不会信。

"徐总，签字吧。"向嘉把合同推了过去，她从包里取出一颗薄荷糖撕开包装放进嘴里，缓慢地咬着。

"我干这一行这么多年，你是我见过的最疯的。"徐宁不情不愿地拿起笔，恶狠狠地签字，"以后有什么打算？回家种地啊？"

他知道向嘉家里的一些情况，故意嘲讽，刺激她。

"是啊，我回老家种地。"向嘉往后靠在椅子里，手指敲了下椅子扶手，她现在对"农村人"三个字已经脱敏了。

徐宁签完解约合同，连笔带合同一起撂了过来："我放过你了，秦少那边我可管不着。你好自为之，拿去盖章吧。"

向嘉让律师拿合同去找公司法务盖章。

"那我先出去等了。"向嘉起身。

"不管你找了谁，这里，你永远回不来。"徐宁敲了下办公桌，威胁意味非常重，"滚吧。"

向嘉拿到解约合同，奋斗了那么多年，只剩下薄薄几张纸。

店铺拿到也没用，如今的情况是开不起来了。她把律师送走，坐在车里吃了两颗糖，吃得嗓子很不舒服。

外面变天了，乌云翻滚，雷声轰鸣，随即豆大的雨滴便砸到了车窗玻璃上。

向嘉把合同扔到了后排跟自己的拍摄器械放到了一起，经过这几天的直播，唯一的成效，没人再发短信骂她了。

手机清静，她按着屏幕给阿乌发消息：我可能明天到桐镇，能帮我收拾一间房子出来吗？

阿乌的消息马上就过来了：几点到？坐火车还是大巴？我去接您。

向嘉松了一口气，打着字：我开车。

这回阿乌发来了一段语音，三秒钟，向嘉点开语音。

"向嘉姐，无论如何先回家。您一定一定要注意安全，保证自己是安全的。房间早就给您打扫好了，我们等您回来，回家就好了。"

向嘉扬了下嘴角，回复：谢谢。

向嘉打开微博发了一条郑重的道歉，文字版，对于曾经喜欢过她的人，她该道歉的。

退出微博之前，她给打赏过自己的小白号发私信过去：你是谁？

没有人回应，仿佛对方只是路过随手给她丢了个钢镚儿。

她继续发：谢谢你的帮忙，我会尽力打这场官司，我希望能赢。你留个联系方式，我还钱给你。

依旧石沉大海。

向嘉思索许久，留了个电话号码：随时可以联系我退钱，虽然不知道你是谁，但祝你生活愉快，天天开心。

卸载微博，尘埃落地。

她十二岁被接回来并没有在上海市区读书，而是在附近县中寄宿学校一直待到高考结束才真正回来。

她在这里待了整整十年。

十年时间，她起起落落，落落起起，最后还是走了。

她的事业运堪比溧县的旅游运，主打一个命运多舛。

向嘉在导航上输入溧县,确定目的地。

她在滂沱大雨到来的时候,踩着油门把车驶上了离开的道路。

正午时分,天开始下雨。云层压得很低,雷电一道接着一道。

暴雨冲刷着车玻璃,世界是暗的。

行驶的宾利里亮着一盏昏黄的头顶灯,映出林安可精致的妆容。

"这次跟你见面的是王恒先的小女儿,也是学艺术的,在美国读的大学,喜欢旅游喜欢摄影,喜欢音乐,和你爱好一致。我陪着你跟对方见面,你好好跟人聊,合适了年底结婚。"

林清和仰靠在座位里,看着车顶,他失眠很多天了,睡不着头很疼。

他不想跟任何人说话,从灵魂到身体都疲惫不堪。

"你坐直,别总瘫着。"林安可原本想维持一个慈母的形象,可看到林清和的样子忍不住火大。她耐着性子,忍着,尽可能语调温和,"这身衣服很适合你,穿起来这么好看,怎么就不能精精神神地坐好呢?"

"为什么非要让我结婚?"林清和抬手搭在额头上,遮住了眼,太阳穴跳着疼,他有些想吐。

王恒先,香港商人,如今在内地发展,跟林安可也算是旗鼓相当了,两家门当户对。

林清和生理性恶心。

"你都二十七岁了,成家立业,你最起码得干一样吧?"林安可不想再跟林清和吵架,她好不容易把林清和弄回来,就怕他再跑了,"我知道你不想进公司,我不逼你,你结了婚给我生个孙子,我来培养孙子。"

"您拿我的基因去配行吗?别让我相亲了。"林清和放下了手,冷艳的一张脸上满是厌倦,他语调无力又嘲讽,"反正结果是一样的。"

"什么?"林安可没听清第一句话。

"我说——"林清和把手搭在皮带上,修长冷白的手指去勾皮带扣,"别去餐厅了,直接找个机构过来。想要几个孩子就有几个孩子,您那么有钱,神通广大,这点事情应该不难吧。"

林安可脑子"嗡"的一声,抬手就扇到了林清和的脸上:"你是畜生吗?"

水流顺着车玻璃汹涌而下,天地尽暗。

林清和脸颊上一道鲜艳的血痕缓缓滑落,林安可手上的戒指划破了他的脸,血珠鲜红刺目,他浑不在意。

"条件相当就可以交配产生下一代,这和畜生有什么区别?当然,我在您眼里一直都是畜生,我爸是大畜生我是小畜生,您不就是这么骂我的吗?"

林清和嗤笑一声,靠在座位里,拿出手机划开了屏幕。疯狂的厌世情绪因为手机短暂被压制,他机械地打开了直播软件,麻木地刷着,却什么都看不到,脑子里只有那一个画面。血红的浴缸,他姐躺在浴缸里苍白得犹如开膛破肚的鱼,血腥味铺天盖地。

"您把谁当过人?您眼里只有完美的是人,不完美的全部抹杀掉,再培养新的完美的人来满足您的虚荣心。我姐打破了您的规则,她死了。我呢?您打算什么时候抹杀掉我?"

那道血顺着他冷白的脸缓缓流到了下巴处,红得妖冶疯狂,林清和轻笑:"我真的不建议您用我的基因去培养什么完美的后代,我就是个垃圾,我的基因从根里腐烂,培养不出什么完美的孩子,只会再培养出一个小垃圾,最后死在浴缸里。别去糟蹋那些——好姑娘了,我不配。"

"老张停车。"林安可怒喝,颤抖着手指着外面,"林清和,你给我滚下去。"

"董事长,"老张回头试图劝和,"少爷还小,清和你也少说两句,董事长的身体——"

"我让你停车!"

林安可咬着牙看林清和:"滚。"

黑色宾利急刹停在路边，林清和推开车门走进了雨里，浑身瞬间便被浇透，宾利车绝尘而去。

他穿过人行道到了栏杆边缘，这是一片江尾。暴雨让江上一片朦胧，他摘掉手腕上价值百万的手表扬手甩了出去。

腕骨上狰狞的疤痕就那么暴露在空气中，不止一道。他面无表情地站在暴雨中，从裤兜里摸出佛珠一圈一圈地缠到了手腕上，遮住了所有的痕迹。

他十七岁那年把姐姐的骨灰送进墓园，便离开了这座城市。十年没回来，他一直以为自己永远不会回来。

可还是被林安可找到了，他被逼着回来。林安可拿溧县的投资威胁他，林清和不想因为自己让满怀希望生活的人遭受损失。

飞机降落到上海机场那一刻，他就清楚地知道，他终将会躺进姐姐躺过的那个浴缸。

林清和解开了西装外套，搭到了栏杆上。林安可非常重视这次相亲，她找了知名造型师给林清和配衣服，没有再配那种夸张的三件套西装。

裤兜里唯一一盒烟已经湿透了，他拿出来取了一支烟，立刻融在他的手里。空气里只有雨水的味道，烟丝在手心里缓缓散开。

街道两边的高大树木在风里摇曳，残落的树叶和风一起飞向远方。

林清和握着湿透了的烟盒，看着翻涌的水面，栏杆一米六，他抬腿就翻过去了。

他不是救世主，他连自己都救不了，他撑不起别人的世界。

去他的，毁灭吧。

林清和吃了很多年的抗抑郁药，看了很多医生。他做过无数次心理建设，告诉自己明天的太阳会升起，世界会有新的希望。

可林安可一出现，他只觉得浓稠的黑雾把他紧紧包裹，他喘不过气，快要窒息了。

身后突然响起喇叭声,喇叭有些失灵,似乎按不响,半天"哔"的一声。又过了几秒钟,才发出第二声。

林清和捏着湿漉漉的烟盒回头,茫茫大雨中,一辆黑色宝马缓缓地开了过来。

车子前面的挡风玻璃上的雨刷疯狂摆动,露出驾驶座上向嘉干净的一张脸。

她穿着简单的白T恤,单手握着方向盘,杏眸浸着笑意。

车在他身边彻底停下,副驾驶车窗玻璃降下,向嘉打开的车窗审视林清和:"林老板这是被甩了?"

这个城市总面积6340.5平方千米,最新统计的常住人口2475.9万人。

彼此没有联系方式,没有交集。

他们遇到的概率几乎为零,但林清和遇到了向嘉。

暴雨猛烈地冲刷着地面,林清和的视线模糊,他抬手抹了一把脸上的水,开口时嗓音沙哑带着嘲讽:"是啊,被甩了,分了。"

他的丹凤眼泛红,睫毛湿漉漉的,像被抛弃的小狗。

向嘉打量落汤鸡似的林清和,她以为不会再见林清和,没想到会这么快,也这么巧。

她刚从酒店出来没多久就看到个高挑男人被赶下了宾利车,她忽然就想到了林清和,出于好奇看了一眼,还真是林清和。

车速太快,这里不能倒车。她在前面掉了个头,过来看热闹。

林清和站在狂风暴雨中,犹如丧家之犬,身上唯一一件白衬衣已经湿透,惨烈得很。

向嘉按了下喇叭:"分彻底了吗?"

林清和站在原地敞着长腿看向嘉,雨从打开的车窗飘进了车厢。车里很

099

干净，出风口插了一个美少女战士。

"嗯。"

向嘉收回视线升上车玻璃，似乎对林清和也没了兴趣，升到一半车窗停住。她搭着方向盘的手指一敲，转头看来："有没有兴趣跟我一段时间？"

林清和盯着向嘉，看了许久，他扔掉湿漉漉的烟盒，走过去，拉开车门，坐进了副驾驶："可以。"

凛冽的冰冷水汽随着林清和上车侵袭而来，向嘉审视着他，把抽纸盒推了过去："车窗关上。"

林清和抽了两张纸擦干手才升上车窗。车厢内很干净，有很淡的薄荷绿茶香，他环视四周："这是你的车？"

"是，怎么样？"向嘉松开刹车，踩到了油门上，一转方向盘，车子轰然开了出去。

当年那句坐在宝马车上哭还是坐自行车上笑的梗爆火时，向嘉刚读初中，同学在宿舍里讨论爱情与金钱。

向嘉当时想，她要成为开宝马的人，掌控别人的眼泪和微笑。

等她长大，宝马已经跌下神坛，向嘉的第一辆车选择了国产宝马。

后来车子在车库里吃了一年多的灰。

"挺符合你的气质。"林清和拉起安全带，抠开手机壳，甩了甩喇叭里的水，拿抽纸擦着背面，淡淡道，"去哪里？"

"溧县。"向嘉很满意他的评价，她握着方向盘，车子快速通过了前方的桥，她问，"去吗？"

"不去怎么跟你？"林清和身上的水淌到了地垫上，弄湿了一片，他回头看后排，想找条毛巾什么的擦擦。

后排座位塞满了拍摄器材。

向嘉的眼睛弯着，心情突然好了起来，茫茫前路多了个伴，她笑了一会儿问道："刚才那个，还是以前那个砸你店、开迈巴赫的姐姐？"

"开迈巴赫的是中城建设的负责人，去溧县谈投资，想发展当地旅游。我的酒吧之前在网上小火了一把，形象比较拿得出手，县里宣传部拉我过去露脸。"林清和把擦干的手机壳套在手机上，语调淡淡，不带什么情绪，"砸店那人和今天这人，都是她。"

"谈崩了？"

"嗯。"

"为什么？"

"她想换人。"林清和轻描淡写，"我不够听话。"

林安可想抱孙子，她逼林清和结婚。

向嘉笑出了声，林清和只是不够听话吗？他都狂出天际了，这个性格富婆肯忍他也是因为脸实在好看。

"你就这么回溧县，要跟你父母告个别吗？要不要拿东西？"

"不用，我没什么东西，空手回来的，我爸妈早离婚了。"林清和把手机放到了杯架处，他身上的水已经把副驾驶弄湿了，"你后面那堆东西里有没有能擦水的？"

难怪他活得这么浑噩，向嘉看了他一眼，真无家可归。

林清和浑身湿透，白衬衣贴在他的肌肤上，隐约可见紧实的腹肌轮廓，一路延伸到了皮带处。他湿得非常香艳，向嘉继续看前方的路："后排有男装的打版样衣，应该有适合你的尺码，相机下面，你找找看，我找个地方停车你去换上。不拿东西我就不停了，直接出城。"

林清和放低副驾驶座位靠背，拉近跟后排的距离，侧身，修长手臂落到后排找衣服。确实有很多男装，他挑了一套尺码最大的："前面有个商场，你停一下，我得……买点其他东西。"

他内裤也湿了。

"内裤吗？"向嘉单手扶着方向盘，看导航上确实有商场标志，"你穿

101

什么尺码的?"

她车上有一次性内裤。

林清和失语了三秒。

林清和坐回去,缓慢拧眉,半晌才开口:"最大号。"

前面显示红灯,向嘉踩下刹车,转头往林清和的裤子看去。

向嘉的本职是裁缝,看体型基本上能看出尺码。林清和这样瘦,穿最大码?男人的虚荣心都这么可怕的吗?意外发现他的裤子看上去很像高定礼服,质量很好,裁剪合体。他的衬衣是真丝的,才在淋雨后那么透,上面的扣子像钻石。

钻石扣子?

他的衬衣看起来平平无奇,实际上暗藏玄机,上面用了非常细的银线绣了暗纹。像某家高定秀款,这个银纹工艺当时还上过热搜,因为非常难做。

"看什么?"林清和若无其事地拎着衣服袋子自然地放到腿上,他淋得太透了,西装裤本来裁剪就合身,淋湿后该显不该显的全显出来了,"绿灯了。"

向嘉这个女人,贪财好色。

"你的衣服是哪个牌子的?做工很好。"向嘉移开视线,把车开出去,"扣子是钻石?"

"莫桑钻。"林清和若有所思,修长的指尖拨弄着钻石扣子,幸好他把手表扔了,那块手表真是编都没法编,"衣服没有牌子,找地下作坊抄的大牌秀款。"

向嘉挑了下眉,林清和看上去那么清高,居然也这么虚荣:"审美不错,这套衣服看起来很贵。"

林清和手指一转把尾戒的钻石转到手心里,单手摘了下来,顺势装进了裤兜:"前面右拐,那个商场。"

车开到了商场的地下车库,下午时分,商场没什么人,停车场空荡。

向嘉停好车也随林清和下了车,她从布袋里取出钱包,数出两千块,喊住了即将离开的林清和:"你身上有钱吗?"

林清和脚步停顿,扭头看她:"嗯?"

湿漉漉的真丝衬衣穿在挺拔高挑的他身上,隐约可见皮肤的颜色。西装长裤勾勒出他笔直修长的腿,他的身材比例都很极品。

向嘉快步走过去,把钱递给了他,说道:"你想买什么就买吧,给你的。走吧,十分钟后这里见。"

林清和的眼神变得意味深长,很深地看了向嘉一眼,迈着两条大长腿走了。

向嘉松了一口气,她坐电梯到一楼,买了两杯咖啡,在屋檐下站了一会儿,才转身回去。

她不知道这个决定是对还是错,她已经很多年没有谈过恋爱了。

她上一次谈恋爱还是大学时,她都快忘记那个男孩的脸了,只记得分手的时候,他哭得特别惨,恶狠狠地诅咒向嘉这辈子拥有很多钱但一份爱都没有。

向嘉当时都气笑了,心说:这是什么诅咒?她求之不得好吗?

但她要忙着打工赚钱,不想在那个男孩身上浪费时间,转身走了。

在后来的很多年里,向嘉也确实没人爱。毕业后被父母背刺,工作后拼命赚钱,对她示好的男人只想养宠物,摆布她。

向嘉和母亲是两个极端,母亲一辈子只想找个男人依附,向嘉是独立到变态,她从不依附任何人。

她喜欢一切都在掌控之中,收放自如。一旦失控她马上就会抽身离开,损失再大也在所不惜,感情、生活、工作全都是。

所以,她从不考虑比她有钱的男人。

林清和很符合她现在的择偶标准,没钱,没什么大追求,不婚主义。对感情不认真，随遇而安。在一起或者分开都行，无所谓的态度，玩就玩了。

谁也不伤害谁。

挺好的，即便未来有一天，他们分开了，一拍两散。

可以。

向嘉走回地下停车场，远远看到林清和倚靠在车身上看手机。

空旷的停车场，昏暗的光线。他穿着白色休闲衬衣，垂着头，他的手瘦长骨节清晰，檀木佛珠垂到了手背上，他姿态懒散，潮湿的黑发微卷，侧脸有一道红痕。

似乎察觉到向嘉的视线，他抬眼看了过来。白衬衣正面大有乾坤，心脏处绣着鲜红色的虞美人，花形张扬几乎延伸到肩膀。

他的丹凤眼浸着暗沉的雾，看不到尽头，在黑暗中注视着向嘉。

四周尽是黑暗，唯独他招摇明艳。

向嘉做这件衣服的时候，想要的就是这个感觉。之前一直没有找到合适的模特，不是皮肤不够白压不住这朵虞美人，就是身材不够好，偏胖偏瘦都不行。

就得这样欲得张扬，这才符合设计的主题：欲望。

林清和皮肤很白，气质干净，面容昳丽，偏一双眼清冷得没有任何感情。浓烈色彩的碰撞，碰出极致的冷艳。

向嘉心跳忽然很快，心动得猝不及防，但也不是特别突然。她上次在"一家酒吧"里看林清和的演出时，就在脑海里勾勒过这个画面。她抿了下唇，拿出手机拍了一张照片。

林清和还看着她，没有动。

向嘉握着手机走向他，说道："别动，我拍个细节。"

林清和双眼皮压成了一条很深的线，神色冷淡："拍什么？"

向嘉把手机放到了引擎盖上，抬手整理他的衬衣扣子。

林清和本能地往后退了半步,又控制住身体逼自己留在原地。向嘉站得很近,林清和能清晰地看到她挺翘的鼻梁,还有唇色。

"我没有那个开宾利的姐姐有钱。"向嘉的手握着林清和的衬衣,拽了他一下,"低一下头,别那么高,我够不着。"

小矮子。

林清和低头让她整理衬衣,又立刻后悔。

她的动作非常过分,手沿着他的后颈皮肤摸起来了。她的手指并不细腻,有一点糙,划过皮肤带起一串鸡皮疙瘩。

"你确定跟我的话,我们谈下跟我的细节。我给你装修酒吧,到可以开业的程度。每个月给你零花钱,你有其他的要求也可以提,在我的能力范围内,我会满足你。"向嘉解开了他的一粒衬衣扣子,把锁骨露出来,她想拍一下林清和的锁骨和喉结。

他的锁骨实在太漂亮了,有种冷淡的性感。林清和倾了下身,手指落到了引擎盖上。他的喉结近在咫尺,向嘉看着,嗓子有些干,两个人靠得好像有些近了,连呼吸都缠绕在一起。

"向嘉。"林清和撑在向嘉上方,纤长的睫毛投出很深的一片阴影,他黑沉的瞳仁显出暗色,居高临下地看着向嘉,嗓音微哑,"你要我?"

他的嘴那么硬,唇看起来居然挺软,妖妖娆娆的,勾引人。

向嘉的指尖从他的衬衣上撤离,手垂了下去,也按在引擎盖上,离他的手只有几厘米,她仰起头看他:"我对你只有一个要求,和我在一起的期间不能有其他人。一年,一年后各走各路。"

"如何?"向嘉下巴上扬,"林老板。"

林清和直起身,转身弯腰捡起放在身后的肯德基袋子,拉开了副驾驶的车门:"可以。"

向嘉心跳得很快,陌生又莫名其妙。她按在车引擎盖上的手指很轻地敲了下,转头看向另一边,不动声色地吸一口气。

她绕到驾驶座,坐进车里才想起来忘记拍照了。刚才她想拍那朵虞美人的,林清和领口散开拍出来肯定好看。

"吃完东西我睡一觉。"林清和把肯德基递给了向嘉,他的衬衣扣子扣到了最后一颗,"你先开车,我睡醒了换你。"

一杯热牛奶、一块帕尼尼,避开了向嘉讨厌吃的东西。

"你不吃?"

"不饿。"林清和拉上安全带,抱臂靠在座位里闭上眼,"我最近状态很差,没什么精力做其他的事,醒来再说。"

其他的事是什么?

向嘉喝了一口热牛奶,看了眼林清和冷冽的喉结线条。

不知道溧县能不能打HPV。

林清和似乎立刻就睡着了,唇抿着,眉头紧皱,靠在座位里,长腿并得很整齐。他的腿很长,副驾驶座位跟主驾之间拉出很宽的缝隙。

吃完了帕尼尼,向嘉把车开出地下停车场。

返程一共一千六百公里,车上有个人,她至少不孤独,哪怕他在睡觉,至少他是有呼吸有心跳的。

向嘉的心渐渐平静,她对未知的前路少了些恐慌。

她开了六百公里换了林清和开。

向嘉在副驾驶没打算睡觉。

她还没见过林清和开车,不知道他技术怎么样。她最近的睡眠质量一般,网络上的那些事让她很焦虑。

深夜寂静,林清和把车开出了服务区。

"你有驾照吗?"向嘉看他打方向盘的动作有点生疏,明明该右行他却往左打了下方向,向嘉立刻抓住了安全带。

"有。"林清和从裤兜里摸出钱包,打算展示他的驾照。

"别动，我自己来拿。"向嘉伸手去接林清和的钱包，提高声音，"你两只手握住方向盘，别松开，看前面的路。"

让林清和开车还不如她自己来，太吓人了。

林清和修长的手指搭在方向盘上，右手的佛珠尾端垂在空中晃了下，车子开出了辅路，他道："我不怎么习惯开国产车，我驾龄很多年了。"

他回国时间并不长，一直住在桐镇，没什么开车的机会。

向嘉抽出他的钱包，牛皮材质的钱包没有LOGO，做工倒是精致。林清和身上很多东西都没有LOGO，看不出什么牌子，但做工很好。

"你湿掉的衣服扔了？"

向嘉忽然想到这个事。

"嗯。"

向嘉还想研究下那个暗纹，可惜。

钱包内侧放着一张塑封的合照，高挑漂亮的女孩站在同样高挑帅气的男孩身边，明显能看出年龄差。男孩虽然长得高但一脸稚嫩，两个人都很漂亮。

什么叫不怎么习惯开国产车？

"驾照在里面，其他的别乱翻。"林清和把钱包给出去，才意识到这个行为有多离谱，钱包太隐私了，他的东西从不给人碰。

"这个小男孩是你？"向嘉横过钱包，看照片上面稚嫩的男孩。林清和是从小好看到大，他小时候眉眼精致得像女孩子似的。虽然她不想用审问的语气，但还是问了出来，"这女孩是谁？"

"我姐。"林清和看着前方的路，车灯照得很远，高速上的反光柱亮成了一排，绵延向远方，"去世了。"

向嘉顿时觉得自己不够尊重人，把钱包竖回去，说道："抱歉，对不起。"

"无所谓。"林清和开顺手之后，便往后靠了些，松弛下来，"人都会死，每个人的结局都是死，只是她死得早而已。"

这虽然是事实，但听上去很无情。

107

向嘉看到林清和的驾照，前年考的，驾照上的林清和也是耷拉着眼皮，一脸冷漠。她视线下移去看林清和的身份证号码，只看到前面的区号，驾照便被抽走了，连带着钱包一起被抽走了。

上海人。

车子随着他的动作狠狠拐了下，向嘉抓紧头顶的扶手，说道："你别乱动，好好开车。"

林清和单手握着方向盘，另一只手快速地把证件推回了钱包，皱眉道："说了，别乱翻。"

"我翻什么了？"向嘉忽然来了兴致，"林老板，驾照不是你让我看的吗？"

"我开车技术一般，不想跟我一起死的话，老实点。"林清和语气不爽，"坐好。"

林清和虽然看起来一副经验丰富的样子，万花丛中过，片叶不沾身，但有些时候的表现又特别青涩。

他在意年龄的样子像极了青春期的臭屁小孩。

"你比我小几个月？从你的名字来看，你应该是4月生的，两个月？我不在意年龄的，我的男朋友都比我小。"

林清和的目光沉了下去，他指尖很轻地擦过方向盘，很小的幅度，他语调淡到有点轻飘了："是吗？"

"我谈过两个，大学的时候。"向嘉觉得对比林清和浪荡的过去，她这点感情史简直不值一提，"第一个比我小一岁，第二个比我小两岁。"

小男孩好掌控，分手也不会纠缠太久，主要是没能力纠缠。不像一些成熟男人，有权有势有立足的根本，一不小心就会翻车，被人挟持。

"我身份证上的生日不对，我不是4月生的。"林清和没那么想把向嘉送进沟里了,他若无其事地问道,"毕业后没谈过?"

"没时间。"向嘉刚开始搞直播的时候,恨不得一天有四十八个小时,二十四个小时搞直播,十六个小时盯工厂做衣服,剩八个小时睡觉。

"现在有时间?"林清和单手握着方向盘,另一只手落到车载触屏上,"听音乐吗?"

"现在也没时间。"向嘉又不是跟他谈恋爱,他想得挺多,她就是找个人陪而已,"车上没音乐,我不听音乐。你的手机拿来,我给你连车载。你看着前面,好好开车。"

林清和修长手指一勾,翻出放在杯架上的手机,递到一半又拿回来了:"也不是那么想听。"

手机里到底有什么秘密?

"你刚才说你不习惯开国产车,你在国外待过?"

"嗯。"林清和也没否认,"我在英国读的大学。"

"哪个学校?"向嘉也是随口一问,深夜寂静,漫长路程也是无聊。

林清和沉默了一会儿,说道:"皇家音乐学院。"

向嘉笑了起来,转头看窗外。

"笑什么?"

"我开心。"在英国读艺术,林清和有钱吗?

向嘉从储物盒里翻出一盒薄荷硬糖,取了一颗咬着:"所以,你的吉他是专业的?"

"业余,我学的小提琴。"林清和伸手过来,"给我一颗。"

他的手指瘦长骨节清晰,一双手长得就像玩音乐的,弦类乐器很会筛选人。他的手很干净,手掌上的财富纹非常清晰,向嘉还是第一次见到这么标准的财富纹,她多看了两眼。虽然玄学不靠谱,可她见过长财富纹的人都很有钱,非富即贵。

"林清和,你小时候家里是不是很有钱?"

不会是真的读英国皇家音乐学院吧？

林清和收回手才发现是两颗糖，他一起塞进了嘴里，缓慢咬在齿间，磨下来糖粉："哪里看出来的？"

"玄学，我跟人学过看手相。你的手纹显示你天生富贵命，一辈子不缺钱。"

林清和没作声。

"不过，你好好跟我，别三心二意。我有钱了，你也富贵。"向嘉并不希望他有钱，也不鼓励他追寻什么富贵，胡扯道，"这也算富贵命。"

林清和无话可说。

向嘉原本没打算在车上睡，还有一千公里，她打算找一个舒服一点的服务区休息到天亮再走，这样两个人都不用太累。

林清和毕竟是新手上路，他那个左右不分的样子，向嘉不太放心。

但车厢过于安静，林清和上手后开车也很稳，向嘉不知不觉就睡着了。

向嘉再次睁眼已经是白天，车顶天窗能看到艳阳高照，天空湛蓝，白云缓慢地浮动。

向嘉活动了一下脖子，转头看到车窗外矮楼上挂着的招商广告牌：最美溧县，仙山溧水醉生林。

驾驶座的车窗开了一半，鼎沸人声与偶尔的汽车鸣笛一起响在耳边，向嘉环顾四周才发现自己躺在副驾驶座位上，身上盖着条不知道哪里来的廉价针织毯子，颜色鲜艳，做工粗糙。

她睡了多久？几点了？

向嘉升起座椅靠背，缓缓坐了起来，浑身疼，特别是颈椎都快断了，脑袋也疼。她揉着脖子，降下副驾驶的车窗，呼吸新鲜空气。

是溧县，但不是她熟悉的溧县，陌生的菜市场，十分热闹。熙熙攘攘的人群，到处响着叫卖的喇叭。

本地方言混着僵硬的普通话，充满了人间气息。

向嘉这一觉睡得非常舒服，她狂跳的心脏此刻很安静，仿佛被包裹在熟悉的阳光里，她安全了。

向嘉趴在车窗上看外面，空气中飘荡的味道很复杂，有熟食的香味也有农产品的土腥味。味道混在一起，十分复杂。

起风了，远处有玉米的香气飘来，像是记忆中的玉米小饼。新鲜玉米打成浆加一点小麦粉，经过发酵，然后烤制出来的小饼子就会很香很甜。

以前外婆来县城卖绣品，卖了钱就会给她买。

林清和拎着两个袋子出现在视线尽头，他还穿着那件衬衣，但裤子换掉了，换了条非常不搭的运动长裤，脚上的鞋子换成了白色运动鞋。

他很高，长得好看，在人群中非常引人注目。

他停在一个老奶奶的摊子前，很快就带了一袋子东西大步走过来。

"林老板。"向嘉喊了他一声，林清和抬头看了过来。

他脚步停顿，蹙眉看着向嘉。

她刚睡醒，脸上还带着蓬松的睡意。皮肤雪白，乌黑长发慵懒地披在肩头，像是一株开在山间的白兰花。

她的攻击性还没有苏醒。

"要手绳吗？"摆摊的阿婆问道，"纯手工编织的手绳，可以给你女朋友带一条，很便宜的，五块钱两条。"

"我没女——"林清和拒绝的话说到一半才想起来他好像是有的，虽然是名义上的，那位昨天强行买了他。

很烦，他为什么会答应？大概是不想活了，自毁。

阿婆抱着的箱子里铺着廉价的丝绒布，摆着琳琅满目的饰品。说是银饰，但跟银子没什么关系，完全是现代工厂批量生产的机械工艺。

林清和看了一眼："最贵的是哪个？"

"这个，五十。"阿婆指着一条大项链，问林清和，"车里的是你女朋友？很漂亮，给她买一个吧，也可以戴头上。我们当地的习俗，追求女孩是要送银子的，阿哥送阿妹银子，阿妹戴上就是愿意。"

林清和拒绝了阿婆推荐的花色，选了条特别华丽的项链，上面有太阳和凤凰纹，下面坠着两条鱼，又要了一对兰花耳坠，他取了现金付给阿婆。

拿向嘉的钱给她买东西，不算送吧？

"我给你找个袋子。"

"不用。"林清和拿起饰品装进了裤兜，拎着手里的玉米饼和牛奶越过残败的花坛，大步走到了车前。

"玉米饼？"向嘉直勾勾地看着他手里的玉米饼，"热的吗？"

林清和身上有太阳的味道。

林清和停在副驾驶车窗前，把玉米饼递给她："热的。"

"我没洗手。"向嘉说，"你洗手了吗？"

林清和无所谓她洗不洗，反正这袋东西他不吃，他给向嘉买的："洗过了。"

他取了一块玉米饼递给向嘉："中午了，你是直接——"

向嘉探头过来，咬住他手里的玉米饼，玉米饼很小，她一口吃了大半个。她的唇离林清和的指尖非常近，呼吸落到了林清和的手上，轻轻地一拂，他的手上立刻起了一片灼热的痒意。

太阳晒在身上暖洋洋的，林清和的手上有薄荷洗手液的味道。他的手指很干净，在太阳底下纹理清晰，白净修长。

玉米饼不是很甜，但很香，有新鲜玉米的那种香气。

向嘉略一迟疑，又把他手里剩余的半块咬走了，她仰着头让玉米饼滑进嘴里。拿出手机关掉上面的导航，看到跳出几条骂人的陌生号码，还有十几个未接来电，全是陌生号，向嘉挨个拉黑。

该换电话号码了，这个号码太容易被骚扰。

"你刚刚要说什么？"

林清和黑沉的睫毛一动，转头时喉结滑动，他单手插兜，手背狠狠擦过衣服布料。那股子痒意似乎还缠在皮肤上，酥酥麻麻，顺着肌肤纹路一路往里钻。

"我说，你是直接回去，还是吃完东西再回？"林清和开口时嗓音里还残留着暗哑，他皱眉清了清嗓子，大步绕到驾驶座，拉开车门坐进来，"十二点半了。"

"直接回去吧。"向嘉不知道这群人怎么又开始骂她了，打算关机时，她看到了一条不是骂人的短信。

号码归属地是上海，内容：我是 A 站的房屋改造博主黑白熊猫，听说你在找人合作，我看了图片很感兴趣，聊聊？

黑白熊猫？

她怎么记得这是个大网红呢？

她找的装修博主都是一百万粉丝左右的，太大的网红她不敢找，这里太偏僻，与其去大网红那里碰壁，不如直接找小网红稳妥。

目前有意向在谈的是一个八十多万粉丝的男博主，对方可能顾及她的名声，推辞说等她回来当面签合同。

向嘉打开引擎搜索黑白熊猫。

资料显示这个博主的视频主要做房屋改造加地方宣传，有专业团队，2018 年开始拍视频后迅速爆火。A 站粉丝八百万，全平台粉丝数量过千万，每一期视频播放量都很惊人。

向嘉打开 A 站，迅速浏览黑白熊猫的作品，他一般一个地方拍三到五期，确实是有专业团队。从设计到选景到拍摄到文案到后期营销都非常专业，所以他拍一个地方火一个地方。

这么大的博主为什么突然来找她?

"我打个电话,你先别说话。"向嘉深呼吸平复心情,清了清嗓子,坐直身体,郑重地把电话打了过去。

"熊猫老师您好。"向嘉保持着完美的微笑,"我是嘉鱼,我真名叫向嘉。我刚刚看到您的短信,您是想过来看场地吗?"

"是,前几天我们团队收到你群发的材料,想过去看看场地,方便发一下具体地址吗?"确实是黑白熊猫的声音,但听上去有些冷淡。

"可以可以,我马上发给您。您几点过来?我给您订机票。您可以坐到相城机场,我过去接您。"向嘉不确定是不是熊猫老师真人,但这种事她也不好要求对方验证身份,只能等见面。

"不用,我坐火车过去。"对方公事公办道,"顺利的话明天下午到。"

"那我等您。"向嘉说,"这是我的电话号码,有什么需要随时给我打电话。"

"再见。"

对方先挂断了电话。

向嘉把详细地址编辑短信发过去,转头看窗外,片刻又看回林清和。见林清和专心开车,侧脸俊美优越,她忍不住笑起来:"林老板,我运气好像好起来了。"

"怎么好?"林清和姿态松弛地往后靠着,修长的手指轻敲方向盘。

"有个千万粉丝的大博主想来看阿乌客栈,我不知道是不是真的,他说明天过来,这位带引流能力特别强。"

林清和把抬起来的手指按回方向盘,敛起了刚才的好心情,沉思片刻,他缓缓道:"你的帮别人装修是找装修博主来装修?"

"是啊,这叫花别人的钱办自己的事。他拿流量走人,我拿流量开店,双赢。"向嘉搜索黑白熊猫的个人资料,网上关于他的资料不多,只有一些基本介绍：二十八岁南市人，名校留学回来，做的视频有内容，有思想，质量非常高。向嘉看到了他的照片，是个戴着眼镜斯斯文文的男人，"省下我的钱花到刀刃上。"

"哪个刀刃？"

"江边其他的住户目前只进行了简单的修缮，我想花钱装修将它们利用起来。还有，你的酒吧。"向嘉复制黑白熊猫的电话号码，然后打开微信，想加对方好友，顺便看一眼朋友圈。

"你有多少钱？"林清和问。

向嘉动作停顿，缓缓地看向林清和，他是在打探她手里有多少钱吗？这么直接？

"够养你。"

林清和忽地就笑了起来，不是平时那种懒洋洋敷衍的笑，也不是嘲讽的笑，而是非常纯粹的笑。

狭长深邃的丹凤眼飞扬，长睫毛全覆在了眼下。

转过弯他们便到了山林之间的盘山路，炽热的阳光照在他完美的五官上，他懒洋洋地往后靠了下，带起来的恣意，让他整个人都异常出彩。

车厢内温度陡然升高，向嘉迅速移开了眼看向窗外。

她怕自己一冲动把钱全部砸在林清和身上了，这个男人相当有让人花钱的资本。

她把副驾驶的车窗玻璃都降了下去，凛冽的山风灌进车厢。遥远处山的缝隙里能看到溧江一角，太阳底下，波光粼粼。

树影不断掠过车厢，又迅速后退。空气中的玉米甜味被冲淡了，花香飘了进来。

不知道是什么花，香气霸道又强烈。

"林清和，你真的不考虑做我的模特吗？"

林清和敛起了笑："穿你的衣服？"

　　"对，我的衣服曾经很有名，供不应求过。"向嘉对自己的作品还是很自信的，"你穿上也很好看。"

　　"不做。"林清和毫不客气地拒绝了她，"我可以给你介绍模特。"

　　整个溧县翻一遍，都找不到几个一米八以上的年轻男人，他上哪儿去给她找！

　　向嘉也不想说这种话打击他，拿纸巾垫着捏了一块玉米饼咬着，索性不接话了。

　　打开微信，看到王玉和颜云同时发来了消息，王玉的未读消息三十二条，颜云发了三条，最新一条内容不用点进去都能看到：嘉姐快去看热搜。

　　事情办完后，向嘉清理了一堆好友，留下来的微信好友只有寥寥几个人。

　　热搜怎么了？昨天向嘉的手机是静音状态，她没有看任何人的消息。

　　黑白熊猫的电话号码搜索出来的微信号叫 panda，她申请了添加好友，那边还没有通过。

　　向嘉先看了王玉的微信，巨长，她往上划拉了两下才看到开端。

　　昨晚八点王玉给她发了个截图，秦朗把她告了。秦朗大概是笃定向嘉签了那份保密协议，不能再公开指责他，从此高枕无忧，于是便站出来回应了，试图挽救自己的名声。

　　王玉：秦朗这个畜生，居然敢起诉你，说你侵犯他的名誉权，那个王八蛋有什么名誉？还说要让你付出代价，他才该付出代价。

　　王玉：他花钱找了很多人引导舆论。

　　王玉：我听说他私底下扬言一定要弄死你，让你从这个圈子里消失。

　　王玉：你还好吗？

　　王玉：算了，你什么都别看了，好好回去休养一段时间。网线一拔，管他的，这世道黑白不分。人人都以为自己站在道德制高点上，可以任意审判别人，可他们真的能分清对错吗？

凌晨四点。

王玉：快去看微博！

王玉：谁干的？秦朗翻车了。翻得好彻底，真是大快人心。我都替秦朗尴尬，他有本事继续把律师函置顶，继续带着他的虾兵蟹将出来耀武扬威！

王玉：你到家了吗？有时间看一下微博。估计是圈子里有人看他不顺眼，这视频拍的，就差顶他脸上拍了。我想看看他这回怎么洗，用84都洗不了他！

秦朗翻车了？秦朗怎么翻车的？

秦朗那么扎实的背景怎么会轻易翻车？

向嘉来不及看中间王玉的感叹词，迅速往下翻。

早上八点。

王玉：秦朗翻车视频十万转发，热搜第一，他值得！他人生的巅峰了，他最火的时候也不过如此。恭喜他，喜提"顶流"。

王玉：舆论大反转，与秦朗合作的品牌纷纷出来撇清关系了，秦朗要完蛋了。没事了，我要去上班了。太阳出来了，一天又开始了，真是美好的一天。愿你拥有更光明更灿烂的未来，等你回来那天，我请你去江边餐厅吃最贵的牛排。

王玉：嘻嘻，勇敢的女孩运气都不会太差。

什么？

向嘉把微博卸载了，她茫然地抬头看林清和，抿了下唇才反应过来嘴里还含着玉米饼，她咽下去说道："你有微博吗？"

"没有。"车子转过最后一道弯，山间的青瓦小镇映入视线，他姿态松弛地往后靠着，修长的左手臂架在打开的窗户上，语调冷淡没什么情绪，"我不玩微博，干什么？"

"好像又有好事了。"向嘉因为激动手指都在抖，秦朗翻车了吗？她下载微博软件后，拿起手边的牛奶喝了一大口。

温热的牛奶顺着嗓子一路滚进了胃里，向嘉的鼻子莫名有点酸。

秦朗真的翻车了吗？把她搞得一无所有的时候翻车了？

黑色SUV驶进了桐镇主街道缓缓减速，街边两行高大的树木遮天蔽日，橘猫坐在路边的藤椅上跷着腿舔毛。摆摊的阿婆坐在绣品中间绣花，零零散散开着门的商铺寂静。小镇已经恢复寂静，灾难仿佛早就过去。

被树影切碎的阳光穿过车玻璃落到身上，微微发热。

空气中炽热的浮尘都是熟悉的味道，不知道谁家做了炒腊肉，飘香四溢，整个街道都是腊肉香。

向嘉拧上瓶盖，深吸一口气，亮晶晶的眼睛看向林清和："我好像真的时来运转了。"

风吹起向嘉的头发，她雪白的肌肤被太阳映出了光彩，她眼睛里有潮意，声线微微颤抖："林清和，秦朗好像翻车了。"

林清和把车停到川菜饭店门口的空地，这里离向嘉的租房最近。

空气中的浮尘随风飘荡，一缕阳光穿过茂密的树木与挡风玻璃，停在向嘉的眼睛上。林清和停车熄火拉手刹，他没有问秦朗是谁，只是解开安全带，说道："到家了。"

微博下载结束，向嘉打开了微博没有登录账号，只点开了热搜。

首页浮着"# 秦朗扬言要弄死嘉鱼 ## 秦朗视频 #"两个词条。

向嘉点开了第二个热搜，她的手指抖得厉害。

热搜里第一条热门微博是一个营销号发的一段视频，配文：法治社会，我想看看秦大公子是怎么让一个活生生的人从这个世界消失的。

二十万转发，十五万评论，八百多万点赞。

林清和打算下车，他握住车门，右手手腕上突然多了一只手，炽热带着潮热的汗意。车一停，冷气关掉，温度骤然上升，车厢内像是烤箱非常热。

向嘉紧紧攥着林清和的手腕，声音很低："陪我两分钟，我给你钱。只要两分钟,林清和,别动。"

林清和想甩开她的手,她的手又热又粗糙抓得又紧,林清和非常讨厌别人的碰触,特别是女人。

可他最终什么都没做,他在主驾上坐得笔直。

他冷静地看着副驾的向嘉,她的睫毛上带着泪,明明已经哭了,但她并没有哭出声来,脊背轮廓在薄薄的短袖下十分明显,倔强坚韧。

林清和任由她握着手,肌肤相贴,热气在空气中蒸腾。他看向车上的美少女战士,只给她两分钟时间。

向嘉点开了视频,昏暗的房间,应该是夜店聚会,桌子上放了很多酒,秦朗歪戴着帽子穿着一身名牌,大大咧咧地坐在中间,搂着个姑娘,一脸张狂,他的声音很响:"我追嘉鱼是给她脸了,既然她给脸不要脸,那就别怪我不客气。不止把她赶出上海,我还要让她从这个世界无声无息地消失。一只小小的蚂蚁,还敢跟我叫板……"

徐宁让向嘉签订了"闭嘴"协议,秦朗以为自己可以高枕无忧,于是他发了一封律师函维护自己的人设。

律师函是晚上八点发的,他的粉丝和花钱请的人嚣张了半个晚上,凌晨四点,一个视频把他锤死了。

秦朗左拥右抱私生活糜烂,却轻而易举把一个还算清白的姑娘给毁了,多张狂。

警方的通报是上午十点发的,称在调查中。放出了之前向嘉报警的过程,因为缺少监控,案件还在审查,结果秦朗自己把证据送上来了。

曾经秦朗怎么带领粉丝骂向嘉,如今网友百倍还给他。

上午十一点,多家品牌发出声明跟秦朗解约永远不再合作。平台封了秦朗的直播间,屏蔽了他的账号。那封律师函像个笑话。

这是秦朗进圈以来热度最高的一次,上了六个热搜,全在前排,实打实的"顶流"。

他的工作室删掉了那条声明微博,进入了"装死"模式。秦朗最新的那条微博下面已经有十几万条评论,全在骂他,大家都来围观他怎么"弄死"向嘉。

寂静的小镇午后的太阳把树叶晒卷,风吹动枝芽。炽热的太阳随着树影的晃动,大片落进车厢,车厢内温度滚烫。

夏天密闭的薄铁皮箱子,温度能迅速升到四五十度。副驾驶开着一半窗户,主驾的车窗刚才熄火时升上去了。

很热,林清和感觉到后背的衬衣已经湿了。向嘉的手心里有汗,紧紧贴着他的皮肤,热源不断地导流,穿过皮肉炙烤着他的腕骨深处。

"需——"

"林清和。"向嘉抬起眼的同时松开了林清和的手,她忽然笑了起来,潮湿的眼泪还粘在睫毛上,"我是个小网红,我叫嘉鱼。本职工作是服装设计师,我曾经有个原创品牌店,我一直以为我的店铺可以开到线下,开遍全国。"

他们说可以投资向嘉的店铺,给她开店。向嘉信了,她坐上了赌桌失去了全部,连她最初的店铺都失去了。

她没化妆,身上依旧是那套逃离上海时穿的衣服,朴素又狼狈。

她流泪了。她抬手狠狠擦了一把脸,冲着林清和笑:"现在只剩下你身上穿的这件,还有放在后面的那些了。"

一辆车装满了向嘉曾经的梦想。

"因为他的一时兴起,我失去了全部。"向嘉狠狠擦着眼睛,拿起薄荷糖往嘴里塞了一颗,她用力咬着那颗硬糖。看窗外小镇浓绿的树木,她虽是笑着,眼泪却滚了出来,"我以前一直坚信着只要我足够努力,总有一天,我会拥有我想要的一切。我不想让人看不起我,我要站到高处。十年,我努力了十年。"

漫长的车程，她睡了十几个小时，林清和安全地把她带回了家。

这些话她对谁都不敢说，她只能跟林清和说。她和林清和境遇相同，同病相怜。

向嘉用汗津津的手捂住了眼，单薄的肩膀在抖动，她无声地哭着。

她跟他们斗了这么多天，她一直绷着一根弦，此刻终于是尘埃落定。

她也会委屈，也会正常地落泪。她那么努力，却依旧过不好这一生。

林清和把副驾驶的车窗也升了起来。

不到一分钟，他降下了主驾这边的车窗，让风灌进来。温度太高了，他们会闷死在车里。

再照顾向嘉的面子也不能让两个人一起闷死。

林清和转头看向窗外，茂密的绿叶尽头是一片湛蓝的天空。

悲伤的向嘉相当克制，她脆弱的时间也很短暂，她并不放纵情绪。林清和降下车窗时，她已经放下了湿漉漉的手，拿起抽纸盒抽纸擦脸，潮湿的眼睫毛下的眼睛恢复了往日的清冷坚韧。

"抱歉，我刚才有些失态。"向嘉已经彻底地冷静下来，她翻看着热搜，在想发视频的是谁。

能站在秦朗的对立面，敢直接曝光秦朗，应该也是他们圈子里的人，这人真是一点都不怕得罪秦朗。也不知道是出于正义，还是其他的。

"如果你不管这里，你可以拿着这些钱回去打一个漂亮的翻身仗。"林清和语调淡淡，建议道，"你就能拿回你失去的东西了。"

向嘉握着手机，盯着林清和看了一会儿，说道："再回去我也是别人手里的棋子，从这只手换到另一只手。永远身不由己，永远被利益裹挟无法自由。我刚刚哭，一部分是因为遗憾，一部分是激动，遗憾的不只是金钱名利。有些东西，以后有机会再跟你说吧。秦朗翻车了，我很高兴，我终于摆脱他了。这场仗,我赢了。但我不会回去,那里不属于我。"

林清和皱眉,审视着她。

"人不可能一直走背运,我的好运气已经来了。"向嘉摊开了手,她的事业线上蛮横地横着一道疤,"你看我的事业线让你一撞给续上了,这说明什么?说明我否极泰来,前途无量,未来事业成功!未来一片辉煌!"

她的手指又细又白,掌心干净白皙,只可惜横着一道疤。她整个人白白瘦瘦,不太高,却拥有一颗强大的心脏。

"调整过来了?我开车门了?"林清和挽起衬衣袖子到手肘,手蹭到了向嘉刚才握过的地方,很重地抚了下,想把她的痕迹擦掉。

"好了,开吧。"向嘉重新打开手机翻看热搜,她也上了两个热搜。秦朗已经被锤死了,网友开始细细地扒她。

向嘉关掉了微博,点进微信给王玉回了消息后,就把手机收了起来。

林清和推开车门,长腿落到青石板地面上,随即整个人都离开了车厢,随着车门打开,风灌了进来。

"你是不是早看到微博热搜了?"向嘉彻底调整好,多了些心思,若有所思,"你对这些一点都不意外?"

"我说了我不玩微博。"林清和站在车外,修长手指虚搭着车门。他仰头看天,下颌到喉结拉出一条冷淡流畅的线条,一路延伸到衬衣深处。他望了一会儿天,表情平静地侧过身看向嘉,语气是他一贯的风格,平铺直叙,"今天你睡得太死了,错过了满大街都是同一个名字的高光时刻。"

向嘉哑然。

这人什么都知道,一路上却憋着一声不吭。让她一个人震惊,一个人激动,一个人发疯,林清和真能忍啊!

他是经过什么特殊培训吗?嘴那么严。

"下车吧。"林清和修长的手指一叩金属车门,"别坐车里了,热不热?"

热。

风袭来，蝉鸣响彻。

向嘉推开车门下了车，风瞬间把向嘉汗湿的衣服吹透了，她迎着风吸了一口带着花香的空气。

风吹过树叶，斑驳的光影晃动。

秦朗翻车了是好事，大好事。难怪黑白熊猫会来找她，秦朗翻车了，她就有翻身的机会了。只要藏在背后做推手的那位不出现在她眼前，她的未来是坦途。

第四章·
本能吸引

"林老板?你什么时候回来的?你回来了呀?"

身后响起炸雷般一声喊,向嘉转头看去,川菜饭店的老板戴着围裙小跑过来,一脸热情:"你终于回来了!"

"刚刚。"林清和站在车前朝川菜老板点头。

"这是?向老板?你们一起回来了?"

"谁回来了?"隔壁超市老板打着扇子探头出来,嗓门一下就提高了,"林老板!"

随着超市老板的一声喊,临街店铺不少人走出了店面。

林清和在镇上名声很大,他是镇上的红人。

向嘉的手指按在滚烫的车门上,轻轻地一推,副驾驶车门"砰"的一声合上了。

邻居们围了过来。

带着林清和,向嘉根本就不用担心这里的人接纳不了她。

"林老板买车了?"超市老板抓着一把老冰棍给林清和递了一根。

"她的,向老板。"林清和抬手一指向嘉,越过车头把老冰棍扔了过来,"接着。"

向嘉无语。

他扔得准,向嘉轻而易举地接住冰凉的一坨。

林清和又拿了一根老冰棍,从裤兜里掏钱包:"谢谢。"

"给什么钱！"超市老板一把将他的手按回去，"不要不要，给你们吃的。需要搬东西吗？搬到哪里？"

林清和实在不喜欢和人撕扯，他只是想把手从裤兜里拿出来都不行，老板死死按住了他的裤兜。

"东西要搬吗？"林清和问向嘉，"怎么搬？哪些是不能磕碰的？"

"不用，不用。"向嘉看着热情的邻居，他们满眼赤诚，她攥着老冰棍，说道，"我慢慢搬吧。"

"客气什么？你们俩真是客气。"川菜饭店的老板娘径直走过来，"这么热的天，人多早搬完早完事。来来来，要怎么搬？"

除了拍摄器材，其他的都不怕磕碰，也不值钱。

说话间已经围过来十几个人，大人小孩都有。

向嘉留了一箱拍摄器材，其他的都被邻居们搬到她家了。林清和的车停得很好，就在她租的房子上面，离家近。

小镇不大，谁家住在哪儿大家都门清。

车厢内迅速被清空，向嘉弯腰将最后一箱拍摄器材抱出来，这一箱最重，放着所有的设备。

肩膀被碰了下，火热一片，她倏然回头看到林清和近在咫尺。他那张英俊很有冲击性的脸就在向嘉身后，两人身上炽热的气息交缠着，不知道是谁身上的味道。

薄荷混着糖果的甜，还有一些潮热的汗。十几个小时的车程，两个人身上都黏糊糊的。

"让开。"林清和只碰了一下她的肩膀立马就松开了手，示意她去一边，"我知道怎么搬器材，不会弄坏你的东西。"

向嘉让开，撕开了那根快要融化的冰棍咬了一口，浓郁的糖精味。

林清和把沉重的箱子搬离车厢，他的衬衣袖子挽起来了，露出一截修长的手臂，肌肉绷紧时非常有张力。

向嘉锁上车门，拎着那袋玉米饼，跟在林清和身后："你能看清脚下的路吗？"

"嗯。"林清和应了一声，他抱着箱子下了青石板台阶，脊背轮廓在衬衣下绷紧，汗很快就浸湿了他的后背。

向嘉咽下糖精味的冰坨子，看着他抱箱子的手，手串正好卡在箱子边缘，挤压着手腕肌肤，便提议道："我们抬吧？你可以走下面。这个箱子真的很重，五六十斤。"

巷子里没树，太阳直直晒在皮肤上，一片滚烫。他们离得很近，向嘉感觉到身上有林清和一半的影子，听到他偏沉重的呼吸，他的衬衣被打湿了一片，十分明显。

风炽热滚烫，高温加搬重物，他都快湿透了。

到了拐角处，向嘉伸手帮忙。巷子太窄了，林清和举着箱子被卡在墙角，他被迫挪了下手腕，蹙眉抬眼："向嘉，你老实点跟我后面。"

"好了，好了。"向嘉让开路的同时把冰棍塞到嘴里叼着，一只手托着箱子一角，另一只手拨开了林清和手腕上的檀木佛珠，"你不如把手串摘了——"

声音戛然而止。

狰狞的伤疤就这么横在林清和好看的手腕内侧，暴露在太阳底下。那是一道反反复复被割开的伤，疤痕压着疤痕，增生白印上是新的增生，最深的一道像是深入动脉。

林清和脸上的情绪缓慢地褪去。

夏天，三十五六度的高温。蝉鸣聒噪，风吹着树叶沙沙作响。太阳毒辣照射着青石板路，远处江面波光粼粼。

林清和深邃的丹凤眼里漆黑冰冷，注视着面前的向嘉。

向嘉顶着他极具压迫性的视线把佛珠推了回去，指尖抚过他的肌肤，三圈佛珠完完整整地遮住了伤口，仿佛把撕掉的封条捡起来，贴回门上。

向嘉干完这一切，拿下嘴里只剩下一小坨的冰棒。迎着林清和的眼，她迟疑片刻，再次抬手隔着檀木佛珠很轻地揉了揉他的伤疤。

午饭是阿乌做的，很丰盛，其中有蒜薹炒腊肉。腊五花肉切得薄薄的，脂肪部分已经透明，香而不腻。

向嘉和林清和相对而坐，各自安静地吃饭。林清和吃饭很规矩，斯斯文文的。餐厅里还有其他人在聊天，林清和偶尔应一声，眉眼冷淡。

吃完饭，林清和便走了，他暂住在陈小山家。

向嘉先把警方的电话放出黑名单，接了个电话跟那边说完自己的全部情况才开始收拾东西。秦朗这种口嗨类型估计也就关两天，就是不知道名誉官司能不能让他进去。

对目前的结果向嘉已经很满意了，她也不要求太多。

邮寄的东西已经到了，堆了满满两个房间。

"帮我把这些杂物放到走廊尽头那间房。"向嘉归类着东西，交代阿乌，"中间那个房间收拾出来，给我放一张床。"

"啊？还有人要来吗？"阿乌眼睛亮晶晶的，从向嘉回来起她就很高兴，一直处于亢奋状态。

她把向嘉当成了救世主。

向嘉看了眼中间的房间："对，有人要来。"

"是你的……员工吗？你的公司是不是要开起来了？店铺也恢复了吗？"

向嘉没直接回，动手收拾男装样衣："你加下我的微信，把林清和的微信推给我。"

"林哥没微信。"阿乌手忙脚乱地找手机，"我把他的电话发给你吧？你有林哥的电话吗？"

127

不用微信？

"没有。"向嘉存了林清和的电话，若有所思，"你见过林清和几个女朋友？"

阿乌脚步停顿，脸红彤彤地看了向嘉一会儿，摇头："我没见过。姐，你是不是……喜欢林哥？"

"很明显吗？"向嘉笑着看向阿乌，见阿乌一副瞪大眼睛快惊叫出来的模样，她解释道，"我想让你林哥给我做事，我要问下他的人际关系与人品。感情跟人品也是挂钩的，一个人连感情都处理不好，工作也负责不到哪里去，是吧？"

"他人品绝对没问题！"阿乌激动得就差指天发誓了，"林哥人真的很好，他是很有责任心的人。女朋友应该是没有，反正我没见过，陈小山也没见过。"

"知道了，谢谢。"

下午向嘉很忙，收拾好东西之后就开始整理黑白熊猫的个人材料。网上黑白熊猫的信息不是很多，挺低调的一个人。资料显示他是南市人，在德国读的大学，学的应该是建筑。二十七八岁，长相算是周正，以向嘉的审美来看说不上多帅，可依旧在网上拥有一众女粉。

她把黑白熊猫的视频当背景音乐放，听到了凌晨。

第二天一早，她先起床去了江边，房子都被清理出来了，江边的淤泥也被冲刷了干净。大概是怕再涨水，水位降得很低露出很长的一道青石板路。

早晨寂静，对岸山林有鸟啼。太阳从江的尽头升起，澄净的光照在沉静的江面上，世间一切都静了下来。

古朴的青瓦建筑群坐落在清晨的寒风里，小镇有人家在做饭，青烟袅袅升向山林深处，寂静得像是沉浸在历史长河里不为人知的世外桃源。

陈建忠带着工人在江边测量，看到向嘉便放下手头的活，大步走了过来。

"忙完了？昨天我就想找你，我回来得太晚了，就不好去打扰。"陈建忠头上戴着安全帽,步伐匆匆,脸上沟壑很深,"你这里的人找得怎么样?"

"今天中午到,我一会儿去接。"向嘉环顾四周,"县城的项目定下来了吗?这是在做什么?"

"定下来了,要统一建江岸景区,水位再降一些,这里要修码头。"陈建忠打量向嘉,思索着,"你有没有兴趣接江边这块地?"

向嘉一惊:"什么意思?陈叔。"

"县城那边的旅游公司开发不到我们这里,我们想发展起来可现在七零八散的状态根本不行。这次水灾江边住户都迁出去了,正好,把地方腾出来做统一规划。这也是上面的意思,扶贫只给钱那永远扶不完,要发展当地的经济,实现自给自足。政策条款又改动了,会给一个很大的优惠。这种优惠政策下一定有人来干,但那些人是为了钱而来,还是真心想建设这里,谁知道呢?这么多年,我看他们一批批地来又一批批地走,什么也没建成。你是个有本事的人,我这两天在新闻上看到你,读过大学、开过公司见过大世面。有兴趣做吗?有的话,这边我都交给你干,手续方面我帮你跑,不用你操心。"

向嘉环视江岸,加上废弃的房屋,沿江住户一共有二十一家。除了住宅区,还有一大片空地,延伸到了山脚下。可利用面积很大,可这是完全陌生的领域,她没碰过,她甚至都不敢想。她想的发展江边是给别人投钱,让别人干。

向嘉看着陈建忠诚恳信任的目光,一时间不知道该怎么回答,"做不到"三个字在嗓子里绕了半天也没被吐出来。

"我想想吧。"向嘉说,"这个整个做下来项目很大,得投很多钱,说实话我没那个把握。叔,你怎么会觉得我行呢?"

"小商靠智,大商靠德。我看人很准,你将来必有大出息。"陈建忠转头面向早晨沉静又美丽的山镇,当年他也是怀着一腔热血来到了这里,如今已经年过半百了,"确实得好好想想,也替你自己想想。想干了我全力支持,需要咨询什么政策直接去我家找我,找不到就给我打电话。"

129

陈建忠去指挥码头建设了。

向嘉在江边又站了一会儿，八点半时她返回山上，打电话给林清和，他的手机关机了。

向嘉直接找去陈小山家，陈小山家院子不大，不是楼房，只有一层。灰瓦白墙，院子打扫得很干净，向嘉推开虚掩的大门进去，一只橘猫伸着懒腰斜睨她一眼，继续睡了。

"阿姨？有人在吗？"向嘉喊了一声没人应，又喊陈小山，依旧没人应。

客厅的门开着没人，主卧也没人，一侧有两间房，门都紧闭着。

她随便找了一间房敲门，持续地敲。

不到一分钟，房门猛地被拉开，林清和皱着眉，顶着一头凌乱的头发倚靠在门板上，掀起冷淡的眼皮盯着她，阴沉沉的，像只炸毛的狮子猫。

向嘉视线下移，他穿着白色短袖黑色短裤，短裤尺码偏小，不知道穿了谁的。脚上趿拉着拖鞋，腿笔直，短袖是棉质的质量一般，软塌塌地贴在他身上，向嘉往他领口里看了眼。

"看什么？"林清和抱臂倚靠在门上，挡住胸口，以免向嘉那双色眯眯的眼睛在他身上扫视。他语气不悦，声音沙哑倦懒，"敲门干什么？"说着眼皮又耷拉了，一副困倦到了极致的样子，"几点了？"

"八点四十五了，勤劳的人早饭都消化了，起床陪我去县城一趟。"向嘉往屋里看，屋子里漆黑一片什么都看不清，"陈小山也在里面？"

"隔壁。"林清和抬起修长的手指懒懒一指隔壁，收回时顺势搭在额头上按着眉心，"不想去，你找别人。我只睡了两个小时，头很疼，开不了车。"

"不让你开车。"向嘉环视四周，直接推开门走了进去，"灯的开关在什么地方？"

林清和垂眼，睫毛完全覆在眼下，他呼出很长一口气，唇抿成了一条线。

向嘉找到开关打开灯。房间很小，里面是蚊香混着檀木的味道，小窗户不止拉着窗帘还拿衣服又遮了一层。床上还算整洁，只有一条毯子散在角落，能看出睡过人的痕迹。

"欣赏够了吗？"林清和倦冷的嗓音在门口响起，他被突如其来的灯光刺得睁不开眼，耷拉着眼皮审视向嘉，"欣赏够了就出去。"

"我有事跟你谈。"向嘉看了一圈也没找到坐的地方，索性坐到了床边，"你把门关上，不方便被外人听到。"

林清和表情很难看，由上至下睥睨着向嘉，大约看了有一分钟。他反手关上了门，单手插兜撑平了短裤的褶皱，往后倚靠着房门，皱着眉取出烟盒，弹出一支烟："你到底……"

"别抽烟，我最近在戒烟，闻不了烟味。"向嘉叫住了他，"我昨晚看了一夜黑白熊猫的资料。"

"嗯？"林清和捏着一支细细的白色香烟。他清晨六点才睡着，且睡眠质量很差，睡不实。听到动静他就醒了，此刻心脏非常不舒服。他很烦躁，看什么都不顺眼。

向嘉穿着改良的苗族服饰，黑底配艳色刺绣，应该是她自己做的。高腰上衣勾勒出很细的腰，百褶裙随意慵懒。

这个款式林清和没见过，直觉告诉他只有向嘉能做出来。她做的衣服很有个性，很大胆，有着很强的个人色彩。

她坐在林清和睡过的床上，眼神清凌，皮肤细白。虽有些格格不入，但画面是美好的。

"网上有人传黑白熊猫是富二代，家里应该挺有钱。他的拍摄团队一直很专业，是经过包装的，这个传闻有八成真。"屋子里有残留的烟味，隐藏在檀木和蚊香味道深处，勾起了向嘉的烟瘾。

林清和掀起眼皮直直看着她，眼神淡漠，除此之外再没有其他的情绪。

"秦朗的曝光视频是正面拍的，拍摄者肯定是他那个圈子里的人，敢正面拍敢直接曝光，不怕得罪他，对方肯定比他还有钱。前段时间我在直播的时候，被人打赏了四百九十万。"

林清和眼皮压得更深了。

他比秦朗有钱几百倍。

"这两件事不知道是不是一个人做的？"向嘉斟酌着用词，"黑白熊猫那么大一个网红，这个时候来找我，你觉得有没有关系？"

林清和缓缓抬眼看向嘉黑白分明的眼，想磨后槽牙。

"我不是自恋啊，圈子里追我的有钱人还是挺多的。"向嘉下巴上扬，漂亮的脸落到灯光下，"但我对有钱人没兴趣，我极度烦那些很有钱的人。避免节外生枝，你从今天开始跟在我身边，做我的男朋友。"

林清和的表情一瞬间变得非常复杂，他似乎想发表点什么意见。

向嘉及时打断了他，开口径直说道："我给你钱，之前你答应过我跟我一年。你不会说话不算话吧？林老板。"

林清和拿起了桌子上的打火机，打算点烟。

"医生说我再抽烟我的胃会烂掉，我得胃癌的概率是正常人的十几倍。"向嘉看了眼林清和手腕上的串珠，无所谓地往后一瘫，手指撑在床上，"你抽吧，大不了就是得胃癌。"

"你为什么排斥有钱人？"林清和把烟盒和打火机一起扔到了窗台上，"因为秦朗？"

向嘉仰起头看天花板，天花板上有一块霉斑，环境还不如她那里。她沉默一会儿，说道："我告诉你答案，你跟我走吗？"

林清和不置可否，只是抱臂看她，灯光下，俊美的脸沉邃。

"我生父在上海有三套房，算是有钱吧。当初我妈挺着肚子想嫁给他和他的房子，他说要等孩子生下来确认性别才能决定要不要娶。"向嘉轻笑一声，"我出生当天我妈就被抛弃了，我外婆背着我从上海到了这里，我在她的背篓里长大。钱在这个社会上地位太高，拥有钱便可以肆意妄为。我讨厌被掌控，也不喜欢比我有钱的人，我只有在我能掌控的关系里才能有安全感。"

林清和应该是有抑郁症,向嘉猜测不出程度,但根据他目前自暴自弃的态度,以及手腕上的疤痕,不会多轻。

向嘉仔细回想认识林清和以来他的行为,也不难发现。他对这个世界不在乎,他游离在世界之外,被砸店和坐在废墟里唱歌其实是一个表情,麻木、空洞、散漫、无所谓。他可以拎着两个钢镚坐颠死人的公交车,也可以漫不经心地坐上几百万的迈巴赫。

他跟谁在一起都一样,他随波逐流,估计那天上她的车也是,懒得拒绝。他父母离婚了,他没有家没有地方可去,无所谓跟谁。他那不是单纯的浪,是纯粹的不想活了,没兴趣。他说得最多的就是没兴趣,他对什么有兴趣呢?

"林老板,你听了我的故事,就不能再拒绝我了。"向嘉说,"走吧?"

林清和抬手虚拢在额头上,手掌挡住了眉眼,他的手指又长又直,指尖泛白。

"我开车,不让你开。你可以在车上补觉,你只需要站在我身边就好。"向嘉说,"露个脸接待完,你继续回来睡觉。"

林清和放下手,直起身,似乎没什么力气说话,语调是轻飘飘的冷淡:"出去,我换衣服。"

向嘉站起来,重重叹口气:"林清和,我没见过哪个被养的小情儿那么怕被金主看身体,你跟你前任是不上床还是不开灯?"

林清和把她拎出了屋子,反锁上了门。

门口的橘猫看到向嘉,摇摇尾巴转身走了,她不招猫喜欢。院子靠墙的位置种了一排虞美人,随着太阳的到来,它们鲜艳地绽放。

向嘉整了下衣服,走过去蹲下拍了几张照片。

过了一会儿,林清和才从屋子里出来,他换了件黑色T恤,配了一条休闲牛仔裤,没有破洞看起来相对清爽。

"我出去等你。"向嘉看他往洗手间走便主动出了门,她没听墙脚的爱好。农村的房子隔音差,一点动静震天响。

133

太阳斜进小镇,驱散了山间清凉,风渐渐炽热。

街上有人在卖早餐,油条炸得金灿灿,看起来很香。向嘉走出巷子,买了一杯豆浆、一根油条,又买了一份相对清淡的菜饼。

她结完账,林清和从巷子里出来,他身上的困意非常明显——原先翘起的头发已经落回了原处,几绺被水打湿的刘海耷拉在眉骨处。

向嘉接过老板递来的早餐,里面多了个鸡蛋。老板是个中年女人,操着一口带本地口音的普通话笑着说道:"向老板,送你个茶叶蛋。"

"谢谢。"

林清和迈着长腿走到了向嘉身边,顾长的影子落到了向嘉身上,带着薄荷牙膏的味道,他刚洗漱过,很干净。

"给你买的,快吃,吃了碳水好睡觉。"向嘉把袋子挂到林清和的手上,"你站在这里等我,我去开车。"

林清和蹙眉看向手上的东西:"嗯?"

向嘉已经走了,她个子不高,瘦瘦小小白白的,拎着一个刺绣小包,步子却很快。

林清和拎着一手吃的,迟疑了一会儿才从里面拿出豆浆插上吸管,喝了一口,敞着长腿站在原地等待。

向嘉车技很好,车稳稳停在他身边。林清和把喝完的豆浆纸杯扔掉,油条还给了摊主:"没碰,干净的,我不吃这个。"

他拎着菜饼,拉开副驾车门坐进去,调整座位。

"你经常睡不着吗?"向嘉等他坐稳系上安全带,才握着方向盘开车出去,"天亮才睡?"

"你听过3D环绕的呼噜声吗?"林清和没什么精神,语调懒懒的带着点讽刺。他不想跟向嘉透露太多个人信息,昨天向嘉把他的串珠给扒了,该看的不该看的都看了,他烦透了,很不爽别人刺探他的隐私,"一个住在我左边,一个住在我右边。"

向嘉瞬间笑出了声,她漂亮的手指握着方向盘,笑仰到座位里:"隔音这么差吗?真惨。"

车子转弯,早晨清透的阳光从驾驶座窗户照射进来,落到向嘉的脸上,她的脸颊上有个浅浅的梨涡,晨光给她镀上了一层柔和。

林清和移开眼,面无表情地打开菜饼的袋子咬了一口饼。菜饼挺好吃,软而香,夹着蔬菜的清新。

"你这样不行啊,你的酒吧一时半会儿又开不起来,你晚上睡不着白天醒不来,怎么做事?"

林清和不想说话。

"阿乌和奶奶住在一楼,我住的二楼多出一间房,你有兴趣搬到我那里住吗?"向嘉单手握着方向盘,另一只手去摸手边的硬糖,很自然地建议道,"我不收你房租,可以让你住到酒吧装修好。我和你的房间中间隔着工作间,我全部做了隔音处理,一般情况下吵不到。"

"不用。"林清和冷淡地拒绝,余光看她的手在储物盒里找寻,找了好几圈就是摸不到角落处的硬糖盒子。向嘉的手指纤细,指尖白生生的,没留指甲没做美甲,非常干净。

"为什么?怕我对你做什么?"向嘉话倒是说得直接,"放心吧,我从不强迫人,在你没同意之前,我不会碰你。"

林清和吃完最后一口菜饼,皱眉看了向嘉一会儿,从储物盒里找到糖盒打开,将其递到她手上:"你是养过几个男人?这么熟练?"

"只有你一个。"向嘉单手往手心里倒糖把控不好力度,一下倒出好几颗,她扣上盖子,把糖盒扔回去,摊开手伸到林清和面前。

"不要。"林清和拒绝。

"那帮我拿出去两颗,我在控糖。"

"打开窗户扔两颗出去。"林清和不为所动。

135

"浪费可耻。我真的不会对你做什么,我还没打HPV呢,我很惜命。"向嘉把一颗糖送到嘴里,咬在齿间,开始怀疑林清和到底有没有很多个女朋友。

"你住在陈小山家不太方便,我最近可能会频繁地找你,每次都去敲门显得我们之间的关系更暧昧。"

林清和从裤兜里摸出手机,若无其事地搜索HPV,看到内容,他的表情沉了下去,阴沉沉的。他没有吃茶叶蛋,收起残余垃圾,踩着脚下的脚垫,将座位往后推到了底。

远离向嘉。

"我给你装修酒吧,你跟着我做事,我给你提供住处,这个要比我天天去找你合理得多。"向嘉手心里攥着剩余的糖,搭在方向盘上,"我的房间安了全遮光的窗帘,新的床垫过几天就到。房间有空调,你考虑考虑。"

向嘉在县城唯一的三星级酒店订了两间房,又跟土鸡火锅店订了一个包间,才奔向火车站。

到车站是上午十点,她想让林清和在车里睡一觉,林清和没有。他插兜站在向嘉身边等待,尽管百无聊赖,眼皮困得耷拉着,也没有挪动脚步半分,十分踏实。

向嘉戴着耳机听建筑方面的知识,临时抱佛脚,显得不那么外行。

两个人就这么等了一个半小时,火车才姗姗进站。

"接完人你找个机会回去睡觉,但我不建议你白天睡太多,到时候晚上又睡不着,恶性循环。"向嘉往林清和身边靠了些,两个人离得很近,动一下她的肩膀就容易擦到林清和的手臂。

夏天穿得少,碰上就是肌肤相贴。火车站简陋的出站口没有空调,中午时分空气渐渐闷热,呼吸交缠似乎都能让气温升高几度。

"站直。"林清和想远离向嘉,两人离得太近了。

忽然向嘉牵住了他的手，迅速把手指插进了他的指缝里。手指侧边柔软的肌肤被狠狠摩擦，过电一般直钻进心脏，他的心猛然一跳。

刹那，世界安静。

"别动，人来了。"向嘉握住他的手，发现他的手比看上去大，十指交扣把她的手指都架起来了，连忙换个动作。她的心跳骤然加快，她很多年没牵过男人的手了。她攥着林清和的尾指，他最近没戴戒指，手指干净，骨关节清晰。她把手指扣在他尾指关节上，试图靠近林清和的耳朵，"我去接人，等会儿我来介绍你，客气点，别给人甩脸色。"

说完，向嘉松开了他的手。

嘈杂的声响瞬间涌入耳朵，林清和看着向嘉后颈一抹白在眼前一晃便扬着灿烂的笑，走向出口处一个戴眼镜的斯文男人。

林清和的舌尖很浅地一顶腮，压下那种耳鸣感，大步跟上了向嘉。

"您好，熊猫老师。我是向嘉，欢迎来到溧县。"向嘉认出了黑白熊猫，刚要上前，忽然肩膀上多了一只手，她眼皮跳了下，那只瘦长匀称的手便扣住了她的肩头，强势地一揽又松开了，掌心透过薄薄的布料贴着她的肌肤。

林清和低头，呼吸擦过向嘉的脸颊，嗓音微沉："东西。"

林清和的演技绝了，亲密宣告主权但又不喧宾夺主。

向嘉心跳得有些快，莫名燥热，他刚才那一揽充斥着霸道的占有欲。

他演霸道男友还挺像那么回事，找他找对了。

"熊猫老师，这是给您带的礼物。"向嘉把林清和递来的土特产送给了黑白熊猫，"这是我的男朋友，他在镇上开了一家酒吧。"

"我叫唐安，网名黑白熊猫。"唐安审视着向嘉身边的男人，觉得有点眼熟，好像在哪里见过。

这个男人气质非常耀眼，首先很高，其次很帅。年纪不大，站在向嘉身边，眼神具有很强的攻击性。

"唐老师您好。"向嘉伸手过去，保持着完美的微笑，"酒店我已经给你们订好了，就在县城，溧江边上。之前的阿乌客栈环境更好，可惜了。"

"谢谢。"唐安略一迟疑跟向嘉握了下手。他来之前非常看不上向嘉，向嘉这个人名声极差，风评不好，虚荣、肤浅、庸俗、贪财、私生活糜烂。据说她的上位史并不清白，人品很差，唯一的优点是很会推销，她做的宣传图唐安看了都心动。

唐安心动归心动，却不太想跟向嘉扯上关系，原本已经放弃了，但昨天的热搜让他想来看看。

向嘉带了男朋友来接他，唐安略显意外，她同样防范着他。唐安心里嗤之以鼻的同时松了一口气，向嘉还挺懂分寸。

"我来帮你们拿行李。"向嘉把车钥匙递给林清和，看着他的脸，在想叫他什么，叫"林清和"太生疏，叫"林老板"不适合。叫"清和"或"阿和"，她都觉得很奇怪。

向嘉脑筋转得飞快，话是脱口而出的："老公，你去开车，开到正门。"

林清和倏然抬眼，情绪迅速被理智压住，他的嗓子有些痒，喉结狠狠滚动，沉黑的眼盯着向嘉，伸手接过了车钥匙。向嘉微凉的指尖碰到了他的手心，他脊背绷得笔直，保持着冷静，若无其事地一点头，转身大步离开了出站口。

"不用，不用。"后面拖行李的小胖子连忙摆手拒绝了向嘉，"很小的箱子，不用。我们的大部队在大盈古镇，我和唐总过来先看看情况。"

唐安看了助理一眼，这人一看到美女话就兜不住了，什么都往外面倒。

他们的行李不多，没有带设备，路过来看一眼而已。

向嘉没有强行去拿行李，若有所思，走到前面带路，说道："欢迎来看，你们需要了解什么都可以问我。"

唐安莫名其妙地指了指林清和离开的方向，问道："他是本地人？"

"他不是本地人，只是在这里生活的时间比较久，我是本地人。"向嘉保持着得体的微笑。

"你是溧县人？"唐安问道。

"准确来说是桐镇的，就是阿乌客栈在的那个镇。"向嘉带唐安出站，"离县城还有一段路，快十二点了，先把行李放到酒店去吃饭？这边有一家土鸡火锅特别好吃，自家养的土鸡，原生态，很有特色。"

唐安环视四周，非常典型的山城，环境确实很美。人不多，有种空静感。

黑色SUV开了过来，挂的还是上海牌照。唐安再次审视驾驶座上的青年，有种萦绕不去的熟悉感。

向嘉陪同助理放好行李箱，绕到车前坐到副驾驶，低声问林清和："难受吗？换我开？"

"不用。"林清和没看向嘉，淡淡道，"你坐好，把安全带系上。"

"注意安全，慢点开。"向嘉叮嘱了一句，转头跟唐安介绍当地情况。

今天天气很好，天公作美。蓝天之上白云浮动，青山铺在远处，浓绿幽静，小山城宁静美好。

向嘉带唐安去桥上兜了一圈，放好行李直奔桐镇。

"这里能看到整个桐镇。"向嘉说，"这就是我的家乡，原先比现在更美，灾后还没有完全恢复。"

车子转弯拐出山路，辽阔溧江在远处展开，一片灰瓦古建筑映入眼帘。镇子入口处种着一棵高大的花树，也是恰好，花开得正是繁茂，火红的花一路蔓延向天际。

SUV开过，扬起飘落的花瓣。

向嘉介绍着当地的历史文化，还有绣品与风景，说道："我的家乡前段时间受了灾，毁掉了很多农作物，像山上的猕猴桃、橙子、橘子都是这个季节挂果，毁掉后农民这一年的收入都没有了。农村人就靠地吃饭，毁掉的果树好几年长不起来，靠着国家的救济救不了穷。我想帮家乡做点事，所以才想邀请您过来。"

向嘉观察着唐安的反应,他是路过,不一定留下,向嘉也没必要做作,真诚才是必杀技。

"我想给这里引流,吸引一些游客,让他们的日子好过一些。江边的改造空间很大,目前还没有规划发展,它的潜力也很大。这是个很新的题材,很有挑战性,它做好了不单单是一个视频一套房子那么简单。唐老师,您看是直接去看工地还是先去吃饭?工地在江边。"

"先去看工地。"唐安被向嘉说动了。她这些话说得很真诚,他们做建筑改造视频的不可能只拍建筑,还要融合地理文化风土人情,才更引人入胜。一个具有公益性质的建筑,一个想要拉动当地经济的壮举,做成了确实不单单是一套房子,"我想看看你发给我们的宣传文案里一生绝不能错过的人间仙境到底有多仙。"

车停在街上,唐安和助理拿着手机拍摄,他们被当地风景吸引。

林清和下车,站在车门前,手里拿着向嘉那盒薄荷糖把最后一颗塞进了嘴里,薄荷的清凉让他脑子稍微清醒一些。长时间不睡,他的心脏很不舒服。

林清和把薄荷糖咬到牙齿间,他心情不太好,甚至产生了一点耳鸣的症状。

忽然,胸口多了一只手,白皙柔软的手指就隔着薄薄的T恤布料贴在他的心脏处,他紊乱的心跳好像有那么一瞬间静了下来,天地静谧,面前只有这么个清丽的小女人。

"这里难受?"

林清和咬着糖,缓慢掀起眼皮,盯着面前的女人。她站在阳光里,皮肤白得发光,手还放在他起伏的胸口上,指尖隔着布料触着他的肌肤,炽热滚烫。她的表情柔和,声音很轻:"累不累?"

"我这里有备用车钥匙,那把给你,我不用车的时候你随时可以开。"

向嘉的手离开了林清和的胸口,但没有离开他,服装设计师的本能让她抚了下林清和衣服上的褶皱。她退开,这回是彻底离开了,燥热的空气顿时消散。

"少抽烟,影响睡眠。算了,别去想现在睡了晚上还睡不睡的问题,先睡吧。晚上真睡不着,你可以找我聊天。我的房里有一些助眠药,需要的话过去拿,钥匙在门口的地毯下面。唐安不是给我打赏的人,他对我没意思,很安全。我走了,你放心回去休息。"

向嘉见唐安第一眼就知道打赏的不是他,唐安对她的看不起写在每一个毛孔里。唐安看不起她,怎么可能对她有意思?

唐安的助理问向嘉工地的路怎么走,向嘉快步走了过去。她带着人走下青石板小路,消失在那片青瓦灰墙后。

"林老板,吃饭了吗?"有邻居问道。

"嗯。"林清和应了一声,咽下了那颗糖,急切的烟瘾淡了下去,只是胸口滚烫。

向嘉的手不安分,隔着衣服肆意在他身上摸。她的指尖上仿佛有火,灼烧着他的皮肤。

他单手插兜,碰到那把车钥匙,指尖触了下又迅速蜷回。他迈着很大的步子穿过街道,走向巷子深处生意极差采光极其不好的宾馆。

"你男朋友怎么了?"唐安转头看了眼,"你男朋友哪里人?我总觉得在哪里见过他。"

"他不舒服,我让他回去休息。"唐安不会对男人感兴趣吧?这个经典的搭讪句子让向嘉警惕起来,但面上尽可能不显山露水,"在网上看过他吧,他之前的酒吧火过,有不少小姑娘过来拍他。你可以搜下溧江'一家酒吧',他偶尔会在酒吧里唱歌。"

肯定不是在网上,但再打听也不礼貌。

"你对这里有什么构思?"唐安认真审视向嘉,向嘉跟传闻中一毛钱关系都没有,"有没有规划?这边做商业的话,你是能拿到审批文件的对吧?"

向嘉的人格魅力是大于这张脸的,如果没有这张脸,她的事业可能会更顺利。

"有规划,具体方面,若是您接,我们详谈。"向嘉眺望远处波光粼粼的江面,对岸石峰陡立,在太阳下泛白。她现在一点计划都没有,只有个隐隐约约的雏形,跟唐安说了就露馅了,"我能拿到审批文件,不然我不会邀请您来。"

"你回来应该没多长时间吧?"唐安一边走一边疑惑,小镇上的人对向嘉很亲切,他们会热情地跟向嘉打招呼,感觉跟资料上的向嘉的形象很违和,"如果我没记错的话,你是在上海读的书,你父母也是上海人吧?没听说过你在这里还有个家。"

"我是留守儿童,我外婆是桐镇的人,我在这里长到十几岁才被接回去。我之前比较虚荣,不愿意提这段过往。"唐安对她好奇了,好奇是好事,她继续道,"我确实没回来多长时间,他们'狙杀'我的时候,我才回来。"

"那就是以前就有感情?他们对你很热情。"唐安说,"你是怎么在短时间内确定了这里呢?"

"发洪水那天我在镇上装沙袋抗洪,共患难的感情。"向嘉摊开手晃了晃,她手上还残留着疤痕,增生长出来了,白印落在太阳底下,"为什么留在这里?当时那个场景,真的挺触动。洪水冲掉了这边好几户人家,果树倒在泥里,让人绝望又无力。天灾人祸,雪上加霜,他们没有了经济收入,也没有了希望,让我想到了以前。"

这群搞创作的特别喜欢讲故事,向嘉便跟人讲故事。

向嘉双手插兜走在前面,快到江边了,水浪重重拍击岩石,风变得凛冽起来,她迎着风散落的发丝被吹得飘动。

"我做主播是为了推广我的衣服,我做衣服是想把我外婆教给我的东西展现给世人,我外婆曾经是绣娘。这边的女人从小就会做衣服绣花,我的第一个玩具就是绣线。我外婆去世很多年了,我不想她被遗忘,才拿着针线一直在创作。再往前推,我外婆去世前一直住在这里,那时候我是希望这里风调雨顺,人人有饭吃,人人有希望。不用绣花绣得眼睛瞎掉,才能换到一点维持基本生计的钱。"

她走到阿乌客栈前停住脚步,转过身很平静道:"钱赚多少是够?名利拿到多少是顶峰?大城市真的需要我吗?我那么努力往上爬的目的是什么?出人头地?然后呢?有什么意义?漂亮的主播那么多,不缺我一个。但这里的游客多一个,这里的人就多一条出路。"

唐安推翻了来之前想跟向嘉撇清关系的计划,他现在特别想拿摄影机将向嘉拍下来。她站在那里就是故事,就是绝佳的素材,她非常有质感。

她笔直地站在寂静空旷的土地上,仿佛是这片寂静之地的希望。

"留在这里,为这里奔波找希望,用所学知识发展这里,不愧对这片土地养育过我。"向嘉推开了阿乌客栈的门,看到三角梅发出新的枝芽,长出来很高一截,"这就是阿乌客栈,是个十八岁辍学带患有阿尔茨海默症的奶奶艰难生活的小姑娘开的客栈。本来这里有一棵三角梅,特别漂亮。我回来那天,这面墙都是火红色。她原本已经看到了生活的希望,一下子全没了。进来看看吧,住在江边夏天不用开空调,非常凉快。"

他们在江边站到下午两点才上去吃饭,有了向嘉这么伟大的意义在前面,即便唐安对当地有颇多挑剔也说不出口。

饿到大中午,就算是白水馒头也好吃。他们风卷残云般吃完了一锅土鸡,显然对这一餐也是满意的。

吃完饭太阳斜到一边,露天广场被树木遮出一道阴凉,他们在广场边缘又坐了一会儿。唐安想自己转转,不让向嘉陪了。

向嘉也懒得陪他,这座山爬一次就够了,频繁爬山她嫌累。

如果有路能通到江边就好了，向嘉站在露天广场边缘看了一会儿，拿出手机想发消息给林清和，问他有没有睡着，没睡着的话，她带饭过去。

她想了想还是没发，风吹着她的衣服猎猎作响，她仰起头看远处层层叠叠的山脉。浩瀚江面延伸到了山的尽头，浩浩荡荡。

敢做吗？她也不知道。

这么个小地方，唐安和那个小胖子居然逛了一整个下午，天黑才回到车上。小胖子都累瘦了一圈。

向嘉只好又请他们吃了一顿烧烤，随便找的一家店，味道居然挺不错。把唐安和小胖子送回酒店，向嘉返程往回开，再次经过那家烧烤店。

香气扑鼻，这家的烧烤很好吃。向嘉胃病没好利索，没敢多吃，只尝了几口，很不过瘾，她很想带给别人尝尝，看别人吃也能满足一部分食欲。

阿乌今天带奶奶去市里看病了，她不在家。给陈小山带一份吗？陈小山那咋咋呼呼的样子，向嘉晚上跟他说话怕是今晚都别睡了，一晚上脑子里都会回荡着他的聒噪，吵得头疼。

向嘉打了把方向盘在路边停车，拿起手机找到林清和的电话号码，直接拨过去？

他睡醒了吗？

他今天被自己从被窝里扒出来已经很不爽了，再吵他，他会不会炸毛？

向嘉握着手机想了一会儿，百度搜了个冷笑话复制粘贴发给林清和：小熊种了一棵草莓一棵柠果，发现草莓长得好慢。小熊就说："莓你不行啊，莓你不行啊。"听到了吗？没你不行。

手机显示消息发送成功，向嘉笑倒到座位里。

什么鬼东西，她第一次干这么幼稚的事。

手机"叮"的一声，对方发短信过来了。

林老板：［问号.jpg］

醒了？

向嘉抬手按下 P 挡，松开脚刹，往后倚靠在座位里，手臂架在储物盒盖子上，翘起嘴角打字：吃不吃辣？

又是"叮"的一声。

林老板：[问号.jpg]

他的手机里只有问号吗？

如今这个时代短信好像只有接收验证码一个功能，除此之外，全是各种商广推送，沦落成了二十世纪九十年代末的电线杆，贴满了小广告。

向嘉难得用短信聊闲话，这种原始且具有年代感的交流方式，在一堆通讯软件里显得特别清流。

向嘉：牛肉、羊肉、鸡肉、猪肉、鱼肉、海鲜，不吃什么？

林老板：羊肉。

可惜了，这家的烤羊排是特色，很好吃。

向嘉：辣度？

林老板：[问号.jpg]

林老板：随便。

这两条短信挨得很近，他已经明白向嘉要做什么了，他接受了。

向嘉：喜欢什么牌子的啤酒？

林老板：度数高的。

啤酒有高度数的吗？

向嘉举着手机两只手打字：镇南头的花树底下等我，大概四十分钟。

对方没再发消息过来，向嘉解开安全带熄火下车，走向路边的烧烤店。这家烧烤店的啤酒度数都是一样的，她在隔壁超市买了一提乌苏啤酒，目光在烟草区域扫了一周，取了一盒薄荷糖。

她是真的要戒烟。

烧烤是用纸袋子装的，孜然混着辣椒的香气非常诱人。向嘉迫不及待想投喂给林清和，看线下吃播。

她开车很快，从县城到桐镇只花了十二分钟。在山里走夜路，远光灯照得很远，转过弯车灯一扫，向嘉便看到了双手插兜站在花树下的林清和。

他换了件纯棉的休闲白衬衣，配一条黑色长裤，像是春装。袖子卷到手臂中间，露出一截修长流畅的手臂，佛珠垂到了裤子边缘，几乎融为一体。

向嘉踩着刹车减速，车速太快了，她又不愿意急刹栽一下，车子是擦着林清和过去的。她彻底踩住刹，车已经到好几米外了，在尾灯照射下，从后视镜里看林清和，他冷峻的眉毛挑了起来，黑眸中写着清晰的冲动：回来看我揍不揍你。

向嘉挂上倒挡，在雷达的"嘀嘀"声中，车子停到了林清和身边，她降下了副驾驶的车窗："上车，带你去个地方。"

林清和磨了磨牙。

片刻，他还是拉开了车门。副驾座位上堆满了东西，他皱着眉把东西全部提到后排。他坐到了副驾，关上车门，在满车的烧烤味里，缓慢地呼出一口气："去哪里？"

"下午睡了吗？"向嘉松开刹车，车子缓缓启动开进了小镇主街道。她没有关远光灯。SUV迅速穿过街道，出了小镇主街，奔向一片荒野。水泥地变成了泥地，车子颠簸，树枝刮到车身上的声音清晰。

"事办完了？"他敞着长腿，姿态散漫地倚在座位里。

他们都不回答对方的问题，这点上他们非常有默契，不愿意回答的直接跳过去。

各聊各的，还能接住。

"唐安对这里很感兴趣，我觉得他会签合同。他有野心，不只是盖房子。"向嘉的故事足以勾起唐安的野心，她狠起来连自己都利用。SUV在颠簸的山路上前行，这条路她哪怕很多年没有走过，也依旧清晰地记得有几道弯，"前面有个废弃的观景台，能看到整个桐镇。请我喝酒，陪我坐一会儿。"

路被蔓藤缠住了，车不能再往前开了。向嘉把车停在路边，关上了车门，拎着车钥匙，下车。林清和从另一边提出了烧烤和啤酒。

"顺着这条路往前走大概五十米，"向嘉指着前面漆黑的山路，"右拐之后再走大概一百米左右就到了，你把手电筒打开。"

月亮还没攀过山峰，只有江对岸是亮堂的。

林清和打开手电筒走在前面，提着啤酒和烧烤。这是一段废弃公路，杂草丛生，不知道什么蔓藤带着棘刺划了他一下。

他拨开了蔓藤，道："跟在我后面，走我走过的路。"

"就这一段有，前面就没有这种猪刺了。"向嘉拿木棍挑开了林清和手边的蔓藤说道，"你把衬衣袖子放下去，别用手碰，被这个刮一下很痒。"

林清和没有放下袖子，迈着长腿走在被向嘉挑开的草木之间。茂密的植物占据了整条路，密不透风，仿佛没有未来一样。

手机的光晃动着，忽远忽近。

向嘉走在林清和身边，偶尔碰到他的手臂，肌肤相贴没有衣服的阻隔，她的皮肤是温热的。她的呼吸因为走路而渐渐急促，她体力极差，说话微喘："你是不是没有夏装了？我那里还有几套样衣应该适合你，改天拿给你。"

蚊虫看到光围了过来，蛐蛐在草丛里鸣叫，偶尔有一两只慌不择路跳到了人的腿上又迅速跳走。

"不用。"

好的，明天拿给他。

"我家住在后面的山下，以前这条路上一根草都没有，这是我们的必经之路，"向嘉说，"每天都有很多人走。"

147

穿过一片荆棘，豁然开朗，前路坦荡。

向嘉拎着木棍走到前面带路，没话找话地跟林清和聊天："你的童年什么样？你读小学是骑车还是被家里人接送？初中是走读还是寄宿？"

林清和的舌尖抵着嘴角。

"嗯？"向嘉转过头看林清和，"我很好奇，你这样的性格读书时会不会被排挤？"

他们不敢。

"那是观景台？"林清和斜过手机照向前方。

"对。"向嘉说，"在悬崖上。"

所谓的观景台是临江的悬崖上打磨出一块平地，十分陡峭。悬崖峭壁连树木都不生，远远看上去孤寂又庞大。

"有路？"林清和对这块平地很是意外，他在这里这么久都没来过。

"有。"向嘉拎着木棍，绕到另一边挑开地上的杂草，拍了拍茂密的草堆确定里面没蛇，拿出自己的手机打开手电筒照着脚下的路，"这里。"

满天星辰，银河横在天际，月光照亮了一半溧江。很安静的夜，风很温柔，林清和看着前面的向嘉，她还穿着那条改良的裙子。

细细的一抹腰随着她的动作摇曳在昏暗的夜里，她手里的手电筒光跳跃着，她走在山路之间，轻车熟路。

"到了。"

走了不到一百米，踏上一级台阶，视线陡然开阔。江岸上的灯火连成了一条线，如游龙延向远处。

整个桐镇尽收眼底，再远处是半个县城，县城的观景灯更豪华，在黑夜里璀璨夺目。对比之下，桐镇的路灯就显得黯淡许多。

观景台很大，边缘处的水泥栏杆斑驳但坚固，留下了开发失败的痕迹。

"我不能喝酒，你自己喝吧。"向嘉背靠在栏杆上转过身，手机晃了下，她关掉了手电筒，看向林清和，"需要放音乐吗？你最好把灯关了，不然蚊子马上就把我们两个都吃掉。"

"放了音乐这儿就成音乐餐厅了吗？"观景台有几个石凳，看起来挺干净，他把烧烤和啤酒一起撂到上面，关掉了手机的灯。

短暂的黑暗，随后视线渐渐恢复。月亮皎洁，也能看清一些。

"三百六十度环绕山景，原生态自然风光。面朝江，背靠山。"向嘉把身体往后仰，她放松下来，"还有美女陪聊，林少爷，你还想要什么？"

林清和因为"林少爷"三个字嗓子紧了下，他靠坐到最高的石凳上，屈着长腿，取出一罐啤酒，单手一抠拉环，"刺"的一声泡沫溢出。他甩了甩修长手指，等泡沫消去，身子才后仰。他在黑暗里放松，拎起啤酒罐，仰起头喝了一口，喉结缓慢地滑动，他慢悠悠道："美女？"

月光斜过了山坡，如白霜撒到了观景台上，向嘉含着笑的一双眼渐渐清晰，她注视着黑暗中林清和的位置："看着我的眼。"

林清和灌了一大口冰凉的啤酒，酒液顺着喉咙滚进了胃里，他的嗓音哑了几分，尾调有些暗潮："看不见。"

"你能看见吃的吗？"向嘉拿出手机打开手电筒，照着林清和的位置，"吃东西吧，烧烤凉了就不好吃了。"

林清和没什么食欲，但他还是放下啤酒，打开纸袋随便挑了一串，好像是烤香菇，他咬掉一块蘑菇，说道："好了，不用照了。"

向嘉很会挑，这家烧烤在县城非常有名。

"二十多年前就有人来这里建景区，那时候所有人都期待着，觉得这里开发起来他们就有钱了。他们来了一趟又一趟，十几年过去了，人都搬走了，地也荒了。"向嘉关掉手电筒，转身握着栏杆迎着山风，她的发丝被吹得飘动起来，她的声音很轻，"这里什么时候能真正地建起景区？"

孜然混着辣椒的味道飘在空气中，向嘉被林清和勾起了食欲，她转过头看林清和。月光落在他身上，他支着长腿靠在石凳上很斯文地吃一串烤

149

蘑菇。

"好吃吗？"

"还行。"林清和吃完蘑菇，喝了一口啤酒，"你有什么想法？"

"他们家烤羊排最好吃，可惜你不吃羊肉。"向嘉也不知道自己是什么想法，想做，但少点支撑。毕竟这是个庞大的工程，再输一次，她可真没爬起来的机会了。

"这家随便找的店，居然挺好吃，我在那里吃饭的时候就想给你打包一份。他们都在，我没好意思。"

"我小时候被逼着吃了整整一个月烤羊排，只吃那个，吃到吐都不行，得吃到进医院才停止。"林清和语调慢沉，不带什么感情，很平静地叙述了一段过去，"后来，闻到羊肉味我会条件反射性恶心。"

向嘉愣住："为什么？这么变态？你家人吗？"

林清和从不讲他的事，他把自己包裹得很严实，他平时看起来人畜无害，一旦有人想要走进他的心，他立刻把自己封闭起来。

他不愿意走出来，别人也走不进他的世界。

林清和没有回答向嘉的问题，他吃完了蘑菇，又随便抽了一根烤串，咬到嘴里才知道是鸡脆骨。他漫不经心道："看在这顿烧烤的份上，你提一个要求，不管是什么，我帮你做。"

向嘉无语。

林清和这个语气好像能随手甩给她一个亿。

哥，你清醒清醒，你身上的衣服还是春装，你连买衣服的钱都没有。

"事情很难办。"向嘉大概真的是无人诉说了，才拉林清和聊天。

"多难？"林清和把一罐啤酒喝完，喉结一滚，规规整整地把啤酒罐放回去，"说来听听。"

这位哥是真的口气大。

"陈叔问我想不想接手江边那块地。"向嘉转过身面对江岸，看着那片亮着灯的小镇，"我怎么接？拿什么接？"

"没钱还是没人？"林清和问。

"都没有。"向嘉笑了一声，双手插兜，下巴上扬，她的发尾被吹动，她说，"实话跟你说吧，我手里只有两百八十万。其中一百九十万是不能动的，那是别人打赏给我的钱，如果对方要，我得还回去。剩余的九十万可以自由支配。我的包、首饰全部卖了，勉强能凑够一百万。"

经此一役，向嘉深刻明白一个道理。钻石饰品是真贬值，她接近十万的手表，挂网上标价五万都没人问。

"四百九十万分到你手里只有一百九十万？"林清和拆开了第二罐啤酒。

向嘉趴在栏杆上扭头看来，审视着林清和："林清和，你怎么这么在意我这笔钱？你是不是看别人打赏我四百多万才跟我回来？如今发现我没那么多钱，你别是想跑吧？"

林清和拎起啤酒，仰头灌了一口。月光不甚明亮，他英俊的脸影影绰绰，滚动的喉结有了致命吸引力。他在暗光里，修长的手指贴着冰冷的啤酒罐轻轻地一点，忽地笑了起来，湿润的唇浸着恣意的笑，嗓音经过酒精的浸润变得潮哑懒慢："跑啊，马不停蹄地跑。"

他长腿支着身子往后半仰着，放下啤酒罐，叼着烤串吃起来，散开的衣领口露出半截隐隐约约的锁骨。

向嘉嗓子有些干，视线往旁边飘："你太现实了，不喜欢你了。"

"让唐安给你出规划图，他今天在镇子里待了六个小时，说明他对这个地方非常感兴趣。主动权到了你的手里，你可以对他任意提条件。"林清和吃完最后一块脆骨，敛起了情绪，站起来，从袋子里取出纸巾慢条斯理地擦手，"有了规划你就能申请振兴乡村旅游项目，贷一笔无息款。江边的房子拉他们入股，不愿意的给租金，这部分你找陈叔。项目立下来，有你和唐安两个大 IP 在这里，后期自然有人给你送钱。"

他身上的攻击性渐渐升腾起来。

"向女士，这不是钱的问题。"他走到向嘉面前停住，双手插兜，注视着她，"你打算拿这里做什么？酒店？餐厅？商业街？"

林清和在此刻锋芒毕露。

他很高，逆着光站，他头顶便是皎洁月光，英俊的五官凌厉深刻。

向嘉看着他沉黑的眉眼，生出一种很微妙的失控感。林清和原本应该是个很强势的人，控制欲很强。厚重冷淡的躯壳里藏着一个怎样的灵魂？像是潘多拉的魔盒，只有打开那一刻才能知道。

他真是学音乐的吗？艺术生？不太像，他原本是个什么样的人？为什么寻死？因为他的家庭吗？

她认真地思考林清和说的每一个字，其实每一个环节她都想过一遍了。她是个缜密的人，重要的、无法确定的不够安全的事，她不会轻易开口。

"酒店，我想全部做成度假酒店，打造一个……灵魂休息站。"向嘉看面前的林清和，他很认真地听，向嘉也就说下去了，"这里交通不便，唯一的优势是安静。大城市生活节奏很快，人们变得焦躁，抑郁的人越来越多，他们需要一个绝对安全宁静的地方疗愈，这里很合适。"

她和林清和都是自主选择了这里，他们来这里的目的是一样的。这一点，向嘉知道林清和能明白。

"如果有一条大路直通江边就好了，下车即是酒店，那会更舒适。"

"修路可以跟县里的开发商谈合作，把江景路修起来，做个联动。"林清和绕过向嘉走到悬崖边，眺望天边的启明星，"你要做个详细的规划，具体一点，我帮你去谈，我跟那边有联系。"

向嘉生出一种很奇怪的感觉，仰了下头看林清和的眼："你真是学小提琴的？"

"需要我给你现场表演吗?"林清和不需要转头,微一偏头便能看清向嘉的眼,她的眼睛清润漂亮,在月光下像是温柔的旋涡,看一眼便能沉溺,他剩余的话也就淹没在嗓子深处。

向嘉觉得两个人离得稍微有些近,好像空气都不流通了,生出了一种炽热感。月光打在他高挺的鼻梁上,他的唇很红,看起来很好亲。

会不会有点凉?

跟他这个人似的。

美好的、干净的、清凉的。

向嘉把脸转回去,不动声色地吸一口气:"我对小提琴的印象是高贵优雅,有钱孩子的艺术。"穿着精致的礼服,打着漂亮的领结,握着琴站在舞台中间,万众瞩目,举手投足之间散发着金钱的矜贵。

"其实跟拉二胡差不多。"林清和的指尖点了下粗糙的栏杆,压下嗓子深处的痒意,他的声音不大,"别岔开话题,你想明白了吗?做不做?"

小提琴和二胡?想法清奇,却也有道理,两者某些部分是相似。

"你跟我做吗?"

月光寂静,山林不知名的虫儿鸣叫压过了蛐蛐声,山风吹散了空气中的烧烤味。林清和的手肘压在粗糙的栏杆上,身子往前倾了下,还来不及收回,闻言缓慢地回头看向嘉。

不知道为什么,向嘉一下子就看明白了他眼神里的意思:"你想跟我做事吗?你要不要跟我一起把这里建设起来?除了股份分配,我另外给你发工资。不管赚不赚钱,我都会把这份钱给你。你对我很重要,我不会给你画饼。"

——你对我很重要。

——不想喜欢你了。

——这里难受?

——累不累?

——没你不行啊!

——老公。

他想看看这个女人还能玩出什么花样。

月光落到林清和的睫毛上,他的丹凤眼压得很深,高挺的鼻梁上也沾着一点月光。他长久地注视着向嘉,忽然开口:"我不要股份,我不担任任何职务。我不负责任,不做承诺,我可能随时撂挑子走人。你找不到我,别期待太多。工资有没有都行,管我吃住,工作时间我定。我不受任何约束,我不签合同。行的话我明天搬去你那里,不行就算了。"

向嘉只停顿了两三秒,伸手到林清和面前,白生生的手指等待着对方的手:"你今晚就可以搬到我那里,林清和,欢迎你。"

…………

林清和这一夜睡得极其狼狈。

六罐啤酒仿佛落入了深渊,对他活跃的大脑神经没有一丁点影响。他回到宾馆,反锁上门,拉上窗帘,关掉灯在黑暗里躺了两个小时,又起床开灯吃了两颗药,药让大脑混沌,太阳穴跳着疼。

他产生了眩晕与呕吐的症状,起床去洗手间吐了半天却什么都没吐出来,回到床上躺着看天花板。

光从窗帘缝隙里挤进来,房间里所有的设施渐渐清晰。

遥遥听到鸡叫,天亮了。

他没有躺很长时间,闭眼把手伸进被子里,碰到了从中午起被向嘉碰过心脏后他就一直处于兴奋状态的位置。

他以前从来没有过这种感觉,他对男女之情极其冷淡,这是抑郁症的一个表现。

寡欲，淡薄，没兴趣。

早起的鸟儿停在窗外的树枝上，林清和听到自己的呼吸声沉重急促，这种感觉很陌生，像是半截身体沉在黑暗的泥土中，半截处在鲜活的人世间，到不了也停不下来。

廉价宾馆的窗帘遮光性不是很好，光涌进来落到他凸起的喉结上。他抬起一只手搭在额头上，缓慢地长长地呼出一口气。

觉得很没意思。

手机响了一声，是来自某人的短信，他把她的来电铃声和短信提示音都单独设置了。

他拿起手机看到向嘉的短信。

向某人：大海为什么是蓝色？因为有鱼，鱼每天吐泡泡：Blue……Blue……Blue……

早上六点四十分，林清和的喉结滑动，把手机盖到脸上。

无聊。

手机又响了一声，屏幕亮光映在他的眼睛上。他才不想看，向嘉在外面成熟稳重，私底下却是个幼稚鬼，她应该叫"向三岁"。

林清和还是拿下手机打开短信。

向某人：努力的小嘉已经踏上了征程，今天依旧是时间紧任务重的一天。亲爱的王子殿下，睡醒记得搬到城堡，门给你留着。衣服放在你的房间，洗过了，我手洗的，茉莉白茶味的洗衣液。阿乌带奶奶去市里看病，可能要住院，下周才能回来，不必担心撞上。

他又不是小三，怕撞上阿乌干什么？

向某人：早安。

林清和看着手机屏幕，心脏深处突然涌出很深很深的渴望。

他站在无边无际的黑暗里，他知道自己没有希望，他找不到生的可能性。

荒芜之地哪怕种下一颗种子，没有太阳，没有水，没有风，没有一点光，这颗种子不会发芽，不会开出花。

他是个没有未来的人。

为什么还会渴望奇迹呢？渴望一场雨，渴望有太阳的清晨会在某一天突然地出现，渴望……光芒万丈。

林清和没有回向嘉的消息，他打开搜索引擎搜索嘉鱼的图片。

林清和随意翻着，向嘉的摄影师不太行，拍照技术很差劲，拍不到向嘉真正的美。

可能是为了符合白幼瘦的审美，网上向嘉的照片眼神大多是柔软的。

林清和握着手机，手指骨节因为用力而泛白。昏暗的光里，他生出陌生又强烈到具有毁灭性的渴望。

他的大脑陷入短暂的空白后，接着想的是向嘉摸他心脏时的触感。她的指尖很热，身上带着香气，很轻很轻地碰他。

她温柔地问："这里难受？"

林清和内心生出一种焦躁感，他还有一些固定资产，价值两亿多，全部卖了送给向嘉的话，那她什么问题都解决了，不用对着唐安笑得一脸不值钱，也不用早起工作。

让向嘉拿钱走人吧，他不能再跟她纠缠了。

将手机盖在眼睛上，许久，林清和重新拿起手机发信息给林安可：做个选择题，一、我死你来收我的尸体。我姐死的时候，我就想死了，我等这一天很久很久很久了（不要跟我打电话，不要询问任何相关问题，不要去闹我的心理医生，不要去找别人推卸责任。我因为你才想死，我就是不想活了，很累，我不想听见你的声音），死对我来说是最容易的事；二、放我一年自由，不要管我在做什么，我跟谁在一起，不要来找我，不要调查我身边的人，不要干涉我做的事，忍住你的控制欲。结束后我回去按照你的意愿进公司跟你看好的女孩结婚生孩子，生到你满意为止。我不会再寻死，我会吃药看病平静地活着，给你养老送终，让你得到一个完美的儿子。

第五章·
欲念引诱

向嘉早上六点多就起了床，匆匆洗漱完，抹上了厚厚的防晒霜，换了套宽松休闲的长袖衣服，拿着车钥匙直奔县城。

唐安凌晨四点去爬山，想去仙山顶上看日出，结果被困在了半山腰。

向嘉接到电话，微笑着安抚他们，让他们等在原地，她马上就过去。其实在短短半分钟里，她在心里骂了十句脏话，她最讨厌陪这种热爱各种野外探险活动的客户。

简直了，真不知道唐安是怎么想的，凌晨四点去爬山，江上的日出不好看吗？非要去山顶？仙山那个高度，向嘉小时候精力最好的时候都爬不动。

凌晨四点，天还没亮，也不怕野猪把他叼走了。

向嘉在等红灯的时候，抽空给林清和发了信息。林清和昨晚说那么多话估计是冲动，当时气氛正好，烘托到那里了。

话说完他可能就后悔了，毕竟他没跟向嘉握手，之后他更是一句话都没说，沉默着吃烧烤、喝酒、看月亮。一直到他们在街上分开，他径直走了。

向嘉怕林清和反悔，她现在很需要他。倒也不是希望林清和能给她做什么事，林清和在身边她很踏实。

她知道林清和再想死，只要她说"我不想死，你托着我"，他就一定会拼尽一切托住她。

虽然他们认识的时间不久，但向嘉就是这么笃定。

向嘉活了二十七年，只遇到过两个不求回报对她好的人：一个是外婆，另一个是林清和。

外婆是她的亲人,有血缘关系,对她好还有缘由。林清和只是单纯地对她好,他毫无目的,不指望她赚钱,不对她做什么。

外婆溺死在浅浅的水塘里,她不希望林清和也如此。

虽然人生来孤独,大部分时间都得一个人走漫长的路,但她自私地想多留林清和一段时间。

向嘉在上午九点半找到了唐安和小胖子。唐安一点被困的窘迫都没有,他端着相机,蹲在地上,专注地拍一只落到花上的蝴蝶。

小胖子的手臂上全是血痕,汗流浃背,气喘吁吁,狼狈得像是在夏天跑了几公里的沙皮狗。

"唐老师,李先生。"向嘉踏上台阶,累得想吐。她小时候生活辛苦,稍微大一点就疯狂卷,卷学习卷打工卷创业,卷天卷地卷空气。

收入稳定后,她立刻就不想动了,最近两年她去健身房得三催四请,精确到秒,一到时间便瞬移出去。她不爱干体力活,如果可以,她连健身房都不想去。

早晨就应该睡到自然醒,坐在太阳底下看云看天看山水,而不是爬那么高的山,晒着滚烫的太阳,累得像狗一样"呼哧呼哧"喘气。

"叫我小李,向总。"小胖子两眼含泪,看着向嘉,仿佛看到了救世主,"这里的指示牌坑死人了,我看着这里是上山的路,但越走越不对。我们就被困到这里,找不到出路了。连一个工作人员都没有,叫天天不灵。"

"水,吃的。"向嘉把水和鸡蛋饼递给小胖子,看唐安拍摄的蝴蝶飞走了,她取了一瓶水递过去,说道,"这里很多本地人来了都出不去,指示牌是上一个开发商做的,上一个开发商放弃这里到现在已经很多年了。指示牌年久失修,螺丝松了,指的方向也就偏了。"

唐安接过水,还在看相机,说道:"刚才那是阴阳梁祝美凤蝶,很难得,这里居然有。"

向嘉很怕蝴蝶,长着翅膀的毛毛虫,哪怕翅膀再漂亮,它也是毛毛虫。

"还要上去吗?"

"能上去吗?"唐安仰头看遥远的山顶,跃跃欲试,"山顶有什么?"

"有个道观,不知道现在还有没有香火,我很多年没上去过了。"向嘉看小胖子狼吞虎咽地吃饼,小胖子绝对不想走了,她说,"现在才上了仙山的五分之一,要爬上去估计得几个小时。"

"你知道路对吧?"唐安推了下鼻梁上的眼镜,满眼期待,他兴奋得过于明显了,"要不试试去山顶?"

向嘉不太想上,她喜欢这里的风景,但不想太累。

"您想去?"

"当地的风景我得提前看一遍,这是我的习惯,我拍摄一个地方一定是我想拍的。能不能出片,旅游体验感如何。够不够有特色,能不能一鸣惊人,都在我的考虑范畴。"

仙山海拔一千六百米,之前的开发商原本打算做缆车,这是个好想法,但开发商建起了桥梁拉上了钢缆,却没做起来,全废弃了。

上山步行得半天。

小胖子待在半山腰彻底不走了,谁劝都没用,瘫在地上摆烂。向嘉给他留了一瓶水、一个面包,让他在原地等着,她陪着唐安继续爬山。

整整爬了四个小时,他们才到山顶。

向嘉只觉得两条腿都不是自己的了,她的腿在发抖,扶着山顶的栏杆,深吸一口气,吸到香火味。唐安也累得够呛,但架不住这里风景太好,他扛着相机拍摄云海与溧江。

林清和说得对,唐安对这里很感兴趣,他上船了。

向嘉看向飘来香火的地方,盖了一半的道观废弃了大半。但主道观开着门冒着烟,有人生活在这里,道观没废弃。

"唐老师,你先拍着,我去里面拜一拜。"

唐安沉浸在拍摄里,估计没有听见她说什么。

向嘉活动一下肩颈与手腕,站直快步走进了道观。

当地人不怎么信道教,这么大个地方只有这一个道观,据说是战争时期上山避难的道士建立,香火不旺。

向嘉迈过门槛,看到主殿里一个道士打扮的在上香,烛火味道就是从这里飘出去的,向嘉环顾四周。

"上香去里面拿,二维码在桌子上。"

挺与时俱进。

向嘉进了主殿,找到摆着香烛的台子,价格不贵,五块一把。旁边还有个灰扑扑的柜台摆着许愿牌和一些串珠、木牌,向嘉走了过去。

唐安的相机下午就没电了,山上没有充电的地方。但唐安还是坚持把日落看完,才意犹未尽地回归。

有一起爬山的经历,他没之前那么端着了,话也多了很多,晚饭期间滔滔不绝,末了他邀请向嘉明天一起去走山下的森林公园环线。

向嘉微笑着拿水杯碰了下他的酒杯,欣然同意。

唐安很兴奋,他很喜欢这里,也喜欢跟向嘉做朋友。向嘉很会照顾人,和她聊天也很快乐,她什么都懂,不管聊什么她都能搭上话。

她不矫情,做事有分寸,知进退,很成熟。

把唐安送回酒店,向嘉在车上灌了半瓶水,揉了揉僵硬的脸。不用微笑了,不用跟人聊不感兴趣的话题了,不用装成熟了,她靠在座位里,脑子"嗡嗡"的,很累,但还有很多事要做。

她靠了很长时间,把所有事情想了一遍,发信息给林清和:一天,麋鹿迷路了,然后他给长颈鹿打电话:"喂,我'迷路'了。"长颈鹿说:"喂,我长颈鹿了。"

　　短信发出去不到十秒,林清和的短信过来了。

　　林老板:发个定位。

　　向嘉:短信能发地址?

　　林清和:你加我微信,搜电话号码。

　　向嘉:你有微信?

　　林清和:[省略号.jpg]

　　林清和:我的手机从水里捞出来了,现在有微信。

　　向嘉忍不住笑了起来,不是白天那种职业微笑,她就是开心就是乐。笑了半天,她复制林清和的号码打开微信添加好友。

　　林清和的微信名是solitario,头像是一盆枯萎的仙人掌。

　　向嘉加他为好友发了定位过去,问道:吃晚饭了吗?

　　solitario输了两分钟,发来消息:开车门。

　　向嘉愣了下,抬头猝不及防跟主驾车窗外站着的林清和对上视线。

　　他身上的白色短袖衬衣敞开着,里面是黑色T恤,蓝色牛仔裤显出修长笔直的腿,此刻闲散地微敞。他戴着渔夫帽,深邃丹凤眼一半隐在阴影里,露出来的鼻梁高挺陡直,薄唇抿着,下颌是上扬的。

　　向嘉眨眨眼,他怎么在这里?

　　林清和仰了下头,抽出了插兜的手,屈着手指关节一叩车窗。他的一双眼彻底露出来,极深的双眼皮,纤长稠密的睫毛。

　　向嘉按着车窗玻璃控制器,缓缓降下车窗,心跳得有些快。

　　装在塑料袋里的牛奶盒子呈抛物线被他扔进了车厢,落到了向嘉怀里,牛奶是热的。

　　袋子的主人倾身而至,清瘦修长的手指搭在车窗上,眼皮压得很深,指尖一抬:"去,换到副驾,我来开。"

夏天的燥热气息涌进窗户，向嘉望着林清和的眉眼，心里痒痒的。热意从耳朵一路烧到了心脏，她抬手支着头笑。

"笑什么？"林清和修长的手指从打开的窗户伸进来拨开解锁，"咔嚓"一声，成功解锁。他拉开了主驾的车门，抬眸睨视向嘉，语调倒是不重，"不需要我开车？"

热风卷着远处烧烤摊的孜然味道肆意荡漾，路边的花树被风一吹飘落几片花瓣跌到车玻璃上，发出细微声响。

向嘉的视线从林清和的下颌一路滑到他的喉结延伸到腰，林清和这一身很清爽，高大干净，像个刚从大学走出来还没有经过社会玷污的学生。

"你以后有了喜欢的人，一定不要带她去爬山。"她把白皙的手指递给林清和，"拉我一把。"

向嘉的手腕上多了一串绿檀木念珠，珠子不大，小小的一颗连着一颗。她在手腕上缠了三圈，遮住了妖艳的文身。

"我今天走了三万七千步，腿都废了。"向嘉仍然抬着手，等待林清和拉她，"林哥。"

她的指尖白得有种透明感，就这么悬在灯光下，看似柔弱无力，没什么攻击性。

短暂的停顿，林清和握住了她的手臂。她穿着防晒衫，长袖的，没有直接接触到她的皮肤，他把向嘉拎离了座位。向嘉很瘦，轻飘飘的，他毫不怀疑他单手就能拎起向嘉。

"吃过饭了？"林清和尾音沉得有点哑。

"嗯。"向嘉下车，自然撞到了林清和，林清和往后撤了一大步，跟她拉开距离，也松开了她。

向嘉没有再撩他，晚风渐渐清凉，她看了眼远处，才绕过车头，坐到了副驾驶座："你怎么在这里？"

林清和上车后没有升车窗，他任由夜风流淌在车厢，吹淡了向嘉残留的味道: "办事。"

"我以为你是故意来等我。"向嘉坐到副驾上,拉上安全带,插上吸管,喝了一口热牛奶,笑着说道,"两分钟就过来了。"

"我在对面县旅游局拷贝资料。"林清和面无表情地调整座位,长腿慵懒地敞着,他开车喜欢往后靠,另一条腿贴车门放着。他驾着车朝着桐镇开去,"你想让我给你办事,还是想让我陪睡?"

向嘉瞬间不累了。车子启动后,头顶灯自动熄灭,路灯映进车厢是暗光,林清和表情未变,语调也平静,似乎只是在问她今天吃什么。

"选一。"林清和还是刚才的语气,专注地看着前方的路,SUV匀速行驶,他语调淡淡,"我会帮你做事,直到你做成。"

"你今天来县城找桐镇开发的资料?"向嘉抿着温热的牛奶,若有所思,"两者不能同时进行吗?"

林清和忽地笑了,他一只手搭到方向盘上,手肘架到了车窗上,轻巧一带,车子整个离开了弯道,出了县城。

出城很顺利,没有遇到红灯。

"我只做一件事。"林清和在寂静的山路上开了口。

"我能先看看你整理的资料吗?"向嘉咽下温热的牛奶,在思考为什么会有这样的选择,这是什么信号?林清和又陷入反复了吗?

抑郁症病人的一个表现,越是想要越会反复地怀疑。

"不能。"林清和打开了远光灯,车灯照出很远,山谷亮起一束强光。

盲选。

"如果你想让我选二,就不会有一这个选项。我不喜欢强人所难,一。"向嘉在车子开到一半路程的时候,做出选择,"你今天找了什么资料?"

选一早晚会有二,选二这位哥估计现在就要跑。

林清和只留了一只手松松地握着方向盘,稠密睫毛垂了下,下颌绷紧。许久后,他的舌尖抵了抵牙齿,开口: "县城旅游发展规划、中城建设的开发计划和它目前的财力、乡镇旅游发展扶贫政策，以及江边商用房屋建设标准，还有一些零碎的政策。我给你做了个文件，建议你用电脑打开，重点部分有标记。"

这么全面？选一果然很值。

"如果我选了二，你真会把一给扔了吗？"向嘉喝完最后一口牛奶，捏着牛奶盒，问话的同时观察着林清和的表情。

"会。"林清和的表情语调都很淡，没什么情绪，"色欲熏心，看人看事只看表面，这地方你做不起来，帮你是浪费时间。"

向嘉倒在副驾上笑了一会儿，说道："我看上你不只是因为你的脸或者单纯想跟你在一起，如果你不愿意，我就不聊这个了。你搬过去了吗？"

林清和喉结一动，向嘉什么意思？还看上他什么了？为什么不聊？他又不是不听。

SUV转过了最后一个大弯，他说："你打算让我睡那张木板硬床？"

他过去看了，但他没有搬东西过去，他在那间房里站了很久，原封不动地关上门，走出了院子。

"床垫到镇上了，马上取。"林清和过去看了，那他就是很感兴趣了。向嘉斟酌着用词说道，"你嫌你的房间不好可以住我的房间。"

林清和踩了下刹车，车子剧烈颠簸，他稳住速度后，转头看向嘉。

"我的意思，我跟你换。"向嘉对上他的眼，绽放出灿烂的微笑，"我的床垫是从上海寄过来的，还挺舒服，面积也大，换吗？要换的话你自己搬，阿乌不在我一个人搬不动。"

"奶奶怎么了？"

SUV进了主街，街上零零散散开着几家店面，主街的人坐在街上打着扇子聊天。

"还是那个病，我让阿乌带奶奶去做个详细检查，医生建议住院一段时间。"向嘉看车子稳稳停到川菜馆门口，"我去拿床垫。"

"放在哪里？"

"全家超市。"向嘉拿出手机查看取货码，"我去拿。"

"验证码发给我。"林清和下车关上车门，大步朝着镇上唯一一家超市走去。他腿长步伐大，向嘉看了一会儿，才下车锁车，走到巷子口等他。

远处有狗吠，猫跳到了屋顶发出声响，不知名的花香飘在空气中。向嘉看着林清和走进那一片灯火中，很快就扛着大包小包的东西出来。

幸好他长得高，手长腿长，不然都扛不起那堆东西。向嘉拿出手机给林清和拍了一张照，他特别有生活气息。

"拍什么？"林清和沉着脸走过来，他一只手托着五个箱子，另一只手拿着压缩床垫，手臂之间还夹着好几个快递袋子，"你到底网购了多少东西？"

向嘉伸手去接那五个箱子："这些只有三分之一，其他的还没到货。"

"这边，有个快掉下去了，你拿走。"林清和侧身，让向嘉拿手臂间比较轻的快递袋子，"你怎么不把阿里巴巴搬回家？"

向嘉绕到他身后，取走了一沓快递袋，抱在怀里。

"人家不让，又不是我不想。买的都是你的东西，别这么嫌弃。"

林清和两只手都是东西，没办法开门。向嘉快走几步到前面，打开了院子大门，说道："直接放到你的房间吧。明天你有时间吗？有台洗衣机要上门送货，能帮忙监督下师傅安装吗？"

"嗯。"

黑猫跳下藤椅，飞快奔过来，越过向嘉，贴上了林清和的腿，大尾巴围着他蹭，林清和抬脚把它推开，抬眼对上向嘉复杂的眼神。

她站在院子的灯光下，盯着林清和脚边的猫："它是公的还是母的？"

"公猫。"林清和长腿踏上台阶，"你问这个干什么？"

"它怎么这么黏你。"向嘉忍不住吐槽，"你知道它对我有多高冷吗？我拿火腿肠喂它，它都不搭理我。对你谄媚成狗，合理吗？"

林清和上楼的脚步停顿，乜斜向嘉，很轻地磨了下牙："它的第一口羊奶是我喂的。"

她这是连猫的醋都吃?

有那么喜欢他吗?

那还选一,迂回?还是以退为进?

向嘉看这只油光水滑的黑猫就差挂在林清和的腿上了,毛茸茸的尾巴就晃在眼前,她伸手想碰它,它仿佛有感应立马就扭开了。

"我来这里不到两年,镇上的猫去我的酒吧生了三窝猫,把我那里当月子会所了。它是第一窝,生下来四只,只有它活了下来。"林清和腾出手推开房间门,"咯吱"一声响。他跨进门把快递放到地上,开灯,"摸猫要从后颈开始,猫科、犬科动物母亲抱孩子的方式是叼后颈。别直接一上去摸尾巴,它会以为你要攻击它。"

是吗?

房间灯光大亮,向嘉借着光翻看快递,发现全是林清和的。她放下袋子,看到门口的衣服还在原地放着,一并拖进了林清和的屋子。

黑猫还跟在林清和脚边,他拎起一把美工刀,弯腰拆快递,看到凑过来的猫便撸了撸它后颈。

他的手指冷白修长,骨关节很长很直,落到黑色猫毛里一挠。猫从喉咙里发出舒服的呼噜声,向嘉嗓子也有些痒,鬼使神差地觉得被他摸后颈肯定特别舒服。

"你对猫比对人温柔。"向嘉进门环视林清和的房间,"你没东西吗?怎么什么都没有?"

林清和拆开床垫包装,淡淡道:"猫没那么多心思,我跟你回来只有一个人。"

行吧。

她对林清和确实是别有用心。

"三窝？一共多少只？"向嘉从那堆快递里找到桌布，拆开包装抖开铺到拼凑的木桌上，瞬间小清新起来，"全部送养出去了吗？"

"怎么，你想养？"林清和拎着床垫到床边才划开最后一道内包装，床垫瞬间弹开，他抽走了没用的包装袋，"你来之前刚送完，你不适合养猫。"

是，我适合养你。

向嘉看向林清和的后颈，他戴着帽子又穿着衬衣，只能看到一片冷白的皮肤。

行吧，养林清和但是摸不着。

"桌布铺上就没那么丑了，功能都有——"向嘉整理着桌布时，猛然想到一件事，转头看向林清和，"我来之前你的猫刚送完？"

他酒吧门口的纸板上写的求包养到底是什么意思？谁求包养？猫还是人？

"嗯。"林清和弯腰捡起装四件套的袋子，轻叱黑猫让它出去，抬眸睨她，"真想养？"

"养你就够了，哪还能养得起猫。"向嘉反应极快，脸上没有显现任何，还顺便调戏了林清和一把，"我长这么大只养过一盆仙人掌，结局就是你的微信头像。"

林清和无语。

"我连仙人掌都养不活。"向嘉看黑猫被林清和训斥后慢吞吞地走到门口躺下，一半身子在屋子里，一半身子在外面，试探的样子有点可怜，"你那么喜欢猫怎么不养？全送人多可惜。"

"谁说我喜欢？"林清和拆开四件套的袋子，颜色是淡黄，很温柔的颜色，"我不喜欢。"

得了吧你，你要是不喜欢猫也不会找你。

"真正的不喜欢就是我这样——猫不理。你别用新的四件套，明天洗衣机到了洗洗再用，刚出厂的东西很脏的。我去给你拿一套我的，你先用着。"

向嘉转身往自己的房间走,"别放床上,很脏。"

林清和拎着装四件套的袋子沉默一会儿,将其撂到了一边的椅子上。

这边的房子很舒服,前后没遮挡,地处镇子边缘,几乎没有噪音。屋子里虽然装修很简单,但颜色搭配很舒服。估计是向嘉选的颜色,大片白色加原木,里面放着一个老式木衣柜,原木风格的床看起来很干净。

"这个香薰给你用,有助眠效果,我之前焦虑的时候一点上就困。"向嘉抱着枕头、被子、四件套进门,把香薰放到桌子上,"我不会套被罩,你自己套。上面这个铺床上,下面的盖。"

向嘉很累,林清和能感受到向嘉的累。仙山陡峭,他是爬了十几次后才适应那种强度。向嘉本来体能就不太好,爬了一整天的山还能硬撑着给他准备衣食住行。

林清和从她手里拿走被子铺到床上,向嘉一直等在身边,直到他把床单铺好,她才放下被子和枕头。床上的四件套是浅绿色,特别浅,带着安神的熏香味道。

"你一直跟别人住?"林清和整理被子,似随口问道。这类家务,没有保姆,自己也不做,那肯定是别人在做。

谁做?她的男朋友?

"差不多,在这里的时候有外婆帮我做。回上海一直读的寄宿学校,初中、高中、大学,宿舍里有很能干的女孩会帮忙整理。大学毕业后跟学姐合租,学姐很会照顾人。后来单独住,我找钟点工。我单独住的时间不多,我不擅长做这些。"

听出来了,向嘉是个目的性很强的人,她找朋友都有目的,最起码是能帮到她的。

"你呢?你看起来比我擅长做这些事,你寄宿时是不是宿舍最贤惠的那个?"向嘉很累,但不是那么想走,她靠在桌子上,看林清和清冷高挑的身影,"你住了几年宿舍？"

林清和拉平被子,过来拆剩余的快递,掀起眼皮注视着向嘉,字句清晰:"我在毕业之前,从来没有做过这种事。"

"你的女朋友们帮你做？"向嘉是见过女生溜进男生宿舍做家务的。

"你说什么就是什么吧。"林清和不想继续这个话题,他根本没有住过宿舍,在逃跑之前他一直是十指不沾阳春水的少爷。

他捡起地上的快递挨个拆开,说道:"你还不去睡？不累了？"

深夜赖在一个单身男人的房间里,多少有点不安好心,向嘉站直,清了清嗓子,说道:"你那个材料还没有发给我,我在等你的材料。"

"回去,我微信发你。"林清和没看她,依旧慢条斯理地整理着东西。

"行吧,那我走了。"向嘉往外面走,看了眼门口的猫。这猫就不应该排斥她,都是想跟林清和睡一张床的生物,他们是同一个战壕的,"哎,对了,我今天在山上求了个静心符,听说能缓解失眠,你可以试试。"

向嘉纤细白皙的手指一抖,一个深色空心吊坠从她的手心坠落,里面放着一张黄色符纸,隐约能看到朱砂留下的笔迹。吊坠在空气中荡了两下,被她放到了桌子上。

封建迷信。

买这个不如买一瓶高度白酒管用。

"洗手间一楼、二楼都有,我一般用二楼的。隔壁工作间的电脑可以随便用,密码全部是我的生日。你看过我的身份证,应该知道吧。"向嘉双手插兜,"晚安。"

她出门时带上了房门,顺势把试探的黑猫也推出了房间。黑猫保持着被推出去的动作,仰着傻脸看她,大概是没想到她的动作这么简单粗暴。

我都被赶出来了,你还想挤进去吗？做梦。

"走了,带你去吃猫粮。阿乌不在,我就是你唯一的主人,听见了吗？"

林清和听到向嘉从门外走过,听到她跟猫说话的声音,"将军"确实不喜欢她，准确来说向嘉不招动物喜欢。

向嘉去走廊尽头的洗手间洗澡，她穿着拖鞋走过门口，随后关上门，院子恢复寂静。林清和把文件发给向嘉，继续整理向嘉买的东西。

三套衣服，两套睡衣，十条低腰内裤、十条中腰内裤，其中还夹着两条半透明绑带内裤。

林清和的手拢着眉心，深吸一口气，那玩意儿看一眼都头疼，他都不知道那些乱七八糟的带子怎么用的，向嘉玩得真花。

他以为向嘉是服装设计师里的清流，毕竟她的衣服除了颜色艳，款式还挺正常。

原来都是一个德行。

林清和把两条透明内裤连带着快递包装一起塞进了垃圾桶，从向嘉洗过的衣服里挑了件相对舒服的T恤充当睡衣拎着出门。

院子里凉风习习，合欢树沙沙作响。

走廊尽头的洗手间敞开着门，亮着灯。他看了眼，顺着楼梯走向一楼的洗手间。

一楼有很多阿乌的东西，比用二楼的洗手间还不自在。他简单冲了个澡，换上衣服，戴着帽子，大步上楼。进门时视线扫到那个护身符，他脚步停顿，手指按着房门关上反锁。

他若无其事地移开眼，往前走了两步，快到床边时，他折回来捞起那个吊坠，摘掉帽子，戴到了脖子上。黑色绳子很长，冰凉的吊坠垂到了胸口，在心脏的位置一荡又落到了胸口。

向嘉走了三万七千步求来的平安符，山上道观里有卖工艺品，最贵的就是这个，比她手腕的串珠贵。

手机响了一声，微信消息提醒。

他调整了吊坠的位置，塞进了T恤深处，贴着皮肤。他的修长手臂绕过

171

后颈把绳子打了个死结，信然走到床边，弯腰捞起床上的手机，散漫地划开屏幕。

他的微信好友只有一个，一定是她发来的微信消息。

空空荡荡的页面，只有一个嘉小鱼。她的头像是一条顶着金元宝的金鱼，金灿灿的，把爱财如命贴到了脑门上。

△嘉小鱼发起转账1314。

△嘉小鱼发起转账5200。

嘉小鱼：晚安。

林清和送了向嘉一份材料，向嘉毫不怀疑，这份材料在市场上能标高价。在需要的人面前，它很值钱，很有价值。

林清和之前说的那些对于向嘉来说还是太笼统，听起来每一条路都很容易走，实际操作起来却很难。一旦一个环节出了问题，向嘉就会输得很惨很惨。

她如今赔不起。

她创业两次，夭折两次，她把能踩的坑都踩了一遍。什么样的意外她都见过，创业很难，但凡出现一点意外，满盘皆输。

陈建忠跟她说的那些话，在向嘉的考虑范围，但还是个模糊的影子，没有具体想法。

她目前唯一能确定做到的事是运营阿乌客栈，这事本身性质和林清和的"一家酒吧"差不多，在不损害自己的利益下给当地带来锦上添花的效果。

承包整块地需要付出很大成本，向嘉犹豫不决，她需要用很长时间来判断。她目前和黑白熊猫签订的协议只有阿乌客栈，其他的，她需要时间来验证。

林清和用他的行动证明了，他的想法可付诸现实，并且有证据支撑。他给向嘉提供了完善的资料，除了没发布的政策，所有涉及的政策规划他都附上了能查到的网址。大量的资料，整理得井井有条。

不管是过去、现在还是未来，林清和每一个方面都考虑到了。

向嘉曾经用过的助理全部加起来都抵不了林清和十分之一靠谱，向嘉第一反应是惊艳，继而震撼，随即沉思。

她的野心被勾起来了，跃跃欲试，她很庆幸自己选择了一。林清和比看上去更有才华，也更有能力。

他很强，只是他不愿意去做，也就是他说的：没兴趣，懒得做。

向嘉给林清和发了两笔转账，对方没有收也没有回复她的消息。

向嘉继续看材料，看到凌晨一点还没有看完，她明天还要陪唐安去森林公园，只好忍痛放下了。

陷入沉睡之前，向嘉恍恍惚惚地想：这么详细的材料，林清和一天内找到的？还是他原本就有这么个计划，只是在等一个人来实施？

她算是林清和等到的人吗？

唐安要看日出，向嘉凌晨四点半就起床了。

天还是黑的，遥远处有鸡鸣。早晨的风微凉，向嘉困得头昏脑涨，但经过林清和房间门口的时候还是轻手轻脚，怕吵到他。

反锁上洗手间的门，她闭着眼打开淋浴喷头洗澡。冰凉的水冲下来，她打了个激灵冲了出去，彻底清醒。向嘉这才想起来自己忘记开热水器了，热水器在一楼，这边的热水器是房东装的最原始的燃气热水器，山里没有天然气，用的是燃气罐，没有自动阀，向嘉怕不安全晚上会特意去关。

衣服都脱了，向嘉也不想再穿回去下楼去开燃气。

她瑟瑟发抖地重新站在冷水下面，冲冷水澡更清醒。改天一定要换个电热水器，山里用燃气热水器就是个坑。

屋顶的瓦片响了一声，随即传来一声嗲嗲的猫叫。

猫似乎从屋檐上跳下去。

大清早撒什么娇？跟谁撒娇呢？

向嘉忍着冷抹了一把脸上的冰水，仰起头看天花板，继续想她的计划。

水流忽然热了起来，热水冲刷着皮肤，瞬间驱走了寒意。

哪儿来的热水？

没关严？

向嘉洗完澡用大毛巾包着头发，穿好衣服出门，迎面撞上林清和。

他穿着卫衣，戴着兜帽，下身是休闲长裤，倚靠在栏杆上。他太高了，身子后仰时半截都悬空了，他的视线越过二楼走廊天花板在看天空。

"你是没睡还是刚醒？"向嘉压下刚才一瞬间的心跳，扒着栏杆往外探去看头顶，深蓝苍穹，漫天星辰。

天地广阔，星河浩瀚。

"我十一点半睡的。"林清和的嗓音低沉沙哑，"你走过去的时候，我醒了。"

"我的脚步声太重了吗？我在网上买了隔音棉，到货后给你房间靠走廊这面墙都贴上。"向嘉扯掉了头上的毛巾擦头发，视线落在林清和身上，"你穿这个不热吗？这么厚。"

"不热。"林清和看了过来，他深邃的眼还陷在兜帽的阴影里，若无其事地转头。

他不想说他的头发被剪毁了，昨天他去了理发店，剪头发的时候他只小睡了一会儿，睁开眼发现自己变成了短寸。

那家理发店能安全存活到如今纯粹是因为离派出所太近了，不然早被人砸八百回。

向嘉走了过来，她身上带着刚洗完澡的热气，在清晨的风里，缓慢地飘荡着。

她的沐浴露是柑橘味的，香气甜得腻了。她的皮肤雪白，唇上泛红显出湿润。

向嘉仰头，抬起清凌凌的杏眸注视着林清和："十一点半到四点半也不过五个小时,你还可以再睡一会儿。你的时间是自由的,又没人约束你,起这么早干什么?"

向嘉的房间亮着灯,一缕昏黄的灯光从她的房间铺洒出来,一缕落到向嘉单薄的脖颈上,她侧颈线条浮现出诱人的光泽,薄而细腻。

"你的材料找得太及时了,我知道该睡觉了,可我又舍不得不看,看到一点多。我现在要去找唐安,我很困。"

洗手间的灯亮着,向嘉房间的灯也亮着,照出方寸,照到他们身上。

向嘉穿着一件很宽松的纯白色T恤,锁骨细细的一条,颈窝很明显,她有着明显的困倦。她声音低软,埋怨中有几分撒娇的意味:"森林公园环线快二十公里,车只能开一小段路,又要走一天。我觉得你的计划可行,我得好好跟唐安谈谈。"

向嘉借着擦头发的空当迅速看了眼远处,合欢树在风里缓慢摇动。天边显出一道暗光,山脉轮廓渐渐清晰,天快亮了。

他把热水器打开,给了她热水。冰冷的清晨,因为他有了温度。

向嘉不用再被冻得牙齿打战,她悠悠闲闲地洗了个热水澡。

他单手插兜,直起身,离开了栏杆,开口时嗓音暗沉:"需要我帮你做什么?"

"不需要你帮我做什么。"向嘉转身往回走,摆摆手,"你今天待在家就行,有台洗衣机会送过来,要安装,装到院子里那个洗手间门口。你把你要洗的床单什么都扔进去洗洗。我没什么好洗的,我晚上回来再说。"

林清和在清晨的灰光里漫不经心地抬眸:"一千三百一十四,五千二,什么意思?"

向嘉倏然回头:"你不知道?"

她的眼睛亮晶晶的,湿漉漉的头发慵懒地散在肩头,浸湿了她的白T恤,隐约能看到皮肤的颜色。

"你不跟其他的女生发吗?"

"不发。"林清和望着向嘉,"什么意思?"

真不知道还是装作不知道?不知道网络梗总会百度吧?

向嘉撩他撩在钢板上了?这年头有人不知道"1314""520"是什么意思?

"奖金。"向嘉握着潮湿的毛巾,"昨天你那份材料做得非常好,特别好,我原本想多给你转一点钱,但我最近到处都要用钱,给不了太多。谢谢你帮我拿到这份材料,你的工资我会照常发,私底下发的转账红包都是给你的——奖金。"

"六千五百一十四的奖金?"林清和下颌一点,"嗯?"

还有人这么算吗?

"嗯。"向嘉转身走进了屋里,走进那一片暖光里。

林清和站在黑暗里,喉结滚了滚,转身面对摇曳的合欢树。

起风了,早上有些凉。

他缓慢地收拢起瘦长的手指,手背的筋骨微微凸起。

大约有一分钟,他转身往回走。

向嘉突然从房子里探头出来,湿发散着,漂亮的一双眼干净。

"'1314''520'。"她读完这几个数字,最后又念了个零,"五百二十块太少了,配不上你。微信限额不能发五万二,我就发了五千二。你觉得它是什么就是什么,你愿意收就收,不愿意收系统会给我退回来。不管是什么感情,我都希望我们能有长长久久的未来。"

单纯六千多上哪里买那份资料?无论那份资料他原本打算给谁,此刻给她了。那么用心的东西,六千多买也太羞辱人了。

当然得谈感情,毕竟,感情无价嘛。

只有谈感情才省钱。

"你继续睡吧。"向嘉扒了下自己湿漉漉的头发,"林清和,你是自由的,你拥有一切选择权。"

向嘉吹干头发，换上了阿乌送给她的苗服，一件大红色的裙子。向嘉没有戴头饰，只是拿一支银钗把头发别了起来。她戴上了耳环，化着淡妆，拎着 iPad 出了门，整装待发的林清和拎着车钥匙，倚靠在栏杆上，一副等人的样子。

两人视线对上，他的目光停住，长久地看她。

晨光是青色的，外面的世界已经清晰。鸟儿在树上鸣叫，发出轻灵悦耳的声音。

林清和在等她吗？

"在等我？"向嘉提起裙摆，走向林清和，红色裙摆在渐渐明亮的晨光里红得妖冶。她一步步走向林清和，杏眸里浸着笑，语调愉悦，"你在看我？前天晚上你说看不清，现在看得清吗？林清和，我漂不漂亮？"

林清和把向嘉送到了森林公园入口，中城建设动工了，森林公园入口的车行道被挡了起来，向嘉只能步行进去。

天已经彻底亮了，清晨的风渐渐有了暖意。太阳还没有升起，天边泛起了绚烂的彩光。

林清和靠在车上，面无表情地吸着向嘉买的热豆浆。温热的豆浆有着豆子的香气，空气中飘荡着暖意。

向嘉走的是沿河道路，火红的裙子穿在她身上格外明艳，一支银钗优雅地绾起乌黑长发。

江水清澈，水杉笔直地指向湛蓝的天空。

她是山水之间最艳的色彩。

林清和昨晚睡得很好，是最近半年来第二次睡得这么好。

第一次是向嘉带他逃离上海，那天雨很大，车很破，胎噪也很大。

没有催眠音乐、没有安眠药、没有舒适的睡眠环境，他在向嘉的副驾驶座睡了六个多小时。

向嘉走到了视线的尽头,即将转入浓绿的山林之间。林清和把豆浆杯放到了车顶,拿起手机放大拍照。

向嘉忽然回头,在镜头里直直看向了他。林清和下意识地手抖了下,随即正回去拍了一张她的脸。

距离太远,她看不见。

向嘉朝他挥了挥手,转身消失在绿荫深处。

天边金光缓慢地铺开,世界大亮。江水金光粼粼,猛烈地拍击着江岸,浪声滔滔。

清晨的风还凉着,林清和打开微信接收了向嘉的转账。

1314、520。

嘉小鱼正在输入中……

黄色的转账再次跳了出来。

△ **嘉小鱼转账 520**。

嘉小鱼:忙完这个阶段,我们来看日出,我会心甘情愿早起。

向嘉转过弯便狂奔了一段,天边通红,她怕迟到了,太阳升起的速度很快。她这几年忙得连天气预报都不看,更别说看日出了,所以她对日出的时间把控得没那么好。

唐安没让她接送,四点就来江岸了。

他不睡吗?他还不到三十岁吧?睡眠已经这么少了吗?

向嘉狂奔了至少有一公里才看到唐安的身影,他戴着很大的渔夫帽,拎着三脚架,在江边找适合拍日出的位置。

林清和早上也戴了渔夫帽,他这两天都戴了帽子,是因为怕晒吗?

向嘉迅速调整呼吸,拍了拍脸让自己不那么喘,装着优雅地走了过去:"唐老师。"

唐安回头，目光停住，片刻后，他掉转了相机的方向，对着向嘉，说道："能给你拍一张照片吗？或者一段视频？"

"好啊，需要我怎么配合？我没有版权限制。"向嘉没那么意外，她穿这套衣服就是让人拍的。

"不用配合，走过来就行，我拍一段试试。"唐安惊艳于她与这片山水的融合度，她实在太适合做这里的代言人了。

他拍了几张照，收起相机查看，然后又递给向嘉。他从裤兜里取出烟，低头点燃，说道："你以前的摄影师风格不太对，你的个人魅力比你的脸更有价值。"

"不是摄影师的'锅'。"向嘉接过相机查看，唐安很会拍，她身后是大片绿地，她一身艳色站在山水之间。

这套红色衣服确实非常张扬，她今天就没打算低调。

"是我之前的人设定位问题。"向嘉把相机还回去，"一个仰着头等露水的傻白甜比一个事事要强的女人更有吸引力，网红是娱乐商品，消费品，他们上网是寻开心，只需要让人开心就好了。"

唐安皱眉，吐出烟雾，垂下拿烟的手，转头继续拍摄日出，这话肤浅、庸俗、虚荣。

"这是徐宁劝我转型时说的话。"向嘉走到了上风口，她能接受林清和在她面前抽烟，不代表她能接受所有人。其他人的烟味对她并不会造成什么吸引力，只会觉得呛，"我之前只有八十万粉丝，听了他的话后，我拥有了五百万粉丝。虽然现在掉得差不多了，但这话是不是真理？"

"荒谬。"唐安继续拍摄日出，毫不留情地吐槽，"那是最低端的网红，一味地迎合讨好网友获得流量，红也是暂时的。没有立足的东西，早晚会被淘汰。大红且长久靠德，靠实实在在的才华，有深度的内容。"

"是啊，一味地迎合讨好，红也是暂时的，早晚会被淘汰。"向嘉重复了他的话，转头看向日出，"迎合市场，只追求流量利益，渐渐失去初心失去自己。直到有一天，彻底变成了空心人，失去了立足根本被市场淘汰。"

唐安缓缓回头看向嘉，向嘉话里有话。

"你想说什么？"

"没什么，您继续拍日出，很漂亮，很值得拍。"向嘉看天边烧得火红，浩荡江面渐渐被铺上了金色的光。山崖在白天呈现出青色，绿植点缀其中，云已经彻底散开。

唐安吸完最后一口烟，不拍了，他把烟头按灭在泥地里，说道："你的计划是什么？能不能说来听听？"

向嘉看着他脚下的烟头，短暂地停顿，她上前从包里取出一张纸捡起了烟头，包在其中放进了包里，才看向唐安。

"我的计划有些大，一时半会儿说不完，你先看日出吧。"

唐安觉得被向嘉当众抽了一耳光，他看着向嘉的包，结巴了一下解释："我平时不会乱扔垃圾，忘记了，我会收拾。"

"没关系，你们是来看风景的，看到最美的风景便够了。环境保护本来就不在你们的责任范畴，这是我的工作。这儿是我的家，我保护它理所当然。"

高下立见，唐安只是想拍风景，他自诩清流却连基本的环境保护都做不到。

唐安的计划都来不及从包里掏出来，他现在已经拿不出来了，他看的、做的都太表面。

他后知后觉，这场合作的主动权从头到尾都不在他手里。

太阳跃出了山峰，世界光芒万丈。等了两个小时的日出，美得震撼，但唐安不能拍。

温柔是向嘉的保护色，此刻才是真正的她，强势锋芒毕露，她像是一把出鞘的古剑，漂亮、冷冽、锋利。

她这个形象如果出现在视频里，确实会劝退很多人。

她攻击性太强了。

太阳升至半空，小城彻底被炽热笼罩。

"当初徐宁和秦朗骗我说要合作发展实体店，我把钱全砸进去后，他们说要再加上我，不然就不做这个项目了，威胁我。"向嘉笑了一声，摇摇头，讽刺意味很足，"我的全部积蓄，我这么多年拼出来的——事业。要么把自己送给秦朗，要么失去这一切。

"这里受灾的时候，我手里只有两百八十万，我给当地捐了两百万，可……杯水车薪，地方太大，受灾的太多，两百万砸进去，连个底都不够。

"县城现在有了公司接盘，可桐镇呢？靠那些救灾款是会暂时渡过危机，可未来他们怎么活？靠什么吃饭？我在跟徐宁终止合约的时候，其实有几个公司伸出了橄榄枝。我放弃了，我回到了这里。

"走吧，前面的风景更美，我们边走边聊吧。"

唐安知道面前摆着一个大坑，巨大的坑。

唐安没走，说道："在这里聊吧，我听听你的想法。"

"我要的不是一套房子、一个客栈，我要的是把桐镇整个开发起来，让他们有钱，让这个地方活起来。"向嘉也没有因为他的停留而中断谈话，她看向对岸的桐镇，那一片寂静的青瓦房子，"你想做一个新的系列吗？"

"什么？"唐安都没反应过来，只是本能回应。

向嘉看回唐安，说道："开发一个镇，作为一个整体开发。不是单一的元素，全程直播，在万众瞩目下建成一个承载梦想的小镇。

"手续方面我来跑，建设方面你来做。拍摄权给你，后期多少收益我都不干涉，全归你。旅游开发赚的钱归镇上，有兴趣吗？"

唐安倒吸一口凉气，看着向嘉足足一分钟，才开口："你知道这个项目有多大吗？这靠个人力量根本不可能！这太离谱了，我做不了。而且太分散

181

流量了，我认为——"

话音戛然而止，他说不出口，他为了流量才拍摄这里。他曾亲口说过，为了流量拍摄的网红是最低端的。

他标榜着情怀，标榜着以人为本，标榜着热爱环境，他自以为作品不商业有质量，不是为了钱拍视频，高人一等，自己打自己的脸。

他因为看不起向嘉，把自己的路给堵死了。

"太理想主义了。"唐安没忍住又取了一支烟，避着风点燃，狠狠吸了一口，"你真的太理想主义了！这太离谱了，也太疯狂了！你怎么做？你只是一个人。一个镇，你可真敢想，你知道镇多大吗？"

向嘉把桐镇的面积、人口以及整改的房屋等具体数据一字不差地报给了唐安，昨晚她背下来的，感谢林清和。

她笑着看唐安，清凌凌的眼透出锋芒："你不敢做？我明白了，理解。"

"我不是不敢。"唐安被她讽刺得想跳脚，他跳进了向嘉的逻辑陷阱，"我只是——"

"项目很大，很冒险，利润不稳定，有一定的风险，赚钱概率很小。你做不了也没有关系，毕竟你是大网红，你有诸多顾虑。我没任何资格道德绑架你，这只是我自己的事。我再想想别的办法吧，没关系，唐老师，我们走走吧。晚上我请你喝酒，我平时不喝酒，但我今天陪你喝两杯，算是相识一场交个朋友。明天我送你们回去，欢迎你们随时来这里旅游。"说完，向嘉转身。

"阿乌客栈也不让我做了？"唐安感觉到震撼，向嘉怎么敢的？

可她就是敢。

"你想做？"向嘉转头看了回来，表情平静，"只做一个客栈吗？那只能拿到一个客栈的拍摄权。我想做整体的开发，风格统一，我再想想吧，我们都好好想想，这是大事。确实不是一两个人能做起来的大事，你做不做我都不怪你，真的。"

晚饭向嘉如约请了唐安喝酒,她找了个本地菜馆,要了一瓶白酒,她从不喝白酒,连啤酒都很少喝。

这次沉默的是唐安,他不能说话,什么都不能说。他也是有追求,有理想的创作者,他有他的骄傲。

向嘉在喝酒前发定位给林清和,让他来接自己,才放心喝下第一杯白酒。

火辣辣的酒滚进了胃里,向嘉咬了下牙,什么都没说。

全场唯一说话的是小胖子助理,努力活跃着气氛。

林清和到的时候,向嘉和唐安已经分着喝光一瓶白酒,她拼命地掐着手心让自己清醒,拎着酒杯跟唐安碰了下,仰头一饮而尽:"舍命陪君子。"

她坐在椅子上,尽可能保持着身体的平稳,拉住了林清和的手,说道:"阿和,你送送唐总。"

唐安有公司,他是老板,本来就是商业行为,还要装什么清高,什么拍视频只是为了理想为了公益,纯伪善。

林清和一只手攥着车钥匙,另一只手被向嘉握着。她把手指插进了他的指缝,肌肤相贴炽热细腻。

林清和蹙眉,缓慢收拢手指,把她的手按在手心,让她别乱动。他凌厉的黑眸落到了对面唐安身上,道:"唐总,我先送她去医院,回来再送你去酒店。她肠胃炎还在吃药,不能喝酒。"

真舍命陪君子?

"啊?那你赶快走,没事,我们两个能回去。"唐安这才惊醒,连忙摆手,"你赶紧去吧。"

林清和轻飘飘地看了唐安一眼,弯腰靠近向嘉,声音从牙缝里挤出来:"行。"

行什么行?

向嘉很高兴林清和理解到了她的意思,还演上了:"我还能忍,没事——"

唐安和小胖子连忙站起来送向嘉和林清和出门。向嘉浑身软绵绵地倚靠在林清和的手臂上，呼吸灼热，她像只不安分的猫。

林清和想把唐安的脑袋按进酒里。

这个账他记住了。

林清和把车开出唐安的视线，找了个公共洗手间迅速停车，他绕到副驾驶，拉开车门，扶向嘉出去："去吐一吐。"

"你怎么知道我要吐？"向嘉摇摇晃晃，看林清和近在咫尺英俊的脸，"不用去医院，我吐了就好了，没事。女洗手间，你不用进去了，在外面等我。"

林清和在洗手间门口短暂停顿，提高声音问了句有没人。没人回应，他把向嘉带到了女洗手间。

"吐吧。"

"你出去，我不想让你看。"向嘉扶着洗手台，尽可能站稳身体，迷迷糊糊地看向林清和，酒精让人大脑变得简单，思维变得直接，没有那么多心机与弯弯绕绕，"林清和，我在你眼里应该是漂亮的，而不是狼狈的。"

林清和看着她殷红的唇、松散的头发，衣服已经没有早上出去时那么漂亮了。她喝完酒后，脸上微微泛红，她的呼吸炽热，带着浓重的酒味。

他听见自己的声音问："为什么？"

"你靠近，我告诉你。"向嘉扶着林清和的手臂，试图攀上林清和，"你低一点。"

林清和看了她片刻，俯身："什么？"

向嘉仰起头，唇贴上了林清和的唇，柔软带着酒气的唇贴着他，微微的热。

瞬间，天地静谧，再没有了其他的声响。

向嘉的呼吸炽热近在咫尺，身上全是酒精的味道。她抱着林清和的手臂，柔软的身体倚在他怀里。

她就那么堵着林清和冷淡的薄唇，没有什么技巧，单纯贴着。

窗外的风在呼啸着，炽热的夏天流动。

洗手间并不是什么浪漫的地方，镜子里倒映着高大冷漠的男人，此刻保持着弯腰的动作，目光暗沉。

贴了很长时间，向嘉含了下林清和的下唇，有点凉，很软，有着薄荷糖的甜，比想象中的味道要好几十倍。

向嘉断片了，她最后的记忆停在了林清和来接她，她把手放到了林清和的手里，再往后一片空白。

她在床上躺了五分钟，跳着疼的大脑没给她任何线索。她醒来就在自己的房间了，窗帘拉了一层，遮光帘敞开着，柔和的白光充斥着整个房间，太阳隐隐约约斜进了房间。

遥远处有放学铃声，应该是镇上的学校，中午了吧？

向嘉抿了下唇，嘴角有些疼，嗓子干得好似冒火星。

酒，万恶之源。

人，为什么要喝酒？

窗外有蝉鸣，房间的空调是恒温模式，寂静无声。

向嘉抬手盖在额头上，闭眼拼命回忆昨天到底发生了什么。

未果，大脑一片空白。

她应该不会说什么胡话吧？她提前跟林清和打过招呼了，林清和知道怎么把她带走，还让唐安愧疚。

不至于让她翻车。

身上的衣服还是昨天那套，虽然皱皱巴巴，但还完好地穿着。手机呢？向嘉放下手，坐了起来，那一瞬间剧烈的头疼涌了上来。

床头柜上放着一个黑色的保温杯，古朴简单，下面压着一盒布洛芬颗粒。旁边是她的手机，摆放整齐。

向嘉不能吃布洛芬，一吃就胃疼。她先拿起手机看消息，手机上有来自唐安的五条短信。

向嘉翘起嘴角点开，如她所料，唐安上船了。他对向嘉表示了歉意，他接不下整个项目，但他会给向嘉推荐其他博主。

他接了阿乌客栈，他只能做到让设计团队帮向嘉给桐镇做统一设计规划，具体事项五天后他带着设备和团队过来详谈。

唐安是很骄傲的人，名校毕业，工作后平步青云，他有理想，为人清高。他这种人最怕被人质疑，向嘉就是故意激他，他果然上套了。

向嘉客客气气地给唐安打了个电话，表示了感谢。

唐安是坐飞机离开的，已经到了上海。

"你好好养病吧，我这边有些事要交接，最多五天我一定会过去。"

"谢谢。"向嘉谢得真心实意。

唐安在电话那头笑了一下，说："向嘉，你要是把桐镇这事儿做成了，你是我偶像。"

"会有那么一天。"向嘉倒是没谦虚，"有志者事竟成。"

"再见。"唐安挂断了电话。

向嘉打开保温杯，闻到了蜂蜜水的味道。她喝了一口，温度刚刚好，酸酸甜甜。她一气儿喝了大半杯，嗓子缓解了，胃里也舒服了一些，但嘴角还是有些疼。

上火了吗？

向嘉放下杯子，边揉着太阳穴边起身，拎着换洗衣服出门。中午时分，太阳晒进了院子。合欢树被风吹动沙沙作响，院子寂静，林清和的房间门也紧闭，没有人。

大黑猫蹲在屋顶，巡查着它的地盘。

向嘉想洗个冷水澡，也就没下楼开热水器，打开水却是热的。温热的水缓解了她的头疼，她洗到一半，听到楼下大门打开的声音。

猫踩着屋檐发出"哐当"一声,随后又听到它哆哆地叫了一声。

林清和回来了?

向嘉冲掉身上的泡沫,抹掉了脸上的水,走出淋浴间,拿起大浴巾包住身体,走到镜子前,擦掉上面的水雾。嘴角火辣辣地疼,她凑近到镜子前,才发现嘴角内侧破了一块。

溃疡?

喝个白酒把溃疡都喝出来了,真出息。

洗手台的架子上摆着一个黑色漱口杯,一把黑色的剃须刀竖在镜子前。男人深蓝色的毛巾搭在她的毛巾旁边,向嘉看了一圈,拿起自己的毛巾擦头发。

林清和终于舍得把他的东西摆到洗手间了?他怎么不继续用一楼的洗手间?

向嘉用毛巾把头发包起来,才解下浴巾,细致地擦身上的水珠。腰上有两块青紫,她洗澡的时候头太疼都没注意到。

昨天喝多磕的?

换上干净的T恤和短裤,向嘉拉开浴室门走出去,迎面撞上林清和。

他正上楼,手里拎着个便利袋,手指上挂着车钥匙。看到向嘉,他脚步一缓,随即踏上了最后一级台阶。

他穿着白T恤牛仔裤,身形修长挺拔,头发剪成了短寸,凌厉的五官完全显露出来,冷峻眉毛垂着,双眼皮压得很深,由上往下一打量,他蹙眉:"你穿的什么东西?"

向嘉往身上看了眼,大T恤配短裤怎么了?她穿得相当得体,不得体的是林清和的头。

"你什么时候剪的头发?"

他好好的去剪什么头?

之前林清和还有点落魄贵公子的味道，身上带着些阴郁。

新发型让他五官的棱角全凸显出来，没有头发的遮挡，他眉宇之间的侵略性都变得清晰起来，想忽略都难。

"前天。"林清和踏上二楼，指尖轻飘飘地一擦车钥匙，他看向向嘉的嘴角，那里有一个很浅的痕迹。

"前天？"向嘉前天下午见林清和戴着渔夫帽，昨天早上也见他戴着兜帽，林清和送她时又把渔夫帽戴回去了，是为了遮他的发型？

"前天我去县城办事时，顺便剪了头发。"林清和若无其事地扭头走向自己的房间，推开了房门，走进去，把车钥匙和袋子撂到桌子上，"很奇怪吗？"

"不奇怪，只是——"让向嘉不敢对他下手了，这个发型让他看起来很难掌控，"没事，挺清爽，适合夏天。你头发长得快吗？多久能长出来？"

"一辈子都长不出来。"林清和站在屋子里，低着头摆弄着什么，房间的窗帘拉得严实，什么都看不清。

他的叛逆期真长。

"你再留长点，也不用留之前那么长，现在这样太短了。"向嘉靠着炽热的栏杆，把头发散开了，"你白天怎么不把窗帘打开？黑着不难受吗？"

林清和放下手里的东西去拉窗帘，向嘉这才看清他摆弄的是一个首饰盒。细长条的盒子，国内某连锁品牌金店的。

向嘉往前走去，倚着林清和的房间门框，探头看那个盒子，心里一"咯噔"，面上丝毫不显，说道："你给哪个女人买的首饰？有心上人了？"

窗帘拉开发出声响，房间亮了起来。

林清和面无表情地走回来，捡起盒子，转身递给了向嘉。他垂着睫毛，嗓音淡沉："昨天你喝多了发疯把簪子扔护城河里了，披头散发闹了一路，非让我给你赔个新的。"

向嘉哑然。

"你原来那支我不知道是什么牌子，买了支新的，你试试看，不行你自己拿去换。"林清和把盒子往前递了些,掀起眼皮注视着她,"拿着,别再找我要了。"

向嘉头皮发麻,她喝多了会发疯,而且很疯。

她刚和徐宁合作的时候,徐宁还不知道她喝醉了会发疯,劝了三杯酒,她打了四个合作方。徐宁那么想榨干她价值的人,合作期间一直没敢让她喝过酒。可这也太离谱了,这都是什么场面?把簪子拔了当街撒泼?

"我昨晚喝多了发酒疯?"向嘉抿了下嘴角,接过盒子,抬眼盯着林清和,"真的?我还干什么了?我一喝酒就断片。你的嘴角怎么了?"

两个人站得很近,向嘉看清林清和的嘴唇内侧有个血痕。

林清和眉毛压得很低,长睫毛在眼下拓出一片阴影,他审视了向嘉足足有一分钟。

"你全忘记了?"

"我……做了什么?"向嘉生出一种不好的预感,"我没对你做什么吧?"

"做了。"林清和很轻地舔了下唇上那个痕迹,抱臂往后一靠,长腿微敞,"你当街叫我老公,非要跟我拜天地。"

向嘉失语。

向嘉攥着那个盒子,用最后的勇气问道:"有没有路人拍照?我不是叮嘱你一定要按住我吗?我怎么跑到大街上的?"

"嗯。"林清和点了点头,指了指自己的嘴唇,沉黑的眼盯着向嘉,他的语调倒是一如既往的冷淡,平铺直叙,"是叮嘱了,我也做了。我为了把你带上车,磕成这样。"

离谱。

向嘉盯着林清和的嘴唇,他的唇色很淡,上面那道血痕非常明显。

"有没有人拍到?"向嘉连忙打开手机搜索"嘉鱼醉酒",只搜到一个视频,标题是"# 嘉鱼救灾 #"。

有博主发了一条溧县水灾现场的微博,场面很乱人很多。镜头拍得很杂也很乱，画面一闪，有人喊了一声向嘉，穿着苗服正帮人抬木头的女孩抬眼看去。

镜头拍到了她完整的脸，赫然是向嘉。

虽然她的镜头很短，但在那个环境下，特别扎眼。她的脸，本身就不普通。

视频热度很高，上了视频网站的头条。

八万点赞，三万多评论。阅读量过了千万，很惊人的数据。

向嘉看了一会儿才鼓起勇气打开评论，第一条就被人指名道姓了，认出她是嘉鱼，但没有说难听话。

有人在评论区科普秦朗与徐宁的操作，给她洗白。

向嘉快速扫视评论区，第一页没有骂她的，她松了一口气返回去，才想到自己原本是想干什么。

"不知道有没有人拍到，当时情况太混乱，愿你好运。"林清和收回视线，直起身，绕过向嘉大步往楼梯口走，在她看不到的地方磨了磨牙，她倒好忘得干净，"下来吃饭，县城打包回来的，再不吃就凉了。"

向嘉手里攥着首饰盒子和手机，又搜了几个关键词，似乎有人扒出来她给溧县捐款，但热度不高。

目前她的风评还可以，黑粉好像一夜之间消失了，留下的都是正常人，有着基本的判断。

林清和下到一楼了，正午的太阳缓慢地斜进了走廊。

向嘉心情复杂地掀开首饰盒，目光停住。一支凤钗躺在黑丝绒的盒子里，凤凰衔着流苏，华丽精致。属于镇店之宝的款式，工艺复杂，金钗大得浮夸。

这么贵重？

林清和哪儿来的钱？

向嘉拿起凤钗感受分量，至少有四五十克。很重，她握在手心里翻看，震撼于林清和的大方。

平时抠得一颗糖都舍不得，居然送了她这么大一坨金子。

昨晚她到底把人逼得有多狠？

她那支银钗不值钱，一百多块买的地摊货。这支金子的能买几百支银钗，向嘉把玩着金钗。

至少值几万块，这种首饰的手工费特别贵。

向嘉吹干头发，看着那个盒子片刻，把头发绾起来用皮筋扎紧，取出金钗插到了发髻。流苏晃动，微微的凉，她握着手机出门下楼。

林清和坐到了一楼客厅的饭桌前，他靠在椅子上，长腿闲散地微敞。脚边躺着黑猫，他的脚尖有一搭没一搭地逗着猫。

大黑猫躺平摊开肚子任他踩躏。

向嘉晃了晃头上的凤钗，跨过门槛。林清和漫不经心地抬眼，目光停在她身上。

向嘉把那条遮住短裤仿佛半裸的衣服换掉了，穿上了仿古风绿色缎面长裙，衬得她静美优雅，皮肤雪白，身材婀娜，面容清冷美丽。乌黑长发被一支凤钗绾起，流苏被风撩拨着，离她雪白的颈咫尺。

"什么饭？"向嘉走进门，拉开了椅子坐下，先给自己倒了一杯大麦茶，看林清和脚边的猫，"你踩疼它了。"

猫虽然还在他脚下，可明显挣扎着，手脚并用地扒拉他的运动鞋。

林清和收回视线，也收回了脚。感觉到热，他给自己倒了一杯大麦茶一饮而尽，起身去开电风扇。

夏天的中午很热，一楼客厅没有空调。

"客厅用不用再装个空调？"

"你有钱？"林清和走回来坐下，拆桌子上的包装盒，"你有没有做过详细预算？"

向嘉再穷也不至于连个空调都装不起。她拿起桌子上的筷子拆开："你

191

会做预算吗？算了，我晚上加班做吧。你的第一步我做完了，唐安五天后过来，他的团队会帮我做规划设计。第一步'白嫖'达成，现在要进行第二步是吧？"

桌子上的饭盒被林清和一个个拆开，一份清汤鱼锅。鱼汤鲜美香气扑鼻，汤是奶白色的，切得薄薄的鱼片浸在汤里，看起来十分美味。还有两份素菜、一份米饭、一份粥。

"第二步，注册新公司，去跟县城的旅游部门接洽。桐镇这边开始拍摄，我没有给唐安独家拍摄权，我打算自己来拍。故事标题我都想好了——我接手了一个镇。"向嘉的卖惨让唐安不能提独家拍摄，这对向嘉很有利。她伸手拿碗打算盛鱼汤，猝不及防地碰到了林清和的手指，他也去拿碗。

两个人的手指触碰到了一起，温度瞬间升高。天气太热了，手指上的汗意升腾。

"你拿。"向嘉反应迅速，抽回手，拿起筷子夹了一片青菜放到粥上面，心跳得很快，"我的摄影师没有跟我回来，我找谁给我拍摄呢？你有没有认识什么会拍摄的人……算了，我再想想办法。"

一碗鱼汤落了过来，林清和的手指在她面前一晃。他的手指修长，手背上筋骨分布匀称，清瘦干净，手腕上戴着的檀木佛珠让他的肤色更白。

"林清和，你最近怎么不戴戒指了？"向嘉终于反应过来林清和的手上少了什么，她刚认识林清和的时候，他戴着一枚很性感的宽戒。

"为什么要戴？"林清和顶着那一头桀骜的短寸，掀起眼皮看人时一点都不温和，眼神凌厉得很有侵略性。

林清和以前戴得最多的是尾戒，尾戒的意思是独身主义，拒绝感情。

"你自己戴的你问我？"向嘉喝着鲜美的鱼汤，比看上去更好吃，"林清和，算我求你了，你把头发留长行吗？"

"不留，突然觉得这个发型挺好。"他嘴角上扬，黑眸里情绪荡漾着，心情好了。

他拿起筷子夹菜吃饭，慢条斯理道："以前戴戒指是为了挡桃花，现在没必要。我学过摄影，原本打算帮你拍摄，你要是算了，那我就……不帮了。"

向嘉被他那一抹笑惊艳到了，随即才反应过来说正事："你学过摄影？有没有作品？主要拍什么的？人？风景？动物？"

"风景与动物，我不怎么拍人。"林清和没提他的作品，"我不擅长拍人。"

"明白。"他不喜欢人，他对猫都比对人温柔，还用脚温柔地晃猫肚子，这份温柔怎么不用在她身上？她喝醉的那晚，他可是把她磕得浑身青紫。

她不信他拦不住自己，把她抱起来不就行了？

她喝醉酒虽然发疯，但疯得不至于被抱起来还要闹事，他铁定是把她丢路边让她扶着电线杆独自待着，结果翻车了。

"等会儿去江边试试镜头。"向嘉是个说干就干的人，林清和说他能做，她就要看林清和有没有这个本事，"我的拍摄器材都在工作间，你看下需要什么你去拿。"

"你现在不需要挡桃花吗？"向嘉喝完了鱼汤，胃里舒服一些，头也没那么疼了，又有闲心八卦了。

林清和咬碎了一块鱼骨头，细慢地嚼着，一直把鱼骨嚼碎咽下去才开口："酒吧都关了，哪儿来的桃花？"

向嘉心道：我不是桃花吗？

向嘉本想撩他一下，但他这个发型，她不敢撩。

"大街上那么多女生不是桃花吗？你这两天要跟我跑县城，说不定就有女生搭讪你。"

"你这意思，我必须得把尾戒戴上对吧？"林清和敛起了那点笑意，沉默地吃饭，已经不想跟向嘉聊天了。

她是摆设吗？她那么大一个人在他身边，哪个女生不长眼跑来撩他？

向嘉夹着盒子里的嫩豆腐，夹一下碎一块，青菜炒豆腐用这么嫩的豆腐，她是第一次见。

"你无名指指围多少？"

林清和缓缓抬眼看向对面的向嘉，看她把第三块豆腐夹碎，林清和喉结一动，若无其事地捡起旁边的勺子放到了菜盘上，开口时嗓音很沉："问这个干什么？"

"你都送我金钗了，我不得送你点什么？"向嘉不说自己的银钗不值钱，也不说这个礼物是林清和的补偿，故意歪曲成他送的。她拿勺子挖了块豆腐，笑着看林清和，"真正的挡桃花应该是装已婚，戴无名指，谁撩谁没道德。尾指、食指、中指都代表着单身可撩，我不主动不负责，你来撩啊，说不定我就上了。"

林清和无语。

"这就不是拒绝的态度。"向嘉一边吃豆腐，一边拿出手机打开了购物软件，不看他的发型，还是能撩出口，"你还是不想保持单身，你内心是期待谈恋爱的，只是不想负责。怕被人追究责任，装出保持单身的决心。"

林清和没说话。

"是吧？"向嘉还寻求他的肯定。

是什么是。

林清和把无名指的指围报给她，不想继续这个话题。

"你以前谈恋爱都是这样吗？给别人追求的机会，你不回应、不拒绝、不主动、不挽留。"向嘉想避开奢侈品，但看了一圈其他牌子都不够漂亮，最终又上了一回当，买了个铂金男式指环，"等人累了自己走开，你认为这都是别人的问题，与你无关，从头到尾你都没有责任。"

"你以前的恋爱是什么样？"林清和终于吃不下去了，他放下筷子，注视着向嘉，黑眸锋锐，"随便撩人随便跟人暧昧，一旦对方动心了，你马上抽身离开。喜欢的时候可以给星星给月亮，不喜欢了，马上与人划清界限。"

向嘉眨眨眼："你污蔑我。"

林清和怎么知道？他哪里来的信息？向嘉从不跟人提自己的感情观，她最近几年也没有碰过感情，没玩过谁。

"你对人真心过吗？"林清和重新拿起筷子，尽可能让自己语调平静，说道，"你自己感情都一塌糊涂，好意思做别人的感情分析师？"

向嘉把刚买的三万块的戒指给退了，给他下单了一款九十九包邮的戒指。

行，真心是吧？

"我对你真心，你不要呀。"

"你看着我的眼睛，把这句话再重复一遍。"林清和忽然接住了她的话，"向嘉，你看着我。"

向嘉放下手机，抬眼看林清和。

炽热的夏天，暖风流动。电扇有气无力地摇着头，外面的蝉在树上声嘶力竭地鸣叫。

林清和的眼沉黑寂静，长睫毛就停在眼睛上方，瞳仁黑得纯粹。没有皱眉，也没有耷拉眼皮，他很平静地看着向嘉。

向嘉心里一"咯噔"，感觉快要陷进去了，他眼睛里仿佛有旋涡。

林清和对她到底是什么心思？

"林清和，我特别希望你能真正地负起责任，接住别人的真心。"向嘉看着他的眼睛，眼神和语调都真诚，"我没你想的那么糟糕，人都有心，真心换真心。你希望别人对你真心，对你付出一切，你却是个空心人，你把自己包装得严丝合缝，随时都会离开。谁敢啊？有几颗心值得这么糟践？

"到目前为止，除了知道你叫林清和，二十七岁，男性，长得挺帅。其他的我都不知道。林清和，我对别人没有真心，我对你真的是……"

向嘉实在编不出词了，她移开眼，叹口气，拿起林清和面前的空碗给他盛了一碗鱼汤。她把汤放到了林清和面前，说道："我知道你对我十分防备，我们认识的时间不长，关系也不够好，你防备我正常。我也没要求什么，我就希望你过得好一点，别太跟自己较劲，适当的时候也可以对这个世界有点期待。人活一世，怎么样最后都是死，体验一下也好，再损失又能损失到哪里去？把自己包裹得密不透风，最后死了也是一把灰，潇洒自在地过一生，死了也是一把灰。灰和灰不会有任何区别。如果刚才我对你的评价冒犯了你，我道歉。对不起，我以后不会再评价你了。"

"你吃吧，我吃饱了，我去楼上躺一会儿，酒后头疼。"向嘉吃得差不多了，适时起身离开了座位，没有看林清和。

向嘉走了出去，绿色的裙摆如同春水一样流动，轻轻地荡着掠过木质房门，一转弯便彻底不见了。

一分钟后，楼上传来了关门声。

林清和端起那碗汤喝了一大口，汤有些凉了，口感没热的时候好。

底下有些骨头和刺，她盛汤都不看的吗？哪会给人盛半碗鱼刺的？

林清和拿筷子挑着里面的鱼肉，垂下的睫毛遮住了黑眸中的全部情绪，他把那堆骨头上的鱼肉挑干净才放下筷子。

他仰靠在木椅子上许久，才起身收拾碗筷。离开厨房，走出院子，他站在空无一人的镇口才拨通了一个号码。

向嘉回到房间，觉得自己有点冲动，操之过急。虽然有些话她早就想说，但不该是现在，时机不对。

林清和若是受了刺激一走了之，她可就鸡飞蛋打了。

她拿起手机找到林清和的微信，该发个信息把他拉回来。

她并不想跟林清和吵架，也不想刺激他。

可能是酒还没醒，也可能是他送了支金钗，向嘉多了一点期待，抑或是林清和说她没有心那句，刺激到她了。

她爱财如命，却对林清和大方，她没心吗？

向嘉正在斟酌怎么编辑信息，手机响了起来，王玉打电话过来。向嘉先接了王玉的电话。

"嘉姐,一个好消息,想不想听?"

"什么好消息?"

"他们求饶了。"王玉笑得轻松,"秦朗的经纪人过来说要跟你谈和解,赔偿条件你随便开。"

"不和解。"向嘉沉了心思,坚决道,"我不和秦朗和解,我必须要告下去。"

"赔偿金额很大,他现在对你造不成任何威胁,他根本不敢告你。他的直播事业基本上毁了,再告也没有意义,能让他赔偿道歉已经超出了预期。"

"其他人可以庭下和解,条件是全平台公开道歉,我不需要钱,他们的道歉置顶一个月。秦朗,不行。"向嘉绝不跟秦朗和解,"这场官司假如真的输了,我不放弃,我会一直告下去,直到我赢的那一天。"

"好吧,你是当事人,我听你的。"王玉没有再劝什么,"你最近还好吗?我在视频网站上刷到你,那个小地方环境有点艰苦,你受得了吗?不行回来吧,估计现在想签你的公司有很多,找一家靠谱的东山再起。"

"我挺喜欢这里,我就不去城里追名逐利了。"向嘉笑了起来,"老家很舒服,晚上都不用开空调。山清水秀,世界安宁。"

向嘉跟王玉又聊了几句,才挂断电话。

微信上弹出消息,来自林老板。

林清和改微信名了?不用他那个厌世的名字了?

他发消息干什么?

反击?

向嘉划开了微信。

林清和发来了七张照片还配了一份履历表,向嘉先看了照片才打开履历。照片大多是一些证书,他从幼儿园到大学全部的材料。他拥有国际职业摄影师认证,他还有高级调酒师证,紧跟其后的是身份证、户口簿以及护照信息页。

他把他的全部信息发给了向嘉。

向嘉愣了一下,才打开他的履历,她很意外,林清和居然在意她说的话。

他在国内读到高中,去英国读的本科,皇家音乐学院,学的小提琴。他没有撒谎,他说的是真话。

他毕业后没有继续走音乐这条路,他跑去非洲拍了两年动物,没钱就做调酒师做驻唱,偶尔也会去街头卖艺。赚多少花多少,流转于各个国家,玩了几年回国,跑到溧县开了个酒吧才安定了一年多。

向嘉打开百度搜索林清和在国内就读的学校,在那所学校读书的孩子非富即贵。

林清和的原生家庭条件很好。

向嘉以前隐隐约约有这个猜测,但一直没确定。他没钱但不窘迫,对金钱没有那种敬畏感,真正穷过的人对钱的姿态是卑微虔诚的,他不是。

他有了钱就花,没钱就去要饭。这种心态一方面是因为抑郁摆烂产生的,另一方面,潜意识里认为钱不重要。

穷人不会认为钱不重要。

林老板:还想知道什么?你问,我告诉你。

空调又开始工作了,"呼呼"地吹出冷风。

向嘉坐到窗边的缝纫机前,脚踩着踏板,身子后仰靠在椅子上,她按着手机打字"你是不是有点喜欢我?男女的喜欢",密密麻麻的热意从心脏深处涌向四肢百骸,涌向每一处皮肤,她的耳朵莫名其妙热了起来,烧得她有些焦灼。

片刻后。

向嘉按着删除键把这几个字删掉,重新打字:我看手相挺准,你出身果然富贵。

消息发送成功。

微信那头迟迟没有回消息，一会儿输入，一会儿停止。

向嘉说不清此刻具体的心情，好像走在路边捡了一张刮刮乐，刮开后里面是中奖的最高额度。

没人会把身份证、户口本页以及护照上的全部信息发给别人，哪怕找工作写简历最多给一个身份证。林清和全部给她了，因为她说她不了解林清和，她说真心换真心。

林清和是4月生的人，比她小两个月。跟她这种泥腿子不一样，他是土生土长的上海人，他身份证上的地址是寸土寸金的富人区。

向嘉编辑信息：你是父母离婚后才这样的吗？那个，抑郁症。如果冒犯到你的隐私，你可以不回答我，直接跳过这一条。

林老板：是。

大部分抑郁症患者都和原生家庭有关，林清和也是。

向嘉：你跟他们，还联系吗？他们再婚了吗？

这是向嘉比较关注的问题，林清和还那么"富贵"吗？那个宾利车上的女人是谁？

林老板：不联系。

林老板：他们各自有了自己的家庭，我们断绝关系十年了。

向嘉松了一口气，打字"林清和，只要你不走，我永远不会不要你。不管你对我有没有感情"，她想了想，又删除。

向嘉：几点去江边？

林老板：没问题了？不用你去，你躺着吧。我拍完发给你，你审片。

还能有什么问题？

向嘉：你能把头发留起来吗？要防晒霜吗？

林老板：[省略号.jpg]

林老板：机会不是天天有，今天不问，以后你再问我不一定会说。

问什么呢？

向嘉：你最喜欢吃什么？

林清和回复：这是你的问题？

向嘉：是，很重要，你认真一点回答。你最想吃到的一种食物，不一定是最好吃的，不一定是传统的，也许没有任何意义，但是你最想吃的。你不用告诉我理由，只需要一个菜名，或者其中一种食材也行。

那边沉默了很长时间，在向嘉以为他不会回复的时候，他回：很甜很黑的糖醋排骨。

向嘉：好，如果审片满意的话，晚上你会得到一份糖醋排骨。

林清和：［问号.jpg］

向嘉找了个可爱的猫猫卖萌表情包，配的文字是：老板加油。

林清和没再回消息过来，向嘉把九十九块的戒指退了，把三万块的戒指又买了回来。

向嘉确实不太想跑动，宿醉之后很难受，她能撑着写企划案、看项目材料、做资源整理已经是极限了。

唐安给她推荐了一些装修公司和建筑公司。唐安合作的都是大公司，价格昂贵，向嘉收起这些公司的联系方式，她自己又找了一些刚起步需要做推广的三线品牌，没那么出名，但质量有保障。

她自己也约了一个主要做旅游项目的建筑设计师，以防唐安那边变卦，她要做备案。

全部做完已经是下午四点半了，她跟陈建忠打了个电话。

陈建忠在县城开会，晚上才能回来，说是晚上回来详细聊。

挂断陈建忠的电话，向嘉换了套不那么招摇的衣服，去超市买了排骨和辅料。路边有阿婆在卖青菜，向嘉买了一把。

向嘉知道林清和说的那种糖醋排骨，上海老式菜，需要大量的白糖和香醋。

如今人们追求健康,很少有餐厅做这道菜了。

向嘉恰好会做。

她把排骨炖上,处理青菜时,陈小山背着吉他进门,看到向嘉,他立刻弯着眼睛笑:"向总。"

"下午好。"向嘉择着青菜,看他手里的吉他,"林老板的?"

"是啊,刚修好,放他房间吗?"陈小山环视四周,万万没想到林清和会搬到向嘉这里住,简直不可思议,那个不近女色的人居然搬到了向嘉的院子。

"先放院子里吧。"林清和不在,向嘉不会进他的房间,怕冒犯他的隐私,陈小山进去的话也不太礼貌。

"行。"陈小山打量向嘉,她用一支木簪子绾起了长发,穿黑色T恤、大短裤,懒洋洋地趿拉着拖鞋,多了几分居家的气息,也就没那么不好相处了,"你还会做饭?"

"我为什么不会做饭?"向嘉长得像十指不沾阳春水的吗?她两只手全是红尘,"我又不是喝露水长大的。"

反正很怪。

陈小山摸了摸后颈,说道:"林哥呢?"

"在江边拍视频,你要去看吗?去的话,带瓶水给他。让他早点回来吃饭,差不多就行了。"向嘉不知道他拍的什么玩意儿,到现在不返图也不回来。

"林哥还会拍视频?"陈小山震惊的程度不亚于看到仙女似的向嘉在厨房做饭,他声音都变调了,"林哥拍视频?他会拍视频?他居然没有骂拍视频的都是蠢蛋!而是去拍视频?认真的吗?"

向嘉失语。

原来林清和以前是这样的?

"那你去看看。"向嘉端着菜筐回厨房,从冰箱里取出两瓶水递给陈小山,顺口问道,"晚上你在这里吃饭吗?"

"啊？吃！"陈小山接过水，马上就来了兴趣，想看看仙女做的饭和人间的菜有什么区别，"谢谢。"

向嘉无语。

她就不该问。

还得再去买菜，本来两个人一荤一素刚刚好，陈小山那么能吃，估计四个菜都不够。

"去吧，让他……压力别那么大。"向嘉想了想还是叮嘱道，"没拍到什么好看的风景也没关系，早点回来吃饭。"

有摄影师认证不一定就能拍好视频，向嘉本来对林清和也没抱什么希望，无论他拍得怎么样，向嘉都会送他一顿晚饭。

向嘉去街上又买了一些菜，一边在大脑里搜寻着适合的摄影师一边做饭。水平高的太贵，水平低的没质量。

她这个视频必须要拍得很有质量，不管她用嘉鱼的 ID 还是重新开 ID。第一支视频一定要高质量，把人设彻底立住。

不能再犯之前的错误。

夏天的白日很长，晚上七点半夜色才姗姗降临。

太阳落山后山里便凉爽起来，向嘉把餐桌搬到了院子，打开了屋檐下的大灯。

向嘉拿起手机打算给林清和打电话，即使拍不出好的视频、做不了她的摄影师，他依旧是她最重要的人。

林清和跟别人不一样，他是向嘉从上海带回来的，他是向嘉选择的人。

电话没拨通便听到了陈小山说话的声音，短短几秒他说了至少有七八个厉害。

向嘉收起手机，走回厨房，盛菜盛饭，将菜端到院子的桌子上。大门被推响，高挑的男人走在前面，陈小山背着包捧着相机跟在后面。

林清和长腿迈进门，灯光落到他的脸上。他一抬眼，凌厉五官配上板寸冲击力很大。

不知道是不是向嘉的错觉，她觉得林清和好像被晒黑了。林清和的丹凤眼深邃，目光在她身上停留。

向嘉决定从明天开始把帽子焊在林清和的头上，他在头发长出来之前，别摘帽子。

"洗手吃饭。"向嘉摆上筷子，拉开椅子坐下。

林清和脚步微顿，转头对陈小山说："你是不是回家有事？"

"啊？我没事啊，我不回家！"陈小山捧着相机看林清和，一脸蒙，他都闻见饭菜香气了，"啊？林哥？向老板邀请我吃晚饭了。"

林清和舌尖一抵嘴角，睫毛垂了下，迈着长腿大步进门，放下背包和相机，看了向嘉一眼，说道："我冲个澡，两分钟，两分钟后再开饭？"

"吃完饭再洗也行。"

"一分钟。"林清和若无其事地看向桌子，桌子上摆着四个菜，其中一份颜色很深的糖醋排骨。他闻到了久违的熟悉的味道，极致的酸甜。

"多洗一会儿也没有关系。"向嘉看向陈小山，"你要洗吗？"

"我不嫌自己脏，我无所谓，我不爱洗澡。"陈小山脖子一仰，拉开了椅子坐下。然后人被提走了，林清和把他丢到了一楼的洗手间。

向嘉忍住笑，走进堂屋，拿起相机，坐到餐桌前。林清和已经大步上楼进了浴室。

开机看成片，树上夏蝉鸣叫，星星闪烁在天空之上，渐渐多了起来。

向嘉的目光沉了下去，林清和拍了狼藉的江岸，一边是美若仙境，一边是残垣断壁，形成了强烈的冲击感。

画面、色感、构图都非常专业，第一段视频时长十分钟。向嘉快速拉到底，又返回看了一遍。

这是向嘉目前接触的摄影师里拍风景拍得最好的一个，他的镜头有故事，像是电影的运镜。

向嘉翻看自己的相机,她的相机并不是多高端的牌子,主要是拍一些平面图。拍衣服和拍她自己,但林清和拍出来的成品却跟她之前拍摄的有着质的区别。

"怎么样?"

男人微沉的嗓音响在身后,带着干净的凉意。

向嘉回头看到林清和站在身后咫尺的地方,穿着白色长袖休闲衬衣和浅灰色长裤,衣服上有薄荷香。

非常干净的一套衣服,这么近的距离向嘉快碰到他修长的腿了,他的腿微敞着,又直又长。

向嘉的视线落到正常水平,从她这个角度看去……

"看哪里呢?"林清和抬手把她的脸正回去,他这个动作让人猝不及防,向嘉只感受到他微凉的手指,指尖很温柔。

眼前的男人一晃,拉开旁边的椅子坐下,他把毛巾搭在椅子靠背上。短发也有短发的好处,不用吹,擦一把就干了。

林清和坐在向嘉隔壁,长腿一横几乎碰到她。他拿起了桌子上的筷子:"看到片子了吗?我拍了三段。很长时间没拍东西了,手感没以前那么好。"

"陈小山还没出来。"向嘉没着急夸他的摄影技术,嗓子有些痒,她说完了清嗓子,"我们先吃饭好吗?"

后颈麻麻的,被他碰过的地方热了起来,果然被摸后颈很舒服。难怪黑猫那么喜欢被他摸,向嘉很想让他再摸一下——手指修长,骨关节清晰。指尖没什么力度,漫不经心地一推。

她把相机放到旁边的凳子上,压下心跳,看林清和:"不礼貌吧?"

"我没素质,我无所谓。"林清和拿起桌子上的茶杯,给向嘉倒了一杯水,才开始夹菜。他先夹了一块糖醋排骨,手腕上的佛珠尾端一晃,他稠密睫毛垂下投出一片很深的阴影，声音沉到了极致，便有点轻了，"你会做饭？"

"会啊，我什么都会，全能向总。"向嘉心脏一动，转头冲洗手间方向喊了一声，"陈小山，你好了吗？吃饭了。"

林清和扬起了嘴角，他笑得睫毛全覆在眼下，随即收敛，点了点头，嗓音里还浸着未散的笑意，微微沙哑："全能向总。"

"我不是全能吗？"向嘉被他的笑晃了下。

陈小山拉开了洗手间的门，急吼吼地冲出来，像小狗一样甩了甩脑袋。

"好了，好了。林哥，你在哪家店剪的头发，这么帅，还这么好打理，洗脸都能顺便把头洗了，我明天也要去剪。"

向嘉把注意力从林清和身上挪开，看向陈小山："我建议你不要走这种邪路。"

本来就惨烈的颜值再剪短寸只会雪上加霜，对她造成"精神污染"。

"短寸很帅啊，不帅吗？"陈小山拿起筷子和碗，夹起辣子炒鸡，一边吃一边朝向嘉竖起大拇指，"厨艺好啊，跟饭店一个味！哦不，比镇上饭店做的好吃！"

向嘉本来就是在饭店里学的厨艺。

短寸？不觉得很像刚放出来的吗？

洗心革面，从头开始，重新做人。

向嘉忽然理解到了林清和剪短发的意思，她拿筷子的手一顿，再抬头时，表情已经恢复自然："林老板的帅是因为他的发型吗？他就是个和尚也是帅的，你不要去尝试剑走偏锋。我还想让你来给我做接待，你剪个短寸，谁敢让你接待？"

林清和给向嘉夹了一块糖醋排骨。

陈小山年轻跑得快嘴又甜，很适合做一些接待跑腿的活。酒吧关门了，他无所事事赋闲在家，陈建忠也头疼。

"我来做接待？真的？"陈小山两眼放光，很是感兴趣，"都干什么？我行吗？"

"行啊，为什么不行？你很适合做接待，热情、有活力、情商高、会办事，人又年轻嘴又甜。我一个月给你开五千，后期根据工作量加奖金，你看怎么样？可以的话，你明天带一份你的简历过来，我们签合同。"

"真的？"陈小山乐了，眼睛弯成了一条线，"你开的是公司吧？我在公司找到工作了，我这是正经工作，看我爸还怎么骂我！"

向嘉夹起林清和给她夹的那块排骨，慢悠悠地吃着："你有才华只是以前没找对方向。"

吃完饭，陈小山被喊走了，向嘉耳朵清静一会儿。

晚上是林清和洗的碗，向嘉可以做饭，但她不爱洗碗。

向嘉拎着电脑坐到院子里审片，林清和拍风景的水平很高。向嘉翻来覆去地看，林清和真是个宝藏，他还有什么不会的？

向嘉手臂有些痒，虽然小镇晚上风景好，但蚊子也多。

她专心看片在想整体构思，怎么组成一个故事，怎么把故事讲得有卖点，她原本没心思管蚊子，以为吃饱了就散了，没想到它们还拖家带口来吃自助餐了。

向嘉的手臂上被咬出四五个大包，她一巴掌拍死两只蚊子，抬腿踩到椅子上，尽可能把自己环在手臂能护住的范围内。

面前一道颀长身影一晃，随即蚊香的味道飘荡在空气中。向嘉抬眼看到林清和拎着瓶花露水居高临下地睥睨她，从下往上看，忽略他的发型，他英俊的脸在夜色下沉静，很有吸引力。

"给我的吗？"向嘉知道林清和来给她送花露水，但她故意不接，伸手过去，"给我涂一下，手臂上两个包，手指上一个包，谢谢。"

电脑上播放着夕阳，这是最后一段视频。云层浩瀚震荡，天边的云如同火汹涌燃烧着，云涌翻动，红得震撼。

林清和注视着她，她的腿又细又直，个子不高，但比例很好。

她尽可能蜷缩在大T恤下面，把衣服撑得很大，白皙修长的小腿上有一连串鲜红的蚊子包。

"糖醋排骨是你记忆中的味道吗？"向嘉看他没兴趣给自己擦的样子，不撩他了，手掌向上，"给我吧，我自己擦。"

"没吃过。"林清和拉开椅子在旁边坐下，长腿敞开随意地放着，握住向嘉的手，倒了些花露水在指尖，贴着她的皮肤缓慢推开，淡淡道，"那份排骨做出来只在餐桌上停了不到一分钟，就被倒进了垃圾桶。"

昨天，他和向嘉接吻了。

不是唇碰唇那种简单的吻，一步亲到位了。

他第一次接吻，没有排斥，也没有预料中的恶心。向嘉含住他唇的那一刻，他想疯狂地占有向嘉。

他一直认为自己很理智，他没有很强的占有欲，他不会对什么东西表现出特别大的渴望。他没有偏爱，也没有特别喜欢的。

他的欲望是寡淡的。

世间万物，都不过如此。

但他们吻得疯狂。

欲望被引诱，谁都会陷入失控。

向嘉在接吻间隙里勾住他，仰头用满含欲望的声音问他想不想要。他冷静下来，揽着向嘉的腰，看着她潮湿的眼，问她："你爱我吗？"

这话问得相当傻。

向嘉漂亮的眼里瞬间写满了迷茫，她喝多了一点心机都没有，也不会撒谎，更不会满嘴甜言蜜语哄林清和。她迷茫了很长时间，说："什么是爱？我为什么要爱你？我想睡你。我觉得你技术应该不错。你身材这么好，长得这么好看。林清和,你不让我拍,你让我睡一下好不好?"

对,她嘴上的伤,是林清和咬的。

向嘉说出这种话,林清和表现得已经算是绅士了。

林清和很有耐心地给向嘉的每一个蚊子包都涂上了花露水。

艾草味的蚊香飘荡在空气中,白烟袅袅升起,缠绕纠结最后散开。蚊子举家被赶走,蚊子包在短暂的清凉后渐渐热得发烫,随后是密密麻麻的痒意。

林清和把修长手指上沾着的最后一点花露水抹到向嘉的脖子上,冰凉的痒意瞬间变为火辣辣地烧痛。

向嘉很想蹭一下他的手背,他适时把手收了回去,没让向嘉蹭到。他慢条斯理地拧上瓶盖,随意地将花露水拎在手指间慢悠悠地转着,身子后仰,漂亮的喉结整个暴露在灯光下。

"看完了吗?怎么样?"

向嘉觉得林清和很奇怪,他现在好像没那么排斥他们之间的肌肤碰触了。他变主动了,但也没有完全主动,他好像愿意碰她,但不想让她碰他,不知道是不是错觉。

"那份糖醋排骨谁做的?"向嘉若有所思,顺势把手搭在他的膝盖上,衣服下面的骨骼清晰。她的眼睛看着电脑屏幕,手指那么肆意搭着。

半天没听到声音,不到一分钟。

林清和拉起向嘉的手放回餐桌,拖着椅子坐到了对面。长腿踩在餐桌下面的横梁上,他懒洋洋地靠在椅子上,斜睨向嘉:"我奶奶。"

"倒的人是你的父母?"向嘉的手从他腿上坠落,她不动声色地磨了磨牙,语调平静,"为什么?"

确认了,他就是故意的。

"不健康。"林清和漫不经心地回答。

夜风徐徐,吹散了白天的燥热。

蝉歇息了，蛐蛐蹦进了门，想找个地方练练嗓子，看到两个人坐在院子里便掉头蹦出去了。

"觉得糖醋排骨都不健康怎么逼你吃羊排？"向嘉的手指有些痒，就是想搭点什么，但被林清和碰过的地方更痒。

"那是惩罚。"林清和倒是有问必答，他的视线从向嘉的侧脸上移开，看向澄净的星空。只有山里才有这种空旷感，他的语调散漫轻描淡写，"他们离婚的原因是我父亲出轨，我被判给了我妈。可我小时候爷爷奶奶带得比较多，我没忍住见了他们一面，他们带我去吃了羊排。"

向嘉已经知道是个什么样的故事了。

她甚至能想象出那个画面。

——"羊排很好吃吗？多好吃？你吃得很开心啊？"
——"为什么跟我恨的人那么开心地吃饭？"
——"那就吃吧，吃到吐，吃进医院，吃到你这辈子再也不敢吃。"
一段亲情关系里的PUA。

"我经历过差不多的事。"向嘉看着电脑屏幕上的画面，她滑动着鼠标，重新播放，"我第一次见我生父，他给我带了个小蛋糕。用廉价的塑料盒子装着的切块蛋糕，植物奶油点缀，花花绿绿，带一个粉色心形小叉子。我吃了一口，被我妈扇了一耳光。"

世界刹那寂静。

林清和一瞬间收起了所有的情绪，他的舌尖死死抵着嘴角，静静看向嘉。

向嘉的脸在电脑屏幕光下显得柔和，有一缕柔软头发被风吹动，撩拨着她白皙的肌肤。

"我有很长时间不敢吃蛋糕，在街上遇到蛋糕店，我都会下意识匆匆走过，我觉得很羞耻。"向嘉没跟人说过这些事，她笑了一声，看向林清和，"是蛋糕的错,还是我的错?都没有错,他们只是把对彼此的不满发泄到我身上。"

林清和的镜头告诉向嘉,他很热爱这个世界,不爱不会把世界拍得这么美。

他是很有才华的人,他原本会有更璀璨的未来,却被人有意毁掉了。

"再完美的理由也掩饰不了暴行的根本动机,摧毁,摧毁人格、摧毁尊严、摧毁一个心智尚未成熟少年人的全部思想,以打压为手段、以精神控制为最终目的的暴行。"

林清和注视着她。

"你不出生,那个男人就不会出轨了吗?没有你,你母亲就能保证自己一生顺遂、无忧无虑了吗?是她做出的选择,结婚、生育都是她选的没有人逼她。没能力为自己的选择负责,只能对年幼弱小的孩子施暴,欺软怕硬罢了。我妈也是,她恨我是个女孩,恨我没能让她嫁入豪门。有没有我,她都嫁不进豪门。空有美貌的蠢货,把希望寄托在别人身上的可怜寄生虫。

"这些事我也不是一开始就想通的,我花了很长时间,付出了很惨痛的代价,才想明白。毕竟,渴望亲情是人的本性。"

"你付出了什么?"林清和的声音有些哑,他的眼皮压出了一道很深的线。

"想听我的故事?"向嘉伸手到林清和面前,"大林叔,给我一颗糖。"

他们第二次见面时,向嘉肠胃炎发作。阿乌的奶奶脑子糊涂,让向嘉叫他大林叔,还把向嘉托付给他。

林清和稠密的睫毛一动,眼下萌翳变淡,他从裤兜里摸出糖盒,打开,倾身往向嘉的手心里倒了两颗薄荷硬糖。

"一颗就够了。"向嘉往嘴里塞了一颗,留了一颗给林清和,"这些事不值得两颗糖。"

林清和很深地看她,拿走了她手心里剩余的糖,填到了自己的嘴里。

风吹动合欢树沙沙作响,蛐蛐在门外叫了起来。

向嘉咬着硬糖,抬头看了看深蓝苍穹,山里的黑夜并不是纯粹的黑,天空其实是深蓝色。看不到尽头,那里浩瀚无垠。

"我大学的时候攒了一笔钱打算去英国读研,干我们这一行的人出国镀金很重要,只需要一年就能拿到硕士学位,回国我就能得到一份非常好的工作,可能会改变我的命运。我妈用亲情骗我回家,把我的钱全都刷走了,一分都没给我留。"向嘉笑了一声,极具讽刺,"三十万,我拼命赚到的三十万,填到了她的买房款里,成了她实现梦想的一块砖。"

林清和脸上没有任何表情,糖停在他的齿间。他产生了很强烈的情绪,他极少有这样激烈的反应。

就连姐姐去世,他也只是麻木。

他们怎么敢那么对她?怎么敢的?

"我让她在看守所待了十五天,如果我坚持,她可以判两年。"向嘉说,"可我的钱没了,我的机会错过就是错过了。我最终放过了她,签完和解协议,跟她签订了一份永远断绝关系的协议。走出门我买了一个八寸的蛋糕,坐在路边一个人吃完。我实现了蛋糕自由,我放过了自己。"

"不爱我拉倒,有的是人爱我。"向嘉看着林清和的脸,一双眼浸着笑,倒映着月光,"是吧?"

林清和咬碎了齿间的硬糖,嗓子一动咽下了糖:"谁?"

"我看上的人,他会爱我。"

向嘉的手机响了一声,她拿起来,看到是陈小山的短信,说他爸回来了。

向嘉放下腿站起来,说道:"我要去找陈叔谈事,回来再聊。"

向嘉快步跑上楼去拿材料。

林清和靠在椅子上,仰头看无尽苍穹,下颌与喉结拉出一条冷冽的线条,他眼底的阴鸷缓慢地漫了出来。

向嘉大概是拿到了资料关了门,他敛起情绪,拎起花露水装进裤兜,起身。

"你早点睡吧,我估计要很晚。"向嘉抱着刚打印的文件,拎起桌子上的电脑,收起了内存卡条。她脚上换了运动鞋,头发变成了规矩的马尾,匆匆往外面走,"不用等我。"

"院子里的灯要留吗?"林清和划开手机屏幕打开了手电筒。

"留着吧。"向嘉回头看了眼,觉得有灯才像家,"回来还能照一段路,你不用跟我去。"

林清和抬手把院子的灯给关了,瞬间周围漆黑一片。他举着手电筒给向嘉照路,拿走了向嘉抱着的电脑和文件,随意拎在手里。

"这份项目资料是我做的,嘉小鱼,我在这里一年多,你觉得带我好谈事,还是不带好谈?"

行,带你。

向嘉因为嘉小鱼这个称呼快乐起来,她回头看在后面锁大门的林清和,他在夜色里挺拔高挑,很有安全感:"小鱼是我的小名。"

林清和把钥匙装进裤兜,举着手机照向嘉的脸,他在暗处望着她。

"小鱼代表的是什么鱼?"

"鲨鱼。"向嘉在他的手机手电筒的灯光下踏上台阶,往上面走。

"鲨鱼?你是海豚吧。"林清和步伐不快,不紧不慢地落后向嘉半步。

"漂亮?"向嘉回头,亮晶晶的眼睛看他,"智商高?"

海豚很好色。

"好好走路,看前面。"

"你喜欢什么样的女生?"向嘉走了一段路,呼吸就重了起来,"你有主动追过吗?"

林清和家境好，长得帅，学生时代应该是风云人物。

"没有。"

"没有主动追过，还是没有喜欢过女生？"

"你母亲叫什么？"林清和突然问，"是不是不在你的户口簿上？"

"不在，我在法律意义上跟她没关系，你问这个干什么？"

"你希望她能得到什么样的报应？"

"怎么，要帮我报仇吗？"向嘉笑得眼睛弯着，扭头看林清和，觉得林清和特别可爱，"少爷要怎么帮我报仇？"

林清和的喉结滚了下，觉得空气炽热，他抬起指尖推了下她的头，让她转过去走路。

"随便聊聊。"

"我希望她人生顺遂，无病无灾，永远不缺钱，不来找我麻烦。"向嘉很现实，她只追求对自己有利的，"吃完那个蛋糕我就放下了，给他们一个眼神就是我的不是。我从不花心思在不在意的人身上，我的时间宝贵，每分钟都是钱，我不能把时间浪费在这种无聊的事上。"

"你——父亲呢？"

"同样，我跟他还有一些法律上的赡养关系。我希望他六十岁就死了，死得干脆一点，别来找我要赡养费。"

"行。"

"行什么行？不要想这个事，都过去了。"向嘉笑着踏上最后一级台阶，街上店铺关了大半，主街寂寥，"你父母他们还好吗？他们现在还有钱吗？"

"也许还有钱吧，我不关注这些。"林清和避重就轻，"十年前还发生了一件事。"

"什么？"

林清和看了眼向嘉毛茸茸的脑袋，语调淡淡："我姐自杀了，死在我家的浴缸里。"

213

向嘉停住脚步，彻底转过身面对林清和。

林清和也停住了脚步，路灯很亮，他垂下握手机的手，语调平淡："其实我是有机会救她的，我早发现她的不对劲，可我没有救，我看着她走向了死亡。"

向嘉突然往前一步，拉住了他的手。

世界寂静。

林清和缓缓抬眼，注视着面前清冷漂亮的女人。

他听到了她的呼吸，有一点急促。

夜晚的风在游动，穿过街道，抚摸过树木鲜嫩的枝丫落到了他们身上，卷起了向嘉柔软的发尾，掀起了林清和的衬衣衣摆。

向嘉的手小，握不住他整只手，她把手指挤进了他的指缝，跟他手指交扣。他们的手指握在一起，她紧紧拉着林清和。

肌肤相贴，炽热滚烫。

"干什么？"林清和听到自己从嗓子深处溢出的回答，"嗯？"

不是演戏，向嘉也没有喝酒。

昨晚的醉酒应该不会延续到今天吧？牵他的手干什么？

"我认识的林清和善良、讲义气，有才华，有能力，热爱环境，热爱小动物，热爱这个世界。你拍的视频太厉害了，你知道吗？我接触到的顶级摄影师都不如你。你会弹吉他、会唱歌才华横溢，我之前去你的酒吧找你还钱，其实不是为了要钱，我是被你吸引了。"向嘉以为他要抽手，立刻把另一只手也覆上去了，包住林清和的手背，"林清和是我见过的最优秀的男人。"

林清和听到自己的心跳，他的目光变得很沉很沉，嗓音微微潮哑："是吗？你这么看我？"

对他评价这么高？是真话还是为了哄他？

向嘉心中那种奇怪感放大了,林清和今天一整天态度都很怪,他很不对劲。

早上给她买金钗,中午给她拍视频,晚上跟她聊过去、聊他的不为人知,很温柔地碰触她,却不让她碰他。

如今他说到他姐的割腕自杀,向嘉那种不安感放大到了极致。

林清和是不是在做什么道别仪式?

他不会把他姐的死因揽到自己身上吧?他讲他被母亲折磨那段的叙述逻辑是把母亲的动机摆在前面,他潜意识里给母亲找了一个完美的理由,给对方的暴行合理化。

他有自厌情绪,他认为自己遭遇的一切都是应该遭受的?

他剪头发是想重新开始,还是不想活了?

"林清和,"向嘉看着他的眼,"你要不要做我的男朋友?"

"做我的男朋友,你就是我的人。"向嘉看到他眼底的迟疑,游说他,"我护着你,林清和,将来哪怕是天塌下来,我给你撑着。"

夜风荡过黑夜,落到了寂静的街上。

镇口有人家养着狗,狗吠在深夜里遥遥传来。屋顶上的猫在打架,打得瓦片翻飞,随着主人家的一声吼,野猫翻下屋檐落荒而逃。

"不做。"林清和的喉结一滚,暗沉沉的黑眸从她身上强行移开。

他抽出了手,往向嘉身后走:"陈叔。"

向嘉猛地回头,看到陈建忠拎着公文包、拿着手电筒站在他家门口。

"你们两个在门口干什么?都到门口了不进家里?"陈建忠拿手电筒一晃,随即照着地上的路,"进来吧。"

林清和先一步进了门。

向嘉看着他的背影,拧了拧眉。

这人怎么油盐不进?

他这个回答是认真的,如果不认真他就答应了,他只有认真的时候才会拒绝。

为什么要拒绝她？非死不可吗？

陈小山的妈妈给他们送来凉茶和点心后就回去看电视了。陈小山还想听八卦，被陈建忠瞪了一眼，他灰溜溜地贴墙边走了。

向嘉把文件全部拿给陈建忠看，尽可能简化地讲解了一遍她的计划。

对于江边房子的租赁计划，陈建忠抽了一支烟后同意了。

"我的目的并不是占用房屋，如果家里有愿意做生意的，有这方面能力愿意接受统一管理的，我会提供装修。统一发展，是带大家一起发展，我希望我们这里的人也能参与进来，按照股份分配制度。"

向嘉也是农村长大的，她很清楚农村这边为地皮吵架有多麻烦，所以她没打算在这方面出面。

"陈叔，这方面可能需要您去谈。每一家的想法都不一样，要做整体的规划统一起来需要有权威的当地人才能做成。而且，并不是所有人都愿意看到这地方发展起来。"

"我知道，这个我会去挨家挨户地谈。"陈建忠从他的公文包里取出一份红头文件递给向嘉，"政策下来了，目前在招商阶段，你尽快把公司材料全部拿给我，我拿到县里审批。对了，还有一件事，审批前期你的公司账户里要有一定的金额，可能有个验资过程。"

"这么快吗？"向嘉脑子转得飞快，"大概多少钱能过？"

"有个五六百万就行，不用太多，你本身有影响力就有信誉值，跟别的公司不一样。这钱主要是走流程，你这个毕竟是新注册的公司。我知道你说话算话，但上面不知道。"陈建忠翻着向嘉的资料，"县里旅游宣传处想找你吃饭，你看最近什么时候有时间？过去碰个面？"

"行啊，您安排，我随时可以。"向嘉还在想陈建忠提的那句五六百万，陈建忠大概是没想到，她只有两百万。

项目审批通过才能拿到贷款额。

他们谈到凌晨一点半才结束。

回程的路上,向嘉很安静,她也没心思想其他的。她在想怎么样凑剩下的钱,还有什么可以卖?

借钱吗?不能借贷款,贷款会上征信,这个验资过不了。

五百万不算多,这么大一个项目,正常启动资金绝对在千万以上。向嘉确实占了自身影响力的便宜,她大小是个网红,还给当地拉来了另一个大网红。

深夜连蛐蛐都不叫了,夜色如霜铺满整个院子。

向嘉和林清和一前一后进了院子,彼此沉默着上楼。

"你能筹到钱吗?"林清和突然问。

向嘉停住脚步,抱着文件,往后靠在栏杆上,思索了一会儿说道:"秦朗想跟我谈庭下和解,他那个可以定性为诽谤罪。他对我造成了很重大的损失,公开污蔑判刑的概率很高。秦家高门大户,不会甘心让他背上污点,估计会拿钱来砸我。"

林清和长眉紧蹙。

"我再憋两天,我装作态度特别坚决必须要他坐牢,他们家肯定会加码。"向嘉的手指一下一下地敲着笔记本电脑,"这个罪可轻可重,看他们愿意出多少钱买秦朗无犯罪史。"

林清和盯着向嘉足足有一分钟,才推开了自己的房门,声音沉了下去没好气道:"你也不怕被抓进去。"

"我又不是敲诈,正常弥补我的损失而已,我损失那么大,我要点钱怎么了?"向嘉想到这个就心痛,如果当初的钱没有拿来做投资,她去买房子,现在也能赚一笔。

"你愿意放过他?你甘心?拿钱和解,你的名声可就洗不白了。"林清和若有所思,提醒她,"你现在洗得差不多了,快要清白上岸了。"

"也还好,最多说我见钱眼开,可这就是事实。"向嘉对此不是很在意,"这不算特别大的黑料,我能接受,我就爱钱,谁不爱钱?标榜不爱钱的都虚伪。"

林清和沉着脸靠在门口,他房间没有开灯,身后一片漆黑。

月光斜过山坡照亮了整个院子,星空疏朗。

"还有个办法,我签个经纪公司,先给我拿五百万。大把公司抢着给我送钱,可不到万不得已,我不想走到这一步,我不喜欢被人管。"向嘉虽然也能借到钱,但她不能随便找人借,如今正是拉人过来的时候,穷得太明显会吓退一些人。

她可以没钱,但不能没有筹钱的门路。

"最好是现在给我来个天使投资人,直接天使轮。"向嘉被自己逗笑了,乐了半天,"别担心,我有筹钱的门路。你要相信向总无所不能,睡觉去吧。别想那些乱七八糟的事,不该你操心,别又失眠了。"

林清和没笑也没说话,沉黑的眼睛注视她一会儿,才走进了房间。

"开灯,那么黑你能看清吗?"向嘉走出两步,又回来提醒林清和,"把灯打开,洗个热水澡睡一觉。什么事都别想,不答应我,你也不用内疚。来日方长,别因为我有压力。"

"自恋。"林清和打开了灯,房间大亮,照亮了半截走廊。

向嘉往后一仰,灿烂的笑脸落到林清和房间的灯光下。

"你知道自恋是什么意思吗?林清和,自恋就是你不跟我恋爱,我只能自己安慰自己。"

林清和手指搭在衬衣扣子上,缓缓扭头睥睨她。

她理解能力满分!

"不爱我没关系,我等你,晚安!"向嘉挥挥手,直起身走了。

林清和缓慢地磨牙。

向嘉那是想谈恋爱吗?她只是图他身子。

林清和迈着长腿走过去,关上门反锁,重新解衬衣扣子。

让她想着吧。

第六章·
坠入春夜

向嘉晚上睡得不是太好,各种事堆着,她有点焦虑。闹钟都没闹醒她,阿乌回来她才彻底清醒。

恍惚了一下,向嘉看到时间是早上九点半,立刻从床上弹起来,飞奔出门。

阿乌在扫院子,哗哗作响,看到向嘉,她立刻笑得一脸灿烂:"姐,你醒了?"

"回来了?奶奶怎么样?"

"挺好的。"阿乌指了指屋檐的位置,"都开始做绣品了,今天有活让我做吗?要我做什么?"

"把一楼西边的房间收拾出来,我做个临时接待处。"向嘉说,"陈小山一会儿可能会送简历过来,你收一下。我得去县城交注册资料,中午不回来吃饭。"

"好,我知道了。"

"你江边的房子签了,黑白熊猫给你装。但暂时对外保密,人家拥有阿乌客栈的独家拍摄权,我们就不用再去拍了。"

向嘉洗完澡出来,阿乌兴奋得脸通红,拿着手机给向嘉看上面的页面:"这个黑白熊猫吗?"

"对。"向嘉擦着头发,看林清和的房门紧闭,"林老板暂时住这间房,他中午也不回来吃饭了,他跟我一起出去办事。"

"林哥吗?林哥去市里了。"

向嘉脚步停顿："什么？"

"早上我回来的时候正好撞到林哥出门。"阿乌早上就知道了林清和住在这里，"我把林哥送到了县城车站，他说要去市里办事。"

向嘉深吸一口气，这位被她的告白吓跑了？

操之过急了。

"林哥是不是没跟你说？"阿乌看向嘉脸色不对，试探着说，"要不，我跟林哥打个电话？"

虽然向嘉和林清和都没提，但阿乌觉得他们两个之间应该有点事。

这也很合理，他们都长得很好看。又都来自大城市，读过大学，思维和眼界同步，天生一对。

"我本来想让他给我开车，他去市里就算了。"

"我也可以开。"阿乌说，"我驾龄有很多年了。"

"不用，你在家看着。如果有陌生人来镇子，你观察一下是干什么的，你的岗位很重要。对了，你跟我干，我给你开工资，等我回来跟你签合同。你和陈小山一样，一个月五千，后期你肯定比他涨工资更快，你能干。"向嘉想让阿乌多陪陪奶奶。

"不要钱！不要！"阿乌激烈地拒绝，"你真不用给我开工资，给装修房子就够了，我愿意给你干活！"

"一码归一码，朋友是朋友的相处模式，开公司有开公司的规矩。给我做事得受我管，做错事不管是谁我都会处罚。不发工资，我怎么管理？"向嘉摸了摸阿乌的头，"家里就交给你了。"

向嘉准备招很多本地人，她得提前定规矩。

阿乌责任心很强，执行力也强，做事风风火火，向嘉打算好好培养她来给自己管事。

吃完早餐，向嘉开车直奔县城，全部办完已经中午了。向嘉有些饿，但没什么胃口,她心情不太好。

林清和的不辞而别让她不舒服。

她知道该跟林清和发一条消息,问他在什么地方、在干什么。但她不知道该怎么发,她没有过告白被拒的经验。

实在太离谱了,她人生中唯一一次告白,对方却拒绝了她。

并且不辞而别。

跑路了。

他们昨天确实聊了很多,该聊的不该聊的都聊了。

交浅忌言深,这么通俗的道理向嘉居然忘记了,她应付别人游刃有余,在林清和面前底线全没。

向嘉买了份简餐,在车上一边吃一边打电话联系各个品牌的材料方,忙起来就能暂时忘记林清和的事。

林清和不至于被亲一下就自杀,昨晚他的倾诉被打断,他应该一时半会儿不想死吧。最多是跑路,不愿意跟她在一起就换个地方。

林清和什么东西都没有,他自由如风,随时随地换地方。就像他在国外那些年,高兴了工作,不高兴了就流浪。

晚上再跟他发消息,挽留一下他。

下午两点,陈建忠给向嘉打电话,说饭局安排好了,今晚七点半。

全是县里管旅游的人,向嘉这一趟必须得去。

向嘉愉快地答应了陈建忠,挂断电话,按了按太阳穴。前天的醉酒刚缓过来,这个局肯定要喝酒,喝少了估计都不行。

她靠了很长时间,拿起手机发短信给林清和:阿苏跟阿酥在一起了,一天阿酥吃饭的时候撒娇道:苏苏苏苏苏苏喂酥酥。

林清和的消息秒回:忙完了?

向嘉立刻坐起来,活动了一下肩颈和手腕,全部整理好,她清了清嗓子才重新打字：你几点回来？

发送成功。

林清和：刚坐上飞机，还没飞呢。差不多两个小时到相城，再坐车到溧县，晚上七八点能到家，有事？要带什么吗？

在飞机上？他去哪里了？

向嘉：我去相城机场接你。

林清和：嗯？

林清和把电话打了过来，向嘉深呼吸平复心情后接通："林老板？"

不要表现得多惊喜。

"不用接，我坐大巴回去。"林清和声音里有着疲惫，尾调微微沙哑，"你忙你的。"

"我有事找你。"

"什么事？"

"你会喝酒吗？"向嘉脑筋转得飞快，"晚上有个饭局，县里的人，这种局不喝酒是不可能的，你知道吧？可我真不想喝酒，我再喝酒就可以去ICU了。而且我喝酒了会耍酒疯耽误事，你过来帮我拦拦。"

林清和沉默了一会儿，说道："那你开车注意安全，慢一点，别太急。"

"好。"向嘉听到他那边有飞机广播通知乘客关闭通信信号，"要飞了吗？"

"嗯。"

林清和的声音很低，呼吸似乎通过手机落到了向嘉的耳边，像是他就在耳边。

向嘉看着空气里的浮尘在阳光下飘动，缓慢地沉落。

"我等你。"她说，"再见。"

林清和似乎笑了一声，说："好。"

223

挂断电话，向嘉彻底放松下来，身子往后仰躺在椅背上，手指敲了下操作台。

她快乐了。

向嘉下车买了一罐简装咖啡和一盒草莓味的硬糖，走到门口又折回去，买了一盒甜牛奶。

她把咖啡喝完，又吃了一颗糖，甜牛奶被放在副驾驶的座位上，开车直奔通往相城的高速。

从溧县到相城要两个小时的车程，向嘉开得很快，一个小时五十分钟就到了。她停好车，拎着甜牛奶，走到了接机口，她极少非公事没目的地接人，也没什么人值得她接。

但今天她开了两个小时的车，来接林清和了。

相城机场不大，出口只有一个，不管他从哪里起飞，都要在这里降落，从统一出口出来。

向嘉等了二十分钟，看到了林清和。林清和穿着白色长袖宽松运动外套，同样的白色休闲裤，戴着黑色渔夫帽，帽檐压得很低遮住眉眼。他垂着头走路，隐隐能看到耳朵里塞着白色无线耳机，肩膀上斜挎着一个黑色背包，透着一股子生人勿近的冷淡劲儿。

他身高腿长，走在人群中帅哥气场特别强烈。有几个女生扭头看他，偷偷拿手机拍摄。

可能误以为他是什么明星。

原来他独自一人时在外面这么拉风？

向嘉并没有出声喊他，而是拿起手机发了一条短信：抬头。

林清和的手机响起了海豚叫声，他给向嘉设置的新铃声。他骨节修长分明的手指握着手机一转划开屏幕，停住脚步，抬头搜寻。

出口处，向嘉穿着简单的T恤、短裤，马尾高高扎着露出一截白皙修长的脖颈，她戴着口罩，手里拎着车钥匙，一副出门遛弯顺便接他的样子。

出口处落地大厅的玻璃，有阳光穿透进来，铺了一半。光打在向嘉的身上，她没扎起来的细碎头发被映成了淡黄色，毛茸茸的柔软。

"你好，帅哥，你有女朋友吗？"刚才偷拍他的女生终于鼓起勇气上前，举着手机问他，"能不能加个微信？"

林清和指了指出口处的向嘉，没明说，但意思很明确：有女朋友，在那里。

"哦哦哦，好的好的，对不起，打扰了。"女生回头看了眼，出口处只站了一个很漂亮的女生，虽然戴着口罩，但美女氛围不是戴口罩就能遮住的，她连忙退开。

林清和拒绝过很多人，什么理由都用过，但他是第一次用这种理由拒绝人。

有对象，有主了。

有人在等他。

林清和拨弄了一下耳机，摘掉一个慢悠悠地在手里转了一圈，才装进裤兜，他迈着长腿往向嘉那里走。

嘈杂的机场在此刻静了下来，他自动屏蔽了噪音。

只是看着向嘉，他走到向嘉面前停住脚步，卸下了单肩包，去拿包里的东西。

"你用的什么耳机？"向嘉以为他要把背包给自己，伸手过去，试图帮他拿背包。

"AirPods。"林清和摘掉另一只耳朵上的耳机，放到了向嘉的手心，刻意压低了视线，问她，"走吗？"

"无线耳机呀。"向嘉把玩着带了他体温的耳机，耳机还是热的，她顺手牵羊装进了自己的口袋，隔着一道栏杆跟林清和并排往出口走，"无线耳机影响爱情运，少戴。"

林清和单手插兜，睨视她。两个人走完围栏便彻底走到了一起，向嘉晃

225

到了他身边,她腿短还要装深沉,放慢速度走路的时候林清和都快粘地上了,步子尽可能地慢,若有所思道:"为什么?"

"没有音源线啊。"向嘉转头笑着看林清和的眼,"没有,姻缘线。"

林清和的表情成功取悦了向嘉,她乐了半天,直到林清和的手落到她的后颈,他骨节分明的手贴着她的皮肤。

机场大厅开着空调,冷风呼呼地吹,有一点凉。

林清和的手指也是凉的,但贴上那一刻渐渐升温。

向嘉停住了笑,歪了下头,往他的手心里靠,贴着他宽大的掌心,心脏一动,她开口道:"你想要姻缘线吗?林老板。"

她眼睫毛带着光辉,眼睛弯成了月牙,笑眼深处却是生机勃勃的侵略性。

她像只大型猫科动物,懒洋洋的,看起来人畜无害,实际上一直在等待时机,一旦他放松警惕,她马上就会跳起来给他致命的一击。

"你的烂笑话真是,烂得够可以!"林清和的指尖在她的后颈上短暂停留,想揉一把她的头发,但他忍住了。他克制地把欲望压抑在内心深处,面上丝毫不显,若无其事地收回手,单手插兜,手指很轻地摩擦着裤子布料,压下那股子躁。

他把背包背回肩膀,垂眼的时候,喉结滚了下,才淡淡地开口:"车停在什么地方?"

"停车场A区。"向嘉觉得后颈似乎有团火燃烧起来了,一路蔓延到了嗓子,她把车钥匙递给林清和,"回程你开吧,我还有些工作没做完,你开车我就可以放心做了。"

"我有备用车钥匙,在包里。"林清和没接向嘉的车钥匙,问道,"公司注册好了?"

"资料交完了,等待审批,应该没什么问题。"向嘉很想挽林清和的手臂,又怕把他吓跑了,只好快步往前走,"到车上再说吧,晚上的饭局别赶不上了。"

她没问林清和去哪里了,为什么走。

他回来就好。

"对了,牛奶给你。"向嘉把用塑料袋装着的甜牛奶递给林清和,"喝口牛奶上战场,今晚要辛苦你了。"

林清和看了眼牛奶盒子,本地的一个小众品牌,准确来说不是牛奶,只是甜味乳制品。

他接过去拿出牛奶后,把袋子丢进了垃圾桶,在大庭广众之下插上牛奶喝了一口,才慢悠悠道:"两块五的牛奶打发我?"

"明天还有个礼物。"向嘉拿出手机查看购物软件上的物流信息,显示物流到了相城,递给林清和看,"给你牛奶只是我心疼你的胃。"

幸好林清和没走,不然这枚三万块的戒指她还要退。

"不差吧?男戒里的天花板。"

林清和看清了购物页面,某奢侈品牌的婚戒铂金镶钻男款。

给男人送钻戒,她真是想得出来。

向嘉追人毫无底线。

林清和上车的时候,喝完了牛奶,他坐到了主驾,开车离开了机场停车场。

"对戒指不满意吗?"向嘉上车后摘掉口罩,拿起电脑放到腿上,才问出口。

林清和看到那个戒指页面并没有表现得多高兴,连一句评价都没有,表情平淡。

三万块砸水里还有点响,砸林清和身上仿佛落进了深渊。

"没有。"林清和单手握着方向盘,另一只手去摸糖盒。

向嘉打开糖盒,将糖倒到他的手里,说道:"你最近也在戒烟吗?"

林清和身上没有烟味,非常干净。

"没有。"林清和把糖含到了唇上,停顿片刻,才勾进了嘴里,抿掉唇上的糖粉。

227

"你只会说没有吗？"向嘉也吃了一颗糖，草莓味在车厢内散开，她支着头看电脑屏幕，"不喜欢的话可以调换，你想要什么样的，我重新下单。送你礼物是想让你开心，你要不开心，那礼物送得毫无意义。"

"挺喜欢的。"林清和咬糖咬得很重，"只是觉得很奇怪。"

"哪里奇怪？"

林清和把车开上了高架桥，看了向嘉一眼："我没见过哪个女人给男人送戒指，还送戴无名指上的戒指。"

"那非得男人给女人送才正常吗？"

向嘉划着鼠标看唐安发来的计划表，翘起嘴角，原来他纠结这个？

"你以前不花女人的钱吗？"

"不花。"林清和把另一只手也搭到了方向盘上，他的手指瘦长干净，除了那一串佛珠再没有戴饰品。

向嘉看了看他的手："你不是被富婆包养过？你不花女人的钱？"

林清和把糖抵到了齿间，沉默一会儿，说道："不是。"

"什么？"

"不是包养。"林清和的指尖摩挲着皮质的方向盘，咽下了一块糖，"和秦朗那个差不多，我一开始以为你也是那种人。我确实提防过你，毕竟你第一次见我就要花钱买我。"

向嘉含着那块糖，迷蒙了半天，才"啊？"了一声。

"啊什么啊？你有照过镜子看你的眼神吗？"林清和往后靠了些，睨视她，慢条斯理道，"满眼写着：不怀好意，色欲熏心。"

"她在网上看到我的信息，威逼利诱不成就砸了我的店。我不想得罪她，县城的中城建设的老板跟她有私交。上次回上海也是，她拿这边威胁我，逼我去见她。"林清和挑着把事情讲了一遍，"当时溧县的情况很差，我不想因为我的个人原因让这边雪上加霜。你那天晚来五分钟，我就上网曝光她，鱼死网破。"

向嘉眨眨眼。

"就这么回事，没有前女友，也没有富婆。我确实不愿意出镜，不想招惹是非。"林清和点了下方向盘，"我没有花过与我没有血缘关系的女人的钱。"

向嘉自动补充了他没说的部分，他跟她回来的效果是一样的。向嘉在网上撕得热火朝天，暴躁的脾气加上护短的性格，确实很"可怕"。

那个人真的找上门，向嘉肯定会让她死得很难看。

林清和跟向嘉回来也是最佳选择。

"真的？"

"假的。"林清和不愿意说了。

"那你今天去哪里了？"向嘉终于是问出口了。

"上海。"林清和把最后一块糖咽下去，"回去处理一点财产，以后就不再回去了。"

"你还有财产？"向嘉很是意外。

林清和轻飘飘地看向嘉："我爷爷奶奶那边的东西，之前一直放着没处理，最近被催了几次，回去办了手续。"

"房子？"

"嗯。"

"上海有房，"向嘉笑着说，"有钱人。"

"现在没了。"林清和说，"办完继承手续，转手卖了。"

向嘉愣了几秒，笑出声："这么潇洒？房子再放放说不定能升值，卖得更多。"

林清和是真不看重物质。

"又不回去住，留着也没用。"林清和停顿了一下，问道，"你觉得遗憾？你想要？"

"不不不，我对别人的房子没兴趣。"向嘉看着手机里的戒指，又想退了,"你要是觉得不舒服的话,我把戒指退了。"

上海随便一套房都是大几百万,林清和比向嘉有钱。

"你不想送我了?"林清和挑了下眉。

"不是,你不是觉得奇怪吗?"向嘉继续看向电脑,"你以前没有收过女人的东西。"

"奇怪跟不要是一个意思吗?"

向嘉失语。

"卖房款一共一千万,我粗略算了下江边那个度假区要完全建起来,前期投资至少得两千万。我出一千万,剩余的部分你来筹。我不管事,不参与经营权,你负责经营管理,股份你看着分。"

向嘉的手指还放在电脑上,她的大脑此刻一片空白。

一千万现金,林清和有一千万,全部投给了她。

"我昨天的话没说完,我姐死的时候我就在隔壁的阳台,我听到她房间里有水漫出来的声音,可我没有走过去。我曾经一直认为死亡是解脱。我妈是个控制欲很强的完美主义者,从小到大我和我姐不允许有自己的想法,做错一点事就会受到严厉的惩罚。我们必须样样优秀拔尖,成为万众瞩目的天之骄子。我们要听她的话,按照她希望的方向发展,不能有一点出格,不然她就发疯。她跟我爸离婚后,这种控制欲达到了巅峰,她无所不用其极。

"我姐比我大六岁,她从小到大都在我妈的安排控制下生活,大到读书、选专业、交朋友、谈恋爱、工作,小到衣食住行、个人喜好,全都在我妈的控制下。她唯一一次抗争是婚姻,可失败了。"

黑色 SUV 飞驰在公路上,阳光穿过车窗落到了林清和身上,他语调平淡:"我妈用尽手段逼她放弃那个男人,那个男人后来出意外去世了。她在婚礼的前一天自杀,如果不死,她就要跟我妈安排的对象过一辈子。她撑到婚礼前一天再也撑不下去了,她结束生命,得到了她想要的自由。"

林清和很平静地把车开上了高速，说道："我姐的骨灰盒是我抱进墓园的，我妈哭累了，开始骂我。她质问我，为什么死的不是我。"

向嘉看着林清和完美的侧脸，他们朝西行，下午的阳光落在他的侧脸上，他高挺的鼻梁上映出一道冷漠的光。

清冷，淡漠。

林清和忽然转头看向嘉，笑了起来。

毫无戒备的笑，纯粹干净没有任何杂质，如同冰雪初融，空旷清冽。

"埋葬了我姐，我跑了。一直跑到现在，以后也不会再回去。我是有抑郁症，在我姐死之前我就自杀过。可我不够坚决，我有求生欲，每次割完后又拿纱布包回去。"林清和看着前方的路，修长的手指抬起来半天才轻轻地放到了方向盘上。

"你把手给我。"向嘉伸手过去。

"真的要？"林清和看了向嘉一眼，长睫毛下的眸子黑得深沉，"想好了，握住可不能松了——"

向嘉倾身过去，手心覆在他的手背上。她道："知道了，我不松。"

"你最好做到，我的脾气没你看上去那么好。"林清和依旧没有松开方向盘去碰她的手，她的手心炽热贴着他的手背。

烧得他嗓子都有些疼。

"你发脾气是什么样？割别人吗？"向嘉松开了他的手背，他开着车呢，不安全，"你跟人打过架吗？"

"打过。"林清和轻描淡写道，"我没看上去那么温和。"

向嘉不太信他会打架，他凶起来什么样？他明明温柔到了骨子里。

他是个温柔的人啊！

"林清和，"向嘉靠回座位，望了他一会儿才说道，"你只有这一千万了，说不定这是你爷爷留给你的老婆本。都给了我，你以后怎么娶老婆？"

阳光落到林清和的睫毛尖上，他的睫毛成了金色。

"不娶。"林清和语调散漫,"没钱,光棍一个,爱跟不跟。"

"你这个态度只会吸引渣女,让人只图你的脸。"向嘉合上了电脑,想跟林清和聊会儿天,"你在外面太危险了,林清和,这样吧。"

"什么?"

向嘉坐起来整了下衣服,面对林清和:"你跟我在一起吧,我不渣你,我也不会不负责任。你把钱交给我,我把人给你,我们两个完成了完美的闭环。谁也不怕谁跑,跑了都是鸡飞蛋打,怎么样?"

"结婚吗?"林清和若无其事地一点方向盘,"直接领证?"

刹那,世界一片寂静。

"不至于吧。"向嘉倒吸一口凉气,万万没想到人生还有这条路可以走,"不至于不至于,真不至于!"

结婚吗?也太疯了,这是什么疯狂的建议?

她的人生计划里没有婚姻,她根本不可能结婚。

"你不是不婚主义者吗?"向嘉反应极快,想到他之前的话,揪住他的把柄反击,"你不是完全不想结婚的吗?怎么会想到结婚?你想结婚了?"

"知道还问?"林清和的睫毛动了下,不动声色地缓慢呼出一口气。他保持着轻松闲散的状态,语调扬了下,是质问的语调,"不婚主义者哪里来的老婆本?"

向嘉哑然。

"不用去撤诉,秦朗那边就将他告到底,让他付出代价。你没有做过的事,必须得还你清白。"林清和看着前方的路,腾出一只手指了指后面的背包,说道,"向嘉,我信你能把桐镇的景区做成,你有这个能力。天使投资,我投钱你做事,我只需要你事业成功。去我包里拿吧,那张建行卡,里面有一千万整。"

林清和给向嘉投资了一千万,没有附加条件,给钱的方式简单粗暴。

向嘉第一次遇到这样的人，她十几岁就出来混社会，什么人都见过，唯独没见过林清和这样的。

林清和这一千万让向嘉收起了试探的手，她和林清和要的是同一样东西吗？

林清和很纯粹，而向嘉一身世俗。

将来他们会走到哪一步？林清和说结婚的时候是不是真的想过结婚？

向嘉的项目要启动，忙得飞起。林清和这一千万，她不舍得让他赔。

索性先把林清和往后推，她捏着林清和的一千万，林清和一时半会儿跑不了，她得重新考虑他们的关系。

得用更认真的方式对待林清和，不管是继续还是到此结束。

向嘉在县里东奔西跑了几天，基本上确定了两件事——县里要大搞旅游，县里想培养她。

溧县农业、制造业都不行，著名贫困县，如今还没脱贫。唯一丰富的是旅游资源，县里这回破釜沉舟大搞旅游，想把资源全集中到旅游发展上，致力于让县里的人尽快脱贫，给的政策非常优惠。

向嘉是带着流量和钱回来的，又给当地投资了一个镇。有了这个条件，县里帮她做了不少前期工作。

她一个学服装设计的跑来开度假村，每天看建筑设计图纸，跟镇上的村民撕扯地皮，简直是不可思议，向嘉咬着牙赌这一口气，非要把这件事干成。

她整整忙了半个月，镇上临江的房子她买下了一半，另一半长租。

除了三户狮子大开口要数百万赔偿谈不妥，其他的进行得还算顺利。

那三户人家让陈建忠气得直跳脚，可人家不愿意谁也没办法。撕扯了大半个月，没有结果，向嘉先把这三家晾着了。

向嘉拿着项目规划去县里审批，县里大手一挥把桐镇这一段江岸景观开发权也给了她。县里有魄力，只要她敢做能把当地宣传出去就给人给资源。

进入 7 月下旬，溧县下了一场雨，温度骤降。向嘉去县里开了个会，贷款政策下来了，比她想象中更优惠，这件事基本上成了。

结束会议是下午四点，她被当地旅游局的人拉着聊了半个小时规划，对方热衷于互联网，对向嘉充满了期待，一心打听向嘉的新作品什么时候发布，她给向嘉出个配套宣传。

向嘉头皮发麻，她现在还不知道第一个片子的文案在什么地方。林清和拍景确实有东西，但他不会拍人。既然县里想宣传她，主角必须是她，她得出镜。

再找个摄影师拍人？可林清和的个人风格太强烈了，一般人融不进去。

向嘉不舍得放弃林清和的素材。

结束谈话接近五点了，向嘉去县城的菜鸟驿站取了自己的包裹。贵重的物品送不到镇上，向嘉一直没来取。

一方面是忙，另一方面，她有点不敢拿。

里面是男式戒指。

向嘉在外面拆掉了快递盒，只拿着戒指盒上车。

太阳冲散了乌云，金灿灿的阳光浸染了云层，红得如火。空气里弥漫着雨后泥土混着青草的清新味道，路边高大的树木绿得崭新。

向嘉的车都被染红了，她看了一会儿夕阳，才打开了快递盒。

一枚非常漂亮的铂金指环，上面镶着一颗不算小的钻石。钻石不是女款戒指那种凸起，男式戒指是凹进去的。

设计简单，低调奢华。

向嘉很喜欢这枚戒指，她能想象林清和戴上有多好看。林清和皮肤白，手指骨节又直又长，戴上这个肯定很有张力。

如果林清和戴着这个戒指摸她的后颈，向嘉觉得自己应该会立刻战栗。

可怎么送？

戒指在向嘉手指上转了一圈又一圈。

手机响了起来，向嘉把戒指装回去，放到储物盒深处，拿起手机，看到来电人是唐安。她揉了揉眉心，才接通电话："唐老师。"

"向嘉，我快到桐镇了，你打算怎么接待我？"

唐安一直没过来，他的设计团队先一步到了。离约定时间都快过了二十天了，他才姗姗到来，架子真大。

"今晚去我那里吃烧烤还有土鸡火锅，鸡肉已经炖上了。"向嘉降下车窗让凉风灌进来，看了眼夕阳。

天高江阔，云层浮动，向嘉的声音里保持着笑意，脸上没有任何表情："你的房子都租好了，离江边很近。阿乌在镇口等你，她会带你过去。我还在县城开会，晚上才能回去。"

"谢谢。"唐安说，"那我们晚上见了。"

"欢迎你来。"

挂断电话，向嘉打电话给阿乌，让她准备接待。唐安比计划中晚来了一段时间，无所谓，有林清和的一千万，他不来都行。

向嘉在县城看了个日落，驱车回家时已经很晚了。

下车就听到院子里很热闹，有磕磕绊绊的吉他声。向嘉把戒指盒装进随身携带的背包里，她今天穿的是两件式民族风长裙，没有口袋。

她拎着布包，顺着台阶往下走了一百米，歌声彻底清晰，有人在唱《姑娘》，听起来像是唐安在唱。吉他名曲，但他唱得不怎么好听。

院子大门开着，灯光照出很远。

那只叫"将军"的黑猫独自蹲在门口，晚上猫脸是一团黑，向嘉看不清它的脸，但能感受到它从里到外透露出来的绝望。

它不喜欢这么多人。

"你爸回来了吗？"向嘉弯腰摸它的脑袋。"将军"还是不喜欢她摸，歪头躲开。

向嘉磨了下牙，强行捞住它揉了一把。猫扯着嗓子叫得惨烈，一副被强迫的样子。这只猫虽然不喜欢被她摸，可从不伸爪子，也不咬人。

向嘉按住它的腰，朝着它屁股拍了两下。

"你逗它干什么？"微沉嗓音从身后响起，"将军"脚下一蹬狂窜出去。向嘉蹲在地上，仰起头，看到林清和拎着相机踏上最后一级台阶。

他穿着白色T恤和蓝色牛仔裤，身高腿长，身形挺拔禁欲。他戴着渔夫帽，冷冽的眉眼陷在阴影里，只有高挺鼻梁和薄唇露在外面。他冷肃的手腕上松松散散缠着相机的黑色带子，向嘉觉得这个宽带跟他的手腕很配。

"你拿相机干什么？下去拍东西了？"向嘉站起来，拍了拍手，"这么晚才回来？拍的什么？"

"东边的排水系统有一些争议，设计师在吵架，我去做个记录。"林清和掀了下帽檐，"想要全面记录，你得多找几个摄影师，全方位拍摄。后期剪出来有内容，也比较吸引人。"

"在找了，这两天都到了。"向嘉伸手过去，"给我看下。"

"里面在干什么？"林清和把相机递给向嘉，往门里看了眼，"这么吵。"

"开party，烧烤趴，唐安来了。"向嘉拿起相机查看拍摄记录，压低声音，"在这里弹吉他，班门弄斧。"

林清和走出两步，闻言回头，压低眉毛审视向嘉，向嘉今天穿着深底红绣线的两件套裙子。她最近太忙了，瘦了但也紧实了很多，身材有着明显的曲线。一抹窄腰一只手似乎都能握住，掐着的时候手感应该很好。

这人最近不撩他了，不知道是放弃了，还是被那一千万给吓住了。

幸好林清和只是给了一千万，要是多给一点，这位估计会连夜跑路。

她爱钱如命，但又怕钱要命。

"会开得怎么样？"林清和停住脚步，注视着她。向嘉今天化妆了，皮肤雪白，唇红得很诱人。头发编成了辫子，没戴头饰，但戴了很大的耳环。

随着她的走动，耳环碰到脖颈皮肤发出声响。

"贷款政策下来了，县里给了我名额，估计下个月贷款就下来了。"向嘉看到林清和拍摄的内容。画面里的双方吵得热火朝天就差对骂，现场非常火爆，陈建忠在劝架，但谁也不听。

真不知道面对这个场面，林清和是怎么做到在旁边连镜头都不抖一下，四平八稳地拍摄。不怕人家吵急眼了跳起来打他吗？林清和有泰山崩于前而面不改色的能力。

"最后谁赢了？打起来了吗？"向嘉往底下拉，跟在林清和身后进门。

"谁也没赢，估计一会儿他们就跟你打电话了，让你去做裁判。"

"你偏向谁的方案？"向嘉收起相机，进院子，看了眼院子中间。果然是唐安在唱歌，他穿着件花衬衣，自以为很帅地踩着椅子弹唱。旁边几个小姑娘给他喝彩，估计都是他团队的人。

"都不怎么样。"林清和评价，"他们没在大山里待过，规划设计都太理想化了，你明天去工地看看就知道了。"

"姐——向总。"阿乌端着菜出来，看到向嘉和林清和进门，立刻打招呼，"林哥。"

向嘉把相机放到厨房门口的架子上，看向林清和："你拍人还可以啊，脸都拍清了。"

"拍清和拍美是两回事。"林清和打开水龙头冲洗手臂，最近为了不晒黑他每天都涂很厚的防晒霜，弄得身上黏腻。

他以前在山里没被晒黑是因为整天昼伏夜出，睡眠颠倒不见太阳。如今陪向嘉跑工地，晚上过了十点就睡觉，白天顶着大太阳出门。

向嘉是个颜控，黑皮可不太讨人喜欢。

冰凉的山泉水冲刷着林清和的手臂，防晒霜的主要成分是油脂，粘在皮肤上，他拿起香皂涂抹手臂。

院子里属于向嘉的人跟她打招呼，随后才是唐安的人。早到的一批跟向嘉挥挥手，晚到的这些大多不熟悉向嘉，坐在原地犹豫着要不要打招呼。

"大家放开吃，缺什么叫小山去街上买。"向嘉把背包和相机放在一起，走过来洗手，伸手到林清和面前。

等他把香皂给自己，下一刻，她的手就被林清和包进了手心。

微凉湿滑，她的手整个陷进林清和的手心里了，他的手掌很大，手指很长。泡沫沾了她一手背，向嘉嗓子有些干，很滑很热。

"谢谢。"向嘉一本正经地跟他道谢，林清和很快松手，她揉着手上的泡沫，心脏却在狂跳。

林清和居然在撩她！

他们两个有身高差，向嘉一米六出头，林清和自报的一米八五，向嘉总觉得他实际身高更高一点。

这么一个人，抬手就把向嘉按住了。

向嘉又开始在心底叹气，他会让她压制吗？

向嘉怀着心思，洗完手，走到餐桌前。阿乌给她和林清和一人煮了一碗红烧牛肉米粉，向嘉中午没吃好，先拿起筷子吃米粉。

红烧牛肉偏甜，是她爱的口味。阿乌厨艺真好，可以加工资了。

唐安弹完了吉他，起身整理了一下衬衣，说道："很多年没弹了，有点生疏。向总，怎么样？"

不怎么样，林清和甩他十八条街。

"挺好。"向嘉招手叫林清和过来吃饭，说道，"你们的拍摄什么时候开始？"

"明天，给你带了两个摄影师过来。"

唐安一一介绍，向嘉跟对方握了手，继续坐回去吃米粉。

林清和在向嘉主场的局上话不多，他从桌子上找了两个干净的一次性杯子,倒了两杯凉茶,分给向嘉一杯。

"晚上喝两杯?"唐安审视向嘉身边的林清和,长得确实好看,但也只是好看,没什么用。

"我喝水你喝酒的两杯可以。"向嘉扬起纸杯,笑着说道,"我喝不了酒。"

"喝一点应该没事吧?"唐安坐到了对面,看向林清和,"你会喝酒吗?"

向嘉笑道:"他酒量一般,少喝点吧,对胃不好。"

林清和放开喝,能把唐安喝倒在这里。林清和的酒量太可怕了,向嘉让他陪了两天酒局后,县里那些人主动放弃了酒局,不愿意跟向嘉坐在一张酒桌上。

他胃里仿佛有个海,多少酒下去都没了踪影。

向嘉现在不怎么让他喝酒,喝酒伤身。

"男人哪有不喝酒的?"唐安给林清和递了一罐啤酒,"你是学什么的?之前开酒吧?现在做什么?"

"现在做我的合伙人,嘉和的两个老板,我和他。"向嘉在这里注册的公司叫嘉和,她取的名字。当时为了撩林清和,阴错阳差,成了公司两大合伙人的名字组合。

陈小山送来了烤串,向嘉挑了串烤蘑菇递给林清和。

唐安震惊了一会儿,意味深长道:"事业和爱情还是要分开,女孩子别太'恋爱脑',以免将来给别人做嫁衣。"

林清和修长的手指拎起啤酒罐,跟对面唐安碰了一下,说道:"谢谢建议。"

"恋爱脑"的是林清和吧?

认识一个多月,他把房子卖了给向嘉创业。

向嘉笑着端起茶杯喝完,说道:"爱情就要这样才带感,人不疯狂枉少年。来了,管他是洪水猛兽还是什么,我全盘接受。赢得起,也输得起。"

唐安三观重塑，震惊于向嘉的肆意与张扬。

这个爱情观。

唐安再次看向林清和，不知道这位哪来这么好的命，被向嘉看上。

林清和原本只是想喝一口啤酒，闻言他喝下了半罐。他不想吃米粉了，身子往后一倚，长手搭到了向嘉身后的椅子靠背上，拿起那串吃了一半的烤蘑菇，慢条斯理地吃着，挑起眼皮慢悠悠地审视对面的唐安。

唐安面色如猪肝，闷声喝着酒，半晌才开口："以后别后悔就好。"

林清和这个姿势犹如环抱着向嘉，向嘉心跳有点快，他身上有着很淡的薄荷甜香。最近他也在戒烟，向嘉已经很久没见他抽烟了。

向嘉过了戒烟的第一个阶段，基本上不怎么吃薄荷糖了。林清和吃得还挺多，他爱甜食，裤兜里永远有糖。

什么时候向嘉伸手，他都能把盒子摸出来给她。

"你很会弹吉他吧？"唐安又不怕死地挑衅，"唱歌怎么样？"

向嘉不知道林清和今天犯什么病，她一直不敢往后靠实，怕碰到林清和的手臂。

若是以前，她一定会马上靠到林清和的手臂上占尽便宜。一千万的分量还是太重了，起初有好感时不担心以后，那时候肆无忌惮，再深一点便会克制。

向嘉不明白爱是什么，但她最近一段时间体会到了想要碰触却缩回手是什么样的心情。

"还行。"林清和语调淡淡，吃完了蘑菇，他挑了一串鸡脆骨，慢悠悠地吃着。

指尖再往前一点，他就碰到向嘉的肩膀了。

侵略的念头一闪而过，被他克制地压进身体深处。

"那去弹一首？"唐安示意院子中间的吉他，"来给大家助助兴。"

林清和表情未变，缓慢地咬着鸡脆骨发出"咯吱"的声音，冷淡的眼神由上至下地打量唐安。他没起身的打算，依旧是懒洋洋靠着的姿态，表情都没有变,但那个眼神极具压迫性。

一个小地方的酒吧老板装什么呢?唐安忍着后颈发麻,不甘示弱地看回来,举起桌子上的啤酒罐扬了下,他脸上还带着笑,说道:"这个你应该是专业的吧?讨女孩子喜欢。"

"这个我更专业,我擅长讨男孩子喜欢。"向嘉突然站了起来,抽纸擦了擦手,走向合欢树下。那里放着一把椅子,吉他靠在上面,她说,"我来给大家弹个吉他助助兴。"

唐安看不起林清和的样子和一开始看不起向嘉的样子一模一样,向嘉可以忍他两天,但事关林清和,她一秒都不想忍。

她都没舍得碰林清和,唐安有什么资格?

林清和吃完最后一块鸡脆骨,起身走向向嘉,还是他来吧。

向嘉抱起吉他,坐到了中间,拿起了拨片,她朝林清和眨眨眼,说道:"唱给你听,听吗?"

林清和脚步停住,片刻他往后退了一大步,把舞台让给了向嘉。

"我第一次给你唱歌,你不拿相机记录?"合欢树上架了盏灯,她坐在光下,支着一条腿,拨了下琴弦,漂亮的杏眸温柔地望着林清和,声音很轻,"这首歌是唱给你的,你拍一次我好吗?林老板。"

向嘉只会弹一首歌,她是为了参加一个综艺准备的,结果还没有到录制的时候她就翻车了。

"向老板,你还会弹吉他?"陈小山惊叫,"你怎么会弹吉他?"

"我会的多了,只不过有些技能不在外面展示。"向嘉将吉他连上了音响,拖过一边的话筒,刚才唐安没用话筒,她把话筒压到适合自己的高度,"这首歌,送给林老板。"

陈小山"嗷"了一声,竖起大拇指,向嘉可真是太猛了。追林清和的人那么多,谁都没向嘉直接勇敢。

林清和拎着相机回来，打开了镜头盖，开机调整位置。

他很少拍人，也没有拍过向嘉。他以为还要等很久，但船开过来了，他除了迈腿上去好像没有第二个选择。

向嘉先试着弹了下琴弦，错了几个，林清和在镜头后面给她纠正过来。向嘉悟性很高，学东西很快，马上就明白了。

她朝林清和一眨眼，话是对林清和说的："好了吗？"

"嗯。"

风吹动合欢树，灯光微晃，向嘉的裙摆荡在风里。

她恣意轻松，抱着吉他弹起了前奏。

向嘉弹吉他很生疏，她是临时学的，很多都忘记了，还是刚才林清和提醒她才记起来。

林清和找了好几个角度都不够满意，最后他把向嘉放到了镜头中间，她身后是旷野，她身上是张扬明艳的色彩。这是标准的拍摄人物构图，但总觉得少了点什么，不够美，或者说重点不够突出。

这是他的毛病，他拍人找不到镜头焦点。

面目再清晰，在他这里也是模糊的。

他曾经的老师说，这是因为他对人没有那种炽热的爱。

轻松愉悦的曲调飘荡，向嘉熟练了吉他后，仰起头看着林清和笑，唱出了第一句歌词。

"我想学一个遨游太空的魔法……"

她的声音从音响里传出来，响彻寂静的黑夜，院子静了下来。

向嘉的弹唱水平高出唐安一截。

她的声音很好听，很干净，她脸上和声音里都带着笑意，歌曲轻松愉悦，她唱给她喜欢的人听。她看着林清和的眼睛，笑着唱出了后半段："所有的心愿都在夜空种下——"

林清和看到镜头落到了向嘉的眼睛里。

万物静籁,风似乎都停止了,他看到了向嘉清晰的五官,看到了她漂亮灵动的眼睛。

她像是雨后的朝阳,无论多浓多厚重的雾,都能轻而易举地把浓雾推开驱散。高高停在天上,热烈地照耀大地。

黑暗散去,万物生长,久旱逢甘霖,蠢蠢欲动的种子发出了芽。

"我想风也不知道它究竟要去哪儿,我想落叶也会偷偷想家……"

林清和举着相机往前走了一步,他放弃了背景构图,只留下一个向嘉,镜头里只有向嘉。

"我会等枯树生出芽,开出新的花。

"等着阳光刺破黑暗,第一缕彩霞——"

向嘉弹错了一处,但她不在乎,她从来都是这么自信,她不在乎错不错,她的就是对的。她笑得很灿烂,从头到尾都看着林清和的眼,把她最想说的那句经过改编唱给了林清和。

"相信美梦和你,会提前到达——"

她改了一句词,她夹带私货。

唐安一直都知道向嘉是美的,她的美独一无二,生机勃勃。

他以为在江边被讽刺一通已经是向嘉美的极限,他还是低估了向嘉这个人。她坐在灯光下弹唱的时候,肆意得让人心动。

起风了,合欢树发出"沙沙"声,蝉鸣在远处重新响了起来。向嘉悠扬浸着笑意的声音荡在风里,落入每个人心里。

有人终于反应过来,拿出手机打算录视频。

向嘉已经唱完了,她抱着吉他往后仰了下,随即倾身学着林清和曾经的样子深沉道:"表演到此结束,不要扰民,陈小山把音响关掉。"

陈小山握着一把烤煳的面筋,猛吸一口气,趁没人注意迅速把黑乎乎的烤面筋扔进了垃圾桶,起身关音响。

"山里人睡得早,大家吃喝都行,动静小点。"向嘉起身整了下衣服,才背着手踱步到林清和面前,侧头轻声问道,"怎么样?"

"晚上发给你。"林清和开口时嗓音有些哑,他把视频保存下来,先用蓝牙传到了自己的手机上,然后拔掉相机的内存卡,把相机放到旁边的架子上,内存卡递给了向嘉。

平时都是直接让向嘉看相机,这是又怎么了?

唐安表情古怪地打量向嘉一会儿,举起酒远远朝她一晃,仰头喝完了剩余的半罐啤酒。

林清和看桌子上别人吃得狼藉的食物,没什么兴趣下手,只好继续吃米粉。本来想给唐安灌酒,让他醉在这里,此刻懒得做了,随便他吧。

唐安自己喝了不少,十点半被他的助理扶离现场。

向嘉送到门口就停住了脚步,相当敷衍。

夜风微凉,吹拂着向嘉的大耳环发出清越的声响,她站在大门外的青石板路上眺望远处江面。

对岸在修森林公园的江岸环线公路,施工现场亮着灯。机器声不大,遥遥传来夹在风里,不仔细都听不清。

这里用不了一年就会大变样。

"人都走了还看?"

身后男人冷淡的嗓音响起,随即顾长的影子斜了过来,罩住了向嘉,她整个人落在林清和的身影里。

长得高了不起。

向嘉听到院子里收拾碗筷的声音,以及阿乌和陈小山的拌嘴声。她没有看林清和,还看着远处。

"明天会不会下雨?"向嘉不喜欢下雨,虽然雨后很凉爽,但拖进度,拍摄也会更加辛苦。林清和昨天拍工地现场,弄了一身的泥水。

"不会。"林清和从裤兜里摸出糖盒,取了一颗漫不经心地咬在齿间,顺手递给了向嘉,"担心这个?"

"不想吃。"向嘉没拿薄荷糖,她抬手把大耳环摘掉了,她不怎么习惯戴这么大的耳环。

"遇到问题了?"林清和收起糖盒装进裤兜,手也就落进了裤兜,长腿一敞往向嘉这边转来,"不喜欢唐安?"

"谁会喜欢啊?说话夹枪带棒,高高在上。"唐安这种人圈子里一抓一大把,他不算最差的。向嘉对他也没什么意见,都在一个圈子里混,大佬自然姿态高点。如果今晚唐安不讽刺林清和,她能一直维持着体面,"他的话你别放在心上,不用在意他,当他不存在,我不会跟他深交。"

"就为这个?"林清和忽地笑了,他的睫毛全覆在眼下,拓出浓重的阴影。他双手插兜,仰起下巴,望着远处笑了一会儿,喉结一滚,咽下了那颗薄荷糖,嘴角上扬,语调是懒洋洋的哑,"不高兴了一晚上?"

"他有什么资格对你说那种话?"向嘉也没有不高兴一晚上,她心里有事,依旧没看林清和。她越过层层叠叠的灰瓦建筑看向江上的游船,这是县里最近搞的旅游船,没有噪音,灯光缓慢地在黑暗中游动,偶尔照出对岸嶙峋石山。

"虽然我们没有真正在一起,可在不在一起,你都是优秀的人。你的优秀——没有人比得上,别人没资格评价什么。"

林清和的舌尖抵着嘴角,扬起了头,他这次笑得露出了齿尖。

薄荷糖的甜香飘荡在微凉的夏夜里,浓郁炽热,渐渐升腾起不一样的温度。

向嘉转过头,看他笑得那么肆意,他笑起来真好看啊。

向嘉的耳根有些红,她又想吃糖了,刚才就应该干脆地问他要。

"林清和,我说了要护着你,无论我们什么关系,我都护着你。"

林清和收起笑,稠密睫毛微抬,嗓音里还浸着笑后余韵,沙哑着:"谢谢。你唱歌很好听。"

"班门弄斧了。"被林清和这么直接地夸,向嘉还是挺高兴的,"这是我第一次在人前弹吉他,我学了没几天。"

"为什么学?"林清和又取了一颗糖,慢悠悠地贴到唇上,又含进嘴里,糖缓慢地被他咬在齿间,他逆着光看向嘉,"为了追人?"

这回是向嘉笑了起来,她笑了一会儿,说道:"我是那种人吗?我也没那么多时间,忙都要忙死了。"

"为什么?"

"我翻车前有个综艺邀请,让我们每个人准备一个才艺。我一看七八个网红一半是唱歌,我不占什么优势,不能脱颖而出。我填了个弹唱,比别人多一项才艺。我找了个老师现学,这首歌旋律最简单,可惜,我还没到录制的时候就翻车了。节目组连夜把我从海报上删掉了,以为要压箱底了,没想到今晚还能拿出来。"

"什么节目?"

"网综,你也不用去搜,那一期现场的麦出了点问题,网红假唱大翻车被骂上热搜。我幸好没去,因祸得福。"

"你想上电视吗?"林清和迈着长腿从向嘉身后绕过去,绕到她的另一边,让向嘉落到光下面。

"目前不是很想。"向嘉觉得他刚才从背后绕的时候,空气似乎都停止了流动,他身上的气息一荡,密密麻麻地把她笼罩住,"电视台的镜头会把人拍丑,我有点矮,上大屏幕很吃亏。"

"矮吗?"林清和看向嘉的头顶,也不是特别矮,挺好看的,"还好吧,你的脸很上镜,差个机会。"

向嘉往后退了一步,抬眼跟林清和对上视线,这个角度才显得不那么矮。

"那个什么——戒指到了,我今天去县城开完会取回来了。"向嘉指了指院子的方向，脱口而出，"你要不要试试？"

林清和黑眸渐深，表情、动作都没变，他还保持着垂眼看向嘉的姿态。

"前段时间我一直忙，没时间去取。"向嘉给自己这半个多月不去取戒指找了个正当理由，"审批下来，我能短暂松一口气，我真怕你的一千万让我赔干净了。戒指在我的包里，是你去取还是我去取？"

夜色浓重。

蝉鸣停歇，蛐蛐聒噪起来。

林清和俊美的脸很沉，静静地看着向嘉。

"那我去给你拿？"向嘉说道，"唐安过来了，一开始我们两个在他面前演的情侣，现在突然不演了也很奇怪，显得我们很不真诚。不如，你把戒指戴上，我们不说是也不说不是——"

"行，去拿。"林清和开口打断了她的话。

"那你等着，我去拿。"向嘉攥着耳环，转身往门口走，感觉后背一片灼然，林清和是不是在看她？

她进门转过一道墙，确定林清和看不到才松一口气，她拿起自己的包把耳环放进去，在包里打开戒指盒，拿出戒指攥在手心里。

向嘉走出门便撞上了阿乌。

"向总，刚才那个唐先生说让我明天去阿乌客栈那边配合拍摄，他想让我出镜，我去吗？"

"想去就去吧，也学学人家怎么拍摄怎么说台词。多学学多看看，将来他撤走了，你要独立经营阿乌客栈，学到的东西都是你的。"

"好，我知道了。"

"忙完早点睡吧，今天辛苦了。"

"不辛苦，不辛苦。"阿乌摆摆手，"一点都不辛苦，你要是还想吃夜宵，我马上煮给你。"

大可不必，她不想吃成个胖子。

钻戒硌着手心，向嘉走出大门。

林清和双手插兜，敞着长腿站在灯光尽头的黑暗里，看着远方。他把帽子给摘了，虽然头发长出来了一点，但还是短寸。

夜风微凉，月亮还没有爬过山坡。

他站在黑暗里，深邃五官显出凌厉，很有攻击性。他的头发还能蓄回去吗？多少钱向嘉给他出，马上把头发蓄回去。

向嘉背着手走过去，刚要开口，林清和抽出左手递向向嘉，并拢中指和食指给无名指腾出了位置。

他的手指骨很漂亮，又瘦又长，手背上筋骨清晰，微微凸起。腕骨冷肃，延伸到了修长的手臂。

"你不看着吗？"向嘉拿出戒指往他的无名指上套，一颗心跳得飞快，这种感觉太奇怪了，当初她为了调戏林清和买的戒指，以为会很坦然。没想到，最后不自在的是自己。

指环划过林清和的骨关节卡了一下，她继续将戒指往里推，缓慢摩擦着皮肤，一寸寸往下，一直推到根部才停止。刚刚好，不松不紧。

跟她想象中的一样好看，他手指白，戴铂金显得冷淡，偏偏上面一颗钻石，平添了几分矜贵华丽。

"怎么样？"向嘉抬眼撞上林清和黑沉的眼，心脏猛烈一跳。

林清和主动移开眼，他活动着手指欣赏着戒指。

若是他去挑，会直接跳过这种款式，他最讨厌钻石，也不喜欢被人打扮。可这个戒指很漂亮，铂金宽戒紧紧贴着他的皮肤，他感受到脉搏跳动与戒指发生了碰撞，一直延到了心脏深处。

"要上去走走吗？"林清和声音压得很低，他垂下戴着戒指的手，片刻他抬起手来，认真看着向嘉的眼，"我挺喜欢这个。"

"喜欢就好。不走了吧，我有点累。"向嘉抬头看那密密麻麻的台阶，她最近路走多了，腿疼。

"我可以背你上去。"林清和顺着她的视线看过去，"要吗？"

"不合适，不要不要。"

向嘉怎么好意思让他背，她长这么大只有小时候被外婆背过。一个成年人让人背，太奇葩了。向嘉思绪转得飞快，忽然抓住了其中的信息，说道："你是不是有话跟我说？"

"嗯。"林清和倒是很直接，承认得干脆，"这里人多，来来往往不方便。"

"那你拉我上去，我们去镇口那里走走，那里安静。"

向嘉伸手想拽林清和的手臂，下一刻，她的手落到了林清和的手心里。他转身大步往前走，左手收拢手指把向嘉的手整个包裹在手心里，无名指上的戒指贴上了向嘉的皮肤。

林清和牵着她踏上台阶，向嘉忽然想到他们第二次见面，那天下着雨，空气潮湿。她后半段几乎是挂在林清和的手臂上，倚靠他的力量走完了全程。

林清和冷淡沉默，却没有推开她。

风吹动树林发出呼啸声，晚风凉飕飕的。

街上有人说话，向嘉迎着风吸了一口气，踏上最后一级台阶。林清和松开了她的手，说道："我想吃糖，你要吗？"

"买一盒薄荷糖。"

"在这里等我。"林清和大步走向路边的超市。

向嘉看着他的背影，摸了摸滚烫的手背，有一些手汗。不知道是她的还是林清和的，平时林清和手心挺干燥的，居然也会出手汗。

街上有人跟向嘉打招呼，他们最近快乐起来了。镇上来来往往的人多了，有工人，有过来看项目的外地人，大家的生意渐渐好了起来。

向嘉一一问好，顺着街道往前走。

林清和很快就走过来了，他走在向嘉身边，步伐变慢，呼吸渐渐平缓。

林清和把糖盒递给向嘉。

"有没有一种初恋的清新?"向嘉接过糖放在嘴里,笑着看他。

林清和一只脚踩着路沿,另一只脚走在街道上。他下颌一扬,微眯了眼:"没初恋。"

不知道初恋什么味道。

"林老板,你对欲望……怎么看?"向嘉突然问他。

林清和缓缓扭头睨视向嘉。

向嘉笑着回望他,看起来人畜无害,问的仿佛是一句闲话家常。

"深夜约我出来走,林老板,我以为你要聊深夜话题。不想聊吗?那聊什么?聊星星聊月亮?从诗词歌赋聊到人生哲理?"

林清和清了清嗓子才开口:"你为什么喜欢我?"

向嘉差点笑出声,觉得这个问题很荒谬,但对上林清和黑沉的眼,她没笑,认真地回望来路,确定邻居们听不见才走到林清和面前,看着他的眼睛:"你为什么不喜欢我?"

夜风劲烈,吹得枝叶翻飞。

向嘉身子往前倾了些,修长白皙的脖颈近在咫尺。

林清和一只脚踩在天上,一只脚踩在地狱,他感觉到皮囊下翻涌的岩浆滚烫,它们叫嚣着,似乎马上就要冲破最后一层枷锁,毁天灭地,吞噬一切。

短暂沉默,他移开眼,顺着马路往前。一盏路灯接着一盏路灯,他的影子被拉长又渐渐缩短,又拉长。

向嘉看着林清和高挑清冷的背影,抿了下唇,才快步跟上去。

他们走出了镇子,走到出镇必经之路的拐角处。这里能看到溧江,能看到对岸山脉在月光下层层叠叠,山脊线延向了遥远的尽头。

林清和在边缘处站定,站了很长时间,他说:"如果我不是你想要的,你要怎么处理?"

向嘉万万没想到他憋了这么久,问的是这么个问题。

林清和不给向嘉思考的空间，直视她的眼："没想过还是刻意不去想？"

"你对你自己这么不自信？"向嘉迎着他的目光，目光下移，"你是不是——"

林清和抽出手托住了她的下巴，把她的脸抬起来，蹙眉盯着她："往哪里看呢？我没有任何问题。"

"你有过其他人吗？"向嘉干脆用下巴蹭了下林清和的手心，仰着头看他，眼睛里的笑意已经溢出来了，"林老板，你看起来实在不像是个会怀疑这方面技术的人。"

身经百战是吗？

可惜，让她失望了。

林清和收回手，从裤兜里摸出糖盒，取了两颗含到了嘴里。他咬着糖，片刻才开口："你等得及，我找个时间去澳门打HPV。听说女人打副作用比男人大，固定伴侣男女打的效果是一样的。内地男性不能预约，最近的是澳门。"

向嘉眨眨眼，这回是真笑出了声。她笑了足足有一分钟，笑到眼泪都快出来了。

"向嘉，"林清和把手插入兜里，审视她，"我的体检一切正常，没有任何问题。但我查了下，一些病在男人身上没有表现，但对女人影响很大，以防万一，我去打。"

向嘉敛起了笑，仰头看林清和，看了很长时间，说道："林清和，你让我抱一下行吗？"

林清和看着她，没拒绝，没说话。

向嘉往前走了两步，正面抱住了林清和，她紧紧抱着林清和的腰，把脸贴在他的胸口。

她拥抱住了林清和。

林清和站得笔直，手还垂在身侧，脊背轮廓在风里清晰。

251

风很大，吹着向嘉的发梢，她的头发隔着衣服撩动着林清和的皮肤，一下，又一下。

"我唯一一个要求，我们在一起的期间，你不能有其他的伴侣，一旦有，这辈子我们不会再见。"林清和说，"进行的过程中有任何问题，我们可以探讨，不要直接否定我。"

"嗯。"向嘉知道，林清和不走，那林清和就是她唯一的家人了。

"你有什么要求？"林清和的嗓音哑得有点潮湿，像是梅雨天冒着雨走了很长时间的人，湿热的潮。

他说话的语调虽然不高，依旧那样慢条斯理，但他的胸口会震动，心跳跟胸口的起伏频率是一样的，缓慢地跳动着。

他的腰紧实肌肉线条分明，手感很好。

向嘉圈着他的腰，裁缝的本能让她估算了一下林清和的腰围。

比标准的模特还要标准一些。

向嘉有什么要求？没什么要求，她能有什么要求？

林清和连HPV都要去打了，她还能有什么要求？

向嘉反反复复地想，想了很长时间，她还是想跟林清和试试。戒指戴到他手上的那一刻，向嘉清晰地知道，她就是想要他。

她准备了很多说辞，打算说服林清和。但林清和接受的速度比她想象的更快，他连HPV都计算进去了。

"别摸腰。"林清和把她从怀里揪出来，嗓音喑哑，拧着眉，"抱可以，别摸。"

向嘉笑得站不稳，不单单要摸他的腰，以后还要摸他其他的地方呢。

她一本正经地背着手走到边缘，看夜色下的溧江，扬起白皙的下巴，平复心情，可怎么都压不住嘴角上扬。

"很高兴？"林清和斜睨她，果然，只有这个东西能勾住她。

她是真的一点心不长啊，全长肾上面了。

向嘉笑着不说话,手指很愉悦地敲着另一只手的手背。裙摆在风里猎猎作响,她的辫子发梢被吹了起来。

"林清和,你不走,不劈腿,我们就一直在一起。"这是向嘉给他的承诺。

这一晚向嘉很快乐,她回到房间后,靠在椅子上思索了一会儿,给林清和发微信:*要不要改情侣头像?*

林老板:*好。*

一分钟后,林老板的头像换成了一只发财猫。

向嘉的头像是发财鱼,那她不用换就是情侣头像了。

猫吃鱼,他还挺会玩。

向嘉放下腿坐直,斟酌着用词编辑消息。

嘉小鱼:*听说你们留学生圈很乱。*

林清和那边一直在输入,输了快一分钟:*向嘉,你脑子里在想什么?*

他很快把这条信息撤回。

林老板:*英国留学圈还好,我没见过很乱的,也有可能我不怎么社交。我对大部分人都没有兴趣。*

林老板再次撤回,等了一会儿,发来的消息只有前面那句解释他不社交。

向嘉看着聊天记录,沉思:*性冷淡?*

这么纯?

林老板:*选择性冷淡。*

嘉小鱼:*选择了谁?*

这回林清和反反复复在输入中,一会儿停一会儿跳出来,输了整整五分钟。

林老板:*有时间看看今天晚上的拍摄,这段很适合当成你复出的第一个镜头来操作,去干点正事。*

向嘉把聊天记录翻了一遍,觉得今晚的一切都很魔幻,林清和也很出乎意料。

　　正事要紧，向嘉今晚确实有逼林清和拍人的心思。林清和拍其他的很好，为什么拍不了人？

　　她逼了，林清和拍了。

　　向嘉把内存卡插到电脑上，之前都是相机直接插，不知道今天林清和是什么毛病？她点开最新拍摄。

　　点击播放，画面放到最大。

　　歌声、吉他声、蝉鸣声交织在一起，抱着吉他的女孩看着镜头笑得一脸纯粹干净。

　　欢快、治愈、热烈、明媚。

　　纯粹得像是高原上的太阳、湛蓝的天空，干净的雪山泉水淙淙而下，清澈透明，没有一点杂质。

　　向嘉从不知道自己可以这么美，没有浪费空间，整个镜头的重点都是她。

　　视频不长，只有三分十一秒。

　　向嘉却仿佛看了一部绝佳的拿过摄影奖的电影，每一帧都美得让人感动。

　　她一直知道林清和有掌控镜头的能力，却不知道可以强到这个地步。向嘉再次点击播放，看第二遍时，依旧震撼。

　　她播放第三遍的时候，拨通了林清和的电话号码，那边接得很快。

　　"有事？"他的嗓音有些哑，很奇怪的那种沙哑，暗沉沉的潮，"在隔壁打电话？看到了晚上拍的片子？怎么样？"

　　"林清和，如果哪天世界末日来了，我只能带走一样东西，我肯定会带上你，天涯海角，我都带着你。"

　　电话那头静了片刻，他才懒洋洋地开口，声音依旧哑着："只有带我，你才能在末世里活下去。向老板，你很清醒。"

　　"你怎么这么厉害！"

"嗯？"

林清和的尾音拖了下，沙哑缓慢绵长，仿佛在向嘉的心脏上温柔地抚摸了一把，让她快溺死在其中。

"你还说你不会拍人？林老板，谦虚了。你不会拍，这世界上就没有会拍的摄影师了。我从来没有从这个角度看自己，林清和，如果我是男人，我看到这个视频都会爱上我自己。"

"是吗？"林清和忽然不想把视频发出去了。

他握着手机，躺在黑暗里，看天花板，他没谈过恋爱，不喜欢亲密。如果不是向嘉，他这辈子都不会有想法。

但他打开了向嘉的视频，一分钟后，他有了感觉。

向嘉快乐的声音从手机里传过来，仔细听还能听到她的呼吸声，很轻、很柔。

"是啊，你拍人比拍风景更美，我都能想象这个视频发出去会有多惊艳。我想想，怎么发，不能用我的账号发。"

"嗯。"林清和听到自己的呼吸很长，他的喉结滚了下，他的身体一半浸在火里炙烤着，一半落在冰水中，他克制冷静，没有被欲望影响半分，"需要一种偶然性才容易引爆，也更容易被人接受。"

"对，需要偶然性，不能太直接，直接发会引起人的逆反心理。我拿自己的账号发功利心太强了，肯定会被排斥。你说我找谁呢？唐安的团队倒是有几个视频博主，找他怎么样？让他的账号发，又欠一个人情，真不想找他。得找个安全可靠，完全站在我这里，不会泄露我底牌的人。"

林清和箭在弦上就差一口气，他闭着眼缓了一会儿，平复了呼吸才开口："我给你发，我也有账号。"

"嗯？"向嘉语调上扬，应该是意外，"什么账号？叫什么？哪个平台？"

"soli，你去搜短视频。"林清和喉结狠狠一滚，"我只发一些摄影作品，粉丝不多，我从不回复，没有泄露过个人信息。这个账号没有任何商业行为，没签约，很保险也很好操作。"

"soli？是 solitario 被人占用了吗？"向嘉大概是在搜，语调里带着笑，说道，"你这个会改名吗？"

"改什么？"林清和觉得火快要蔓延过江了，吞噬掉最后一片冰冷的理智。

"不要改了，这个就可以，哇——二十万粉丝还少吗？"向嘉惊讶，"你的粉丝质量很高啊，看着像活粉。我以为你完全不玩这个，没想到清冷孤傲的林老板居然背着我偷偷养小号。"

林清和把手机夹到肩膀上，伸手到床头柜上拿湿纸巾盒："我给你发，还是把账户密码给你，你自己发？"

"你发，文案你想，自然点，发完给我回个消息。"

林清和点头，"嗯"了一声。

"你声音怎么这么哑？"向嘉好像终于是发现不对劲了。

"没有。"林清和皱眉，松开湿纸巾盒子，躺回去，"很长时间没抽烟，嗓子有些不舒服。"

"那你少抽点烟，以后别抽了，别又睡不着。"

"嗯。"

电话那头沉默，林清和听到她的呼吸声，缓慢轻柔。她似乎在思考什么，她没挂电话，林清和也没有挂断。

他放慢了呼吸，尽可能地慢，慢到让人听不出异样。

"林清和，你是不是在想我？"向嘉忽然开口，声音柔柔的，带着诱惑，"刚才谈事的时候，你的声音就不对。"

瞬间，林清和感觉自己被揭穿了。

她的声音很低很低，低得仿佛在林清和的耳边呼吸，恶魔低语，摧毁着他那点残留的理智："你今天问我什么是喜欢，我想了很长时间，我想我可以给你答案。爱情很独特，我想和你有独一无二的亲密，做只有情侣可以做的事。"

林清和的呼吸声很沉很重,他张口想说些什么,电话那头传来女人愉悦的笑声,她的声音低下去,温温柔柔:"晚安,林老板。"

向嘉很愉悦,这种愉悦一直持续到梦里。她做了一个很长的梦,男人的面目渐渐清晰,他变成了林清和。

他的手指抚着她的头发,骨关节碰到她的发根,一点点地摸,他叫她小鱼。

向嘉在战栗中清醒。她睁开眼,天光大亮,树影在窗外婆娑,窗帘被风吹起了一道缝隙,太阳已经升了起来。

她嗓子干得厉害。

她有点后悔昨晚没去找林清和。

身体潮热湿黏,她把手搭在额头上,感受着余韵。手机响了一声,她拿起来,看到一条短信,来自林清和。

林老板:我去澳门了,大概需要两天。我那个机位先让陈小山拍,陈小山的水平只能拍一些日常素材,别指望太多。其他的,等我回去。你第一支视频不着急发,等一等。

向嘉只看到了"澳门"两个字,就忍不住地笑。她在被子里打字:注意安全,随时跟我联系。

林老板:好。

向嘉不舍得对话就此中断,打开微信给林清和转了16666元,寓意一路顺顺顺。

林老板:[问号.jpg]

向嘉笑得肩膀颤抖:你打针我报销。

那边输入了一会儿,林老板发来个表情,是只扶额的猫。

向嘉按着手机屏幕,快速编辑消息。

嘉小鱼:对于一个爱财如命的人来说,金钱是最深沉的爱意。接收吧,林清和。

林老板领取了嘉小鱼的转账。

林老板：你支付宝账号是你的电话号码对吗？

嘉小鱼：干什么？给我打钱？

手机响了一声，来自支付宝的消息提醒。

您收到了新的转账。

向嘉心脏猛然一跳，下拉划开支付宝。

陌生人对话框：林老板转账给你52111元。

向嘉打开微信给林清和发消息：[问号.jpg]

学他发问号。

林老板：我之前给人拍片还存了一笔钱，我手里有钱，不用担心我的经济问题。想要什么礼物，我去免税店看看。包？衣服？鞋子？珠宝？有没有特别喜欢的东西？

林老板：快飞了，想好发给我。

嘉小鱼："11"是什么意思？

林老板：没意思。

一秒后撤回，林老板：快想，要什么。

要什么？向嘉思索许久，发消息：买一盒套，县城的东西，我总觉得质量没什么保障。

林老板：……办正事去，八点了，你该工作了。

嘉小鱼：这又不是什么丢人的事，上帝赋予我们快乐的本能。林老板，你不要逆天而行。

这回林清和迟迟没有回消息，应该没有把手放在屏幕上，连"正在输入"字样都没有。

他关手机跑路了？

等了一会儿，微信上弹出林清和的消息。

林老板：登机了，想点正常的礼物，五十万元以内都可以。想好直接发微信给我，我有信号就回复你。

这么大方？林清和手里到底还有多少钱？五十万都可以买一辆不错的车了，他连车都没有，却花那么多钱给她买礼物？

向嘉抿了下唇，打字"那你是以什么名义送给我？男朋友？"，她想了想还是没发，删掉重新编辑。

嘉小鱼：你就是我最好的礼物，我不需要其他。澳门有什么特色小吃？方便给我带一盒，不方便就算了。

林老板：好。

林老板：喜欢什么材质、什么款式的也可以发给我，我不一定会听，但我会做参考。

林老板：视频发了，你去看看怎么营销。少看点不健康的。

秒撤回，林老板：视频发了，你去看看。

向嘉笑出了声。

她笑了很长时间，打字：人家免费观看，你付费都不让碰。

嘉小鱼：也不是非得打HPV，做好措施也可以。我们都没有过伴侣，没有过不健康的行为，正常情况下是没关系的。这次你回来，我们试试……吗？

发送成功。

林清和那边没有任何动静，可能是真的关机了。

嘉小鱼：不用那么不自信，我也没有经验，我们可以一起探讨。

向嘉觉得这一条不合适，撤回重新发。

嘉小鱼：林清和，等你回来。

关掉微信聊天，向嘉揉了揉滚烫的脸，深吸一口气冷静下来。

办正事。

向嘉打开了短视频软件就看到自己浮在首页。

soli 零点整发布了视频，标题是一句法语。过去了八个小时，收藏十四万，评论六万，点赞二十万。

她抱着吉他笑着面对镜头，歌声清越干净，世界明亮。

二十万点赞？已经二十万点赞了？

向嘉简直要惊掉下巴，她以为自己看错了，点进去查看林清和的账号。

他涨了十万粉，现在是三十万粉丝。

个人简介从空白变成了海豚饲养员。

上一条视频是去年9月发的，两千点赞。最新一条视频是昨晚发的，二十一万点赞了，短短一段时间数据又增加了。

二十万粉丝影响力这么大？居然能在八个小时内搞出这么惊人的数据。向嘉还没有联系营销公司推流，这就上首页了？

向嘉打开了评论区。

第一条评论五万点赞：听说这个视频很治愈，抑郁症看了会释怀，中度抑郁的我来审判下。

下面有一万条回复，向嘉点开了折叠的评论区。

发布时间是凌晨两点的一条回复：审判结束了，她弹唱得一般，不专业，还错了好几个节拍。可从她笑着看向镜头那一刻，我就开始疯狂地哭，已经哭了三个小时了。我不知道治愈是什么，我只知道在这一刻，我放过了自己。

发布时间是凌晨三点的一条回复：建议配合这位的故事去看这个视频，会有不一样的体验。

发布时间是早晨六点半的一条回复：重度抑郁，确诊挺久了。昨晚循环这个视频到现在，早上看到窗外太阳升起，阳光落进房间，忽然号啕大哭。随后是平静，然后放弃了寻死的念头，收拾收拾准备去上班。太阳每天都会升起，世界依旧明亮。黑暗会散去，梦想会到达。风雨过后，晴天如约而至。我会等，等一个奇迹。

网友回复：这种治愈不是那种心灵鸡汤式的劝说，她是给人力量的热烈。

这是我看视频的理解，嘉鱼真的很牛，她经历过那么多事，依旧能笑着弹唱。很洒脱，非常洒脱，她不纠结不内耗不怨天尤人不自艾自怨。她有自由的勇气，她永远自由。

网友回复：输一次又怎么样？输十次又怎么样？都不爱她又怎么样？弹错了，唱错了又怎么样？有缺陷不完美又怎么了？不完美的人不可以快乐吗？不完美的人不可以满怀梦想吗？有错就改，倒下再来。她依旧怀抱希望，憧憬明天。

网友回复：法语标题翻译过来是：遇见奇迹。那就祝大家，都能遇到自己的奇迹。

原来标题是这个意思，奇迹？

她是奇迹？

向嘉往下划拉很久，评论区的主方向是治愈。这数据很震撼，向嘉大吃一惊，这么大的流量居然不是骂她的，而是夸她。

林清和很会拟标题，方向定位也非常精准，很对，他们的度假村也是治愈主题，后续向嘉再发其他的作品也可以联动上。

评论区主页面很热闹，有人科普她的故事，有人放她的照片到处"安利"，还有林清和的粉丝在问他怎么拍人了。

凌晨四点，林清和回复了其中一条询问他拍人的评论：我拍一切值得拍的人和物。

他只回复了这一条。

他四点还没睡？昨晚睡了吗？

不会又失眠了吧？

短短一段时间，林清和这条视频的点赞数又加了几万，评论也在飙升。她打开短视频热搜，看到 # 嘉鱼我会等 # 在第一的位置。

很多博主转发了她的视频，向嘉搜索自己的名字，加了下热度。

她看到千万粉网红凌晨一点的时候转发了她的视频。

向嘉上热搜了,她那条视频全网疯传。

网络传播就是这么迅速,一夜之后,视频网站热搜、微博热搜、新闻头条,全都是抱着吉他弹唱的向嘉。

无畏无惧,自信明媚,她的标签是治愈。

无论经历多少风雨,她仍坐在那里不卑不亢。

有人扒她唱歌的背景,扒出她在经历风波后就回到了老家溧县,随后向嘉给桐镇捐款的消息也被扒了出来。

她的故事渐渐被网友补充完整。

上午九点半,唐安发了三张照片。

向嘉穿着火红色的苗服站在太阳底下,她身后是辽远的山脉和溧江,她笑着面对镜头,目光清冷坚定,她与静美山水互相成就。

唐安配文:上个月意外路过一个地方,遇到了一个人,听了一个故事,做出了一个虽不年少但绝对疯狂的决定。我们在做一件大事,下个月告诉大家。

唐安在业内也挺有名,公认的有思想、有能力、有魄力、有审美的实力派,他装修房子的视频经常上热搜,拥有众多粉丝。

现在他居然和向嘉联动了。

他镜头下的向嘉和 soli 镜头下的向嘉不太一样,他镜头下的向嘉更清冷一些,但同样很美。

向嘉带着陈小山搬冷饮和雪糕到江边的时候看到了热搜。

#黑白熊猫遇到了嘉鱼#。

唐安的团队工作效率也飞快,这是要正式联动了,他们的合作拉开了序幕。

小胖子在阿乌客栈指挥拍摄,回头看了向嘉一眼,说道:"老大在上面拍摄呢，你找老大？"

向嘉拿出一支雪糕给小胖子，说道："忙完我再过来，给大家送雪糕，分分吧。"

"谢谢。"小胖子分起了雪糕。向嘉请的摄影师今天基本上都到了，她安排好拍摄问题，去酒吧看了一眼。

设计师还在做规划，她往旁边的房子看，说道："这两套房子能打通吗？"

酒吧隔壁还有一间房，是个寡居老太太，七十多岁了，谈租赁分成不划算。向嘉手里有钱，索性全款买下来了。

"这套打算做什么？怎么个打通法？酒吧老板同意吗？"

"我可以做他的主，他同意。我打算做绣房，艺术展品那种。"

"酒吧和绣房，这两个东西天南海北，一静一动，打通连到一块儿会不会太奇怪了？"设计师拧眉审视一圈，不知道该怎么下手。

"那给酒吧开个后门，能直接通到隔壁绣房。"向嘉打算在这里定居，可不想来回地跑。不打通，她要去酒吧得绕一大圈。

"我这几天再给你出个新设计图吧。"

另一头有很大的吵闹声，向嘉走出酒吧，往隔壁看了眼。

"又开始闹了。"陈小山咬着一支老冰棍靠到向嘉这里，"简直就是神经病，疯狂阻挠镇子发展，恨不得我们桐镇烂在这里。这回又不让挖他们房子后面的下水道，撒泼打滚，其实就是不想让我们开发。"

"还是不愿意规划的那三家？"那三家是三兄弟，抱团狮子大开口，这个地方的房子要数百万赔偿金，"他们是不是还有其他的目的？"

向嘉单手插兜，对这种威胁不放在眼里，她连面都不会出，本来也不该由她出面。谈妥就开发，谈不妥她会直接晾着，把这三家空在那里当景点。

"是啊，他们有个亲戚做项目开发的，想低价把临江房子拿下来转手建其他的。一年一千块就想租二十年离谱不？我爸立刻就拒绝了。这次你过来，快刀斩乱麻把项目拿下来了。他们这么闹，就是想逼你走。"

向嘉给的价格是一年一万外加安置费，后期还有分红，她很大方。镇上除了那三家，都很满意。

向嘉看了陈小山一会儿，说道："那不用管他，直接报警。放话出去，他们的房子以后想签，我也不要了，我不差那三套房。"

"真的？"

"我永远不接受威胁。别人对我好一分，我回十分；别人对我坏一分，我同样回十分。该硬的时候，不要软。"

这话是对陈建忠说的，向嘉相信陈小山会转达。

"好的，我去了。"

"叫个摄影师全程跟拍，别让他们倒打一耙。"向嘉提醒陈小山。

"明白，走了！"

向嘉返回阿乌客栈时正面撞上唐安，唐安拎着两瓶矿泉水，看到向嘉上下一打量，递来一瓶，说道："你家那位居然是 soli，真看不出来。"

向嘉接过水："谢谢。"

soli 很有名吗？她还真不知道林清和的小账号这么有名。

"我现在有点理解你为什么选他，有点才华。"

"他不止有才华，还有真心。"向嘉握着水瓶，不想在外面面目狰狞地拧水瓶，"我们公司之所以是五五开，是他卖了房子支持我创业。这里，他投了一千万。"

唐安缓缓抬眼，震惊。

这两个人疯到一块儿了，原来"恋爱脑"的不是向嘉。

"昨晚人太多，不好说这个，其实是我高攀了他。"向嘉看远处太阳底下波光粼粼的江面，片刻后才转过头来，注视着唐安，笑着道，"我以前一直不相信爱情这回事，我对感情没什么期待。现在这个时代，大家都不讲爱

264

情了。我没想到会遇到他，说句矫情的，遇到一份真心不容易。

"唐老师，等你以后遇到了你的那份真心，你就会明白那种珍惜的心态，不舍得他受一点委屈。昨晚，多有冒犯。"

"昨晚我喝多了，是我冒犯。"唐安冲向嘉扬了下水瓶，推了下鼻梁上的眼镜，"改天我请喝酒，跟你家那位交流交流摄影。大家交个朋友，我也道个歉，以后有机会我们搞联动视频。"

唐安承认他可能对向嘉有点心动，但他做不到对向嘉这种人用太多真心，他也不会出一千万去支持向嘉创业，哪怕他有几个亿的资产。他只会选择锦上添花，不会干雪中送炭的事。在他这里，名望利益排在前面。

都是聪明人，没必要说得太明白。

"行，回头我们好好商量商量怎么联动。"向嘉拎着水瓶跟他碰了下，"唐大哥，以后有需要我的地方，尽管提，我永远欠你一个人情。"

中午警察来了，把闹事的先带走了。

乡里发展遇到这种事太正常不过了，向嘉没露面，返回去继续工作。她火了一把，之前她联系的合作方现在纷纷打来电话，觉得可以过来看看工地。

新公司需要人需要场地，她需要新的办公室，还得招人，她现在什么都缺。

连晚上吃饭她都在看材料，一直看到夜里十点，才终于忙完一个阶段。她拿手机想跟林清和发微信放松一下，看到他下午六点给她发了消息。

嘉小鱼：睡了吗？

林清和那边没有回应，他不知道在干什么。

向嘉往后靠在椅子上，活动颈椎，片刻后给他发短信：小王剪了个中分，他变成了小全。

林清和的短信很快就回过来了，他说：忙完了？

嘉小鱼：在干什么？发微信信息不回？

林清和：没流量了。

不到一分钟，林清和的手机"叮"的一声，有人给他手机充值了一百块流量包。

林清和拧着眉，看着洗手台上放着的手机屏幕，唇抿成了一条线。

嘉小鱼：现在有了。

嘉小鱼：我真不是故意不回你消息，我就是忙。今天事情很多，上了热搜后合作方都过来找。我接电话接到手软，我这边很缺人。

林清和抬手脱掉了身上的T恤，赤着肌理分明的上身，垂着眼，面无表情地把衣服泡到水池里，打开水龙头。

"哗哗"水声中，他解着皮带和裤扣。

浓稠的黑暗把他包裹，肮脏不堪的纠缠画面冲击着大脑。

太恶心了，他感觉浑身上下都脏，那种脏如附骨之疽。

今晚谢明义来找他了。谢明义被病痛折磨得干瘦如柴，看起来很恐怖，原本高大的身材如今嶙峋，眼睛深陷，像个恶鬼。

癌症晚期，他没几天可活了。

他在林清和面前哭得一把鼻涕一把泪，看起来像个无辜的老人。只有偶尔咒骂林安可时，他才露出本性。

林清和出生的时候姓谢。

林安可是个"恋爱脑"，倒贴钱、倒贴资源，还倒贴姓氏给一个一无所有但野心勃勃的男人。她以为那样就能让男人对她死心塌地，一辈子爱她对她好，可谢明义一开始就不是来爱她的。

谢明义要钱要东西要地位，出轨劈腿多个人，还计划着怎么对原配妻子谋财害命。

被抓到后，他马上摆出一副受害人嘴脸，反将一军。

他不爱林安可，从来没爱过，所谓的爱不过是为了钱财装出来的假象。他对两个孩子也没爱过，离婚时为了拿到更多的钱，他不要抚养权不要探视权。

那场婚姻谢明义在当时算赢了，拿到了他最想要的钱。

骄傲自负的林安可在婚姻上丢了这么大的脸，她再发疯也没用，她抢了两个孩子的抚养权和冠姓权，也生出了一份绵长偏执的恨意。她恨谢明义，她恨两个孩子，特别恨林清和。

林清和长得最像谢明义，明明是两个人共同的血脉，可他少年时期的长相里没有林安可的痕迹。

几乎一模一样的脸，她怎么能忍住不恨呢？对于林安可的虐待和偏执的控制欲，林清和以前从不反抗，他承受着。一直承受到他无法承受，便逃跑了。

比起林安可，他更恶心谢明义。

谢明义是怎么找到这里的，林清和不知道。这么多年他们从来没有联系过，连爷爷奶奶去世，他都没有回去。

谢明义走的时候叫了他一声"儿子"，林清和恶心到隔夜饭都快吐出来了，他脱掉了衣服，还想把皮肤再刷一遍，可他刷不掉血缘。

手机响了起来，向嘉来电。

林清和撑在洗手台上，看着渐渐漫上来的水流，那种疯狂上涌的自厌情绪渐渐沉了下去，他抬手关掉了水龙头，划开手机屏幕接通，按下免提。

"在干什么？"向嘉温温柔柔的语调传了过来，尾调上扬，一副随时都要撩人的样子，"林老板。"

"林老板，怎么不说话？你真生气了？"向嘉继续问，"你那边怎么这么安静？能不能说一句话？"

"我见到我爸了。"林清和开口，嗓音沙哑低沉，"向嘉。"

"他也在澳门？他找你干什么？他对你做什么了？需要我过去吗？我很凶的，我骂人以一敌百。"

林清和忽地就笑了起来，他沉黑的睫毛全覆在眼下，压下了黑眸中的全部情绪。他低着头，喉结滚了下，哑声道："小鱼。"

"你说。"向嘉安静下来。

空气静得林清和似乎能听见她的呼吸。

"你给我讲一个冷笑话。"

"你等下。"

林清和听到向嘉敲键盘的动静。

"你的冷笑话都是百度的?"林清和抿了下唇,嗓子深处有哽咽,但他是笑着的,浸着笑的声音沙哑,语调缓慢,"你这也太没有诚意了。"

"有就不错了。我这么忙还要哄你,我对你还没有诚意?"向嘉清了清嗓子,讲故事,"螃蟹出门散步不小心撞到了泥鳅,泥鳅很生气地骂道:'你是不是瞎?'螃蟹很委屈地说:'我不是啊,我是蟹!我不是虾。'"

林清和抬手盖在眼睛上,声音很沉:"再……讲。"

"没有了,一天只能讲一个,明天再讲。"向嘉说,"你遇到了你爸,然后呢?"

"你想不想要钱?"林清和放下手撑在洗手台上,看着手机屏幕亮起的光,骨关节在灯下泛白。他在漫天的黑雾中看到了一座灯塔,那盏灯昏黄温暖,令人渴望,他想追寻那道光,"他快死了,他有一笔遗产——"

"林清和,你没钱我赚钱养你,我们不要这种脏钱。"向嘉打断了他的话,"让他的钱跟他的人一起滚。"

"好。"林清和笑了。

"明天提前把航班信息发给我,我去机场接你。"

"嗯。"

"不用在意他们,感觉到不舒服了,可以跟我打电话,别一个人东想西想。我们之间,没有什么不能聊,知道吗?"

林清和拿起手机关掉免提,他把手机贴在耳朵上,这样离她的声音更近一点。

"晚上吃的什么?"向嘉问他。

她的声音就在耳边，带着呼吸声，柔柔的。

"面。"

"好吃吗？"

"还行。"林清和说，"你今天顺利吗？"

"你是不是找人给你做推广了？你那个账号爆得太厉害了，都不是正常的爆，百万点赞有点失控了。你要是找人了，你把账单发给我，走公司的账，你别贴钱做营销。"

"一开始买了两个小推广，几千块不用走账。后面没有找，本来你的粉丝就多。"林清和握着手机，靠在洗手台上，大理石的洗手台边缘冰凉贴着他的皮肤，他轻描淡写道，"差一个机会，正好，机会来了。"

"唐安想一个月后发第一条视频，我打算9月再发，给人留一点期待的空间，县城那边景区恢复得也差不多。秋天溧县也是美的，县里给的引流KPI，我做一做，不然不好交差。"

"十一前发，风景和流量都会好一点，跟县里沟通，让他们别急，这事儿急不来。"

"我也是这么想的，太急了，容易适得其反。现在县城连个像样的景区都没有，有游客来了，他们也留不住。"

"嗯。"林清和把手机贴在耳朵上，仰起头看天花板，沉默了一会儿问，"你有没有什么特别想要的？最想要的一样东西。"

"要不要开个视频？"

只一刻，林清和就敛起了所有的情绪，他直起身，握住门把手，喉结滚了滚，向嘉最想要他。

他缓了下才开口："你想看我？"

"你在哪里？洗手间吗？我好像听到了排风扇的声音。"

"嗯，准备洗澡，你想开视频我找件衣服穿上。"林清和拉开了洗手间的门，迈着长腿走出去。

"你穿上衣服视频还有什么意义。"向嘉声音里浸着笑,挑着尾音,"林清和,你不会以为我只是想看你穿衣服的样子吧?"

林清和停住脚步,站在空旷的酒店房间,呼吸渐重。

和。

"你穿什么颜色的内裤?"

"黑色。"林清和走回洗手间里,反手关上门,顺势反锁。

"你一个人在酒店,你反锁门的意义是什么?"

林清和把门锁又打开了。

她又说:"还是锁上吧,万一有采花大盗,男孩子在外面要保护好自己。"

"正经点。"林清和嗓音哑得厉害。

"你小时候幻想过你的另一半吗?"向嘉忽然问他。

"没有。"林清和看了眼镜子里的人,丹凤眼又深又暗,眼尾压得很深,眼底欲望翻涌。

他恐人恐婚恐育。

"现在呢?"

林清和垂着眼,半晌后才用沙哑嗓音慢慢悠悠地说:"向嘉,你知道的。"

如果向嘉现在要求视频,他可以开视频给她看。想看哪里都可以,给她一个人看。

虽然他很厌恶这个行为。

"我知道什么?我什么都不知道。"向嘉的笑声有点大了。

她笑了一会儿,又问:"你靠在墙上,还是洗手台上?凉不凉?"

林清和的睫毛在眼下拓出浓重的荫翳,骨节分明的手就那么随意地垂着,手背上筋骨与血管都清晰。

手腕上的佛珠禁欲,但方寸之间,便是昂扬。

片刻后,他开口:"你最喜欢我身体的哪个部位?为什么?"

"第一喜欢吗?"

"嗯。"林清和的声音在寂静的酒店洗手间里很是清晰,"你可以排个序。"

"脸、身材、喉结、手指、腰、臀、腿。"向嘉在电话那头数着,"你之前的发型我也很喜欢,还有你的性格。"

林清和无语。

喜欢得还挺全面。

"喜欢的点是什么?"林清和倚靠在洗手间的门上。

"好看,你是我见过的最好看的男人。"

林清和评价:"你说的都是看到的。"

"林同学。"向嘉笑起来,"不止看吧,你跟我在一起,你身上的一切我都可以碰可以摸。你属于我,明白吗?昨晚我买断了你的使用权,我会用你。"

"什么时候?我怎么不知道?"林清和的声音更哑了。

什么叫用?

"你让我抱的时候。"向嘉理不直气很壮,"我的做人原则,抱了就是我的。林清和,你就说你是不是我的吧?"

林清和压抑着呼吸的频率,冷冽的下颌上扬,扭头看镜子里的自己,他和镜子里的人都面无表情。

冷漠,寡淡。

谢明义已经老了,跟他没那么像了。现在的他,是向嘉喜欢的样子。

她想要,那就送她吧。

"我喜欢你的眉毛、眼睛、鼻子、嘴。"向嘉具体地描绘着他,声音在视线落在他的嘴唇上时缓慢停顿,"你回来,我们先接个吻吧。要不要提前构思下我们见面的场景,比如你飞奔过来,然后抱住我,拉下我的口罩吻我。

"我圈住你的脖子,回应你。"

林清和有些渴,但他没动,还保持着这个姿势。他的手指摩挲着手机边缘,缓慢道:"我无法想象我飞奔起来是什么样子。"

"那算了,换个场景。"

也不用算了吧,不能换她飞奔吗?

向嘉的想象力似乎到此卡住了,卡了五分钟。他们都没有说话,彼此静默,谁都没有挂电话。

酒店洗手间里的排风扇开着,不仔细听都听不见声响。

他们听着彼此的呼吸,缓慢绵长。

林清和想回去了,他想迈进向嘉的剧本。

"你还没洗澡是吗?"向嘉问。

"嗯。"

"要不要一起洗澡?手机通话继续,我们各自洗澡,然后一起吹头发,上床,睡觉。"向嘉循循善诱,"梦里,你飞奔向我。"

这是个非常新奇的体验,他们通着电话,共享着彼此的生活。

林清和洗澡的时候听到了水声,不知道是向嘉那边的还是他这边的。洗完澡擦身上的水,他过来没带衣服,裹一条浴巾,拎着毛巾擦头发。

手机那头向嘉在吹头发,声音"嗡嗡"的。

向嘉是用平板登录微信跟他语音通话,她中途还接了几个电话,全是品牌方打的。她工作时说话极其圆滑,让人如沐春风,又不过分亲近,该拿的利益寸步不让。

林清和躺在酒店的床上,最小化语音,打开购物软件,挑完男装,他打开了女装品牌。

向嘉终于挂断了客户的电话,回到了床上,问他:"在做什么?"

"买衣服。"

"快秋天了，你买些衬衣。"

林清和冷白修长的指尖停在一条吊带长裙上，掀起稠密睫毛，看了眼酒店屋顶的灯："嗯？"

"我喜欢看你穿白衬衣，很干净。我第一次见你时，你穿的那件衬衣就很好看，那是什么牌子？"

忘记了，当晚他就把衣服扔进垃圾桶了。

"还有什么喜好？"林清和嗓音沉缓，慢条斯理地把吊带黑裙子放进购物车，又返回主页搜常穿的几个牌子找白衬衣。

"明天见面，我散着头发，你可以摸一摸我的头发。"向嘉大概是躺到了床上，声音变得很柔很软，甚至有些松弛得过了头，语调都有些涣散，"我很喜欢被你摸后颈，很温柔。"

林清和看着那盏水晶灯，光是那种莹白柔光。

许久后，他听到自己嗓子深处溢出的声音："好。"

"晚安。"向嘉说完最后一个字后直接坠入睡眠。

不到五分钟，林清和听到她平缓的呼吸，她睡着了。

林清和冷静淡然地划开自动锁屏的手机，在寂静的深夜里看购物软件。

选了一双情侣运动鞋。

白衬衣搭什么裤子好看？

他们第一次见面，向嘉对他的衣服印象深刻，他穿的什么？

林清和挑着裤子忽然反应过来，那天他的衣服被雨淋湿，衬衣贴在身上，裤子也湿透了，她还盯着他的裤子。

很好，全透。

她哪是喜欢什么白衬衣！

林清和在微信对话框里打字：晚安，海豚！

撤回，他重新打字：晚安，小鱼。

273

向嘉在铃声中醒来，她闭着眼接电话，来电的是之前她联系的装修博主，黄花菜都凉了，他想起来夹了。

"我决定跟你签约，现在就可以签。"

"别家签了。"

"啊？谁签的？不会是黑白熊猫吧？还有其他的房子吗？位置差点也行。我前段时间太忙了，最近终于闲下来了。"

"我一开始就说过，这是独家约，只允许进一家。"向嘉睁开眼，嘴角上扬，保持着微笑，"抱歉啊，以后有机会再合作。"

对方悻悻地挂断了电话。

向嘉拿着手机翻看了一会儿新闻，她已经从热搜上下去了。向嘉没登微博，也没有回应任何事。

新闻上没有什么新鲜事，向嘉随意翻着，有几条商界的新闻。传闻荣明集团的董事长谢明义癌症晚期，被记者拍到他戴着口罩瘦骨嶙峋出现在澳门街头，旁边跟着现任情人，对他十分嫌弃，离得很远。

这位老渣男在豪门圈相当有名，靠前妻发家后过河拆桥，抛妻弃子，独开小灶，前几年还跟前妻叫板，报应居然来得这么快。

这种豪门圈离向嘉太远了，她这种凡人只是偶尔看一眼热闹。

热搜里的评论并不多，可能是对手公司找人发布的。董事长快死了公司还没有确定接班人，股票肯定会受影响。

向嘉不玩股票，对她没影响。

澳门。

向嘉猛然想到林清和还在澳门，连忙拿起平板电脑。平板电脑已经没电关机了，不知道什么时候关机的。

她拿起手机打开微信，看到微信通话中断在早上五点。

昨晚零点，林清和给她发了个晚安。

零点二十分,他又发了航班信息截图。

他下午三点到相城。

向嘉刻意把工作都安排到上午,留出下午时间去接林清和。

结果吃过午饭接到县里通知,县里领导要过来看现场。

县里非常重视旅游开发,也很重视桐镇的开发,向嘉这次还上了热搜,他们想来看看向嘉的项目进行得怎么样。

突如其来的安排,让向嘉如遭雷劈。

这种审查,谁离场她都不能离场,这是她的场子,她得镇住了。

她想打电话跟林清和解释一遍,但林清和应该在飞机上,电话打不通。她发了条微信消息给林清和,把车钥匙交给陈小山,让陈小山去接人,然后自己急匆匆地奔向了现场。

规划图、施工图、未来蓝图,要全部记在脑子里,未来发展,公司规模,还要背文书。向嘉以前没有做过跟政府接洽的工作,这半个月来她已经感受到这份工作的严谨性了,跟她之前的工作性质完全不一样。

唐安一看这个场面先溜了。

现场还有记者,向嘉在进场之前有些怕,真正到镜头前跟人聊起来,她很快就掌控了局面。她抗压能力强,越是压力大,她心态越是好,越是冷静。

晚上六点半,项目全部看完,她被一起带去县城吃晚饭,县里把他们这些开发商聚到一起组了个饭局。

向嘉是这些开发商里财力最弱的、最没钱的,全凭一张脸混到现在。谁说话她都要仔细地听,这种场合,她不能拿手机出来。

饭局是晚上九点半结束,向嘉喝了两杯白酒,脑子还是清醒的,只是脚步有些飘。她跟中城建设的负责人互相留了联系方式,谢绝了县里安排车送她。

她想在县城走走，顺便给林清和买个礼物，怕把这位气跑路了。

向嘉从裤兜里拿出手机，打开了微信，赫然看到她给林清和发的那条消息前面有红色感叹号，向嘉握着手机停住脚步。她没发出去，当时太忙就没机会看了。

晚风微凉，吹拂着她的头发。

向嘉抬手把发簪拔掉，让头发散了下来，垂落在肩膀上。她抿了下唇，先看陈小山的消息。

陈小山：林哥去接你了，我把车钥匙给林哥了。

林清和在哪里接她？

向嘉握着手机，环顾四周，没看到她的车，也没看到林清和，按着手机屏幕给林清和发消息：在哪里？来接我，快一点，林老板。

迎面有几个男人走了过来，街道空旷，前面就是公交车站牌。对面有一个烧烤摊在烤着鸡翅，香气飘了过来。

花树被风吹动，花香飘荡在空气中，烧烤的香气也荡漾着。

向嘉有些饿了，饭局上她没吃饱。大家抽烟喝酒，向嘉实在是没胃口。她打算去对面买一点烧烤，林清和好像喜欢吃烤蘑菇，给他带一些。

向嘉走下台阶那一瞬间，感觉到后面吹来一阵风，她本能地低头躲了下，听到巨大一声响，钢管砸到了她旁边的广告牌上。

她本能反应比脑子更快，年少时的打架场面一瞬间涌入大脑，她拔腿就跑。

黑色SUV急刹横停到了马路上，响起刺耳的刹车声。那几个男人已经追到了路上，向嘉个子不高，怕穿平底鞋没有气势，今天特意穿的高跟鞋。

脚下一崴，她直接踢掉了高跟鞋，把包缠上手腕，不行就回头打架。

她绝不等死。

驾驶座车门打开，林清和奔向了她，一把捞过她推到了车身上，然后抬脚踹翻了最近的男人。那一脚特别狠，被踹的男人摔出去躺了半天也没爬起来。

他抓住了挥过来的钢管，用力一折对方手腕，对方发出惨叫。他夺了钢管，抬脚把人踹出去，反手把斜对面冲过来的男人抽翻在地上。

林清和在电话里说："你看我像会飞奔的人吗？"

他永远都是懒洋洋的，对什么都不在乎，做事不紧不慢，他不发脾气也不着急上火，再生气也不过是沉默，向嘉从来没见他动作那么迅速过。

她撞到了车头上，回身的时候，林清和已经撂翻三个，朝最后两人走去。

对方一共五个人。

向嘉反应极快，拿着手机拨号报警。

她在县城待得太安逸了，这里所有人都护着她，对她礼让三分，她都快忘记这个社会上存在着很多危险，钩心斗角，人心险恶。

想她死的人有很多，一直都有很多。

人在高处，树大招风。

她这么招摇，盯着她的人有很多。

往常她身边都跟着人，要么就是开着车，她有一层保障。

今天大概是喝了点酒，脑子飘了，她居然一个人在县城溜达。

向嘉握着手机，迅速跟对方报了这边的地址。

林清和把第四个人撂翻，第五个人跑了。

他拎着钢管，扭头看过来，风吹动了他的白衬衣。他今天穿了件特别漂亮的白衬衣，原本应该是斯文优雅、清冷干净。但此刻，他手上拎着沾血的钢管，手背上的筋骨绷得很紧。沉黑的眼里满是冷厉，斯文散尽，凌厉劲儿蔓延开来。

向嘉第一次看林清和打架，他的动作稳准狠没有丝毫拖泥带水，非常利落，应该是练过的。

向嘉挂断报警电话，又打给今晚饭局上管事的人。等对方接通，她立刻开口:"我是向嘉,我刚才差点死在溧县,就在吃饭的酒店门口,我被人袭击了,他们是想要我的命。五个人,跑了一个。"

"我们马上过去!你先找个安全的地方待着,马上,你别害怕。"

"我希望,这件事给我一个交代。"向嘉挂断电话,握着手机,看着不远处的林清和,缓慢地呼吸。

烧烤摊上的人跑了过来,有人询问发生了什么。

真正的打架就是这样,从开始到结束可能只是一刹那,来不及摆什么姿势,或者有什么心理活动,全是本能。

瞬间开始,瞬间结束。

向嘉握着手机,缓慢地呼吸,她看着不远处的林清和,她的头发散在身后,被风吹散了。

林清和丢下了钢管,钢管落到水泥地上,"哐当"一声响。他喉结滚了下,抿了下嘴角,逆着光走到了向嘉面前。

他先把向嘉抱起来放到了引擎盖上,两根修长的手指捏着向嘉的后颈再到她的脸侧,然后到脖子、肩膀,他手指的纹路贴着向嘉细腻的肌肤,缓慢下滑,一直滑到手臂上,他捏了下,嗓音暗沉:"受伤了吗?"

向嘉摇头:"反应快,躲过去了。"

他身上的锋利劲儿还在,有一种压迫感。他从裤兜里摸出纸巾,弯腰半蹲着,抬起向嘉的脚,缓慢仔细地擦掉上面的沙砾。她的脚掌没事,倒是脚后跟一片血痕,穿高跟鞋磨的。

远处响起了警笛声,越来越近。

他的指尖似乎在颤抖。

"林清和,我以为你生气不接我了。"向嘉的脚有些痒,她看着林清和宽大的手掌托着她的脚踝。他细慢地擦,小心翼翼地碰她的伤口,睫毛沉黑稠密,在阴影里压出更浓重的阴影。

"我去买花了，"林清和开口时声音哑得像是在梅雨季节里泡了很长时间，不见天日的潮热湿暗，"没不接你。"

"哦，我没事。"向嘉试探着伸手摸了下他的头发，短寸的发茬比刺猬的刺儿软多了。林清和会打架，还出手那么凶，他说过他脾气不太好。她又道，"脚后跟的伤是我穿高跟鞋磨的，你受伤了吗？"

围过来的人越来越多，向嘉余光看到了警灯闪烁，她说："你帮我把高跟鞋捡回来，我穿上——"

林清和忽然起身，双手撑着引擎盖，倾身往前一压，他把向嘉整个圈进怀里。向嘉呼吸不畅，他太高了，这样罩着她，她连动弹的机会都没有。

"林……"

他猛地往前，高挺鼻梁碰上了她的脸颊，唇压着她的唇，把她的声音堵了回去。

风仿佛停止了，天地静谧。

炽热的呼吸缓慢地交织纠缠。

林清和的睫毛太长了，碰到了她的脸，带起了令人战栗的痒意。向嘉屏住了呼吸，她想动一下，可她被困住了。

她被困在方寸之间，密不透风，她只有林清和。

他的唇很软，微微的凉，上面有一点薄荷糖的甜。

向嘉听到自己的心跳，或者，是林清和的心跳。

他们贴着，漫长寂静里蕴藏着山雨欲来的疯狂。

向嘉心跳飞快，感觉一切在失控，她想叫停。

林清和抬手，修长骨节分明的手指穿过向嘉的头发触到发根，贴着她的头皮滑下去，虎口卡住了她的后颈。他侧了下头，长驱直入，深重的吻疯狂得如同夏天突如其来的暴雨。

他凶狠地吻着向嘉，向嘉想往后退，他把她拖了回来。

"圈住我的脖子，回应我。"

我飞奔向你，我抱住你，吻住了你。

向嘉仿佛在雨夜里飙车，时速超过两百，方向盘和油门不在自己的手里，车速太快以至于视线模糊，耳边除了风声什么都没有。

肾上腺素飙升会给人带来极致的兴奋，心跳与血液都在飙升，她在这种疯狂下隐隐约约生出恐惧。

结束时所有人都到了。

向嘉在林清和的怀里短暂地休整，她压下指尖的战栗，平复快速跳动的心脏，恢复呼吸频率。

"我们是来这里投资，给这里送钱，而不是来送命。"林清和沉着脸，绕到越野车的后备厢取出新的运动鞋。他把买给向嘉的情侣鞋拆开，弯腰给向嘉穿上，向嘉一双眼潮湿沉黑还带着一点茫然。

"如果这个地方，治安就这个样子，趁早别做旅游了。"他声音不大，冷而沉，每一个字都具备压力，"你们做不起来旅游，你们连基本安全都保障不了，谁敢来玩？"

向嘉撑在引擎盖上，白天是晴天，经过一天的暴晒引擎盖还是热的。她的手掌按着炽热的金属，感受到林清和有力的手指托着她的脚，给她穿鞋。

哪里来的鞋？

她后知后觉地看了眼，好像是某一线运动品牌的联名款限量运动鞋。

"我看了，这里至少有六个监控。"林清和扶着向嘉，让向嘉下了引擎盖。他站在人群中护着身边的向嘉，身上的凌厉瞬间漫开，他从来都不是温和的人，"六个监控，若是今晚都调查不出一个结果，这能力——"

向嘉拉了下他的手，他也就没再继续。

地上四个人都受了伤，动弹不得，林清和下手是真狠。他打架时没有一招是虚的，他的动手就是为了让对方在最短时间丧失行动力。

向嘉之所以打第二个电话,是怕他搞成防卫过当。

她全程一言不发,沉着脸等别人解释,也是在思索,万一林清和被殃及了,她要怎么处理。

大概,会拿全部换林清和安全。

沉溺

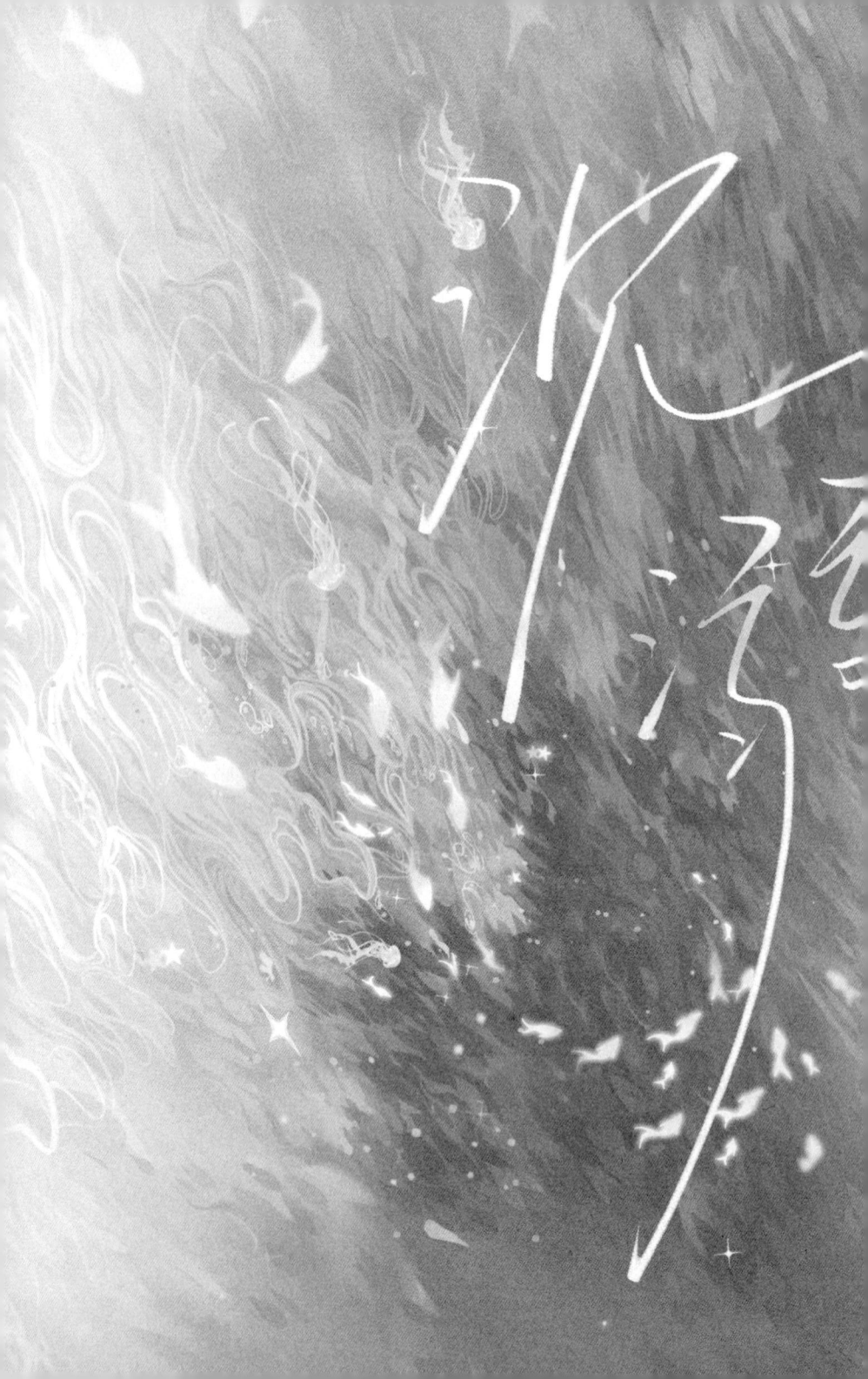

有爱的青春陪伴者

我会像热爱理想一样热爱你。

一

沉溺

周沅 著

沉溺 下

江苏凤凰文艺出版社

▶ 林清和在灯光的指引下,登上了一座叫向嘉的陆地。

从此,他靠了岸,有了归宿。

第七章·
陷入失控

六个监控有三个完好,拍到了向嘉被袭击的全过程。非常惊险,她若是没有下那级台阶,反应没那么快,她现在命已经没了。

逃跑的那个人很快就被抓回来了,审查过程没有多复杂,当晚就拿到了结果。跟桐镇的开发有关系,那三个坚决不拆的兄弟被带走后,他们背后的承包商心有不甘。

他们是本地的地头蛇,向嘉一个外来户,还是个女人,居然敢在他们的地盘耀武扬威。

他们决定给向嘉一个教训,于是便有了今晚这出。

阻挠发展,阻挠当地工程建设。

幸好不是向嘉的私人恩怨,她听到这个结果松一口气,这件事不会定性为防卫过当。

凌晨一点,向嘉和林清和才从派出所出来。

她的车被人开到了派出所门口,他们是坐警车过来的。

向嘉仰起头看天,今晚没有月亮,天有些阴。

起风了,凉风卷起她的头发,她下了台阶走到她的车前,拉开了副驾驶座的车门,看到座位下面的地垫上躺着一束白色风信子。

花瓣散了一地,林清和急刹的时候,花滚了下去。

她弯腰捡起花,抚平外面的包装,坐进车厢,拉上安全带。等林清和上车,她抱着花笑着道:"谢谢,我收到了,我很喜欢。"

他精心打扮,带着花来接向嘉。

本来今晚会有个浪漫的约会。

林清和没说话,沉默着把车开了出去。他手背上的筋骨绷紧,他握着方向盘,把车开上了主干道。

晚上的县城寂静,街道空无一人。路灯静静亮着,路过烂尾楼的时候,向嘉看到上面已经搭上新的网架,写着"中城建设"几个字的横幅从上拉到下。

"按照县城的最新规划,旅游是他们的首要大事,如今我站在宣传口。我们也是有筹码的,你不用太担心,这件事不会定位防卫过当。"

林清和看了向嘉一眼,蹙眉,嗓音暗沉:"我在意的不是这个。"

"不用太担心我,你看我今天是无意中躲过去的,其实我是有一些东西在身上的。我的第一个男朋友就是个挺浑的坏学生,我以前打架很凶,我有丰富的打架经验。"

林清和在红灯前刹车,转头面无表情地盯着她。

"很久以前,玩玩而已,跟现在谈恋爱不一样。"向嘉指了指前面的路,莫名心虚,那种失控感又浮了上来,"绿灯了,开你的车。"

林清和用舌尖顶了顶嘴角,沉默着松开刹车,踩着油门开了出去。

向嘉看了眼他凌厉的侧脸轮廓在光影下锋利得有棱有角。

她确认了,在林清和面前她绝对占不到优势。林清和的控制欲很强,接个吻都把她按得死死的。

"那时候积累的打架经验,后来我创业再遇到打架就游刃有余得多。你看我长这么漂亮,遇到危险的系数就比别人高,我要是一点防身能力都没有,你现在都见不到我。你今天没给我发挥空间,一下子把人全撂倒了,不然我让你看看我怎么打架。向总,巾帼不让须眉。"向嘉尽可能语调轻松,想缓解下气氛,今晚林清和给她带来的冲击太大。

SUV进入山路,穿梭在黑暗中。远光灯照着对面山林,黑暗在飞速后退。

林清和握着方向盘,没有笑也没有任何表情。

那根钢管离向嘉的头只有几寸,差一点。

她的人生什么时候容易过了?她那张衣衫不整地从秦朗家出来的照片现在网上还能搜到,当时里面有多少人?她是怎么走出来的?

她轻描淡写说的过去,哪一件不比那根钢管凶险?

随便一件事,都很要命。

"不用太担心我。"向嘉很轻地抚着手里的风信子花瓣,风信子娇嫩,有一些地方已经折了。

白色风信子的花语是沉静的爱。

林清和爱她吗?向嘉长这么大从来没有遇到过对她这么好的人:珍惜她,遇到危险义无反顾地挡在她前面,挡住风雨。

向嘉松开了玩花的手,回去要找个花瓶把它养起来,她从来没有养过花,不知道能活几天。

"你打架挺厉害的,怎么练出来的?是系统地学过吗?"

林清和的打架技术出乎向嘉的意料,他那个动作是具有毁灭性的,很危险,一不小心就会进去。

"学过一点。"林清和学过,但更多的是实战经验。他曾经有过一段很疯狂的混乱期,为了脱离林安可的掌控,打架斗殴什么都做。但他现在不太想跟向嘉透露那些过去,向嘉好像不是很喜欢他动手。

"学这个干什么?"

"在酒吧工作,街头卖艺,在这些地方不学点防身术站不住脚。"林清和抚了下方向盘,避重就轻,"你那次——"

"什么?"

"秦朗那个聚会一共有几个人?分别是谁?"

"怎么,你要帮我一个个报仇?"向嘉抱着花,笑着看林清和,"不用的,都过去了。何况,他们离我们太远了。秦朗能有这种报应,我已经很满意了,过去的事我不追究。"

"有谁？叫什么你知道吗？"林清和缓了下紧绷的神经，尽可能语调平和，"我不报仇，只想把他们记住。"

把欺负你的人都记住。

向嘉觉得他这个想法有点可爱，让她找回一点之前林清和的影子。

"六个还是七个。"向嘉仔细想了想，跟林清和报人名，确定了，七个。大多是家里有点钱的纨绔，无所事事混网红圈，炫富吸引一群低龄粉，"他们都挺尬的，家里有钱保护得好，没真正遇到过狠人。我一狠，他们一个个躲得老远，怕我真发疯对他们做些什么。"

车厢内寂静，向嘉看林清和冷沉的脸，说道："你别那么紧张，我没吃过大亏，我运气挺好。我师父说我是遇贵人命，一生会遇到很多贵人，逢凶化吉，不会有大危险。"

林清和缓慢地呼吸，他感觉胸口压抑得有些疼了。

他想做事，他得有绝对的能力护住向嘉。这样的事，不能再发生了。

"只是吓唬吓唬他们，我很惜命。我未来一定会赚很多钱，我还没有好好潇洒挥霍过，我舍不得死。今天的事怪我大意，以后我会注意。"

车转过最后一道弯，林清和开口："如果实现财富自由，你最想干什么？"

"哪种自由？不需要我管就大把大把来钱的那种自由吗？"

"嗯。"

向嘉笑了起来，那种快乐，她不敢想，但做梦系列肯定是怎么快乐怎么来。

"那我会留一年时间备考，然后申请伦敦时装学院硕士，我一定要把我吹的牛都实现了。"

"毕业以后呢？"

"做我自己的时装品牌，开全球连锁店。"车已经进了小镇主街，向嘉抬手解安全带，说道，"让明星以穿我的衣服为荣。"

"还有吗？"林清和关掉了远光灯，握着方向盘把车拐进停车位。

"我想这些做完，我应该不年轻了。我可能会买一个带院子的房子，学着养花，养一只猫。我想养温顺一点的长毛猫，会摊开肚皮让我撸让我摸。"

向嘉觉得太遥远了，漫长的时间，很多东西是不可控的。

她看了眼身边人，如果林清和那时候还在，她会在房子里搞个台球桌，让林清和穿上白衬衣和裁剪合体的西装长裤打台球。

她不打球，她欣赏春色。

希望那时候林清和还在，身材还能保持这么好。向嘉把这个念头驱赶出大脑，她不想给自己设限，她只期待有把握的事，极少期待缥缈的事，一旦期待了，就会放心思在上面，将来实现不了会很失望。

人，是最不可控的。

"你现在想养猫吗？"

"不想。"向嘉等车停稳，推开车门下去。

"为什么？"林清和从另一边下车，绕到车尾去拿东西。

"养不活。"向嘉停在原地等他，终于意识到脚下的鞋很好穿，很软很舒服，她活动着脚，"这双鞋子哪里来的？"

林清和从后备厢里取出行李箱，还有几个手提袋。他关上后备厢，在尾灯闪烁下走向回家的路。

"给你带的礼物，还有一些，到家再给你。"

向嘉眨眨眼，快乐，快步跟上林清和："什么礼物？你都给我带了什么？给我拿几个。"

"不用，回家再拆。"林清和避开她的手，不让她拎，大步往下面走，"饿了吗？要吃点东西再睡吗？"

"不吃了，吃完东西睡觉胃难受，太晚了。"向嘉原本有点饿，经过这番折腾，她吃不下任何东西。她抱着花跟在林清和身后，看他衬衣下脊背隐隐约约的轮廓，骨骼清晰，背很直。腰腹有明显紧实的曲线，他一定有腹肌，不是那种模特吃蛋白粉练出来的腹肌，应该很紧实，有凌厉的线条。

往日她看这些是美好的，现在看这些，他斯文有礼的衬衣下面包裹着富含力量的肌肉，隐含着威胁。

男女力量悬殊,向嘉很少跟男的正面刚,她擅长四两拨千斤。

但刚才林清和把她往车上一按,她拨不动。

林清和的手能轻而易举地握住她的脖颈,把她的手包裹在掌心里。他的腿压着向嘉的腿,向嘉感觉到他蓬勃的力量,那力量具有强烈的压迫性。

吞天食地。

他一只手都能握住向嘉的腰,拇指卡着她的胯骨,骨节分明的修长手指横到她的后腰,抵到她的尾椎骨,把她逼到他的身上。

她如此渺小。

林清和斯文冷静的外表下是强势的控制欲,那是他的本性。

向嘉的本性也是强势的,她从不做没把握的事,她不愿意把命运交到别人手里。八百个心眼都拿来算计人,把每个人都算到她的局里,怎么会允许别人控制她?

她的方向盘可以交到林清和的手里,让他操控。前提条件是主控权必须在她的手里,她需要一键暂停权,只要她启动了,她可以随意操纵速度与方向。

现在的林清和,她控制不了。

如果跟他在一起,向嘉会被他钉住,如一条真正的鱼任他摆布。

喜怒哀乐都在他的掌控下,开关在他手里。

向嘉是真喜欢林清和,可她又恐惧被掌控。

两人一前一后进院子。院子里灯火通明,厨房灯也亮着,阿乌躺在院子的椅子上睡觉,一副随时准备起来给人做饭的样子。

黑猫困得瘫在地上都不愿意来蹭林清和。

向嘉让林清和先上楼,她叫醒阿乌,让阿乌回房间睡觉。

"姐,你晚上吃好了吗?我准备了面,给你下一碗?"阿乌困得眼睛都睁不开,还想着往厨房走。

"去睡吧,我和林老板在县城吃了,别操心了。"向嘉去关厨房的灯,"快两点了,我也要睡了。"

阿乌抢着来关灯，向嘉也不跟她抢了，转身上楼。

二楼走廊没开灯，林清和的房间门开着，但也没开灯。一楼微弱的灯光能照亮方寸，向嘉懒得拿手机出来照明。

她踏上台阶往自己房间走，看到林清和单手插兜，倚靠在她房间门口的栏杆上，脚边放着几个袋子。

"放这里就行了。"向嘉快步走过去拿钥匙开门，问道，"你都买了什么？这么多，花了多少钱？"

"今晚，你睡哪里？"林清和直起身抽出手，掀起稠密睫毛，在黑暗中注视着向嘉，嗓音沉缓，"睡你这里，还是睡我那里？"

没开灯，林清和身上的气势却一点不弱，昏暗里，他俊美五官深邃，眼眸又沉又黑。

向嘉攥着钥匙，走近一些，压低声音："今晚太累了，你不累吗？"

"还行。"林清和又往后靠，他倚着栏杆，在黑暗中看了向嘉一会儿，道，"明天你可以晚起一会儿，公司的事我去处理。天气预报有雨，穿厚点。"

"嗯。"向嘉把钥匙插进了锁孔，在钥匙齿轮转动声中，说道，"谢谢啊，给我带这么多东西。"

"你要不说谢，我还挺高兴给你带。"林清和往后仰了一些，看头顶暗沉的天空，语调懒懒，"下次不带了。"

阿乌关掉了一楼院子的灯，只有一点昏暗的光隐隐约约能看清人。

向嘉笑了起来，推开门，倚在门框上，看林清和的下颌与脖颈拉出冷冽线条，性感冷艳。想碰他的喉结，可她知道一旦碰了，就由不得她了。

"听说打针有一些副作用，你怎么样？"向嘉走进房里，去开灯，"晚上别洗澡，等明天再洗。"

"咔"的一声，房间的灯亮了起来。

林清和眯了下眼，随即双手插兜，离开了栏杆："向嘉，如果你想离开这里，多少钱我都损失得起。想重新做时装，也可以启动，我去给你找门路。"

"做什么都一样,都会遇到这样那样的问题。投了那么多钱和精力进去,哪能半途而废。"向嘉把包和花一起放到了缝纫机上,转头看林清和,"那么多人期待的项目,我不能那么不负责任,这又不是做不下去了,只是遇到个小喽喽。你别操心了,早点睡。"

林清和双手插兜,长腿微敞着,站姿松散,沉黑的眼审视向嘉。

"要不,你进来,我们晚上睡素觉?"向嘉彻底转过身,让开门,"我的床比你的大。"

声音落下那瞬间,外面的蛐蛐都不叫了。

夜风吹拂过院子里的合欢树,卷到了走廊里,吹动了林清和的白衬衣。

林清和站在门口,向嘉站在门里。

向嘉的嘴角甚至还带着一点笑意,她的眼睛里有很明显的疲惫。

"素觉?"林清和挑了下眉尾,嘴角也上扬,"你的花样真多。"

向嘉弯着眼睛笑了一会儿,说道:"我累得快晕过去了,要不要睡?睡的话你帮我换床单,我去洗个澡。"

向嘉的房间装修很干净,主色调是浅绿,里面有很多她自己做的手工。床是比林清和的大,一米八的。

林清和的床只有一米五,睡两个人有点挤。

起风了,夜晚凉了起来。

"换什么床单?"林清和淡淡地问道。

"我去拿。"向嘉转身的时候,心快跳出来。她也不知道为什么自己会提出这么荒唐的建议,大概是林清和眼里有一点失望吧,他在澳门的前一夜,她刻意给他编了一个美梦。

结果一样没实现,她太残忍了。

向嘉都觉得自己不是人,不干一点人事。

"铺这套浅绿色的可以吧?"向嘉抽出浅绿色的四件套,她的衣柜东西摆放整齐,她是个很干练的人,从里到外都干练,"要换被罩吗?我真没力气换,你想换自己换。柜子里有多余的被子,但没有枕头,你把你的枕头拿过来。床上的文件,先放地上。"

"我去洗澡,你收拾着。"向嘉拿了套睡衣,想迫切地离开这里。

路过房门口,她看到了那束花,说道:"我不喜欢睡里面,你把外面的位置留给我。如果方便,帮我找个瓶子把这束花插起来,我不会插花。"

林清和面无表情地弯腰把门口的袋子全部提了进来,环顾四周。

他不是第一次进向嘉的房间,但上次来她的床头还没有那么多文件。床上和床头柜上,到处都是文件。虽然堆放得很整齐,但看起来很逼仄。

林清和挽起了衬衣袖子,拧眉:"人招得怎么样?"

"有能力的不来山里。"向嘉回道,"县里说帮忙招人,看看有没有用吧。目前我找的,一个都不行。"

"你以前公司的人带不来?"

"好不容易挤进上海,有几个人愿意出来?我们属于逆行者。"向嘉和林清和这样的是极少数,"行吧,我去洗澡了。明天还有事,再耽误天都亮了。"

向嘉洗澡的时候简直想挖个坑把自己埋了,成年人还能睡素的?林清和亲人的劲儿,能跟她睡素的?

这种焦虑一直持续到她吹头发,想起HPV疫苗打完后二十四小时内不能有性生活,才满意地擦干头发,涂上护肤品出了门。

林清和在一楼院子里洗漱,向嘉听到水声看了眼,看到男人在黑暗中高大的背影。走进房里,床头柜上的文件已经收拾干净了,全部码放在靠门口的位置。

她看了眼,按照类别分了堆。平板电脑还有她的备用手机都在上面放着,床上很干净,绿色床单绿色枕头,两个枕头摆在一起。

他把他的枕头拿了过来。

床上有两条被子,她的被子换上了浅绿色被罩,林清和的被套是深灰色的,整齐地放在另一边。床头柜上摆着一个玻璃瓶,里面插着一束新鲜的风

291

信子,灯光下花瓣莹白洁净。

向嘉笑了起来,这花太漂亮了。

这里太像个家了,洁净的房间,有花有人的气息。

她无声地笑了一会儿,也松散下来,转身去看林清和带来的礼物。

同居也许不是坏事。

林清和给她带了六个袋子,其中两个是食品袋、一个服装品牌的袋子、两个护肤品的袋子,还有一个看起来有点昂贵的小袋子。没有LOGO,没有任何装饰,纯黑色,根本看不出来里面装的什么。

向嘉取了一盒食品拆开,一袋子糕点,不是那种礼盒装,而是那种去店里买,让人用打包盒装好。

透明的打包盒能看出来里面是什么,基本上一种糕点一盒。最下面碎了大半,可能是今天车子急刹,下面的撞碎了。

门口有脚步声,随后关上了门,风被关到了门外。

向嘉拆了一盒杏仁饼,取了一块咬了一口,又酥又香。

"这个很好吃,不是很甜。"向嘉用手接着碎渣,扭头看林清和。

他换上了一件白色棉质衬衣配黑色长裤,很好看,但不像是睡衣。林清和正在拉窗帘,窗帘的自动轨道坏了,向嘉平时得用很大力气才能拉上。

他长手一勾顶端,窗帘上卡住的弹簧弹了出来,轻轻松松自动拉上了。

长得高真有用。

"要不要吃?"向嘉把杏仁饼的盒子递给他。

林清和看了眼她手里的东西,微蹙眉。他刷过牙后从不吃东西,但向嘉眼底有期待,她嘴角还有饼干渣,眼睛很亮。

那么好吃吗?

杏仁饼不大,她手上那块被她咬了两口,还剩下一小角在她白皙的手指间捏着。白生生的手指,让小饼看起来味道不错。

林清和走到向嘉面前,低头咬走了她手上那块,面无表情地仰起头把饼干含进嘴里,尽可能别沾到身体。他迈着长腿大步绕过床尾,从另一边上床,若无其事地咽下了杏仁饼。他拿起床头的手机:"吃完早点睡,别太晚。"

顾长影子在向嘉面前一晃,她只觉得手指一热,随即空了。林清和走远,向嘉清楚地感受到他的唇碰到自己的指尖,他的唇很软。

他刚洗漱过,身上还有薄荷的味道,带着一股子从外面回来的寒意。

他把她吃了一半的糕点给叼走了。

向嘉嗓子深处有点痒,她把糕点盒盖子盖回去:"这个需要放冰箱吗?"

"应该不用,今晚温度不高。"林清和靠在床头,垂着眼玩手机,床头灯亮着,他声音微微沙哑。

"你怎么买了这么多?"向嘉最爱这两袋点心,特别爱。小时候外婆每次去镇上或县城卖绣品,都会给她带一些小零食。

"不知道哪个好吃,一样买了一份。"

林清和翻了半天手机,一个字都没看进去,他都不知道自己在翻什么。

为什么要跟向嘉睡一张床,太离谱了。

莫名其妙跑过来给她换了床单,莫名其妙坐到了她的床头,他到底是中什么邪了!

向嘉今晚最开始明显是拒绝的,并不想跟他住一起。

她眼底有迟疑,甚至有点排斥。

没了浓情蜜意,她不想要林清和了。

或许是被他吓到了,或者是腻了。那一瞬间,向嘉是想结束的吧?

不想玩了。

她就是这个德行。

当时他就应该干脆利落地掉头就走,正好结束这种奇葩诡异的关系。各不相干,有多远滚多远。

省得一天到晚撩拨他、骚扰他。

到底是怎么上了向嘉的床？还给她换床单，给她收拾房间。他怎么这么贤惠呢！女人都没他贤惠！

他都可以去与阿乌竞争了，他可以跟阿乌比谁更贤惠。

杏仁酥是什么味他都不知道，就知道咽下去了。

这个鬼地方，他一分钟都不想待了。

到底是哪里让向嘉突然不想玩了？他技术不好？吻得她不舒服？上次喝醉酒的时候，她不就喜欢这样吗？

不醉的时候不喜欢了？

她三心二意，朝秦暮楚，三分钟热度。喜欢撩一把，不喜欢就把人晾着。

没有心的渣渣。

今晚向嘉的情绪其实一直不对劲，不过是他忽略了。他的注意力在向嘉差点没命上，向嘉差点就死了，差一点点。

仔细想想，在车上的时候，向嘉就心不在焉。要是以前，估计早贴上来抱抱亲亲摸摸了，今天她没有，也没有出口撩他。

他在车上想着给向嘉未来，向嘉是不是在想怎么跟他提分手？

没心没肺，没有一点感情的白眼狼。

向嘉抽湿纸巾擦手，晃着白皙的两条腿过来。

她的睡衣是两件式，上面是黑色宽吊带，下面是同样颜色的短裤。两条腿白得晃眼，又细又直。

小小的一只，细胳膊细腿，脆弱得不堪一击。

她先跪上了床，随即才掀开被子。

林清和的视线掠过她的脚后跟："需要处理脚上的伤吗？"

"你说这个？"向嘉抬起脚晃了下，"已经结痂了，明天就能好。"

林清和抬手按了下眉心，修长的手指拢着眉眼。

现在摔门而去是不是有点神经病了？

"你头疼？是不是没睡好？"向嘉把腿放回去，盖上被子，转头看林清和,"要不要帮你按按?"

按什么按!

深更半夜,孤男寡女躺在一张床上,一个人看脚一个人按头?

"怎么按?"林清和放下了手,黑眸注视着向嘉。

"你把手机放下,别玩手机。躺下去,头往我这边歪点。"向嘉找到事做就没那么尴尬了,"以前我的美容师教我的,舒缓神经。"

林清和躺下去看着她。

"眼睛闭上。"

他有病吗?他听向嘉的,她都要把他甩了。

向嘉半跪在床头,柔软漆黑的长发垂落,她用期待的眼神看着他。

林清和闭上眼。

算了,眼不见为净。

向嘉柔软的手指落到他的太阳穴上,缓慢地按着。这种感觉挺奇怪的,但向嘉对林清和一直有种天然的亲近感,她很喜欢靠近林清和。

可能林清和能给她带来安全感吧,他出门会给她带礼物,每一次都带。上一次带了一千万,这一次给她带了很多很多甜点。

她放不开他。

向嘉的手指划到他的眉心,说道:"你昨晚睡了几个小时?别皱眉。"

"四个。"林清和回答她,舒展了眉心。

"今天在飞机上睡了吗?"

"我从不在飞机上睡觉。"

"你是不是有些焦虑?"向嘉问他。

林清和没回答她。

"你刚打完HPV,反正我们什么也做不了,聊聊天。"

"想聊什么?"林清和声音低缓。

"不知道。"向嘉在考虑要不要跟他聊聊今晚的吻,她看着林清和的眼睫毛,他的眼睫毛真长啊,在眼底下能投出那么大的一片阴影,"随便聊聊,你还在吃药吗?"

他静了一会儿,说道:"最近没吃。"

林清和如果能一直保持着这种平和多好,她就可以放肆撩他了。

她很想摸一下他的鼻梁,他的鼻梁很高,接吻的时候一直戳她。她也想亲林清和,但不是他那么凶的亲法,她想温柔地亲。

可他那么高大,反手就能把她按到床上为所欲为。

太危险了,这太危险。

向嘉的腿跪得有些麻,她最后碰了下林清和的头发,躺回去抬手关灯,钻进被子里,说道:"你年少时有没有什么开心的事?"

林清和在黑暗中睁开眼,看着天花板。

向嘉就在不远处,没跟他睡一床被子,这叫睡素觉?

黑暗让听觉灵敏,一切声音都变得清晰起来。

他能清晰地听到向嘉的呼吸声,柔柔地、缓慢地勾引着他。似乎想跟他的呼吸纠缠,丝丝缕缕地缠绕,他们的呼吸频率一会儿同步一会儿不同步。

她的每一个动静都能传达到他这里,他闻到她身上的甜香,她刚吃了杏仁饼。

"没有。"他回答向嘉。

"我十二岁之前是有的,后来就没有了。"向嘉笑一声,说道,"我被外婆养到十二岁,她确诊了阿尔兹海默症后,被送到了养老院。我被接回上海扔到一所县中寄宿学校,从头到尾没有人问我愿不愿意。那个破县中,一个月放一次假,陌生的环境,我连普通话都不会说。我想外婆,我想离开,可我没有能力,抉择权在我妈手里。我熬过了最难熬的一个月,我活着撑下来了,我迫不及待地想回去看外婆。我妈答应我,只要我乖,我成绩跟得上,我学会说最标准的普通话,就带我去看外婆。她骗我,我都做到了,她才告诉我,外婆早就去世了,在我离开的第一周就淹死了。"

外面变天了,风刮过树木呼啸而至。

向嘉在黑暗中看着林清和模糊的脸，把话说完："在我的概念里，失控意味着失去，我讨厌被人左右。"

林清和蹙眉，沉默了很长时间，说："你想说什么？"

"今晚我们接吻，我觉得我完全失去了自己，在你的主导中，喜怒哀乐都是你的，我只能被迫承受，虽然你吻技很好。可我更多的是恐惧，这让我不安。"

林清和沉默了很长时间，问道："这就是你今晚反常的原因？"

"嗯。"向嘉看向林清和眼睛的方向，"我需要一种我想叫停就能停住的关系，不管是生理还是心理。而不是失去控制，被别人决定一切。"

林清和在黑暗中看她，语调慢沉，字句清晰："翻译过来：你想要一份你完全主导，你置身事外的关系。你撩我的时候，我接受；你放手的时候，我自动消失。"

"不是，我说过只要你不走，我不会先走。我对你是认真的，我不会辜负你。"向嘉立刻反驳，她虽然本能里有这个想法，摊得太开，他们会彻底完蛋，她不想结束，"我要的是另一个方向，不知道你能不能理解。方式上的，我希望能以我为主。"

林清和蹙眉。

"我不想要你给予的，我想要我能掌控的完全的你。你是个很强大的男人，在力量上天生占据优势，我知道，我掌控不了你。"

林清和亲向嘉的时候占有欲达到了巅峰，他喜欢那种侵略式的接吻。他把她困在怀里，随心所欲地占有她，那一刻向嘉完全属于他，喜怒哀乐都是他的。

林清和的手伸过去，向嘉没躲，她在黑暗里看他。

他修长的手指缓慢地落到她的头顶，穿过她柔软的发丝，手背碰触到枕头，指尖摩挲着她的发根。缓慢向下，他的手指骨贴上了她的后颈。指腹与肌肤相贴，他的虎口完全卡住她的脖子。女人脆弱的脖颈纤细白皙，就在他的掌心里。他的拇指抵着向嘉的皮肤，感受着脉动，这是人类最脆弱的地方。

"如果我不愿意呢？"他问。

这个行为很危险，对于他们两个都是。

可他放着，向嘉没动。

"我不知道，我不想跟你分开。"向嘉靠着他的手，缓慢地诱惑他，"林清和，你要不要试一下我主导的方式？就一次。"

窗外划过一道闪电，天地瞬间炽白，窗帘也被映得白了一片。

片刻后，轰隆隆的雷声炸在天地之间。

林清和开口了，他的声音压得又薄又轻："可以，满意了，我听你的；不满意，我们到此结束，我不想跟你浪费时间。"

林清和开口的时候是真的打算结束，钱给她，他消失。

他不想再继续保持这样失控的关系了，他不断地下陷，不断地被抛起又落下，最后坠入深渊。

到此结束吧，他是一片荒芜的干涸地，他这片土地上长不出任何植物。始于宁静，归于宁静。

不期待也不会失落悲伤。

向嘉不属于他，他也不属于向嘉，他们是两个世界的人。

可能她描述的饼太香了，他想尝尝这个饼到底有多香。

雷声一道接着一道响彻大地，闪电紧接而来，密集的雷声中，女人柔柔地抱住了他。

她描述的一件件落在他身上，星星之火渐渐点燃，一直烧成了漫天大火。

向嘉打开了灯。

酝酿了大半夜的暴雨，终于落到了大地上。雨滴打着屋檐发出巨大的声响，这场雨不小。

时间漫长，好像每一分每一秒都被无限放大。他们之间的关系，也被放大。

炽热、焦灼、压抑、疯狂。

林清和在最后的混乱中仰起头，喉结与下颌拉出一条紧绷的线。克制到了极致,他压抑的声音隐在嗓子深处。

世界是白色的,暴雨倾盆而下。

他的指尖因为用力而泛白,抵着原木的床头,手腕上的筋骨绷紧凸起。

向嘉怕他,他不能让向嘉怕。

向嘉俯身亲上他的喉结,把湿漉冰凉的手指轻轻地贴在他的脸上,她的声音微哑诱惑,说:"你满意吗?"

林清和的斯文散尽,他露出本性。

抬手关灯,他在黑暗里狠狠地抵着她,绵延的快乐。他压着她,咬她的后颈,嗓子深处溢出了压抑许久的声音:"满意。"

呼吸比窗外的雨还急。

向嘉笑着伸出手:"林清和,你要把我压死了。"

林清和松开了她,把她抱到身上。

她趴在他身上,亲着他的脸颊,在他耳边轻声说:"我很喜欢你,林清和,晚安。"

他喉结一滚,拉起被子盖住向嘉,把她圈进怀里。

林清和活了二十七年没这么快入睡过,他抱着向嘉,他们贴在一起不管不顾地睡。

他们睡了五个小时,一开始是电话铃声,林清和闭着眼把两部手机都关机扔到了床头柜上。接着是敲门声响,外面响起阿乌急迫的声音,说道:"姐,你去看一下工地。"

"工地怎么了?"林清和开口的瞬间睁开了眼,沙哑的嗓子实在不舒服,他撑起上身去找水杯。

床上一团乱,向嘉的被子掉在地上,她整个蜷缩在他的怀里,他们盖一床被子。他的被套是深色的,向嘉雪白的肌肤躺在深色被子里,显得清冷诱人。

她乌黑的长发散在床上铺开,眉头紧皱,也是要醒了。

门外的阿乌明显愣了下,似乎没反应过来向嘉的房间里怎么会出现林清和的声音。

"东边被冲了个豁口,冲到工地了,大家想让向总过去看看。"阿乌连称呼都变了,声音拘谨了不少。

"好,马上。"

林清和坐起来穿衣服。向嘉睁开眼翻身躺平,她的脚趾碰到了林清和的腿。她笑了起来,刚睡醒声音沙哑,抬手遮住脸,脚趾往上游动。

"正事,东边那个排水渠估计出问题了,我就说他们两个的设计都是狗屎,还不服。"林清和抬腿下床,躲开了她,不想再沉沦,说道,"你再睡会儿,我去看。"

"之前我就让他们整改,那三家一直在闹事搞得进度拖慢了,给我造成损失,加上昨天的账一起算。"向嘉活动了一下手腕,扯了下衣服,坐起来,"你别过去干活了,镇上那么多人干活不缺你一个,你跟着我拍素材。"

林清和正在穿裤子,闻言抬眼看她。他的双眼皮压得很深,修长的手指勾着裤扣,缓慢地扣上,才说:"你要下工地?"

"去呀,我得敲打敲打他们。我还要去现场拍视频,拍点有我的素材。

"我最近一直在构思视频拍摄内容,如果要做长视频要做整个系列。那就得是个完整的故事,我要是从旁观者的角度,观众是没有代入感的。"

向嘉拉了下衣服下摆。

林清和别开了脸,随即又看回来,视线再次在向嘉的胸口停留,嗓音微沉:"你真是要钱不要命。"

他拎着件衬衣一边走一边扣扣子,说道:"我跟着你,你今天全程在我的视线范围内,不要随意行动。"

"你穿领口高一点的衣服。"向嘉看他走到屋子中间,从窗帘缝隙透过的微光照亮了他的脖子。他的皮肤太白了,吻痕特别清晰,艳红色横在他的脖子上,从下颌一直到锁骨。

"你脖子上有吻痕。"

林清和哑然。

"很多，别穿这种低领衬衣，肯定遮不住。"

林清和穿好衬衣，拉开门走了出去，房间恢复短暂的寂静。

向嘉忍不住地笑，把脸埋在手心里笑。

她快乐且满足，这种满足是前所未有的。心理、生理双重满足，她想爱林清和。

昨晚，本来没想做什么，太累了，他们都奔波了一天，但那根神经一直紧绷着。

向嘉离死亡只有几寸，她被林清和护在身后，林清和颤抖着手抱她吻她。她收到了一束花，还收到了很多小零食。

所有的一切组成了疯狂想要宣泄的情绪，她想做点什么，她想做最后的确认。

林清和说可以试试的时候，她摩拳擦掌地爬了起来。

她是个很疯狂的人，从来都是。

林清和的反应比她想象中更好，克制的迷人，他能做到把所有的欲望都死死压在身体深处。斯文冷静，哪怕眼睛被逼得潮湿暗沉蕴藏着浓郁的渴望，他也是清冷沉静的。

他一遍遍摸向嘉的头发和后颈，极致的温柔。

明明轻而易举就能把向嘉按住，让她什么都做不了，但他就是能克制住力量。

向嘉本来还想找一套好看的衣服，林清和进门给她送水的时候提醒她外面只有十摄氏度。他开门那瞬间凉风一起进来了，向嘉打了个哆嗦，把裙子换成了毛衣。

"穿好袜子，鞋子穿我昨天给你买的那双，那个牌子穿起来舒服不磨脚。"林清和反手关上门，把水杯放到桌子上，顺势靠到了桌边。他穿着黑色卫衣、烟灰色运动裤，神色冷倦，长腿支着身体，纤长睫毛一掀，黑眸注视着向嘉片刻，最后又问了一遍，"这钱是非赚不可吗？不拍视频也做得起来。"

"我拍视频还有其他的用处，这只是铺垫。"林清和身上的黑色卫衣领口很高，帽子堆积映出阴影，还是能看到吻痕。向嘉的视线顺着他的脖子一路滑下去，说道，"你有多余的袜子吗？就是那种很厚的袜子，能不能借我一双？我的袜子全部是那种华而不实的。"

"你穿我的袜子？"林清和视线下移到向嘉的脚，他们两个是一个尺码吗？

"我可以穿，你拿过来，要黑色的，厚的。"

林清和拿袜子回来，向嘉已经穿戴整齐，连头发都扎起来。窗帘打开，她穿上袜子用皮筋扎住了口，塞到裤子深处。她把防风外套的拉链拉上："要不你干脆把东西搬过来吧，不用来回跑，那间房腾出来做办公室。"

雨很大，天阴沉沉的。光线不甚明亮，向嘉站在走廊里，头发扎成了马尾，穿着黑色冲锋衣，看起来很利落。因为没有等到林清和的答案，她眨眨眼，便转过头往洗手间走，解释道："我房间里堆了太多文件，占据了我的生活空间。这里房子还是太少了，腾不出一间房——"

"嗯。"

"嗯？"向嘉回头看他，忽然就笑了起来，露出齿尖的那种笑，"行，晚上搬吧，你先下去吃早饭。吃完收拾器材，马上出门。"

向嘉吃了一口饭，又塞了两块糕点，咬着牛奶吸管，撑着雨伞，往工地现场走。

半天没听到林清和的声音，她转头看到他举着摄影机不紧不慢地跟在身后。他穿着黑色雨衣，戴着帽子，帽檐压得很深，俊美的脸一半陷在阴影里。

清冷，但不阴郁。

向嘉短暂停顿了下，吸完最后一口牛奶，继续往前走，说道："背影好看，还是正面好看？"

"我喜欢正面，但我认为你的剧本里，应该是背影更有吸引力。"林清和没有用固定器，他拍摄时一直都这样，镜头全凭感觉，"继续往前面走，走快一点。"

"你想做导演吗?"向嘉背对着他。

"你让我导?"林清和的声音很沉,调整着方向,把向嘉放在镜头的重点位置,"说点有用的。"

向嘉把牛奶盒子扔进了垃圾桶,拿起手机发了一条消息,随即快步往前走。

片刻后,林清和的手机"叮"的一声,他单手稳定着机器,另一只手摸出手机,看到向嘉的消息。

小海豚:下次你主导。按你的方式来,我像你配合我一样配合你。

东边的水问题不是太大,可控,损失也在范围之内。可向嘉想借题发挥,原本那三家也有责任,被她抓到了小辫子。

她这回连谈都不谈了,直接通知,上法庭吧!

耽误工期的损失可大可小。

昨晚闹得那么大,县城那边被抓了一波,早就传到桐镇这边了,这三家但凡有点脑子一定知道谁的腿更好抱。

果然,傍晚陈建忠就把合同送过来了。

雨停了,天边铺满了晚霞,向嘉满意地收起了合同。

她原本想洗个澡躺一下暂时歇一会儿再继续工作,她今天高负荷工作,体力工作,脑力工作,下午开会还抽空骂了一个小时的人。

昨晚的暴力行为让向嘉明白一个道理:要么就高调到底,高调到一定程度不会有人敢碰她;要么就完全隐到幕后,从头到尾都别露面。

她已经高调了,那只能高调到底。

这跟她以前做互联网幕后不一样了,这里的人没那么文明。

累是真的累,没有林清和在身后,她不一定撑得下来。

她躺到床上,再睁眼已经是深夜了。

303

四周漆黑，旁边有沉稳的呼吸声，她第一时间是惊恐，伸手摸手机时碰到身边的人。那人本能地张开手握住了她，顺势把她揽进了怀里。

向嘉靠在男人的胸膛上，缓慢地苏醒，心放了回去。

她没拿手机出来看，头抵着林清和的胸口，闻到熟悉的味道。他身上有沉香和薄荷的味道，很好闻。

饥饿缓慢浮上来，且越来越饿。向嘉晚上还没来得及吃饭，便睡过去了。

她不知道躺了多长时间，实在饿得受不了，轻轻地从林清和的手臂下钻出去，起身开灯。

林清和翻了下身，把脸埋在松软的枕头里，漆黑的毛刺头发露在外面。

他穿着浅色衬衣式睡衣，脊背轮廓在衬衣下非常清晰，他的肩胛骨很好看。看起来很瘦的人，肌肉线条凌厉，背部也是一丝多余的肉都没有。

被子盖到他的手臂下面，他用手挡住光。

向嘉的手机在床头柜上，她拿起来，看到是凌晨四点。

不知道林清和睡了多久，昨天他也很累，拍摄结束他就跑去接品牌方那边的人了，他还负责了公司的招聘。

向嘉握着手机，把大灯关掉，轻手轻脚地下床，穿上拖鞋，看到点心还在桌子上。昨天她分出一盒给阿乌和公司的人，留了一盒在房间。

这两天温度很低，不至于坏吧。

向嘉饥不择食，拆开盒子随便找了个饼，往嘴里塞了一个，差点把她噎住。她连忙走回去，找床头的保温杯，刚才开灯时她看到林清和的床头放着黑色的保温杯。

水还是温热的，她用温水送下去两块糕点，那股疯狂的饿劲儿才被压下去。

她又挑了个酥饼慢悠悠地吃，走到林清和带回来的礼物前。

她比较好奇那个黑色袋子里是什么，蹲在地上吃完酥饼，打开手机手电筒咬在嘴上，蹑手蹑脚地取出了黑色袋子里的丝绒盒子。

盒子不大，小小的四四方方，没有LOGO，她的心突然跳得很快。

不会是戒指吧？

"睡醒了？鬼鬼祟祟干什么？怎么不开灯？"身后响起微沉的男人嗓音，向嘉嘴里的手机掉了下去，她手忙脚乱地接住。

房间的灯瞬间亮了起来，向嘉按着手机的手电筒，仰起头转过脸。

林清和支着头半躺在床上，倦懒的一张脸上满是惺忪的睡意。他的双眼皮都快垂到了一起，压出一条很深的线。

"你几点睡的？睡醒了吗？你再睡一会儿。"向嘉放下手机，继续翻那个黑色盒子，压着心跳说道，"我想看看都是什么，昨天实在太忙了，没时间拆。"

"戒指。"林清和沙哑的嗓音轻描淡写，"十点半睡的，睡了六个小时了。"

向嘉眼皮一跳，开戒指盒的手停顿。她忽然觉得呼吸有些不畅，戒指单戴怎么戴都行，一旦成双成对地戴，那就意义深重了。

"开啊。"林清和挑了下眉，戴着戒指的手指缓慢地抚过被子上的纹路，盯着向嘉的目光自始至终都没有挪一下，声音是慢条斯理的轻，"看看喜不喜欢。"

向嘉觉得刚吃下去的几个饼有点顶，她若无其事地打开了盒子。

很大的一颗蓝钻，至少有三四克拉。纯度非常高，颜色很深，像海水一样澄净。在灯光下晶莹剔透，随着向嘉的转动，不规则的钻石折射出冷冽的光线，从里到外透着一股子金钱的味道。

向嘉缓缓回头对上林清和的眼，拧了眉："你还有房子卖？还是你继承了你爸的遗产？"

这个纯度和颜色的宝石至少要百万，居然在简陋破旧的地板上放了两天。他们的关系，林清和送她价值百万的礼物？

林清和忽地笑了，他眼尾飞扬，仰躺回去，抬手搭在额头上。冷肃喉结上还有没散尽的吻痕，大大咧咧地展现在灯光底下。

"我爸还没死呢，我也没有房子可卖。"他的声音里浸着残留的笑意，懒洋洋的，有点沙哑，"随便一家店买的，好看吗？"

"假的？"向嘉把玩着戒指，迎着灯光变换角度，不规则的切割面闪烁出无数细小而冷冽的光线。以她多年看珠宝的眼光，不像假的，纯度太高了。

便宜和贵的钻石区别还是很大，贵的更细腻，更有清透感。

可林清和凭什么花百万给她买钻石？听起来太离谱了。

"逛街遇到，不贵，几千块。"林清和又慢悠悠地撑起修长的手臂，眼尾微挑，垂着睫毛看向嘉，"不知道真假，连LOGO都没有，我觉得很像海水，很适合你。你要是嫌不好，这个扔了，我下次去澳门给你带卡地亚。"

"你不是不认识卡地亚吗？林老板。"向嘉笑着把戒指戴到了中指上，尺寸不太合适，她摘下换到了无名指上，刚刚好。

林清和刚认识她的时候还装不认识卡地亚。

"以前不认识，现在认识了。"林清和的视线紧紧落在她的无名指上，"想要真蓝钻吗？"

"这么大的真钻得一百多万吧，我疯了还是你疯了？"向嘉举着手给林清和看，问道，"漂亮吗？"

她刚睡醒，身上还有着慵懒劲儿，看起来人畜无害，柔柔的、小小的一只。

林清和很想把她捞过来抱住亲一会儿。

这颗钻石，两百三十万。

还有更贵的其他颜色的钻石，但他一眼挑中了这个。它蓝得像海水，鱼就应该在大海里游。

"具体多少钱？"向嘉越看越漂亮，蓝色衬得她手指很白，她不太细腻的手都高贵了起来。

"两千三。"

假的话买贵了，真的不可能这么便宜。

向嘉又比画了半天，摘下戒指放进盒子，再装进袋子。

"不戴吗？"林清和倒了回去，枕着手臂看天花板。

"我这种天天跑工地干活的人，用不了两天钻石就磕掉了。即便不是真的，也心疼啊。"向嘉打算把这颗钻石好好收起来，"你再给我买个跟你手上那种款式差不多的吧，钻石是镶进去的，防磕碰。"

"好。"

向嘉翻着剩余的东西，一套护肤品是她之前用的大牌款。她搬到桐镇后消费降级，护肤品换了平替，目前只在使用这款的水和面霜。

林清和买了两套，一套是她用的那款全系列，还有一套是这个牌子的顶端产品，非常贵。

"你买这么多干什么？"向嘉翻着护肤品的盒子，非常意外，"多少钱？你买之前怎么不跟我说？"

最贵那套主打抗皱，她暂时用不到，他以为最贵的就是最好的吗？

"不想要？"林清和的指尖很轻地划了下床单，"不想要你给阿乌用。"

"阿乌那个年纪用不到抗皱，我也用不到抗皱。"向嘉还是第一次收到男人送的护肤品礼物，很奇怪，但挺暖的。说明他一直在关注她的生活细节，连她用的护肤品牌子都记住了，"以后再买这些提前跟我说，我来选。"

"嗯。"林清和垂了下睫毛，余光往向嘉头上看。

"免税店带的不退不换，不适合太浪费了。"向嘉软了语调，男人买礼物就要夸他，她举起另一盒说道，"这一套就很适合我，我很喜欢。我最有钱的时候都没凑全套，居然被你凑齐了，谈男朋友的好处还是很大的。"

林清和轻哼了一声，嗓子忽然紧绷起来。他枕着手臂看天花板，缓慢地呼吸。

"难怪他们都要谈恋爱，"向嘉很快乐地把那套适合自己的护肤品摆到了她的梳妆台前，继续翻剩余的礼物，"原来这么快乐。"

"你又不是没谈过。"林清和嗓音沉慢，沙哑的尾音微挑，"别人不送你？"

"那个不算。"在现任面前谈前任是大忌，向嘉这点情商还是有的，"我没有谈过很正式的恋爱，你是第一个。"

林清和的指尖绷紧了。

"怎么还有一条裙子？"向嘉从袋子里取出裙子就笑出了声，黑色吊带长裙，细细的两根带子特别性感。裙子的材质是丝绸，摸起来很舒服。向嘉握着衣服，眼睛含着笑，转头看床上的林清和，"要不要去看日出？"

向嘉说过，和他去看日出，她会心甘情愿地早起。

林清和其实只睡了三个小时，他这辈子第一次这么有事业心，给向嘉处理工作，给她招人，跑工地，拍摄她想要的画面。

向嘉在睡觉，他在旁边加班看文件。他要看两份，一份向嘉的，一份林氏集团的。这么多年，他第一次拿起林氏集团的资料。

他和向嘉在一起，必然会跟林安可有冲突。当年林安可为了拆散他姐与他姐男朋友做的那些疯狂事，他到现在都记得。

毁掉那个男人的事业，把那个男人逼到绝路，逼他去死。最后那个男人真的死了，陷入众矢之的，一无所有，还被女友放弃，他醉酒后开车撞了栏杆，连抢救的机会都没有。

林清和身体里流淌着林安可的血，他是林安可唯一的继承人。林安可怎么会放过他？他要怎么摆脱？怎么结束？一旦被发现会怎么样？向嘉的事业经得起一毁再毁吗？

他也想过及时止损，可向嘉小疯狗似的扑过来亲他的时候，他就只剩下一个想法了。

除非向嘉把他甩了，不然他绝不会走。

留下来就要有足够的能力保护向嘉，对抗林安可，在暴风雨来临时把向嘉护到自己的羽翼下。

林清和想，那时候他们的感情应该很深了，她不会太介意他曾经是个富二代吧。他会在结束后，放弃身份，待在她身边。

"现在？"林清和放下手，坐了起来。

"今天是晴天吧？也该晴了。"向嘉拎着那条裙子，站起来比在身上，眼含笑意望着林清和,"你想看我穿这条裙子在日出前跳舞吗?"

凌晨四点半,镇上的路灯不知道什么时候熄灭了,世界一片黑暗。蝉还没有起床,鸟儿还在沉睡。天亮前,是最寂静的时刻。

拉开门的那一刻林清和就把向嘉往回拦:"天气热一点再穿裙子,今天有点冷。"

向嘉弯腰从他的手臂下钻出去,裹着身上的大披肩往外面跑,压低声音:"走快点,把拍摄器材拿上。小声一点,别吵到阿乌和奶奶。"

真的很冷,早晨的温度最低,可能只有十摄氏度左右。

向嘉冲出门,在原地蹦了两下,针织的披肩不太保暖,风从缝隙往里钻。

林清和单肩背着包,大步出门,拧着眉,走到向嘉面前,拉开运动外套的拉链,把向嘉包进去才带上了大门。

黑猫追到门口被林清和无情地关到了门里。向嘉缩在林清和的怀里,把手伸进他的衣服里:"我们两个这样被人撞到,是不是天亮的时候小镇的人都知道我们在一起了?"

林清和身上有很淡的沉香调,他的外套很厚很大,他的身体是热的,让人很有安全感。

"昨天我顶着一脖子的吻痕在镇上来回奔波几十趟,估计连路边的野狗都知道,我们睡在一起。"林清和不想提昨天那些异样的目光,"你的手在干什么?"

"取暖。"向嘉的手指卡在林清和的尾椎骨上方,感觉到他身体僵了下,她更兴奋了,"继续走。昨天有人问你吗?问谁在你脖子上留的?他们怎么知道是我?万一是别的野女人呢?"

她的手指冰凉柔软,在他的后腰疯狂地撩动。

林清和睫毛垂了下,压着呼吸频率,继续迈着腿往前走,沉声道:"没人有你野。"

"要不要买点喜糖回来发一发?"向嘉这算正式和林清和在一起了,"恭喜林老板拥有向总这个漂亮有钱又大方的女朋友。"

他们没有打手电筒,全靠着那一点天光摸黑走台阶。路熟,人也熟,没有灯也可以走得很稳。

林清和喉结一滚,指尖贴着向嘉的肩膀,点了点:"要买什么糖?怎么发?"

"买十包大白兔吧,我记得我小时候参加婚宴,人家都发这个糖。"向嘉乐滋滋地策划了一番,忽然想到还有唐安这一茬,"不行不行,先别买。我们一开始见唐安的时候,介绍的是我们早就在一起了,现在再发糖不就是诈骗?"

林清和:……十包大白兔吗?

"算了,等他走了再买。"向嘉的手指有了温度,她又往下探了些。这次林清和不干了,直接把她的手抽了出来。

"向嘉,别没事找事。"

寂静的清晨,林清和的暗哑嗓音特别清晰,里面含着的潮湿炽热,向嘉在前天晚上近距离听过。

她笑着抽出手,塞到林清和的裤兜,正经起来:"林清和,你想要的女朋友是完全不碰你的吗?"

运动裤的裤兜很大,向嘉的手往里一塞,他们同时停住脚步。

青色的天光中隐隐显出山脊线,似乎有雾。

向嘉仰头看林清和冷冽的侧脸,暗光下,他的睫毛漆黑微垂,唇抿着不爽得很。

"早上那个?"向嘉鬼使神差地刮了他一下,迅速把手抽了出来。她抬眼,正对上林清和阴沉的眼。

"早上哪个?"林清和开口时声音哑得像是三天没喝水。

"就是你们男人早上都会有的那种反应。"向嘉继续往前走,她也不太清楚具体的,从一些碎片信息上看到过,"是不是?"

林清和随着她的脚步往前走,怕她冻死了,把她拉进怀里:"懂得不少。"

还男人都会有,她到底有多少个男人?

他们沉默着走完台阶，走向停车场。

林清和把向嘉先推上车，才绕过车头到另一边上车。车内灯亮了起来，他整了下衣服，发动引擎握着方向盘倒车出去。

向嘉坐在副驾驶，拉上安全带，视线下滑，林清和穿着宽松的灰白色运动裤，看不大出来。

"那个，你正常情况下怎么办？"

"什么怎么办？"林清和把车开上主街，接触到她的目光，蹙眉，"看什么？把脸转过去。"

"我看我自己的男朋友不行吗？"向嘉理直气壮，"林清和，你有没有一点男朋友的自觉？"

忘记了，她不但可以看，还可以摸，还可以做其他的。

车厢内寂静，气氛莫名诡异。

外面漆黑，只有车灯所照之处一片亮堂。

向嘉转头看着外面笑，林清和也太好玩了。

车到大转弯处，向嘉忽然开口："在这里停车。"

林清和斜睨她，一打方向把车停到路边："做什么？"

"熄火。"向嘉抬手按下电子手刹，说道，"你要不要试试？"

车厢内刹那一片寂静，只有灯静静亮着，大约有一分钟，林清和若无其事地熄火解安全带。

"去后排？"向嘉偏头示意。

车顶灯在车子熄火后很快就灭了下去，车厢内陷入一片青灰色的暗。

太静了，心跳似乎都能听见。

"我教你。"

林清和沉默着推开了驾驶座的车门，冷风瞬间灌了进来。风很大，向嘉感觉到冷，冷得她刚升起的那点欲望都快没了。

林清和关上车门，拉开了后排的车门。

向嘉仰起头无声地笑了下，紧张的气氛瞬间烟消云散。

311

她按着座椅控制器把椅子整个推后,没下车,在林清和坐到后面的那瞬间,她带着一瓶防晒霜从副驾驶的缝隙里跨进后排,没有把座位恢复。后排只有一人的位置,她靠过去挨着林清和,侧头揽着他接吻。

清晨的风卷过山岗,与树木纠缠。摇曳着,带起了呼啸。

风声里夹杂着一些沉闷的压抑的人类喘息。

他们在黑暗里发疯,不是一个人疯,两个都疯。

天光越来越亮,一切都变得清晰起来,车外茂密的树木,天上的云,山上的风。

青色的天渐渐变白。

他们都是无法把自己剖开给别人看的人,他们都挺压抑的。

他们的家庭,他们的经历,他们的孤独,他们所遭遇的一切。他们感情的开始,他们各自的控制欲,他们各自的不安。

两人松开的那一刻,天彻底大亮。林清和在沉重的呼吸中开口:"我以前总觉得这些事很恶心。"

"现在呢?"向嘉开口时嗓音有些哑,还沉浸在惊艳中。

"现在……"林清和把手擦干净,收拾起车上的纸巾,整理干净自己。他猛地倾身过来,高挺鼻子碰到向嘉的,鼻尖抵着鼻尖,他的呼吸落到向嘉的皮肤上,睫毛触到向嘉的脸。他开口时嗓音又慢又沉,沉到了心脏深处,"我很期待下一次。"

林清和不仅学会了向嘉教的,还迅速学会了用向嘉喜欢的方式,引诱她。

车开出去的时候,天彻底大亮。向嘉坐在后排,懒得往前面去了。她坐在刚才林清和坐的位置,穿着林清和的大外套,看着他的后脑勺。

林清和在前面开车,只穿了一件薄卫衣,他把厚运动外套脱给了向嘉。

车厢内弥漫着各种味道,很复杂。

林清和把后排收拾过一遍,基本上看不出什么痕迹,她跷着穿高跟鞋的脚,抵着驾驶座椅靠背,像是抵着林清和。

"我本来想拍黎明前从黑到白。"向嘉开口,"现在还能赶上日出吗?开一下窗通风。"

"明天再来,明天早上我也有时间。"林清和降下驾驶座车窗,只吹了一下,他就把车窗升上了,打开了排风扇。

车厢内沉默了一会儿,林清和开口:"我是第一个吗?"

"什么?"

向嘉看他握着方向盘的手指,他冷白指尖抵着黑色皮质方向盘,有点用力。向嘉又问了句:"什么第一个?"

"没什么。"林清和把车开进了县城,"吃早餐吗?"

"来不及了,太阳马上都要出来了,看完再来吃饭。"向嘉隐约知道他要问什么,她翘起嘴角看窗外,天边泛起了一抹金黄。

乌云彻底散去。

车里的味道渐渐淡了,下车时,林清和把车门全打开散味。

"最近这车不要让别人碰,你也别把车钥匙随便给人,散不散味都行。"向嘉打算脱身上的外套还给林清和,"我想再买一辆车公用,这辆车只有我们两个开。"

"行,走公账。"林清和把外套又按回她身上,顺便把兜帽拉起来给她戴上,他拎起背包斜挎到肩膀上,把车门挨个关上。

"你要不要车?"林清和的衣服太大了,兜帽一戴遮得她路都看不到,她仰起头把兜帽往后拉了大半,说道,"你想买什么车?我可以给你买一辆。"

"不用,我们用一辆就行。"林清和把车钥匙装进裤兜,伸手过来。

向嘉愣了下才反应过来他要牵手,便把手放到他的手心。

他们是男女朋友了,这个想法让向嘉觉得很幸福,很有归属感,很快乐。

森林公园出口处已经建得差不多了,沿江公路开放了很长一段,车可以开进去。

他们这次没有走很长的路，林清和的外套遮住了她的腿，也没有很冷。

她以前绝不会碰这种风格的衣服，如今居然会穿在身上。

运动风，男友外套。

"你开我的车出去不怕被人说吗？"

"说什么？"林清和语调淡淡，漫不经心，"说我有个有钱的女朋友？这不是好事吗？他们有吗？"

向嘉笑出了声，林清和果然跟别人不一样。

她认识的大多男人都是那种傲慢要面子，有着特别强的"自尊心"，认为男人高于女人，任何方面，盲目自信。女人稍微站得高一点，他们都要愤愤不平。

"有些人接受不了用女朋友的东西。"向嘉说。

"知道我开你的车出去是什么心情吗？"林清和把向嘉的手指完全包裹到手心里，转头看来，略显张扬的眉峰微挑。

"什么？"向嘉心跳有些快，他张扬的样子是另一种魅力。

林清和的五官是凌厉深邃的，眉峰棱角生得偏硬，不过是他平时都压着，丧劲儿压住了张扬桀骜。

"有对象。"林清和冷冽的下颌上扬，"勿扰。"

向嘉笑疯了，整个挂在他的胳膊上。她教了林清和一次后，林清和坦诚多了。

果然，情侣之间就应该有效沟通。

"你很早就开我的车了，原来你那么早就惦记做我的男朋友？你还装？"向嘉怕把妆给笑花了，停住笑，抬手整了整自己的睫毛，"你不搬来跟我住，你还拒绝我？"

林清和松开手，单手插兜，让向嘉挽着自己的手臂走，她好像更喜欢挽着。

"我觉得，如果我搬过去，可能就搬到你的房间了。太快的关系，容易不稳定。"

向嘉敛起笑，仰头看了他许久，才听到自己的声音："现在稳定吗？"

"你觉得稳定吗?"林清和看了回来,深邃黑眸带着一点锋锐。

"我觉得。"向嘉转头看天边,朝霞已经遍布天边,天地广阔,江面波光粼粼,青山辽阔延向世界尽头。对面的桐镇古朴寂静,像是隐在人间的世外桃源,"林清和,你把相机拿出来,你给我拍个回头。"

向嘉不知道婚姻是什么,但这一刻她有点想跟林清和结婚。如果和这么一个男人在一起过一辈子,应该会很快乐。

"就是我跑向前面,在太阳出来的一刹那,我回头,我在阳光里。"向嘉开始脱外套,说道,"我觉得太阳要升起来了,你快把相机拿出来。"

江边风很大,早晨的风还是凉的。

林清和蹙眉,拿相机,看到她把外套脱掉,她的头发被一支簪子绾起,脖颈皮肤是清透的白,锁骨细细的一条,没有戴任何饰品,让她有种清凌凌的美。

黑色吊带裙子穿在她身上特别美,细细的两根带子挂在她漂亮单薄的肩膀上,勾勒出她身体的曲线。

"快点,很冷的。"向嘉把外套放到一边的树上,"你能懂我说的吗?"

"知道。"林清和可以想象画面有多美,她奔向朝阳,在太阳升起的那一刻回头,她在朝阳底下。

"快快快,争分夺秒。"向嘉拿出小镜子补妆,"你架好相机,找好角度,给我指个开始的位置。"

林清和从背包里取出相机开机找角度,给向嘉定位:"你从我这里出发,你过来,我给你找个角度。"

向嘉走到林清和面前,把披肩脱掉挂到林清和身上。她忍着冷在风里回头看镜头也看镜头后面的林清和:"我是不是世界上最美的女人?"

风吹着她的发丝,她柔软又美丽。

黑色吊带长裙的带子又窄又细,贴着她雪白的肌肤,性感清冷。她的皮肤白得耀眼,林清和看着相机里的她,先给她拍了一张照片,才继续拍摄:

"你转身我看下背面。"

向嘉转身往前走了两步,仰起头抬手搭到簪子上,说道:"我等会儿往前跑的时候,把簪子拔了吧?"

林清和呼吸一窒,这条裙子太暴露了,他买的时候从来没想过她会穿出来。

她完美的蝴蝶骨落在镜头下,骨骼纤细。

肩背、细腰、白而直的小腿,构成了她灵动的美。

"好了吗?"向嘉在这方面还是挺敬业的,忍着冷说,"你觉得这个构思怎么样?"

"可以。"林清和呼吸重了起来,他克制对她的渴望,抬头看了看天边,又看手机上的时间,他声音沉缓,"再等一分钟,一分钟后你往前走。"

林清和看过很多次日出,他经常失眠,睡不着干脆起来看日出。在太阳彻底升起后,他回到黑暗里睡觉。

他看太阳,却不往太阳底下走,他和太阳背道而驰。

他知道日出的时间,他知道大自然的规律,他对这些了如指掌。

他知道风来的时候,平静的江会掀起波浪,世界动荡。

"可以了。"林清和开机拍摄,说道,"往前走。"

向嘉拔掉了簪子,如瀑长发倾落,闪耀着。她很快乐,她雀跃地在江岸上奔跑,身后灿烂的太阳从山峰爬上了天地,金灿灿地照耀大地。

林清和握着相机跟着她,他的镜头很稳,但他的心不太稳,跳得很快。

向嘉穿着他买的裙子,扭头笑着看向镜头,她身后是万丈光芒,她的皮肤被映成温柔的金色。

她很会拍这个,她做了很多年拍摄,知道哪个角度最美。

"林清和,"向嘉在太阳底下笑得灿烂,她仰起头,乌黑长发飞舞,她的裙摆翩飞,她带着一股子肆意的张扬,"我会像热爱理想一样热爱你。"

她说完就笑,笑得灿烂,比朝阳还耀眼。

镜头一直在拍摄,始终没有停。

林清和越过镜头看她。

"够不够稳定?"向嘉恣意地站在风里,她以为拍完了,比拍摄的时候更自在更深含爱意,"林清和,我想给你一个家。你愿意来吗?"

林清和之前不爱用支架和稳定器,他喜欢自己完全掌控镜头。

此刻他有点后悔,如果有支架的话,他就可以过去吻她。

搂住她亲。

用力亲她。

"愿意。"林清和的声音沉得不像话。

"你说什么?我没听清。"向嘉往后退了两步,故意说,"风太大,我听不见。"

她生动明艳。

"我说……"林清和大步走向了向嘉,他的相机镜头在一步步逼近,一直到向嘉面前。向嘉仰起头看他。林清和越过相机倾身吻她,随即分开,他的睫毛被太阳照成金色,他在朝阳的金光里说,"向嘉,我别无选择。"

回程路上,向嘉把"别无选择"四个字截出来放到了她的手机上,反复地听。

林清和面无表情地看着前方的路,开着车。

向嘉这辈子别想再从他这里听到一句情话了。

"你那个账号方便跟我搞个恋爱互动吗?"向嘉难得听林清和说一句情话,虽然很含蓄,但真的很好听,她恨不得循环当铃声,"你那个摄影账号,现在五十万粉丝了。"

"桐镇的拍摄主题,我一直在构思该怎么拍。如果拍纯风景加建设改造,那就跟唐安撞题材了,他在前面拍,我在后面拍毫无意义。"向嘉说,"所以我想搞点感情在里面,这个项目是我们投的,度假村的主题是治愈,治愈的深层意义是救赎。"

林清和听到这两个字踩了下刹车,车子前倾了下,随即才如常往前开。

向嘉看了林清和一眼,他在这种事上很敏感:"不只是你,我也是被治愈的那个。我以前根本就不敢信人,也不敢跟人亲密。你之前问我这车上是不是只有你一个,我现在回答你,是。不止这辆车,我的房间,我这个人,也都是第一次。"

林清和一脚刹车把车停到了路边。向嘉撞上了安全带又弹回去,她扶着车门坐稳,转头看他:"有那么惊讶吗?我看起来很花心吗?还是私生活很浪荡?"

朝阳从窗户照射进来,落到向嘉的脸上,她的眼睛里含着笑意,但更多的是认真。

"我很难跟人亲密,我都不敢想,今天居然在你面前做了这些事。"向嘉移开眼,从车里翻出一盒薄荷糖,取了一颗含进嘴里,咬到齿间,指了指前面,"开车啊,别那么激动。"

林清和视线往下移了几分,喉结狠狠一滚。他的手指搭在方向盘上看前方,缓缓松开了刹车。

他用舌尖顶了顶嘴角,嗓子深处那种渴望烧得更厉害了。

向嘉真的很好看,从里到外的好看,那种极致的美让林清和理智丧失、斯文尽散。

他生出一种陌生的、扭曲的阴暗变态心思,他想独占向嘉。这么好看的她只能他一个人看,圈在他的地盘,只能是他一个人的。

想把看过向嘉的男人的眼睛都弄瞎。

他克制着疯狂的占有欲,尽可能轻描淡写地问她,没想到答案是这样。

可以,他不用嫉妒到扭曲了。

"我是理论知识扎实,我很好奇亲密的关系是什么样,所以我看了很多电影,我没有实践过,我一直找不到我信任的那个人来实践,我也就——这么多年没谈过恋爱。

"我大学时候的男朋友谈的时间很短,接触的时候我发现自己接受不了,找了个理由分了。"向嘉说,"我剖析过自己的心态,我没有安全感。现在,你足够让我安心,我放开了很多。

"我对你做的一切,都是第一次。所以你不用质疑我的用心,如果没那么喜欢,我下不去手。不单纯是颜值,我的工作遇到帅哥的概率挺大,追我的人里也不乏帅哥,我对别人没这样过。"

林清和沉默着开车。

行,知道了,她身边有很多优秀的男人。

"我们都是没有安全感的人,我们的家庭原因,成长环境导致的。"向嘉摊开自己的手腕,露出她的文身,"我也想过自杀,不然我不会在这个地方文身。"

林清和在镇口停车,他取了一颗糖咬在齿间,想缓解紧绷的情绪,但他一转头,目光就凝在向嘉手腕的文身上,他莫名焦虑:"文的什么?"

向嘉这个文身,第一次见面时他就注意到了。

"鸢尾和一些吉祥纹,我自己设计的。"向嘉把手腕递给林清和看。

林清和握住了向嘉的手,干脆熄火,拇指缓慢地抚着她的手腕文身。她戴着的念珠有些窄,并不能完全遮住这片文身。

"鸢尾是有翅膀的花,像我,美丽又自由。"向嘉觉得他的眼神过于沉重了,活跃气氛,"你要不要去文个跟我一样的?然后,我们就是情侣文身了。"

"你会画文身图?"林清和开口时嗓音微微发沉,拇指还停在向嘉的手腕上。

"这位帅哥,你女朋友是服装设计师,会画图意外吗?"向嘉笑出声,"我三岁就会画花。你要吗?我陪你去文。但这个是封印,文上之后生命有自由绽放的权利,不能被任何人中止,包括你自己。"

"中二。"林清和掀起眼皮睨视向嘉,嗓音淡淡,"我这是十几岁时搞的,不是现在。你画个图给我,我有时间去文。"

"我陪你去,现场给你画。"

"县城的文身店你敢去?"林清和重新发动引擎,把车开出去,"最近很忙,你肯定没时间陪我出去。等我出去办事,顺便文。你继续刚才的话题,恋爱治愈,怎么发展?"

"我想在拍摄里加一点我们,逃离大都市在世外桃源建房子创造理想的家,遇到一个治愈自己的对象,养花养猫,岁月静好。这样的画面,是不是很吸引人?"

林清和把车停到川菜店门口,太阳已经完全升起了,晒得车厢内有些热。他已经把那颗糖吃完了,车厢内薄荷糖的甜香在流动。

"要我做什么?怎么配合?"

"你的账号方便的话,偶尔发一下我的视频,记录我。比如今天的日出,未来可能还有其他,你也可以自己想场景,我配合你拍。不用发太多,要那种润物细无声的感觉。"向嘉思索着,"你不用出镜,我单方面出镜,你只需要在镜头外配合我。我们彼此融入对方的生活工作,建立一点联系,大概就这样。"

"可以。"林清和又取了一颗薄荷糖,咬着糖,思索着。等他拿到主动权,他可以一天发十条视频秀恩爱。

林清和斟酌用词,说:"我也不是一直都不能出镜,过一段时间——"

"不用不用,你别出镜。"林清和如果作为她的另一半存在,神秘会更令人期待。向嘉笑着解开安全带,调侃道,"你长得这么招摇,万一再吸引个神经病富婆,我还要跟人斗法。那些有钱人,挥手间毁天灭地,太麻烦了。我们普通人,普普通通谈恋爱,赚点小钱过小日子,我喜欢现在平静的生活。"

第八章·
爱与牢笼

向嘉是个行动派,说干就干。

第二天一早她拉林清和去补拍天亮的刹那,从黑暗到黎明。

白天跑工地,晚上剪片,向嘉花了四个晚上完成了整个故事的大纲,剪出了第一支先导片,成片那一刻是凌晨三点。

她站起来活动肩膀,拉开窗帘,看窗外寂静的黑暗,看到玻璃上倒映着抱臂靠在椅子上睡觉的林清和。简陋的椅子,他睡得并不舒服,长腿随意敞开支着。黑色兜帽戴在头上,遮住了一半眼睛,唇抿得很严肃。

向嘉拿出手机先拍了一张玻璃上的倒影,又转身拍林清和正面。

最近她熬夜,林清和也陪着熬。

但他不直接说他想陪她,他总能找到理由:"睡不着了""闲着没事了",他拎着电脑在她旁边工作看文件,倒两杯水绕一圈跑来看看她。

向嘉熬到几点,他就几点回床上睡觉。

快门声响在寂静的黑夜里格外清晰。

林清和倦懒地放下手,往后一瘫,仰起头兜帽下滑,他俊美深邃的脸落到灯光下,耷拉着眉毛和眼睛,睫毛在眼下映出很重的阴影。他没睁眼,嗓音沙哑缓慢:"几点?"

"三点。"向嘉用手机拍了一张他的喉结,又去拍他的脸。

林清和掀开眼皮,拧眉盯着她。

向嘉又拍了一张。

"好看？"林清和抬手把兜帽拉下去，短寸发型露出来。他的喉结仰在灯光下，拉出一条冷白的线条，延伸到了锁骨。

向嘉又拍了一张，说道："要不要看看我的先导片？"

向嘉还有些兴奋，那是一个作品完成的兴奋。她的构思变成了真实的故事，以另一种形式展现在世人面前。

"五分钟，你可以快进看，看完我们去睡觉。"

林清和起身霍然离开椅子，大步走过来，坐到向嘉之前坐的椅子上，下颌一点："来，看看。"

随时有人分享的感觉真好，向嘉的快乐有人回应。

她捡起一个耳机塞到了林清和的耳朵里，弯腰滑动着鼠标，点开了视频给林清和看成片。

"我打算拿这个片子去拉赞助。"

屏幕最大化，画面一片黑。

耳机里很寂静，持续了几秒后，向嘉的声音响了起来。

"2022年6月，阔别十五年，我回到了我的家乡。"

漫天色泽鲜艳的云彩在天上铺开，映到了江面上。山高江阔，溧江清澈如仙境。

画面迅速滚动，晚霞、傍晚、星空、朝阳，路边卖绣品微笑的奶奶，江岸上站在阿乌客栈门前抱着猫的阿乌。有四百年历史的古院、热烈的三角梅，以及高大的合欢树。

向嘉不单单用了林清和的画面，她还把陈小山和阿乌拍出来废弃的视频也拿来，剪了进去。她很会剪视频，冲击性特别大。

朝暮轮回之后。

"因为一场雨，因为一场突如其来的天灾，它成了这样……"

林清和没怎么拍山洪和暴雨，大多是陈小山和阿乌还有当地村民拍的。被冲毁的房屋，倒了一地的果树，汹涌的洪水。可他们的摄影技术都有点缺陷。向嘉把这段视频调暗了，用色差来弥补像素缺失。

画面最终落到了一片狼藉的江岸上，这是林清和拍的，镜头细腻广阔，一边是美若仙境的江岸，一边是人间惨剧。镜头放慢了，缓慢清晰，也更加震撼。

"暴雨山洪，突如其来的灾难，桐镇遭受重创……"

声音低下去。

"你以为，这就完了？"耳机里，她的语调扬起来。

"桐镇是迁徙而来的小镇，这里居住着十六个民族，我们的先辈一路爬山涉水，经历过洪灾水患最终定居到这里……"

画面到了洪灾那天，陈小山拍的一段全镇人抗洪的场面，画面挺晃的，反而是这种晃让气氛更紧张也更真实。

雨停，艳丽的晚霞下，江水褪去，人们开始清理江岸的淤泥。

"我问开酒吧的林老板，这里还能恢复吗？"

"他说，你做吗？"

"我说，做。"

"于是，他卖了一套房，我拿出了全部积蓄，我们便拥有了这座小镇的恢复权。"她的语调一直是轻快的，是那种满怀希望的轻快，无论发生什么事，她都满怀希望。

画面迅速滚动，签订协议做建设规划。给当地受灾群众安排暂住房，做整个小镇的排水规划，江岸恢复重建。

之后的画面都是林清和拍的，相对比较稳定，好剪也好用。

"你相信奇迹吗？"

天地再次陷入一片黑暗。

"我相信……"

第一缕天光照射大地，桐镇的建筑工地渐渐清晰，她把天亮那段剪了进去跟日出合到一起。

林清和的声音适时加了进去，他念的那句法语：遇见奇迹。

昨天晚上向嘉逼他录的，他不知道会怎么用，现在看到了。

向嘉说的是中文：成为奇迹。

323

两个声音合在一起，瞬间天地大亮，站在朝阳底下笑得张扬纯粹的女生停在镜头的最后一幕。

最后几个字好像是甩上去的，巨大几个字张狂得很：人在，希望永在。

"怎么样？"向嘉兴奋的眼看着林清和，一脸期待，"这两天看素材，我觉得你拍的那段后半段更好看，我就用进去了。我很长时间没剪视频了，有没有问题？"

林清和缓缓抬头看向嘉，她随意拿一支簪子绾着头发，绿色棉麻休闲衬衣配半身裙，清雅而美丽。

他又看电脑画面，向嘉说概念的时候，他只有模糊的雏形。没想到具体的画面会这么富含冲击性，她这段可以直接拿去做纪录片了。

五分钟，每一帧都不浪费。

林清和想再看一遍，很震撼。

"行吗？"向嘉打了个哈欠，"有没有要修改的地方？以你的审美来看，这样的吸引人吗？"

"吸引。"林清和忍住了再看一遍的冲动，三点了，再不睡天都要亮了，他的声音在深夜里"沙沙"的，"如果是我，我会很期待这个地方和故事的后续。"

最后那个镜头，他没想到向嘉会这么剪。切进去的节奏刚刚好，停止的地方也刚刚好，刹那惊艳意犹未尽，留下了大片想象的空间。

"那我保存了，我要睡到明天中午，你别叫我，天塌下来都别叫我，我要好好补觉。"向嘉越过林清和，坐在桌边保存视频，"我后天还要去上海，我明天得休息一天，调整下状态，不能丑兮兮地出门。"

"去上海干什么？"林清和没忍住，抬手摸了下她的后颈。

向嘉关掉电脑，直起身，靠在林清和的胳膊上，拿起手机往外面走，说道："林木家居你知道吗？一个老牌的做家居的大公司，百年大品牌，在国际上影响力都很大，质量非常牛，家居风格很符合我们酒店。"

林清和脚步一顿："什么？"

"把门关上，边走边聊。我以为来找我合作的都是四五线品牌，没想到林木家居会找来。昨天下午他们跟我联系，说想跟我谈合作，我也是吃了一惊。但他们很有诚意，走的也是正规流程。如果能成，他们可以赞助我们酒店的全部家居，这是天上掉馅饼的好事。我现在这么火了吗？已经被大佬们看到了吗？做梦似的，他们约我见面。成不成，我都得过去看看，这是个很好的机会，我很喜欢林木家居的风格，太适合我们酒店了，能成我就去仙山顶再拜拜。所以我今晚熬夜把视频剪出来，带视频过去谈，比较有说服力。"

"谁跟你联系的？"

"营销部的。他们发过来的文件都带公章，诈骗的可能性比较小。他们想找博主合作做长线给他们的新产品做推广，对他们的新产品我也很感兴趣。"

向嘉意识到身后的人不动了，回头看去："怎么了？你觉得不靠谱？"

走廊昏暗，林清和表情冷凝。接触到向嘉的目光，他抬手带上了工作室的门，大步往卧室走："你对这个品牌还有其他的了解吗？它的背景你调查过吗？你现在去上海安全吗？秦朗因为你失去了工作，他那种睚眦必报的人，会不会对你做什么？"

林清和打开了卧室的灯，说道："别洗澡了，困死了，先上床睡觉。"

"要不你跟我一起去？"向嘉也不打算洗了，怕洗完睡不着，"大公司的背景有什么好调查的？这是天上掉馅饼的好事，我只有接饼和不接饼两个选择。"

"现在自媒体和酒店建设两条线，哪一条都缺不了人。"林清和走进门绕到床靠里的那侧，那几枝花已经枯了，他把花拿下来扔进了垃圾桶，"我们两个只能去一个，要么你去，要么我去。"

林清和抬腿上床，他是洗过澡的，卫衣里面就是睡衣："去这一趟至少得一周，你看这一周，这里能离开我们谁？"

其实林清和去更合适，他能喝酒，遇到事情也能控场。他以前就是不愿意做，他愿意做的时候谈事非常稳妥。

向嘉去衣柜里拿干净的睡衣，说道："你想去上海？我怕你抵触。"

325

"也不至于恨一座城市,正事该去就去。你让我谈,你把资料什么的给我,我后天过去。如果因为我的问题谈不下来,你把我开了。"林清和上床,想把外面的卫衣脱掉,看向嘉拿着睡衣一副要出门的样子,"去外面换衣服?"

"你是大股东,我有什么资格开你?"向嘉忍不住笑道,"我去也不一定能谈下来,那种大公司,未必看得上我。你想看我在这里换衣服?"

向嘉说这话的时候,心都快跳到了嗓子眼。最近他们虽然一直住在一起,但工作忙基本上都是倒头就睡。她一般是洗完澡换好衣服,回来直接睡觉,她还没在林清和面前脱过衣服。

"你要谈不下来,他们的营销部可以回家种地了。"林清和握着卫衣的底部略一迟疑,手指勾住里面的睡衣,抬手连睡衣一起脱掉,赤着上身躺下去,若无其事道,"看看也行。"

什么叫看看也行?

林清和肌理分明的上身完全落在灯下,他的身材好极了,肌肉线条凌厉紧实。吊坠挂在他的胸口,锁骨因为他躺下去的姿势凸起冷冽的线条。

他漫不经心地伸手到被子里,连睡裤带运动裤一起脱掉,被他拿出来撂到了床尾。他枕着手臂,躺到松软的枕头上,淡声道:"睡一会儿就起,不换睡衣也行。"

浅绿色的被子盖在他的腰腹上,恰好露出最漂亮的那段腹肌,腰肌沟壑蜿蜒而下落入浅绿色的被子里,惹人遐想。

向嘉视线下移,迟疑了一下,问道:"你今天穿什么颜色的内裤?"

林清和躺着看她,抬手遮住眼就笑了起来,他笑得猝不及防。

向嘉心一动,抬手解着扣子,嗓子有点干:"林清和。"

"黑色,低腰。"林清和开口,嗓音哑哑的,他把手臂移到头顶,看向嘉,剩余的声音卡在嗓子里。

向嘉的衬衣解到一半了,她不算丰满类型,莹白纤细。腹部薄薄的一层,腰很细很细。她脱掉了衬衣,走到床边的时候,脱掉了下面的裙子。

向嘉解开了头绳，乌黑头发散下来，她先跪到床边才掀开被子上床，拉着枕头快速移到林清和身边："关灯，睡觉。"

林清和喉结一滚，抬手关灯，岩浆复苏翻滚被压抑在薄薄的肌肤下面，快烧起来了。

他和他的欲望一起在黑夜里罚站。

"你把手放下来。"向嘉拉了拉被子，遮到自己的脖子，去挤林清和的枕头，"你介意平胸吗？"

林清和动一下手臂就能揽住向嘉，他的身体和向嘉的身体在同一张被子下面。

呼吸变得又慢又长，凌晨的寂静让身体感官无限放大。

"嗯？"林清和听到自己的声音，哑得发热发潮。

"你有没有想象过？"向嘉握住了他的手指，带着他下移，"也许不是你想象的样子，但它是我。"

向嘉就是林清和全部的想象。

他本身并没有想象，他对此一点兴趣都没有。

抑郁的人很少感觉快乐，总是压抑着，总是不能轻易地放开自己。向嘉总喜欢带他去探索未知，让他去碰触这个世界上所有的快乐，让他对这个世界产生期待，让他爱上这个世界。

林清和环抱住向嘉，把她拖到身前。

向嘉笑了起来，抱住他，但她太困了，一闭眼大脑便迅速被困意侵占。她在疯狂地拉扯，一边是睡意下坠，一边是新鲜快乐的男友。

挺失控的，但又有什么关系？偶尔放纵一下也好，开关在她手里，她可以叫停。

"我想确认。"

"什么？"

"你是我的。"他的声音沉到哑。

向嘉仰起头亲他，眼眸潮湿："林清和，我是你的。你的人，现在很困。"

"没事。"林清和很有耐心，克制着，低头跟她接吻，间隙中说，"你明天可以睡到下午，我不让人来吵你，好好睡一觉。你的片子剪得非常好，林木家居绝对会选择你。"

林清和对这种事越来越熟练，还学会探究课外题了。

向嘉伏在他怀里，空白的大脑陷入昏睡边缘。隐隐约约觉得林清和有点反常，但她不知道是哪里出了问题，她来不及思考，便睡过去了。

以至于她都没听见林清和之后的话。

向嘉睡了，林清和就没什么兴趣了。

遥远处有鸡鸣，他揽着向嘉闭上眼陷入沉睡。

他做了个梦，梦到他的酒吧重装开业，向嘉的嘉鱼在隔壁。

他们开在对门，他推开门就能看到嘉鱼明亮的玻璃门和玻璃窗，她的绣房特别漂亮，那里摆着一些样衣，向嘉穿着黑色吊带长裙坐在一楼绣花。看到他来，她就笑了起来，带他去二楼。

嘉鱼的二楼做了整个卧室设计，有一整面墙的落地玻璃。巨大的圆形软床，床头柜上插着一束玫瑰。白色纱帘，白色沙发，阳光正好，他抱起向嘉走向了那张柔软的白沙发。

隔壁放着爵士乐，耳鬓厮磨，他们醉生梦死。

林清和睁开眼发现天已经亮了，向嘉把他挤到了床边，她把衣服全部蹭掉了，整个人挂在他身上。

他拿起床头的手机看时间，九点了，他居然睡了六个小时。

外面不知道谁在放爵士乐，靡靡之音，像是痴缠的男女。灰沉沉的光落进房间，向嘉睡颜恬静柔美，呼吸软软的、柔柔的。

林清和看了向嘉很长时间，小心地把她扒开，将她的手脚放进被子里。

向嘉并不纠缠，她被推开了，也只是翻了个身找个舒服的位置继续睡。

没心没肺的。

林清和做的那个梦的画面是根据向嘉的描述加工成的，向嘉把酒吧隔壁的房子买下来了，她想做嘉鱼的第一家实体店。

一楼卖绣花衣服，全是她手工做的。二楼装修成卧室，巨大的一个卧室，她带林清和去看工地。

杂乱的工地，到处是水泥钢筋，原材料高高地堆放着占满了空间，门窗被拆得凌乱。江风呼啸，到处都是机器的轰鸣声。

向嘉眼睛里带着光，描述着每一个位置未来的样子，他看着那堆混乱的材料，生出了向往。

他放弃了酒吧二楼的住处，把二楼改成开放式大露台。将来他可以和向嘉在上面烧烤、唱歌、喝酒，玩累了去隔壁睡向嘉的大房间。

林清和以前极少做梦，他最近频繁梦到那两套房子。

他小心地把被子给她盖回去，穿上衣服，离开床头。外面怎么这么吵？鸟叫蝉鸣还有爵士乐，一楼有说话声音。

回头再搞个院子，只有他和向嘉住，把这些人都赶出去。

林清和小心地拉上窗帘给向嘉创造睡眠环境，他拿着手机轻手轻脚地出门，关上门后，大步下楼。

一楼，陈小山哼着歌叼着棒棒糖正在审片，看到林清和晃了下："林哥，起了？"

"把音乐关了，声音小点。"

"九点了，还不能放歌吗？"

"去镇口放，她昨晚加班到凌晨。"林清和指了指树上的鸟和不远处的蝉，"去把它们都赶走，吵死了。"

陈小山呆了。

一楼是办公室，还有几个人，听了林清和的话，大家都默契地闭上嘴，爵士乐立刻停了，所有的声音消失。

陈小山找了根树枝去赶鸟和蝉，他以前都不敢想林清和谈恋爱是这个鬼样子。林清和来桐镇一年多了,一向是桀骜不驯的野哥,谁都不服,对谁都爱搭不理,现在跟向嘉认识不到两个月,对她言听计从。

"中午不用叫她吃饭,给她留着饭,她醒来自己吃。"林清和双手插兜,仰头看阴沉的天,没有风什么都没有,天空只有单一的暗色,"明天我去上海,工地上有什么事你和阿乌看着,别什么都让她上。她要去县城的话,你们一定要跟着,别让她落单。"

阿乌探头出来,点了点头,很听话。

"哥,那是向总,不是脆弱的水晶,一碰就碎。"陈小山赶走了蝉和鸟,拎着棍子回来,递给他一盒烟,"向总,一个打十个。"

刀枪不入金刚侠向总,一米六的身高两米八的气场,能在工地把一群不服管的糙老爷们儿骂得头都不敢抬。前段时间设计师们还吵架,现在谁敢在工地吵架?

她在县里被袭击后,县城严抓了一波治安,摄像头都换了一批,最近打黑活动进行得轰轰烈烈,街溜子都不敢出门。

"能打一百个,也不能让她落单。"林清和过了戒烟第一个阶段,他适应得还算快,戒烟后反应不是特别大,也可能有向嘉在,他的注意力都在向嘉身上,"我戒烟了。你们也别在院子里抽,要抽烟出去。"

"行吧。"陈小山把烟装回去,审视着林清和,忽然笑了起来,"难以相信,你居然被她给驯服了。"

那么狂拽的林清和,让向嘉在他的脖子上留了一串吻痕,他得意扬扬地顶着吻痕满镇溜达,不知道被女人留一身痕迹有什么好骄傲的。

"单身狗懂什么叫驯服。"林清和睥睨他,迈开长腿下台阶,往外面走,走到门口,他扭头叮嘱陈小山,"我给你转点钱,你去街上买点大白兔奶糖回来给大家分分。"

他那是驯服吗?他那是心甘情愿臣服。

"啊?"陈小山一愣,"大白兔?"

"喜糖,我和向总的。"

林清和说完一点头，转身大步走出了门。

林清和给陈小山转了五千二百块。

陈小山发短信过来：哥，你这是要把超市买下来吗？大白兔只是一种糖的名字，大不是量词。

林清和回复：多余的钱去订两只鸡，你们吃一只给她留一只。

半天后，陈小山回复：爱情可怕。

林清和要跟林安可打个电话，他不能在镇子上的任何一个地方打，都有暴露的风险。

林木家居是林氏集团旗下的子公司，林氏集团早期的产业，从民国时期就开始了。林氏集团如今的规模便是由林木家居发展而来，庞大的集团，几代人积攒的无上财富。

这是一条由无数利益链组成的巨大利益滚轮，每一环都经过无数的精密算计。它被人推动着往前，也推着人往前。

承载着很多人的梦想，也吞噬了很多人。

林清和是林家唯一的孩子，只要他活着，早晚得回去。

只是林清和没想到会这么快，林安可又忍不住控制欲了，连几个月都忍不了。

林清和怀疑他们家有遗传性偏执的控制欲，他跟向嘉谈恋爱后也发现了自己的毛病，他对向嘉有极强的占有欲。

不过向嘉现在跟他感情正好，他这毛病她也能忍。

他也明白林安可为什么那么疯，若是向嘉对他做父亲做的那些事，他可能疯得比林安可还彻底。

除了不会虐待孩子，他什么都会干。

想到孩子，他和向嘉的孩子会长什么样？性格、长相都像向嘉的话，他应该会特别喜欢那个小孩。

他们的孩子，真让人……期待。

林清和上车后把行车记录仪关掉，检查了一遍车内没有录音装置，把车开到大拐弯处停下。

　　他拨通林安可的电话，随意地捡起那管被向嘉遗留在车上的防晒霜，看着天边的云，来回把玩着防晒霜。

　　他六岁那年父母闹离婚，七岁他改姓林，跟林安可生活。

　　外公不喜欢他，林安可也不喜欢他，家里的保姆对他也是不冷不热。

　　林安可喝醉的时候，他才有存在感。因为林安可要拿他出气，他对林安可渐渐生出了恐惧，只要听到她的声音，面对她，他就会焦虑不安。

　　电话响到第三声，林安可的声音传过来："阿和，你最近怎么样？身体好些了吗？"

　　这是第一次，林清和平静地面对林安可。他前所未有地平静，他把防晒霜竖到了仪表台上，修长的手指点了下，蓝色瓶子被推倒。

　　车厢内寂静，没有风，雨还没有来。

　　比起跟向嘉的未来，过去那些恶心的事，忽然就没那么重要了。

　　他生出昂扬的斗志，他想坐到赌桌上，正式地为自己的命运搏一把。

　　赢了，他带着他的女朋友奔向新的生活。

　　他挺想活的，他已经体会到了做人的美好，他和向嘉在一起太舒服了，他一点都不想死。

　　太阳很暖，他向往人间。

　　"挺好。"林清和不装浪荡纨绔了，他的语调平静又正常，好像一直都这么正常，"我明天回上海，我想跟你当面谈谈。"

　　"好啊。几点到？我去接你，我也正好有事找你。"

　　"我买完机票给你发航班信息。"林清和说，"妈，我想明白了，你说得对，我确实不小了，我该做点事。成家立业，我总要干一样，我不想成家，我立业吧。我想进公司，进董事会。"

　　…………

向嘉醒来的时候已经下午三点了,她居然睡了十二个小时,她睡眠最好的时候也没有这么疯狂过。

外面下着细雨,院子飘荡着鸡汤的香气。向嘉下楼,看到林清和把一锅鸡汤放到了餐桌上,招呼她去吃饭。

林清和穿着偏商务的白衬衣,袖子挽到手肘上,但整体是严肃冷静的。向嘉上下打量他,拉开椅子坐下,视线还黏在他身上。

"看什么?"林清和拿饭给她,一份热腾腾的米饭、一碗温热的撇过油的鸡汤,"吃饭,不饿吗?"

"饿。"向嘉拿起筷子又看林清和。

"我这衣服有什么问题?"林清和拉开椅子,在她旁边坐下,微敞着腿往后一倚,把笔记本电脑放到了膝盖上,掀开了屏幕,垂下睫毛,视线落到笔记本电脑上,"明天过去,我想穿得正式点,这套行吗?"

"行。"向嘉喝了一口热鸡汤,由衷地感慨,"你怎么这么好看!"

林清和无语。

"不想放你出去了怎么办?"向嘉喝下半碗鸡汤,胃里舒服一些,她才开始吃饭,"让陈小山跟着你?"

林清和的穿衣风格偏休闲,不是兜帽衫就是T恤,他穿白衬衣更偏向于那种休闲款。偶尔穿一次丝质的白衬衣,变成俊美华丽的小少爷。

这种商务款,向嘉是第一次见他穿,好像他更有掌控这个世界的能力,也更强势了。

"陈小山打呼噜,我想多活几天。"林清和第一次光明正大地当着向嘉的面打开林氏集团的资料,翻看着,"我一个人去,没事。"

"让阿乌陪你去?"向嘉斟酌着人选,看谁更靠谱,不想让林清和一个人出门。

向嘉抬眼对上他的视线,他舌尖顶着腮,盯着她的眼不爽到了极点。

向嘉立刻笑了起来,夹了一块鸡肉递过去喂他——吃点东西,别生气。

"不吃。"林清和收回视线继续看电脑,轻哼一声,"你可真会想,干脆你陪我去吧。"

"鸡腿最精华那部分。"向嘉说，"你知道吃这块肉在家里都是什么地位吗？家里最宠那个人才可以吃，快张嘴。"

林清和喉结一动，抬眼盯着向嘉，咬走了那块鸡肉。他吃着软嫩的鸡肉，吃不出来这块和其他的有什么区别。

"为什么？"林清和咽下鸡肉，看那锅汤，想给向嘉夹一块。

"一只鸡只有两条腿——"向嘉解释到一半才意识到林清和这个天生富贵命，小时候富养的孩子，不懂她的辛酸，"你这个富贵的少爷应该不知道鸡腿在普通家庭的地位。"

"这不是家道中落了，现在我们都一样。"林清和索性挪过去跟向嘉面对面坐着，把电脑放到餐桌上，"你喜欢吃鸡腿？"

"还好吧，我对鸡肉整体都一般，现在有钱了不缺一口吃的。但物质匮乏时代，普通家庭会把鸡腿给最宠的孩子，鸡腿肉是比其他部位好吃。"向嘉小时候在父母家都是不配吃鸡腿的，她伸手盛鸡汤，说道，"你小时候没有独享鸡腿的经历吗？你们男孩子肯定都有。"

"为什么男的有？"

阿乌从旁边路过，探头过来，说道："因为重男轻女啊，大部分男的都是带着荣光出生的，生下来那一刻自带光环，比我们女的多一份尊贵，默认拥有鸡腿权，不信你问镇上的小孩。"

阿乌就是被弃养的小孩，因为是女孩，出生就没有了家，奶奶收养了她。这些事在小镇不算秘密。

向嘉笑出声，问道："我给你买的那些书看得怎么样？你能参加今年的成人高考吗？能考上你想去的学校吗？"

阿乌一溜烟跑了。

林清和蹙眉片刻，起身去拿筷子。

"你饿了？"向嘉夹着炒得嫩生生的青菜头配米饭吃，"过来，陪我一起吃点，我吃不完这么多。"

林清和拿着筷子回来,用勺子配合筷子在鸡汤里翻找。

"找什么?"林清和吃饭仪态很好,从不会做这么失态的事。虽然只有他们两个人,谁也不嫌弃谁。

一个鸡腿被夹到了向嘉的碗里,林清和又找了一会儿确定没有鸡腿了,才放下筷子和勺子,坐回去,淡淡道:"以后,我们家的鸡腿都是你的。"

向嘉笑出声,林清和怎么什么都信?什么事都要这么认真。

向嘉咬着脱骨软烂的鸡肉,认真评价:"好吃。"

我们家的鸡腿都是你的。

向嘉心里美滋滋的,她很庆幸自己在那晚走进了他的酒吧,坐到了他面前。她体会到了谈恋爱的快乐,幸福又美好,每一天心都是满的。

"你一个人去上海真没事吗?"向嘉打算送林清和一块手表,他穿这套衣服再配块手表,戴条领带什么的很合适。

"我不'社恐',没事。"林清和垂着睫毛看资料,没抬头,"我昨晚不是说过了,办不好我回来认罚。"

向嘉嗓子有点干,"罚"这个字在小情侣之间自带暧昧。她喝了一口鸡汤:"如果合作方里有女人要你的联系方式,你怎么回答?"

林清和掀起眼皮,注视向嘉。

"比如啊,合作方里有人看上你,想在合作的同时占你一点便宜。你怎么拒绝?"向嘉把问题抛出去,又接回来,"你直接起身就走,打道回府,我去接你。不管多大的公司,多少利润。我不在乎钱,我更在乎人。"

林清和有挺多话想说,开口却笑了,点点头没有反驳,也没有说话。

"我知道你酒量好,可在外面喝酒该推就推,喝得差不多就装死,再烦就装醉掀桌子。"向嘉给林清和传授经验,"不要喝那种离开过你视线带颜色的酒,你不确定对方会在杯子里放什么,那就找个机会倒了重新倒酒。"

林清和认真地看她。

"这种合作本质就是互利,虽然是大公司,也不用太卑微。他们能找到我们，我们必然有他们需要的特质，合作之外的东西都是下层那些工作人员的私心，他们本身并没有多大的权力，狐假虎威。"

向嘉的手机响了一声，她拿起来，看到是唐安发来的第一期成片。

唐安其实想要她的成片，故意用这种方式以退为进。不就是担心撞内容，心眼小得不行。

向嘉播放了唐安的片子，本来想直接把自己的短片发过去，看到内容就迟疑了，唐安的片子跟她的不是一个风格。同一个地方，他是美的另一个极端，端庄如玉的那种静美。

"在看什么？"林清和不想看这些资料了，想跟向嘉聊聊天，结果她三心二意，看视频去了。

"唐安的剪辑师剪得真好，你看看。"向嘉把手机递给林清和，忽然不敢把自己的片子发过去了，"很成熟，我要不要去蹭一下他的剪辑师？"

林清和接过手机，看到上面播放的画面，点了下退出，唐安是在微信上直接发给向嘉的，他继续播放。

"我那个东西行吗？"之前没看唐安的向嘉还挺自信，现在她有些怀疑自己，"其实我可以跟唐安签个小合同，蹭他的后期。我上海的团队没拉过来，我很长时间没自己做剪辑了，还是嫩。"

"文无第一，做内容方面没有绝对标准，完美反而是一种缺陷。"林清和拉着进度条看完，没觉得唐安的有多好，中规中矩，他更喜欢向嘉的那个，"唐安有着非常成熟的团队，拍摄、剪辑、文案都保持着最高标准，可他的热度在不断下降。无瑕的东西人们会看腻，没有新鲜感。我的建议是别碰那种太成熟的后期，带点棱角，你独有的风格。自媒体行业，技术不值钱，独立思想与新鲜可能更重要。"

"你上海的团队是怎么拒绝你的？现在徐宁的公司都不行了，出高薪挖不走他们吗？"

向嘉看了林清和一眼，他穿这套衣服后多了成熟，说话都有气势，那股强势劲儿又漫上来了。

"你觉得我的视频没有问题吗?"向嘉说,"我没有直接发出邀请,但我觉得在这种地方不太稳定,这么偏僻,人家凭什么跟我过来?"

"你的视频没有任何问题,你可以直接发给唐安,看看他会不会惊叹。"林清和说,"我保证,他会沉默五分钟,在这五分钟里想怎么把你签到他的团队,怎么从你这里拿走你的灵气,怎么从你身上薅羊毛。"

向嘉把视频发了过去,说道:"赌吗?"

"赌注是什么?"

向嘉拿起手机找到林清和的微信,编辑消息:你赢了,七夕听你的。

还有几天到七夕?

林清和划开日历,还有一个月。

他面无表情地按灭手机,片刻后,他拿起来慢条斯理地打字:可以。

输赢都不亏。

"你的意思是,你压根儿没有向你的团队发出过正式邀请?"林清和修长骨节分明的手指握着手机缓慢地转了一个来回,随即把手机贴手心放着,开口时猝不及防嗓音深处的沙哑,其实两个他都挺期待。他清了清嗓子,抬眼看向嘉,"七夕礼物想要什么?有没有特别想要的?"

"哪有人直接——"向嘉本来想吐槽哪有人直接问别人要什么的,想到他买的那堆没用的东西,话锋一转,"你看着买,买点实用的,不用太贵。但你别提前告诉我,我希望是个惊喜。"

"你的意思,让我邀请他们?正式邀请?"向嘉说,"如果结果不是大家想要的,那会不会——"

"按照上海的薪资开给他们,他们未必会拒绝你。这边消费低,其实算下来,在这边赚得更多。上海如果真那么好,我们两个也不会逃出来。想离开大都市的人有很多,你可以试试。"

"那不一样,大城市的归属感是小地方没法比的。比如,我的助理颜云,她也是小镇出身,考到上海,目标是留到上海在那里买房。这,怎么带他们走?"

"可以加钱给他们,给他们股份,如果把这些当成自己的事业来做,他们的梦想依旧在,赚到钱去上海买房。"

"林哥,上海买房要交本地社保的。"

林清和沉默了。

向嘉看向他。

向嘉:"你不会不知道吧?上海要交满五年社保才有买房资格,并不是有钱就行。跑到外地社保断了,再回去得重新开始。"

林清和真的不知道,他没买过房。

"或许你可以试着做远程,在上海留个公司,让他们给你做事。你这里拍摄完交过去,他们给你运营后期。"林清和若有所思,"你可以试试,自己的团队好控制,不用受制于人。"

向嘉还有野心,她想把嘉鱼重新做起来,她也想过在上海留个公司。

"上海那边的事,我可以帮你跑。"林清和迅速给向嘉做好规划,"自媒体运营放在大城市,还是比小地方方便。将来,如果你要重启嘉鱼,服装行业肯定不能在这个地方做。"

向嘉把这条线搭起来也方便林清和,他经常两边跑早晚会引起向嘉的怀疑,他不想那边没稳住这边老婆跑了。

他得有百分之百的把握才能跟向嘉坦白。

"你可以把这部分跟我们的项目剥开,这是你的独立公司。"

"我不会抛下你的。"向嘉立刻反应过来,把吃完的碗递给林清和,"帮我再盛一碗饭。"

"我对钱没那么感兴趣,你真不用给我股份。"林清和不想再在向嘉的公司占股了,他拿着碗起身,去给向嘉盛饭,说道,"我有嘉和这一家公司的股份就行,其他的,我是以你男朋友的身份帮你。向嘉,我信你。"

向嘉笑了起来,望着林清和:"你不怕我飞黄腾达把你甩了?"

"你会吗?"林清和回来把饭给她,与她对视。

"我不会。"向嘉也认真地看他,"林清和,我有多少钱我都喜欢你,我都只想跟你在一起。我需要一个家，那是多少钱都买不来的。只有你能给我，只有你我。"

向嘉的心态是那种暴发户男老板，有钱之后养个漂亮、没什么心思的单纯女孩当老婆。砸钱砸东西甜言蜜语哄着，对方想法也不多，不爱钩心斗角。一个人享受甜言蜜语物欲满足，一个人享受全身心的依赖以及年轻貌美的身体。

她在外面已经够累了，她回家就是享受轻松快乐的。

"等我这边人手充足，我就让你回来待在我身边，什么都不用做，我养着你。你一个人在外面，不知道会不会失眠。"向嘉拿起筷子继续吃饭，碰了下手机屏幕，快五分钟了，唐安还没有回消息过来，不会被林清和说中了吧？她继续道，"这样吧，你出去的这段时间，晚上我们开始语音通话，直到第二天起床工作。"

林清和下颌微扬，黑眸中的笑缓缓溢开，一直放大到他整张俊脸都带了笑。

"笑什么？这是为了你的睡眠。"向嘉说，"我真讨厌异地，我要赶紧赚钱立起来，把你收回来。"

唐安打了电话过来，林清和笑得更深。他笑得肆意，仰靠在椅子上，抬手一指向嘉的手机，示意她接电话。

向嘉接起电话，直接打开了免提，倒是不怕林清和听。

光明正大，输就是输，赢就是赢。

"你的平台约是不是还没有签？你现在是不是还没有成立视频制作团队？"唐安开门见山，"你对这方面，是怎么考虑的？"

林清和赢了。

唐安想签向嘉，但向嘉拒绝了。

第二天一早，向嘉开车送林清和去上海。她之前只是接林清和，这是她第一次送他，给林清和整理行李箱，开车送他到相城机场。

向嘉今天还有会要开，林清和订了早上的航班。他们清晨六点就从桐镇出发了，本来林清和要开车，向嘉拒绝了。

如果去的时候是两个人，林清和开车，回来成了她一个人，她开车。向嘉在感受到孤独感之外，还会有种被抛弃感。

她讨厌这种感觉。

不如从头到尾，方向盘都在自己的手里。林清和下不下车，她都在原来的位置。

林清和今天穿得很正式，是向嘉给他配的，烟灰色的衬衣，领口微开着，里面是白T恤，下面是偏正式的休闲裤，看起来干净稳重不算特别锋锐。

"有任何问题都要第一时间给我打电话，如果对方刁难你，或者你自己不想做，立刻回来。没关系，我还有其他的门路。"向嘉给他整了下衬衣领口，看他手指上戴着的那枚戒指，他倒是一直没摘下来过，"随时联系。"

"嗯。"

"行吧，走吧，我不送你进去了。"

向嘉戴着口罩，林清和克制着想在大庭广众下狠狠吻她的冲动，抬手揉了把向嘉的头发，说道："回去开车慢点，注意安全。"

"走吧。"

"去县城一定要带着人，不要单独行动。我知道你独立，但有时候也不用那么独立。"

向嘉笑了起来，环视四周，说道："要不要接个吻？"

很想，疯了似的想。

林清和只犹豫了三秒，便拉下向嘉的口罩，修长的手指扣住向嘉的后颈，吻了下去。他疯狂地吻到一半，想到她不喜欢，立刻松开了。向嘉却圈住他的脖子，拉低他，又把他拉了回去。

他们在机场旁若无人地接了个疯狂的深吻，向嘉松开他，拉上口罩，看他泛红的唇上有个新鲜的咬痕，满意的同时又觉得熟悉，之前林清和的唇上是不是也有个咬痕？

"别人问你这个痕迹是什么，你就说你女朋友咬的，知道了吗？"

"嗯。"

"走吧,你先走,我在这里看你进去,我再走。"

林清和把背包背到肩膀上,迟疑片刻,在机场广播中转身走向了安检口。

向嘉一直站在原地,他通过安检后,回头朝向嘉的方向挥挥手,示意她该回去了。

向嘉转身走了。

她个子矮,很快就湮没在人群中,什么都看不到。

林清和从裤兜里摸出糖盒,取了一颗咬在齿间,唇上的伤蹭到糖粉,有一点疼。

他舔了下,忍不住笑。

小海豚咬得真狠。

林清和垂着眼,摸出手机,发消息给向嘉"回程注意安全,还没走就想你了"……

太离谱了,一点都不像他。

删掉,他只留了个注意安全。

小海豚在输入中。

林清和打开支付宝,给她转了 52000 元。

他随后从包里翻出文件,找到向嘉的个人银行账号,又转了 131400 元。

小海豚打语音过来了。

林清和故意不接。

小海豚:[问号 .jpg]

小海豚:干什么?不过了?还是把钱都给我,让我给你保管?

林清和现在很想再给她转 13145210 元,立刻转,马上。

但想到向嘉那个谨慎的样子,他忍住了。

小海豚:林清和,回消息。

林清和思考着转多少钱才符合自己的人设,想了想,给向嘉又转了两百四十万,有零有整比较好信。

　　林老板:你管钱,以后我花钱从你这里取。

　　小海豚:这么多?我不想给你管钱,我给你转回去。

　　还有更多呢,怕你不敢要。

　　林清和按着手机发语音:"你敢给我退回来,你等着瞧。"

　　语音发送成功,他觉得语气太重了,又按着手机回复:"不准给我退回来,向嘉,我喜欢被你管。"

　　发送后不到三秒,林清和立刻撤回。

　　向嘉张狂地笑,打字:不准撤回,用刚才的语气再给我发一遍。林清和,听见了吗?再发一遍。

　　林清和大步往候机室走,手机转到了手心深处。

　　候机室到处都是人,他从包里取出口罩和耳机戴上。没座位他也懒得再往商务舱候机室去,站到了角落处,看向嘉的消息。

　　向嘉发了十条消息,两条长语音。

　　还有一张不知道从哪里找来的营销号截图,上面写着很长的一段话:对待自己在意的关系一定要真诚,一定要敢于表达。不要做个冷漠的小气鬼,也不要口是心非嘴硬。要多见面牵手和拥抱,要说想你了,要学会向亲近的人释放一些柔软的部分。

　　向嘉的语音:"林清和,再给你一次机会,你再说一遍给我听。不然,等你回来,你就知道什么叫满清十大酷刑。"

　　向嘉的语音:"呼叫林老板,你女朋友在停车场摔了一跤——"

　　林清和心里一"咯噔",不笑了,打算转身。

　　语音继续播放:"必须要听到林老板说情话她才能从地上起来。"

　　什么鬼东西?

　　林清和打电话过去,那边很快就接通了,向嘉声音愉悦:"林老板,你等着,我开录音,你是不是要说情话了?"

"真摔跤了?"

向嘉笑声张狂。

林清和挂断了电话,他就多此一问。

向嘉把电话又打了过来,说道:"林清和,怎么办?我现在就有点想你了。我很后悔,为什么要让你去谈这个事,应该我去。"

林清和抬头看候机室炽白的白炽灯,喉结动了下,开口:"向嘉,我很期待跟你的未来。我想为我们的未来做点什么,我想承担起做男人的责任。我也想让你轻松一点,别那么累。我以前一直混日子,我对未来没有期待。"

电话那头静了下来,只有汽车发动机的声音,向嘉在开车。

"以前觉得怎么样都行,可现在不行。"林清和沉默了一会儿,说道,"我的未来有你,我想试试。你勾画的那些未来很美好,我以前从来没想过,人可以这么活,这么有意思。你不用太担心,我在遇到你之前,我对女人……是恐惧的。"

"嗯。"

"开车注意安全,出门别穿高跟鞋。向嘉,你再矮,他们也得低头跟你说话。"林清和叮嘱,"按时吃饭,别抽烟,别喝酒,有酒局叫阿乌或者陈小山去,不行你拉上陈叔,陈叔肯定会挡在你前面。你身体垮了,桐镇可就发展不起来了。"

"原来你一直觉得我矮,你还装。"向嘉笑了起来,声音愉悦柔软,"等你回来,我来接你。"

不管山有多高,路有多远,只要你回来,我一定会去接你。

"好。"

挂断电话,林清和把自己的微信名改成了"爱吃鱼的林老板"。

两个小时的飞行时间,不算特别难受。向嘉昨晚给他改签了商务舱,林清和不在乎是头等舱、商务舱还是普通经济舱,反正坐飞机都痛苦,闷在小盒子里。

可向嘉不这么认为，她觉得能舒服一点是一点，能舒服为什么要受罪？今天特意早过来让他选前排位置。

前排空间大，他的腿不至于无处安放。

向嘉特别细心，对人好的时候是真好，宠也是往天上宠的架势。林清和长这么大没被人这么宠过，他就觉得好像自己变得特别重要，有人珍惜他。

不管是谁遇到向嘉，都会过得很幸福，她有能力让人幸福。

两个小时的飞行时间，林清和伸一下腿都能感受到向嘉那种体贴带来的舒爽。

飞机落到上海机场。

林清和看了眼窗外，跟向嘉发消息：我落地了。

向嘉可能在忙，没立刻回他。

他把微信隐藏，手机锁屏，解开安全带，起身拎着背包，随着人流下了飞机。

拿到行李箱，箱子上贴着一条小小的富贵鱼，是向嘉贴的。他看着就高兴，拖着箱子一边走一边看那条鱼。

"阿和。"

林清和转头看向出口，林安可特别高调地站在出口处，旁边还有保镖，虽然隐在人群中，但依旧招摇。林清和心里一"咯噔"，没想到林安可亲自来出站口接他。

他眼底的笑瞬间褪去，环顾四周，怕被拍到，林安可那么高调，被拍到他就完蛋了。

林清和停住脚步，拿起手机发信息给林安可：我怕被媒体拍，我不想这么早曝光，我想到停车场再跟你见面。

林安可站在栏杆外，人潮汹涌，林清和停在原地。

大约有一分钟，她踩着高跟鞋转身走了。

林清和松一口气，等她的人彻底离开，他才坐电梯下到地下停车场。

他避开人绕了一圈才上车，司机把他的行李箱接过去，放到了后备厢。

他很不自在，太久没有这样了，浑身不舒服。

上车坐到后排，林安可把水递给他，说道："先回家吃饭？"

上一次林清和说的话太狠了，林安可忌惮了一些，怕刺激他。

"我想先去一趟林木家居，我有个材料要给他们送过去。"

"什么材料？"林安可吩咐司机开车，拿了零食给他吃，她已经见过林清和的心理医生了。

"嘉和的，我跟人合伙在桐镇开了个度假村。"林安可装不知道，林清和也不拆穿她，林木家居再需要营销也找不到那个小地方，林安可在逼他回来。她一直都是这样，高高在上地摆布着别人的命运。他继续道，"你不是骂我是废物吗？我也不想一直做废物。我出了点钱跟人合伙开了个度假村，林木家居那边的营销部联系我们，想跟我们合作，我正好回来，把材料带过来了。"

"之前是我着急了，我跟你道歉。"林安可叩了下手指，"我那时候收到一份材料，你在那种环境工作，身边围着一群女人。我也是怕你学坏，一时心急，我以后不会再骂你了。不过，你谈恋爱就正正经经地谈，别什么人都行。"

林清和懒得搭话，转过背包，从里面取出材料，说道："你要看看我们公司的资料吗？"

"不了，你有上进心是好事，说明你长大了。"林安可说，"我查过那个姑娘的资料，是个做生意的料。有本事，有魄力，有手段，她不会把事做得太差。而且你投的钱也不多，小生意你自己玩玩。这是你的自由，我不关注。"

林清和后颈的汗毛一下子就竖起来了，他就知道林安可会查向嘉。

他面上丝毫不显，若无其事地转了下佛珠，抬手把佛珠换到了另一只手上。

"我知道了。"

宾利离开了机场停车场，车厢内亮了起来。林安可原本想问林清和刚才在机场是什么意思，转头看到了林清和手腕上狰狞的疤痕，那么直接赤裸地展现在她眼前。

尽管她有心理准备，但还是心一紧，呼吸都快停止了。

林清和的心理医生说他有严重的自杀倾向，说他自杀过很多次。她的一对儿女，一个自杀了，一个自杀过很多次。

因为这道疤，林安可连林清和无名指上的戒指都没有过问，她沉默着坐在另一边，看着窗外，脑子里一团乱。

"因为我们家的情况，盯着我的人有很多。我不建议我大张旗鼓进公司，这不能服众，只会让我处于危险境地。我想先进去随便混个身份做事，真正掌到实权再高调。"林清和知道她想问什么，主动说出口，"我的信息曝光目前对我没好处，我无法自保。"

林清和是留疤体质，林安可总觉得他脸上被自己打过的地方也留着一道浅浅的白痕。

小时候的林清和特别乖，长得好看，性格温柔。他很少哭闹，永远斯斯文文。刚读幼儿园那会儿，别的小朋友推他，他都不会还手，只会跟人讲道理，礼貌地告诉别人打人是不对的。

那时候林安可很爱他，他长得跟他爸爸很像，也和他爸爸一样温柔。

后来呢？面目全非，满目荒唐。

她恨死了谢明义，温柔是假的，爱情是假的。虚伪的渣男，她疯狂打击报复谢明义，她用了半生去恨谢明义。

长得像谢明义的孩子，她一开始不想要的，把他扔给谢明义吧，这辈子他们都不要再见面了。她带林景时走的时候，林清和孤零零地站在院子里看她。

他意识到自己被抛弃了，可他不哭不闹，就那么平静地站着，无声地难过。

孩子有什么错呢？那是她的孩子。她割让了很大一块利益，换到了林清和的抚养权。让了利益，谢明义得逞了，得意扬扬的样子让她恨得牙痒痒。

她回家看到林清和端着水过来，他是心疼妈妈，想让妈妈喝的。但她恨得不行，恨自己心软割舍利益把他弄回来，恨林清和怎么长得那么像谢明义，恨谢明义无情，她把那杯水倒到了林清和的头上。

那是她第一次虐待林清和，当时的林清和是什么表情？满怀期待地给妈妈倒水，却被泼了一头的水。

林安可在很长时间里是把林清和当废物养，她真正培养的继承人是林景时，她的大女儿。她打压林清和，逼他学没用的东西，艺术生能干什么？她从不培养林清和的野心，她不希望在林清和那张脸上看到欲望。

有一点点野心就彻底像谢明义了，跟那个男人一模一样狠心狗肺。

他最好一辈子当个美丽的废物。

只是林安可没想到林景时会自杀，她精心培养的大女儿死了，小儿子真的被她养废了，患上了抑郁症，无欲无求，每天只想死。

林清和如今已经不像谢明义了，谢明义也要死了。

林安可最近一直处于失眠状态，她看心理医生，她从林景时死后就开始看心理医生。她不明白，她这一生在干什么？她为什么会走到这一步？她为什么会活成这样？

林清和把伤疤给她看了，把她曾经做过的事、犯过的罪，全摆了出来。

林清和如果死了，她的人生还有什么意义？她这一辈子追求完美，追求成功，追求尊贵体面，最后却什么都没有。

她爱林清和吗？她不知道，林清和失踪的那几年她整夜整夜睡不着，她害怕，她也想跟林清和道歉，跟他说"妈妈错了"。

可找到他的时候，他在那种肮脏杂乱的地方堕落着——暧昧廉价萎靡的灯光，穿着破洞裤子露着大腿，坐在暗光里卖笑。

她那点愧疚没了，只有愤怒，他怎么可以烂成这样？

可，一开始是她希望他成这样的。

无论爱恨，林清和都是她在这个世界上唯一的亲人。

这次回来，林安可准备了很多说辞，没等她开口，林清和忽然收起了棱角，乖顺得像是从来没有被她虐待过一样。

林安可在他身上看到了很多年前，他还被所有人爱着时，那种平静温柔。

没有堕落腐烂，他穿得很干净。没有浓重烂俗的香水味，他身上有很淡的栀子花香。

林安可没有陪林清和去林木家居总部送材料,她在车里等。

车厢静了下来,她靠在座位里,吃了两片药稳住心跳。她拿手机继续看向嘉的资料,很漂亮的女孩,野心勃勃,有心计,有手段有能力,就差一个台阶,跟当年的谢明义一模一样。

林安可的人拍了一些向嘉工作时的照片,处于工作状态的向嘉犹如野心勃勃的狼。

这个时代,男女没有什么区别,只有狼和羊的区别。

林安可走了她父亲的老路,父亲以为她是女孩不需要野心把她培养成了小羊,招来了谢明义。她养废了林清和,招来了向嘉。

林清和递交资料很顺利,营销部的负责人邀请他留下来吃个午饭,下午去看工厂。

他发信息问林安可,林安可自然是同意了。她回家去了,给林清和单独安排了一辆车。林安可如约没有暴露他是谁,跟这边只是交代要管这个项目。

董事长不需要跟他们解释为什么,毕竟她是高高在上的掌权人。

林安可和林清和是母子,如今也是对手。你捅我一刀,我还你一下。

你动我的人,我就把你的伤疤翻开。

他故意把伤疤露出来给林安可看,看看,逼死了女儿又要来逼儿子死,多伟大的母亲啊。

这是他第一次跟林安可对抗,他之前是完全放纵摆烂。

林清和没有接受林安可的房子和车,他只是回家吃了个晚饭就离开了,他晚上住在酒店。

晚上八点,林清和刚坐到桌子前打开电脑,小海豚的视频就发过来了。

他在海豚的尖叫声中接通了视频,将手机摆在笔记本电脑的屏幕边,看着她就忍不住笑了起来。

视频那头的向嘉也笑,两个人就这么笑了两分钟。

林清和开口时嗓音还残留着笑意，微微沙哑："忙完了？"

"没有。"向嘉掉转镜头让他看电脑屏幕，"手机靠在电脑屏幕上。"

林清和也举起手机掉转镜头，道："同一个位置，转回去，我看看你。"

向嘉切换前置摄像头，靠在椅子上，对着镜子摆弄了一下，说道："你那边怎么样？饭局有没有被灌酒？"

"没有。"林安可亲自点的项目，谁敢灌他酒？客气得差点把他供起来。

"今天有没有遇到不开心的事？"

很多，他回家跟林安可吃的那顿饭相当窒息。

林安可似乎在尽力弥补他，可她越回忆，林清和越焦躁。

那些回忆里掺杂着太多虐待。

林清和往后靠在椅子上，拧开一瓶水，喝了一口，垂着睫毛，思索了大概有一分钟，他开口道："晚上回来的路上遇到了一片江，江边高楼的灯光很好看，水面很平静。今天上海天气还不错，有星星。我觉得，你穿红裙子在那里拍照应该会很好看。"他停顿，喉结滚动咽下水，"有点不爽。"

向嘉喜欢听他的分享，他在打开自己。

"不爽我不在你身边吗？"向嘉给他补全了，在电话那头笑道，"你有没有拍照？"

林清和还真拍了，他拿起手机最小化视频，把照片发给向嘉。

"我知道这是哪里，我以前住在后面那栋楼里，就是最高那栋。"向嘉跟林清和报出了小区名字，"我住顶楼，为了能看到这片江，我的房间比别人多一千块租金呢。"

"这么巧？"

"我们这个缘分，难怪我们会在一起，我们的审美都一样，那么大一个上海都能遇到同一片江。"

向嘉拿起手机在操作什么，镜头离她很近，林清和能清晰地看到她修剪整齐干净的眉毛。她睫毛很长，微微上翘，皮肤被手机的光映出细腻的白。

"你在干什么？"林清和问她。

"好了,你看下。"

一张图片发过来,林清和点开了图片。

那片江被P进了一个向嘉,她穿着红裙子,仰起头笑看着镜头。图抠得相当潦草,边缘处还有残留的痕迹。

"现在,我在你的风景里了。"向嘉在电话那头笑着说道,"林老板,有没有很开心?"

"开心。"

林清和只用了两周时间就签下了林木家居,速度之快让向嘉怀疑他是不是用了什么手段。

期间他回了桐镇一趟,带林木家居的人过来看场地,待了四天。这四天天气都不错,林清和腾出时间全用来拍向嘉了。

四天结束,林清和又去上海了。林木家居那边希望能有个长期的对接人,林清和目前负责这个。

向嘉听了林清和的建议,她给颜云发了一条长信息,五分钟后收到了回复,可以。

上海那边的公司可以让颜云负责,她原先就负责向嘉的直播视频以及团队沟通协调方面,她来,向嘉的队伍就成了一半。

在上海注册新公司的事是林清和办的,他一边负责林木家居项目,一边帮向嘉找办公室租场地,提交申请文件。

向嘉没想到林清和一个艺术生,在这方面居然挺有天分,做事井井有条,稳扎稳打。他和向嘉那种猛冲的性格不一样,他很细心,每一步都做得谨慎而稳重。

向嘉去上海看过一次办公室,也跟林清和短暂地见了一面。林清和在上海没有租房,住在一家还算不错的酒店。

房间里的文件都快堆溢出来了,向嘉虽然每天跟林清和雷打不动视频十二个小时,晚上八点到第二天早上八点,两个人在干什么都一清二楚,可真正看到这个场景,她还是挺心疼他的。

林清和从一个闲散度日的酒吧老板，被她逼上了战场。

向嘉带林清和去外滩吃了一顿很贵的法餐，在向嘉看来，餐厅味道一般，服务员的服务态度也不怎么好。

可那天氛围特别好，餐厅里飘荡着钢琴曲。窗外是外滩风景，游轮汽笛声响彻黑夜，对面的男人斯文英俊，穿着她喜欢的白衬衣，坐姿优雅端庄。

向嘉狠狠心点了一瓶一万多的红酒，跟林清和喝了两杯。她处于微醺的状态，含着笑看林清和："你喜欢这里，还是喜欢桐镇？"

"桐镇，溧江清澈。"林清和喝了一口红酒，看向嘉还要倒酒便叫服务员把她的酒杯撤走了。

"我也喜欢桐镇。"向嘉吃了一口牛排，环顾四周，不太想说扫兴的话，可这里的服务员真的很没有礼貌，"你有没有觉得这里的服务员很奇怪？"

"有吗？"林清和把剩余的酒喝完，笑道，"那我们结束的时候，马上给他们差评。"

向嘉来过这家餐厅，在鼎盛时期为了装人设她来这里吃过饭。毕竟这里属于白富美、网红打卡地，那时候服务员的态度还很好。

"那行，等会儿你去结账，给他们差评。"向嘉望着对面的林清和，在繁华的灯光里，一切都变得模糊起来了，"我希望你尽快忙完这边的事回桐镇。"

"嗯。"

吃完向嘉去结账了，林清和的钱都在她这里放着，他也没钱去结。向嘉不知道他怎么想的，居然敢把全部积蓄放到她这里，让她保管。

向嘉没管过钱也不知道给钱频率，她一开始一次转十万，林清和拒绝她的转账，给她设了个转账权限。

一次只能转五千块。

现在消费高一些都是向嘉买单，怕他手里没钱。

林清和去洗手间了，向嘉扫码买单。

服务员帮向嘉结账，突然开口提醒："您的男朋友似乎很喜欢花女人的钱。"

服务员提醒第一遍的时候，向嘉还没听清，对方重复了一遍，她才反应过来便解释道："不是，他的钱放在我这里，是他买单。"

服务员一愣，连忙道歉。

"他长得很像吃软饭的人吗？"向嘉笑道，"因为长得好看？"

"怎么了？"林清和从洗手间出来，大步往这边走。

"没事，打扰您用餐了。"服务员有些尴尬，"我送您一个甜品作为道歉？"

"不用了，谢谢。"向嘉起身拿起包，等林清和靠近，挽着他的手离开了餐厅，她想去江边走走。

向嘉自然不会把这么不愉快的小插曲告诉林清和，只是第二天走的时候，她留了一张自己的副卡给他。

上海这边公司的事林清和做得很好，进展很快，她也就放心交给林清和，回到桐镇专心做酒店。

预计酒店能在元旦前后全部竣工投入使用，向嘉一边盯建设，一边找管理人才，酒店管理方面她是纯门外汉，必须要找个内行人来负责。

可人才太难找了，她把溧县翻遍了都没找到。

8月初，她收到了一份很特殊的简历。

贺泽，三十四岁，身高一米七七，溧县人，大学学的旅游管理。毕业后在北京工作，从小酒店做到五星级度假酒店管理层，履历非常华丽。

三年前他带老婆孩子回乡创业做客栈，结果遇上旅游寒冬。如今客栈已经撑不下去了，他急需要钱。

他的求职简历薪资方面没有期望值，只写了一句：预支十万现金。

向嘉把贺泽的资料翻看了好几遍，履历非常符合她的要求。她特意去县城约人吃了顿饭，查了这位的大概情况，基本属实。

三年前卖掉北京的房子，回乡创业，运气真不好，三年前那个节点，神仙来了也救不了旅游。

开客栈的钱基本上是赔干净了，但也不至于把卖房款全部花完，毕竟是一线的房子，还是在最高点卖的，值不少钱。

向嘉之所以查他的资料，是怕这位沾赌。结果让她沉默了很长时间，对方单亲家庭，母亲早逝，父亲三年前查出肾衰，换了肾一家子搬回了这里。

向嘉给贺泽打了个电话，贺泽在相城市医院，一时间回不来。

向嘉约了他三次，七夕前一天他们才正式约上，约在相城见面。今天林清和会带林木家居的人过来测量现场，以及拟定后续拍摄计划。

她主要过来接林清和，顺便跟贺泽见一面。

向嘉约的地点是个咖啡店，她坐在窗边的位置，面对电脑一边工作一边等人。

明天七夕，她留了一天时间给林清和，今天得加班加点把工作搞完。她这七天二十四小时无休地工作，约会都得提前预约。

一杯咖啡喝完，贺泽匆匆进门。

向嘉见到他的第一眼就听到一个声音，靠谱。贺泽的外形不错，长得斯文干净，只是最近可能有些忙，头发稍微有点长。

但他脊背挺得很直，拎着个公文包，很干练。

进门他开门见山，把全部资料送到了向嘉的手边。

"喝什么？"向嘉叫服务员过来的同时打开了文件，她闻到了空气中飘荡的消毒水味，是医院的味道。

"不喝了，一夜没睡，等会儿得回去补一觉。"贺泽在对面坐得端正，审视了向嘉一会儿才开口，"你找我做事，两年内我把你的度假村做出来。做不出来，我一分钱都不要，预支的十万我退给你。"

看到向嘉的瞬间，贺泽有些失望，太年轻了，比他想象中的更年轻。县里对这位"网红"的传闻还是有一些，漂亮、会办事，有钱、做事大胆。

可面前坐着的是一个在他看来可以称得上小姑娘的女孩，过于年轻稚嫩了。

他该去找一份正经的工作，继续之前的生活，而不是听太太的话，来给一个小女孩打工，荒谬得很。

向嘉不说话，只是一份份文件仔细地看。贺泽根据她的酒店情况做了一些详细的规划，经营模式以及未来发展方向。他对当地很了解，他学旅游出身，懂得因地制宜。

他懂酒店，从基础建设到后期运营模式，全都很专业，有野心有能力，只是被当前时局限制住了。

向嘉看完，问出第一句话："你能为我工作多久？"

向嘉很直接，贺泽也没有绕圈子，回道："五年。"

向嘉把资料放回去，转身从身边拎起一个看起来很沉重的布袋放到了桌子上，推给了贺泽："这里有二十万，不是预支工资，是我以个人名义借你。薪资正常发放，我会跟你签五年合同，不管你有什么想法，为我工作的五年时间内，你只能为度假村做事。"

贺泽怔在原地。

"你给我写一张欠条。"向嘉从随身带的包里取出笔和纸，递给贺泽，"你先点钱吧。"

贺泽看了向嘉足足一分钟，收起了脸上的职业微笑，拉开那个袋子，看到里面码放整整齐齐的钱。一捆两万，这里有十捆，他取出一捆钱拨了下，闻到钱币的味道，刚从银行取出来的连号钱。

他将钱放回去，拿起笔写欠条："二十万不是小数目。"

"是啊，对于我现在来说真的是一笔巨款。"向嘉最近四处出钱，她都快成筛子了，她现在唯一进钱项是平台约。目前合同还没签下来，她想价格签得再高点，平台在犹豫，可能怕她换不来更多的收益吧。

向嘉收起欠条，把合同拿给贺泽，说道："我的酒店预计元旦前后开业，时间不多，我急需要一个能管事的人，你多久能到岗？"

"十天。"贺泽签合同的手一顿，随即才继续说道，"十天后我一定能工作。"

等合同签完，向嘉起身伸手过去："期待你的加入。"

贺泽这才发现她真的不太高，瘦瘦小小的一个，但跟第一眼看到时已经有了很大的区别——一米六的身高，两米的魄力，浑身上下都是胆。

贺泽跟她握手后，说道："不怕我跑路吗？"

向嘉坐回去，端起服务员送来的水喝了一口，说道："你老婆刚考上县公务员，在下面的乡镇工作。你孩子在县城读书。你跑了，你老婆的工作和你孩子的前途都会受影响，为了二十万不至于。何况，你父亲还在医院。你能放弃一线城市的高薪工作回来陪父亲治病养病，说明你有责任心，不是那种弃家庭不顾的人。卖房救父亲，你老婆也没跟你离婚，你们夫妻感情很好，你有什么理由抛弃她？"

"跟你透个底，之前一直传溧县要通高铁，现在，这不是传闻了。你回来投客栈想法没错，溧县早晚能发展起来，大家都会有饭吃。可想成事，天时地利人和缺一不可。"向嘉给他留了个希望，"如果五年内你能把我的酒店做成我想要的样子，五年后我送你一家盈利的客栈。"

按照溧县的规划发展，五年时间足够这里彻底发展起来，五年后这里的任何一家客栈都会盈利。

"明天七夕，提前祝你跟你太太节日快乐。"向嘉看了眼时间，飞机快要落地了，她收起合同，说道，"合同我带回去盖章，你那份十天后去公司取，顺便上岗。还有疑问吗？"

贺泽拎着钱从咖啡店出来的时候，脑子还是木的。

太太打电话过来问他面试结果如何，他在太阳底下狠狠抹了一把脸，说道："我明天回去，给你带一条项链，你一直想要的那条。"

"啊？你哪里来的钱？你别乱花钱，我不要！爸爸那里到处都需要钱——"

"铂金的，带钻的那条，明天情人节得送你礼物。"贺泽放下手，大步往前走，"十天后，我送走爸就去上班。他们给我预支了二十万，二十万办完爸的事还有节余，给你和小妹儿一人买一份礼物。"

向嘉等到下午三点半才拎着电脑离开咖啡店，她知道贺泽肯定会来给自己做事,她特意去取的现金——目前贺泽的情况,砸现金能让他死心塌地地给自己做事。

她来溧县三个月了,三个月在她原来的行业都可以是网红的一生了,从糊到爆红到再糊轮回一遍。三个月足够她把县城的条条框框吃透,想查一个生活在县城的人并不难,能从头查到脚。

向嘉不打无准备的仗。

路过花店她踩下刹车,花店门口摆着一盆虞美人,开得正盛,鲜艳地绽放在太阳底下。向嘉看了一会儿,到底没下车去买,收回视线,松开刹车走了。

林清和是下午五点到,同行的还有林木家居的设计师和营销部负责人。

如果只是单独接林清和,她就带一束虞美人过去。但事关工作,带花略显轻佻。

向嘉到出站口的时候收到林清和的微信。

爱吃鱼的林老板:五分钟后到出口,不用来太早。

向嘉:好。

自从林清和叫她"小鱼",向嘉就把微信名改成大名了。

"小鱼"这两个字太缠绵。

等了五分钟,向嘉便看到拖着行李箱走过来的林清和。白色行李箱上贴着一条卡通的富贵鱼,他很高,在人群中非常有存在感。

最近溧县温度不高,向嘉提前把天气信息发给他,他是一行人里唯一穿长袖的,烟灰色衬衣配黑色长裤,身姿挺拔。

他旁边走着个高挑的女人,踩着高跟鞋穿着裙子,看起来十分干练,一边走一边扭头跟林清和说话。

林清和侧着身子往旁边避,一抬头跟向嘉对上了视线。

那个高挑的女人也看了过来,她看向嘉的目光里有审视。

向嘉皱了皱眉,上次他们团队的负责人不是这个女人,换人了?还是一直是这个,上次刻意没来?

林清和这个合同是怎么谈下来的？

林木家居给的优惠大到像是在做慈善，这慈善是给谁的？

"这位是嘉和的总经理，向嘉。"林清和大步走到向嘉面前，将她从栏杆后面拉过来，介绍了那个高挑美艳的女人，"林木家居的营销部总监，李总。"

"你好，李念。"李念的视线从林清和放在向嘉肩膀上的手上滑过，伸手过去。

向嘉跟李念握了下手，去接行李时被林清和拦了下。林清和碰到她的手指，肌肤相触。

向嘉心脏一跳，林清和碰过之后并没有拉她的手，而是去拿李念的行李，说："我来吧。"

李念不敢让林清和拿行李，她虽然受林安可安排来搞事，也知道这江山早晚会落到林清和手里。得罪林清和，那她是有多想不开？

连带着其他人的行李都被她拦了下来。

向嘉看了林清和一眼，保持着职业微笑在前面带路。林清和主动到驾驶座开车，向嘉坐到了副驾驶。她今天开的是公司的商务车，七座，林木家居的五个人坐在后面。

李念坐得笔直，脊背都不敢往椅子上靠。

林氏集团太子爷亲自开的车，坐得太安逸，她怕将来被清算。

向嘉转过身跟李念介绍公司情况，以及县城周边的游玩项目。林木家居这次安排人过来是要做长期的合作，李念得在这里留一段时间。

林清和安静地开车，他开车很稳，全程没有声音。

其他几个人偶尔还接向嘉的话，李念从上车起就处于一种紧绷的状态。向嘉脸上挂着轻松，视线把李念从头到脚扫了一遍。

年纪可能跟她差不多，已经坐到总监位置了吗？很漂亮，是那种明艳大美人的漂亮。家庭条件应该不错，有种精养出来的美。

但看起来很紧张，到底在紧张什么？

心虚吗？做什么了这么心虚？

从相城到桐镇两个小时的车程，向嘉怀疑这位李总的腿可能都有点抽筋，她绷得太紧了，不知道在害怕什么。

车停到镇上，向嘉安排他们入住客栈。一切安排妥帖后，向嘉在客栈的前台拧开一瓶水喝了一大口，拎着水走出门，走向林清和，他站在树下打电话。

林安可在电话那头嘘寒问暖，最后说道："我不管你在外面怎么玩，不要走我的老路，也不要走你姐姐的路。对于一些人来说，爱情是他们向上的阶梯，可以给人递梯子，但别给人当阶梯。"

林清和烦躁得不行，耐着性子说道："知道了。"

"想给你挑个人，你先跟那个李念处着看看。合适的话，挑上来给你做助理。"

他衣领被握住，霸道的栀子花香直冲鼻息。

林清和握着手机转头。

向嘉的手指落在他的后颈上，点了下，示意他低头。

林清和眼睛盯着向嘉，手上挂断了通话。

"有没有做对不起我的事？"向嘉将他往下拉，仰起头含住了他的唇。在林清和掐住她的腰低头想要猛亲她的时候，她仰头往后一躲，躲开了林清和的吻。她的手指沿着林清和的衣领滑进去，贴着他的肌肤，用指甲一点点刮，又痒又麻。

林清和一双丹凤眼里漫上了浓重的欲望，他盯着向嘉，喉结一滚，嗓音沙哑："什么？"

她发现了什么？暴露了？

"没有？"向嘉踮起脚，轻轻地咬住他的下唇，在他亲下来之前再次躲开。

林清和的手死死扣住她的细腰，手指骨关节在傍晚时分的暗光里泛着白，稠密漆黑的睫毛下的眼眸暗沉："向嘉？"

"那个李总很心虚啊，宝贝，你在外面做什么了？"向嘉慢悠悠地凑上去，这回是咬住他的下唇，一点点咬他，甚至咬出了血，"让她面对我这么心虚？"

林清和的手机坠进裤兜，修长的手指贴上向嘉的后颈，疯狂的吻便落了下去。嘴上一疼，他被咬了一口，可他不在乎。

他想亲向嘉。

向嘉叫他宝贝。

吻持续了差不多有一分钟，松开时向嘉的呼吸很急促，她把额头抵在林清和的肩膀上，平复着心跳。

她在失控，她因为一个男人失控。

"我和李总今天是第一次见面，之前与我对接的人不是她，她是空降下来的。"林清和舔了下嘴角的血，压不住眼底的笑，长睫完全覆在眼下。手指抚着向嘉的腰，他抵着向嘉的额头，声音又沉又哑，"你叫我……宝贝？"

向嘉缓缓抬头，抿掉了嘴唇上的血。

路灯刹那亮了起来，小街被照得通明。

街上很热闹，明天就是乞巧节，这对于当地是个大节日。提前一天开始筹备，镇上的人吃完饭陆续过来排练节目。

他们在一棵大树后面，傍晚时分天很暗，树木也过于高，没人看到他们。可路灯亮起来就不一样了，向嘉不想被围观。

"吃醋了？"林清和不让她走，低头时高挺鼻子抵着她的鼻尖，亲她的嘴角，"小鱼？"

吃醋了，向嘉确实吃醋了，因为林清和吃醋。

那个李总跟林清和站在一起十分般配，李总帮他拉行李箱，在车上不住往他身上看。

向嘉只觉得头上冒绿光，情绪大概从那个时候起就不对劲了。

"没有。"向嘉冷静下来，她刚才是应激的那种失态，非常不体面，她尽可能地让自己的语调平和，"你们今天第一次见面？"

"嗯。"林清和说的是实话。他真不认识李念，他到飞机上才知道团队换人了，林安可空降了一个李念过来。他拉着向嘉往树下的阴影靠近一些，倚靠着树干，才环抱住向嘉，他把她圈在怀里，手指穿过她的头发，贴着她的发根，"向嘉，这很好确认，随便找个人问问就知道了。向嘉，你很不高兴？"

风卷起茂密枝叶发出"沙沙"声响，天彻底暗了下来，面前的林清和依旧英俊迷人，她却有一刻的迷茫。

她一直以为他们的感情开关捏在她的手里，这一刻，她觉得不是。不知道是朝夕相处久了，还是情话说多了，她好像陷进去了。

她变得俗气起来了。

看到那个女人站在林清和身边，她是什么心情？想冲上去把他揪走。

可这个世界上所有人都是独立的个体，没有谁属于谁。她把林清和当成了她的所有物，她的占有欲达到了巅峰。

她过界了。

"你说她对你心虚？"林清和敛起旖旎的心思，托起向嘉的下巴，他想看向嘉的眼睛，"怎么虚的？"

向嘉不想继续这个话题了，垂了视线，看到林清和的右手腕上的佛珠下面露出一片艳色的文身。

她眨眨眼，拉住他的手："文了？什么时候文的？"

"前天，已经消肿了。"林清和把手递给她看。虽然向嘉吃醋他很高兴，但这事儿不能再追究了，向嘉那么骄傲的人，吃醋失态她估计接受不了。

向嘉将他的手拉到灯光下，看上面的文身。林清和的文身图案和她的一样，只是他的是倒着文。

"怎么是倒的？"向嘉反过去又看了一遍，林清和的手腕很好看，腕骨冷肃修长，肤色偏白，鲜艳的红和深色线条纠缠像是最艳的花开在净土之上。

他和向嘉文的是一个图案，但气质截然不同。向嘉的更妖艳一些，他的是圣洁，冷艳到了极致便有种冷淡的禁欲感。

林清和伸手拉住向嘉，十指交扣，两只手腕贴在一起，紧紧相贴。向嘉的手比林清和小好几号，同样的腕骨位置，她比他的低了一些。两个文身正好错开，形成了一个完整的对称。

他的手掌宽大炽热，把向嘉的整个手都包了进去。

林清和握着她的手，两人并排站着，他垂眼看向嘉，温沉的嗓音解释："两个可以组成一个完整。"

两朵花像翅膀向上延伸，底下的根部却贴在一起相依相生，紧紧相连。

鸢尾可以飞，也可以降落。

向嘉忽然笑了起来，她盯着那两个文身，笑着扭过头把脸埋在林清和的肩膀上。林清和最近换了种栀子花香的沐浴露，香得很纯粹。

只有这一种味道。

"累吗？我叫阿乌过来招待他们，我陪你回去躺一会儿。"林清和说，"反正合同签了，签完合同，我们就是甲方。"

"我的作品流量达不到他们的要求，我依旧是乙方。"向嘉还是觉得不对劲，但她不想再拉着林清和追究了，太俗气，她像个怨妇，"晚上你想吃什么？"

"……鱼。"

向嘉抬眼："去县城吗？镇上做鱼的餐厅都不怎么样。"

"那吃鸡，近一点，不想去县城。累了，想吃完饭回去休息。"林清和说，"他们家还可以做炒鸡，实在不喜欢，街上还有一家湘菜、一家川菜。"

"他们第一次来，还是吃点特色的吧。"向嘉说，"土鸡，你打电话问问那位李总吃这个行不行？"

"我今天在飞机上第一次见她，我没有她的电话，我问问原先联系的那个营销部陈副总吧。"林清和拿出手机拨号。

"算了，我去叫她吧。"向嘉刚要去叫，越过林清和的肩膀，看到那个李总探头出了客栈。

"李总，晚上想吃什么？有没有忌口？"向嘉整了下自己的衣服，看向李念。

"没有没有，我不吃。"李念摆手，朝她点了点头，"我想去县城走走，能借辆车吗，方便吗？"

"好啊。"向嘉把自己的车钥匙递了过去,"那辆黑色SUV是我的,你开我的车去吧。需要陪吗?我可以陪你去,或者让阿和陪你。"

"不用不用,真不用,你们忙你们的,我自由活动。有什么事我再找你,再见。"李念哪里敢让林清和给她开车,接过车钥匙,她朝林清和谨慎地点头致意,转身大步就走。

"李总,车在这里。"向嘉指了指停车的方向,给她纠正位置,"那辆黑色SUV。"

她的车洗过很多遍了,目前是干净的。

商务车太大了,不方便她开,里面还有林清和的行李,总体是很麻烦。

李念很快就开车走了。

向嘉看车子开出小镇,清凌凌的眼看向林清和。

林清和明白了,难怪向嘉会起疑,这位是林安可安排过来的"逗比"吗?林清和今天看到向嘉的注意力全在她身上,根本没看其他人。

李念也太夸张了。

怕他怕成这样还来这里演什么甲方?

"是不是很奇怪?"向嘉说,"不是我多想吧?"

林清和拧眉思索片刻,说道:"她是不是听到了什么奇怪的传闻?"

"什么?"

"有传闻说你是这里的地头蛇,一手遮天。"林清和说,"除此之外,我真的想不通她为什么怕你。"

"如果是怕的话,不只是怕我,她也怕你。"向嘉若有所思,既然不是心虚,李念和林清和之间没事,那李念坐那么直干什么?林清和在把问题往她身上引,她甩了回去,"我怎么觉得她主要是怕你呢?"

"我在上海没打过架,我之前不认识她,怕我干什么?"林清和双手插兜,注视着向嘉,"我长得凶吗?叫其他人吃饭?你还想吃吗?还是回去让阿乌做饭?"

向嘉不觉得林清和凶,但他的长相确实是有攻击性的,这个感觉太奇怪了:"叫其他人吃饭吧,去吃湘菜,我突然想吃点辣的。让阿乌别做饭了,上来一起吃。"

"你打电话。"林清和转身往客栈方向走,"我去叫林木家居的人。"

林木那边的人都是男的,与阿乌关系再好她也是女孩,向嘉那个醋缸子,女孩还是让她去联系。

他在向嘉看不到的地方舔了下唇上的伤,太阳穴处跳着疼。

他要是"掉马"会怎么样?

他还不是秦朗那种家族边缘的富二代,他是真正的继承人,还有个翻手为云覆手为雨的疯子妈。

林安可看不上向嘉,认为向嘉一定是来攀高门的。

可重点是,向嘉根本就看不上他们家。如果她知道他是林安可的儿子,不用林安可来赶,她能跑得火车都追不上。

向嘉打完电话,阿乌马上在家开火加菜,认为她做的饭比那两家饭店的好吃几十倍。向嘉想吃什么她做什么,极力邀请他们回去吃饭。

向嘉沉默一会儿,问道:"有鱼吗?"

"有,陈小山下午送来了两条活鱼,唐老师在江里钓了很多,给我们分了两条,我就等着你和林哥回来做给你们吃。"

"做个鱼。"向嘉说,"我们马上下去,一共六个人。"

"好。"

向嘉挂断电话,林清和从客栈出来,她说:"阿乌让我们回家吃饭,她在做鱼,一起吃吧?去车上拿东西,回家。"

林清和忽地就笑了,他嘴角上带着一点伤,双手插兜,在路灯下望着向嘉笑了一会儿,才迈开长腿走下台阶往对面走,抽出一只手伸向向嘉:"好,回家。"

晚饭相当丰盛,有鸡还有鱼。阿乌和奶奶一早就吃过了,奶奶想去街上看表演，阿乌把最后一道菜端上来放到桌子上，说道："你们吃完直接放着就行，我晚上回来收拾。"

林清和拿起筷子精准地夹起炒鸡里的鸡腿放到了向嘉的碗里，道："不用，你们玩吧，玩久一点，我来洗。"

"真不用林哥——"

"走吧，走吧。"向嘉因为鸡腿笑出了声，摆摆手说道，"晚上不用回来太早。"

林清和夹菜的手停顿，他垂了下睫毛。

盘子里还有个鸡腿露出了一角，他若无其事地把筷子伸过去，夹起鸡腿放到了向嘉的碗里。

幸好桌子上其他人埋头吃野生江鱼，没人注意到角落里的鸡没了两条腿。

期间林清和去厨房盛饭，向嘉似随口问道："你们谁有李总的微信？能推给我吗？我有工作想跟她聊。"

"我去群里问下，看别人有没有，李总是总部空降下来的。"搭话的是设计师，三十来岁的男人，来过一次，跟向嘉比较熟，"之前不负责我们这个项目，听说很有来头。"

"林木家居的总部？"

"林氏集团，林木家居是林氏集团旗下的产业。"设计师给向嘉解释了一句，随后话题就偏向八卦了，"她是总公司的人，听说好像是什么高层的女儿，下来历练。你们这个项目最近挺热的，露个脸刷个经验，回总部升一级。"

向嘉基本上明白怎么回事了，有一些女孩子喜欢男人的表现就是惊恐加躲避，一惊一乍的。

这位千金或许在某个地方见过林清和一面，才会对他有这样的反应，不然真的没办法解释。

若是这是真相，那林清和今天被她这样对待就显得相当无辜了，白白挨了一口。

林清和很快就出来，他给向嘉带了一杯水，今晚阿乌着急出门没做汤。

饭桌上的话题转到了林氏集团总部有多难进上,这种大公司,在向嘉这里属于是仰望都不会望的。对面那几个人随便一个人的学历拿出来都甩向嘉十条街,他们都被林氏集团总部刷下来了,向嘉这种炮灰都不够格。

她有点学历自卑,从不参与这种话题。无法改变突破的事情,她想都不去想。

以前她和林氏集团唯一的交集是她会去看他们的家具,想象以后买房就放一套在里面。没想到如今能合作,做梦似的,天上掉馅饼。

他们聊了一会儿林氏集团的八卦,中间有个实习生姓林,一群人开起了他的玩笑,笑说他是不是林董事长流落在外的孩子。

向嘉吃完了饭,拆了一罐啤酒,喝了一口。

"别喝酒,你的胃不好。"林清和抬手来拿她的啤酒,向嘉往后一躲避开,拿起手机晃了下,打字给林清和。

林清和放下筷子,靠回椅子,拿起手机,划开屏幕,打开了微信。

小海豚:你的 HPV 疫苗有抗体了吗?

空气在一瞬间停止流动,风声静了下来,天地静谧。

猫翘着尾巴在他的脚边打转,尾巴扫到他的腿,痒痒的。

小海豚:打完一针是不是就有抗体了?

林清和换了个坐姿,把敞开的长腿收拢,给向嘉发过去两张照片。

一张体检报告,一张 HPV 抗体检测单,他有抗体了。

他拎起一罐啤酒,修长的手指勾着拉环,伴随"刺"的一声,啤酒被打开了,泡沫升腾沾到他的指尖湿漉漉的凉。

他晃了晃手,拎起啤酒仰头喝了一口。冰凉的酒液滑过喉咙,仿佛落进了一片滚烫的岩浆。

对面几个人开始跟林安可攀亲戚了,那个姓林的实习生喝得醉醺醺时,用一种向往的语气说想做林董事长的孩子,他就不用奋斗了。

林清和没插话,林董事长的亲儿子倒想做孤儿。

小海豚:等会儿你洗碗,我上去洗澡。我给自己放了一天假,明天可以睡到下午。

小海豚：我只喝了一罐啤酒，你别那么紧张。只一罐，不会胃疼。

小海豚：今天，对不起，误会你了。

向嘉喝完一罐啤酒。

林清和站起来赶人："今天太晚了，明天有兴趣再过来吃饭吧，想吃什么直接找阿乌。"

向嘉放下空酒罐，淡定自若地玩手机，什么内容都没有看。

有人抬起腕表看时间，八点半很晚吗？

山里人睡得早？山里的年轻人也睡这么早？

林清和起身收拾碗筷了，其他人连忙站起来帮忙收拾。

向嘉施施然离开了座位，转身上楼。

回到房间，从柜子里取出新买的睡衣，拎着一件大外套，睡衣裹在外套里，拿着新的身体乳走进了浴室。

浴室的一面窗户对着院子，能听到一楼院子里的声音。

院子里渐渐只剩下洗碗时的水声，瓷器碰撞声，夜晚安静。

前几天刚下过雨大降温，还有两天立秋。夏蝉不再聒噪，外面的蛐蛐都不叫了。

向嘉站到了淋浴喷头下面。

这件事本来安排在明天做，但她想今天也可以。

她知道为什么她把林清和放到了心里，她太在乎林清和了。她陷得太快也太迅速，急速下坠，这让她很不安。

她想疯狂地疼一次，也许就此打住。

林清和更适合高个子的女生，站在一起接吻不用使劲低头，侧一下就能亲到。

林清和的家世很好，如果不是父母离婚，他患上抑郁症，他们这辈子都不会有什么交集，她比谁都知道家庭背景是多巨大的鸿沟。

热水滑过身体，把她淹没。向嘉仰起头让水落到脖颈上，林清和如今在走出去,他在外面谈生意游刃有余。他偶尔也会笑,不再阴郁寻死,他在人群中风度翩翩。

他最近很少失眠,每晚都能睡六个小时以上,不需要药物辅助也能入睡。

上海那边与林木家居之间已经没什么事务了,只需要偶尔跑一趟,这事儿向嘉也可以做。至于上海那边的公司,颜云看着,向嘉可以远程跟她交流。

可以把林清和收回来,让他当一个闲散人。

浴室里热气缭绕,向嘉把自己细细洗了两遍。

在空旷的浴室里站了一会儿,她抽了毛巾,走到镜子前,细慢地擦拭。

把林清和收回来又怎么样?人要走的时候能拦住吗?

向嘉擦干身体,开始涂身体乳,涂到手腕,她看到那个艳丽的文身。

文身上的吉祥纹是外婆教她绣的第一个花纹,为什么要去文这个?

那是个除夕夜,母亲逼她去恶心父亲,让她去父亲家吃饭,父亲不让她进门。

上海的冬天很湿冷,是沁进骨头缝里的那种冷。她在地铁站入口坐了一夜,连流浪汉都走了,只有她一个人坐在那里。凌晨时分,她被一个巡警小姐姐带回了警亭,请她吃了一顿饺子。

天亮后,她走进一家还在营业的小餐馆,问对方招不招人,她什么都能做,给一口吃的就行。

那家餐馆老板是一对很老的夫妻,店开在弄堂里。他们还是给了向嘉一个机会,让她做了一个假期。他们付给了向嘉一笔钱。

那些钱让向嘉拥有了第一份自由,她去了一家很小的文身店文了这个文身。

金钱让生命自由,她永远都有敲门的勇气。

暖风呼呼地响,空旷的浴室氤氲着的水雾渐渐褪去,生出一点凉意。向嘉穿上睡衣,丝绸特别滑,贴着皮肤滑了下去,像是流动的水。

她在浴室里吹头发,外面洗碗声消失了,陷入寂静。

林清和会在一楼洗澡,还是在外面等?

一楼是公用的洗手间,他好像只用过一次,在刚搬来的那天,之后一直用二楼的洗手间，跟她用一个。

他和她只有一门之隔吗？

向嘉吹干头发梳顺，往手腕上喷了一点香水，香水是鸢尾花香调。

她拉开门，猝不及防看到门外的林清和，他拎着衣服靠在栏杆上，似乎等了很久。最近他的头发长长一些，正是向嘉喜欢的长度，看起来攻击性没那么强。偏长的黑发柔和了他凌厉的五官，走廊没开灯，被浴室的灯映照，他的眼眸黑得浓郁。

真的等在二楼？

"等洗澡？"向嘉的声音很轻，似乎风一吹就散了。

凉风瞬间钻进了衣服，她裹紧了大外套，晚上的风很凉。

"嗯。"他回答，视线很克制地停在向嘉的唇上，声音也很轻，"回房间。"

"出来穿厚点，外面很冷。"向嘉保持着优雅的步伐往卧室走，被冻得鸡皮疙瘩都起来了。她的外套很大，但裙子很长，应该能看到裙摆如同鱼尾一样在黑暗中摆动吧？她照过镜子，这个背影很美。

"走快点，回去先进被子。"身后林清和叮嘱，"很冷，这里很黑没人看。"

向嘉瞬间没心思了，摆摆手，穿过走廊，进了门，重重关上了门。

林清和仰起头，喉结在灯光下狠狠一滚，他压下快要漫出眼睛的欲望。向嘉穿黑色更美，丝绸吊带睡裙他怎么没见过？小腿白皙，穿着拖鞋露出一截脚踝。

他不想用一楼的洗手间，他在这方面很保守。他希望他们的亲密，独属于彼此。

他喜欢染上向嘉的味道，就像喜欢开向嘉的车一样，走在人群中，他有种安全感。

他是一个被标记的人，他心甘情愿的。

向嘉洗澡的时候，林清和在干什么？他在床上铺了一套白色的珊瑚绒四件套。这个季节铺珊瑚绒的人挺有病，但他在翻向嘉的柜子的时候，看到白得像云朵一样的四件套，特别想试试。

林清和洗完澡，擦干身体，换上衣服，吹干头发，他对着镜子抓了下过于服帖的刘海，陈小山说他有刘海的时候更好看。

洗手台上放着一瓶女士香水，他拿起来喷了一点在手腕，很浓郁的花香。

鸢尾花调的制成品都不太好闻，跟鸢尾本来的花香相差甚远。他打开水把香水洗掉，拿起手机看教程。

他在洗手间撕了一个套演练了一遍，没有太大的问题，他擦洗干净，拿着剩余的出门。路过杂物间，他鬼使神差地又去取了一盒新的。

穿过一段带寒风的走廊，走向向嘉的房间。

整套房子，只有她的房间亮着光，昏黄的，温暖的。

林清和推开门，抬眼看去，向嘉穿着黑色细吊带睡裙，化了妆，唇上殷红。

乌黑长发慵懒地散在肩头，遮住了大片的脊背。

即便林清和提前演练十次，看到她依旧会发疯。

林清和反手关上门，反锁。

"准备好了吗？"林清和声音沉到哑，他走到向嘉面前，视线停在向嘉身上，他抬手拉窗帘，她唇上的口红真艳。

下一刻，她的口红就沾上了他的唇。

林清和把窗帘给扯掉了，破烂窗帘。

原本向嘉不想关灯，窗帘被扯掉让她始料未及，林清和的手劲儿到底有多大？

他们在黑暗中疯狂汲取对方，口红早不知道蹭到哪里去了。

外面的风越来越大，吹得合欢树呼啸着摇曳，在黑暗里摆动。街上的表演正热烈，敲锣打鼓，鼓点密集。

老房子再整改隔音也好不到哪里去，他们的声音被淹没在这种杂声中。

黑猫跳上了屋檐，街上的表演结束。

楼下阿乌和奶奶进了门，她们在一楼说话。

房子后面有一片树林，草木被风吹动的声音都听得见。

林清和在黑暗中停止，想去捂向嘉的嘴，被她先一步咬住，她咬得很重，似乎想把她的疼，全还给林清和。

心跳、呼吸似乎都要被人听去，他罩着向嘉，想把她永远护在怀里，把她变成自己身体的一部分。

向嘉咬着他的手腕，在疼痛后又陷入空虚的凉意里叫他："你是经过什么特殊训练吗？这么能忍？"

林清和笑出了声。

林清和太克制也太温柔，冷静到了极致。

他的声音始终是稳的，动作也很稳，只是偶尔一声很重的呼吸泄露他压抑的情绪。

风停的时候，万物寂静。

小镇上的野猫都睡着了，没有窗帘的窗户玻璃倒映着房间内的灯。他们像是海上的一盏灯，静静亮着。

向嘉靠在林清和的怀里，抬头看他。

他唇上的伤已经结痂，变成了深色。

他克制地揽着向嘉说道："洗澡吗？我去接点热水回来给你洗，你不用出去，外面冷。"

林清和今晚太冷静了，向嘉不喜欢林清和这么冷静，她想看林清和失控，失去理智，而不是始终都那么克制。

向嘉没让他起身，她在思索怎么让他发疯。

林清和抬手把被子完全拉上来，严实地包住了她。窗帘是坏的，虽然外面有围墙，这是二楼，别人看不到，但他依旧不喜欢向嘉露得太多。

"那个……"向嘉指了指床头散落的彩色盒子，说道，"你不会只买了一盒吧？"

怎么可能只有一盒？

隔壁杂物间放着满满一箱子，各式各样的。

他不想让向嘉太难受，真正到了这个时候，他发现自己那点占有欲在向嘉面前一文不值，他更喜欢向嘉。

被子被带起，床单上一片血迹显露出来。

他盯着那片红，用最后的理智克制着，把所有的情绪都死死按在那具冷静的皮囊里。

他今晚已经够快乐了，不能贪心。

林清和很喜欢向嘉，他觉得比起自己的快乐，看向嘉快乐更满足。

向嘉又瘦又小，腰细得一把都能掐住。她像一株虞美人，细细地开着美丽娇艳的花朵。枝芽细而单薄，似乎碰一下就能折断。

他怕向嘉断在他手里。

"不管我买了多少，别想了，洗洗睡。"林清和拒绝了她，小海豚不自量力。这会儿不是闷着声音咬他的时候了。

"我想看你为我发疯，你痴迷我的一切，没有理智。你陷进我的美色，你放纵自己的渴望，沉溺其中。无法自控，你心甘情愿。"她又开始恶魔低语了，"林清和，你为我疯一次，我想看。"

林清和看着她，向嘉的声音充满诱惑。

最后一根弦绷断，他好像在暴风雨的海上拉小提琴，拉《梁祝》，拉《野蜂飞舞》《克罗地亚狂想曲》，世界崩塌又重塑。

他们在爱里重生，他们在爱里找到真正的自我。

真正结束已是凌晨，风停树歇，世界平静。

林清和年少时第一次在酒吧街跟人打架，大学期间跑到非洲近距离拍狮子，毕业后独自驾车穿越无人区，他曾经以为那些都是他人生的极限。

二十七岁这年，在他人生走到绝路的时候，他遇到了一次彻底的绽放。

彻彻底底。

比飙车、拍狮子更兴奋，比打架更让人热血沸腾。

他遇到了向嘉。

向嘉的每一次呼吸，对他来说都是致命。

林安可的担忧也有迹可循，他可以为向嘉去死。

向嘉在昏睡之际，隐隐约约听到林清和说了一句爱她，不知道是不是听错了，这位的嘴巴一向比蚌壳还紧。

向嘉再次睁开眼在一片阳光里，没有窗帘的窗户，外面的艳阳天直直映了进来，世界一片明亮。床上只有她一个人，后面街上动静很大，他们大肆庆祝乞巧节。

她动了下腿，浑身酸痛，昨晚是有一辆重卡从她身上碾压过去吗？

她在被子里躺了两分钟，开门声响，随即脚步声渐近。

她现在都能分辨得出来林清和的脚步声和其他人的脚步声有什么不同，他的更沉稳，腿长步伐很大。

房门一开一关，冷风卷了进来。向嘉缩回手，侧头趴在松软的枕头上，看逆光里的林清和。他穿着好看的休闲白衬衣，领口敞着能看到里面的白T恤，黑色长裤勾勒出笔直长腿。他修长的手指间拎着个玻璃杯，杯壁上有密集的水蒸气，仿佛还带着热气。

他的手指应该是潮湿温热的吧。

"几点了？"向嘉开口才发现嗓音哑得厉害，她把脸埋回去，江边的房子什么时候能装好？她想尽快搬过去。

不知道昨晚阿乌有没有听到什么动静，她和林清和克制着不发出声音，可物理上的动静无法消除。

夜晚太寂静了，那些声响都被放大了。

"喝口水。"林清和揉了把她的头发，修长的手指沉进她的发根，"九点半，还早，再睡一会儿。"

向嘉原本想经过昨晚把他戒掉一些，结果沉得更彻底，快沉到海底去了。

他在床上温柔得很折磨人。

"笑什么？喝点水？嗓子不疼？"林清和的手指下滑到她的后颈，贴着她，语调温和带着独有的温柔，"我抱你起来。"

他的手指带着些潮意，可能是温水的水蒸气蒸腾的缘故。刚从外面回来，他身上有寒意。夏末季节，早晨的小镇温度很低。

"我感觉昨晚睡了一辆卡车。"向嘉很喜欢此刻的林清和，她想就这样吧，就他吧。

林清和用被子包住她，把她翻过来揽进怀里："只有个姓林的。要不要洗澡？我在街上买了个很大的盆，你在房间里洗。"

向嘉笑出了声，她也不是完全不能动，只是想多赖在他身上一会儿。她完蛋了，彻底完蛋了："我现在明白了你之前骂我的一句话。"

"我没骂过你。"林清和把水杯喂到向嘉的嘴边，搜寻记忆，他不可能骂向嘉。

哪怕抗拒心动的时候，他也只是远离。

"色欲熏心。"向嘉看着他沉静的眉眼、高挺的鼻梁、冷而紧绷的下颌，说道，"我现在被这四个字支配着。"

水是温的，没有加任何东西，正适合现在的向嘉。

林清和觉得空气寂静，他也平静。

林清和喂她喝完半杯水，放下杯子，垂了下睫毛，说道："小鱼。"

"嗯。"

林清和从裤兜里摸出一枚戒指，很轻地转了下。向嘉不让他买那种凸出来的钻石，他买了一枚镶满钻的指环。

向嘉从他拿出戒指的那一刻心跳都快停止了，她忽然懂了那天晚上林清和为什么在戴戒指的时候别开脸。

他的手指很长手掌很大，那枚戒指在他的手指间显得那么渺小，但他很珍视。他轻轻拉起向嘉的右手，把戒指戴到她的无名指上。

郑重而严肃，像是求婚。

金属指环划过皮肤带起了一阵酥麻的痒意，痒得向嘉嗓子发干，心跳的速度仿佛跑了八百米。

"小鱼，"林清和低头亲她的额头，"情人节快乐。"

第九章·
甘愿入局

"我以为你要求婚，这么郑重。"向嘉抬起手指，看上面的戒指，她笑着掩饰过快的心跳。

"你想我求婚？"林清和沉黑的眼注视着她。

"结婚也行啊，你的户口簿是单独分出来的吗，还是跟你爸妈的在一起？下周我要去上海开会，我们可以顺便领个证。"话是脱口而出，但说出口那瞬间她并没有多少意外，结婚也没什么不好。

婚姻也没多什么，他们的公司都是对半分的，资产共享，资源早就捆绑在一起了。

江边的房子装修完她就有房了，车她有，向嘉不喜欢被人围观，也不喜欢办婚礼。领个证，他们就可以在一本户口簿上。

她不想要上海户口了，她想把户口迁出来。

她是户主，把林清和加到她的户口本上，成为她的配偶。

房间里极其安静，静到落针可闻。

林清和黑眸深深，喉结动了下，没说话。

"下周——"向嘉声音突然停住，她清醒了，"我开玩笑的。"

林清和拒绝了。

林清和俯身吻她，吻得又深又重。

向嘉被他亲出生理反应了，但情感上她高高飘在空中，迷茫地游荡着，尴尬羞耻。

结束这个吻，林清和的眼睛暗潮深沉，他看着向嘉，慎之又慎地说道：

"过一段时间行吗？明年，我会筹备一个盛大的求婚。"

他想飞回上海，拿了户口本来跟向嘉结婚，可怎么结？如果结了，林安可一定会疯到尽人皆知。

结婚和谈恋爱不一样，一旦结婚，他们的财产是绑定的，他不会去跟向嘉做财产公证。

闪婚，林安可当年就是这样疯狂地嫁给了谢明义，最后损失惨重。

她怎么会允许林清和这么做？

向嘉对他的感情还不够深，甩林清和都不需要考虑。

"不用不用，没兴趣了。我也是随口一说，婚姻多麻烦。"向嘉漫无目的地想，狗男人拒绝了她的求婚，狗男人居然敢拒绝她，"我开玩笑的，我没想真跟你结婚。"

林清和用狗渣男的方式在哄她。

他和其他的狗渣男有什么区别？向嘉你到底在幻想什么？

男人什么货色，她不知道吗？她从小就知道，不负责任、贪图美色、自私自利、虚伪无情、狼心狗肺。

不要以为他在你身上疯狂就是特殊，不过是男人的本能罢了。

她为什么会幻想一堆歹竹里出个好笋呢？为什么要对男人产生幻想？男人就是拿来玩的。

养着玩的玩意儿，送她枚不值钱的戒指，她就上头了？幼稚不幼稚？她是三岁吗？她快三十岁了。

向嘉活动着手指，看上面那个镶满碎钻的戒指，几万块吧。

真廉价。

向嘉在一群人精里混了很多年，她太清楚一个男人不负责任时是什么样子。

找理由拖延就是变相的拒绝，因为没有下家，不舍得丢下温柔乡，只能给对方画饼。等一个合适的时机，腻了或者找到下家，马上就翻脸不认人。

"向嘉，我其实——"林清和想尝试着坦白，不如干脆点，跟她承认，横竖都是一死。

"开个玩笑。"向嘉的手指挑起林清和的下巴,她忽然笑了起来,眼睛弯着,"林清和,你不会当真了吧?这么认真?"

世界安静,死一般的寂静。

"逗你玩的,我不会跟你结婚。我很喜欢这个戒指,谢谢你的礼物。床头柜抽屉里有个盒子,是我送你的情人节礼物,你拿去吧。我想吃鸡蛋羹,那种很嫩的鸡蛋羹,你给我蒸一碗去。不会就百度,查。"

林清和没办法形容此刻的心情,愤怒、怨恨还有焦躁不安。

早上他跟李念单独聊了两句,李念倒戈得非常快。林安可上个月就知道向嘉和林清和在一起了,他们接吻的照片就摆在她的办公桌上。

林安可安排李念过来插一脚,李念并不愿意,她只是想赚钱往上爬,她没兴趣破坏别人的感情。

林安可插手桐镇的项目就是一个提醒,她可以给向嘉无上富贵,也可以轻而易举毁掉她的一切。

向嘉还不知道林清和的谎言。

向嘉真正对林清和有真心是他拿出那一千万之后,她以为林清和拿出了全部的积蓄。

如果她知道那一千万只是他的零花钱,她会怎么样?

两百四十万可能只是他随便买一样东西的钱,可向嘉很珍视,她很认真地保管。总怕林清和没钱花,给他买各种各样的东西,出去抢着买单。

向嘉眼里揉不了沙子,她之所以对林清和好,是她信任林清和。她讨厌欺骗,林清和这些事虽然是无意,但真的很像玩弄。

"还想蒸鸡蛋羹吗?"向嘉笑了起来,尽可能体面。她往后一仰,柔弱无骨地支着漂亮的下巴,脸上是那种娇滴滴的笑,语调软绵绵的,"不想做你直接走,你的一千万我下个月打到你的账户。"

"我不要钱。"林清和呼吸很重,"向嘉,我们再聊聊。"

向嘉的手机响了起来,她从床头捡起手机,看到来电人是平台那边的负责人,估计要跟她谈签约。

她拉过旁边林清和的枕头垫着,清了清嗓子,接通电话,保持着完美的职业微笑:"你好。"

对方果然是来谈签约的。

林清和站在床边还看着她,双眼皮压得极深,丹凤眼又深又沉。

向嘉不聊,她不想继续这个话题。

她的自尊不允许。

"把礼物拿走。"向嘉指了指床头柜的方向,在跟人谈合作的间隙里,用很低的声音跟林清和说道,"我半个小时后要吃鸡蛋羹,晚一分钟,我们就结束。"

林清和想狠狠掐她的脸。

喜欢的时候可以把他捧到天上,翻脸的时候一分钟都不忍。

哪怕昨晚他们是天底下最亲密的人,今天她也能冷静地抽身离开。

她不受任何约束,她说了她永远自由。她经历过那么多事,心硬得跟石头似的,这点感情她根本不放在眼里。

林清和没拿礼物,转身走了。

这个时候拿礼物,会让他觉得昨晚的一切都是个笑话。

向嘉收回视线,继续跟那边谈合作,对方死咬着一个数不松口。向嘉觉得她能谈到更高的价格,她的平台约是很大的合同,她的热度已经上来了,她不想开低价轻易卖了自己。

平台认为她的热度并不稳定,她的账号一直没有发新的作品,谁也不知道发出来是糊还是爆。

向嘉琢磨着,说再考虑考虑,便挂断了电话。

那条黑色丝绸连衣裙皱巴巴地被甩在床尾,爱意消散,欲望显出原本的面貌,赤裸恶心。

向嘉起身去了浴室,洗掉身上的黏腻,抹了一把脸上的水。

太丢人了,求婚被拒。

她上一次贪心是跟徐宁合作,结果翻车翻得尽人皆知,车毁人亡,差点惨死街头。

不到一年的时间,她又犯病了。她贪心地想跟林清和过一辈子,想把他绑在身边。幸好,这次没那么丢人。

永远保持清醒,有多少能力做多少事,不要去渴望自己得不到的东西。不要去幻想,不要有太高的期待。

向嘉想,不如签下来算了。

她也没有那么值钱。

一楼响起陈小山的惊呼:"林哥,你居然在做饭?我天,你这是跟鸡蛋结仇了?鸡蛋惹你了吗?怎么扔了这么多?这是吃的?"

到底做得有多差?

林清和最落魄的时候也很少爷,穿脏的衣服扔了,饿了就去买东西吃,要么别人给他做饭。他的酒吧没有厨房,他从不做饭。

他唯一会做的事是铺床单,只会那一样。

向嘉吹干头发出门,太阳已经斜到了走廊。林清和端着一碗鸡蛋羹上楼,正走上最后一阶台阶。他还穿着白衬衣,但袖子挽起来了,手指关节上有一点泛红,可能是烫到了。

"这份应该可以。"林清和盯着她,语调沉缓,"去房间吃?"

鸡蛋羹表面是光滑的,向嘉点头:"好啊,谢谢。"

林清和垂了下睫毛,咬了咬牙,到底什么都没有说,跟她一起进了房间,把鸡蛋羹放到了桌子上。

"你把床上收拾下。"向嘉拉过椅子坐下,拿勺子挖了一块鸡蛋羹,下面有流动的蛋液,她的勺子停顿了下,但还是放进了嘴里,"你洗床单,这个珊瑚绒很难洗。"

林清和把床上的四件套拆下来,但没有揉成团往地上扔,他整整齐齐地叠起来放到床脚的凳子上,换上新的。

床的另一边什么玩意儿都有,彰显着昨晚是多么激情的一夜。

林清和把垃圾袋收起来,连垃圾桶一起提到了门外。

向嘉把鸡蛋羹吃完,说道:"你去洗个手,过来一下。"

林清和一边走一边睨她,薄情的女人。

他洗完手,漫不经心地擦着,从里到外一片冰凉。

镇上的主街很热闹,敲锣打鼓,今天是乞巧节也是情人节,是中国人的情人节。最浪漫的情人节,他只得到了一夜。

他做了七份鸡蛋羹,成功了一份。

向嘉吃得倒是挺干净,不知道味道怎么样,应该是好吃的吧?她吃得一点都没剩,那么好吃?

她喜欢吃鸡蛋羹?她以前怎么没提过?

林清和慢条斯理地擦着手,走回去。

向嘉正坐在镜子前化妆,头上插着一支很便宜做工粗糙的银钗,脖子上戴着他在路边随便买的那条大项链。

那天,他们一起逃离上海,来到这里。阿婆问他要不要给女朋友买礼物,他鬼使神差地买了这个。

太便宜,一直没好意思送,放在他的抽屉深处,怎么被她找出来了?

"手给我。"向嘉涂好睫毛膏,长睫毛又弯又翘,她看着镜子里的自己,脖子上的吻痕太多了,得拿遮瑕遮。

"向嘉——"

向嘉先取下了林清和的佛珠,随后打开桌子上的手表盒,取出银色的机械手表,戴到林清和的手腕上。

银色金属表带,黑色的表盘,看起来清冷严肃。

她温热的手指触碰到林清和的手腕,很温柔,带起让人战栗的酥麻。他的嗓子干得不行,仿佛烧起了漫天大火。

"佛珠归我,换个手表给你。"向嘉调整银色的手表带,调到了最舒服的位置,固定住。她白皙的指尖抚着他的手指又缓缓滑到了他的手背上,沿着手背一直到他烫红的骨关节。她轻轻一点他的伤,仰头看着他的眼,"十五万,戴好了,不准随便丢。"

她松开了林清和的手,将佛珠一圈圈地戴到自己的手腕上。林清和的佛珠很长,她戴上后,彻底遮住了那片鲜艳的文身。她对着镜子涂口红,说道:"林清和,给我拍个短片吧,用你的账号再帮我发个视频。"

"拍什么?"林清和转了下手表,垂下睫毛,眼下拓出一片荫翳。

"日常,我要抬高自己的身价,我的账号目前不能发视频。"向嘉涂上了最艳的口红,从镜子里看林清和。口红盖子盖上,发出一声脆响。她白皙的下巴微微上扬,红唇诱人,"林清和,刚才的鸡蛋羹除了没做熟和没放盐,其他还可以。"

向嘉的口红被亲花了。

林清和亲完,抬手抹了一把唇上狼藉的鲜红,一手按着梳妆台,一手按着向嘉身后的椅子靠背,丹凤眼深到微微泛红:"给我半年时间行吗?半年后,我给你一个完美的答案。"

"不需要,我没有问题,为什么要答案?"向嘉靠在椅子上取了一片化妆棉擦蹭出来的口红。林清和这个串珠戴起来比看起来感觉更好。她擦干净嘴,摸了下串珠,串珠温润有香气。她之前一直以为林清和身上的沉香是熏香或者香水,原来是佛珠的味道。

"今天你有什么安排吗?"

他手指上那一抹殷红的口红,跟昨晚他身上蹭到的血相似。

向嘉知道自己愤怒的点是什么,她曾经恨铁不成钢地骂母亲蠢货,逼婚男人未遂,她刚才做的事跟母亲有什么区别?

"我拿走这个没关系吧?"向嘉抬起手,让林清和看她手腕上的串珠,有意见也不行,戴到她的手腕上就是她的,她不会还给林清和。

串珠在她的手腕上过于宽了,林清和直起身,拉住她的手腕,给她调整了串珠的位置:"戴你手腕上正好,很合适。"

她拿什么都没问题。

阳光斜进了房间,空气中的灰尘在光束里缓缓浮动沉落。林清和逆光下的脸英俊深邃,他的嘴角有痕迹,脖子上也有。

他们一夜欢爱,他们抵死缠绵。

他们要了对方一夜,不死不休。

向嘉应该更果断地甩掉林清和,对于拒绝跟她结婚的男人不要产生幻想与期待。一千万也不是很多,她现在手里能挤出来一千万。

一千万给他,他走人。

在林清和端着鸡蛋羹走上二楼时,她又生出其他的念头,再试试?

"既然你没有安排,那我来安排了?等会儿去参加乞巧节,你跟着我。"向嘉擦干净嘴唇,靠近镜子,往脖子上涂遮瑕。

林清和靠在化妆镜旁边,注视着向嘉,长久地注视。

他在楼下打了二十个鸡蛋后冷静下来,换位思考,同样的事,他可能比向嘉更生气更愤怒。向嘉没让他立刻走,那便还有转圜余地。

"我的家庭很复杂,这件事跟我爱你没有关系,跟我的感情也没有关系,是家庭问题。"

"你爱我?"向嘉不想期待什么,但她听到这句还是精神一振。

林清和用舌尖顶了顶唇上的伤,盯着向嘉:"我昨晚说了那么多遍,你一句没听?"

真说了?向嘉以为自己听错了。

昨晚那种情况,她能听清什么?

"向嘉,"林清和俯身与她视线齐平,手落到椅子靠背上,"我爱你,现在听见了吗?"

窗外有蝉鸣,一只喜鹊落到了合欢树上。

风吹着树影晃动，倒映在玻璃上。向嘉看着林清和深邃的眉眼，他的目光黑得浓郁，看不出撒谎的痕迹。

心脏"扑通扑通"地跳，向嘉觉得自己没出息透了。

"跟你在一起不是玩玩，我不知道你怎么想，但我是认真的。"

他们靠得很近，呼吸都在纠缠。向嘉觉得很热，可能天晴了温度上升，也可能林清和离得太近。

"我确定跟你在一起，就在处理家里的事了。"

"你父母不同意？"向嘉开口那瞬间觉得自己特傻，开弓没有回头箭，"你告诉家里了？"

林清和随便一张卡等级都很高，百万千万的转账没有限额，向嘉的卡可以大额转账主要是跟公司挂钩。林清和什么都不做，他的账户这么自由，那说明他的钱比拿出来的部分多很多。

他从小读贵族学校，即便家道中落可再落也落不到向嘉这么低。

向嘉想得太简单了，她以为林清和会是很简单的人。没有家庭负担，他们两个光棍在一起过日子简单快乐，不用考虑太多的事。

事实上很多人一辈子都脱离不了原生家庭，像向嘉这样果断绝情的人很少很少，几乎没有。

人是斩不断亲情的，向嘉主要还是外婆带大，她跟父母没那么深的羁绊。

林清和有父母。

"嗯。"林清和抬手顺了下向嘉的头发，指尖停在她的额头上，抵着她细腻的皮肤，"我能搞定，你相信我吗？"

向嘉仰起头，林清和的手指在她的脸上划了下，林清和的手指要收回，她咬了下林清和的手指骨关节："你要怎么处理？断绝关系吗？"

浮尘坠进地板。

"这半年你打算做什么？说服她？"向嘉松开他的骨关节，往后一靠，说道，"我不喜欢跟长辈接触，我找你是因为你是一个人。"

林清和还撑在她的上方，他看明白了，向嘉遇到麻烦就想把他甩了。

"你要不要做个选择题？"

林清和掀起眼皮："我听听看。"

"一是你说的半年，我放你自由，半年时间你想做什么就去做，我不管不问。至于这半年，我能不能等你，我不知道，也许我遇到其他更合适的人，我会放弃你。"

林清和的指尖滑到向嘉的下颌处，抵着她，想掐她。

更合适的人是谁？她想找谁？唐安吗？

"第二个选择，现在回到我身边，我不管你父母干什么的，有多少钱，你不继承就跟你没关系。上海那边的事我安排其他人做，你不要再去了，在这里待着。酒吧装修好你继续做你的酒吧老板，我在你旁边开店，我的钱分你一半，我们就这样过。

"二选一，你选一个。"向嘉说，"如果你现在无法决定，那我可以等——"

"二。"林清和开口，"但我需要一段时间去处理一。"

"你这是都想要。"向嘉敲了下椅子扶手，松一口气，"林清和，没有那么好的事，只能选一样。"

"二。"

"行。"向嘉坐起来，推了下他的肩膀，说道，"你去外面等着，我换件衣服去找你，我们去过情人节。"

林清和看了她一会儿，低头猛地亲了下她的唇，想咬她一口，到底没舍得。他在她的唇上狠狠厮磨，咬牙说道："向嘉，我放弃一切回来跟你，将来你敢抛下我——"

"怎么样？"向嘉乐了，看来他真的家大业大啊，他原本是打算回去继承家产吗？

她是不是有点过分了？

林清和放开她的唇，起身拿起鸡蛋羹的碗走出了门，没把后半截威胁说出口。

风吹着合欢树沙沙作响，树影晃动，林清和穿过走廊下到了一楼厨房。阿乌正在收拾厨房的狼藉，看到林清和过来，默默把盐袋从桌子底下拿出来："林哥，你刚才是不是把味精当盐了？这个才是盐。"

林清和哑然。

"鸡蛋羹放生抽也可以。"阿乌刚才听陈小山说林清和下厨房了，震惊得不行，林清和从不做饭。

她进厨房一看各个东西的位置就知道他肯定是拿错了。

"帮我去买一些鸡蛋，我再做一份。"

"陈小山去街上买了，马上回来。"阿乌笑着说道，"我给你写个教程吧，你严格按照教程做，肯定不会失败。"

"谢谢。"林清和打算放碗的时候，鬼使神差地拿勺子刮了下底部残留的蛋羹抿到了唇上。他蹙眉几秒，随即眉毛舒展，丹凤眼里的笑瞬间便漫开了。

她是真爱他吧？真爱了，这么难吃的东西她也能吃得下去。

"我出去打个电话，把需要的调料也贴上标签。"林清和放下勺子，大步走出门，拿起手机拨了个号码。

选择二，那只有一条路可以走，接受谢明义的遗产。这些钱加上他的钱以及向嘉目前的能力，林安可根本打击不到向嘉。

林清和真的很恶心谢明义，恶心谢明义的钱，恶心他这个人。也不希望他死得太安生，至少不能如愿。

电话很快就接通了，林清和开门见山："继承他的遗产需要做什么？"

"改回谢姓，用你原来的名字发讣告，回来见他一面，送他一程。"律师说，"谢先生最近状况不太好。"

林清和习惯性地去摸手腕上的佛珠，摸到金属手表，他才想起来佛珠如今戴在向嘉的手腕上。他戴了十年的佛珠，突然拿掉有点不适应。

"好。"

"那你尽快来一趟香港，谢先生等不了你太久。"

挂断电话，林清和仰起头，穿过树木缝隙看刺目的太阳。天很蓝，世界广阔，山林有蝉鸣。天晴了，蝉又开始工作了。

"林哥，你什么时候买的手表？"陈小山拎着鸡蛋从上面跑下来，他今天穿着本地服饰，打扮得很精神，冲过去后又倒回来，"劳力士？你发财了？"

林清和接过陈小山手里的鸡蛋，随意地展示了手腕上的表。银色清冷，黑色表盘沉稳低调。他以前不爱戴手表，现在感觉还不错，下颌一抬，轻描淡写道："向总送的情人节礼物。"

陈小山："向老板可真宠你！这得好几万吧？"

"十五万。"林清和漫不经心地活动腕骨，全方位展示了一遍。

镇上的人还不知道他给当地的项目投了一千万，他没让向嘉公开。

陈小山惊叫了一声，冲上来要看他的手表。

林清和绕开陈小山，晃了晃手腕，真挺好看。他拎着鸡蛋，迈着长腿走回去，继续做鸡蛋羹。

林清和按照教程一步步认真做鸡蛋羹。

"我女朋友要是给我送劳力士，我给她做佛跳墙。"陈小山在门口上蹿下跳，酸得十里八乡都能闻见，"林哥，难怪你会下凡，大清早在这里做鸡蛋羹。"

"你长这样这辈子是没机会了，自己努力赚钱买吧。"阿乌揪住陈小山的耳朵，往外面拖，"林哥，我们去街上了，街上有饭店，你们饿了可以在街上吃，不想吃我等会儿回来给你们做。"

林清和摆摆手，让陈小山赶快滚。

手表很方便，可以盯着时间。锅里的水发出"咕噜"声，水蒸气升腾氤氲房间，快八分钟了，八分钟后关火焖一会儿。

385

身后响起悦耳的金属碰撞声。

林清和回头看到一抹鲜艳的红穿过铺满阳光的走廊跨进了门,她头上戴着银饰,垂到额头,耳朵上戴着的流苏耳环,随着她的走动发出声响。

"你还在做鸡蛋羹?"向嘉跨进门走向林清和,"蒸多久了?"

林清和收回视线,关火,看时间:"八分钟,再焖两分钟。"

"严格按照教程做的?"向嘉靠过来贴着他的手臂,环视四周,"他们呢?"

"去街上参加活动了。"林清和整理了一下袖子,收拾厨房,视线不由自主地落到向嘉身上。

她穿着一件正红色的刺绣长裙,配上叮叮当当的银饰,美得灵动。

"那正好,我们独处。"向嘉挽了下他的手臂,手指滑下去碰了下他的手腕,但在林清和收手之前,她移开了,"我现在有三个拍摄方案,你看看想拍哪个。"

"说来听听。"

"第一呢,美食。我一开始想拍全鱼宴,现在不想做了,我们可以重新挑菜单,选几道当地菜。第二——"

"为什么不做全鱼宴?"林清和在等待鸡蛋羹蒸熟的时间里,倒了一杯热水把牛奶泡了进去,"我想拍全鱼宴。"

"你不听听后面两个计划吗?"

"你是在谈平台约是吧?"林清和单手插兜,转身看向向嘉,"你可以跟对方谈打包,我的账号也给你,这两个捆绑价格肯定能谈上去。我的账号记录你的日常,你的账号做你的事业。"

向嘉本能地拒绝:"不想——"

"合同只签一份,只有你,我不要任何东西,无偿赠送。不管发生什么变故,这方面都不会存在纠纷。"

"我不是这个意思,你太亏了。"向嘉站在门边,一半身体落在阳光里,她注视着林清和,"你没必要做到这个地步。"

"有必要。"林清和先拿出了牛奶递给向嘉,才去掀锅盖,强调了一遍,"很有必要。"

向嘉握着热牛奶,抿了下唇,她很喜欢林清和热的牛奶。

"去外面吃,还是去餐厅?"

"外面吧。"向嘉喝了一口热牛奶,走到院子的方桌前,拉开椅子坐下。林清和除了不能给她婚姻,一切都很好。

林清和把鸡蛋羹放到了桌子上,打开了上面的盘子,把勺子递给向嘉说道:"尝尝看。"

向嘉没有立刻吃,拿出手机,从不同角度拍了那份鸡蛋羹,又面向林清和,说道:"林清和,我们要不要拍一张合照?"

林清和正往下坐的动作一顿,随即拖着椅子到了向嘉身边,说道:"怎么拍?"

"自拍。"向嘉把手机递给林清和,"你举着。"

林清和拍过山川拍过河流,拍过日出拍过暮色,唯独没有自拍过,他举着手机看着里面的两个人。

向嘉把头歪到他的肩膀上,举着手指比了个很傻的V。

林清和忍不住笑了起来,他按下拍摄键。

"笑得傻不傻?"向嘉放下手,说道,"再来一张,我不笑的。"

向嘉坐得端正,看着镜头,林清和举着手机,心跳得很快,他转头看向嘉时按下了拍摄键,开口时声音有些哑:"能再拍一张吗?"

"好啊,你想怎么拍?"

林清和抬手揽住向嘉的肩膀,戴着手表的手垂到她的肩膀上。他很亲密地圈着她,单手操作着手机界面,调成后置摄像头,用后置拍了一张双人的才把手机还给她。

"吃东西吧。"

"我第一次见人拿后置摄像头自拍。"向嘉压下过快的心跳,她很喜欢林清和抱她,很亲密很舒服。她接过手机,一边吃鸡蛋羹一边划手机屏幕,目光停住。

林清和揽着她的肩膀靠在椅子上，身后是小院里种植的花草，牵牛花爬在院墙上，再往后是浓绿的夏天。阳光从树隙里跳跃到他们身上，他们的姿态都很松弛，气场非常契合，亲密恬静，仿佛他们生来就应该在一起。

这张后置摄像头的自拍构图和光线都很高级，林清和英俊温柔，向嘉也很柔和，美好到了极致。

"怎么样？"

"我要拿这张官宣。"有个会拍照的男朋友实在太快乐了，每天都能发掘新的美，"发朋友圈，我把照片发给你，你也发。"

林清和摸出自己的手机，在手指间缓慢转了一个来回，找到微信点开："好。"

向嘉的朋友圈一堆自媒体人，一旦发出去，很快就会成为新闻。

向嘉把照片发给他，编辑了一条朋友圈。她把鸡蛋羹加了一层滤镜，看起来非常有食欲。

一条发布于十点三十分的动态出现在向嘉朋友圈：鸡蛋羹是男朋友做的。照片男朋友拍的。七夕是跟男朋友一起过的。七夕快乐！

配图两张。

向嘉以前不太明白为什么有人喜欢在朋友圈秀恩爱，直到她谈了恋爱。这算是一种认可，把自己的另一半介绍给自己的朋友，告诉所有人，她谈恋爱了，是这个人。

她发完后，朋友圈跳出一条新内容。

爱吃鱼的林老板：我是向嘉的。

配图是她发给林清和的那张照片。

林清和把朋友圈背景和微信头像全设成了那张照片，他把一句话签名改成了"小鱼的男朋友"。

"需要微博再发一遍吗？"林清和反复看向嘉那条朋友圈，为什么一个账户只能点一个赞?"

"不用,我的微博暂时还不能登,再等等。"除了朋友圈,向嘉的其他社交软件都带着商业性质。

"他们都夸我的男朋友长得帅。"向嘉把手机推给林清和看,愉快地吃着鸡蛋羹,这次做的味道非常好,她挖了一勺喂给林清和,"你那边有人夸我漂亮吗?"

向嘉的微信好友相当多,她的点赞页面很大一片,评论把整个页面都占满了。

这才叫官宣。

林清和含住她喂来的鸡蛋羹,对上她期待的眼,"嗯"了一声。他手指滑了下,打开了通讯录推荐人,把陈小山、阿乌,还有林木家居那边的人都加上了。

以后别人再找他要微信,他就直接给过去,然后向他们秀恩爱。

"我的朋友圈有很多媒体人,可能会上热搜。如果有人私联问我们的关系,你给我看看,我来回应。"向嘉原计划没想让林清和这么早曝光,她想让林清和再神秘点,但她没忍住,"我们两个在一起,应该没有那种不长眼的骚扰你吧?你会因为这个产生困扰吗?"

向嘉这个行为还有点宣告主权的意思,他父母不满意向嘉又怎么样?人在她手里,目前是她的。

"不会,没事,挺好。"林清和放下手机,他和向嘉的手机是同款,两部手机并排放着,他问,"什么时候拍全鱼宴?"

"我要排下工作,这周肯定要拍,我想尽快把我的热度炒上去。"向嘉细细品味鸡蛋羹,他采取的是传统做法,撒一点盐,鸡蛋和水的比例是一比一,盖上盘子蒸。鸡蛋是当地买的土鸡蛋,又嫩又香,向嘉还剩下最后一块,她挖起来喂给林清和,"如果能签下来我想要的价格,我给你分两千万。"

向嘉让他放弃家庭是很卑鄙也很自私的行为,她没想到林清和会同意。

听上去很离谱。

林清和含住了有点凉的鸡蛋羹，注视着她，慢条斯理地把滑嫩的鸡蛋羹吃下去："我不要钱。"

"你要什么？"向嘉看着他的眼，她很认真地想补偿他，"我能给得起的，我都会给你。"

林清和靠在椅子上，长腿敞开，他抬手交叠往后颈上一垫仰了下，喉结落在阳光下，他看了一会儿天空，又扭头看向嘉，道："记得未来给我一次机会。"

不是给他机会了吗？不给机会现在他们都一拍两散了。

"什么机会？"他不会还有事瞒着自己吧？

"不管发生什么事，"林清和的睫毛停在眼睛上方，黑眸凝视向嘉，"别第一时间推开我。"给他个解释的机会。

"不会。"向嘉以为他还在担心早上的事，凑过去亲他的唇，缓解关系。林清和给她做鸡蛋羹，她也得让一步。

"记住你现在说的话。"林清和揽住她的腰，垂眸看她手上的佛珠，细细白白的手腕戴着一串佛珠。

得到了他的人，拿了他的佛珠。

那就不能再甩他了。

再有一次，他真会忍不住把向嘉关小黑屋。

七夕当天这张照片并没有发酵，真正发酵起来是周末，林清和用视频号发了向嘉的全鱼宴视频。

向嘉厨艺很好，林清和吃过一次她做的糖醋排骨，但当时没看到她做饭的样子。拍摄前一天她先给林清和煮了一碗面，让他找一下拍摄的感觉。

朦胧的水蒸气，向嘉的头发松松地绾着，站在灶台前煮细面，空气中的细小颗粒都变得清晰起来。她动作娴熟，撒一把翠绿的青菜，越过水蒸气看他时，林清和听到了心脏下陷的声音。

向嘉之所以要拍这个日常，还是想推广当地，配合她的视频主基调。衣食住行是生活的主体,时间慢下来,人们也慢下来,细细慢慢地体会人生。

林清和以前没有幻想过另一半的样子,但此刻,他十分肯定自己想要的另一半就是这样。

他想要的妻子,想要的家就是这样,不需要多富贵,他们在一起,平平淡淡,平平安安。

岁月静好,她在人间烟火里。

清汤细面放两棵小青菜、一个金灿灿的荷包蛋,两碗面,两个人在寂静的深夜里一边吃一边交流拍摄分镜。

第二天拍摄异常顺利,向嘉做事干练,很懂在镜头前展现自己。

为什么要做全鱼宴呢?向嘉的解释是要帮当地渔民宣传溧江的鱼。

视频是向嘉亲自剪的,没有经过工作室的手,林清和审了两遍发出去。

这是林清和第一次发关于人物故事的长视频,转型非常成功。林清和镜头里的向嘉一直美得很稳定,这次除了美又多了一份人间烟火的向往,他把那种温馨感拍到了极致。

那是很多人向往的家,向往的爱人,向往的世外桃源。

soli上一次拍向嘉是拯救,这一次是绵长的治愈。温馨寂静,他们在岁月里,彼此守护。

视频在热门上挂了整整一天,上了一次热搜,之后有人扒soli和向嘉的关系。

扒着扒着就扒到了向嘉的朋友圈截图,向嘉的朋友圈加了一堆营销号,截她的朋友圈转微博的人很多,只是一开始没发酵起来。

毕竟她不是大明星,网红的恋情热度还没有那么高。

有人猜测那个男人是soli,为了向嘉学会了拍人。

两个人坐在小院子里,颜值一个比一个高,画面宁静美好,那是属于他们的世外桃源。

于是,向嘉的恋情被推上了热搜。

他们两个的账号要打包卖,向嘉设的环合上了,她想要的就是这个效果。

向嘉之前想过买热搜,又怕太刻意,这种事营销过头会反噬。没想到被网友推上去了,林清和的颜值会火在她的预料之中,毕竟向嘉一开始是想挖掘他给自己做模特。

话题热度冲得很快,转眼就到了高处。

向嘉刚要让工作室那边给自己截数据,热搜却一瞬间没了。整个干干净净,她再搜索就是空白。

嘈杂的机场,燥热的天气,向嘉后颈发凉。

林清和斜挎着背包,拿着机票走过来,拉着向嘉面前的行李箱,说道:"怎么了?"

今天向嘉去上海开会,顺便签平台约,她就把林清和给带上了。

向嘉再次搜索嘉鱼、soli,只有三天前的信息。

关于那张照片,好像被一键全网删除清空,除了她朋友圈的,全消失。非常离奇。

招谁惹谁了?为什么要删她的热搜?哪路神仙删得这么干净?

向嘉甚至都怀疑自己的记忆出了问题,发消息给颜云:我刚刚是不是有个热搜?现在没了?

颜云马上就回了语音过来,向嘉点开,听到她说:"我正在打电话问是怎么回事,我以为自己的记忆出问题了呢。谁撤的热搜?删得好干净。"

向嘉握着手机,看向面前的林清和,林清和穿着白色T恤、蓝色牛仔裤,脖子上露出半截褐色的绳子,稠密漆黑的睫毛下一双漂亮的眼注视着她,沉静温和。

"我的热搜被撤了。"向嘉皱眉说道,"谁做的?徐宁?秦朗?"

是林安可做的。

林安可没办法接受她的儿子跟一个"声名狼藉"的小网红在一起,还这么高调地秀恩爱,她忍不住出手了。

"他们应该没这个能力吧?我当时怼他们,他们都做不到把我删干净。

我秀个恩爱给我删干净?"向嘉实在想不通最近又得罪了哪路神仙。

"我先去办托运行李。"林清和说,"等会儿问问公司的人。"

他的手机在口袋里振动,他给按静音了。

"你先去办托运,我去打个电话。"向嘉觉得这事儿太离奇了,她最近一直在小地方待着,谁也没有得罪,到底惹谁了?

这一趟上海还能去吗?

这么大手笔不是普通人。

"行,别走太远,"林清和说,"注意安全,有什么不对立刻往我这里来。"

"好。"

向嘉匆匆走到一边打电话去了。林清和蹙眉,拖着行李箱,走进托运处排队托运,拿出手机,看到了十四个未接来电、四条短信。

林女士:你是疯了吗?你们这么秀?

林女士:我不想阻挠你谈恋爱,你是自由的,你长大了,你有自由选择的权利。

林女士:可你谈的这是什么?你谈个出身差一点的其他方面优秀,我不反对,你找向嘉。向嘉是单纯的出身不好吗?非婚生子,母亲是个小三,为了钱什么都做。她十几岁就谈恋爱,男人没断过,打过架进过看守所。她小小年纪把她亲妈送进监狱,我就不提后来这些了,声名狼藉,她那些照片全网都是,官司还没结束。你们一起上热搜,别人怎么看你?林清和,我这一辈子已经是笑话了,你要继续当笑话吗?我知道你恨我这么多年对你不好,你想报复我。可你能不能别为了跟我对着干,糟践自己?

林女士:我活不了多久了,你爸也要死了。将来,我们都死了,你的人生是你自己的,你得对你的人生负责。过去的事该放下就放下,你不能一直陷在过去放纵堕落,这是报复你自己。

看到这些消息,林清和简直想直接跟林安可开战,她懂什么!

向嘉的亲妈偷向嘉的钱被送进监狱不是活该吗?秦朗欺负她,让她忍气吞声吗？凭什么？向嘉哪里比别人差？她做的每一件事都是正确的。

父母的错与她有什么关系？她能选择出身吗？她那么努力怎么不看呢？怎么不看她是如何从泥潭中走出来的呢？

豪门有多高贵？不也是一堆烂事。一个个装得多高贵，撕掉那层伪装比她差十万八千里。

向嘉有多优秀林清和比谁都清楚，看不到向嘉的优秀，那是别人的眼睛有问题，脑子也有问题。

他不是为了跟林安可作对才选择向嘉，而是他遇到了向嘉，只能是向嘉。

但这些他跟林安可说得通吗？

越说越火上浇油，他在没稳住局势之前还是怕林安可对向嘉动手。

林清和按着手机回复：你不插手，也许过段时间就淡了，谈恋爱就是谈个新鲜。你再逼我一次，下个月我们就去领证。哦对了，她还不知道我是谁，她以为我只是普通的酒吧老板，家里有点小钱。你可以再高调点让她知道我的家世，这婚就非结不可了。

林安可把电话打了过来，林清和接通电话："我不是我姐，只会等死自杀。我有第二个选择，我可以选择谢明义，他快死了，我只需要改姓他的一切都能给我。这么多年，我顾及你是我的母亲，念及那点亲情，一直狠不下心。你若是不要，那我们的母子缘分就到此结束。"

向嘉打了几个电话都没弄明白谁撤的热搜，热搜又自己回来了。她还在高位上，好像什么都没有发生过。

工作室的人怀疑是平台系统BUG（漏洞）。

向嘉和林清和一起过安检去候机室，她依旧没弄明白发生了什么。她觉得很奇怪，但找不到源头。

为了让林清和坐得舒服点，向嘉订了商务舱。

商务舱的候机室冷气十足，人也不多，零零散散几个人，向嘉找了靠窗的位置坐下，翻着热搜。

评论区好像有人说是BUG。

"喝点东西。"林清和拧开一瓶矿泉水递过去，说道，"找到源头了吗？"

"他们说是平台系统BUG。"向嘉接过水喝了一口，若有所思道，"应该是吧？我最近又没有得罪什么大佬。而且我们两个官宣，能碍着谁的事？"

林清和也拧开一瓶水，他靠在座位里，修长的手指搭在瓶身上敲了下，说道："可能就是BUG。"

"你这次回去，回家吗？"向嘉那天给他选择也是一时上头，哪能真让他断绝关系，"我那天就是随口一说，你该回就回，那是你的家人。"

"不了。"林清和喝了一口水，喉结滑动，水咽下去。他转头注视着向嘉，黑眸中的笑浅浅溢开，"你不怕我回去不来了？这么放心放我回去？"

"该走的拦不住。"向嘉把瓶盖拧回去，笑着看回林清和，"林清和，我觉得你不会走。"

"这么自信？"林清和抬手落到向嘉的后颈上，虎口贴着她的皮肤，他沉默了一会儿，望着候机室的落地窗说道，"我小时候……我妈对我很差，你说得对，暴行的根本目的就是摧毁。不管多么完美的理由，暴行就是暴行。她那时候的根本目的是想毁掉我，我姐死后，她才对我好一点。她是没有办法了，她只剩下我一个孩子，她需要亲情。"

向嘉伸手落到林清和的耳边，说道："来，姐姐抱抱。"

林清和按着她的后脑勺，与她接了个又深又重的吻，在她的喘息中咬了下她的耳朵："你只比我大两个月，向嘉。"

"大两个月不是大吗？"向嘉笑着靠在他的肩膀上，伸手摸了摸他的头发，她最近很喜欢摸林清和的头发，跟撸大金毛似的，"不愿意就别回去了，其实单过也挺好，你看我！"

林清和因为接吻唇上潋滟，丹凤眼上扬睨视向嘉片刻："你是单过吗？嗯？那我是什么？"

你是我的小狗。

395

向嘉揽着他的头,手指搭在他的额头上,轻轻地点了下,柔声道:"阿和,今晚我订了一个超级豪华大床房,江景房,巨贵。"

从她揽住他的时候,林清和就心动了。

"我明天下午才出门,上午没事。"

"你叫我小鱼姐姐。"她在林清和的脸上亲了下,笑得眼睛弯成了月牙,用只有他们两个能听见的声音,说道,"我教你点新的。"

那就今晚再说。

上海在下雨,有些冷。

他们先去公司开会,向嘉开会时,林清和在外面会客厅玩游戏。向嘉不让他管事,他真能做到一件事不管,跟个大爷似的靠在沙发上玩消消乐。

晚上六点半向嘉才结束会议,她请办公室的人吃饭,又吃到晚上九点多。

外面湿漉漉的潮,没买到伞,这家酒店的大门离停车点有点远。下车,林清和护着向嘉的头冲进酒店,两个人基本上湿透了。

向嘉在前面开门,林清和拖着行李箱跟在后面。

房间很大,有整面墙的落地窗。

向嘉抽纸擦着脸上的水,回头看到林清和把湿漉漉的包和行李箱推进门,T恤湿得都贴身上了,隐约可见肌肉的轮廓和颜色。

向嘉的嗓子忽然有些干,明明挺冷的房间,她热起来。

"这里好像只有一个洗手间。"

"嗯。"林清和锁上门,说道,"你先洗。"

半晌没听到回声,他抬头正撞上向嘉亮晶晶的眼:"一起?"

林清和压着双眼皮,忽地就笑了,他下颌一抬,偏头示意,声音又哑又轻:"一起。"

洗完澡,向嘉换上睡裙出门。

林清和穿一条松松垮垮的睡裤,赤着上身在铺床单,他真是把铺床单事业进行到底。向嘉忍不住乐，拿出手机拍他。

他洗完澡没吹头发，湿漉微卷的头发凌乱着，他斜睨向嘉一眼，身上有着慵懒性感："别搞事。"

"五星级酒店也没有那么脏吧？"向嘉换了个角度又拍了一张，放到私密相册，走到窗户边，窝进柔软的小沙发里，拿着遥控器打开了窗帘。

外面下着雨，玻璃上蒙着水雾，他们住在顶层。

脚底下是川流不息的车辆，高架桥四通八达。城市非常繁华，可能在小地方待久了，她有些不适应这种繁华喧闹。

城市没有黑夜与白天，二十四小时亮着。

林清和铺好床单，套上了一件T恤，走到落地窗前，环住向嘉，挡住她的身体，回答她的问题："不喜欢你碰别人碰过的东西，哪怕洗过。"

向嘉笑得后仰，乌黑长发散落，她脆弱的脖颈上带着吻痕，红艳艳的勾人。

"关窗帘，去床上。"向嘉两只手圈住他的脖子，挂在他的身上，"林老板，你女朋友现在特别特别特别喜欢你。"

林清和的失控程度取决于向嘉的撩拨。

向嘉的失控程度在于林清和有多温柔体贴，她在温柔里沦陷。

雨下到半夜，他们在雨停时结束。

向嘉已经很累很累了，她还是撑起来趴到林清和的胸口，亲了下他的心脏："林小狗，晚安。"

第二天天晴了，他们的热搜也淹没在各种新闻里。

网络时代，每一天都有新鲜事，每一天都有更新的新闻。

林清和没有陪向嘉去签合同，他说有事要回家一趟，到底还是要回去。向嘉也没有问太多，那是他的家事。

林清和把向嘉送到签约的平台公司便走了，向嘉拎着包踏进大楼就被供起来了。

之前一直是线上联系，对方态度虽然不差，可也没有多热络，甚至还会贬低一下向嘉来压价。

"您稍等,李总马上过来。"

李总?

向嘉迟疑了一下问道:"哪个李总?"

"李程安。"给她送水的女人笑得很温柔,"他已经进公司大门了。"

这位是平台创始人之一,大老板。

她竟然能够直接跟李程安说话?他们平台这几年发展特别快,有大把赚钱的大网红。

她不至于惊动大老板吧?是发生了什么事吗?

向嘉等了十分钟,李程安匆匆赶来。是位挺年轻的男人,长着一双桃花眼,笑得一脸灿烂,伸手过来跟向嘉握了下手,说道:"久仰大名。"

她有什么大名?

真的是李程安。

向嘉受宠若惊:"居然能见到李总。"

"之前跟你对接的人不懂事,我给你重新换了份合同。"李程安让秘书把合同送进来,"你再看一遍?"

向嘉觉得自己坐上了云梯,全程云里雾里。

她的签约价格翻了一倍,所有的条款都给得很优惠。

向嘉一度怀疑自己看错了,反复地看了好几遍,甚至想拍照发给公司法务看。

这是天上掉馅饼了吗?

以向嘉多年签合同的经验来看,合同没有任何问题,条款很优惠,对面的李总也是一脸和蔼。

这份合同对她来说是好事,她没有不签的理由。

向嘉签着合同,李程安在对面给她端茶倒水,态度温和可亲。

太奇怪了。

合同要送去法务部盖章,会客室只剩下向嘉和李程安两个人。向嘉喝着茶,心想这是什么魔幻场景?居然有买家主动加价。

"李总,我冒昧问一下,合同为什么改了?"

"你现在值这个价,而不是之前的价格。"李程安笑着说道,"之前下面人不懂事,这么大的事都没有汇报到我这里。"

大吗?

她是什么大事?

在身价几十亿的李程安面前她算什么?

"有没有什么附加条件?"向嘉斟酌着用词,谨慎地问道,"我大多数时间都会在视频拍摄地,几乎不会在上海。"

潜台词,别想找我做合同之外的事。

"没有,没有。"李程安连忙摆手,"你在哪里都不影响你的商业价值,你在哪里都行,这是正规合同。"

向嘉端起茶杯,若有所思地喝了一口,就听对面的李程安说:"晚上一起吃个饭?"

来了。

"好啊,在什么地方?我叫我男朋友?"

"林哥也在?"李程安立刻站了起来,"怎么不让他直接上来?我去接接。"

"你认识林清和?"向嘉有一瞬间,后颈的汗毛全竖了起来,"他不在,他回家去了,晚上过来接我。"

"我认识他,不知道他还记不记得我。见一面就认识了,那我来安排餐厅。"李程安坐回去,笑得眼睛都眯起来了,"就这么说定了。"

李程安让秘书去安排餐厅。房间里的空调吹出凉风,向嘉头皮发麻,她默默拿起手机搜索林清和。

没有任何信息,全网空白。

期间李程安出去接了个电话,向嘉拿起手机发消息给林清和:你认识李程安吗?

爱吃鱼的林老板:嗯?

向嘉觉得太奇怪了:他们给我改了合同,签约价直接翻倍。李程安亲自接待我,想晚上约我们吃饭,他好像认识你。

林清和那边一直在输入。

一分钟后。

爱吃鱼的林老板:可能是高中同学,我问下。

林清和高中倒是有可能认识李程安,他以前也是豪门。

向嘉按着手机发消息:高中同学这么管用吗?直接给我翻倍,给我特别大的优惠条件。厉害了林老板,这么有面子。

两分钟后,林清和才回她消息。

爱吃鱼的林老板:联系上了,以前我们的关系还可以,大学出国没去同一个国家就淡了。你本来就值这么多,之前你被压价了。

爱吃鱼的林老板:一会儿我去接你,陪你一起过去吃饭。

嘉总:吓我一跳,我以为他要潜规则我呢。

爱吃鱼的林老板:他不敢。

爱吃鱼的林老板:放心签吧,李程安这边没问题。

嘉总:感觉飘在云端上。

嘉总:早知道你这么好用,我就把你的名字挂我的ID前面——林清和的女朋友。

嘉总:你以前那么风光吗?

其实向嘉有点说不出的感觉,隐约觉得她和林清和不是一个世界的人,出手就是两亿,这关系得多铁?

嘉总:你到家了吗?有没有挨骂?

向嘉主动转移了话题。

爱吃鱼的林老板输入了一会儿，消息才过来：在唠叨，烦。

向嘉弯着眼睛笑，找了个猫咪的表情发过去。

上面的文字是"亲亲老公"。

爱吃鱼的林老板：你把文字打下来。

向嘉都可以想象他现在什么表情。

他像个纯情男高中生。

嘉总：赶快去忙吧，一会儿来接我。

嘉总：难以置信，我男人还有这么厉害的人脉。早知道我就不费劲拍视频炒热度买营销了，直接发合照。我去把账号头像换上我们的合照，你比招财符还好用。

晚上的饭局李程安全程都很平易近人。

向嘉不喝酒，晚餐红酒换成了果汁。林清和在外面话不多，基本上都是李程安在说，他偶尔应一声。

好像，李程安在巴结林清和。

李程安那个身价有什么理由巴结林清和？向嘉不敢往深层次想。落魄的高中同学谁会巴结？唯一一种可能，林清和家从来没有落魄过。

他家比李程安还有钱。

这个想法吓了向嘉一跳，继而让她生出焦虑。如果是真的，那林清和不想跟她结婚的理由就清晰了很多。

她好像跟她妈妈有着同样的命运。

她表面上没有什么表现，也没有问林清和。向嘉是个很谨慎的人，在她心里较为重要但不能确认的事她会放进"留查"的分类里。

他们在上海待了三天，原计划的时间更长，可在第三天的时候他们同时表现出想回家的意图，一拍即合就回去了。

唐安于8月20日发第一支视频，他的数据一直很稳定，引来了一波流量。

镇上开始陆续出现游客，热闹起来了。

9月，溧县的高铁项目定下来了，溧县的沿江观景公路也开始修建。

向嘉把度假村的建设以及后续运营交给了贺泽。贺泽是个人才，他从酒店建设到后期运营都有一套非常成熟的理念。

他有才华，只是原本那个小客栈没让他发挥特长，如今度假村是他期待的规模。向嘉出资源、出钱、出人脉，贺泽大展拳脚。

向嘉有一颗强大的心脏，用人不疑，她认可了贺泽便放手把度假村给他做。

她的重心偏向了自媒体，这才是她擅长的行业。

这期间林清和一直待在桐镇，他又帮向嘉拍了一期"衣"的视频。衣食住行，向嘉打算拍全套。

衣服主要是推广当地的苗绣，主线是向嘉做苗绣成衣，穿插当地历史文化。

视频发布后，之前质疑向嘉做衣服能力的人闭嘴了。她在镜头前不急不缓地打设计稿，绣花、裁剪一直到成品展现。她像一个百宝箱，人们以为她已经枯竭，抖一抖又掉出来一个宝贝。

向嘉把附近所有的绣品都收起来了，她要做溧县苗绣板块。这是她最初的野心，她想把嘉鱼做起来。

第一期视频发布是10月1日，流量挺大，网站给了主页大推荐。因为是半公益项目，各个平台都给她推荐。

她回来的第一个作品人设立住了。

向嘉开了个小型庆功宴，林清和没参加，他发完视频就去了澳门。

他说去打疫苗，打了十天也没回来。

他打电话说他父亲病危，在香港的医院，他打完疫苗直奔香港。

向嘉这里很忙，她也是两边跑，一边是上海的自媒体公司，一边是桐镇的度假村。贺泽野心勃勃，还想把山脚那块荒地也利用起来。

小镇东边是一片荒地，大多是石沙，不能耕种。当时镇上给向嘉批下面江边地块的时候就把这里给带上了，向嘉一直不知道要做什么，闲置着。

贺泽建议种植观赏桃树，做一个特色桃林，配合酒店的世外桃源主题。

向嘉是个行动派，贺泽比她行动力还强。向嘉还在犹豫的时候，贺泽已经把植物专家请来了，做出了规划图，那块地的用途就这样定下来了。

11月1日，阿乌客栈彻底竣工。旁边的酒吧也基本上装修完毕，音响设备全部装好。

只是这次它留了两扇门，一扇门对着阿乌客栈，另一扇对着向嘉的绣房。绣房还在装修二楼。

唐安在阿乌客栈请大家吃饭，是庆功宴也是散伙饭。向嘉把隔壁的酒吧也联动起来了，提前过去布置，二楼的露台架起了烧烤炉子，聚会是晚上七点开始。

向嘉叼着一串烤玉米站，在露台边缘，揽着阿乌的肩膀，指着即将竣工的度假村："看看，朕打下的江山。"

阿乌乐不可支："姐，你厉害！"

从6月到11月，六个月的时间，这里发生了天翻地覆的变化。

六个月前，向嘉拖着行李箱在阴雨天一个人回到了桐镇。她在这里遇到了阿乌，遇到了林清和，遇到了这里的很多人，遇到了……世外桃源。

她在视频里说给自己建了一个家，是，她建了一个家。

"喝酒吗？"唐安拎着啤酒，走上露台，看暮色下的溧江，对岸的景区已经建起来了，观景灯刹那亮起。

天边最后一点云彩隐入黑暗，山脊线越来越淡。

"谢谢。"向嘉接过唐安递来的啤酒，打开跟他碰了下杯，喝了一口酒，笑着看遥远处山河的尽头，"时间过得真快。"

"是啊，真快。"唐安喝了一口酒，单手插兜，看了眼向嘉，又看另一边还在施工的度假区，"真没想到，你会把这里建成。"

有人喊阿乌，向嘉松开了阿乌的肩膀，让她离开，转头面对唐安："我们之前是不是有个赌局?你说我把这里建起来,你做什么来着?"

唐安笑得眼角都有了纹路,他喝了一口啤酒,说道:"你想要什么?"

这话听着很奇怪,向嘉经常听林清和说,太暧昧了。

"开玩笑的,你能来这里拍视频就很好了,最近镇上的游客多起来了,很多人慕名而来。贺泽说县城的客栈都有钱了,大家的收入都高起来了。"向嘉再次跟他碰杯,"谢谢。"

唐安一口气把啤酒喝完,捏着啤酒罐,说道:"你是不是跟林清和分手了?"

向嘉愣了下:"啊?"

林清和只是出一趟远门,怎么就分手了?

"没有啊,为什么要分手?他家里有点事他回去处理。"向嘉喝着啤酒,不动声色地审视对面的唐安,他不会还有心思吧?

"林哥!"楼下响起阿乌的一声喊。

随即陈小山也吼了一声:"林哥你回来了?"

林清和回来了?没跟她说就回来了?

向嘉的心情雀跃起来,她现在应该飞奔下楼,给林清和一个拥抱,然后吻住他。

她眼睛里的笑已经溢开了,看着入口的位置,慢悠悠地喝了一口啤酒。

虽然昨晚他们才视频过,但她还是很想林清和,鲜活有温度的林清和。

"他回来了。"向嘉笑着看唐安,"我们不会分手。"

向嘉还想说点让唐安死心的话,林清和已经踏上了二楼的露台。他看到向嘉身边的唐安时,脚步停顿,随即大步走向了向嘉。

天冷了,林清和穿着黑色夹克,比视频里更冷峻。

视频里,他总是穿着松松垮垮的睡衣,还是真人更帅气。

向嘉张开手抱住了他,歪了下头,压不住眼底的笑意:"哈喽,这是谁家的男朋友回来了?"

林清和一手揽住她的腰，俯身吻了下去。

唐安转身就走了。

露台上，其他人"嗷"的一声起哄。

向嘉一只手拿着啤酒罐，另一只手揽着林清和的脖子，仰着头跟他接吻。

她听见有人在喊结婚。

结束时，向嘉一双眼都是潮的，林清和的眼也潮，又潮又暗。

向嘉把自己喝剩的半罐啤酒递给林清和，扶着他的手臂才站稳。风吹着她的头发，她望着林清和："二十九天。"

他们分开了二十九天。

林清和仰头喝了一口啤酒，喉结滚动，他的唇潋滟湿润，他揽着向嘉的肩膀把她圈进怀里："快结束了。"

他还是选了一。

他要去处理他的事，向嘉不知道是什么事。

上海那一趟让她有些不安，她不想问，怕真相让自己没办法接受，她想再多留林清和一段时间。

她不知道未来会怎么样，她很喜欢跟林清和待在一起，这是她以前从来没有过的。她有点害怕失去，她没以前那么洒脱了。

林清和不走，那就是她的，不管外面发生什么事，他是什么人，他都是她的。

"吃饭了吗？"向嘉手上那根钎子已经空了，她取了一串烤蘑菇递给林清和，"吃点东西再喝酒，怎么不让我去接你？"

"惊喜。"林清和靠在露台边缘的栏杆上，接过烤蘑菇，慢条斯理地吃着，黑眸注视着向嘉，"惊喜吗？"

向嘉可太惊喜了，她笑着仰靠在栏杆上，想再亲他一下。

林清和吃蘑菇，她看林清和。

风很大，吹着向嘉的头发，她穿着长裙配披肩外套，柔而美。

"这里快竣工了,元旦能投入使用。"向嘉的手撑在栏杆上,看那片亮着灯的工地,说道,"林清和,我真没想到,我能把这里做起来。"

"你是向总,你有什么做不到的?"林清和把最后一块蘑菇递到向嘉嘴边,喝完了剩余的啤酒。

向嘉咬走了蘑菇,他稍稍心安一些,刚才看向嘉跟唐安站在一起有说有笑,他不爽到了极点。

"林清和,你对我有种盲目信任。"向嘉侧身看林清和,"我一个人建不起来,这是大家的功劳,每个人都很厉害,他们都有能力,共同把这里建立起来。像你、唐安、陈叔、贺泽,你们都很优秀很厉害。"

"是你把大家聚到一起。"林清和听哪个名字都不舒服,"没有你,他们都不会来。"

"林清和,如果那晚没有遇到你,我不一定会走到今天这一步。"向嘉如今已经站起来了,她的自媒体公司正常运营,服装部也要启动了。

度假村投入使用后,虽然暂时可能收益不会太高,但长远来看,未来不会差。

一旦高铁通了,江边观景公路打通,这边和县城景区联动,早晚会火起来。

那天晚上,她以为林清和跟她有着同样的命运。

楼下有人在调音响,音乐响了起来。

"想不想听我唱歌?"林清和把啤酒罐扔进了垃圾桶,看着向嘉,黑眸深邃。

他们对视,然后向嘉就笑,她离开了栏杆:"想。"

"走。"林清和拉着她穿过二楼露台,顺着木楼梯走到一楼。

陈小山抱着吉他在调试,林清和走过去,拉开了夹克的拉链,他里面穿的是偏成熟的灰色衬衣。

小舞台的灯光亮了起来,他拉过高脚凳坐下,将吉他抱到了怀里。

一条长腿屈起踩着高脚凳,另一条长腿伸直支着地面。

"哥,要耳返吗?"陈小山插好电源,说道,"这次的设备特牛,向老板给我们配的,你试试音,非常绝!"

"不用。"林清和拨了下吉他,带起一串流畅的音符。

唐安的摄影师靠拢过来,把摄影机对准了舞台。

团队里的人也靠了过来,林清和这一手吉他弹得非常娴熟,显然是个非常会玩的。俊美的男人坐在灯光下抱着吉他,画面非常吸引人。

向嘉没有拍摄,她回头可以找唐安的团队要视频。她要专注欣赏林清和,他真的太好看了。

林清和白皙修长又骨节清晰的手指松开吉他弦,扶了下面前的吉他,深邃的眼里漫出笑意,注视着向嘉对着话筒开口:"I Surrender,送给向小姐。"

下面有女生闷着嗓子的尖叫。

向嘉第一次见他时,就知道他这样有多迷人。

I Surrender 可以翻译成"我臣服",也可以翻译成"我投降"。

舞台灯光打在他身上,他垂下睫毛,在眼下投下一片阴影。吉他声响了起来,从他开口唱第一句歌词,向嘉的心就开始狂跳。

林清和的声音很好听,干净清冽。唱高音时,他仰起头,但眼睛还在向嘉身上。

脖颈与下颌拉出一条冷冽锋锐的线条,与曾经的缥缈漫无目的不同,他此刻眼神有力量,他很坚定。

向嘉在心里将每句歌词翻译成中文,她听到了林清和的告白。

当我看到你的眼,我找到了为每个梦想坚持的理由。
我拥有了坚定的决心,我将内心的恐惧抛开。
我愿放弃一切感受那重生的希望。
我靠近你,我知道你也同样能感受到,我们一定能成功。
…………

你是我继续下去的理由。

我将打破恐惧,在爱中重生。

你能听到我的呼唤吗?我愿放弃一切。

只为感受重生的希望。

我将重生,我将打破桎梏。

带我走。

我放弃一切,臣服于你。

他唱了两遍,所有人都聚了过来。

这种是最高段位的弹吉他追女孩吧?他这么追一百个人,一百个都会沦陷。

向嘉笑得眼睛有些潮,她双手插兜,往前走了一步,近距离看他。

I'll break free, yeah free(我将挣脱束缚)……

I surrender(臣服于你)……

最后一个音符落下,向嘉抽出手,踩上小舞台的边缘,走上去把手递给他。

林清和摘下吉他,握住了向嘉的手,他起身把吉他放到了椅子上,叫陈小山:"来吧,你唱吧。"

陈小山的脸皱成了橘子皮:"林哥,你唱完谁敢上台?这不是自取其辱吗?"

向嘉笑着拉住林清和,走下舞台说道:"没人上台就放着,林哥是我的,不当你们的 BGM。"

她大胆张扬,引起一阵哄闹。

"还想吃什么?隔壁有火锅,这边有烧烤。"向嘉问他。

"我想吃你做的面。"林清和被向嘉拉着出门,他们眼神对上,他就知道向嘉想干什么。

"来不及。"向嘉说,"你在这里吃点,明天早上给你做面。"

"我也不是很饿。"

向嘉回头对上林清和的眼,四目相对,她偏头示意山上。

夜色浓重,向嘉脸上全是笑,眼睛里也是笑,她非常快乐。

林清和从喉咙里溢出沙哑的声音:"走。"

向嘉冲酒吧那边喊了一声:"我先走了。"

她不顾及别人的目光,拉着林清和往台阶上冲。

秋天了,院子里的植物停止了生长,牵牛花黄了叶子。黑猫缩在家里不愿意出门,哪怕看到主人回来也只是探头看一眼,又缩回去了。

向嘉进门就开始脱林清和的衣服,林清和一只手揽着她,另一只手反锁门。

"这么急?"他笑得嗓音有些哑,"想我了?"

向嘉吻了上去。

林清和去看了谢明义,签订了继承协议。

他不会真的改姓氏,他已经成年了,什么证件都是以前的名字,改姓谈何容易?他糊弄过谢明义,拿到钱就行了。

再恶心谢明义,他还是装成了乖儿子。

谢明义快死了,就这几天的事。到时候林安可肯定会知道全部,她会发疯,他打算彻底跟她撕破脸面了。

他得找个机会跟向嘉坦白这件事。

向嘉能不能接受,他也不知道。

他抱着希望。

试一试。

他们一起洗完澡后,林清和下楼去做鸡蛋羹。他心情很好,很想给向嘉做点什么。他也饿了，顺便给自己也做点吃的。

向嘉窝在床上想玩手机，她的手机没电关机了，她插上电源等待开机的时候，看到林清和的手机就放在床头。

平板电脑在隔壁工作间，她不太想起身。她捡起了林清和的手机，躺到床上，划开了屏幕。

这是她第一次用林清和的手机，他们没有刻意交换过手机，但她的手机平时也会直接递给林清和用，她对这方面没什么忌讳。

电量百分之七十，屏保是一张风景图。

他离开前设的好像是情侣双人，怎么改回去了？上面有很多未接来电。

他最近在忙什么？这个念头一闪而过，向嘉输入林清和的生日解锁密码失败，她划着手机思索着，输入自己的生日加林清和的生日，解锁成功，瞬间跳出十几个未接来电。

备注"律师"的号码归属地是香港，备注"畜生"的号码归属地也是香港，备注"林女士"的号码归属地上海。

他爸在香港，林女士是他妈吗？

他的手机主页面空荡荡，连微信都没有，只有一个消消乐。他明明用微信，他是隐藏了？为什么要隐藏？

隐藏微信这点很微妙。

向嘉抿了下唇，有种不好的预感。

她鬼使神差地打开了林清和的短信。

在一堆广告里，看到了一个很突兀的林女士，上面第一句是：你不插手，也许过段时间就淡了，谈恋爱……

她点开了短信。

完整内容：你不插手，也许过段时间就淡了，谈恋爱就是谈个新鲜。你再逼我一次，下个月我们就去领证。哦对了，她还不知道我是谁，她以为我只是普通的酒吧老板，家里有点小钱。你可以再高调点让她知道我的家世，这婚就非结不可了。

他是谁？向嘉呼吸都停止了，她大脑一片空白，按着手机屏幕往上滑。

林女士：我活不了多久了，你爸也要死了。将来，我们都死了，你的人生是你自己的，你得对你的人生负责。过去的事该放下就放下，你不能一直陷在过去放纵堕落，这是报复你自己。

林女士：可你谈的这是什么？你谈个出身差一点的其他方面优秀，我不反对，你找向嘉。向嘉是单纯的出身不好吗？非婚生子，母亲是个小三，为了钱什么都做。她十几岁就谈恋爱，男人没断过，打过架进过看守所。她小小年纪把她亲妈送进监狱，我就不提后来这些了，声名狼藉，她那些照片全网都是，官司还没结束。你们一起上热搜，别人怎么看你？林清和，我这一辈子已经是笑话了，你要继续当笑话吗？我知道你恨我这么多年对你不好，你想报复我。可你能不能别为了跟我对着干，糟践自己？

林女士：你是疯了吗？你们这么秀？

震惊到了极限，人是会自动升起屏障保护，向嘉麻木地往上翻。

前面的内容很多是林女士关心他，他不冷不热地回复。

再往前：做个选择题：一、我死你来收我的尸体。我姐死的时候，我就想死了，我想这一天很久很久很久了（不要跟我打电话，不要询问任何相关问题，不要去闹我的心理医生，不要去找别人推卸责任。我因为你才想死，我就是不想活了，很累，我不想听见你的声音），死对我来说是最容易的事；二、放我一年自由，不要管我在做什么，我跟谁在一起，不要来找我，不要调查我身边的人，不要干涉我做的事，忍住你的控制欲。结束后我回去按照你的意愿进公司跟你看好的女孩结婚生孩子，生到你满意为止。我不会再寻死，我会吃药看病平静地活着，给你养老送终，让你得到一个完美的儿子。

向嘉麻木地操控着手机返回主页面，锁屏放回原处。

她的灵魂飘在空中，她冷静地看着眼前的一切。她好像解剖台上被肢解的青蛙，暴露着被掏空内脏的身体，支离破碎。

林清和进门了，他端着鸡蛋羹，问她吃不吃。

他还是那么英俊好看，他穿着宽松的白色毛衣、休闲运动裤，浑身松弛慵懒。

——你不插手，也许过段时间就淡了，谈恋爱就是谈个新鲜。你再逼我一次，下个月我们就去领证……

向嘉甚至都能想象出他说这话的语气与表情。

她想把那份鸡蛋羹倒到林清和的脸上，让他去死，沉江喂鱼吧。

——你可以再高调点让她知道我的家世，这婚就非结不可了。

"热吗？"向嘉开口说话，嗓音沙哑，"我怕烫。"

"要在床上吃？"林清和把盘子放到床头柜上，温柔地摸了摸她的头发说道，"嗓子怎么还这么哑？我去给你倒水。"

向嘉把脸埋在枕头里，不动声色地吸一口气，她想吐。

床上还有未散的味道，十分恶心。

林清和拒绝结婚，向嘉给他找了个理由。

他跑出去一个月，向嘉不过问他的私事。

她到底在侥幸什么？

林清和很快就回来了，桌子上的鸡蛋羹还没有动，向嘉趴在床上，脖子后面还有吻痕。

林清和觉得她有点不太对劲，如果是平时她会懒洋洋地抱着他撒娇，让他喂，或者喂他。

怎么了？弄疼她了？

林清和揉了揉向嘉的头发："不想吃吗？"

床头柜上的手机亮起了屏幕，他看到上面的来电蹙眉，心情很差，不想管手机，可手机一直在响。

他收回手，拿起手机，说道："我去接个电话，不想吃就放着吧。"

电话那头是律师，告诉他谢明义不行了，今晚可能是最后一夜，律师让他过去。

他赶快死吧。

林清和烦死了，他回到房间发现向嘉睡着了，她窝在被子里小小的一坨。

这么快？不抱着他撒会儿娇？

他真不想去香港。

他吃了一半凉掉的鸡蛋羹，上床抱住向嘉。向嘉睁开眼："打电话找你有事？"

"嗯，我爸不行了，他们想让我过去。"林清和把向嘉抱进怀里，顺了顺她的头发，"我不想去。"

"那我跟你过去？"向嘉看着他好看的下巴，觉得陌生。

林清和身体一僵，随即才自然地说："不用了，我能处理好。"

向嘉确认最后一个答案，她闭上眼什么都没有想，大脑空白。

"陪我睡一夜，明天我送你去机场。"

"说不定要早上走，早上你就别起了。最近天冷，我让陈小山送我。"林清和亲了亲向嘉的额头，说道，"快结束了。"

是啊，快结束了。

向嘉不知道自己是什么时候睡着的，混沌的一夜，她做了一夜的梦。她在梦里疯狂奔跑，她很累很累，她看到了一间有着巨大透明玻璃的白房子。

她走进了房子，她想歇一歇。

突然房子变成了办丧事用的钱纸，上面写满了血淋淋的大字，每一个字都是一个咒语，诅咒着她：

贪心妄想，虚荣无耻。

你配得到这一切吗？你配吗？

嘉鱼是假鱼。

你什么时候死？

林清和走的时候向嘉知道，可她没睁眼。林清和亲了下她的额头，给她盖了盖被子，轻手轻脚地穿衣服，关灯关门走了。

向嘉在死一般的寂静里又睡了两个小时,她睡眠质量挺好,这样都能睡得着。

说明她就是一个没心没肺的人。

今天唐安也要走,她十点半吃完早餐,离开院子走到江边。

唐安在江边吹风。

向嘉走过去,唐安问她:"你家那位呢?你们没黏在一起?"

"回香港了。"

"那是该回去,他家老爷子不行了。"

"你知道他是谁?"向嘉递给他一盒薄荷糖。

"你还不知道他是谁?"唐安接过来。

向嘉和林清和的照片出现在热搜上,圈子里都传开了。

林家那个小少爷跟向嘉在一起。

"他……"向嘉的嗓子哽了下,说,"是谁?"

"向嘉——"

"算了,别告诉我,你就说他家有多少个一千万?"向嘉转头面向江,风吹得衣摆掀起,今天风很大。

"你们两个不是一个世界的人。"唐安单手插兜,面对广阔的江,最后一只海鸟飞离了溧江,"那个一千万,他在骗你。我昨天就想跟你说,他的房子不可能只卖一千万,他有太多个一千万。别陷太深,他们那个圈子的人不会找我们这种人。"

"你也不是普通人,你跟我也不是一个世界的人。"向嘉笑了一声,太阳隐进乌云里,江上没有了波光。

翻涌的江水深不可测,下面似乎蕴藏着无数的怪兽,它们随时都能破笼而出。

"我跟他差着十万八千里呢。"唐安听别人点明林清和的身份后,终于想起来在什么地方见过林清和,很多年前的一场聚会,有人说邀请到了林家小少爷。

唐安的身份凑不到林清和跟前，远远看了眼。

众星捧月的小少爷穿得很低调，戴着帽子，穿着兜帽卫衣、牛仔裤，头发很长遮住了半张脸。有人去给他敬酒，他漫不经心地抬下巴，露出一张冷淡昳丽的脸。

那个聚会大半人为了他而去，他只待了五分钟喝了一口酒，便自顾自地走了。

唐安拍了下向嘉的肩膀，说道："向嘉，别陷太深，那种家庭我们这种人高攀不起。"

"谁陷了？玩玩而已，我又不是那种不知世事的天真小女孩。"向嘉回头看了眼酒吧的露台。

江边装起了栏杆，她扶着栏杆往前一步，说道："你下一站去哪里？"

"还没确定，你是打算扎根这里了吗？"

"我打算回去做服装。"向嘉说，"要合伙吗？开连锁店。"

唐安愣了下，随即笑着道："他让我跟你合作吗？"

"轮得到——"向嘉话说到一半停住了。

"他现在估计还没玩够，我跟你合作，他闹起来我可顶不住。"唐安看着嘉那张艳丽的脸，她穿着有点薄的裤子和紧身毛衣，外面罩着松松垮垮的外套。她很单薄，但她脊背笔直，让她身上的锋利感很重。

向嘉撑在栏杆上，笑着看向唐安，说道："唐老师，你知道你的作品为什么没有突破吗？最近一年一直处在平台期不温不火。"

"为什么？"

"你太谨慎了，太小心了，你太懂保护自己，你在你的安全区，永远不会走出来。虽然不出错，但也不会遇到更激烈新鲜的事物。"

"这样不好吗？这样最起码保底。过完年我就三十岁了，哪能说破釜沉舟就破釜沉舟？你以为谁都跟你一样，什么都能重来。向嘉，你真跟个小孩似的。"唐安嗤笑一声道，"你嘴上说着你是成年人，其实你一件成年人的事都没办过,你始终是小孩子的心态。我觉得也挺神奇,你经历了那么多事,还能这么单纯。真正的成年人是什么样?有十分最多拿出来三分,对人对事首先保全自己,其次才是他人。利益永远是第一位,感情是锦上添花。"

"你直接说我傻不就行了?说什么单纯。"向嘉双手插兜,迎着风,扬起下巴,深吸一口凉气,"后会有期,我不去机场送你了。"

"见好就收,他还喜欢你,对你也大方。他给什么你就收什么,过了这段,可能什么都没有了。"唐安还是劝了她一句。向嘉太傻了,他没认识她之前,以为她世故精明,实际上就是个赤诚的傻子,"你们没有未来,那种豪门,说句难听的,你嫁不进去。"不是为她这种姑娘准备的。

这话太难听了,想起昨晚林清和的那条短信,向嘉觉得心脏捅进了一把五米长的刀,对穿后又缓慢拔出来,心脏被切开揉碎,血肉模糊。

"谁说我要嫁进去?我这辈子就没打算嫁人,我是不婚主义。"向嘉想到林清和说这句话时的表情,他那时候就是在暗示吧。

"行了行了,再见。"

算她倒霉,运气不好,碰到林清和。

"真要合作也行,我想想办法——"唐安说。

"开玩笑的,不合作,我不喜欢把主动权交到别人手里,跟人合作我很被动。"向嘉说,"唐老师,你这样挺好的,我很羡慕你。永远都在掌控之中,永远不会翻车,不会太狼狈也不会太难看。以后有机会,我请你喝酒。"

"我不跟你喝酒,你喝饮料让别人喝酒,太不公平。"唐安离开了江边,挥挥手,"走了走了,回上海说一声,到时候我请你吃个饭。"

唐安是中午走的,三辆车带走了他们全部的行李。

阿乌愉快地收拾起客栈,挂上了招牌,她这里即将营业。

晚上林清和跟向嘉开视频,她没接。

向嘉不想去查他是谁,也不想知道他的父母做什么的。向嘉仔细回忆,很多事都对上了。

给她打赏四百多万的人应该是林清和,搞秦朗的也是林清和。那时候,他看着自己在车里哭是什么心情呢?

向嘉从柜子里翻出那颗钻石,找了机构查询序列号,很快就得到了结果。

两百三十万。

李程安为什么会对林清和那么客气恭敬?平白无故给她加一个亿的签约费?

那条神秘消失的热搜又是怎么出现的?为什么林木家居的入驻谈得这么顺利?后期林清和帮了她很多。

他们的照片曝光后,确实很多人给她开绿灯,对她说话都恭敬了。

她说上热搜运营的时候,林清和是什么表情?

估计他在内心吐槽:这个贪心的女人又想从他身上占便宜。算了算,看在没睡够的份上,忍她吧。

大佬的儿子跟她在一起,确实堕落。

11月中旬,林清和回来了。

向嘉借口上海有事,直接走了,两个人面都没碰,不知道他爸怎么样了。

向嘉曾经居然天真地劝他放弃他爸的遗产,这种豪门,泼天富贵,林清和可能放弃吗?她蠢死了。

向嘉在桐镇的视频基本上拍到尾声了,就差最后一个视频。她现在主要管上海那个公司,重启嘉鱼,做她的服装生意。

元旦,桐镇度假村建成正式开业。

向嘉提前回去,她开了一周的直播,在她的绣房里,绣了一件嫁衣。

她第一次开这种直播,全程不说话,沉默地绣花、裁剪、做成衣。她一丝不苟,做完了一件像艺术品一样的红嫁衣。

做完了衣服之后,向嘉开始做头戴银饰,这是她现学的,一点点槌打银丝,变成精美的花朵,变成华丽的银冠。

元旦那天，她穿这套衣服出席的活动。明艳的火红，林清和在开业前一天就回来了，但向嘉要开直播不跟他说话，他也就待在镜头外。

还跟以前一样，向嘉工作，他在外面等着。

向嘉挺平静的，林清和期间拉她的手，她无波无澜，甚至还冲他笑了下。

晚上吃饭，她喝了两杯白酒，后面的酒被林清和拦了过去。

向嘉在盛装之下，哗啦啦的银饰中仰起头看他，说道："要去看看我的绣房吗？"

这是个信号。

她给林清和描绘过无数次那间绣房的二楼有多么美好，她在那里放了一张八万的白色大床。

窗外是江，游船会驶过。对岸的风景区彻底建成，他们在床上都能看到江，看到连绵青山。

烦琐华丽的银饰在一楼就开始掉落，一直到二楼，倒进了白色的大床。

没开灯，这是向嘉第一次要求不开灯。

箭在弦上时，林清和问她："你是不是不舒服？"

"你行不行？"向嘉翻身撑在他上方，按着他的肩膀，"你不行我来。"

她为什么会选择林清和？

最初是外表，那就回归到最初吧。

向嘉还想继续的时候，林清和按着她的腰，拧眉打开了灯，盯着她："你不对劲，向嘉，你怎么了？"

"窗帘没拉。"向嘉靠在床头，这间房子很大，只有一个房间，主调是白色。白色的沙发，白色的墙，只有通往阳台部分做了一些原木的屏风。

林清和起身穿衣服，打算去拉窗帘，向嘉按着床头柜上的遥控器，窗帘自动关上："林清和，我们结束了。"

林清和要回身，只觉得耳边轰鸣，他的眼睛一瞬间漫上了浓郁的黑，他嗓子发硬，半晌才回过神："什么？"

"我们不是一个世界的人,我打算离开这里了,回到我原来的世界。"向嘉的长发铺在雪白的床上,她肩膀上带着鲜艳的吻痕,但一双眼清冷,"我找到新的合伙人了,我们到此结束吧。"

"什么?"林清和又重复问了一遍,黑眸直直盯着向嘉,阴得没有一点光亮。

"睡腻了,忽然觉得你也就这样。我一开始找你就是为了睡你,你身材很好,长得很符合我的标准。我在这里太无聊了,我想找个人玩玩。说什么真心换真心,我没有心,我是为了睡你骗你的。"向嘉漫不经心地说着,语调平静没有感情,"我知道你有抑郁症,我以前学过心理学,我知道怎么引导抑郁症患者对我产生信任,对我依赖。你没发现吗?我对你所做的一切都是有套路的。你小时候遭受过一些伤害,从这个切入点去控制你,很容易让你死心塌地地爱我。

"度假村盖成了,我也玩腻了,你就没有什么利用的价值了。我要到更高的地方找更适合我的男人,我不让你吃亏,这里给你。我把人都安排好了,你只需要做个闲散老板就行。你的账号归我,我们到此结束,从今往后不要再见面了。"

"向嘉。"林清和尽可能克制着情绪,托住向嘉的下巴,"你想跟我结婚是吗?我那边已经搞定了——"

"你在做梦吗?"向嘉笑出了声,"我会跟你这个穷鬼结婚?你有什么?你现在的一切都是靠我。你的酒吧是我给你装修的,你的事业是我扶起来的,你就是个吃软饭的小白脸。"

其实她才是那个穷鬼,她才是吃软饭的,自诩独立,事实上一直靠林清和。

她是个什么东西?有什么资格要求林清和跟她过一辈子?她还想跟林清和结婚?

林清和赏她个婚姻吗?

"林清和,差不多行了,成年人拿得起放得下,别弄得跟小学生似的。

实话跟你说吧，我跟你也不是第一次，粗暴一点流血很正常，你第一次挺粗暴的。"她靠在床上，看着他的眼睛，看他眼底的光一点点消失，看他眼睛里的愤怒又变成了绝望，"小傻子，我十几岁就谈恋爱玩男人，怎么可能还是第一次？我说什么你都信？我骗你的也信，你也太可笑了。"

短信里，林女士说她十几岁就谈恋爱，男人不断。

她当着林清和的面，拉开床头柜，取出他的佛珠，扔到了床上，不敢往地上扔，她查了价格，这个是古董级别，一百多万。笑话，她当时拿十五万的手表跟林清和换，居然还觉得林清和不亏。林清和会不会觉得很可笑？在心底嘲笑她是个蠢货。

"林清和，你第一次谈恋爱，陷进去也情有可原，你太傻了，什么都当真。以后再谈恋爱，眼睛擦亮一点。像我这种类型的，别碰。

"带上你的东西走吧，别再来找我了。你知道的，我这个人厌倦之后，你越找我，我越是恶心。"向嘉努力让自己表现得更平静一些，她偏了下头，无情地看着他，"别让我恶心你。"

太多的信息了，无数恶毒的字眼从她那张漂亮的嘴里说出来，林清和的大脑一片空白。他不知道为什么会这样，也许早就发生了，只是爆发在此刻。最近两个月向嘉对他冷淡了很多，她不再跟他视频，她不再跟他说甜言蜜语，不再管他。

可他太忙了，他忙着规划他们的未来，他想忙完就好了，他回到向嘉身边，他们还跟以前一样。

"你……找我呢？"声音是从身体深处发出来，他想掐死向嘉，他的手指死死抵着向嘉的下巴，他的骨关节泛白。

他想让向嘉死在他身下，就这样吧。

"那请你无情地拒绝我。"向嘉笑出了声，说，"林清和，我永远不会找你，这辈子都不会。"

第十章·
束之高阁

林清和甩门而去。

向嘉原计划第二天早上走,她怕林清和找回来,自己心软犯傻,于是她穿了衣服,当晚开车走了。

她开了十个小时的车,日出的时候,她找了个服务区停车,把林清和的电话号码拉黑、微信删除。

支付宝拉黑,转账权限关闭。

她快刀斩乱麻做完这一切,打开了车载音乐。

I Surrender 响在车厢内,她车载音响里第一首也是唯一一首歌。

她把脸埋在方向盘上,眼泪浸湿了手臂,她慢慢地哭出了声。

向嘉想多了,林清和根本没找她,在她走后林清和就走了,也是连夜走的。

他什么都没说什么都没问,什么都没要,直接走了,他本来也不需要那些。

向嘉用公司的账户给他转了三千万,退股。

转账失败,他不接受她的转账。

也是,大佬的儿子不缺这三千万。

公司的人给他打电话是无法接通状态,他的号码不用了。

他们两个彻底分了,向嘉没问林清和到底是谁,只知道他父亲是香港富商,身份很高。

她从唐安那里打听到林清和回到了曾经的富贵圈。

向嘉与林清和撕破脸皮之前想过他的病会不会受影响,看他那个短信上的态度估计也影响不到哪里去。她的话拉了不少仇恨，林清和可能会考虑报复她，或者站到高处睥睨她，不至于气到自杀，也不至于因为她自杀。

曾经向嘉笑着给他看手纹，说他有泼天富贵，一语成谶。

向嘉漫无目的地把车开到了三亚，她在三亚住了半个月，比当初跑到桐镇消极颓废的时间还久。

她从十五岁至今十二年来，第一次这么消极怠工。完全不想工作，从酒店走到沙滩，从沙滩走回酒店。

直到她晒黑成了"巧克力棒"，才找回一点状态，重新返回去。

向嘉首先去了一趟上海。

唐安如约请她吃饭，见面后震惊地看了她半天，到底没把"巧克力棒成精"这种话说出口，他保持着成年人的体面，匆匆忙忙跟她吃完饭就溜了。

晚上向嘉一个人在江边溜达，路过那家曾经跟林清和一起吃过的法餐厅，突然想到那个服务员对她的提醒。她冲上了楼，没见到当初提醒她的服务员。她从手机里拿出林清和的照片给其他人看，没有人认识。

离开餐厅，向嘉想抽自己一耳光。

确认他是个渣男又怎么样？分都分了，再把人从土里挖出来鞭尸一遍？

向嘉把相册里林清和的照片全删了。

删得干干净净。

最后一条关于溧县苗绣的视频发布，向嘉的嘉鱼也重新启动了，向嘉推出了新的成衣系列。

改良溧县苗绣，她把周围所有的绣品都收了起来，做产品线。

过年的时候，向嘉在阿乌家吃年夜饭。陈小山嘀嘀咕咕说林清和的电话打不通，拜年信息都发不出去。

他抬头看到向嘉，又把嘴闭上了。

谁也不知道向嘉和林清和为什么分手，反正分得相当惨烈，老死不相往来的那种。

林清和走得干干脆脆，富家子弟出来玩玩而已。他是一缕风，不属于向嘉的风。他穿过山岗，穿过江河，他回到了他该去的地方。

过完年全国放开，旅游业复苏。桃树栽的是半人高的树苗，有一些冒出花苞，桐镇桃花源被推到了众人面前。

贺泽是个工作狂，挑战越大越兴奋，他都开始反向逼向嘉工作了。他恨不得把桐镇度假村搞成世界第一旅游景点，酒店的营业额在飙升，游客数量也在增加。

向嘉索性分了他股份，让他做得更有动力，而她做甩手掌柜，省得贺泽一天到晚逼她去做度假村。

向嘉有她的事要做，她又开了一家线上店铺。

期间有投资公司找她，想跟她合作创立服装连锁品牌。向嘉蠢蠢欲动，后来林氏投资也来找她了。

林氏投资是林氏集团旗下的子公司，什么都投，他们的产业遍布各个行业，财力雄厚，真天使投资公司。

因为这个林字，向嘉拒绝了，拒绝之后第一家找她的投资公司也不做了。期间陆续有几家投资公司找来，最后都不了了之。

到了5月，林氏投资又来找了她一次，开的条件非常优厚。

向嘉曾经怀疑过这家公司跟林清和是不是有关系，她旁敲侧击地问了唐安，唐安头摇成了拨浪鼓，说林清和的父亲是香港那边的富商。

此林非彼林。

林清和也不可能一直盯着她，向嘉这种怀疑显得她很自恋。

5月中旬，向嘉和秦朗的官司开庭了，她跟其他人都签了和解书，只有秦朗没有。

时隔一年，秦朗长胖了，更丑更猥琐。向嘉很后悔出庭，可这件事她必须要抗争到底。她是个声名狼藉的网红，可也有拒绝泼脏水的权利。

这个案件很受关注，公开审理，开庭当天法院旁听的席位基本坐满了。

一审判了秦朗一年有期徒刑，公开道歉，赔偿向嘉两百万损失。

庭审结束，向嘉随意往身后看了眼。

最后排好像有个很高的男人，穿着黑色连帽衫，戴着兜帽和口罩。

王玉激动地冲过来抱她，泣不成声，官司打赢了。

向嘉被挡了视线，再看的时候，那里什么都没有了。

向嘉觉得自己蠢爆了，怎么会期待林清和出现呢？她话说得那么狠，林清和怎么会来看她的庭审？

"看什么？"王玉抹了一把脸，仍然红着眼睛说，"我们赢了，我都想不到我们能赢！"

向嘉抱了下王玉，说道："走，我请你吃火锅。"

吃火锅期间，颜云打电话过来问她，林氏投资那边要他们回个准话。

向嘉想了很长时间，说道："行啊，让林氏投资发具体合作流程过来。"

挂断电话，向嘉夹了一片毛肚涮油碟，她不能吃太辣，油能过一下辣。

"你们要跟林氏合作？"

"不确定，只是初级阶段。"向嘉吃着毛肚，不知道林氏投资为什么对她这么执着，她长得比较美吗？

"最近听说了一个八卦，"王玉兴致勃勃，"关于林氏集团的。"

"什么？"

"林安可不太行了。"

向嘉反应了一会儿，才问："什么叫不太行了？"

"心脏病，很严重，不一定能挺过去。她儿子压不住阵，林氏集团可能会有动荡。"

"我公司那点资产，人家就算是破产了都影响不到我。"王玉完全不懂生意场，向嘉不担心林氏倒闭，她有另一个担忧，"林安可的儿子叫什么？"

"不知道，我百度查下。"王玉拿出手机查了半天，"没有他的资料，很神秘，论坛里有人说林安可一开始是没打算培养儿子做接班人，所以都没往圈子里带。"

"林安可的孩子姓林吗？"

"谢吧，她前夫就是那个著名大渣男谢明义。我记得谢明义的葬礼上，那位的名字出现了，我找找看。"

"谢明义死了？"向嘉最近忙得昏天暗地，都没关注八卦。

"死了，11月份死的吧，没熬过新年。"王玉拿出手机放大讣告给向嘉看，"好像叫谢屿。"

向嘉看到谢明义的讣告上写着，子：谢屿。

"两家好像只有这一个孩子，听说一开始孩子判给谢明义了，所以没改姓。"

向嘉退回去搜索谢屿，信息特别少，只有寥寥几张谢明义的照片，连葬礼都没拍到他。

"便宜这个死渣男了。"向嘉吐槽了一句，把手机还回去，"我们这种小公司，大佬再动荡也波及不到我们身上。"

"反正你注意点，万一后续资金跟不上，把你们卡住了。你这种实业，最怕资金跟不上。"

项目一旦启动，开弓没有回头箭。

向嘉也怕被人下套，把林氏集团的资料反反复复看了好几遍，他们送来的合同她也看了好几遍，没有明显的坑。

林氏每年投资很多小公司，各种行业都会碰。向嘉这个项目不算多大，投资流程也正常。

她再三跟对方确认，又找熟悉的人打听，得到的消息基本上是林氏集团没什么问题。

她还是不太放心，约李念做了个美容，又问了一遍。

向嘉回上海后租房时碰到了李念，两个人一拍即合居然成了朋友。李念个人条件好，长得漂亮工作能力强。她不是什么白富美，普通家庭。本科是美国 TOP 大学，学的金融，回国后被招进了林氏集团。她会多国语言，在林木家居待了一段时间，如今被调回了总部，在秘书办工作。

李念承认一开始对林清和有点想法，所以紧绷，后面知道他有女朋友就没想法了。

她坦坦荡荡，十分大气。

向嘉也没什么顾虑，她已经跟林清和分手了。

对于林氏集团投资向嘉的事，李念并没有什么意外，只说："这种小项目公司一年投很多，按照正常流程走没有问题。"

"听说，你们大老板生病了？"

"年前的事，做完手术好起来了。"李念敷着面膜，从美容院的床上撑起来，喝了一口水，斟酌着用词，"心脏衰竭，换了心脏，目前公司的事都是大老板的儿子在管。"

"好相处吗？"

"还行吧。"李念在想怎么形容那位，正常的时候挺正常的，"这种大船各司其职，舵手是谁不重要，哪怕是块石头，船也会正常行驶。"

向嘉被这个形容逗笑了，新老板在李念眼里跟石头同等地位。

"太子爷结婚了吗？"

"没有。"李念放下水杯，躺回去继续让人按，"单身。"

"多大年纪？"

"跟我们差不多。"

"帅吗？"

"还行。"李念说，"怎么，对我们老板有兴趣？"

"关心你，说不定你有机会上位做太子妃。"向嘉调侃李念，她那种微妙感又浮上来了。

"不了不了，我宁愿嫁给石头。"李念差点被呛到，连忙拒绝，"谁收了我们老板,我给她一天上两炷香供起来。"

"性格很差?"

"有钱人,精神都不太正常。"李念意味深长。

向嘉莫名想到曾经她为了追林清和,说自己情绪稳定,精神正常。

第一期合同签完向嘉的项目就开始推动,曾经向嘉做到一半被中止的"嘉鱼",如今又做了起来。

计划7月进展第二阶段,在这个时候资金卡住的。

林氏投资的第二期合作突然不推了,资金迟迟不来,项目被卡住了。当时谈的投资一共三期,正常情况下不会卡流程。

毕竟不会有人愿意把钱扔海里,前期投资了那么多,要是后期不做对方黄了,那不是白扔钱吗?

总之卡得很诡异,好像是故意设了个套,等向嘉来钻。

向嘉那点不好的预感成真了,她一开始就应该意识到不对,对方给的条件太好了,没这么好的事。人总是会抱侥幸心理,没到事发那一天总以为自己是最幸运的那个。

拖到8月,各方面都在催着要钱,向嘉再一次站到了风口浪尖上。

二十八岁了,一年了,她没有一点长进。

向嘉把负责这个项目的人找了一遍,最后得出个结论,大老板的儿子亲自负责这个项目,他对向嘉非常不满意,不想做了。

项目中止。

向嘉呼吸不畅,再次被人掐住了脖子。她不愿意去猜那个高高在上的人是谁,可是这么大手笔,这么明显的打击报复,除了那一位还有谁?

这么大费周章地等她,向嘉真没想到。

他们确实分得难看,她想过林清和会气不过对她做点什么,可八个月都没做,他憋了八个月给她致命一击。

有必要吗？至于吗？

他大张旗鼓地撤资，向嘉连接盘人都不好找。

他在等她去找他。

他们认识了八个月，林清和隔了八个月时间报复她。

向嘉这翻车程度可以说是行星相撞了。

她从万丈悬崖上坠落，粉身碎骨还不够。

对方还要把她的骨头拼起来，拼凑到一起，让他再玩一次。

找林清和那天，向嘉穿了件大T恤、灰色短裤，没化妆，戴着黑框眼镜，抱着文件，走进了地下停车场。

这是向嘉唯一能碰到林清和的地方，她的身份地位只能走到林氏集团的地下停车场。

属于他的黑色宾利停在车库中间，四周空荡。大老板的车，没人敢挨着它停。昂贵的宾利车身线条冷硬透着贵气，高不可攀。

向嘉见过这辆车，她离开上海回桐镇那天。林清和被人从这辆车里赶了出来，正好被向嘉捡到了。

那是他的母亲吧，林安可女士。

那天林清和穿的衣服是高定礼服，他身上的钻石是真钻。

"向总，"助理靠近向嘉的耳朵，低声说，"听说那个太子爷脾气特别差，敢过去吗？会不会因为我们的打扰更讨厌我们了？"

他正常的时候脾气挺好的。

向嘉把他吃干抹净，在他甩自己之前，把他狠狠羞辱了一顿率先提出分手。

她以前会抱着林清和说，遇到他真是幸运。

如今，她最大的不幸是认识林清和。

"转身，往后走。"向嘉握着手里的文件，想着这个厚度能不能砸晕林清和。

林清和跟她的身高差，他一手就能制住她，还能把她送进派出所，再摆她一道。他的背景和他的身高一样，他们之间有着庞大的差距，他们横跨着鸿沟。

主动权不在向嘉手里了，她落进了林清和手里。

"啊？向总。"

"一直走出去，"向嘉说，"不管发生什么都别回头。"

"好。"小助理飞快地往回走，想回头看又不敢。

向嘉倒吸一口气，摘下眼镜，装进背包，大步走过去，敲了下后排的窗户。车玻璃上有防窥膜，外面看不到里面，向嘉只能看到自己狼狈的倒影。

她一败涂地。

大约有一分钟，车窗缓缓降下，露出了林清和那张俊美妖孽的脸。他穿着纯白色的衬衣，坐姿松散慵懒，一只手撑着座椅扶手支着下颌，手腕上戴着向嘉送给他的手表，斯文冷静。

他由上至下打量向嘉，慢条斯理地开口："够不够无情？"

向嘉见过林清和很多样子，冷漠的、温柔的、陷入情欲后失控的，或者被她逼得不行恼羞成怒的，唯独没见过这样，他像是最冷静的猎手，胜券在握，高高在上。他是操盘手，游刃有余地等着她进圈，一击致命。

向嘉准备了很多说辞，真正见面那一刻，她发现自己什么话都说不出来。

车里没有其他人，他在等她，只在等她一个人。

他在这里等了多久？

他是不是有病？

李念说新老板精神不太正常，果然如此。

灯光是冷色调，大厦的冷气蔓延到了地下停车场，空旷寒冷。向嘉握着资料的手很紧，他们对视，林清和的目光冰冷没有任何情绪。

大约有一分钟，向嘉把资料从车窗甩了进去，转身就走。

429

唐安说她一把年纪了，还像个小孩一样做事，从来都不懂成年人的那种圆滑。

唐安倒是够圆滑，爬墙头的速度可真快。

向嘉用力过猛，文件袋撞到车身散开了。无数的A4纸甩进了车厢，一张纸锋利的边缘划过了林清和的脸。

刺痛之后，他垂下稠密漆黑的睫毛，漫不经心地抬手一抹脸，殷红的血落在他冷白的指尖。

他闭上眼，喉结滑动，猛然推开车门下车，大步走了出去。

"继续往前走，我就不忍你了。"

向嘉脚步停顿，随即转身面对林清和："林总，有意思吗？"

爱忍不忍。

他的头发不短不长，打理得整整齐齐。他穿着休闲白衬衣，配着一条偏正式的黑色长裤。他站在停车场的灯光下，看起来瘦了很多，本来就瘦，如今瘦得更厉害，下颌的线条愈加锋利。

林清和皮肤白，那道血痕十分刺眼。怎么划到脸了？向嘉明明砸的是窗框。

"有。"他动了下脚，睫毛下黑眸荫翳，"你玩够了是你的事，我没玩够。"

大少爷不甘心自己被甩。

想想也是，他一个天之骄子什么时候吃过这种亏？且不说他的家世，他的长相也没人甩他。

"我这样的人，你说，跟我计较有意思吗？"对于他的身份，向嘉也不是毫无察觉，毕竟这么大手笔搞这么无聊的事，除了他也没谁了。她在赌那点情分，赌他不会这么狠。

她笑了一声，说道："你被蚂蚁夹了一下，你就算把蚂蚁圈起来折磨到天荒地老折磨至死，被咬的那一口也不会痊愈得更快一些。"

"确实不会痊愈得更快，"林清和盯着她，他单手插兜，长腿微敞开，下颌上扬，字句清晰，"但解气。"

"那怎么办？"向嘉双手插兜，破罐子破摔，"你弄死我？"

林清和咬着牙，再开口时声音都薄了，显出狠厉："你就没有什么要说的？"

"没有。"向嘉站在灯光下，一副死猪不怕开水烫的样子说道，"你弄死我，或者我明天吊死在林氏集团门口搞个大新闻，你选一个？"

林清和气得说不出话，阴沉沉地盯着她。

"第三个选项，我去把那份资料捡起来，你给我签了。你别搞事，第三期，我找别人投，不找你。"

林清和插在裤兜里的手攥紧又松开，在想怎么掐死她。

她黑了也瘦了，只比"巧克力棒"时期白一点，也只是白一点。

她这半年没怎么拍视频，公司的直播也都是底下人在做。她的重心转移到了管理层，不再抛头露面，她不再上热搜，不再炒作。

"非要赶尽杀绝吗？"向嘉说，"你要道歉，行，我跟你道歉，林总——"

"过来。"林清和压着所有的情绪，抽出一只手，他瘦长的手指在空中划了下，指了指停车场的另一角，声音沉到沙哑，"跟我走。"

他说完转身大步朝着那个方向走去，步伐很大，窄腰长腿，瘦得有些过分，裤子显得空荡。

最近好吗？

向嘉问不出口，他们现在一地狼藉。

林清和没玩够所以要继续，玩够了呢？他是林氏集团的继承人。他甚至都不是普通富豪，他继承了林、谢两家的财产。

向嘉唯一能确定的是他不会伤害自己，其他的，她真不知道。

短暂的沉默，向嘉跟上他，说道："我让助理过来把材料给捡起吧，那些都是保密文件。"

"李念会处理，你不用管。"林清和声音淡而冷。

行吧，李念是他的秘书。

她到上海没几天就碰到了李念,敢情李念也是故意往她身边凑的。李念为什么看到林清和会紧绷?大老板在前面开车谁不紧绷?李念早知道他是谁。

向嘉和林清和始终保持五六米的距离,停车场的角落停着一辆黑色宝马,林清和拉开车门,坐到了驾驶座,降下车窗面无表情道:"上车。"

向嘉看到车都要笑了,林清和的身价开这个车?

她去拉后排座位车门,林清和的手指搭在车门上敲了下:"坐前面,我是你的司机吗?"

向嘉绕到副驾驶座坐下,拉上安全带,上下打量一遍说道:"林总,您这么大个富二代开这车不会被嘲笑吗?"

林清和不搭理她,冷着脸把车开出去。

车开出了地下停车场,刺目的阳光晃来,向嘉往后一靠,抬手遮眼,说道:"去哪里?"

林清和还是不说话。

向嘉拿出手机发信息给助理,让她先回公司,不用等了。

"林清和,"向嘉见信息发送成功,把手机握在手心转了半圈,视线落到他的手指上,"你不会是想找个地方跟我上床吧?"

"你想得美。"林清和恨声说完便闭嘴了,唇抿成了一条线。

向嘉侧过头看窗外弯了眼睛,随即敛起了笑,说道:"林总,你花了那么多钱把我弄过来,就为了让我坐你的车?"

林清和双手握着方向盘,冷静地开车,对她的问话充耳不闻。

车开了三十分钟,拐进赫赫有名的富豪小区,他的车在满是豪车的停车场显得那么格格不入,非常突兀。

"你家?"向嘉往外面看,这里随便一套房就过亿。

林清和停好车,解开安全带,推开了驾驶座车门,长腿迈出去落到了地上。

"你是打算把那天我对你做的事说过的话,再原版还给我吗?"这还要场景再现吗？玩得这么全面？向嘉离开车厢，看他的停车位上空荡荡，只有这么一辆宝马。

"害怕了？"林清和睨她，走向了电梯间。

"是啊，我怕死了。"向嘉甩完资料就平静了，她很清楚自己愤怒的点是什么，她玩不起。

她就是玩不起，她破罐子破摔。

向嘉跟在林清和身后迈入电梯，看他刷脸选择楼层。

他住在顶层，电梯缓缓上升，他仰起头看上面跳动的数字。

向嘉从电梯壁不太清晰的倒影里看他，怎么瘦成这样？锁骨凸得也很明显。他最近到底有没有好好吃饭？那么多钱，没人管他吃饭吗？

也是，他父亲死了，母亲做了很大的手术，一个学艺术的跑来继承庞大的家业，忙吧，到处都是事。

林清和挪了下眼，在倒影里直直地看着向嘉。

向嘉讪讪地把目光移开，看脚下的运动鞋和大短裤，在这里和那辆宝马车一样格格不入，处处透着诡异。

分手的时候，她是真没想过再见。

她做事向来果断，不要的这辈子都不会回头，永远不要了。她对自己狠，对别人狠，可她在林清和身上栽了。

林清和不是她想不见就能不见的人。

电梯在顶层打开门，电梯间比向嘉的房子都豪华，她环视四周，问道："你之前不是说你名下没房子吗？"

林清和脚步停顿，脊背僵了下，随即按指纹解锁，拉开门，迈进房子。

林清和在前面拿拖鞋，一双男式一双女式，他换上了男式拖鞋，走进去说道："给我煮一碗面。"

向嘉一时间没听清，愣了一下。直到林清和已经进门越过玄关转眼不见了，她才换上拖鞋越过玄关走进去。

拖鞋是她的尺码，白色软底毛绒拖鞋。

房子很大，装修风格是黑白。

林清和背对着她站在冰箱前，拧开一瓶水，仰头喝着，他的肩胛骨在衬衣下很清晰。

一只白色长毛短腿猫瞪着大眼睛在看向嘉，满眼清澈的愚蠢。

"你的猫？"

向嘉曾经说过她将来有钱了就买一套大房子，养一只白色亲人的长毛猫。

那猫雪白，皮毛柔软蓬松，像一坨棉花糖。

"嗯。"林清和拎着水瓶，侧过肩，冷眸落到向嘉身上短暂地一打量，他走向了客厅柔软的白色沙发，说道，"我中午没吃饭，最近很忙，给我做顿吃的。"

大老远把她带到他家让她来做吃的？

林清和想法清奇，他怎么不去找个私厨？

"满意，我明天给你合同。"林清和把水瓶随手搁到桌子上，解开衬衣袖扣，往沙发上一倚，短腿白猫迅速跑过去跳到了他的腿上。

那么短的腿还挺能蹦。

"那我得给您做个满汉全席。"向嘉放下背包，拉开了他那台巨大的冰箱，里面是整整齐齐的水。

她眉毛挑了下，又拉开冷冻室，同样空空如也。

"林总，"向嘉也取了一瓶水，使劲拧没拧开，她把水又放了回去，"你是打算让我做空气吗？"

林清和垂了下睫毛，放下猫，起身说道："门口有超市。"

"超市名字叫什么？"向嘉走向那个空旷得过分的客厅，摸出手机打算下超市软件，一般都有外卖。

"你不去买菜？"林清和看她打算往沙发另一头坐，很浅地磨了下牙，她倒是一点没把自己当外人。

"APP上买就行了，这么热谁愿意跑？"向嘉坐到沙发的另一端，沙发很软很舒服,她想到了桐镇绣房二楼那个计划里的白色沙发,"你想出去买菜?"

"没兴趣。"林清和坐了回去,捞起了白猫。

他疯了居然想跟向嘉一起逛超市。

向嘉刚才进电梯时看到了楼栋号,输入地址和房号,她问道:"想吃什么菜?"

"面。"林清和淡道。

行吧,有好的不选,他只爱一碗面。

向嘉下单了做面的材料,又给他买了一些水果和牛奶。他在桐镇就不怎么爱吃水果,向嘉递给他,他才会吃。

瘦成那样,脸色也不好看,肯定营养不良。

"你妈最近还好吗?"向嘉下单结束放下手机,问道,"听说你妈生病了。"

"嗯,差点被我气死。"林清和轻描淡写,"做完手术半年了,在静养。"

为什么差点被他气死?

林清和做了什么?

"你换号了?"向嘉觉得气氛很怪,往后倚靠状若轻松。

林清和缓缓抬眼盯着她,一副随时要跳起来弄死她的样子。

"阿乌和陈小山都说打不通你的电话,公司的人也联系不上你。"向嘉尽可能让语调轻松,"你现在电话号码多少?"

"你在跟我要联系方式吗?"林清和把两只衬衣袖子都挽起来,往后一倚,修长骨节分明的手指拎着猫,把猫从他的腿上拎了下去,"你有打过我的电话吗?"

向嘉心道:我都把你拉黑了,我为什么要打?

"哦对,你把我拉黑了,微信也删了。"林清和拿起桌子上的水,仰头一饮而尽,他的唇因为沾了水而湿漉潋滟,他顶了顶腮,把瓶子放回去。明明语气狠得不行,眼睛却突然红了,他问,"向嘉,你能对我再狠点吗?"

435

房间寂静,那点情绪很快就被压了下去,他冷静地从裤兜里摸出手机:"加回来,还是原来的号码。"

他只是把其他人拉黑了吗?

向嘉拿出手机把他的号码放出黑名单,微信添加好友,林清和的微信名还是原来的"爱吃鱼的林老板",头像是他们的合照。

她迟疑片刻,点击添加好友申请。

林清和在对面操作,通过得很快。

好友是加了回去,但向嘉这边的聊天记录没了。她打开林清和的朋友圈,他贫瘠的朋友圈多了一条秀猫的内容,一张照片,小小的一只白猫缩在他的掌心,日期是她生日,他2月养了这只猫。

再下面就是那条官宣的朋友圈,他没有删,李念点了个赞。

他们唯一的共同好友,李念。

"还有微博。"林清和把手机放到桌子上,起身走向那台巨大的冰箱。

"你微博名是什么?"向嘉打开微博登录以前的账号,她很久没登微博了,微博上乌烟瘴气。

秦朗都坐牢了,居然还有粉丝,他的粉丝还在锲而不舍地给她发私信辱骂她。

向嘉搜索soli。

林清和重重关上冰箱门回来,拧开一瓶水放到向嘉面前,一字一句:"海豚饲养员。"

向嘉顿住。

海豚饲养员的微博有八万粉丝,上面大多是之前在桐镇时的日常。早就关注她了,向嘉回关。

"林总,还有什么?"向嘉拿起水喝了一口,把手机递给林清和,"那你自己操作?需要关注什么直接关注?"

林清和没接她的手机,靠在沙发上玩着那瓶水。从冰箱里刚取出来的水有些凉,与外面的空气形成了温差,很快瓶身上就浮出了一层水珠,弄湿了他的手指,他湿漉漉的手指显出寒。

"我们两个不是一个世界的人。"向嘉到底还是没忍住,"林清和,这样下去也没意思对吧?"

"我就知道你会这样。"林清和嗤笑一声,往后倚靠在沙发上。他的指尖点了下瓶身,说道,"所以我什么都不能说,你一旦知道我是谁肯定会做这样的决定。你就是这么一个人,向嘉,你自私无情好色又怂,你只在乎自己的感受,根本就不会考虑别人。我……算了,到底还是这样,一点情面都不留,一句话都不问,一个解释都没有,说不要就不要。"

冰凉的水滑进胃里,向嘉很后悔,就不该开这个头,不该提这个话题。

门铃声响,她连忙起身去开门,是物业管家将菜送了上来。

林清和抬手按着眉心,那两个月他忙得昏天暗地,他筹备好了一切,但向嘉不要他了,甩得那么干脆决绝,什么狠话都说。

"已经这样了,在我……腻之前,我不会放手。有没有意思不是你说了算,现在是我。"

主动权在他手里。

向嘉想把鸡蛋扔他头上,这狗东西到底看了多少霸总电视剧。

向嘉把鸡蛋放进冰箱,从袋子里挑了一袋梨拆开,取出两个,拿进厨房洗干净,自己咬了一个,另一个拿去客厅给林清和。

中午没吃饭他也不怕低血糖晕过去了。

林清和原本缓和的脸色,在看到青梨的瞬间又阴下去了:"不吃梨。"

以前不是吃吗?口味变得真快。

"你也别在我家吃。"林清和看她咬了一半的梨,她想离是吧?"向嘉,你在我家这么随便吗?想吃什么就吃什么?"

不然呢?她打个申请做个审批文件?

向嘉咬了一大口汁水四溢的梨,又甜又脆又多汁。当着他的面把吃完的梨核扔进垃圾桶,她继续吃手上那个完整的青梨。

437

她不单要吃，还要吃两个。

她咬着梨去给他洗了一盘草莓放到桌子上："你这算中饭还是晚饭？"

林清和不跟她说话，取了颗草莓玩在指尖，红艳的草莓在修长冷白的手指上被捻来滚去，要吃不吃的样子。

以前给什么吃什么，现在装起来了，挑三拣四。

煮面挺快，向嘉连浇头都不想给他炒，他这里要什么没什么，向嘉也炒不了什么浇头。

清汤素面煮好，她端出去放到餐桌上，叫林清和："林总，吃饭了。"

没回应，她走出餐厅，绕到客厅去看。

林清和靠在沙发上睡着了，眉头还紧皱着，左手搭在右手的手表上，歪在沙发上睡得安安静静。

草莓只吃了一颗，桌子上有一个草莓蒂。

向嘉站了一会儿，找到遥控器把中央空调的温度调高。

打算一走了之。

孤男寡女，他睡着了，向嘉再留下去不合适。

向嘉走到门口，小猫突然追了上来，探头探脑地看她，想亲近又不敢的样子，她忽然就心软了。

走回去找他的卧室门，挺好找，只有一个房间有张床，其他的都是四面墙，空空荡荡。

巨大的衣帽间连着主卧，穿过玻璃门能看到柜子空荡荡，没什么衣服，他不是很爱买衣服的那种人。向嘉从柜子里取出一条毯子，拿出去盖到林清和身上。

他没动，睡得很沉。

向嘉坐到沙发另一边，看着蹲在脚边探头探脑的小猫，没忍住弯腰把它抱到腿上。

棉花糖似的软，性格温顺，和天天骂她的黑猫截然不同。

真想把这只猫带到桐镇，让黑猫看看什么才叫猫该有的素养！

"你叫什么？"向嘉压低声音逗猫，说道，"你爸最近好吗？"

猫不会说话，但猫舒服了喉咙里会发出"呼噜"声，它趴在向嘉的怀里"呼噜呼噜"地蹭。

向嘉决定和猫玩一会儿，等林清和醒来吃完饭就走。

向嘉这一等等了七个小时。

林清和从下午三点睡到了晚上十点，向嘉从端坐在沙发上变成了歪靠在沙发上看电视。

林清和中途滑到沙发上，半躺下去。

夜晚寂静，窗外灯光璀璨，没开主灯房间也不算暗。

向嘉支着头靠在沙发上看《猫和老鼠》，长毛白猫躺在她的腿上，睡得四脚朝天。

林清和睁开眼时恍惚间以为时光倒退到去年了，可去年这个时候向嘉忙死了，她没时间看电视，也没时间撸猫。

向嘉给他盖毯子的时候，他还是清醒的，不想醒，醒了就要面对这个无情的女人，又不能掐死她，也不舍得让她为难。

到底还得随她的意。

向嘉折回来，坐到沙发的另一端，他的意识就开始不清醒，他太困了，好几天没睡觉，睡不着，闭上眼就是她。

说好给他一个机会，说出来的话跟放屁似的，一个字都不算数。

他不用这种方式逼她来见自己，她这辈子逍遥自在，根本不会找他。

听说最近有个小模特在追求她，林清和看了照片，长得白瘦高。二十二岁，刚刚大学毕业，干净稚嫩阳光。

向嘉好这口。

电视画面在跳跃，昏暗的灯光映得向嘉那张脸柔和又美好。她的棱角似乎被柔化了，显得没那么无情。

这台电视他一次都没看过,这里是林安可装的,他回来后不愿意回老宅就搬过来了。林安可装修风格主打一个齐全,不在乎有没有用,全装上。

他此刻觉得这台电视装得非常好,家装必备。

向嘉看电视,林清和看她,顺便嫉妒她腿上那只猫。

汤姆追着杰瑞一头撞到了墙壁上,向嘉笑得头一仰便跟林清和对上了视线。

"醒了?"

林清和若无其事地移开眼,但心脏却跳得无法控制。他漫不经心地坐起来,活动肩背,说道:"几点了?"

"十点,面坨了,你这里什么都没有,做不成饭。起来洗个脸,出去吃吧。"

"嗯。"林清和离开沙发走向卧室。

他睡饱后脾气会变好,向嘉看了眼他那副温和的样子,跟以前一样。心里乱糟糟的,她揉了把白猫,起身找客厅的灯。

暗光容易产生暧昧。

林清和这套房子的位置非常好,拥有一线江景。江上游船滑动,江对岸的建筑亮出璀璨的光。她在落地窗前站了一会儿,听到身后的脚步声才转头:"你这房子多少钱?"

"不知道,我妈买的。"林清和换了件灰色衬衣,正在扣扣子,胸口隐隐显露出来,要露不露的。

向嘉嗓子有些干,移开眼:"你换件T恤,短袖的,外面很热。"

林清和掀起睫毛,看了她一眼,转身走了回去。

向嘉怀疑他是故意勾引她。

她关掉电视,拿起手机,走向门口。

林清和换了件黑色T恤配着牛仔裤走了出来,他身上带着刚睡醒的倦懒,头发有一点乱,显得散漫松弛。

这样的他看起来舒服多了,没下午在车里时那么有攻击性。

"吃火锅行吗?"向嘉查找周围的火锅店,"这个点开门的餐厅不多,海底捞二十四小时营业。"

"行。"林清和拿起车钥匙。

"你别开车了,我的助理把车送过来了,开我的车去。"向嘉拎起布袋子挎到肩膀上,"停在门口。"

林清和迟疑片刻,把车钥匙撂回去,走到门口换鞋,跟向嘉出了门。

车停在小区外面的马路边,他们走在闷热的夏夜里。城市没有蝉鸣,夏天唯一的特征是热。

走了二十分钟,向嘉才看到自己的车,她换了车,新车是白色卡宴。那辆宝马停在桐镇,放在那里了。

她走过去拉开车门坐到驾驶座,拉上安全带,打开冷风,让车厢迅速降温,说道:"最近你睡得不好?"

林清和上车调整好座位往后一仰,拉上安全带,睨视向嘉:"你管我?"

向嘉把车开出去,说道:"你现在多重?"

"怎么,对我又感兴趣了?"林清和慢条斯理地调整着腕表。

"大少爷,你赚那么多钱干什么?"向嘉敲了下方向盘,忍不住吐槽他,"你拥有那么多钱,不对自己好点,将来英年早逝你亏不亏?"

林清和现在瘦骨嶙峋的,肌肉估计都没了。

"有你这么跟金主说话的吗?"林清和抱臂,环视向嘉这辆车,车里很干净,白茶香气很淡,没有多余的香水味。

投资人很牛是吧?难道因为他是投资人阎王爷就会避着他走了?

"我要是有你这么多钱,我不会把自己过成这样。"在一起太久了,朝夕相处,她不想关心他,可真的怕他死了。

靠在沙发上睡那么久,他是多久没睡了?

向嘉隔一会儿就要去看看他是不是还有呼吸,怕他猝死了。

最近的海底捞在一家商场里，晚上十一点，商场关门了，他们从侧边直梯上去。没想到深夜店里人也挺多，向嘉和林清和等了一会儿才进去。

期间他没玩手机也没看向嘉，不知道在想什么。

点完菜他不去拿蘸料，向嘉给自己打蘸料顺便给他也打了一份。火锅店深夜也热闹，不至于太尴尬。

"拿一瓶酒。"林清和对服务员说。

"两杯豆浆，不要酒。"向嘉在清汤锅里涮了一片牛肉放到林清和的碗里，跟服务员说，"豆浆要热的。"

"你是我的什么人就管上了？"林清和拿起筷子夹起那片牛肉慢条斯理地吃，眉眼舒展开了。

"你到处散布谣言说你跟我有仇，别人不敢投资我。你要是有点什么事做不了我这个项目，那我这项目就黄了。"向嘉又给他涮毛肚，在清汤锅里涮，"你大少爷任性不管别人的死活，我得管。公司几百号人，这回比秦朗那次还惨，我损失不起。"

这话说得很扎心。

林清和吃东西的动作顿住。向嘉把涮好的毛肚夹给他，说道："还想吃什么？我给你涮，把林总伺候舒服，不要再为难我这种小人物了。"

沉默了大概有一分钟，林清和掀起眼皮："你愿意吃饭就老老实实吃饭，不愿意吃你就出去，别一边吃饭一边攻击我。惹我不高兴，我把一期投资也撤回来。林氏集团法务部做的合同，上面多的是你的律师发现不了的隐藏条款。"

向嘉看着他，林清和不看她："再给我涮一片毛肚，我要辣的。"

向嘉自顾自地涮清汤，爱吃不吃，谁管你。

明明是一个鸳鸯锅，他们两个却在一锅清汤里较劲。菜大半进了林清和的肚子，向嘉晚上吃得不多。

他们吃完时，餐厅里人也走得差不多了，外面是寂静的深夜。向嘉喝了一口豆浆，拿出手机扫码结账，问服务员道："你们这里是不是有送小朋友的玩具？我可以买一个吗？"

"是有小朋友吗？"服务员看桌子上的两个人，"不用买，我送你一个吧。"

"谢谢。"向嘉结完账拿起桌子上的薄荷糖撕开咬在齿间，桃子味的薄荷糖，林清和第一次给她的薄荷糖就是这个。

"你给谁要的？"林清和的黑眸陡然锐利，好心情烟消云散，"谁的小孩？"

向嘉取出一颗绿色的薄荷糖推过去，没有桃子味的了。

"林总，你算计我，卡我的合同，还管我给谁要玩具？"

林清和没有碰那颗糖，他抱臂往后一靠，稠密睫毛停在眼睛上方，黑眸暗沉注视向嘉片刻，说道："明天你去我的办公室拿合同，记住，你亲自去拿。"

服务员把小玩具送了过来，说道："你们家的宝宝多大了？这个可以吗？"

赠送的玩具是辆黄色小汽车，她接过来："三百多个月。"

服务员还在反应三百多个月是多大。

向嘉起身把小汽车放到了林清和面前，拎起自己的包，说道："给这位宝宝要的，谢谢。"

三百多个月、一百多斤的宝宝怎么能不算宝宝呢？

向嘉把林清和送回去便回家了，她洗完澡躺到床上，看到李念的朋友圈。

李念：凌晨两点啊，兄弟们！凌晨两点老板挨个问一辆丑到爆的塑料小汽车好不好看，还要问具体哪里好看。我猜那辆小汽车包装纸上一定写着零到三岁儿童玩具，我们老板快三十了！这是什么变态行为？这是在暗示什么？我就问一句，这种老板真的有前途吗？公司真的不会被搞黄吗？

向嘉给李念点了个赞。

包装袋上确实写了零到三岁儿童玩具。

443

一秒后,李念把朋友圈删了。

估计忘记屏蔽她了。

微信聊天里。

爱吃鱼的林老板:明天换套衣服,别穿今天这套,带你参加个饭局。

要澄清关系,给她正名,不污蔑她了?

向嘉的生死都在他的一念之间。

翻手为云覆手为雨。

爱吃鱼的林老板:我骗了你,你把我甩了,我们互不相欠。你不用叫林总,我在这个位置上不一定能待多久,以前怎么叫现在也怎么叫。

爱吃鱼的林老板:没打算为难你的合同,可不知道该怎么与你见面,给你找个理由也给我找个理由。别再用话刺我,我的心不是石头做的。

不到两秒他全撤回了。

片刻后。

爱吃鱼的林老板:同事们夸玩具车可爱,看在礼物的份上,明天带你去参加个饭局。换套能看的衣服,别穿今天那套,真丑。

你的同事在朋友圈骂你,只是把你屏蔽了。

向嘉穿那套丑衣服是为了硌硬林清和,她才不会一直扮丑。

他把最新一条消息也撤回了。

向嘉点亮了手机屏幕,只要她的手不放在对话框上就不会显示"正在输入"。

爱吃鱼的林老板:明天早上过来公司。

这回像个真正的林总了。

向嘉看了很长时间,在手机屏幕暗下去时,敲亮了屏幕,回复:谢谢林总。

官方客气疏离,除了工作再没有其他的交集。

那边在输入,输了一分钟。

他把微信名改成了林清和。

他没有再发信息过来。

向嘉想睡到自然醒，但事情太多了，眼睛还没有睁开，颜云就打电话过来，问她林氏集团那边怎么回事，各方面都在催。

颜云如今担任公司副总，行事风风火火的。

"林氏集团的新老板是林清和。"向嘉睁开眼说道，"我今天还要再去一趟林氏集团总部，确认后再与你联系。"

电话那头愣了几秒，说道："林清和？林老板？你前任？"

"嗯。"

颜云爆发出一声惊叫，在电话那头噼里啪啦地输出："林哥是林氏集团的新老板？他是林安可的儿子？怎么会是他？这怎么可能？你们怎么分手的？是什么情况？他为什么这么恨你？你们不是和平分手的？"

"不算和平，但能谈妥，该做什么就做什么吧，正常推流程。"

"真没事吗？"

林清和还没玩腻呢，最多是嘴上说说，不会真的对她做什么。

向嘉毫不怀疑，如果她凑上去亲林清和两下，林清和能把星星摘了给她。

唐安之前劝她多捞点，嗯，她确实能捞到。

但她不想这么做。

想到唐安，向嘉就来气。挂断颜云的电话，她发消息给唐安：唐总，你什么时候和林清和穿一条裤子了？他许了你什么好处？

唐安立刻把电话打了过来，向嘉接通电话按了免提，起床。

他先笑，笑了半天才开口说道："你们碰到了？见上面了？怎么样？复合了吗？"

"没有，大打出手。"向嘉"啧"了一声，"他见血了。"

"真的假的？"唐安敛起了笑，"你注意点，他这次确实不会动你，但他毕竟不是桐镇那个任你捏圆搓扁的酒吧老板了，他是林氏集团掌权人，半年就在林氏集团站住脚的林清和，别玩过头了。"

"是吗？"

445

"林安可生病后林氏集团就交给了他,他做事……挺狠的,目前没人在他那里讨到便宜。说实话,我看到他都会犯怵。你别不知死活地挑衅,差不多行了。"唐安认真在劝向嘉,今非昔比了,"当初分手,你不就是气不过他骗你。多大点事,当初你也没吃亏,他出钱、出东西给你铺路。他递了个台阶过来,你走下去,皆大欢喜。未来的事再说,反正你跟他在一起不吃亏。"

"林安可到底怎么了?生的什么病?怎么突然退下去了?"向嘉觉得唐安这个墙头草不可深交,该绝交了。

"我听说的小道消息,去年秋天不知道发生了什么事,林清和放弃林氏集团的继承权跑去香港继承他爸的公司。谢明义你知道吧?林安可的前夫。林安可被气得心衰了,你们分手那会儿,林安可在准备做心脏移植手术,挺凶险的。"

向嘉皱眉思索。

"你也不年轻了,貌美不了几年,好好利用。"唐安意味深长,"别太傻了,我们这个年纪谈纯爱有点不现实,往钱看。"

"再见。"向嘉打算挂电话。

"有时间一起吃个饭?我请客,挺长时间没见了,我这里有个项目想跟你合作。"

"没时间,忙。"向嘉挂断了唐安的电话,她最近都不打算再见唐安了。成熟的商人就应该学会卸磨杀驴。

向嘉洗了个澡,接到桐镇那边的电话,一共两件事:第一件事,度假村火爆起来。贺泽给了她几个营销方案,想做得更热闹,向嘉全否了,让他停止营销,不要忘记了度假村的初衷。第二件事,阿乌要带奶奶来上海看病。

奶奶咳嗽一段时间了,一直治不好,市医院建议她来上海的医院看,阿乌想带奶奶来上海看看。

向嘉把助理的电话给了阿乌,让助理安排人去接待阿乌。

她认认真真地化了个妆,挑了件偏正式的半身裙。她把头发烫成了大波浪，配了个相对精致的手袋，踩着高跟鞋，拎着车钥匙出了门。

这次她的车直接被放进了地下停车场，停好车换鞋时，李念打电话过来说在车库等她，林清和让李念来接她。

李念看到她就笑成了一朵花，眉眼之间满是尴尬。

"对不起，我瞒着你了。"李念带向嘉进了专用电梯，"我是这么考虑的，他不会真动你，林氏集团在投资界也是数一数二，比其他的公司靠谱多了，你不会亏。他对你吧，唉，你以后就知道了，就算他伤害自己也不会伤害你。这个合同他算着时间，不会耽误你的事。他想逼你来见见他，给各自一个台阶。你想他的身份，一堆人跟着，能轻易让人堵地下停车场吗？他提前把人给清出去了，特意让你进来。"

"他让你去接近我的？租房遇到是意外？"向嘉递给李念一份早餐，她昨天在林清和家坐了七个小时，足够她冷静下来分析一切。

"租房子遇到真是巧合，我不至于为了多赚点钱干这种事，我还没那么卑鄙。你性格好，对人热情，我们一见如故，要是没有老板这层，在桐镇我们可能就成朋友了。你不会只带了一份早餐吧？只有一份我可不敢吃。"李念没敢直接接早餐，在外面怎么样都行，在公司，她脑袋上住着一位醋缸子。

进了电梯，她按下楼层。

向嘉扬了扬另一份早餐，她给林清和也带了。

李念才接了自己那份过去："谢谢。"

向嘉看着电梯上的数字，沉默了一会儿，说道："你之前说得对，有钱人都有点毛病。"

"我开玩笑的，你可——"李念挽上向嘉的手臂，电梯门打开，她正跟外面的林清和对上视线，他一副要出门的样子，西装革履穿戴整齐单手插兜，站在门外，面若冷霜。

李念倏地收回手，站直："林总。"

"在公司里拉扯什么？"林清和冰冷的视线落到向嘉的手臂上，随即才往她脸上看，伸手，语调缓和，"向总。"

447

你装什么呢？还握手。

他先递过来的是左手，无名指上戴着向嘉送的那枚铂金宽戒，伸出来后似乎意识到不合适，若无其事地换了右手，那只戴戒指的手插进了裤兜。

向嘉略一停顿，抬手握住了他的指尖，手指相贴肌肤纹理似乎都清晰起来，温热的皮肤紧贴发生了黏连。

瞬间，向嘉似乎感受到林清和的呼吸频率变了，手指的脉动都清晰有力起来。

"吃早餐了吗？"他们同时开口，向嘉收回手，拎着早餐走出电梯，"你忙的话，我给其他的同事吃？"

"吃早餐的时间还是有。"林清和拿走了向嘉手里的早餐，垂了下睫毛，不由自主地落后半步，走到她身后说道，"我等会儿要开个会——"

"你去前面带路，我第一次过来。"向嘉停住脚步让林清和先走，实在离谱，这可是金主爸爸，走她后面干什么？

林清和大步走到前面，用舌尖顶了顶嘴角，单手插兜撑着西装裤，往办公室走去，率先推开了办公室的门。

"林总，九点半有会议。"李念忍不住提醒他，别陷在温柔乡里拔不出来了。

林清和摆摆手，一副不想多说的样子。

林清和的办公室很大，黑白装修风格，桌子上的文件都很整齐。

"坐吧，喝什么？"林清和拉开椅子坐下，指了指对面的位置说道，"你的文件有几张损坏了，需要重新打印整理，可能要到中午。"

就是想让她在这里陪他到中午？

向嘉拉开对面的椅子坐下，本能地斜了眼桌子下面，这桌子下面能塞个人。

其实动作特别小。

瞬间，他们两个都停住了。

他们对彼此太熟悉，见向嘉这个反应，他已经明白过来向嘉在想什么。

空气静了几秒，向嘉坐直，整了下衣服，说道："袋子里有咖啡。"

"你刚刚看什么？"林清和的眼睛一眨不眨地盯着她。

"什么都没有看。"向嘉环顾四周，装死不接这个话题，他们太熟了，在一起睡了几个月她跟他描述过很多场景，说道，"你这办公室挺大的，大老板果然气派。"

林清和抿着唇不说话，沉沉地注视着她。

向嘉往后一靠，指了指林清和手边的袋子，说道："快吃，你九点半要开会，现在九点二十。"

林清和穿了西装没打领带，领口散着两粒扣子，隐约能看到里面深色的绳子，他还戴着那个吊坠吗？她送的东西他都戴着。

"你会打领带吗？"林清和拆开袋子，看到里面有两杯咖啡，他递给向嘉一杯，打开自己那杯喝了口才吃早餐。

"不会。"

"重说。"林清和咬着三明治往他那张巨大的总裁椅上一靠，挑起眼皮睨视向嘉，"再给你一次机会。"

"我真不会。"向嘉拖过自己那杯咖啡，两杯都是拿铁，咖啡含量非常少，温热的牛奶让她嗓子变得舒服，"林总，谢谢你的机会。"

"你会。"林清和抬起手腕看手表，"还有七分钟，从这里到会议室路程三分钟，我还有四分钟时间。四分钟内给我打好领带，我满足你一个要求，随便提。"

"什么都行？"向嘉放下咖啡，站起来，绕过宽大的办公桌，走向林清和，伸手过去，"领带。"

阳光从落地窗铺进了宽阔的办公室，向嘉的长发垂到了腰，曾经的小圆脸变得有些尖了。

"突然也不是那么想打领带了，你不用提了。"林清和生出不好的预感，他给的范围太广了，他把剩余的一角三明治咬进嘴里，睫毛一垂，起身抽纸

449

擦手,"不用了。"

向嘉停在桌边,声音平静柔和:"林清和,我帮你打一次领带吧。"

向嘉没有叫林总,只是叫他的名字。这个领带,是她作为向嘉给林清和系的。

当初分手那么决绝,是因为她很清楚,她不这么做根本分不掉。林清和的身份,他没玩够这场恋爱分手的主动权根本落不到向嘉手里。

八个月时间,足够一个男孩长成男人。林清和的五官线条变得硬朗,他的眼神成熟。他身上的压迫其实也更重,那是真正属于上位者的气场。很快,他就会完全掌握这种气场,他会游刃有余。

"我说,不用了。"林清和咽下三明治,喝了一口咖啡,起身拿起桌上的一沓资料打算离开,"我去开会了,中午有个饭局我带你过去。在这里等我,需要什么叫李念给你拿。"

向嘉果然是要提老死不相往来。

"你不想打就算了,我本来想送你一份告别礼物。"向嘉靠到了他的办公桌上,"林清和,我跟你道个歉吧。"

林清和沉邃的丹凤眼漫上了浓郁的情绪,声音冷下去:"你不用道歉,我不想听你的道歉,你别说话了。我去开会,开完——"

"那晚上,对不起。"向嘉看着宽大办公室另一边整面墙的书架,开口,"我不该对你说话那么难听,对你做事那么绝。你很好,你是个很好的人,我不应该那么伤害你。我知道,这辈子我不会再遇到比你更好的人了。你没有对不起我,你一直在帮我。没有那一千万,我的项目很难立起来,那笔四百九十万的打赏也给了我很大的鼓舞,也多亏你帮忙曝光秦朗的视频,我的案子才能这么顺利地推进。

"是我有病,我的自尊心很强,我要面子,心眼小,报复心又强。我这个人挺糟糕的,性格一塌糊涂,名声呢,乱七八糟。其实有病的人是我,我没有学过心理学,我只是看过心理医生。"

这么温柔赤诚的男人,她不会再遇到了。

他们的过去，也永远回不去了。

"林清和，我应该更体面点跟你分手，可我害怕分不掉。就像如今这个局面，到底还是成了如今的局面。"向嘉看向林清和的眼，说道，"林清和，你脚下有宽阔的道路，你有光明的未来。你不该跟我这样的人混在一起，你得往前走，别停在这片沼泽里，我就是你的沼泽。

"你的个人能力很强，你非常优秀，只是以前被人打压影响了你的性格，你背着不属于你的枷锁。以后别那么累，放开自己，去肆意地享受你的人生。你会成熟变得更完整，你会拥有属于你的未来。林清和，往前走吧。我只是你的第一站，你的终点是更美好的世界。别再纠结那些过去了，跟你在一起的那段时间我很愉快，我很感谢你带给我的那种愉快。我希望，那些可以永远保留在那里，那是一段很美好的回忆。你的饭局我就不去了，不属于我的场合，我去了也不自在——"

"不想去吃饭就不去，我又不会逼你。"林清和开口时嗓音沙哑，他把手里的文件扔到了桌子上，他垂下一只手插兜，手背上的筋骨隐隐可见。他克制着情绪，用尽可能平静的语调说道，"会不开了，我们单独聊聊，你不要在这里替我做决定——"

"我这种极端的性格，跟谁都不会长久。我的控制欲很强，一旦事情脱离我的掌控我就会疑神疑鬼，我会焦虑发疯，变得很难看也很难受。我没表面上看上去那么平和，我会疯狂攻击别人来达到我内心的平衡，这很病态，这不是正常的，你知道吗？"

向嘉觉得现在这样没意思，拖拖拉拉像什么样子呢？她和林清和是没有结果的，他们一个在云端上一个在泥里。

"我不想让那晚的狰狞变成常态，你我反目成仇，互相撕扯，人性的丑陋暴露无遗。我像我的母亲一样歇斯底里，一地鸡毛。林清和，我不想成为那样。"

敲门声响起，随即李念推开门露出一条细小的缝隙只让声音进来："林总，开会了。"

林清和看着那扇厚重的大门，世界一片空白。

林氏集团总部设在寸土寸金的商业区，拥有一整栋大楼，窗外便是最繁华的地段。向嘉深吸一口气，说道："能走到这里，已经是我人生的最高点了。我不后悔认识你，也不后悔跟你谈那场恋爱，你教会了我很多东西，你让我幸福了很长时间。'嘉鱼'我会卖掉，我以后不会再出现在你面前了。

"你那么有钱，我就不说'祝你鹏程似锦'这些废话，我祝你生活美满、子孙满堂，有很多人爱你，永远不失眠，身体健康，长命百岁。"向嘉拎起自己的包，离开了他的办公桌，走向出口，"每天太阳都会升起，每天都有新的希望。我们每一天都会遇到新的人，明天依旧是值得期待的一天。好好吃饭，别把自己搞出病了，我先走了。"

向嘉路过林清和的时候，被拉住了。

林清和死死握住向嘉的手腕，他的睫毛已经湿透了，他像是浸在暗沉的深海里，他用尽全部力气抬头，声音哑到了极致："我没想对你做什么，我也不会对你做什么。我不会碰你，也不会碰你的公司。我只是找不到一个找你的理由，你这个人——"

"我知道你不会伤害我，不然我不会那么嚣张，我又不是真不怕死。"向嘉笑着看他，忽然眼泪就滚了下来，她不想在林清和面前哭，太狼狈了。可眼泪不受控，她连忙抬手去擦，低着头，"我什么都知道，是我的问题，对不起。"

他们有过一段温柔的甜蜜，没有利益没有纠纷，他们只是纯粹地爱着彼此。

赤诚干净，一尘不染的爱情，在成年人的世界里，太难得了。

林清和紧攥着她的手缓缓松开了。

"桐镇的酒吧还开着，陈小山在管。江边的公路通车了，将来你和你……太太想去那边度假，提前说一声酒店会安排车去接你。那里有你一半的股份，作为老板之一，永远有你的一间房。桃花源永远是桃花源，它一直在那里，你累了就回去看看。"

向嘉走出办公室时正撞上看热闹的李念，她说："别看热闹了，去看着你的老板，无论他说什么做什么都别让他离开你的视线，至少今天别让他一个人待着。"

"啊？"

"我走了。"

向嘉开车从林氏集团出去，太阳很好，她降下车窗，炽热的空气瞬间涌了进来，手臂都微微发烫，车窗是滚烫的。

红灯漫长，她盯着太阳看了很长时间，在信号灯第二次亮起绿灯的时候，她把车开了出去。

下午林氏集团那边把合同送了过来，连第三期的合同都签了，林清和很大方，干脆把钱全部给她了。

晚上下班，向嘉被之前合作过的一个男模堵在停车场，对方抱着一大束玫瑰堵着不让她走，非让她晚上一起去吃饭。

"我喜欢年纪比我大的。"向嘉跟他认识是因为他们住一个小区，健身时遇到过几次，后来公司有个秀，她过去看现场被认出来了。对方热情得像是夏天的糖果，还没碰就自己融化地跟人黏住了。

"你上次拒绝那个方总，明明说你喜欢年纪小的，你这是借口。"对方锲而不舍，目光火热，"我抢了两张LIVE的票，晚上一起去听音乐会。"

"你喜欢我什么？"向嘉忍无可忍，敲了下方向盘，来了脾气，"是不是觉得我很爱玩？很能玩？所以来找我玩？"

对方一愣，怯生生地叫她："姐姐。"

"我不玩！我玩不起！我从不玩感情，我这辈子都没有玩过感情。我是要找个结婚的对象，我不是玩的！"向嘉的眼泪瞬间飘了出来，她不知道自己是怎么了，失态失控，她一下午都沉浸在工作中不去想任何事，不去想任何人。

李念说林清和什么都没有做,他很平静地开会处理工作,甚至还把公司一个倚老卖老的高层给攻击得落荒而逃,向嘉的担忧多虑了。

"我是长着一张爱玩的脸吗?你比我小六岁,你来追求我?你能跟我结婚吗?"向嘉不止一次听到有人评价她,谈恋爱找她肯定很带感,但结婚不会有人愿意找她。她抬手一抹眼睛,眼泪来得快走得也快,"你到法定结婚年龄了吗?没有就滚。"

向嘉不去管震惊到诧异的年轻男孩,面无表情地升上了车窗,一脚油门把车开了出去。

非常不体面,她像只应激的猫,张牙舞爪逮谁都咬。

向嘉漫无目的地开着车,随便找了个小摊吃了一碗馄饨。夜晚灯火通明,到处都是人,城市喧嚣,一刻钟的寂静都没有。

向嘉坐在马路边,被蚊子叮了一腿一胳膊的包。

她本来不想管,直到一只小蜻蜓那么大的蚊子爬到她的手臂上,她实在忍无可忍。吃自助餐就行了,牵头大象来吃自助餐多少有点离谱了。

晚上十点,向嘉开车进小区地下停车场。

她住的地方是很普通的住宅,两梯四户,四十多层,每次等电梯的时间都很漫长。她等了很久,才踏进电梯,按下楼层。

电梯里味道复杂,可能狗在里面撒尿没有及时清理。他们这一栋有个老头养狗特别没素质,跟其他人吵过好几次了,物业也是各种贴公告,什么用都没有。

向嘉皱眉挪到边缘处,再忍忍吧。

她是真不打算做嘉鱼了,经过这么多事,她也发现了自己的能力没那么强。嘉鱼是她的心血,她想交给更专业的人来做。

电梯停到了三十四楼,向嘉拎着包走出去,猝不及防跟走廊尽头的林清和对上了视线。

他还是穿着早上那套衣服,只是脱了西装外套,烟灰色的衬衣没有系领带,领口随意散着,西装长裤勾勒出笔直的腿。

他双手插兜靠在墙上,凌乱的发丝垂到了眉骨处,头发下一双眼很平静,脚边放着个不大的银色行李箱。

向嘉莫名其妙心跳很快,跳得快要窒息了。她晚上吃的那碗馄饨堵到了嗓子眼上。这让她焦虑难安,她甚至想落荒而逃。

干什么?

要搬到她家?

那个行李箱看起来也不像是能装多少行李,太小了,最多十四寸,没有人拿这个装行李。

林清和也没有必要来她这个破地方,早上说得已经够清楚了,他追来干什么?

作案工具吗?谋杀她。

走廊安的是声控灯,长时间没声音会自动熄灭。

走廊陷入一片漆黑的寂静,林清和立在黑暗里。

向嘉拍了下手,灯重新亮起来。她不知道身上的裙子有没有沾到灰或者油点,她的妆已经全花了,糊成一团。

她穿过长长的走廊走到门前,呼吸都变得谨慎起来。林清和就在面前,她仰起头说道:"林总找我有事?"

走廊极狭窄,开发商为了多卖钱拼命压缩公共区域的面积。

他们近在咫尺,向嘉看到他眼底深处翻涌的暗沉,攥紧了手里的钥匙。

"有。"林清和开口,声音在寂静的走廊里微微沙哑,"你要在这里谈?"

空气闷热,今天最高温度四十度。

向嘉站了这一会儿,裙子的布料都快粘到身上了,她拿出钥匙开门进去,说道:"林总不嫌弃就进来坐吧。"

房子不算小,一百四十平方米,只是乱得很,玄关处堆满了各种快递箱和样衣,都快堵住门了。

客厅也是各种样衣,没有电视,只有一张蓝色沙发。餐桌上一半都是文件,另一半放着酒杯和半瓶红酒。

向嘉先进门换拖鞋,拿遥控器打开了客厅的空调,然后走向卧室,想换一套宽松舒服的衣服。

什么大波浪,什么性感小裙子,她现在是浮粉油腻"中年人",狼狈不堪。

"不用换拖鞋。"她说,"随便坐。"

林清和进门环顾四周,皱了眉,关上门,提着行李箱,走到了客厅。客厅的茶几上堆放着留学资料,还有吃完没扔的泡面盒,不知道放了多久。

她过得也不是多好。

林清和把泡面盒扔进了垃圾桶里,简单收拾了茶几坐到沙发上。向嘉从主卧里出来,换了件宽大的T恤和短裤,头发用一支素簪别起来,露出纤瘦的脖颈。

她打开了整个房间的灯,绕过餐厅,去厨房打开了冰箱取出两瓶水,说道:"这么晚了,找我有什么事?"

"想跟你讲讲我的事。"

向嘉脚步停顿。

"你决定要走,谁能拦得住你?你可以走到天涯海角,你是自由的。"林清和抬眼,嗤笑一声,"听都不敢听吗?胆子这么小?向嘉,这可不像你。"

向嘉走过去,递给他一瓶水,说道:"你觉得有必要吗?"

"为什么没必要?"林清和没有接那瓶水,而是往后一靠长腿支着,他倚到了沙发里,"我们恋爱一场,再不重要,不至于连告别的资格都没有。"

向嘉心口一窒,她把给林清和的那瓶水重重放到他面前,坐到沙发的另一头。

"对你撒谎我很抱歉,一开始我不知道我们会发展感情,后来又遇到那么多事,我坦白身份我们连开始都不会有。"

向嘉抽了两张纸垫着，拧开了矿泉水瓶，喝了一口冰凉的水，克制着没有打断他。

她今天太累了，没力气做任何事。

"我对你说的话都是真的，我确实十年没回家。我妈挺恨我的，我小时候跟我爸长得很像，我爸做出那种事，她连带着把我也恨上了。她培养的接班人是我姐，从小到大，我在家里都是边缘透明人。后来我姐被她逼死了，她把手伸到了我的身上。砸我店的是她，那天在上海遇到你时，也是她。那时候，她用溧县的投资逼我回家结婚。她看我成了废物，培养不起来，想让我结婚生一个孩子给她养。我的作用只是——"他停顿了一下，笑得格外讥刺，"繁衍后代。"

"其实那天，我原本不想活了，你恰好出现，你把我带回了桐镇。"林清和的声音有一些沙哑，"我一开始拒绝你，不是不喜欢你，是我没有未来。我这种人，注定溺死在这个庞大的家族中，我脱离不了。"

向嘉盯着林清和，感觉胸口有些闷。

"因为我的家庭情况，我不想跟任何人产生感情。可后来，朝夕相处，人都是会抱侥幸心理。总以为，自己会是最幸运那个。确定跟你在一起后，我就开始计划怎么脱离林安可的掌控。你说你害怕豪门，其实我也怕。翻手为云覆手为雨，别人的命都不是命。"

林清和抬手，冷白的手指按着自己的眉骨，骨关节白皙清晰。他喉结滚动了一下，声音哽咽："对不起，我不该用你的公司威胁你，我做了我曾经最厌恶的事。"

屠龙少年终成恶龙。

权力多么可怕。

房间里只有空调发出"呼呼"声，已是深夜，小区里陷入寂静。

林清和沉默了很长时间，声音缓了过来："我姐的男朋友叫许磊，娱乐圈的。当初我妈为了逼他分手，把他搞得身败名裂。你应该知道这个人，他死了,我姐也死了。"

许磊是娱乐圈的,曾经红极一时,后来突然爆出丑闻,身价暴跌,他最后的新闻是酒驾车毁人亡。

向嘉因职业关系会关注娱乐圈。之前好像是有传闻,许磊谈过一个白富美女朋友。

原来是这样?

"我跟你在一起后,我每天提心吊胆。我怕她对你动手,怕你死于非命。"林清和放下手,眼睛赤红盯着向嘉,"你知道我是林安可的儿子,你知道我是这样的身份,你处于这样的危险境地,你还会要我吗?向嘉,你会要我吗?

"林木家居去找你,是她对我的警告。如果我不听话,她会整你。我该怎么办?你让我二选一,选哪个呢?那么庞大的势力,我选什么能保护你?能让我们长久地在一起?看似给我选,实际上我有什么选择?"

林清和潮湿的眼看着向嘉:"你说我怎么选?我选谢明义。谢明义死得更快,他那边的东西更好拿。接受谢明义的条件,继承他的财产。我想等事情结束了,我跟你坦白,我把谢明义的钱送给你,你比我有钱我们还能在一起。可根本没等到那一天,你就跟我分了,分得那么狠。"

林清和坐起来,拖出了脚边的行李箱,按着上面的金属卡扣。"咔嚓"一声响,箱子弹开露出里面的全部文件,他将箱子推到了向嘉面前:"这是谢明义名下全部的资产,送你吧,反正我用不上了。"

向嘉感觉到耳朵在嗡鸣,是那种尖锐的鸣叫声,又尖又细刺激着耳膜。

"我没有明天,向嘉,我没有未来。我不会结婚生子,我更不会有以后的日出日落。这些文件你签字后就生效,我全部安排好了,后续会有律师联系你。我认识你八个月,我用认识你的这八个月撑了分手这八个月,多一天我都撑不下去了。你拿着这些钱去做你想做的事吧,把我永远忘记,潇洒过好你的余生,别让我在你心里留下一点痕迹。"

第十一章·
我只要你

向嘉的大脑发出了负荷超载的嗡鸣声,尖叫着发出警告,不要再继续接收信息了。

主机滚烫灼烧,发出了焦煳的味道,它们即将崩溃。

"我的世界一直都是黑白色,我没见过彩色,我从不期待彩色,是你带我看了彩色。"林清和整了下衬衣领口,起身,单手解着手腕上的腕表,稠密睫毛垂着遮住了眼里所有的情绪,"我没有时间概念,时间对我来说是虚无的东西。你送我手表,给了我时间,以后我也不需要了。"

他解开了腕表撂到桌子上,发出巨大一声响。

随即他摘掉了手上的戒指,也扔到了桌子上。戒指在桌子上滚了几圈落到了边缘。他抬手解脖子上的吊坠,说道:"长命百岁的祝福对我来说是诅咒,多活一天都是折磨。"

吊坠是向嘉在山上求的,绳子绑得很死,他扯了扯没扯下来。

"你住手!"向嘉霍然起身去拉他的手,她的心脏紧紧揪着,她感觉到巨大的恐慌。

她说:"你干什么?"

林清和猛地拽断了绳子,瞬间他脖子上出现了一道鲜红的血痕。他的皮肤太白了,一点点碰触都很明显,被那么重地勒了一道。

"你有毛病?"向嘉上前拉他的手,她的手指在颤抖,"林清和,你清醒点不要发疯!"

"疯吗?"林清和垂下稠密睫毛,视线在她的手指划过,缓慢地呼出一口气，再抬头时，一双眼睛阴沉沉的，狠狠盯着向嘉。

他喉结一动，笑道："第一天认识我吗？你追求我的时候，我正常吗？我是个很正常的人吗？你把我捡起来，又把我丢了，何必捡我呢？二次伤害好玩吗？"

向嘉的喉咙仿佛被掐住了，她说不出话，她喘不过气，她的呼吸快停止了。

"你说你无论如何都不会不要我，不会先放手，你怎么做的？向嘉，你怎么做的？"林清和的眼睛红得眼泪都出来了，但他还是笑着，唇上扬，带着嘲讽，"你说会对我负责，你负责了吗？

"你拉我入局的时候怎么说？你说：'把自己包裹得密不透风最后死了是一把灰。潇洒自在过一生死了也是一把灰。灰和灰并没有什么区别。所以，我们要潇洒度日，要剖开自己去接受一切，你说真心换真心。'结果潇洒自在是你的，只有我一个人烧成了灰。你换了什么真心？我把自己剥得干干净净交给了你，我把我的心给了你，你转头就把我甩了。"

向嘉的大脑陷入瘫痪状态，嗡鸣着，尖锐又刺耳，白茫茫的一片。

"你说给我一次机会，无论如何，会给我一次机会。你的机会呢？我问问你，向嘉，你给过我机会吗？你从头到尾信任过我一点吗？"

林清和比向嘉高很多，他们都是站着，向嘉需要仰着头看他。

吊坠从他的手心坠落，落到了桌子上，发出一声脆响。

像是最后一根弦绷断，他彻底斩断了跟这个世界的联系。

林清和抽出了手，往后退了一大步，远离了向嘉。他双手插兜，仰起头，脖子上鲜红的血痕就横在灯光下，触目惊心。

他轻笑，黑沉的睫毛在眼下拓出一片荫翳："给不了我希望，就不要在那里装善良。拦我干什么？这点算什么？捅我一刀然后去包扎手上的擦伤吗？你不觉得可笑？"

"你送我的东西都在这里了，我一样不少全还给你。"林清和冷冽的下颌线落在灯光下，带着一股子狠厉，眼神也不再柔和，"桐镇度假村的股份，我写在遗嘱里,你放弃继承那儿就给阿乌和陈小山,他们两个平分。"

什么遗嘱?他说什么鬼东西!

"走了。"林清和转身大步往门口走,这次走得非常决绝,头都没回。

"你给我站住!"向嘉回头吼他,"你说什么遗嘱?你再说一遍。"

"林氏集团我没有继承,目前股份都在林安可那里。我不想要,我知道你也不想要,我也就不替你要了。"林清和走到玄关处停住脚步,背对着向嘉,"我名下没有房子,只有那辆五十万的宝马,估计会烂在车库里。我有一些其他的资产,一共有两亿多,在那个箱子里,转给你了。我本来想等林安可去世后,我再找个地方结束,我现在不想等了,我累了——"

"你晚上吃饭了吗?"向嘉忽然问他,她连呼吸都不敢大声,她说,"你想吃什么?我去给你煮点东西。"

空气寂静了差不多一分钟,林清和抬腿往门口走:"不想吃,走了。"

向嘉几乎是冲到了玄关,她张开手挡着门,呼吸很慢,她抬起头迎着林清和的目光:"你中午吃饭了吗?"

林清和抿着唇盯着她。

他穿戴整齐,眉眼干净,高大英俊。可他脖子上有一道血痕,他的衬衣领口散着,那里空荡荡什么都没有了。

他了无牵挂。

灯静静地亮着,他们之间只有一米的距离。

向嘉听到自己的心跳惶恐不安,那种焦虑已经彻底把她笼罩住了,把她逼到了角落,把她罩在其中。

逼仄的恐惧。

逼着她面对自己的心,逼着她不能再逃避。

"饿不饿?"向嘉听到自己的声音,微微发颤,她扬起嘴角,保持着微笑,"冰箱里还有一袋馄饨,荠菜猪肉的,我去煮了给你吃。"

漫长的沉默后,林清和说:"向嘉,想清楚,你拦下我后要面对的是什么。"

"我知道。"向嘉垂眼，抿了下唇，说道，"先回去，我给你煮馄饨，你吃汤的还是干拌的？"

"看着我的眼睛。"林清和说，"向嘉，你真的要拦下我吗？"

向嘉的唇动了下，她缓了下，找回一点理智，但抬头对上林清和的眼睛时，那点理智烟消云散，只剩下本能驱使。

她一把抱住了林清和，脸埋在林清和的胸口，眼泪浸湿了他的衬衣。她拽着林清和的衣服，掐住了他的皮肉，指甲几乎掐进他的肉里。

"你不准死！你个狗东西，你敢死你试试！"

空气静了片刻，随即喧嚣才落入耳朵。

楼上的邻居在拉东西，发出声响，隔壁有人跺脚，随后有开门声。

不应该做到这个地步，不应该道德绑架她。

不应该逼她这么狠。

林清和很想回抱向嘉，狠狠亲她，亲到她腿软。他把所有的欲望都困在身体深处，死死地克制着，忍受着这世上最残暴的酷刑，他是处刑官，他也是受刑人，他纹丝不动，任她抱着。

上周林安可见他，说他现在做事太狠了，劝他仁慈一点，别对谁都下手那么狠。林清和差点笑出声，以为林安可在讲笑话。

直到此刻，他才真正认识到自己到底有多狠。

他对自己狠，他对向嘉也狠。

"向嘉，你拦得了我一时，你拦得了我一世吗？"他叹口气，克制着手没往她的头顶落。他站得笔直，感受着胸口那一片温热的潮湿，那里已经烧起来了，烧得他嗓子发干，他的眼神却依旧清明，声音冷静平和，"我没有未来。"

"你放屁。"向嘉骂他。

"我想过最漂亮的死法，今天早上那会儿，你从林氏集团的正门出去，我正好坠落到你面前。"林清和的声音平淡，像是在叙述一件极其正常的事。

向嘉的呼吸停滞，李念说他工作正常，他正常的皮囊里到底是什么鬼东西？中二病少年。

"漂亮什么漂亮，你个变态。"向嘉掐着他的腰，他瘦得都没肉了，手感一点都不好，果然没什么肌肉，只剩下骨头，"我开车走的，我也不会从大厦正门经过。"

林清和看着她的头顶，舌尖顶了顶嘴角，保持着正常的呼吸频率，开口时声音依旧平静："决定好了吗？"

他冷静坚决，逼她回应，逼她从龟壳里出来。

向嘉已经收起了那点情绪，抬头时脸上干净。她拉着林清和往里走，说道："先吃个饭，吃完饭再说。"

"要说现在说，不说算了，都别耽误对方的时间。"

你死有什么可着急的？耽误你选个良辰吉日死吗？

向嘉拉不动他，索性不拉了，取了玄关柜子上的烟盒和打火机，刚拿到手就被林清和抽走扔了，他说："如果你需要靠香烟才能帮你做出决定，那我们也没有继续聊下去的必要了。让开吧，我想要的东西，你给不了我。"

"11月我们见面那次，"向嘉往后靠到了房门上，仰起头看林清和，"你去楼下做吃的，我的手机没电了，我用了你的手机。这不能怪我，你的手机密码那么简单，我一输就进去了。"

林清和眯了眼，想掐她。

"我看到你说要回去结婚，你说跟我在一起久了就淡了。我当时并不知道你的事，你没告诉我，这是你的责任。你不能把责任全推在我身上，你瞒了我那么久，你给我透露点信息，坦白一件事，我都不会对你那么狠。"向嘉双手插兜，仰起头，"我不能接受我未来会被你甩，林清和，我不接受我付出了真心，然后被你甩掉。"

果然如此。

他们对峙，空气流动在他们之间。

房间里的温度越来越低，低得向嘉都有点冷了。

"其实我也不是没有留余地，我把所有责任都揽到我身上，让你恨我，至少你不会走极端。"

短暂的沉默，林清和轻嗤："原来你这么善良呢？我以为你是想让我走极端，话说得那么狠，我出门就想跳江。差一点就跳进去了，我妈的医生打电话，说她病危了，让我回去签字。"

向嘉缓缓抬头看他。

"你但凡对我有一点信任，你都应该问我一句，问我哪一句是真心，哪一句是为了我们的未来在拖延时间。"林清和保持着双手插兜，长腿微分的姿态，长睫一动，"可你没有，你一个字都不问，直接把我甩了。我所做的一切，像个笑话。"

向嘉背靠着门板，门板是热的，外面温度很高。

他们被压在这个狭窄冰冷的房间里，他们面对着彼此。

他们都有病，病入膏肓。

"我拉黑了所有人的号码，只留了你一个人，你打一个电话，发一条短信，问一个字，你就会得到全部的真相。可你不愿意，你躲在你的世界里装死。你从头到尾都没有相信过我，你只是把我当成你的玩具。喜欢了玩一玩，一旦有其他的念头马上就把我扔了，可有可无的玩意儿。"

放屁，谁家玩具能玩得这么真？她把心都给林清和了，这个狗男人还寻死觅活，还威胁她。

"我不需要一段不信任的关系，我对你也没什么好说的。你让开吧，我能给的都给你了，我不欠你什么了，你也不欠我的，我们就……到此为止。你说得对，我确实变态，我如果继续这么活着，我一定会克制不住自己对你下手，我会忍不住把你控制在我能控制的范围里。一个控制欲极强的变态，还拥有权力是很可怕的事。就像我之前对你做的事，我也许还会做，我会变本加厉。向嘉，你这样的聪明人，你知道及时止损——"

"我们结婚吧。"向嘉打断了他的话,清凌凌的眼看着他,一字一句地说道,"你现在是不是婚姻自由了?想继续明天你拿着证件过来,我们直接过去领证。我也不知道未来会怎么样,我还是那句话,你不走我就不走。你不愿意,那你走吧。不管你死在什么地方以什么方式死,我都不会为你流一滴眼泪。最近有个年轻小孩在追求我,我一直很好奇你的床技在男人中算什么水平,没有机会横向对比。你死了正好,我找他试试去,可以多试一些人,到时候给你评个级,刻在你的墓碑上。"

"选一进来,我给你煮馄饨吃,吃完你回去拿证件。"向嘉绕过林清和走向厨房,他敢选二,不用他自杀,向嘉现在就把他刻墓碑上。

人没走出去就被抱住按到了墙上,她仰头要挣扎,汹涌的吻落了下来。

他是憋了多久?

松开时,向嘉的嘴唇发麻,身子软得差点滑到地上。林清和亲得太凶了,简直是不要命的亲法。

中途向嘉一度怀疑自己会被林清和亲死,成为第一个因为接吻而亡的女人。

她这辈子只会遇到一个林清和,世上只有一个林清和。

"我不信你的话,你随时会反悔,把你的证件拿来给我。"林清和扶住向嘉的细腰,让她站稳。他立刻压下了汹涌的欲望,冷静克制地站在那里,冷酷得像是没有七情六欲,语调清晰冷沉,"身份证、户口本。"

向嘉的呼吸都没喘匀,她的身体还战栗着,面前这个男人已经收住了。

这语气,被警察查证件也不过如此。

她皱眉,视线下移,分开的八个月里他一直在练铁人三项?

林清和的另一只手托住她的下巴,把她的脸抬起来,不让她看:"今晚证件由我收着,明天登记结束,我还给你。"

向嘉怕开口时嗓子太哑暴露了她那波动太厉害的情绪,也就没有反驳他,她转身回房间取证件。

林清和看她进了门，抿了下唇，呼吸时气息变得很重，他急促地喘了下才平复。他把自己严丝合缝地包裹着，死死压进了一个叫禁欲的箱子里。

忍一时，后半生幸福。

这次不能让她那么容易得手，太容易得到的都不珍惜。

向嘉在主卧里翻抽屉的声音很大，带起一堆东西掉落。

林清和大步走向客厅，弯腰捡起桌子上的手表，认真检查了一遍确定没坏。他抬手将表搭上腕骨，面无表情地贴上了那片艳色的文身。

太静了，他们的每一个动作引起的声音在寂静的深夜里都十分清晰。向嘉走出门，把身份证和户口本一起递了过来，说道："还要什么？"

林清和慢条斯理地扣好手表调整位置，接过身份证和户口簿卡在手指间。他弯腰捡起戒指戴到无名指上，捡吊坠时被向嘉拦住了。

"这个破玩意儿别戴了。"向嘉已经缓过来了，腿没那么软，抬手去抢，"你以后别戴项链。"

林清和快一步把吊坠收起来装进裤兜，一只手握着证件，另一只手插兜抿着唇，仰头看向嘉，脖子上的血痕已经变成了深紫色。

"我再在你的脖子上看到它，我亲自帮你剪掉。"向嘉不跟他抢，弯腰拉开茶几的抽屉取药，语气缓和一些，"去坐在沙发上，我给你处理伤口。"

林清和试图把证件装裤兜，可户口簿太大了，他先把证件放到玄关处用车钥匙压着，才折回来坐回沙发。手肘压在膝盖上，他若无其事地调整手表的位置："明天几点去领证？"

"我不知道，我又没领过，你回去百度查查。"向嘉这次不想太操心，她想信任林清和一次。他拿着消毒酒精走到林清和面前，他太高了，这么坐着长腿占据了沙发前很大一块，向嘉的腿挨着他的腿，他移开了，避开了向嘉的腿。

向嘉看了眼他的腿，抬手去碰他的下巴："仰头，把脖子露出来。"

林清和的呼吸落到她的手臂上，灼热一片，向嘉的心脏也被灼烧着，烧得她心脏疼但身体潮湿，整个人仿佛处于热带雨林，潮湿闷热。

"我约时间？我几点都行？"林清和仰着头，视线始终凝在向嘉身上，嗓音压得很低，"你明天一天时间都给我。"

"领证是不是要拍照？你顶着这个脖子去拍照领证？林清和，"向嘉拿手挡住林清和的下巴，怕喷雾喷他眼睛上了，"闭眼。"

林清和浑身都绷紧了，喉结线条绷得直直的，他闭上眼任由自己的脖子落到向嘉的手心里。

"不行吗？"他问。

"行啊，往后只要翻出结婚证就会想起今天林某人为了——寻死觅活。"向嘉没把逼婚两个字说出口，她自认为这两个字太难听，哪怕是开玩笑调侃也不能说出口，"将来我们有孩子了——"

林清和倏然睁开眼，锋锐黑眸直直盯着向嘉。

向嘉的手指还落在林清和的脖子上，清晰地感受到他的喉结滑动，在她手里滚了下，他克制时脖颈的筋骨都绷紧了。

"将来我们有孩子，孩子翻看我们的结婚证，问我：'妈妈，爸爸的脖子是不是你打的？'我怎么解释？"向嘉喷完酒精，看他的脖子也不需要上药，只是皮肤瘀血严重，松开了他，"我——"

"你不想明天领证？"林清和按着狂跳的心脏，盯着她的眼，尽可能寻找她话里可能存在的陷阱。

"不是。"向嘉没忍住抬手摸了下他的头发，他没听出她话里的意思吗？她说，"我去煮馄饨。"

手感真好，他就适合这种半长的头发，再剪短寸就离婚。

"向嘉，如果你是为了拦下我才跟我领这个结婚证，你还可以反悔——"

"林清和，我在跟你计划未来，我想跟你有以后，你别想那么多。"向嘉走向厨房，打开灯洗手，背对着林清和取了汤锅接上水，"你明天早点过来，我用遮瑕给你遮。"

林清和黑眸中的笑意一闪而逝，他一顶嘴角，这回没陷阱，他逼向嘉说

467

出了他想要的答案。他没表现得太明显,渴望与灼热的呼吸一起被压下,他垂下睫毛遮住了全部,平静地说:"好。"

零点。

邻居终于都安静了,餐厅灯静静地亮着,房间里的温度停在二十五度,空调进入恒温模式。

一碗清汤小馄饨冒着热气,萦绕着盘旋着撞入空气中,熏蒸着林清和的眉眼,以至于他的眼睛有些潮湿。

他不说话,埋头吃馄饨。

"林清和,你怎么瘦了这么多?"

"忙,来不及吃饭,还有焦虑。我焦虑严重会吐,跟你分开第三个月我就频繁地吐。这一段时间我的体重掉了快三十斤。"林清和伸手到向嘉面前,"明天早上我来接你,你把车钥匙也给我,我怕你跑了。"

"我能见一下你的心理医生吗?或者我们可以去做双人咨询。"向嘉起身走向玄关,从包里取出车钥匙卸下来,放到林清和面前,"那么怕我跑路,今晚住这里吧,明天早上我陪你回家拿证件。"

向嘉也怕他跑路。

林清和捡起车钥匙装进裤兜,继续慢条斯理地吃馄饨,语调淡淡:"在完全确认之前,我不会给你睡我的机会,我回家。"

向嘉失语。

"双人咨询过几天安排,我的心理医生一直想见你。"

林清和把一碗馄饨吃完,起身打算去洗碗。

"放着吧,有洗碗机。"向嘉指了指厨柜下面的位置,"你可以走走,消消食。"

"那我直接回去了。"林清和若有所思地放下碗筷,抽纸细慢擦干净手,单手插兜,往大门口走,"明天我来接你。"

"把你的那个箱子拿走,我不要。"向嘉指了指客厅的箱子,"放在我这里，我今晚会睡不着。"

　　向嘉从来没见过这么多钱，她长这么大都没有见过这么多钱，她做梦都不敢想象。

　　"我不怕你妈整我，我跟你那个——姐夫不一样，我不是公众人物，名声再烂，也影响不到我。你妈那些手段可能在没有受过挫折的人身上管用，我这种，油盐不进。"向嘉看着餐厅上方的灯，"我从头到尾在乎的只有你一个人而已，我跟你分手主要原因还是你。

　　"我是怕找有钱人，我怕的不是钱，我怕的是没有感情只有钱，我怕的是被钱欺负。我怕我成为我妈，最终被人抛弃。如今，我觉得我不是我妈，你也不是我爸那种男人。你别把钱都堆给我，那么大一个公司，改朝换代关系到无数人的生计，我责任心太强，一旦接手我会累死。我十五岁就开始为钱奔波，我现在二十八岁，十几年我都没过过周末。我的公司好不容易走上正轨，我原本可以歇两天。林清和，我虽然看起来不太需要男人的样子，我有时候……也是需要男人的肩膀，我也想靠一靠。"

　　向嘉不想给林清和减负了，这个狗男人就应该累到没时间想那些事，让他天天琢磨着死。

　　给他找事做，让他学会负责任，让他不能轻易放弃这个世界。

　　"你那么聪明，我知道你会有妥善的处理办法，你自己办吧。"向嘉起身走向客厅，把箱子合上抽出拉杆来拖到玄关处，赶紧把烫手山芋给扔了出去，她突然想到一件事，"你没改名吧？我不喜欢谢，你改了的话那你需要改回去我们再去领证。"

　　"没有。"林清和垂眸看那个箱子，"成年人改名哪有那么容易？骗他的，随便取了个假名。想走程序，随便一个程序填错一点就得拖很久，他活不到全部程序走完。当初为了钱出卖了我的姓名，哪有那么容易买回来？他死的最后一刻，我告诉了他真相。"

　　向嘉笑了起来。

　　谢屿，YU。小鱼，YU。

连取个假名都要跟她用一个音。

"我不会让我妈碰你,你想做什么就去做,我人都是你的,肩膀自然是你的。"林清和握住拉杆箱,拿起车钥匙和证件,往外面走了两步。即将出门,他转头似乎随口一提,出口的声音却压得极薄,"今晚把那个二十二岁的男孩给处理了,跟我结婚,还敢肖想别人——我是不会对你做什么,可我会整死他,让他死得很惨。你把我拦下来,那这辈子,你只能有我一个男人。除非我死,你自由。不然,你别想体验别人,你自己选的。"

向嘉无语。

还知道人家二十二岁,他是打听多久了?

林清和离开,向嘉想找那个男孩说清楚,发现自己早就拉黑了对方的联系方式也没有加微信。

晚上她那么犯神经,那个男孩不会还来碰壁吧?

向嘉放下手机,把碗筷放进洗碗机,走进浴室准备洗澡,林清和的视频就打了过来,她打开视频说道:"大少爷,什么事?你是有东西落我这里了?"

"开着视频,直到明天见面。"林清和在开车,车厢内昏暗,手机的镜头只能照到他冷冽的下颌角,他的声音也很沉,"我看着你。"

"我在洗澡,你也要看?"向嘉把手机摆到了洗手台上,卸妆洗脸,"你是不是想看我了?"

"我听着你的声音。"林清和靠边停了车,手机页面一晃,切换成了语音通话。

行不行啊?

"这么听着就好。"林清和微沉的嗓音夹在汽车发动机的噪音里,温和寂静,他缓缓开口,"听故事吗?"

又讲什么?

向嘉洗着脸:"你说吧。"

"有一天，"他清了清嗓子，似乎继续开着车，语调很慢，"小鸭子在看书，另一只小鸭子说：'要吃饭了，快把书合好呀，合好呀……'"

"然后呢？"向嘉抽洗脸巾擦脸，没听到后续，她追问了一句，"合好呀，后面呢？"

"嗯，和好。"林清和说，"我们现在和好。"

向嘉扶着洗手台笑出眼泪，林清和居然在玩谐音梗。

"和好了，不准反悔。"林清和说，"向嘉，今晚的馄饨很好吃，是这八个月里，我吃过的最舒服的一顿饭。我以前从不想明天的事，你说明天领证，我现在就开始期待天亮，我从没有这么期待过明天。"

漫长的沉默，向嘉说："你到家的时候跟我说一声，我有句话想跟你说。"

"什么？"

"等你到家再说。"向嘉走到淋浴喷头下面，"林清和，我洗澡了。"

向嘉这句话一直到林清和洗完澡上床，把手机贴上耳朵，她才说出口。

她在寂静的深夜里说："林清和，我很想你。我和秦朗打官司开庭的那天，我好像看到你了。那天，我想见你一面，哪怕你不爱我，哪怕你骗我，哪怕你只是跟我玩玩，我也想见你。我这么理智的人，已经过了天真的年纪，我清楚地知道林氏的投资可能是个坑，我不能再碰姓林的。再输一次我会粉身碎骨，我的人生会因此结束，可我还是入了你的局。"

向嘉不相信婚姻，也讨厌用婚姻来绑定对方增加安全感的行为，可她最后还是这么做了，她跟林清和即将步入婚姻。他们都没有安全感，需要婚姻做最后绑定。

不在预料之中，不在向嘉的人生计划里。

她在凌晨两点入睡，睡的时候手机还通着电话。林清和怕她半路跑了，他要通着电话确定她不会跑路。

第二天向嘉在敲门声中醒来，电话已经挂断了。她看了眼手机上的时间，翻身把脸埋在松软的被子里，不愿意起来。

不到一分钟，手机响了起来，来电人是林清和。

向嘉缓慢地清醒，要去领证，敲门的应该是林清和。

她拿起手机，接通电话，起床拉开卧室门，直奔门口："你在敲门？"

"是我。"林清和在电话里，说道，"开门。"

向嘉已经冲到了玄关处，急刹住，手背在身后，扬起下巴，说道："民政局几点开门？你起这么早？"

"我预约的九点半，还有三个多小时，也不是很早。"林清和清冷的声音同时在电话和门外响起。

一门之隔，向嘉无声地笑，她的心忽然就很满，满得快溢出来了。

"你昨晚睡了吗？"

他沉默了片刻，老实回答："没有。"

"林先生能在门口等我一会儿吗？"

"可以。"

向嘉听到门外有东西碰撞到消防栓的声音，她转身往卧室走，说道："你紧张吗？"

"还好，昨晚是因为其他的事情没睡。"林清和解释了一句。

"你希望我今天穿什么颜色的衣服？什么款式？"向嘉打开了衣柜，"白色？红色？旗袍？汉服？吊带裙？还是端庄一些的礼服？"

向嘉似乎听到了林清和的呼吸声，绵长缓慢。

林清和没有立刻回答，她很有耐心地等。

"我们没有提前拍照，要先找地方拍照。结婚照的底是红色，穿红色会撞色。"林清和冷静道，"白色旗袍。"

"好。"向嘉挑了一件白色旗袍放到床上，"那我再配一套纯白色内衣好吗？"

他的呼吸变重了。

大约有一分钟，林清和开口时声音很沉："你先让我进去，你这个破地方隔音很差，你知道吗？"

"不让。"向嘉挑出一套白色内衣，打开了手机免提，脱掉身上的衣服一件件穿白色内衣和旗袍，"再等一会儿。"

向嘉化妆时觉得自己确实有点黑了，还是要老老实实地白回去。

全部涂好，她把头发绾起来，别上了一支金钗。金钗是上周跟一个合作方见面，对方送的，她原本不想要，看到上面的凤凰，最后鬼使神差地收了下来。

曾经林清和也送过她一支金凤钗。

向嘉全部整理好，取了一只珍珠小包，换上高跟鞋走到门口拉开门。

猝不及防看到了门外抱着巨大一束红玫瑰的林清和，他穿着整齐的三件套西装，站在昏暗陈旧的走廊里。

穿正装的林清和非常好看，高挑清俊，一丝不苟，裁剪合体的西装勾勒出身材，禁欲感在他身上体现得淋漓尽致。

他们的目光同时停住，看着彼此。

空气寂静，直到隔壁有人出门，向嘉才反应过来让他进来，说道："你穿这么多？出汗了吗？"

出了，后背湿透了。

林清和抱着沉重的玫瑰进门，他在门外站了二十二分钟。接近四十度的高温，第五分钟的时候他的衬衣就湿了，但他没动也没有催促向嘉，他平静地期待着见面那一刻。

开门，向嘉穿着白色刺绣旗袍站在晨光里望着他。

他听到了心跳声，听到了烟花盛放的声音。

"穿这么正式？"向嘉伸手接花，心跳得飞快，她莫名其妙开始紧张，"林清和——"

林清和挪开花，抱住了向嘉，抱得非常用力，快把向嘉按进他身体里了。但他只抱了一下，手指在她的腰上克制地停留了一下，便把花塞给了向嘉。

473

他往后退了一大步拉开距离,随即转身往外面走:"早餐凉了,这么慢。"

"你就说值不值吧?"向嘉笑着说道,"第一眼惊不惊艳?"

值。

林清和拎着早餐进门,带上了房门。一看她,他的目光便凝在了她身上,她穿白色是另一种美,圣洁优雅高贵。

想让她穿婚纱。

"你先把西装外套脱了。"向嘉把大束红玫瑰放到了餐桌上,拉开椅子坐下。没有脱高跟鞋,她吃完饭就走活动量不大不会吵到邻居,"你的西装谁给搭配的?"

"造型师。"林清和解开外套脱掉后搭到了椅背上,他坐了下去,淡淡道,"怎么样?"

向嘉把早餐拿出来分给他一份,认真地把他看了一遍。他不但找了造型师,还找了化妆师,脖子上那道痕迹被遮住了。

"脖子上的痕迹谁修的?"

"造型师会化妆,我想我过来后我们直接走,不耽误你的时间。"他想让向嘉帮他遮,可他更想立刻领证,他恨不得昨晚去住民政局门口。

"你把马甲也脱掉,只穿里面一件衬衣。"向嘉看着他就热,心疼他,一声不吭地在外面站了二十分钟。向嘉早知道他穿这么多,就不装了,直接放他进来。

林清和三明治吃到一半,用嘴咬着,松开手抽纸一擦,解马甲的扣子。他甚至都没有问为什么,干脆利落脱掉,只穿一件衬衣,继续吃着早餐。

向嘉想问他有没有办婚礼的想法,到底没有问出口。

"你一夜没睡困吗?"

"还好。"

"今天有没有不舒服?"

"没有。"

林清和说的没有。可开车出小区不到五分钟,林清和就靠边停车,把驾驶座让给了向嘉。

"困了?"向嘉换上平底鞋,坐到驾驶座,看林清和脸色很难看,表情严肃到冷酷了。

"你还是不舒服?"

"没事。"林清和调整副驾驶座椅,反复转着手指上的戒指。

向嘉听到他尾音有点颤,连忙拿起糖盒递给他:"紧张还是低血糖?"

"嗯。"他接过糖盒,冷白修长的指尖微颤,本想否认,看到她的眼,说道,"紧张。"

向嘉踩着刹车,笑仰到座位里:"堂堂林总,林大少爷居然会紧张。"

林清和取了一颗糖咬在齿间,给向嘉也喂了一颗。他把指尖上的糖粉抹到向嘉的红唇上,他的手上粘了一点口红,他慢条斯理地摩挲着,道:"我只是林清和,一个即将成为你的合法另一半的普通男人。我会紧张,我一夜没睡,我在期待成为你的丈夫。"

向嘉大脑嗡鸣着,咬着糖开车出去,被他摸过的唇快烧起来了,心跳得慌张又陌生。

林清和把她也撩紧张了。

在民政局大厅等叫号时,向嘉紧张得心都要跳出来。

一盒薄荷糖被她吃了大半,另一半林清和吃了。

她无法缓解那种焦虑,甚至生出了逃跑的念头。

"林清和,你想清楚,我没有很清白的家世,我的母亲很糟糕,她非婚生的我,我名声很差。我也没有很多才华,只拥有普通本科学历。名下有一家不怎么赚钱的公司,我现在——"

"知道。"林清和握住她的手,他死死扣着向嘉的手指,把她圈在手心里,"我是要跟你结婚,我早就想跟你结婚了。"

"将来若是有人嘲笑你娶了我这样的人,你后悔是你自己的事,不准把责任推到我身上,不准埋怨我。我没有逼你结婚,你是自愿的——"

林清和低头吻上了她的唇。

他们唇贴着唇,空气在此刻停止流动,他们同时静了下来。呼吸都停止了,林清和的唇微凉,向嘉的唇上有薄荷的甜。

大厅里响起了叫号声,轮到他们办理了。

"我心甘情愿,走。"林清和松开向嘉的唇,拎着证件,拉着她,大步往里面走,"我永远不会后悔,这一刻我想了很久,你担心的不会发生。我又订了一枚钻石戒指,过几天就到。以后你不用干活下工地,你可以戴最大的钻石。"

向嘉平静下来了。

她结婚了,她和林清和成为法律意义上的夫妻。

办完全部手续拿到红本,向嘉坐在办事大厅的椅子上,长久地看那两个红本。

林清和买了两瓶水过来,温声询问:"要不要去宣誓台?可以拍照。"

中央空调的风在头顶吹着,向嘉有些恍惚,她结婚了。

"林清和,我们结婚了。"

"是,我们结婚了,喝一口水。"林清和拧开水递给她,低头去看她的眼,"今天你还有其他的事吗?"

"有。"向嘉把红本放到了腿上,接过水喝了一口,她有比去宣誓台更重要的事,"我想去四川,你能陪我去吗?"

"好啊。"林清和没问她去四川干什么。他摸到那两个小本了,他拿起来谨慎小心地翻开,照片上的两个人笑得都有点傻。他不动声色地扬了下嘴角,拿出手机拍了一张照片发给了林安可。

林清和:*我结婚了。*

他随后又发到了企业内网:*今天领证,总部所有上班的人双倍工资,走我私账。*

他的私信瞬间被挤爆了,他懒得一一回复,打字交代李念:去买大白兔奶糖,人手一份。我休假一天,不管什么事都放到明天,我今天不做。

林安可打电话过来,他给挂断了,编辑新的朋友圈:介绍下,新身份:向嘉的老公。

配图是翻开的结婚证。

"我外婆葬在四川,我想回去看看她,告诉她,我结婚了,我现在过得很好。"向嘉咽下水,握住了林清和的手,才有了那种真实感,她说道,"你想去看看我外婆吗?"

"具体四川什么地方?我订机票。"林清和一边回答她,一边发消息给林安可。

林清和:我很爱她,她是我想要过一辈子的人。她不是外界人看到的那种,她需要走近去看,她是个很好很好的姑娘,她非常好。她是我的妻子,我们会办婚礼,我娶向嘉的事一定会尽人皆知。您提前做好心理准备。

点击发送,林清和将向嘉的微信名改了新的备注"老婆"。

"你在干什么?"向嘉靠着他的肩膀,看他的手机屏幕,说道,"在发什么?"

"官宣。"林清和把内网给向嘉看,"老板结婚给员工发福利,双倍工资。"

向嘉倏然抬头撞上林清和浸着笑的眼,半晌才找到声音:"你妈知道不得疯?"

"通知她的主治医生了,不行再做一次手术。她到目前没回消息,那她是接受了。"

林清和当着向嘉的面发消息给李念:给我买一条热搜,林氏集团的继承人林清和与嘉鱼的老板向嘉领证结婚了。

向嘉无语。

大冤种儿子,他们母子也算是互相伤害了。

477

"你介意这么上新闻吗?"林清和修长的手指握着手机在手心里转了下,"这么做对你的公司发展有好处,前段时间我们的误会总要解除——算了,我主要是想昭告天下,我跟你结婚了,我的妻子是向嘉。"

向嘉唯一庆幸的是,她发第一条视频之前,她和林清和闹了一点矛盾,她害怕秀恩爱死得快定律出现在自己身上,她把片子重新剪了。他们的感情几乎剪没了,林清和的身份信息非常模糊。

"你把照片发给我,我发朋友圈。"她心脏狂跳,不知道下一个点会落到哪里,她一点计划都没有。

向嘉接收他发来的照片,起身说道:"订机票,马上去四川。如果时间来得及,我们还能回一趟溧县。"

"好。"林清和带着她走出了民政局大厅。

停车场有些远,还有一段距离。他绕到向嘉另一边,挡住炽热的太阳,给她遮出一点阴凉。

"我可以多腾两天出来,你想去哪里玩,我陪你走走。"

向嘉想去桐镇,她拉着林清和的手,天很热,她像是夏天踩进了被太阳晒过的沙滩里,滚烫的沙子密密麻麻地包裹着她的皮肤。她不想挣扎逃离,她想溺死在这炽热里。

向嘉一边走一边编辑朋友圈,唐安在给她打语音电话,她没接,她自顾自地编辑朋友圈:结婚了,对象是@林清和

向嘉发完朋友圈返回首页,一片红,全是未读消息。

唐安:结了?结了?

向嘉回复:结了,唐总,你这是第几次判断失误?

唐安:[省略号.jpg]

向嘉:我觉得人还是要自由一些,也许未来会有变故,不全尽如人意,也不在我的掌控之中。可这不就是人生的意义吗?体验一切事,感受世间所有的情感。希望我死的那天,会是最潇洒的那把灰。

微信上有个申请好友的消息提醒，向嘉点开，看到个陌生号码添加，对面说：我昨晚想了你一夜，姐姐，你想结婚的话也可以，我愿意跟你结婚。

向嘉回复拒绝：你姐夫不愿意，我今天结婚了，刚领完证。祝你早日找到真正适合你的人，谢谢喜欢。

她把签名改成了"已婚"。

"你开车我开车？"向嘉处理完消息，说道，"我也给我的人发双倍工资。"

"我开。"林清和领完证后就冷静下来了，他坐到了驾驶座，说道，"你的也走我的私账，我把我的私人账户给你管。"

"这次我好好给你管，不准留私房钱。"向嘉还记仇之前他让自己管钱的事，发语音给助理说道，"我今天结婚，给大家发福利，嘉鱼所有人发双倍工资。你去买点糖，给大家发一发，我要大白兔。"

全部发完，她拉上安全带，把手机关闭到飞行模式放进了手提包。

"都给你。"林清和转头对上向嘉的眼。笑意在他深邃的丹凤眼里溢开，他的眼睛潮湿起来，声音沙哑，"我是你的合法丈夫了，向嘉。"

"这位合法丈夫。"向嘉也笑，心跳得飞快，她靠近林清和，"你低头，你的合法妻子想吻你。"

虽然他们分开了八个月，可他们之间没有一丁点陌生。

向嘉依旧爱他。

林清和解开安全带，低头，高挺鼻梁碰到向嘉的鼻尖。车厢内的空气灼热起来，他们的呼吸交缠。他近乎虔诚地吻上了向嘉的唇，缓慢而温柔。

向嘉抬手揽住他的脖子，侧头接纳了他，呼吸彻底缠到了一起，柔和绵延。

林清和修长的手指顺着她的发丝沉入她的发根，在更深的吻里，手指一路下滑到了她的后颈，虎口紧密地贴着她的肌肤。

他很深地吻向嘉。

刻骨缠绵的吻，由浅到深，又由深到浅。

向嘉不知道风会吹向何方，她不知道自己会落往何地。

她只知道，风来时，她放弃挣扎，顺从本能张开双臂接住了他。

向嘉成年后第二次干这么离经叛道的事，她把手机开成了飞行模式，不管工作，不管现实纷纷扰扰，带着林清和直奔四川。

第一次是跟林清和分手，那次她还很冷静地提前处理好了全部工作。但这次太突然，从始至终都不在计划内，她强行给自己放了假。

他们在机场买了两套换洗的衣服，飞机全程两个半小时。

上飞机后，林清和睡着了，那么高大的一个男人非要把头抵着她的肩膀睡。

向嘉看他难受，索性让他靠在自己身上。林清和怕压到她，一开始没睡实，后面向嘉很温柔地揽着他，亲了下他的额头，他感觉自己立马坠入梦乡，速度和坠崖差不多。

飞速下坠，然后落入一片柔软的水中，他被安全地包裹住拥抱住，他知道自己安全了，他任由自己沉入那片荡漾的温水中。

林清和去看心理医生，医生问他，向嘉对于他来说是什么？

林清和的回答是水。

饮用水、湖水、江水、海水、春天的水、冬天冰下最清澈的水、沙漠中行走许久的人救命的水。

林清和跟向嘉在一起后就没有了寻死的念头，他有了渴望，他怎么舍得死呢？

即便是广袤的沙漠，一旦有过一场雨，那便有了希望，便会有人期待下一场雨落下。

向嘉在机场租了一辆车，林清和在副驾驶又睡了两个小时，再睁眼时到了一个山清水秀的小县城。

大片的云飘浮在空中，青山层层叠叠延绵向远方。

这里和溧县很像，林清和恍惚间以为回到了溧县。

"醒了？喝点东西。"向嘉单手握着方向盘，另一只手从旁边的袋子里取出甜牛奶递给林清和，"我小时候最喜欢喝甜牛奶，每次外婆去镇上或者从县城回来，都会给我带一些零食。有时候是饼干，有时候是糖糕，最多的是甜牛奶，她以为这种甜牛奶是最有营养的东西。"

林清和活动肩背，取出一盒甜牛奶，插上吸管，喝了一口，递给向嘉："喝一口。"

车还在行驶，向嘉专注地看前方的路，只是轻侧了下头，用林清和用过的吸管吸了一口甜牛奶，咽下去后评价："比我小时候喝过的甜。"

"找个地方停车，换我开吧。"林清和含着吸管喝牛奶，注视着向嘉柔美的侧脸，"我睡醒了。"

"到了。"向嘉指了指前面一座青山，"就在那个山脚。"

外婆一开始没有墓，母亲不知道她该葬在哪里，或者母亲也不敢葬。外婆是自杀，被抛弃后自杀，母亲不敢面对她。

火化后，骨灰一直寄存在当地殡仪馆。

向嘉后来赚钱了，送外婆回了老家。小时候向嘉听外婆讲过她的老家，外婆更喜欢老家这片地方。

这里没有很大的江，但有秀丽寂静的山镇。

虽然是 8 月份，但当地温度不高，向嘉让林清和在车上穿好外套，他们一起下车。

风推动着雪白的云，对面山上有寺庙，撞钟声悠扬响彻山谷。向嘉看了眼对面的寺庙，说道："看完外婆后，我们去对面山上看看吧？"

"嗯。"林清和拎着大兜的吃食，向嘉的扫墓很务实，没有带那些鲜花、礼物不实用的东西，她带了一堆吃的。

林清和拉住了向嘉的手，跟她十指交扣，把她的手严丝合缝地包裹到了手掌心。他穿着纯白色运动外套，里面也是纯白色的 T 恤。休闲装让人放松，向嘉跟他穿了同款黑色的运动套装。

林清和曾以为向嘉不会穿的情侣装，现在她穿上了。

"你那串佛珠我放在桐镇，我们回去拿到我就戴上，戒指也在，你不用再买戒指了。"向嘉拉着林清和的手，看他英俊的侧脸。

"省钱干什么？"林清和忽然问她。

向嘉被问住了。

"有什么想要做的事吗？"林清和拉着她踏上台阶，他很喜欢这个地方，温度适宜，空气中弥漫着香烛的味道，属于小县城的味道。

忘记了，他的钱加起来他们活一百辈子都花不完。

"有啊。"向嘉的手陷在他的手心里，踩着台阶往上走，"谢明义的公司你是不是不要？你打算怎么处理？"

"卖，卖给愿意做事的人来做，我打算卖给他的对家，对方人品比他好多了。"林清和仰起头看山上浓郁的绿林，扬了下嘴角，扭头望向嘉，"留一半钱出来当家用，你也不用那么累，想做事就做事，不想做事我们退休。另一半钱，你有没有想做的事？我是想做公益方面。"

林清和这么狠吗？卖给对家，谢明义会不会变成鬼来寻仇？

"你昨天是认真的吗？"向嘉问出了口。

林清和对上向嘉的眼就笑了。

"林清和，你以后再敢拿死来威胁我，我会真的弄死你。"向嘉掐他的手心，不管真假，她都不舍得，说道，"听见了吗？不准拿死吓我。"

林清和低头去亲她。

向嘉咬了他一口，继续往山上走："你想做哪方面的公益？"

林清和舔了下唇上被咬的地方，清了清嗓子才开口："这个方案是我昨晚想的，睡不着，我便把所有事都想了一遍，谢明义的东西是我为你拿的，你不要才有这个方案。昨天我确实不该那么逼你，可你对我太狠了，上午你说的那些话——我忍着才没有在办公室把你拦下来。上午开会的时候我的大脑一片空白，他们说的是什么我都没听见。我忍到晚上去见你，你指望我多冷静？"

这个话题就不该提,向嘉转移了话题:"你想做什么公益?具体一点的有吗?"

"老人小孩,特指小女孩。"林清和说,"还有抑郁症患者。"

"小女孩?"向嘉跟着林清和穿过墓园的第一道大门,她走到了前面,她要在前面带路。

"我在农村待了两年,我也发现你们说的问题。农村环境整体是不太好,同样境遇之下,女孩子更差。一个家庭可以集中资源给男孩,不会集中资源给女孩。虽然如今这种倾斜没那么明显了,但这种事有倾斜就不合理。"

向嘉别开脸眺望天边,林清和很重视她说的话,哪怕一件小事,他都在意。

头上落了一只手,随后她被揽到了林清和身边,林清和的大手碰了下她的脸颊,又捏她的下巴,最后整个罩住她。

"向嘉,若是你的起点再高一点,你的未来不可限量。你会成为大商人,你会坐到最高的台子上成为历史。"

向嘉震惊,在林清和眼里她到底是什么样的存在?超人吗?

"我不知道我做这些能改变多少,改变多少算多少吧,希望所有人都有上桌竞争的机会。"

向嘉攥着林清和的手指往高处走,沉默着没说话。

"林安可成功靠的是父辈的积累,你的成功是靠自己,你比林安可更优秀,你的未来也不止眼前这一片天地。向嘉,其实你有更广阔的未来,只是,你的第一步走得太艰难了,才让你产生现在的矛盾,你不敢再往高处走。希望你能走出来,走到高处,希望跟你有同等命运的小孩,不用吃这么多苦。

"老人的部分是现在的社会问题,老龄化严重,留守老人越来越多。我想把这部分主要放在医疗方面,具体的我们回头再详细做个方案。"

"第三个问题,抑郁症,我想针对的是青少年。"这是林清和第一次完全剖开自己给向嘉看,"我第一次产生自杀倾向,我不知道我得了抑郁症,我只知道我很痛苦,我无法排解这种痛苦,好像只有死亡才能解脱。事实上,这就是病,需要吃药治疗的病,和其他所有的病都一样。死亡不是解脱,只

483

有彻底治好病走出来拥抱新的希望、拥有新的人生才是解脱。青少年心理问题很容易被忽略,没有处理好会影响人一辈子。"

向嘉拉住林清和的手,放到唇边亲了下,点点头:"我觉得很好,你非常有想法。林总,你的才能被你自己低估了。"

这就是向嘉最喜欢林清和的地方,善良纯粹。从头到尾,他都是一个纯白色的人。无论经历多少事,他一片赤诚。

向嘉外婆的墓碑上没有照片,只有她的名字。

向嘉带林清和在墓前郑重地拜了拜,烧了两大袋金元宝。她把零食摆在外婆的墓前,堆得满满当当。

要走的时候,林清和拉住向嘉,他在墓碑前站得笔直,风吹着他的运动外套,他站在风里牵着向嘉的手,认真道:"外婆您好,我叫林清和,有青山有静水的清,我和向嘉在一起一辈子的和。我是向嘉的丈夫,我们结婚了,我们有了一个家,我们会好好过接下来的日子,我们会珍惜未来,谢谢您把向嘉抚养长大。"

向嘉捂着脸扭头看别处,嘴角上扬。

林清和说:"您放心吧,以后我会照顾好她。"

下来后,他们爬了对面的山。林清和虽然戴佛珠,可他跟佛没什么缘分,他没信仰。

这是第一次,他一个神殿挨着一个神殿地烧香跪拜许愿。

非常虔诚。

一共十二个神殿,他每个都拜了一遍,许了同一个愿望。

林清和在月老祠前绑了两条红绳,写上了向嘉和他的名字。

"我以前只拜财神殿。"向嘉认真地拿笔在红绳上写白头偕老,"我这是第一次拜月老祠,听说红绳绑得越高越灵。"

林清和解开扎好了的红绳,找了一把板凳过来踩着将红绳绑到了桃树的最高处，红绳迎风飘着，他把两根红绳死死绑在一起。

天黑之际他们才下山在镇上吃了一顿火锅，晚上随便找了一家客栈。

这家客栈外面看起来一般，但里面很干净，床也很大。

向嘉借口下楼买酒，在小超市买了点东西。

他们分开八个月，如今领证成为合法夫妻，持证上岗。如果不办婚礼，那今天就是他们的新婚之夜，向嘉自然是想做点夫妻事。

她拎着酒进门，林清和洗完澡了，穿着一套纯黑色的衬衣式睡衣，微长的头发湿漉着，垂在眉眼处。

黑色衬衣显得他斯文禁欲，这是他为了今晚特意买的睡衣。

"买好了？"林清和抬起眼，深邃黑眸落到向嘉身上，暗沉沉的深，仿佛浸了墨。

向嘉的心跳瞬间被撩起来："我去洗澡？"

林清和的睫毛动了下，说："嗯。"

向嘉换了条性感的睡裙，结果酒都喝完了，无事发生。

林清和全程保持着斯文冷静，喝完酒上床便靠在床头玩起了手机，一双眼波澜不惊，漆黑睫毛停在眼睛上方，映出冷淡的阴影。

时间到了晚上十一点半，向嘉昏昏欲睡时，林清和突然贴过来细致地亲她。他的修长手指抚着她的头发，极致温柔的吻，灵魂颤鸣。向嘉刚有了反应，他却停住了，若无其事地躺了回去。

向嘉一脸迷茫地看他："怎么了？"

"睡吧。"林清和垂着沉黑的睫毛，英俊的脸温和，平静道，"明天还要早起去溧县，不能太晚。"

他在撩她，却不继续。

向嘉猛然扑了过去，下一刻就被制住。

令人绝望的体型差。

林清和在黑暗中俯身贴着她的脸颊，热气落到她的皮肤上，在那种热气笼罩的暧昧中缓慢地亲向嘉。

小提琴家的手灵动修长,世界在沦陷,向嘉仿佛陷在雨季的热带雨林中,潮湿的空气灼热,他却在极限时刻停住。

林清和一只手按住她,另一只手冷静地关灯:"睡觉。"

向嘉简直想咬他:"你是不想还是不行?你不想我自己来,你松手。"

林清和克制着碰她的冲动,他轻而易举地把向嘉压制在身边:"不松。"

向嘉难以置信。

这是人干出来的事?他是忍者吗?

他还在记仇那一夜吗?

向嘉唯一能动的头凑过去咬他的脖子:"林先生,你知不知道,结婚是可以离婚的。"

林清和的身体瞬间停住,放在她腰上的手臂很沉。

空气寂静,只有窗外的风轻轻地撞着玻璃。

向嘉意识到这话说重了,转移了话题:"算了,你把我放开,我不碰了,睡吧。"

林清和没动,保持着那个姿势。

窗帘拉得严实,太黑了,向嘉看不到林清和是什么表情。

"林清和——"

最后一个字落下时变了调。

夏天的野风蛮横地闯进了桃花源,林清和咬牙切齿:"你敢离婚!"

向嘉笑出了声:"林清和,我爱你,你别害怕,我不会离开你。"

狂风渐柔。

干了许久的沙漠遇到了甘霖,狂野的风卷着沙子用力吹向远方,吹向旷野深处。

雨滴落到了大地上。

阔别已久的重逢,爱恨都激烈。

林清和逼着向嘉说了一夜绝不离婚,向嘉最后被他逼得都想真离婚了。丧心病狂。

第二天原定的早晨航班,临时改到了晚上。向嘉睡到中午,醒来那一刻腿部的肌肉还在痉挛颤抖。

小宾馆的窗帘遮光性一般,光从窗帘的缝隙里透进来,房间处于半亮的状态。向嘉看着旁边还在睡的男人,他的眉头舒展开了,侧着身头抵在向嘉这边睡。

黑色发丝垂在额头处,脖子上那道痕迹已经在变淡了。他的眼睫毛完全覆在眼下,高挺鼻梁快抵到了向嘉这里,唇抿着。

向嘉看着他就忍不住回忆昨晚他在身体里时那种充盈感,他填满了她的全部。

结婚还是不一样的,他们都有了一层保障。他们的身份在变化,心态也在变。

林清和没有签婚前财产协议,向嘉也没有签。婚后财产约定他更是一个字都没有提。他不提,向嘉那点钱也没必要提。

向嘉的腰还陷在他沉重的手臂下,伸手从枕头下面取出手机关闭了飞行模式。

无数消息涌了进来。

"叮叮咚咚"的声音在寂静的房间里清晰,腰上那只手紧了些,向嘉被拖到了他的怀里,林清和闭着眼亲她。

"该起床了。"向嘉避开他密密麻麻的吻,仰头说道,"你昨晚那些……哪里学的?"

林清和的手沉了下去。

向嘉后颈发麻,膝盖软得不像话,声音不由自主地软了下去:"真不行了,别碰。"

林清和凑过来用鼻尖蹭她的脸颊,嗓音沙哑惺忪,浸着笑意:"原来,你更喜欢这样。"

"偶尔一次还行。"向嘉第一次在这种事上认输,昨晚确实太疯了,可能分开久了。

"我好还是那个……"林清和垂了下睫毛,"二十二岁的小模特好?"

"我连他的微信都没加,你怎么知道的?谁跟你说的?"向嘉直接把微信给林清和看,她是丝毫不在乎这些,"你看下加好友那里。"

林清和接过向嘉的手机查看她的微信,随后他把自己的手机拿出来解锁,递给向嘉说道:"你看我的。"

向嘉心里"咯噔"了一下,她对查看手机这事还是有点阴影。

"我没有删过一样东西,你都可以看。"林清和认真道,"向嘉,我在你面前没有秘密。"

"你的手机没意思,什么都没有。"向嘉接过他的手机,他还用的去年向嘉给他买的那款,他的密码也是之前那个。

林清和本来还挺高兴,滑了下向嘉的好友添加,长长一排都是追求者的好友申请,他眼前一黑。

向嘉的手机有意思,八百个追求者。

林清和把向嘉的微信头像换成了他们的结婚证照片,宣告主权。名花有主,少惦记。

换照片自然会打开相册,她的相册里一张他的照片都没有。林清和尽管有心理准备,胸口却还是被捅了一刀,半晌都没止住疼。

向嘉如法炮制,也给林清和换头像,猝不及防看到他的相册里全是她,其中一张是法院背景她坐在原告席位上的照片。

"这是什么?"向嘉心跳得太快,大脑眩晕,"那天你去了是吗?"

"去了。"林清和圈着向嘉,握着她的手指返回到主页面,打开相册,其中有个老婆的分类,他点开说道,"不止这次,这八个月里我一直在你身边,只是你不知道。"

向嘉震惊。

八个月的照片有很多，向嘉一个人去吃饭，向嘉和同事们走在一起，向嘉参加活动站在角落。她去看音乐剧，她在路上发呆。她在饭局上喝多了，蹲在路边等助理开车。

他有时候会把镜头拉近，拉到尽头，仿佛一转头就能碰到她的皮肤。

"我那一段时间过得不太容易。"林清和的语调还是平铺直叙，"我也不知道我妈能活多久，那么庞大一个公司，让我一个人扛，我能不能扛得下来。我需要看一看你，才有继续下去的动力。"

向嘉撑起来捧住他的脸，亲他的眼睛，最后抱住了他："我知道了。"

他们原本打算直接飞相城，突然在机场接到陈小山的电话。

阿乌的奶奶检查出疑似肺部肿瘤，他询问向嘉相关医院，想给奶奶再做一次检查。

挂断电话，向嘉攥着林清和的手半晌才缓过来，他们立刻改签飞回上海。

下午五点半，他们在医院附近的小宾馆见到了陈小山。他蹲在一排电动车中间抽烟，看到向嘉才有了精气神，把烟掐灭走过来。

乍然看到驾驶座出来的林清和，陈小山张着嘴不知道该叫他什么好。

林氏集团的继承人林清和，有钱程度不是他们这种人可以想象的。

他做梦都不敢想，林清和居然也是有钱人。

"确诊了吗？"

"片子出来说肺部有阴影。"陈小山扇了扇面前的风，"阿乌怕麻烦你们，我想你们门路多一点，这个——"

向嘉快步往宾馆里面走，说道："林哥认识医院的人，换一家医院再检查看看。"

林清和因为林安可的病认识一些业内比较权威的专家，他那边已经在联系了。

阿乌是个极抠门的人，他们住的酒店环境一般。

向嘉进门时，奶奶在吃东西，奶奶看到她眼睛都亮了，连忙把一个还没剥开的鸡蛋递了过来。

奶奶不记得向嘉是谁，但每次见面都给她递鸡蛋。

在她们那个年代，鸡蛋是好东西。

向嘉接过鸡蛋攥在手心里，林清和进门握了下她的手，转身跟阿乌要病历，他声线沉稳，有条不紊地处理这些事，安排着所有人的去处。

向嘉慌张的心安定下来，她跟林清和同居的念头就在这一瞬间十分的肯定了。她在海上漂了许久，遇到了林清和，她靠了岸。

不管什么病，都是长期战。老人也不适合住酒店，当晚向嘉就搬到了林清和的房子，把出租屋让给了阿乌住。

奶奶重新做了检查，结果很快就出来了，比想象中的好，早期的肿瘤，可以做手术切除。

向嘉和林清和一连忙了很多天，公司忙，奶奶的病忙，他们来回奔波。

七夕当天，向嘉都忙忘记了。

下班的时候，她路过大办公室时，看到好几个小姑娘抱着花还在想什么节日怎么统一告白，便看到了抱着玫瑰走进来的林清和。

他穿着白色休闲衬衣，黑色长裤勾勒出修长的腿，他从转角过来的时候，向嘉觉得走廊都华丽了。

她握着手里的包，停住脚步，望着他，笑在眼睛中缓慢地荡开。

身后还没有下班的员工发出了起哄的声音。

"大家都早点下班吧，有什么工作都放到明天。"向嘉挥挥手，表情尽可能严肃，但一双眼是笑着的，"约会去吧，情人节快乐！"

去年的七夕向嘉和林清和第一次发生关系，他们抵死缠绵。

林清和走到了向嘉面前，停住脚步看她。

向嘉的头发用一支簪子绾着，露出纤细漂亮的脖颈，中式长裙穿在她身上，显出优雅恬静。

她终于舍得白回来一些了。

"嘉鱼"新系列是中式风,向嘉是主设计师,她最近出席活动比较多,基本上穿的都是这个风格的衣服。

温婉静美,仿若秋天的湖水,静而美。

他们视线对上,谁都没有先开口说话,而是相视而笑,都在笑,笑得眉眼都浸染着愉悦,向嘉才伸手去接花。

林清和把花递给她,接走了她手里的包,拉着她的手往外面走,说道:"奶奶的手术时间已经确定了,业内很有名的医生主刀,成功率很高。"

林清和成熟了很多,这次奶奶的事,他从头到尾掌控全局。该做什么事,要下什么决定,他沉稳果断。

"辛苦了。"向嘉攥着他的手指,碰到他的戒指,他始终戴着那枚戒指,睡觉洗澡都不摘。

向嘉想去溧县把自己的戒指给带过来,一直没抽出时间。正好她下个月要去溧县拍宣传片,到时候她把那枚蓝宝石戒指戴上。

他们官宣后,媒体拿不到林清和的资料,一天到晚盯着向嘉偷拍。向嘉现在再低调,也是林清和的另一半,穿戴太差会被诟病。

向嘉最近行事作风都收敛了很多,她不再是孤独一个人了。

向嘉和林清和走到电梯门口,说道:"幸好有你,不然奶奶这个事,我可能会处理不好,我很怕这个。"

林清和跟她十指交扣,忽然说道:"你想见见我妈吗?"

向嘉仿佛一脚踩到了柔软的沙滩里,到处都是炽热,她看向林清和,说道:"可以吗?"

"你想见就可以,她早就想见你了。"他按下楼层,才看向向嘉的眼,黑眸沉静,他的嗓音很沉,"奶奶这件事让我觉得,人这一辈子挺快的。有些人,可能一转眼就再也见不到了。无论爱恨,离开了不会再见。她是给我生命的人,你是……让我生命延续的人,我希望你们见一面。"

向嘉握紧了林清和的手,心跳得很快,道:"好,可以,我尽量不惹她。"

"你想做什么都行,不用怕她,只是见一见。"林清和想亲向嘉,但现在是下班高峰期,汹涌的人群进了电梯,他转过身面对向嘉,撑在向嘉前面挡出了一片天地,"她现在也不敢对你做什么。"

狭小的空间,他们的呼吸都清晰可闻。

向嘉仰起头看林清和冷冽的下颌角,他垂眸,两人视线对上后,他的目光温和。

"我其实没有怕过她。"向嘉靠在电梯上,攥着林清和的手,"我之前不想见她不是我的原因,是因为你。我无法忍受她对你不好,我怕见面后,忍不住怼她,把她气出什么毛病。"

林清和黑眸中的笑意溢开,渐渐荡漾,他笑得非常荡漾,他很愉快。

"哪怕她是你的母亲,她欺负你,我也很不爽。要见就见,你来安排,我忍着尽可能不怼她。"向嘉在他的手心里勾画着,"情人节你想怎么过?你想吃我做的专属情人节料理,还是想出去吃?"

"你做的情人节专属料理是什么样的?"林清和订好了餐厅,一切都安排好了,可他此刻好奇向嘉的情人节专属料理。

"有你爱吃的所有菜,我会给你煮一碗面,上面有一个荷包蛋。我们在超市买一个小蛋糕,在家里放一部电影,买一些酒。玫瑰插进花瓶,放到餐桌中间。"人群汹涌,他们在角落里,向嘉的声音温柔带着诱惑,"不用开车,我们在家喝到最舒服的状态,然后……"

林清和捂住了她的嘴,黑眸深邃,声音暗了下去:"回家。"

外面那些普普通通的餐厅哪里有向嘉好吃!

向嘉笑得眼睛完全弯着,她的呼吸落到林清和的手心,她亲了下林清和的手。

"好。"

她下个月开始要长时间出差,因为奶奶的事,还有公司密集的工作,她和林清和在一起的时间并不多,她不喜欢把时间浪费在堵车上。

今天七夕,外面肯定很多人,她更想在家舒舒服服地和林清和待着,林清和撸猫,她看林清和。

他们第一次一起逛超市,超市人不太多,林清和推着车,向嘉挑选商品。

他们只是寻常夫妻。

选酒的时候,林清和把向嘉挑的成品鸡尾酒拿了出去,他挑了几款调酒需要的原材料,意味深长道:"晚上我给你调酒,比这些有意思,会是你想要的那种感觉。"

林清和是专业调酒师。

他这样很有魅力。

向嘉顿时生出冲动,想带他回到桐镇的小酒吧里,她压着心跳,背着手靠近林清和,压低声音道:"什么感觉?"

林清和轻飘飘地看了她一眼,字句慢沉:"永生难忘。"

林清和调的酒确实非常好喝,比向嘉喝过的所有酒都好喝。她一连喝了两杯,问林清和这款酒叫什么,林清和慢条斯理地调第三杯酒,黑眸里浸着一点笑:"'春夜'。"

然后,向嘉断片了。

向嘉醒来的时候,嗓子哑得说不出话,这是北方的春夜吗?刮沙尘暴了?身体仿佛被碾压过,手上戴着一枚硕大的蓝宝石戒指,以及一份她手写的承诺书。

本人向嘉心甘情愿与林清和结婚举办婚礼,我会永远爱林清和,珍惜他疼爱他。绝不再提离婚,不摘下婚戒,无论多生气都不删对方的照片,色衰爱情依旧,一生只有林清和一个男人。若违背承诺,我将永远丧失快乐,然后变丑。补充:林清和长得世界第一好看,能力顶级,是最优秀的老公,我爱他一生一世,永不变心。

承诺人:向嘉

第十二章·
人间烟火

过完七夕,林清和带向嘉回家见了林安可。

林安可做完手术后瘦了很多,没有酒吧那次见面的嚣张跋扈,也没有新闻上那么高高在上,她很优雅,也很漂亮。

林清和全程寸步不离地看着向嘉,没有给她们独处的机会。吃完午饭,林清和便匆匆带向嘉离开,生怕多留一分钟向嘉就被林安可给谋害了。

9月,向嘉去拜访一位业内非常有名的服装设计师。

这位服装设计师常年居住国外,难得回国一次,向嘉是约了很久才约到。到达私人庄园门口,向嘉一下车就撞见了林安可的车。

太阳毒辣,林安可穿着一身墨绿色的旗袍坐在车里叫她上车。

向嘉的车没有进庄园的资格,林安可的车去哪儿都可以。向嘉略一迟疑上了车,她跟林清和已经结婚了,不管她想不想用林家的资源,她都顶着林太太的光环,出门自带便利。

向嘉跟林清和官宣之前还有人质疑她的名声,质疑她的品牌,官宣后所有的声音都消失了。

如今甚至有人猜向嘉原本家世可能也很好,或者有什么过人之处,疯狂地给向嘉叠人设,加光环。

向嘉不去纠结这些事,别别扭扭的,没意思。她要林清和就得接受这些附加值,她也在尽力适应这种身份。

"阿姨。"向嘉上车后系上了安全带,把资料规矩地放到手边。她不怕林安可,只是不想让林清和夹在中间为难,能不惹事就不惹事。

"找李琳?"林安可优雅地喝了一口水,审视向嘉,"工作?"

"是。"向嘉没解释什么事,不太想跟林安可多说。

"李琳当年创业第一笔资金是我投的,那时候她的年纪也就和你现在差不多。"林安可放下杯子,"私宴先不要带工作过去,吃完这顿饭,她自然会联系你。"

"谢谢。"林安可带向嘉去参加宴会,那说明她认可了向嘉。向嘉身后站着林安可,一个小小的李琳算什么?谁来都得巴结向嘉。

"不用太客气。"林安可思索了一会儿,说道,"你甘心做这么个小品牌?"

向嘉若有所思:"您有什么建议?"

"有没有兴趣做高端线?"林安可抚了下手指上的翡翠戒指,"你现在的品牌在二三线市场,说句实话,前景并不可观。"

林安可说了个名字,又说道:"我可以给你牵线,让你成为他的学生。出国深造一两年,再回来开拓市场,你就完全脱离了之前的环境。"

向嘉倏然抬眼,林安可说的这位是行业内的顶级大佬,顶奢设计师,非常有名气且从不收学生,成为他的学生就是踩上了云端。

车开进了庄园,停在一片花海中。

司机过来开车门,林安可笑着看向嘉,说道:"阿和想现在跟你办婚礼,我认为操之过急,等你回来后办婚礼更合适。你们的感情好,也不差这一两年。"

林安可看不上向嘉,从头到尾都没看上过她。

现在办婚礼确实丢人,林清和大张旗鼓地跟向嘉办婚礼,林安可面子挂不住。

林安可在拖时间,她不缺钱也不缺人脉,向嘉愿意深造她可以铺路送钱,也愿意把向嘉送到高位上,越高越好。

这一两年里,他们熬得过去那林安可便认可他们的感情,到时候向嘉已经到高位上，办婚礼不丢人。熬不过去，两个人就是不合适，不用办婚礼低调结束婚姻关系，各自安好。

林安可优雅地走下车，有着一个真正富家千金该有的仪态。她知道向嘉会怎么选，向嘉不会把未来放到一个男人身上，向嘉事业心很重。

向嘉走到林安可身边，并没有挽她也没有拉她的手。

李琳之前应该不知道林安可要来，看到林安可的时候，她惊讶得不顾仪态从台阶上飞奔下来。

晚宴并不算热闹，林安可身体不好，所有人都安安静静地捧着她，生怕这位大佬不舒服了。向嘉是跟林安可进来的，作为林安可的儿媳妇也被细心地招待着。

向嘉不仅拿到了李琳的承诺，场上其他人也纷纷加了向嘉的联系方式。都是平时向嘉碰不到的云端，如今她被林安可带上云端，众星捧月。

晚饭快结束时，林清和发消息过来问向嘉晚上几点下班，他健身结束了，想去她的公司接她。

向嘉：参加饭局。

林清和：喝酒了吗？地址发过来。

向嘉想了想还是回道：你妈在这里，没喝酒，我开车过来的。有你妈在，谁敢让我喝酒？

林清和那边陷入死一般的寂静。

向嘉：我过来找人碰到她了，一起吃了一顿饭。她带我认识了很多人，算是给我铺路吧。晚上回去再跟你说具体的，你先去超市买点菜，我把需要的食材发给你，你照着买。今晚没吃好，我不太喜欢吃宴会上的饭，我想回去吃点带汤的碳水。

林清和：好。

"向嘉。"林安可叫她，宴会结束了。

向嘉收起手机拿起自己那个在这种场合略显寒酸的包，起身跟上了林安可。

林安可看了好几眼她的包，可到底什么都没有说，把她带到庄园的门口，便离开了。

向嘉的车在门口停着，她上车后没有立刻发动引擎，而是降下车窗在黑暗里坐着，取了一颗薄荷糖咬在齿间。她靠在座位里，握着手机转了两个来回，她咬碎了薄荷糖坐直，发动引擎把车开了出去。

她曾经非常向往林安可描述的那个世界，那是她少年时的梦想。她会拥有一个非常好的平台，接受良好的教育。

曾经她为自己编织了一个很蠢的梦，后来被戳穿得很惨烈。如今这个梦就要成真了，她可以成为真正的"白富美"。

林安可给她铺好了路，她只要迈脚，便踏入了美梦。

车开到家，向嘉停车时，看到林清和的车已经在车位上了，她的心情忽然就好了起来。林清和一直在开那辆宝马，跟她曾经的车同款。

林清和不嫌丢人，他真的做到了丝毫不顾及别人的目光。当然，也没人敢因为他开一辆不太贵的车而看不起他。

他的身份，哪怕他开个拖拉机，他走出去也是众星捧月的少爷。

向嘉能理解林安可的想法，如果她是一个母亲，她也会这么做。林安可在这件事上够平和了，林清和与向嘉的结合不是普通的跨阶层，这是林清和在天上拿个网兜把向嘉从海底打捞出来。

钓鱼佬指着鱼说："我要跟它结婚。"

听听，荒不荒唐？

林安可没有跳起来打死林清和，也是她如今身体不好，跳不动了。

向嘉坐电梯上楼，刷指纹进门，"嘀"的一声。

白色毛团子飞奔过来，一头撞到她的腿上，仰着傻脸围着她的腿狂蹭。

"小狗。"向嘉放下包，拎起猫亲了下，抱在怀里去换鞋。

497

这只猫叫嘉嘉，向嘉搬过来一周后才知道这事，林清和叫她的名字，傻猫翘着尾巴跑来了，不止一次。

在向嘉的逼问之下，林清和解释说它不是向嘉的嘉，是家人的家。

于是向嘉给这只小猫取名叫林小狗，来啊，互相伤害啊。她每天给小猫喂各种好吃的，诱惑猫猫承认自己叫林小狗。

林小狗吃胖了一圈，抱起来十分沉重。向嘉换上拖鞋，听到身后轻哼一声，扭头看到林清和双手插兜，倚靠在转角的柜子上。

冷峻眉眼里浸着一点不爽，他穿着黑色T恤、烟灰色运动裤，冷冽的下颌微仰，就那么懒散地靠着。

"你今天练了什么项目？"向嘉抱着猫走向林清和，还是很喜欢他，每一天都很喜欢他。

"把它放下。"林清和用舌尖一顶嘴角，道，"抱我。"

向嘉快笑出了声，放下猫拍了拍身上的猫毛，张开手抱住他。

林清和抽出手抱住她的腰，低头时鼻梁碰到她的脸颊，稠密睫毛一动，唇往下贴上了向嘉的唇，嗓音沉到哑："以后进门先抱我。"

气息纠缠，向嘉心跳得很快，她的手越过林清和的衣服，落到他的腰上，去摸他的腰肌。他的呼吸变重了，及时地拎出了向嘉的手，暗深的眸子睨视她："饭不吃了？"

"我是检查下你的健身成果，有没有练出人鱼线。"向嘉以前特喜欢他腰侧的肌肉，摸起来手感很好，"等我从桐镇回来，我跟你一起去健身房，我盯着你练。"

"你是盯我，还是盯其他人？"林清和走进厨房打开火，声音里浸着凉意，"腾一间房出来，我打算在家装个健身房，在家练吧。"

在家练吗？

向嘉走进厨房洗手，目光在林清和身上游移："什么时候装？请私教到家里吗？馄饨买的成品？"

向嘉看到厨房里摆着两个半成品的菜，馄饨整整齐齐地码好放在盘子里，包得很漂亮。

"我叫人过来包好的，煮了就能吃。"林清和这里有管家服务，他们不想做的时候便叫人上门，"宴会怎么样？"

"还行吧，认识了挺多大佬。"向嘉抽纸擦手，走过去看到菜都准备好了，炒一下就可以吃。

"林安可有没有跟你说什么？"

这是连妈都不叫了，林清和很了解林安可，亲母子啊。

"说了。"向嘉想了想还是觉得这事儿可以跟林清和商量商量，"她给我介绍了一个业内非常厉害的大佬，问我愿不愿意去深造。愿意的话，她帮我搭线让我拜到这位门下。"

林清和动作停顿，睫毛在眼下拓出一片阴影，他很轻地抿了下嘴，恢复如常地做好配菜工作。

"好事。"林清和处理好配菜，从柜子里拿盘子，淡淡道，"你可以往上走，你现在的公司基本上稳定了，可以交给底下的人做。你的名气，你的身份，可以再往上走一层，你的成就不止如此。"

林清和很支持她的工作，向嘉却没有多喜悦，她莫名其妙心里不舒服。她没看林清和，只是专注地倒油做菜，说道："接受这个机会我就要去英国，至少一两年。"

这机会若是去年来的，向嘉一定飞奔滑跪接住，愉快地出国深造。

多少感情都败给了时间，败给了异地，两地分居，他们原本工作差距就很大。如今环境生活时间都不是同一个，那他们还剩下什么呢？他们可以两地飞，但总有飞累的时候。

"林氏集团主要市场在国内。"向嘉抿了下唇，没有继续这个话题，她点到为止。

"怕异地？"林清和问。

向嘉没说话，她用一支簪子把头发绾起来，露出纤瘦的脖颈，拿着铲子炒菜。

"我希望你去,向嘉,你应该飞得更高更远。"向嘉的家庭始终是个问题,她"嫁入豪门"上了新闻,她的父母蠢蠢欲动。她得站得再高一点,站到顶端去,无论发生什么事她的地位都不会被动摇的那种高。

"行啊,我去追梦了。"向嘉指挥林清和下馄饨,说道,"你快学着做东西,你再饿瘦一次,把你的肌肉都饿掉,我就不要你了。"

"你敢。"林清和有条不紊地下馄饨,声音沉了下去,"你跟我在一起,只是为了我的身体?"

向嘉抽空看了眼林清和的身体,说道:"我买了个东西,晚上我们去书房玩?"

林清和转身去接凉水,顺便洗掉了手上的淀粉,走回灶台前,态度非常坚决:"不玩。"

"我明天就要去桐镇了。"向嘉提醒他,"我要过去待一个月。"

"嗯。"林清和看着快要溢出来的锅,面上没有什么表现,淡然问向嘉,"是不是往里面放凉水?"

向嘉心里那种不爽在放大,今晚她睡不到林清和,她就不叫向嘉。

结果还真没睡到,这位非常坚决,吃完饭直接上床睡觉了。

第二天一早向嘉就开始收拾东西,收拾到一半有工作电话,她起身去接电话。再回来时,林清和已经把她的行李收拾好了。

进入9月后,气温骤然下降。林清和穿着白色薄毛衣配休闲牛仔裤,拖着她的大行李箱出卧室。

向嘉翻过手机看时间,说道:"几点?你不换衣服?还是你要穿成这样去公司?"

林清和平时上班不这么穿,他穿休闲装显得太年轻了。他工作时穿的衣服偏商务风格,气场冷峻。

"不上班,休假,送你去机场。"林清和把行李箱推到门口,走进厨房拿早餐,说道,"过来吃东西。"

不是周末也不是节假日的,林清和休哪门子的假?

"那也不用不上班吧,我九点就飞走了,剩余的时间你去干什么?"

早餐是管家上门做的,两份素汤面配了两个煎得金灿灿的牛肉小饼。看起来就很香,向嘉拉开椅子坐下吃着饼,虽然她不记隔夜仇,但对昨晚的事她还是耿耿于怀。

"林老板。"

"说。"

"你穿成这样,是不是要出去约会?"

"跟你约会。"林清和起身去拿热好的牛奶,递给向嘉一杯,说道,"快点吃。"

"回头我一走,你马上把一些莺莺燕燕招来了。我听说,你以前很花。"向嘉慢悠悠地吃着牛肉饼,"一晚上去夜场花好几百万,叫很多姑娘。"

林清和缓缓抬眼,锋锐黑眸注视着她:"你信吗?"

"你猜。"向嘉荡着腿,越过餐桌踩在他的膝盖上,"昨晚为什么不想?"

"脚拿下去。"林清和黑眸瞬间漫上了暗潮,他端起牛奶杯喝了一口,喉结和嗓子一起滚动,"以前应付相亲随口扯的,谁告诉你的?"

"你曾经的相亲对象。"林清和虽然嘴上说不让她踩,但腿一下都没挪。可惜,向嘉的腿太短,餐桌太宽,她只能踩到林清和的膝盖,不能做更多了。

向嘉前段时间在一个时尚晚宴上认识了苏颖。苏颖在时尚圈还挺有名,听说向嘉是林清和的老婆后,憋了半天在结束的时候问她是有什么想不开怎么找了林清和。

向嘉听了一遍林清和的相亲史之后捧腹大笑,向苏颖道了半天的歉。

"记不清都是谁,我相过几次亲,在相亲圈名声应该很差。为了躲避相亲我干过很多很离谱的事,不管别人说什么你都别信,假的。我没谈过恋爱,没有乱来过,去酒吧只是喝酒。"林清和吃完了牛肉饼,抽纸慢条斯理地擦手,抬眼注视向嘉,"后一个问题,你问你自己,你昨晚是真的因为爱我,情到浓时想的,还是想在我身上找答案?嗯?"

向嘉拿起筷子吃素面,笑着看林清和:"情到浓时?"

这么酸的话,他以前打死都不说。

"别转移话题。"林清和不想在大清早说太严肃的话题,可向嘉这个毛病很严重,"你每次遇到问题都这样,你可以直接跟我说你想要什么,我们商量怎么解决。我的人都在这里了,你不找我确认,你用那种方式确认?"

"不是确认。"

"是吗?你有什么想说的想要的,直接告诉我。我能做到的我去做,做不到我想办法去做。"林清和说,"你看着我,提你的要求。"

"我很不喜欢异地,即便我们可以两边飞,这么远,一两年时间太长了。"既然问到了这里,向嘉干脆把自己的问题摆出来,夫妻之间的问题确实需要两个人好好沟通,她看着林清和的眼睛,说道,"可这是个很好的机会,我梦想了很多年,我想去尝试。也想因此走得更高一些,拉近我们的差距。"

"很麻烦,我不知道该怎么选择。你让我选前途,选梦想,我其实想选你。"这是他们之间必须要面对的矛盾,向嘉叹口气,"你要不是林清和就好了,我就可以带你到天涯海角。昨晚那个不是确认,是舍不得。我又不是真的没心没肺,我也会难过不舍。"

林安可提出建议的那一刻,向嘉就知道了答案,非选不可。

婚姻要旗鼓相当才能长久,鉴于林清和的身份,她也不能停在原地。

她会选林安可铺的路。

至于带他走,也是说说而已,他们都是成年人,各自背负着责任,怎么可能说走就走?说不要就不要?

林清和送向嘉到机场,一路上他表现得比较平静,也没多说什么。

向嘉跟团队会合,林清和没走。林清和帮她取了登机牌,帮她办理了托运,带她去安检处排队。

"你回去吧,不用送了。"这都安检了,林清和还不走。

"送你进去。"林清和牵着她的手,表情平淡。

"你干脆把我送到桐镇吧。"向嘉的手指挤进他的手指,手指肌肤相贴,带起一阵痒意,她扣着林清和修长的手指,仰起头看他,"好久没回去了,不知道那边变成了什么样。"

这个时候,林清和应该低头跟她接个吻,缠绵一会儿。

"走。"林清和下颌一抬,示意前方,"到你了。"

真的不想狠狠亲她吗?不想把她拦下来吗?

狗男人!

向嘉松开他的手,拿着证件走向了安检口。

她穿了件外套需要脱掉,脱着衣服她一扭头看到林清和站在另一边的安检台上正在接受扫描。

向嘉愣住,怎么送机还要安检?

工作人员催促,她便踏上了安检台,眼睛死死盯着林清和通过安检检查走过来等她,手里拿着机票和身份证,心脏狂跳。

向嘉拿着自己的外套和机票,再次看林清和手里的机票,又缓缓看向他的脸,他眼梢的笑已经压不住了,整个人笑得非常灿烂,睫毛完全覆在眼下,笑得洁白的齿尖都露出来了。

毫无保留的笑。

向嘉拎着衣服一步步走向林清和,一直走到他面前,仰着头,嗓子有些干:"你有时间?能陪我去?"

"不干了。"林清和敛起了笑,俯身高挺的鼻梁逼近向嘉,碰到她的鼻尖,他保持着这样的距离,他们的呼吸缓慢地缠绕,丝丝缕缕纠缠在一起。他的声音缓而沉,字句清晰,"天涯海角,我跟你走。"

林安可既然那么有精力,退什么休!让她一个人干到八十岁!

向嘉傻在原地。

不远处助理喊了一句"向总",大约是看到两个人姿态暧昧,后半截自动消音。

林清和英俊的脸近在咫尺，睫毛尖上沾着一点光辉，她踮下脚就能碰到他的唇。

"什么不干了？"向嘉终于是找到自己的声音，"你站直说话。"

两人距离太近了，她感觉氧气不足，大脑有些眩晕："什么意思？"

林清和单手插兜，缓慢地站直，视线压得还是很低，看她的眼："意思是，你可以去任何地方做任何事，我们不会分开。"

"这么疯？"向嘉看着他的眼，声音轻到几乎是气音，"不至于，你做你的事，我们最多分开一两年——"

"一个月都不行，我不接受分开。"林清和夹着机票的手落过来托住向嘉的下巴，眼眸里的笑缓慢地沉到了深处，"我对公司不感兴趣，我不是一个合格的接班人。被迫架到那个位置，我做那些事没有成就感，我也很累。林安可身体恢复得不错，她该回去上班了，这回有大量时间培养她的接班人。"

"你什么时候想的这一切？昨晚？"向嘉还没从震惊中抽离出来，林清和总是能轻描淡写地做惊世骇俗的事。

林安可会疯吧？

"把外套穿上。"林清和松开她的下巴，拿走她的背包，让她穿外套，"想挺久了，上次我们一起去四川，我就想这么做了。我有限的生命不能浪费在不喜欢的事情上，我想自由地选择我想要的人生。"

向嘉穿上外套，看着他。林清和高大英俊，走在人群中引人注目，他有着极其优越的出身与外表，他的选择可太多了，他可以放纵，可以肆意潇洒挥霍，别人求之不得的东西他唾手可得，他可以轻易地得到一切。

可他就这么站在向嘉面前，拎着与他非常不匹配的女士小包，像个普通的丈夫，他只是向嘉的丈夫。

"昨晚你但凡说一句，我就告诉你，我的行李准备好了，随时跟你走。可你吞吞吐吐什么都不说，早上若不是我逼你，你连句舍不得都不敢说。"林清和敛起了笑，目光沉下去，"向嘉，我不需要你压抑自己跟我在一起，你可以更自由，你想做什么都行。你知道的，我一定会支持你。"

"我知道，所以不敢那么放肆。"向嘉穿好外套，主动挽住林清和的手臂，靠着他说道，"你听过一句话吗？喜欢是放肆，爱是克制。"

林清和脚步停住，稠密的睫毛停在眼睛上方，注视着前方地面上的白色阳光里。

外面是艳阳天，日光灿如烟火。

"如果我只是喜欢你的阶段，我会直接跟你说，林清和你跟不跟我走，你不走就滚吧，我会再挑个年轻貌美的跟我，我不在乎失去你。"

林清和缓缓转头睨视向嘉，她真是什么话都敢说。

向嘉的两只手都挽上了林清和的手臂，仰起头望他，眼睛浸着笑，眼神一片柔软："如果是以前，我跳起来跟你妈对着干，谁敢指挥我？天王老子来我也不服。现在，我不能也不想。我爱你，我在乎你，我想跟你有更长久的未来，我不想让我们之间的关系有任何意外。我是胆子变小了，我犹豫不决，我太在乎你。"

林清和抬起一根手指碰她的眼睛，指尖触及一点潮湿。

他的心脏在颤抖。

向嘉笑得更深，白皙下巴上扬，她在奔赴一条不归路："再洒脱的人也会因为爱而小心翼翼。"

爱是什么？

一心向死的人开始渴望明天，冷情寡欲的人变得火热。

果断的人犹豫，张扬的人收起了棱角变得小心翼翼。

林清和的手指划过向嘉的脸颊，到她的耳朵，最后落到了她的后颈上，手指严丝合缝地贴上她的后颈肌肤，俯身吻住了向嘉。

风在耳边呼啸，早晨的阳光横过落地窗落到机场的地板上，映出一片白。

向嘉说爱他。

向嘉在跟他告白，令人眩晕的美好。

505

林清和从听到向嘉的告白那一刻就开始笑,飞机都起飞了,他还在笑。他齿间咬着一颗大白兔奶糖,空气中飘荡着奶糖的甜。他修长的手臂支着向嘉这边,懒洋洋地歪在座位上,望着窗外渐渐远去的地面片刻,转头对上向嘉的眼睛,眼尾飞扬的笑又漫了上来。

有那么快乐吗?

向嘉都开始反思自己以前是不是情话说少了。

"林先生,我平时很少说爱你吗?我不是经常说吗?"向嘉凑过去一点,贴着他的手臂,"还有糖吗?"

林清和从裤兜里摸出一颗大白兔奶糖剥开递到向嘉的嘴边,他在机场买了一盒,给向嘉公司的人分完后,剩下两颗:"我请一个月假陪你去桐镇住一段时间,你那边答应我妈,让她给你铺路。你先走,你那边稳住,我过去找你。"

向嘉平时是说情话,可只在床上说。

床上说的话,林清和能信吗?

"你妈知道会杀了我吗?"向嘉咬着奶糖,这可不是她教唆的,"你要跟我去桐镇待一个月?小——猫呢?"

"有管家定时上门喂养,有人管。我给她工作了这么久,给你铺路算是付我的工资。去哪里是我的自由,跟你有什么关系?要找麻烦也是找我,她没那么蠢。"林清和慢悠悠地咬着奶糖,这么闹一出,林安可估计会拉拢向嘉,培养向嘉比培养他靠谱多了,他长手落过去揽住了向嘉的肩膀,"你想在哪里办婚礼?走之前我们把婚礼办了吧。"

向嘉含着甜得过分的奶糖,嗓子发紧。

林安可不希望他们办婚礼,林安可觉得林清和跟向嘉结婚太丢人了,这个时候办婚礼是在挑衅林安可。

"你想在什么地方办?"向嘉把奶糖抵到腮帮上,鼓着腮帮,又转回了齿间,"中式、西式?"

谁在乎林安可高不高兴,结婚是她和林清和的事,跟任何人都没有关系。

"我想在桐镇桃花开的时候办，会不会冷？"林清和说，"西式吧，我见过你穿中式喜服，想看你穿婚纱的样子。"

他们闹分手那天，向嘉做了一件嫁衣。

"那就明年3月吧。"向嘉不愿意提中式喜服那件事，太尴尬了，她脚趾抓地，"礼服不用订，我亲手做。"

"要录视频吗？"林清和含着奶糖注视着她，"我给你记录？"

"行啊，从制作礼服到婚礼可以拍长视频。如果拍出来效果好，以后我做高端礼服，我们就是代言人。"

林清和敛了笑，吃完最后一点奶糖，才缓缓道："你可真是商人，什么时候都不忘记赚钱。"

"明年桃花源正式营业，我们办婚礼上个热搜还能为当地引流，这地方我投的，又赚一笔。"向嘉已经在构思设计图了，她跃跃欲试，她特别想给林清和做一套礼服，"这叫一鱼多吃。"

他们到了相城，来接的是陈小山和阿乌。从相城机场出来看到到处在修路，向嘉只是半年没回来就感觉天翻地覆。

"高铁明年3月就能通到溧县了，下次你们回来可以直接坐高铁，听说会有溧县专列。"阿乌开着车，整个人都很高兴，话也很多，奶奶做完手术后恢复得不错，她的客栈被"收编"到了桐镇桃花源度假村，客源稳定，收入也稳定，"桐镇现在变化特别大，你们过去了别吓到。"

贺泽一个月给她汇报一次，向嘉不至于被吓到。

她进入溧县后还是意外当地的变化，烂尾楼完工了，如今成了溧县的地标性建筑。县城繁华了许多，街道应该是整顿过，很干净。

高大的花树繁茂艳丽，下午时分，天高云阔。

"我带你们走江边观景路。"阿乌没有走原来的老路，把车拐到了江边，"这里都成了网红路，春天过来更美，到处都是花。"

向嘉降下车窗放风进来，西斜的夕阳下溧江波光粼粼，远处青山绵延向

507

远方。江边道路洁净平坦，路两边种着成片的秋英。

碧水清澈，花海在山水之间铺开。

向嘉在设计稿的时候就看过效果展示，建成后，她在各个平台上也刷到过溧县的网红路，但真正见到是另一种震撼。蓝图成了现实，美梦成了真。

工作人员探头出去拍摄，惊呼声此起彼伏。

向嘉回头正对上林清和的眼，她笑了起来："这里成了。"

"是，成了。"林清和靠过去，从后面抱住向嘉，看窗外的世界，"要下去走走吗？"

"阿乌停车，我们在这里下车，你们先走吧。"向嘉非常果断，她想下车走走。

时间真的会改变很多东西。

"贺总在酒店门口等你们，要给你们接风洗尘。"阿乌虽然这么说着，但还是靠边停车了。

"我们走回去，让他们不要等，你们也别等了，该干什么干什么去。"向嘉推开车门下去，风把她的裙摆吹了起来，轻拂着她的小腿，她往前走了两步拦住后面的车。

"向总。"摄影师探头出来，"要拍照吗？"

"把相机给我，你们走吧。"

摄影师还想说什么，看到随后下车的林清和大步走过来，也就明了。有这位大佬在，向嘉的摄影师就不可能是别人。

向嘉拿到相机摆弄了一下，转手递给林清和，挥手示意两辆车都走。

车子缓缓离开，向嘉沿着江边往前走："回来感觉怎么样？"

林清和打开相机调着设置，随即举着相机说道："小鱼。"

向嘉在一片热烈盛开的秋英里回头，夕光打在她的侧脸上，她及腰的长发落进了风里，不远处是寂静的桐镇。

向嘉歪了下头，笑着看举着相机的高大男人，说道："听说陈小山在酒吧二楼的露台上弄了个台球桌，晚上来一把？"

林清和换了角度给她拍了两张照片，走过去牵着她的手："有赌注吗？"

"你不是从不赌？"向嘉想到他们打台球那次。

"可以跟你赌。"林清和把相机背在肩膀上，拉着向嘉的手，手腕上没有被手表遮住的文身部分在阳光下显出艳色。

"你想赌什么？"向嘉拉着林清和的手，回头笑着看他，林清和肯定是想好了赌注。

"赌个约定，你想要什么？"林清和举起相机拍照，太阳落到了向嘉的眼睛里，她的睫毛被映成了金色，美得令人窒息。

林清和按下快门。

向嘉特喜欢他这样，在这一刻他的眼睛里、镜头里好像只有她一个人。他能发现向嘉的美，欣赏向嘉的美，还愿意记录她每一刻的美。

她在林清和的镜头里笑了半天，说道："我赢了，你听我的。"

天黑之际，他们才走到度假村。

贺泽把度假村做得特别漂亮，他野心勃勃，把整个小镇都利用起来了。晚上灯光全部亮起来时，有种误入仙境的错觉。

门口有不少游客在拍照，但声音都不大，这里主打一个安静，这一点贺泽做得非常好。桃花源火了，客流量增大，但他并没有因为钱无限接纳游客，也没有让热闹的商业街入驻江岸，他还保留着桐镇最原生态的一幕。

水静山美，青瓦建筑的房子宁静。

晚饭是贺泽安排的，他把镇尾的房子做成了观景餐厅，把山上的土鸡火锅店拉了下来，又引进了一家做鱼的餐厅。

两家餐厅的特色菜都拿出来了，摆了两大桌子。镇上的人都过来了，这次多了很多年轻人。

家乡有赚钱的门路，年轻人自然就回来了。

他们敬酒，向嘉不好不喝。她没喝很多，两杯后就被林清和拿去了酒杯，以前向嘉会拦着他不让他喝太多。今天,向嘉没拦,还给他掺了一些高度白酒。

饭局结束时,林清和并没有喝多,他还很清醒,他们回酒吧又喝了两杯他调的酒。

他调的酒,很烈。

原本是给向嘉喝的,她含着一口酒过来喂他,他思索了不到三秒,接住了她。

喝完他的视线就模糊了,球打得一塌糊涂。

至于赌注……

再一次回到绣房二楼,倒到那张柔软的大床上,不过这一次,他的手腕被绑到了床头。

林清和的丹凤眼被酒精熏腾得潮湿暗深,他仰着头躺在床上,看着身上举着相机对着他脸的女人,嗓子干得要命。

"我问你答,不准撒谎。"向嘉举着相机拍他的脸。

情人节骗她喝酒,喝完后哄她签那种丧权辱国的条款。昨晚还拒绝她,新仇旧账一起清算。

"说。"林清和动了下,克制着,但开口时嗓音还是哑得要命。

"不准动。"向嘉往上坐了一点,"你第一次见我,是不是就心动了?"

林清和闭眼,薄唇抿着。

"你睁开眼看着我,不准逃避。"向嘉往下坐了些,他闷哼一声,睁开眼时,眼尾已经泛红了。

"嗯。"

"描述一下,那时候你是什么心情?"

一次次的撩拨,向嘉在故意报复他。

"这女人长得真带感,"林清和喝多的时候实话实说,声音松散带着酒后的沉缓,"肯定不是个好人。"

向嘉忍着笑,问:"我是你第一个喜欢的女人吗?"

他的呼吸很重,试图挣脱手上桎梏。他仰着头,喉结滚了下,潮红的眼看向嘉："向嘉……"

"快点，回答我。"

"是，初恋。"

"第二天，你让我扶柱子，当时怎么想的？不想碰我？"

他的手被困在头顶，没办法遮脸，他所有的表情都被记录下来。

"靠得太近，有反应了。"他仰着头，缓慢地呼吸，压抑着。

"你在车上睡了？"

"没有。"他修长的手指缓慢勾着，不动声色地去够绳子的打结处。向嘉怕真的弄伤他，绳子选得很粗，还用衣服垫了连接处，给他留了活动的空间。

"那你当时闭眼在想什么？"

林清和抿了下嘴角，克制着情绪没说话。

向嘉放下相机，缓缓亲他。林清和的呼吸一下子急促起来。

向嘉亲了许久，直起身，红唇潋滟，说道："想这样吗？"

"我那时候会吗？"林清和咬牙切齿。

向嘉笑出了声，俯身一点点亲下去，说道："你真的没看过相关的吗？"

他闭上眼，呼吸很重："我见过谢明义跟很多女人的照片，我很小的时候就看过，我很恶心。我恶心他，也很恶心这种事。遇到你之前，我以为我这辈子都不会碰。"

他是真的醉了，问什么说什么。

向嘉坐回去，想确认他是不是清醒："你叫什么？"

"林清和。"

"我叫什么？"

"林清和的老婆。"

"你的银行卡密码多少？"

林清和报给了她，和他的手机解锁密码一样，向嘉的生日加他的生日。

"你最爱谁？"

"……向嘉。"

他问什么答什么,向嘉低头亲他的下巴,凑近思索了一会儿说道:"林清和,你还会……死吗?"

林清和摇头:"不会。"

向嘉看着他的表情细节,看着他的全部:"为什么?"

"不想死,舍不得你。"林清和的声音是极致的沙哑,"想跟你,拥有长长的一生。"

向嘉伸手碰他的睫毛,一颗心仿佛泡到了梅子酒里,声音轻轻的:"你最想要什么?"

"你。"林清和睁开眼,睫毛划过向嘉的手指,他沉黑潮湿的眸子盯着向嘉,"要你。"

他这眼神太清明,也太有侵略性。

向嘉心脏跳得很快,后颈都有点麻意。她转念一想,林清和喝了那么多酒,酒量再好也不会醒这么快。何况,她绑得很死,一切都在她的掌控中。

她俯身亲了下林清和的唇,在他吻上来之前离开。关闭相机,她不拍林清和的隐私,太不安全了。

她在每一次临界点停住,反反复复。

林清和从手背到脖颈的筋骨都绷紧了,冷冽的线条非常清晰,他处在临界点。

向嘉重新打开了相机,说道:"我读一句,你重复一句。"

"好。"他声音哑到了极致。

"我,林清和,心甘情愿跟向嘉走,一生一世爱她,永不后悔。"

"我,林清和。"林清和突然挣脱了手上的桎梏,翻身把向嘉压了下去,相机掉到了床上。

"心甘情愿跟向嘉走。"他一只手还在床头上挂着,来不及解开,另一只手按住了向嘉的腰。

"你犯规!"

无所谓，他没素质。

在向嘉的声音中，林清和的声线保持着沉稳，继续一字一句地说道："一生一世爱她，永不后悔。"

江水重重地拍击着堤岸岩石，对岸的观景灯暗了下去。

"永远臣服于她，忠于她。我爱向嘉，直到生命的尽头。"

向嘉不知道林清和的爱能不能到生命的尽头，此刻她感觉已经到尽头了。

溧江之上。

秋天强劲的夜风越过山岗拂过江面，狠狠撞在紧闭的玻璃窗上，呼啸而至留下余音，久久不能平息。

风去又来，周而复始。

林清和的声音与风交叠："补充，你是我的。"

这顿酒把林清和给放倒了，第二天他没起来床，胃疼加头疼。

向嘉去镇上的小诊所给他拿了药，她在街上走了几十米，被小镇上的人塞了一只鸡、一条鱼，还有一兜橘子。要不是看她实在拎不动，还能再给她塞。

贺泽出现得及时，把她解救出来，过来帮她拿了一大半的东西。

贺泽过来找她有事，他想把整个小镇都扩进度假村，他想做一个小镇，统一管理，以免出现个别素质不高坐地起价坑人的行为影响当地名声。前段时间县城就出现了好几起，县里出了红头文件，严抓了一波才管住。

向嘉的手指得到了解放，接过贺泽的企划书，一边走一边看。

她这一趟回来一方面是为了拍摄公司的新系列，另一方面也是为了看度假村做得怎么样。

"二十万是给您转到账户，还是我拿现金给您？度假村这半年收益还不错，我的收益也不错。"

"不用了，算是给你的奖金。"向嘉都快忘记了贺泽的二十万。

"奖金是奖金，这是我欠您的钱，还是要分清。"贺泽笑着说道，"谢谢您当初的二十万，要不是那二十万，我都不知道能干出什么事。"

他也没想到当初见面时，那么年轻一个小姑娘，看起来稚嫩不靠谱，相处下来却让他心服口服。

"那你转我的账户吧，我把账号发给你。"向嘉合上企划案，"这个要全部做下来，五年时间可能不够。"

当初她跟贺泽签的是五年合同。

"这也是我今天找您的第二件事，我可能会续约。我最初的理念就是想做一片桃花源，为家乡做点事。这里，能实现我的抱负。"

向嘉为人大气，做事有魄力还有人脉。如今她更是了不得，这个度假村前途一片光明，比他自己创业收益更大。

向嘉和贺泽从小镇主街一路聊到绣房，她还夹杂私心，她想让贺泽把桃园婚礼现场策划出来。

贺泽听到这个就来了兴趣，于是他们在一楼聊了整整一个小时。聊完之后，贺泽很兴奋地离开了，他擅长把概念落实。

向嘉一边剥橘子，一边看企划案，看到一半终于想到她的男人还在床上躺着，一激灵连忙放下橘子倒了一杯热水拎着药上楼。

向嘉刚上二楼就看到林清和倚在栏杆上，他穿着白色棉麻衬衣，显得斯文清冷，刚洗过澡偏长的头发还潮湿着，耷拉到了他的眉骨处，神色冷倦。

"怎么不在床上躺着？洗澡了不吹头发？"向嘉快步上前，把药递给他，去洗手间拿吹风机，"不难受？"

林清和哼了一声，拎着药走到落地窗前的白沙发上坐下，敞着长腿半躺在沙发上，喝了一口水："头疼。"

早晨的太阳照到了江对面，还没有转到桐镇这边。风很冷清，浩瀚江面泛起了涟漪，有水鸟在观景台的栏杆上栖息。

这间房子昨晚来之前他还有点阴影，一夜之后，成了他的伊甸园。

他的梦成了现实。

向嘉坐到了沙发扶手上，拿干燥的大毛巾给他擦头发，说道："昨天不该让你喝那么多酒,以后别喝了,戒酒。"

林清和靠在向嘉身边,隔着柔软的毛巾感受到她的手指。

向嘉在关心他。

向嘉对他很好。

"你昨晚调的那两杯酒那么厉害,你就没安好心,偷鸡不成蚀把米。林老板,你这么难受也不完全是我的责任。"向嘉把他的头发擦成乱毛,他头发湿着时耷拉到眼睛,整个人都柔软起来了,"你这头发该剪了。"

"回上海剪。"林清和对这里的理发师有阴影,技术不行,想法挺多,一个比一个犟。他以前不在意颜值,但向嘉是个颜控,谁知道她的爱会随着哪一根头发的离开而消散,她的爱是根据他的颜值定的。

"手腕还疼吗?"

林清和抬起手给她看,他刚洗完澡没戴手表,右手腕的文身上破皮的血痕已经结痂了。他皮肤白,看起来十分狰狞。

向嘉蹙眉,这个男人不会伤害她,再疯的时候都会克制着不伤她。可他会伤害他自己,没轻没重,他不怕疼。

什么人不怕疼?

向嘉给吹风机插上电,用最低档给他吹头发,沉默了一会儿说道:"我不喜欢你受伤。"

这是向嘉第一次给林清和吹头发,林清和想起身拿相机记录下来,可他舍不得起身,他注视着向嘉的侧脸,从嗓子深处溢出声音:"以后不会了。"

"没有以后了。"向嘉的手指划过他的额头。

林清和掀起眼皮,黑眸陡然锐利:"什么叫没有以后?"

"就是以后不这么玩了,你也不准再喝酒,到此为止。"

林清和用舌尖顶了顶腮,再玩一次也行,他又不排斥。

阳光渡过江面,斜到了小镇上,从落地窗照了进来,铺到木地板上。向嘉的手指时不时抚过他的皮肤,吹风机柔和的暖风吹着他的头发。

林清和仿佛陷在一片柔和的春水里，微风轻柔，世界宁静。岸边垂柳荡漾，岸上万物生长。

他感觉到生命在重新发芽，他的世界有了光。

"贺泽比我们大挺多岁的吧？也经历过很多事。"林清和忽然开口，"他很信任你。"

"我是向嘉，未来的成功企业家。要是不能让人信服，我不是白混了。贺泽做事可以，我打算再放点权给他，你觉得怎么样？"向嘉关掉吹风机，摸了摸林清和的头发，干得差不多了。她放下吹风机，顺着沙发，挤到沙发跟林清和之间的缝隙里，取桌子上的药，说道，"来，喝药。"

"你把药拿给我。"林清和靠到沙发上，望着向嘉，"你决定就好，你看人不会出错。"

向嘉穿着两件式改良裙子，黑底红色绣线，上衣又短又小，坐下时隐约能看到最细的那一截腰。明明柔软得像一片水，却能包罗万象。

她温柔有力量，强大具有感染力。她的世界是星辰大海，是广阔天地。将来会有更多人爱她，她会走到高处去。

找这么个女人，吃醋都显得低级没意思。

"你也这么信我？"向嘉把药分出来，递给他说道，"要不要喂你？我的少爷。"

"你喂。"林清和心一动，往后靠着，"你挑到我，还不能证明你眼光好吗？"

向嘉笑出了声，这确实是，她不反驳："这个药别人喂容易粘嗓子里，很苦很恶心，自己喝更好喝一些。"

"我不嫌苦。"林清和下颌微扬，喉结落在光下，眼神沉得勾人，嗓音低了下去，轻声道，"试试。"

林清和成功地把药片粘嗓子上了，向嘉幸灾乐祸了不到一分钟，被他逮住接了个吻。

行，两个人一起恶心。

向嘉喝了三杯水都没压下那个药味,她冲到一楼接水:"本来想中午给你炖个鱼汤,现在没了。"

林清和压着笑意,拆了一颗薄荷糖慢条斯理地咬在齿间,迈着长腿下楼,又跟她接了个薄荷糖味的吻,把糖喂给了她。

阿乌过来的时候,他们正在擦枪走火的边缘。一楼是玻璃门,能看到外面的人。向嘉连忙整理衣服,让林清和上楼换一套宽松的衣服。

他像个血气方刚的少年,一双眼暗沉沉的潮,看了向嘉一会儿才大步上楼。

向嘉调整好状态,打开门让阿乌进来。过来的不单是阿乌,后面还跟着陈小山,抱着一摞箱子。

"干什么?"向嘉惊呆,"你们是把仓库搬过来了吗?这都是什么?"

"送喜饼。"阿乌指挥陈小山把东西往里面搬,"我们这里都要送的,这是你的那份。"

向嘉愣了下,还在思索喜饼是什么,陈小山大步过来,拉住了阿乌的手,说道:"我们十一要办婚礼,你们能待到十一吗?能不能做我们的证婚人?你和林哥。"

向嘉的大脑宕机了,陈小山和阿乌要结婚?

阿乌脸涨得通红,想抽出手,但陈小山拉得很紧,她硬着头皮说:"10月1日,我们从上海回来定下来的,不知道怎么在电话里跟你说。"

"对,10月1日,在镇上举办婚礼。"陈小山笑得眼睛都眯成了一道缝,"我和阿乌结婚,你们一定要坐主桌,你和林哥是我们的恩人,也是我们的媒人。"

向嘉不知道自己什么时候做的媒人,一直到两个人离开,她还蒙着。

林清和换了套运动装下楼,翻看着他们送过来的礼盒,问道:"都要送喜饼的吗?是什么时间送?我们要不要送?"

"你不意外吗?"向嘉缓缓扭头看向林清和,"他们居然在一起了!"

"普通朋友不可能跟到上海,还陪她一个多月。"林清和拆了一盒饼干,尝了味道还可以,喂到向嘉嘴边,说道,"阿乌跟陈小山是亏了点,陈小山长得不好看。可镇上也没有更合适的年轻人了,陈小山不花心人品还可以,有人领导着他做事也行,他父母也能帮衬阿乌。喜饼是婚礼前送的?上海有这习俗吗?"

"不知道,你百度查下。"向嘉咬下一块饼干,还是觉得很魔幻,"我以为他们只是关系好,居然在一起了。他们怎么能在我前面办婚礼?明明我先领证,我还想找阿乌做我的伴娘,她结婚就不能做了。"

林清和看着向嘉,忽然就笑了,他把剩余的半块饼干吃下去,抽纸擦了擦手,揽住向嘉,声音慢悠悠道:"那怎么办呢?我们赶在他们前面办婚礼?马上办。"

"也不用那么着急。"向嘉说着推开林清和,快步走到屋子中间,打开了自己的工作台,拿出卷尺,"过来,我给你量尺寸,定做礼服。"

真的是慢慢来吗?她现在的架势恨不得马上把礼服做出来,明天就办婚礼。

什么都要赢的向嘉居然在这种事上输了。

林清和走过去张开手让她量,笑意漫上了黑眸:"让他们先办,我们看一看也积累一些经验。我们的婚礼不能这么仓促,得好好办。"

得盛大,尽人皆知。

林清和在桐镇并没有待满一个月,他只待了十几天。期间林清和用 soli 的账号给向嘉拍了一支视频发到网上,成功冲上热搜。有人质疑他和向嘉的关系,他直接回复他就是林清和。

林清和把他的马甲给曝光了,也曝光了他的长相。他和向嘉曾经拍过合照,那种合照还很火,林氏集团继承人正面照瞬间在网上传开了。林清和不仅有钱,还长得帅。

郎才女貌,林清和与向嘉的故事被编出好几个版本,无论哪个版本,林清和都砸钱推话题榜,恨不得亲自去写剧本。

当晚林安可就给林清和打电话,催他回去。催了三天,林清和终于是动身了。

他走的时候,向嘉还没睡醒,迷迷糊糊中手腕上被套了串冰凉的珠子。

"不准拿下来,这个佛珠和你手腕上的文身意义一样,是我……求的护身符。再拿下来一次我不会放过你,老老实实地戴上。我回去就找婚礼策划师准备婚礼,明年3月,天塌下来我们也得办婚礼。办完你去英国,我随后去找你。

"每天晚上八点视频,开到第二天早上八点。一日三餐,我会拍照发给你,你愿意拍也可以发给我。有任何事都要第一时间给我打电话,不要喝酒,不要抽烟,别熬夜。阿乌的婚礼我可能不会过来了,我们出一份红包,给她添个嫁妆。"

不知道的还以为他们要生离死别呢,事实上他们只是分开十几天。

向嘉有点怀念他们刚认识那会儿,林清和还是高冷的酷哥。

林清和离开桐镇的第三天,他又上了一次热搜。林清和作为林安可的儿子第一次出现在公众面前,西装革履,斯文冷峻,面对无数镜头高调展示他的婚戒,生怕别人不知道他已婚。

他把微博签名改成了:林清和,向嘉的老公。

阿乌结婚当天很热闹,陈小山兴奋得像个猴子上蹿下跳。他们在镇上办婚礼,先去阿乌家接人,再去镇上主街举办仪式,晚上回陈小山家。

前面都挺好,很热闹很喜庆。婚礼到中途,几人突然就哭起来了,阿乌抱着奶奶哭,陈小山抱着奶奶和阿乌哭,一家子抱成了一团,向嘉起身离开了婚礼现场。

阿乌说她想要个家,想有个人陪她一起扛起生活,她拉起了陈小山的手。

奶奶的病不知道什么时候会复发,如果奶奶有一天去世,她就是孤零零的一个人了,她需要一个家人。

家，所有人的向往。

每个人都有自己的家。

主街如今很热闹，街道两边都是店铺。和全国各地的商业街都快接轨了，路边的烤肠散发着香气，小狗摇着尾巴趴在树荫下，黑猫从屋顶跳下来，走到了向嘉面前，远远看着她。

大概是向嘉跟林清和在一起久了，沾了他身上的气味，"将军"没有以前那么排斥她，偶尔也让她摸一下头，不过它的头杵得梆梆硬，倔强得不让自己发出"呼噜"声，也不低头去蹭她的手心。

公交车缓缓开进了小镇街道，向嘉的视线从猫身上移到公交车上。

公交车最近也改头换面，如今变成了复古色的巴士，好看很多。

"刺"的一声响，车在对面公交站台停下，车上人不多，里面一个很高的人影一晃。向嘉莫名觉得那个身影有些熟悉，她心脏猛然跳起来，眼皮也跟着跳动。

早上她跟林清和打视频，林清和在开会。

他应该是回不来的。

向嘉过几天就要回上海，他也没有过来的必要。他们也没分开几天，没到千里迢迢必须见对方一面的地步。

可就是那一眼，让她心跳得快站不住了。她摸了下手指上的戒指，那枚大钻石的戒指被她收起来了，做事太不方便了。她戴着林清和去澳门打疫苗时买给她的那枚小蓝钻戒指，很漂亮，也很适配她的手指。

林清和不会真的回来了吧？回来不让她去接？不安排公司的人去接？林总坐公交车回来？还有比他更离谱的人吗？

公交车缓缓开走，对面高大的树木下出现了一个高挑挺拔的男人，他穿着黑色兜帽卫衣、黑色运动裤，白色运动鞋让他看起来格外干净。

他一边肩膀上斜挎着一个黑色背包，一抬眼跟她对上了视线。

风吹动高大的树木发出"沙沙"声响，中午时分，太阳从厚重的树叶之间晒到了街道上,星星点点的阳光随风跳跃。

视线对上,他们便都笑了起来。林清和索性停住脚步,单手插兜站在路对面,看着她笑,深邃的丹凤眼深处浸着愉悦。

他们之间有着一条马路的距离,最多四米,林清和就这么突然地出现,出现在她面前。她也有家,她有林清和,她的丈夫。

宴会散场,有人接她回家。

向嘉心跳剧烈,大脑一片空白,只是傻傻看着他笑。

身后酒店响起了婚礼进行曲,里面礼成了。

黑猫"喵"了一声,翘着尾巴,穿过马路奔向林清和。

向嘉也想像猫一样冲过去撞到他身上,可她是稳重的向总,怎么能干那么不稳重的事?

林清和迈开长腿走向向嘉,越走越近,英俊的五官越来越清晰。他穿过马路中间那道最热烈直接的阳光,穿过树影,穿过风,向她走来。

向嘉抽出手活动了一下手腕,走下台阶,冲过去跳起来挂到了林清和的身上。

向总在林清和面前,可以不稳重。

林清和及时伸手搂住了她的腰,眼睛里的笑完全溢开,声音微哑:"小鱼。"

"抱住我,吻我。"向嘉两只手攀在他的脖子上,眼睛里是亮晶晶的笑,"小鱼游进清河里,我要在你身上安家。"

林清和笑着低头吻住了她:"好。"

林清和接向嘉回上海那天,林安可约了他们吃饭。林安可主要想跟林清和吃饭,顺便一杆子把向嘉支到国外去。

对于林安可,向嘉向来是敬而远之。在她的人生构架里,原本就没有"婆媳关系"这一项,更何况是林安可那种高高在上的大佬。

向嘉恨不得搬到千里之外，远离林安可，她只是想要个林清和，不想要附属的亲子关系。

林安可看不上她，她一直都很清楚，她也不愿意往林安可面前凑，她乐得林安可这辈子都不搭理她。

林安可没要她的电话号码，向嘉也没有主动要。向嘉跟林清和结婚几个月，热搜都上了几轮，林安可和向嘉还保持着陌生人的关系。

她们井水不犯河水。

刚下飞机，向嘉就看到自己上了热搜，黑热搜，全是骂她的。

向嘉的母亲发了一个视频，控诉向嘉不赡养老人，她已经老得不像样了，美人老去，满脸沟壑显出刻薄相。她故意穿着破烂，满眼凄楚地坐在镜头前，借着寻找女儿的名义大肆给向嘉泼脏水。

她在镜头前哭得可怜无助，悲戚无辜，还拿出了向嘉小时候的照片、向嘉读书时的证件，把向嘉的过去一五一十讲了一遍。

在她的描述里，她一个单亲母亲费尽心思养育向嘉，向嘉却是个追名逐利拜金、没有感情的白眼狼。她大学毕业后，嫌弃家里穷，跟家里人断绝关系，一门心思往富贵圈钻，苦心经营多年，最终钻进了富贵圈。

有钱之后，向嘉对老母亲更是不闻不问，嫌弃她是个累赘。

她试图联系向嘉，却被拒之门外，连面都见不到，她明里暗里地控诉向嘉。

这条视频在网上发酵得很快，向嘉过去的丑闻被翻了出来。她确实追名逐利过，她也确实在二十一岁跟父母断绝了关系，再也没有回去过。

向嘉把视频看了两遍，她甚至平静地把后续发酵的话题全部看完了。熟悉的漫骂，熟悉的指责，熟悉到向嘉都觉得可笑。

嘉鱼正在上市阶段，招商非常顺利，公司一致推举向嘉做新产品代言人，她的口碑好起来了，她的人生经历很适合"嘉鱼"的品牌理念。

向嘉刚拍好宣传片，等嘉鱼稳定下来，她会去国外学习进修，她能走得更高了，她的过去被掩埋，以后她会干干净净地站到顶端。

一切都在朝好的方向发展，她的未来一片光明。

这个时候把她的母亲推出来其心可诛，即便向嘉完美公关把所有事都处理好，她把自己摘干净。也许她还能做这个代言人，但她还能完美地站在荧幕前，她还能高枕无忧地跟林清和在一起吗？林安可丢得起这个脸吗？

林安可曾经的担心成了真。

林清和的太太，出身可以普通，可以没什么钱，但不能这么糟糕。

向嘉的原生家庭烂得捡都捡不起来，烂到随便被人翻出来一片都是耻辱。

颜云打电话过来，问她公关怎么安排。向嘉抿了下唇，有条不紊地冷静地处理着这些事。

公司发律师函，起诉她的母亲。

她会把全部证据发出来，她和那个女人没有关系。她知道早晚会有这么一天，这么多年，她把所有的证据保留着，每一样都保留着。

她被原生家庭一次次拖向深渊，她已经被拖出经验了，她不敢不防。

从机场出口到停车场，向嘉一共接了九个电话，每一个电话她都用平静无波的声音冷静地跟对方交流，逻辑清晰，听不出难过。

到停车场上车，她坐到副驾驶。

世界安静下来，向嘉握着手机在手心磕了一下，转头看向坐到驾驶座上的林清和，听见那种压力大到一定程度产生的尖锐耳鸣声。她看林清和的脸都是模糊的，她说："抱歉，我不能去你妈那里了，我要回公司一趟，处理这些事。"

"视频在撤，她不就是想要钱，先给她钱稳住——"林清和尽力压着脾气，他的人也在处理这件事，网络发酵太快，他们最近也太高调，他担心的事到底还是发生了。

"不给！"向嘉突然提高了声音，她把手机重重地拍到车前挡板上，瞬间爆发，"我一分都不会给她！你敢给，我们就结束！"

向嘉吼完，车厢内一片寂静，她深呼吸，揉了把头发，拼命克制着情绪，她低着头："对不起，我口不择言……"

林清和抬手把向嘉揽进怀里，死死抱着她，抱得很紧。他的手指穿过向嘉的头发，滑下去，严丝合缝地贴上她的后颈，贴着她的皮肤："不给就不给，我知道了。不会给的，一分都不给。别跟我道歉，没事。"

向嘉曾经笑嘻嘻地说着的过去，是她刻骨铭心的伤，无法痊愈，腐烂在骨肉里。只是被时间深埋，平时装得没事人一样，一旦遇到她就应激，她会失控。

她很疼，她疼死了。她也很委屈，她没办法选择出身。

"你可以信任我。"林清和低头亲向嘉的额头，他感觉到她在颤抖，向嘉只有小小的一个，蜷缩在他怀里，他一下一下地抚着向嘉的后颈，"我是你的丈夫，我不是别人，我是你的退路。"

向嘉紧紧攥着他的衬衣，她把脸埋在他的怀里，忍了很多年的眼泪涌了出来。她渐渐哭出了声，她的骄傲，她的压抑，她那无处安放的恐惧随着眼泪全部发泄出来。

仿佛回到了十二岁之前，她还没有失去亲人，还没有迷茫、恐惧、无助。她有外婆，她放学回家有人接，她有人爱。她那时候还是想哭就哭，想笑就笑的小孩。

她不需要掩藏悲伤，不用伪装坚强。她不是无坚不摧的向嘉，她是个需要家的小鱼，被人捧在手心里。

"我支持你告她，告遗弃、告虐待。告到底，正面硬刚。你没有错，不能因为你坚强，你从泥泞里走出来，你不服输，你有能力站到高位上，你就要忍让迁就她。"林清和抱着他的女孩，向嘉也有脆弱的时候，她也会害怕也会恐惧，她和所有女孩都一样，她需要人呵护，"我在你身后，无论结果是什么，我陪你一起面对，我会托住你。何况这件事，我不认为她先闹，她就能赢。"

视频发酵得特别快，像是有预谋，有人利用向嘉的母亲报复她。

可能是秦家吧，当时秦家的人来找她谈和，她拒绝，坚持把秦朗送进去了。向嘉做事太狠了，没有留任何情面。

她没有撤视频，林清和撤到一半放弃了。

任由事情发酵。

到下午已经发酵出好几条热搜，向嘉的母亲在下午三点开了视频账号，又发了一条卖惨视频。她哭得很惨，以思念的名义逼向嘉接纳她。

网友众说纷纭，有人指责向嘉狠心，有人揭向嘉的老底。有人抵制向嘉的品牌，有人甚至跑到林氏集团账号下说让他们看清向嘉是什么样的女人。

他们去林清和的账号下劝他三思而后行，擦亮眼睛别当"恋爱脑"，别被渣女给骗了。

也有人质疑那个是不是真的向嘉母亲，向嘉那么好一个人怎么可能对亲生母亲这么狠？

向嘉打算下午五点回应，彻彻底底地解决全部的事。回应稿是她亲自写的，写完开公关会议。结痂的伤被扒开，露出鲜血淋漓的伤口，一遍遍地给人看。

很残忍很疼，但必须要这么做。

会议持续到四点，她走出会议室看到拎着一盒牛奶站在走廊尽头打电话的林清和，他穿着灰色休闲衬衣、黑色长裤，眉目冷峻沉静。

向嘉抿了下嘴角，林清和挂断电话，走了过来，说道："有一份文件给你。"

"什么？"

"关于你……她的。"林清和把牛奶递给向嘉，说道，"喝点东西，去你办公室谈。"

牛奶是热的，不知道他热了几次了。

向嘉插上吸管，喝了一口热牛奶，温热的液体顺着喉咙一路滑到了胃里，她的心落了回去。

林清和推开了办公室门，她紧跟其后进去，把额头抵在他的后背上。她难得露出脆弱姿态，她环抱住林清和的腰："老公。"

"你……她又怀孕了，五个月，可能想为她的孩子多弄点钱，才搞这么一出。威胁你，你出钱她就收手，不出钱她继续闹。"林清和想说她母亲，实在说不出口，那个女人不配。他的手覆在向嘉的手背上，感受着她的依赖，"秦家那边的人下场推波助澜。"

向嘉又吸了一口牛奶，松开林清和的腰，大步走到办公桌前，放下牛奶盒，开电脑，说道："你发给我，我给公关部。"

林清和拖过对面的椅子坐下，长腿一架往后倚靠到座位里，握着手机发文件给向嘉。他睫毛微垂，黑眸中的狠厉一闪而过："参与这件事的，有一个算一个，他们都会付出代价。"

向嘉抬头看他，他敛起了平时的温和懒散，整个人锋芒毕露。

他像头蛰伏的狮子，平时懒洋洋地展示美貌，一旦有人入侵他的领地，他会站起来收起散漫，露出他凶残的一面。

狮子也是她的狮子。

向嘉接收了文件，还是不敢问林安可那边知不知道，知道后会是什么反应。林清和今天一整天都在她这里，林安可会不会暴怒。

这一切都太糟糕了。

向嘉接收文件，草草浏览了一遍，发给了颜云，让颜云盯着公关部那边处理。

全部处理完，她抬眼撞上林清和的眼，林清和一直在看她。

夕阳的光从窗户斜进了办公室，铺到了房间里，落在他们身上，短暂的宁静。

"我闹大，会不会让你家——"

"没有我家你家，只有我们家。"林清和放下了长腿，起身越过办公桌，走到向嘉面前，他从裤兜里摸出一颗薄荷糖递给了向嘉，"我们是一体，别跟我分你我。"

桃子味的薄荷糖。

林清和给她的第一颗糖就是这个口味。

向嘉想说谢谢，到底还是忍住了，林清和不喜欢她说谢谢。

她撕开薄荷糖的包装，咬了一半，把剩余的一半递给林清和，到底还是问出了口："你妈那边……"

林清和俯身咬走了那半块糖，手指落到向嘉身后的椅子上，含着糖亲她的唇。温热的呼吸缠绕，带着薄荷糖的甜，向嘉停住了全部的声音。

他浅贴向嘉的唇，高挺鼻梁在她的脸颊上温柔地蹭了一下，才慢条斯理地靠回去，他把那颗糖咬在齿间，黑眸注视着向嘉，说道："我妈让我们晚上回去吃饭。"

向嘉倏然抬眼，半颗薄荷糖卡到了嗓子处："什么？"

"她问我，是她来接我们，还是我们开车过去？"林清和摸出手机，打开短信页面，迟疑了一下，递给向嘉看，"你想不想过去吃饭？"

短信页面。

林女士：你们夫妻两个凑不出一张嘴，一对哑巴，什么都不说，什么都自己扛着，我想知道你们的事还得看新闻。那个妈是个什么东西？养过向嘉几天在那里狗叫，这么明显的威胁，向嘉还要忍？不反击在等什么？以前知道把人送进监狱，现在怎么不做？没那个胆子了？

林女士：你们若是处理不好，回来交给我处理。我这辈子的脸已经丢完了，我不怕更丢人。你们没离婚之前，向嘉还是林家人，她的事就是林家的事，我不会袖手旁观。

林女士：中午的饭挪到晚上，你们是要自己回来吃饭，还是我去接你们？

向嘉的母亲叫廖青梅，曾怀过很多孩子，生下来三个，全是女孩。向嘉养到十五岁就被赶出了家门，二女儿倒是一直养着，小女儿生下来就送人了。

廖青梅四十九岁的高龄犹不死心做试管要了个男孩，如今怀孕五个月。

这孩子她打算生下来，可她和丈夫收入有限，她在丈夫的怂恿下，便大着胆子把主意打到了向嘉头上。

向嘉如今太有钱了，手指缝里漏出一点都够她一辈子荣华富贵。她笃定向嘉会给她钱，按照正常人的逻辑，向嘉这种地位给钱最理智最稳妥。

拿钱养着廖青梅，让廖青梅改口澄清，向嘉依旧享受她的荣誉。

廖青梅也这么认为，她觉得至少向嘉会给她一点钱。

向嘉的工作室联系了她，问她要什么，她说出了想要的金额。她梦都没做完就被警察给抓走了，以敲诈罪名。

同一时间，向嘉发了一条长长的微博，澄清了一切。

向嘉一出生就被遗弃了，十二岁因为外婆去世没办法投奔廖青梅，三年期间的生活费是外婆攒下的钱。她十五岁时因为母亲怀孕，被赶出家门，靠着不服输的劲儿拼命搞钱读完了高中、大学。她甚至还攒了一笔留学的钱，大学时拿到了英国名校研究生录取通知，她之前直播说过这件事，可她的钱被母亲偷走了，闹到了派出所，廖青梅因此在看守所待了十五天。

最后两个人写了协议，廖青梅永远不再来找向嘉，她们断绝关系。这些都是有证据可循，派出所也可以查到案底。

向嘉再苦再难都没有拿身世卖过惨，没有提过这件事。她确实爱钱，不过她爱财取之有道。她帮过很多人，她没有因为过去这段经历而消沉一蹶不振。

向嘉最后写了一句：嘉鱼的创作理念是：自由、勇敢、热爱、永不放弃，这也是我的人生信条，我始终如一。

向嘉圈内的一众朋友都转发了，连林氏集团的蓝Ｖ号都转了这条微博。

半个小时后，林安可电话回应记者上了热搜。

林安可："向嘉是个什么样的孩子我很清楚，我不认为这件事她做错了，以德报怨何以报德？我们家选儿媳不看门第，看人品与才华。这两样，向嘉都有。"

林安可没在媒体前回应过私事，她是高高在上的林家大小姐，她是林氏集团的掌权人，她的骄傲不允许她把私事摆到明面上说。

这么多年她的谣言也很多,她一件没回应过。当年跟谢明义斗得你死我活,面对媒体她只字不提。

她这个回应给足了向嘉的面子,认领了向嘉的儿媳妇身份,并且把向嘉给抬起来了。人品与才华,全面否认那些负面新闻。

廖青梅怀孕五个月想敲诈向嘉一笔钱养孩子结果被抓上了新闻,随后她弃养过一个女孩也被扒了出来。警方正在找证据,一旦落实,她和她的丈夫还犯了遗弃罪。

向嘉没想到林安可会站出来帮她说话,她以为林安可会撇清关系。毕竟,林安可挺讨厌她的。

至于回去吃饭,向嘉自然不敢让林安可亲自来接,她和林清和回家换了一套衣服,洗了个澡,开车前往林家老宅。

路过一家花店,向嘉迟疑了一下叫林清和靠边停车,她进去买了一束向日葵。她不知道林安可会不会接受,她也不知道林安可到底出于什么心态帮她。也许是为了维护林清和的脸面,林清和的妻子不能那么狼狈。

毕竟,他们是结婚,并不是单纯的谈恋爱。夫妻总归关系特殊,利益捆绑,他们没离婚就是一体。

她还有些愧疚,因为这件事惊动了很多人。林安可那种地位,站出来为她说话,那条短信里说的脸都丢完了,是真丢完了。

向日葵很沉重,向嘉抱着,一路沉默到了林家老宅。

她不太喜欢林家的老宅,可能太大了,建成很多年,植物高大,遮天蔽日。三层楼的独栋孤零零占据中间位置,前后都是湖,显得阴森。

向嘉第一次过来是中午,都觉得冷,这次晚上来,阴森的感觉更明显。

老别墅的停车场并没有直达客厅的电梯,停好车,林清和绕过车头过来牵住她的手,说道:"她帮你说话就是接纳你了。她那个人很别扭,不会好好说话。等会儿不管她说什么都不用管,吃完饭我们就走。"

"放心吧,我心很大的,你也别跟你妈吵架。"向嘉抱着向日葵,打定主意不管林安可说什么,她都平和地接受。

林清和带向嘉从车库的侧门进了别墅，又走了一段楼梯才到进口。他按了下门铃，手指穿过向嘉的手指，跟她十指交扣，他垂下睫毛，倚靠在门边，看着向嘉手里的向日葵。

很快保姆就过来开门了，向嘉把手里的向日葵递了过去。

保姆没接，堆着笑说："赶快进来，董事长等你们很久了。"

房子很大，欧式装修，非常豪华。

向嘉和林清和都没有换鞋，向嘉把包摘下来放到玄关的柜子上。林清和接过了她手里的向日葵，一手拎花一手拉着她进了门。

林安可穿着深紫色的旗袍坐在客厅，目光触及林清和手里的向日葵，趾高气扬就那么偃旗息鼓了，她怔怔看着林清和手里的向日葵。

上一次林清和送她向日葵，还是林清和读幼儿园的时候。别的孩子送康乃馨，小小的他抱着一捧向日葵，冲进门给她。

他说向日葵是笑着的花，他把笑送给了妈妈。

林清和把花往前递了一些，语调很生硬："向嘉买的，插起来还是这么放着？"

"你们去洗手，准备吃饭。"林安可嗓子动了下，她没办法再斥责向嘉和林清和，往前走了两步，接过向日葵，说道，"先吃饭。"

林清和径直带向嘉洗手去了。

向嘉回头看了眼林安可，林安可抱着那束花眼睛红了。

洗完手出去，林安可坐到了餐桌上。长餐桌上摆着中餐，大多是本帮菜，其中有一份糖醋排骨。

向嘉原本留了靠近林安可的位置给林清和，林清和直接坐到了向嘉的另一边，把中间位置空出来了。向嘉起身借着盛汤直接坐到了中间，叫林清和往里面挪一下。

林安可不太赞同向嘉这个做法，但也没有说出口，忍了一会儿才清了清嗓子说道："让张姐来吧，你不用盛汤。"

没规矩。

向嘉摆手说道:"不用,我自己可以。"

她给他们母子一人盛了一碗汤,自己也盛了一碗,坐回去,说道:"阿姨,今天谢谢您。"

"不用客气。"林安可回了她一句,冷淡道,"吃饭吧。"

林清和挑了一块没有刺的鱼腩放到了向嘉的碗里,示意让她吃饭,不用巴结林安可。

林安可的姿态永远是端庄的,即便是吃饭也是端端正正,吃东西也优雅。

向嘉喝完汤剥虾时,给林清和也剥了两只,一时兴起跟他聊了家里的猫。平时他们在家吃虾,猫一定会疯狂蹭他们求投喂。

"你们养了猫?"林安可忽然问道。

"啊?是。"向嘉抽湿巾擦手,"白色长毛猫,叫家家。您喜欢猫吗?"

这个问句一出,餐厅安静了几秒,林清和往向嘉身边挪了些。这猫的名字,与直接问林安可喜不喜欢向嘉有什么区别?

向嘉说:"特别温顺,您有兴趣可以去我们那里看看。很乖,很亲人。"

"我不喜欢猫。"林安可语调淡淡,随即看向向嘉的手,"你让他自己剥,吃个虾还要人剥,又不是小孩子。"

向嘉在林清和发作之前按住他,笑着说道:"您要吗?我也可以给您剥,我戴手套,很干净。"

"不用。"林安可皱眉拒绝。

向嘉"哦"了一声,低头吃饭。

气氛凝重起来,林安可觉得自己挺没意思,沉默了一会儿,主动问道:"你最近都在山里?"

"拍宣传片,我原本要做我们公司新系列的代言人,拍了一个月。"向嘉接过林清和盛的汤,她还挺喜欢喝这个汤。

"以后还做代言人？"

"明天看看情况再决定。"向嘉斟酌着用词，林安可谈工作，她可就小心了。

林安可放下筷子，不想吃了："需要等明天吗？你把全部证据发出来的那一刻，难道没有决定下来你要怎么借着这风把自己立起来？"

向嘉在发布澄清的时候就在给自己立人设了，品牌故事很重要，她要她和她的品牌一起立起来。这话她没直接说，怕自己野心过于明显，引起厌烦。

但林安可都这么说了，那她就没什么可担心了。她也放下筷子应道："吃完饭我回去就做，谢谢阿姨提点。这确实是个好机会，我会抓住这个机会。以后我有什么不懂的可以直接问您吗？我是学设计出身，做生意还差点。"

这让林安可怎么拒绝？向嘉把她的台阶都铺好了。

"可以问我。"

"谢谢阿姨。其实我在认识阿和之前一直很敬佩您，女强人，做事有魄力，很果断，投资眼光独到，对市场把控非常精准。"

林安可和林清和一起看向了向嘉。

"之前没有靠近您是我跨不过阿和的过去，我很心疼他。可人是多面性的，我也是只能看到自己能看到的那面。您帮我，我很感激您。外婆去世后，我就没有亲人了，没人把我当孩子看，也没有长辈这么维护我，您是第一个。"

向嘉认真道："阿姨，不管未来我和阿和走到哪一步，我永远记得'我有人护'这一刻，我成年后做过一次'小孩'。"

向嘉不张扬不端着的时候看起来年纪更小一些，眼神真挚诚恳，真诚坦然，跟林安可的世界截然不同。

林安可帮向嘉并不是为了向嘉，她是不想她儿子丢脸，不想林家丢脸。林清和那么高调承认向嘉，把向嘉拉到林家的阵营里。那他们夫妻就是一体的，要丢脸一起丢。林安可没办法接受林清和那么丢脸，也没办法接受林清和被人戳脊梁骨骂眼光差。

"谢谢您。"

林安可对着向嘉那双眼，说不出什么刺耳的话，半晌才憋了一句："你和清和都是我的孩子，有什么事找家里。我还活着，没人敢在你们头上撒野。"

向嘉刹那笑了起来，那笑特别耀眼，是不加掩饰纯粹的笑，干干净净。犹如晴空万里的秋天，太阳晒在炽白沙滩上的直接。

她笑了一会儿，点头："好，我记住了。"

因为向嘉，晚上这顿饭吃得还算和谐。

他们吃完饭还在客厅坐了一会儿，吃了半盘水果。

晚上九点，林清和开车带着向嘉离开别墅。向嘉从后视镜里看那孤零零的大别墅渐渐远去，说道："你姐……是在这里离开的吗？"

林清和握着方向盘的手一紧，回头看了向嘉一眼，随即点头："嗯。"

向嘉猜到了，林清和每次回来表情都很凝重，他很抗拒这里。这房子太阴森，向嘉进去后浑身不舒服。她取出一盒薄荷糖，取了一颗填进嘴里，又拿了一颗喂林清和。

林清和含住糖，亲了下她的手指。

"她为什么一直住在这里？"向嘉从后视镜里看已经看不见的别墅，林木太过高大繁盛，遮住了房子，"赎罪？"

林家人都有自虐倾向，林清和是，林安可也是。

晚上的灯隐在树木深处，透着幽深的绿光。

林清和把车开出了小区，并入主干道，他说："也许吧。"

向嘉看着林清和的侧脸，说道："今天她接向日葵的时候，表情特别像曾经的你。"

"什么样？"

"孤独、空旷、自厌。你们真是亲母子，连矛盾都一样。我之前想过不靠近她，你们太像了，我不忍心。"

林清和在红灯前踩下刹车，抬手揉了揉向嘉的头发，说道："我送她的第一束花是向日葵，那时候，她还是个很好的母亲。当年，我可以选择跟谢明义,我最后还是跟她走了。你想做什么就做吧,不用太顾及我,我要真恨她,她活不到现在。"

向嘉蹭着他的手心,林清和也是个很别扭的人。

"林清和,我今天也爱你。"

林清和的手指一顿,目光深了下去:"嗯,我明天也爱你。"

林清和原本是个没有明天的人,因为向嘉,他有了明天,也有了更多的可能。

今晚他看到林安可也只是个普通的母亲,因为他送花,她手指颤抖。

他们母子针锋相对,互相伤害,林清和从没想过会有一天,他们能那么平和地坐到一起,一晚上没有吵一句。

晚上要睡觉的时候,林清和收到林安可的短信。

林安可:今晚的花很漂亮,谢谢你也谢谢你太太。

林安可:有时间,我会去你们家看猫。

向嘉和林清和婚后的第一个春节是在上海过,阿乌和陈小山结婚了,两家合成了一家,她不方便再去桐镇。

别人有家,向嘉也想有家,她希望一家人在一起过年。林安可从她生母出来闹事后,要资源给资源、要人给人地带了她整整两个月,甚至亲自陪她去了一趟英国,不再让她局限于服装行业。林安可给她经商管理的选择,手把手教她。

林安可工作能力很强,手腕强硬,做事果断,事业做得这么大,她自然有她的魅力。

越接触,向嘉对林安可感情越复杂。

她们两个思想观点高度重合,可能是有过共同的经历。她们都被重男轻女思想对待过,林安可一开始并不是林家唯一的选择,她有弟弟,只是那个弟弟很早就去世了。她的少年时期是以培养儿媳的标准被培养,而不是继承人。

一边是打压教育之下压抑的野心，一边是梦想，她处在两个极端无法自洽。

这种矛盾在得知谢明义的真实面目后彻底爆发，她疯狂打压男人，把自己立到最高处，站到顶端，把所有人都踩在脚下，控制到手心。

她不允许自己的人生再被摆布。

大本钟的光沉入黑暗，她们在黢黑的泰晤士河边吹着夜风，林安可望着远处，站得笔直，冷静地问向嘉："你说我错了吗？"

那天她们都喝了一点酒，向嘉强行拉她出去逛，林安可不太想去，最后还是被拉出去了。向嘉现在都摸透林安可的脾气了，嘴硬心软，面上再冷，撒个娇打个直球她就认了。

走到深夜，向嘉聊过去，林安可也聊了过去。

向嘉不知道该怎么评价对错，这世界不是黑白的，人也不是只有黑、白两种颜色。

她希望林安可从那栋别墅搬出来，不管过去如何，他们活在未来。可她低估了林安可的固执，不管她怎么游说，林安可坚持要在老宅过年。

向嘉和林清和若是不愿意回去，她一个人在老宅过年。

宁愿一个人过年，也不离开那栋房子。

大年三十，向嘉把家里布置得特别温馨，拍了一段猫猫拜年视频发给了林安可。林安可冷冰冰地回道：你们愿意回来就回来，不愿意回来就算了，我不会过去。

向嘉不服了，她不信这世上还有人能拗得过她，她当即就要冲去林家老宅，被林清和给按住了。

"在家等着，我去接。"外面雨夹雪，林清和怎么舍得让她开车出门？

"行吗？"向嘉怕林清和为难，她和林安可怎么样是她们的事，她从不逼林清和接受。遭遇不同，立场也不同，没有人有资格替别人原谅。

"你不愿意就算了,我们过去过年也行。"

林清和穿上毛衣走到玄关处拿羽绒服外套,垂下睫毛,淡声道:"我不愿意去那边过年。"

向嘉拿了围巾给他,过来帮他整理外套,仰头看他:"会不会很难受?我陪你去?"

"不用。"林清和戴上围巾,低头吻了下向嘉的额头,"你在家等着,外面很冷。"

"她真不愿意过来我们就过去,别为难你自己,也别委屈你自己。"向嘉的手指挤进林清和的手指缝,环抱住他的腰,"林清和,在我这里,你的快乐排在第一位。"

林清和看着她就笑了。向嘉今天穿了一件红色的薄毛衣,新年情侣款,头发用金簪绾着,露出一截白净的后颈,非常好看。

"她也想过来,只是有些东西放不下。"林清和的手指停在向嘉的后颈上,很轻地抚了下,"等我回来。"

向嘉还是不放心,一直送到电梯门口。林清和怕她冷到,把她拎进房间关上门,大步走进了电梯。

他住的房子到林家老宅有一个小时的路程,向嘉不放心,跟他打了个语音电话,两个人聊了一个小时。

"我准备拌馄饨馅了,你回来,我们一起包。"向嘉在电话那头温柔地说,"你说,我要不要再准备个火锅?"

"三个人吃不了那么多,少做点。"林清和开着向嘉的车进了别墅区,主干道两行树木笔直直逼天际,地面湿漉冰冷,天空飘着小雪,天地阴沉,"我到了,先挂断了。"

"老公。"向嘉叫他。

"嗯。"

"我爱你哦。"向嘉在电话那头笑着说,"我等你回家。"

林清和笑着挂断电话,在别墅的入口处踩下刹车,停好车下车走到了湖边。

向嘉跟林清和分析这栋别墅风水不好，前后都是水，房子没有靠山，居住在里面的人容易抑郁。

林清和不信这些，他觉得这房子不舒服很正常，风水会影响人的心理，这是外在因素，不是人本身的情绪。但向嘉说得头头是道，林清和第一次用这个角度来看这栋房子。

雨夹雪落到皮肤上冰凉，林清和拉起了羽绒服兜帽，双手插兜把玩着手机，眺望那栋水上别墅。

向嘉给他换了新手机迎接新年，她热衷于打扮他，给他更换新物件。

新年，林清和以前从不期待新年，一年又一年，又有什么区别？

向嘉把他的手机屏幕换成了红色背景，一条金灿灿的鱼顶着一堆金元宝，上面写着金光闪闪的恭喜发财。他们拍了新的情侣照，穿着红色情侣套装，抱着猫挤在一起，换成了新年微信头像。

向嘉说明天带他去迪士尼。

林清和快三十岁了，居然会期待去游乐场。

离谱。

跟向嘉在一起，每一天都是新鲜的，充满期待的。

林清和双手插兜，往水边又走了些，冬天，有些草已经干枯，显出灰败。林清和踩了下枯草，脚上的运动鞋也是向嘉买的，她很爱给他买衣服。

他们搬到一起后，空荡的衣帽间被填满。如今衣帽间的半壁江山都是他的，向嘉只要出门就给他买衣服。

手机响了起来，林清和拿起来，看到是林女士的电话，他拧眉迟疑片刻接通。

"站那里干什么？吹风呢？"林安可的声音落过来，"你老婆呢？"

"她在家做饭。"

"我们家是穷到请不起保姆了吗？你让她做饭？"林安可吐槽他，"我不会过去，你们不过来吃饭，那我让张姐准备年夜饭了。"

"你不过去，我就从这里跳下去，这水挺深的吧？我不会游泳。"林清和往前走了一步，"在你这里出的事，你跟向嘉交代吧。"

"你疯了吧你？"林安可的声音一下子就紧张起来，"你离水远点！你不要过去。你都结婚了怎么还这样？向嘉怎么受得了你？你别发疯——"

"走不走？"林清和不想跟她废话，抬腿跨过矮栏杆，"你这个破地方，我来一次恶心一次，你非得逼我过来。每一次，我都要把当年的事回忆一遍，我们这样互相折磨有意思吗？"

林清和整个人都站到了栏杆外，跟林安可这种人说什么都没有用，比她更疯就对了。

"我们谁是好人？我姐的死我没有责任吗？我知道她要死，我推开她的门就能救她，可我没有。"林清和靠在栏杆上，握着手机，仰起头看阴沉的天，听着电话里急促的呼吸声以及跑步的声音，一片雪花飘到了他的嘴唇上，他抿了下，说道，"妈，林安可，我想放下，我想过几天舒服的日子，我想往前看。我有爱人了，我不想再陷在过去。死的人已经死了，我们再折磨自己他们也复活不了。"

这栋房子原本不是前后都是水，之前后面是一片花园，种满了玫瑰。林安可和谢明义离婚后，玫瑰谢了。姐姐去世，花园被林安可一意孤行改成了人工湖。

她把自己困在这里，她在赎罪，也在自我惩罚。

"我打算跟向嘉一起去英国，林氏集团我不管了，我不会继承。我对管理公司一点兴趣都没有，我要走了。"

"什么？"林安可终于明白他在说什么，"你先回来，你别站在水边，我们见面谈。"

"不想进那栋房子。"林清和直言不讳。

"好，我出来，你把车开过来。"

林清和干脆利落地转身跨过栏杆，挂断电话，走向白色的车。

他把车停到别墅外面,他第一次见林安可这么狼狈,拖鞋上都是泥,衣服穿得很单薄,头发也乱。

"需要换一套衣服吗?"林清和降下副驾驶的车窗,"直接过去我那里,晚上住我那里,向嘉把房间收拾好了。"

"不是,我——"林安可没答应去他那里。

"那我走了。"林清和打方向盘打算离开。

"等着。"

林安可转身走了回去。

林清和的游泳技术能在溧江游到对岸再回来,那个小水塘最深不过两米。他拿出糖盒取了一颗薄荷糖填进嘴里,身子往后靠了些,看着外面雪花越来越大,他咬着糖,拿出手机拍了几张雪景,挑了一张发给向嘉。

向嘉的老公:雪下大了。

全世界第一可爱老婆:你拍得好漂亮!想出去看雪了,你回家我们一起去看雪!

全世界第一可爱老婆:接到人了吗?

向嘉的老公:接到了。

全世界第一可爱老婆:这么厉害?我老公果然一级棒,只要你出马没有什么事办不到!

全世界第一可爱老婆:今晚江上会放烟花,我们在阳台看,一线观景房,不用下去人挤人。下雪加烟花,这么浪漫的日子。可以申请林老板调酒吗?我想喝一杯。

林清和扬起嘴角,打字:可以。

林安可穿戴整齐,撑着伞拎着包走出门,等了一会儿发现没人给她开车门,拉开了后排座位的车门坐进去。

她观察着林清和,林清和看起来挺平静的,她又看这辆车:"你们两个人凑不出一辆好车吗?"

林清和升上车窗，掉头开向出口："我们对这些身外之物不感兴趣。"

这倒是，向嘉也不是物质的人。林安可带了向嘉两个月，对这两口子很绝望，她高贵了一辈子，结果儿子儿媳一个比一个接地气。

向嘉挺有钱，不算林清和的钱，她也有数亿身家。

向嘉能力很强，她生母出来闹的那天晚上，她在试探林安可，其实她早就做好了全部计划。在之后一周里，她塑造人设做配套营销开新品发布会一气呵成，利落地站到了高处，她的人格魅力让人信服。

林安可也是看她这件事干得漂亮，才把她带到了身边，想看看她的能力。

相处的两个月时间，向嘉比林安可想象中的有意思多了。

向嘉一开始收着，林安可让她放开去做后，她光芒四射，生机勃勃。她拥有一颗大心脏，不管什么场面，都能游刃有余。

林安可能理解林清和对向嘉的迷恋，植物都有趋光本能，何况人呢。

向嘉不像谢明义，她谁也不像，她是她自己，独一无二的向嘉。

林清和的眼光比林安可好，林清和说向嘉很好，是真好，非常好。向嘉那种人，只要走近一定会喜欢她。

好到林安可都放心把林清和交给向嘉了，假如她现在死去，她也不遗憾，不担心林清和的存活问题。

"当年你姐的事不怪你。"林安可拉上后排安全带，看着前面开车的林清和，"你姐的性格想要死，谁拦得住？你就算拦下她一次，你拦不下她一辈子。是我教育失败，我对不起你们两个。"

林清和沉默着把车开出了小区，开向他的家。

"向嘉是个很好的姑娘，她很有担当也很爱你，你跟她在一起我放心。你眼光比你姐好，你姐当年那个人但凡有向嘉十分之一的担当，我都能给他一个机会——算了，说这个没意思。你有光明的未来，你有更广阔的天地，不要再被过去所限，你去追求你想要的东西吧，这里以后不要再来了。"

"过完年我和向嘉办完婚礼就去英国，你可以跟我们一起去英国，或者住到我们那边，我们的猫留在国内陪你。"林清和看着挡风玻璃上落下一片雪花，融化在玻璃上，留下一片水痕。

"我不喜欢猫，我也不需要猫陪我，我的事不用你们操心。"林安可说，"你想好，公司你一旦放弃，我会把你从继承人的选择里彻底拿掉，永远不会加进来。"

"我不想把我有限的生命浪费在那些没有意义的事上。"林清和的语调很平静，他知道他想要什么，"管理公司不会让我快乐，我对林氏集团没有归属感，我的归属感不在那里。"

"什么都不要，好啊。"林安可不想再逼林清和，"向嘉必然是要走到高位上去，一旦将来出意外，你没有任何退路。"

林清和沉默了一会儿，说道："人生计算得再周密，每一步都精准，把每个人都控制在手心里，每一件事都掌握，就一定能过好这一生吗？就能都抓住吗？"

林安可不知道该说什么，她这一生好吗？

"每一天都有意外，每一分钟都可能产生变故。也许下一刻，我们就会发生意外生命戛然而止。做那些关于未来的假设没有意义，我活在当下。"

"何况，还能比之前更差吗？"林清和忽然笑了下，他修长的手指轻抚方向盘，"她最初选择我时，我一穷二白。"

林清和认识向嘉后也渐渐学会了表达。

"她不是因为我的地位跟我在一起，我们之间不需要地位压制。她跟不跟我在一起，她的事业都不会差，担心这个没意思。我压她一头，我们的关系就一定稳定了吗？"雪越下越大，渐渐世界都变成了白茫茫的一片，他说，"她要家，我也需要家，我们一起建立一个家。你愿意来就来吧，她希望你来，她很喜欢你。我跟你的关系不会再好也不会再坏，你跟她怎么样，那是你们之间的事，我不干涉。"

车开到地下停车场，林清和停稳车后，没有立刻下车，他打开了储物盒取出一个红包递给林安可，说道："明天把这个给她。她外婆去世后，她就没有在大年初一收到过长辈的红包——"

"我准备了。"林安可打开自己的包,里面厚厚的两个大红包,她解开安全带下车,"你们结婚第一年,我没那么没礼数。"

行吧。

林清和睫毛一垂,慢条斯理地把红包放回了储物盒,拉开安全带下车。他双手插兜跟林安可保持着距离,一前一后进了电梯。

"我当初催你结婚,不是觉得你养废了,我需要找个小的来替代你。"林安可按下楼层,这房子是她买的,她虽然没来过,但知道楼层,知道所有的布局。她穿着白色大衣,头发妆容都精致整齐,她拎着包脊背挺得很直,保持着优雅端庄,"我想让你对这个世界有牵挂,想多一个人爱你。以后,你愿意怎么做就怎么做吧,我放你自由,希望你这一生能过好。"

电梯升到了顶层,电梯门打开,饭菜香气扑面而来。

房间门开着,玄关处亮着暖灯。白色小猫蹲在门口,看到林清和,它立刻"喵"了一声奔过来。

林安可身体紧绷,怔怔看着飞奔而来如同云朵的白猫,看着眼前的一切。她十几年没有正经过过春节了,她不太愿意踏进向嘉和林清和的家。

"别怕,它不会咬人。"林清和弯腰捞起猫抱在怀里,率先走出门,看了林安可一眼,说道,"进去吧。"

林安可紧紧攥着手里的包,她迈开腿走出了电梯。

高跟鞋踩在大理石上发出声响,她一步步走向房门。

她一直认为这一生活得极其失败,斗了一辈子,恨了一辈子,争了一辈子,到头什么都没有落下。

她心脏病发作不是气林清和继承了谢明义的遗产,她只是在那一瞬间觉得人生空旷,爱恨情仇都没有意义。

她做了很多错事,一步错步步错,再也回不了头。她没有未来,她以为自己会死在那天。

她的孩子,拼命地把她从死神手里抢过来,给了她新的生命。

她想尽其所能把林清和的未来铺平，等他的人生走上正轨。她去偿还她的罪，可她认识了林清和的另一半。

向嘉穿着红色毛衣从那片暖光里出来，她先抱了下林清和，才满眼笑意小跑过来拉住林安可的手，带她进门。

房子里暖气开得十足，热烘烘的，她陷入了一片温暖中。

"阿姨。"向嘉拉上了房门，接过她的包放到玄关的柜子上，弯腰拿拖鞋。

房子里大变样，和她最初跟设计公司敲定的效果图截然不同。到处都是生活的痕迹，因为过年，房间里张灯结彩，挂满了新春元素。

客厅里电视开着，正在放春晚预告，声音很大，传到了玄关这里。

林清和放下猫，脱掉了外套和围巾，他里面也穿的是红色毛衣。配着休闲牛仔裤看起来恣意松散。虽然他还是没什么表情，但能明显感觉到他进门后整个人都松弛下来。

轻松自在，他到了自己的家，这里有他信任的家人。他挽起袖子，走向了厨房的方向。

林安可脱掉大衣外套，换上了拖鞋，在这里她都不敢呼吸，怕打扰了这一片宁静，她并不属于这里。

"晚上我们去阳台看烟花，网上都在说我们家这个阳台位置是最佳观景台，羡慕住在这里的人，您这房子也太会买了。"向嘉接过她的外套放好，夸她，"眼光真好，我很喜欢这里。"

林安可皱眉，受不了向嘉的夸，哄小孩呢？

向嘉跟他们林家人截然不同，她很会表达，从不吝于甜言蜜语，热情得让人头皮发麻。

"随便买的。"林安可买东西只选贵的，自然大部分都是好的。

向嘉忽然转身抱住了她。

林安可呆滞在原地，手脚僵硬。向嘉比她矮一截，像个小小的孩子，带着热气抱着她，她亲生孩子都没有这么抱过她。

干什么？没规矩。

"新年快乐！"向嘉说，"欢迎您。"

向嘉和林清和的婚礼最终定到了3月26日，在桐镇的桃花林举办。根据多方推算，这个时间桐镇的桃花开得最盛，也最漂亮。

这场婚礼，除了林安可，大家都很满意，林安可没办法接受他们在这个小镇举办婚礼，她对桐镇没有好印象。林安可给了他们钱，让他们重新筹办婚礼，向嘉和林清和拒绝了，林清和提前两个月就过去盯婚礼现场了。

向嘉是在婚礼前一周过去，她最近比较忙，她在申请英国的商学院。她想一边学服装，一边学管理。

这是林安可的意思，林清和一贯喜欢跟林安可对着干，唯独这件事，他建议向嘉听林安可的。

向嘉不知道这母子搞什么，但她是个不服输的人。林安可问她有没有申请学校的能力，她立刻就迎风上了。

婚礼现场比向嘉想象中的更美，3月的桐镇风景如画。湖光山色，万亩桃花林已经长出密密的花苞，部分盛放。桃花林中间搭建着婚礼现场，仿若误入桃花源。

向嘉牵着林清和的手，为这个场地震撼。

"这里，婚礼当天会摆上钢琴，有整个演奏团。我们不做传统的婚礼环节，我们可以带朋友玩起来。"林清和带她到主台旁边的位置，回头看着她笑，"怎么样？"

向嘉环视四周，最后目光落到林清和的眼睛上，她扬起下巴，笑着说道："你低头。"

林清和低头，向嘉吻到了他的唇上，手臂攀上了他的脖子，侧了下头含住林清和的唇，林清和骤然加深了这个吻。

"林哥——"身后的喊声戛然而止。

向嘉先笑着移开，抬手慢悠悠地擦着林清和唇上被蹭到的口红，转头看去:"好了,林哥闲了,什么事?"

林清和在这边待久了,从林总混成了林哥。

来人让他们过去看婚宴菜品。

向嘉看林清和嘴角还有点口红的痕迹,抬手又擦了下,指尖贴着他的唇轻轻地描绘。

"知道了,马上过去。"林清和开口时嗓音有些哑,他暗沉沉的黑眸盯着向嘉。

向嘉收回手,玩着指尖那点口红残留,视线下移。

"想了?"林清和长手落过来托住她的下巴,盯着她。

向嘉笑得眼睛弯了起来,林清和还是这么好撩拨。她张开手抱住林清和,整个人埋在他的怀里:"谢谢你给我建立了一个理想的世界。"

林清和知道她想要一片桃花源,他来建了。

她不喜欢婚礼被围观,他就做这种全体参与的婚礼,让这场婚礼变成一场聚会。

林清和环抱住她,低头亲了下她的额头,说道:"还可以更理想,你到那天就知道了。"

"去看菜品。"林清和揽着向嘉的肩膀,打算离开。

"等下,我拍一张照片发给妈。"向嘉拿起手机拍了一张桃花林,挽住林清和的手,想继续往前走,林清和没动,她抬眼,"怎么了?"

林清和用舌尖顶了顶嘴角,歪头打量向嘉:"妈?"

"不然呢?我继续叫她阿姨?我们都结婚了。"向嘉给照片加了滤镜,发给了林安可,笑着看林清和,"林先生,我以为你不在意这个。"

"在意。"林清和低头亲了下向嘉的唇,"感觉不一样,这样更亲近。"

"那我就改口了?等她过来,我直接叫她妈。"

林清和不知道林安可听到这称呼会有什么反应,他听着心跳就很快。

"别太突然,她有心脏病。"

"不至于吧?她希望我叫她妈妈吗?"向嘉还挺意外,"她一直不太愿意的样子。"

"她希望。"林清和十分笃定,"她那个人口是心非。"

"真的?"向嘉突然想到,过年的时候,她抱了林安可一下,林安可整个晚上都同手同脚,过完年之后以不容拒绝的态度送了向嘉一套房子。

"嗯。"林清和跟她十指交扣,两枚婚戒紧紧地挨到了一起,"她很喜欢你。"

林安可本来对这场婚礼百般挑剔,林家唯一的孩子结婚不是世纪婚礼就算了,至少得是豪门婚礼中的翘楚吧?哪有在这种山沟里办婚礼的?

她很生气,但还是挨个把请帖发了出去。她儿子的婚礼,哪怕是在非洲办,人也得给她到齐了。

她到溧县那天是向嘉和林清和亲自接的,她准备了一箩筐吐槽,向嘉上来就甜甜地叫她妈妈。

林安可一直到婚礼现场,看完整片桃花林,被邀请到林清和的酒吧,晚上他们在这里开派对,她都没有说一句反对的话。

他们说什么就是什么。

她甚至参加了晚上的篝火晚会,一派祥和。

向嘉有煽情恐惧症,她对婚礼的唯一要求是都不准哭,别给她煽情。怎么快乐怎么玩,谁敢煽情"铲"出去。

婚礼前一天晚上,新婚夫妻双方不能住在一起。

原本向嘉是打算让阿乌陪她住,可阿乌查出来怀孕了,他们当地风俗是怀孕的人不能睡新娘子的床。

向嘉整个蒙了,阿乌比她结婚早就算了,怎么怀孕也比她早?以后孩子不是要比她的孩子大?

陈小山笑得见牙不见眼,得意扬扬地把阿乌给哄走了。

向嘉寻了一圈,她的"陪睡"人选有很多,她这里八个伴娘,她可以随便挑一个。向嘉刚要拉李念一起睡,林安可主动提议晚上住她这里。

没有婆婆陪儿媳妇住的规矩,可在林安可这里,她就是规矩。

人群散去,向嘉给林安可拿睡衣,又问她要不要贴个面膜。

林安可从包里取出一份文件递给向嘉,说道:"既然你改口叫我妈,我该给你改口费。"

向嘉不知道该不该接,觉得这是个大物件。

林安可把文件往前递了些,说道:"拿着,胆子别那么小,你是我林安可的儿媳妇,畏畏缩缩像什么样。这是改口费,也是我送你们的新婚礼物,他也有一份。"

向嘉接过文件,打开看到是一份分公司的股权转让协议。

"等你学成归来,这家公司给你试试手。我不知道未来你会走到哪一步,我给你平台,你去做。"林安可坐在床边,"我当年结婚,前一夜是我妈陪我住的。清和是男孩子,我不能去陪他住一晚,我陪你住。"

向嘉握着那份重如泰山的文件,嗓子哽着半响都没有说出话。

她真的很讨厌结婚的时候哭,她以前发誓自己结婚时一定一定不哭,一滴眼泪都不流。向嘉原本没有结婚的打算,遇到林清和才想要婚姻。那她和林清和结婚是大喜事,绝不流泪。

"行了,你去洗漱吧,早点睡。"林安可难得笑了下,她太久不笑,脸上的肌肉有些僵硬,"结婚很累,要忙一天。"

向嘉从来没有想过,她结婚这一天,会有个"妈妈"陪她住。

她们各自洗漱,躺到床上,向嘉往林安可那边靠了些。

"当年我结婚的时候,算得上,二十世纪的世纪婚礼了。很盛大,万众瞩目,也不耽误分开时一地狼藉。"林安可看着头顶的黑暗,说道,"也许你们是对的,婚礼是你们两个人的事,你们开心就好。"

"我也不知道未来你们会怎么样,我希望你们百年好合,一辈子在一起。永远相爱,幸福一生。"林安可停顿了一会儿,说道,"假如真的有意外,别对对方太狠,留一线。若是要孩子,一定要想清楚为什么要,别盲目生孩子。把一切都计划好,确定你们有能力在任何情况下都能保持着理智爱孩子再要孩子。"

向嘉转头看向黑暗里的林安可。

"人生没有多好,别抱着一百分的期待去生活,没那么完美。但也别想得太坏,还是有很多好事。清和的前半生很孤独也很苦,没得到过什么爱,希望你们能互相扶持,你能对他好一点,爱他多一点,让他体会家庭的温暖。工作上,我会尽力扶持你,但我会留一大半东西给他。一个母亲,无论多糟糕,骨肉亲情是一辈子的牵挂。我还是担心他将来没有自保能力,你能理解吧?"

向嘉鼻子有些酸,点头:"您不用给我,我也会对他好。"

"你也要有自保能力,你父母没有给你的东西,我给你。你叫我一声妈,我就会护着你,女孩子,不能什么都没有。"

向嘉把额头抵在林安可的肩膀上:"谢谢。"

他们的婚礼保留了接亲的环节,向嘉穿着纯白色的婚纱坐在床上。这是她自己设计婚纱,用了大量的刺绣元素,加了一些钻石,华丽复古。

因为是春天,她做了中袖流苏。

"我们现在为难老板,将来会被他报复吗?"李念跃跃欲试。

你敢为难他!

向嘉看向了李念,那可是她老公,你敢为难一下试试!

"没事,我在,随便玩。"林安可妆容精致,走过来给向嘉整理裙摆,"别伤到人都行。"

亲妈放话,行吧,向嘉忍了。

李念更怕了,林安可什么时候温和过?这么温和地跟人说话,和拿把刀架在她脖子上直接威胁"你敢动我儿子试试"有什么区别?有什么区别!

他们是中午接亲。

早上九点的时候飘来了一朵云,遮住了太阳,所有人的心都提到了嗓子眼,生怕下雨。

一旦下雨，室外婚礼就不好看了。

好在十一点的时候，云散开了，瞬间晴空万里，艳阳高照。向嘉刚想发信息给林清和，问他接亲准备得怎么样。

接亲环节没有彩排，她也不知道会发生什么。林清和说会给她一个惊喜，不知道是什么惊喜。

突然窗外传来了悠扬的小提琴音，向嘉愣了下，一群伴娘飞奔向露台。

露台门打开，清风与太阳一起涌进了房间，小提琴曲调更加的清晰。

李念叫道："向总，快来看，老板超帅！老板居然会拉小提琴！"

林安可一愣，怔怔抬眼看去。

林清和主动拉小提琴了，不是被迫，是他愿意了。她抿了下唇喃喃："他十岁就拿过小提琴世界赛冠军。"

向嘉跳下床，带着长长的大婚纱裙摆赤脚踩着木地板飞奔向露台，裙摆像云一样飘动。伴娘们让开了路，让她趴到了露台的栏杆上。

正午的阳光正烈，春天的江面浩荡延向远方，青山绿水，白云飘荡。度假村到处是宾客，林清和穿着一身白色西装站在江上，修长手指握着棕色小提琴，冷冽的下颌上扬，俊美一张脸落到太阳底下。

他修长的手指握着琴，拉琴姿态潇洒。向嘉听到自己的心跳，她听到了蝴蝶在飞舞。小提琴曲调从浪漫的缠绵，渐渐热烈，曲子飘荡在江上，带着风来了向嘉身边，吹拂着向嘉的皮肤。

向嘉曾经问林清和，他拉小提琴什么样，林清和吊儿郎当地回复她，跟拉二胡差不多。

此刻，向嘉期待他的二胡，应该也是与众不同。

他优雅斯文仿佛梦里走来的王子，他走到了向嘉的世界里，走到了她的心里。

他看到了向嘉，忽地笑了起来，长长的睫毛覆在眼下。他更恣意张扬，他拉小提琴时漂亮得不像话，游刃有余，仿佛世界都在他的掌控之中，风都为他停住脚步。

向嘉听到伴娘们压着嗓子的尖叫,向嘉也想尖叫。

一曲结束,林清和握着小提琴,离开了船踏上了岸,他清了清嗓子开口:"向嘉。"

周围人才惊醒。

"小鱼,"林清和接过了伴郎送来的红色鸢尾花束,眼睛里盛着笑意,他在太阳里,不顾周围人的目光,注视着向嘉,"我曾经是个没有明天的人,我不知道日出的太阳和日落的太阳有什么区别。我不知道山川湖海的意义,我不知道每一朵花开都代表着什么,直到我遇到了你。"

他笑了起来,他的睫毛湿了,眼睛也湿了,他停顿了一下,说道:"我们一起看日出日落,一起观山看海,一起欣赏每一朵花的盛开。你带着我走向了明天,让我有了未来,我想在未来建立一个我们的家。"

向嘉最讨厌婚礼煽情了,她不理解为什么要在婚礼上哭成一团,真的不太好看。她的婚礼,她要做独一无二的新娘,她绝不在婚礼上流泪,她捂住了嘴。

不能哭。

向嘉流血不流泪。

可眼泪却不受控制地涌出了眼眶,她听到自己的哽咽声,特别傻。

"你说你爱我如你的理想,那我对你的爱是我的整个生命,我活多久我便爱你多久。"他单膝下跪,笑着望向向嘉,"向嘉,你愿意嫁给我吗?我们长长久久在一起。"

向嘉从二楼露台探身出去:"我愿意,我跳下去吗?"

她被伴娘们拦住了。

林清和笑着起身,把小提琴塞给旁边的伴郎,拎着花奔向了绣房。

他曾经懒洋洋地说"你看我像会奔跑的人吗?",而现在他跑得很快,他腿长,一步踩好几阶楼梯。他拎着花,穿着礼服,奔向了他的未来。

向嘉转身跑回卧室,林清和冲进门接住了她。

飘起来的婚纱如云朵,他们在云端之上。

向嘉哭得比阿乌结婚时还惨，穿鞋时，她捂着脸不敢放手，到处都是摄影机。她从没想过自己的婚礼会这么失控，妆都哭花了，丢脸至极。

林清和给她穿上高跟鞋，长手撑着床，倾身亲在她的手背上。

一下又一下的，他笑得凤眸飞扬，他整个人都很愉悦，张扬肆意。他亲向嘉的眼睛，亲她的脸颊。

"妆花了。"向嘉看着他，又想哭了。

煽情的是她老公怎么办？怎么"铲"出去？

林清和这种平时很难说情话的人，居然说了那么长一串情话。

"好看，你很好看。"林清和声音压得很低很轻，他见过向嘉很多美的时刻，但都没有此刻美。他的鼻梁碰到向嘉的鼻尖，他沉邃的黑眸望着她，"手拿开，亲一下。"

向嘉穿婚纱很美，他在下面拉琴，看到她奔向阳台那瞬间，呼吸都快停止了。

向嘉放开手，抱住他，吻上了他的唇。

他们在众目睽睽下接了个缠绵的吻。

婚礼非常热闹，宾客很多。

向嘉也想过低调，可林安可在这里，怎么能允许他们低调？

她把她的客人都带来了，她包了两架飞机。溧县酒店和桐镇的客栈全部满房，各方精英齐聚这个小山城。

溧县史上最热闹的一天。

白色钢琴在桃花林深处，乐团演奏，风吹过桃花飘落，婚礼浪漫到了极致。

他们的婚礼没有父母交接仪式，只有彼此宣誓，林安可上去致辞。

林安可端庄地跟宾客致辞，又为新人祝福。她最后拉着向嘉的手放到了林清和的手心里，林清和迟疑了一下握住向嘉。

"你们结了婚就是一家人了，是爱人也是亲人，你们一定要对彼此负责，彼此尊重，守住你们的婚姻，守住各自的底线。岁月很长，你们还有很长的路要走，可能会遇到很多诱惑，记得你们最初的样子，不要丢了彼此，珍惜你们拥有的一切。"

林安可这种打断骨头都要挺直脊背的女人，她在无数宾客面前落泪，她哽咽着："将来我离开了，你们便是对方唯一的亲人。向嘉，我把阿和交给你了。"

她转头对林清和说："你也要珍惜向嘉，永远记住此刻你有多爱她，记住你们的感情。愿你们幸福，新婚快乐。"

向嘉哭得很厉害，紧紧攥住林安可和林清和的手。外婆若是活着，大概也会说这些话。

林清和揽住向嘉，擦她眼底下的泪。

不知道是站得太久，还是情绪过于激动，林安可身体晃了下。林清和伸手扶住她的肩，递给她纸巾。

午饭吃完，下午还有乐队演出，婚礼持续到晚上。向嘉换了条短裙摆的纱裙，晚上有舞会和烟花，林清和又带她跳舞，她再一次感慨林清和的体力真好。

玩一天还能继续玩，向嘉还中场休息了，他全程都处于兴奋的状态，中午陪林安可的客人喝酒，晚上陪他的朋友喝。

烟花飞上了天空，随着一声响绽放在黑夜里。整个小镇被焰火照亮，盛大而灿烂。耀眼地绽放之后，犹如流星一般，拖着长长的尾巴缓缓沉进黑暗中。又一朵烟花飞上了天空，再一次绽放。

向嘉仰起头看烟花，手放在男人的腰上，随着他晃了下。她今天喝了一些酒，心情荡漾："真美好，做梦一样。"

"不是梦。"林清和带着酒气，低头碰向嘉的鼻尖，揽着她，嗓音沙哑低沉，"我们结婚了。"

烟花一朵接一朵地绽放。

宾客都聚到了江边看烟花，只有他们还在桃花林深处。

向嘉看着他，灯光暗了大半，只有飞升的烟花能照亮片刻。他穿着黑色西装白衬衣,这是他的第二套礼服。今天的林清和很英俊,比第一次见他时还惊艳。她听到自己的心跳声,响得又重又激烈。

她结婚了,跟她一见钟情的男人结婚了。

"老公。"

"嗯。"

"最后一part。"

"嗯?"林清和停住了动作,黑沉的眼注视着她。

向嘉弯着眼睛笑:"洞房花烛夜。"

林清和低头贴上了她的唇,并没有吻,只是贴着,他们炽热的呼吸交缠,他的鼻尖碰到向嘉的肌肤,声音沉到轻:"现在走?"

向嘉含着他的下唇,轻轻地吸了下:"走。"

宾客没有完全散场,晚上的酒会还有很多人。李念陪在林安可身边,她们仰着头看烟花。向嘉发信息给李念,让她今晚无论如何都陪着林安可,把林安可安全送到房间,看着不要让林安可喝酒。

发完信息,向嘉手机关机,拉着林清和走出了桃花林。

他们牵着手奔到了江岸上,脚步才慢下来。夜灯很凉,林清和脱掉西装外套给向嘉披上,他们牵着手顺着江岸往绣房走。

绣房是接亲房,也是他们的婚房。

长长的江岸笔直地亮着灯,一盏接着一盏,影子拉长又变短。

江水拍击着石岸发出声响,偶尔一只水鸟掠过水面飞向远处。三角梅顺着墙角爬上了屋顶,静待花开。

"想不想让我背你走?"林清和忽然开口,他的声音在这样的黑夜里,低而温柔。

向嘉转头看着林清和英俊的眉眼,略一迟疑,说道:"可以吗?你喝了很多酒,能走稳吗?"

"上来。"林清和转身背对着向嘉蹲下去,他里面只穿着白衬衣,干净斯文。

喝多的男人非常争强好胜。

向嘉笑着趴到他宽阔的脊背上,随即整个被背了起来。林清和的身高,让她远离地面,她连忙抱紧了林清和的脖子:"你喝那么多酒胃疼吗?"

"不疼。"林清和托着向嘉细细的两条腿,背她轻而易举,这个女人很轻,怎么养都不胖。他心情很好,一整天都处于荡漾的状态,他结婚了,娶了他最爱的女人,"高兴。"

他们在这个地方相遇,也在这个地方举办了婚礼。

这场婚礼之后,这里会被所有人看到,会成为万众瞩目。他们两个共同建立的理想小镇,会被世人认识。

浪漫的最高境界,他们有着共同的理想。

过年的时候,林清和带向嘉去见了他的心理医生。他们夫妻一起跟医生聊了两个小时,医生让他们各自画一幅关于未来的画,他们不约而同画了一个家。

林清和第一次跟心理医生聊未来,他们认识十几年,医生都从青年变成了中年人,他的世界从一片黑,变成了有房子,有家人,有孩子,有小猫,有山,有日出,有花海,五彩缤纷。

单独的时间里,医生问他的睡眠还好吗?

很好,他在向嘉身边每次都秒睡,聊着聊着就睡着了。

医生说:"你很爱她。"

是,很爱很爱。

医生说:"你们在一起期间,你可能不用再来了。"

是不用来了,他的失眠症不药而愈。去年跟向嘉重逢后,他再没有吃过安眠药,也没有吃过抗焦虑药。

医生对向嘉的评价是灯塔一样的存在,很高的评价。

林清和在海上漂荡了许久,一眼望不到边际的海面又黑又沉,暗流涌动凶险万分。他即将放弃自己坠入黑暗之际,他看到了一盏灯。他在灯光的指引下，登上了一片叫向嘉的陆地。从此，他靠了岸，有了归宿。

"林老板，"向嘉的唇轻轻贴上林清和的脖颈，留下一吻，"我也很高兴。"

林清和如今养回去了，不再瘦骨嶙峋，肌肉分布匀称，肩膀宽阔，很有安全感。

林清和在黑暗里笑，他高大的身影晃晃悠悠，踩着青石板路，踩着地上的灯光，一步步走向他们的家。

"老公，我小时候这里还不是水泥地，是厚厚的泥。每到下雨天一放学，别的小朋友被父母背走，我没有父母，外婆背不动我了，我只能一个人撑着伞踩着厚厚的泥艰难地走回家。我每次都把伞打得很低，盖住整个人，不让他们看到我的羡慕。"向嘉成年了，快三十岁了，有个男人背起了她，"谢谢你。"

"这才到哪儿，以后我背你。"林清和把她往上托了些，稳稳背着她往前走，"背一辈子。"

向嘉抱着他笑，心里满得快溢出来了，鼻子有些酸，眼睛也很没出息地潮湿了："老公，我爱你。"

一只水鸟落到了江边的栏杆上，水浪重重拍击着青石板。

桃花林上一朵红色烟花绽放，黑夜亮如白天。

对岸的风景区完全建成，景观灯延伸到了山脊线。满天繁星，月亮悄悄爬上了山坡，再有一会儿，世界皎洁明亮。

林清和拐进了绣房的巷子，踩着满地的喜字，踏入了绣房。

一楼开着灯，一片炽白。他踩着木楼梯走上二楼，问道："喝水吗？"

这是个信号，他们在一起久了，了解彼此的身体与需要。

向嘉亲了下他的耳朵，说："卧室里有。"

林清和背着她踏进卧室，到了满室的烛光中，房间布置得非常中式，大红蜡烛大红喜字，桌子上摆着瓜果喜糖，两杯酒摆在一起。大红色的床上四件套绣着金色龙凤，上面撒着红枣、桂圆、花生。

"我去换衣服?"向嘉还有一套中式的嫁衣,留在洞房花烛夜穿。

林清和放下她,转身把她抵在门板上,低头汹涌的吻便落了下来。

潮热的呼吸纠缠,他们厮磨着。林清和克制着,指尖贴着向嘉的下巴描绘了一下,整理着衣服,声音沙哑:"你去换衣服,我洗个澡。"

林清和看着她走进衣帽间,解着衬衣走进浴室。

林清和洗完澡,换上洞房花烛夜的衣服,向嘉给他选的是白衬衣配西装裤,是复古民国风。他擦着头发走出浴室,看到了一身红嫁衣盖着盖头坐在床尾的女人。

他的嗓子开始干,理智被烧得快成了灰烬。烛光在跳跃,安静的房间,只能听到他的心跳声。

他放下毛巾,整了下头发,没打算吹头发,来不及了。

他踩着厚重的地毯,一步步走过去,停到了向嘉面前。他长久地看着向嘉,看着面前火红的一切,结婚很快乐。向嘉成了他的太太,他们在今天正式结为夫妻。他们在今夜融合,成为彼此的太太先生,从此共度余生。

他有种初夜的紧张感。

他握住红盖头的一角,缓慢掀起,直到露出向嘉灿烂的笑脸。她弯着眼睛笑,比朝阳还耀眼,她望着他只笑不说话。

林清和现在更需要水,很多的水。

他垂着的睫毛上沾着烛光,暗沉的眼注视着向嘉,修长的手指停在她的脸侧,她的皮肤白皙,金子做的凤冠流苏晃动着,贴上了她的脸颊。

他彻底掀开红盖头,她整个落到了烛光下。金色流苏皇冠,动人的眉眼,大红色嫁衣绣着金色的凤凰。

他想立刻拥有他的新娘子。

"喝交杯酒。"向嘉提醒他。

林清和冷静地转身,拿起两杯酒递给她一杯。他坐到了床边,圈住向嘉后,把手腕下压。传统的合卺酒男上女下,林清和让她在上。向嘉也把手腕压低,跟他平行,她看着林清和的眼喝下第一口酒。

殷红的唇，口红在杯子上留下印记。第二口，他们互相喂了对方，交换了酒杯，最后一饮而尽。

难怪林清和不让人闹洞房，他不愿意让人围观他们喝交杯酒。原来只是一个交杯酒，就这么刺激。

酒是酸甜的，林清和没有用传统的酒，他自己调了个独属于他们的酒。用了樱桃汁调色，红得艳丽，尾调是绵延不绝的甜。

"这位先生，可以亲吻你的新娘了。"

林清和垂下睫毛，把两只酒杯放到桌子上。他喉结轻轻一动，手指托着向嘉的后颈，猛地低头吻住了她，汹涌的吻带着吞天食地之势。

火红的嫁衣散落，瓜果被挥到了地上。

林清和选了最粗最长的蜡烛，他不知道从哪里听的传说，新婚夜的蜡烛烧得越久，夫妻在一起的时间越长。他想要生生世世，想要长长久久。

红烛燃烧，火苗晃动，映出抵死缠绵的新人。房子隔音很好，再激烈的声音都被死死按在这间房子里，只有彼此能听见对方有多爱。

远处烟花沉入黑暗，月亮爬上了半空，映出了安宁沉静的江面。参加婚礼的宾客三三两两散去，桃花林恢复寂静。

礼成婚礼落幕。

一对新人的生活刚开始。

番外·
七夕礼物

向嘉和林清和结婚第八年的七夕节，也是他们在一起的第十年。

林清和早上把女儿送到幼儿园，回程路上取了提前订的玫瑰，买了两张早上的电影票。最近新上映了一部电影，宣传可以说是铺天盖地，向嘉无意间看到便一直想看，苦于没有时间。林安可去世后，向嘉接手了林氏集团，这两年她忙得不可开交。

难得清闲一次，林清和全安排上。

订完电影票，林清和等电梯的时间又打电话预约了中午的餐厅。

有了孩子后，他们的二人世界都得争分夺秒。孩子三点放学，可以安排保姆去接，多出的几个小时还可以找个不错的酒店过一下夫妻生活。

林清和抱着玫瑰，坐电梯上楼进门，陈小山打视频电话过来，林清和本来不想接，目光触及怀里盛放的玫瑰，他接通了电话。

"林哥林哥林哥，阿乌送我的手表好看吧？情人节礼物。"视频那头的陈小山举着手展示他手腕上那块银色手表，晒得发红的脸上满是兴奋，"劳力士！"

"可以。"林清和瞥了一眼，经典款。阿乌那么抠的人，居然给陈小山买了几十万的手表。

"我老婆眼光真好，这手表戴上特别好看，有气质。"陈小山继续在视频那头全方位展示他的手表，笑得本来就小的眼睛更小了，弯成了一道缝，喜气洋洋道，"哎对了，林哥，今年向总送了你什么？"

林清和动作一顿，随即才开口："今年是我们在一起的十周年，她注重仪式，这种隆重的节日不会早上就把礼物拿出来的。"

陈小山端详手腕的手表，乐滋滋地说道："今天早上阿乌还说爱我，她爱我。结婚这么多年，她第一次说……"

"出息。"林清和懒得跟陈小山多说，他老婆经常说爱他，"我要跟你嫂子约会去了，回头聊。"

挂断电话，林清和整了整衣服抱着花进了房子，客厅没有人，餐桌上有吃剩的餐盘。

向嘉起床了？

林清和早上走的时候留了早餐在厨房，餐桌是干净的。他轻手轻脚地穿过客厅，把花背在身后，若无其事地推开了卧室的门。

空无一人。

"老婆？"

卧室和衣帽间都没人，林清和又转身去了书房，依旧没人。

出去了？准备惊喜去了？

向嘉确实出去了，但不是去准备节日惊喜，而是去公司开会了，今天她要参加两场会议加一场新品发布会。

晚上近七点，发布会结束，新项目的负责人邀请她吃晚饭，向嘉有些累了不想再继续应酬，找了个借口说家里有人等，想推了饭局。

"今天是七夕情人节，向总要回家陪林总过节。"有人起哄笑着道，"真羡慕向总和林总的感情，结婚这么多年还是热恋。"

向嘉愣了下，就听到项目负责人说："忘记了，抱歉抱歉，那我们单身狗去聚，就不耽误向总过节了，七夕快乐。"

晴天霹雳。

向嘉说了句谢谢，转身大步往出口走，一边走一边拿出手机打开微信。

早上九点。

老公：你不在家？你去哪里了？

向嘉：公司，你今天不来公司吗？

林清和没回她。

中午。

老公：中午吃什么？

向嘉：[图片]

向嘉：公司餐厅的饭，你吃什么？

林清和又没回她。

下午三点。

老公：我去接女儿？

向嘉没回，她在忙发布会。

四点。

老公：接到女儿了。

老公：[图片]

向嘉迅速点开图片，看到女儿林至渝迈着小肉腿，举着一枝玫瑰花朝镜头奔去。

六点。

老公：我和女儿在会场外面的游乐场等你。

向嘉猛然想起来早上林清和起床时亲了她一会儿，跟她说什么看电影、吃饭、出去玩什么的。她当时困得睁不开眼，迷迷糊糊地跟他接了个吻，继续睡了。

"李念，帮我订一束花。"向嘉停住脚步，转头吩咐跟在身后的李念，"白玫瑰，要最大束的。"

李念抬起手腕看时间，又看向嘉的脸。

这个时间？订最大的花束？

向嘉不等她拒绝，径直说道："无论如何都要给我订到，送到我家，我把地址给你。女人不能说不行,快去。"

"行吧。"李念转身欲走。

"我明天休假一天,别给我安排工作。"向嘉再一次看林清和的微信页面,后颈麻麻的,"现在还能订到好一点的情侣餐厅吗?"

"不能了。"李念反应过来了,说道,"林总没订吗?"

向嘉心凉了一半,林总倒是会把她钉到床上去。

她竟然忘记了十周年纪念日,也忘记了七夕。

"没事了,你去忙吧。"向嘉打开朋友圈,看到一排秀恩爱,连李念都借着午休时间晒了玫瑰,难怪中午不跟她一起去吃食堂。

七夕,十周年。

向嘉完了。

向嘉摘掉工作牌塞进背包,拿出粉饼补了妆,把皮筋摘掉散下及腰长发。收拾好,她深呼吸,拎着包走出会场。

发布会是在商务中心举办,旁边有个商场,入口处有一个游乐场。

已经立秋,晚风微微的凉。天边还有金色的夕阳铺在即将暗去的云上,向嘉穿过天街朝游乐场走去,远远看到抓娃娃的父女俩。

林清和身材保持得很好,清瘦高挑,穿着黑色兜帽衫,抱臂靠在一旁的娃娃机上,看女儿操作着机器抓着海豚公仔,英俊的长相完全不像是个奔四的男人。

旁边有几个围观的年轻女孩,青春靓丽,不知道是在跟女儿说话还是跟林清和说话,语调欢快。

向嘉脚步微顿,随即挺直脊背,把略显成熟的手提包背到了身后,继续朝他走去。

林清和忽然抬眼看来,瞬间,风仿佛停止了。

最后一丝夕阳光坠入天边,路灯刹那间全部亮了起来。

向嘉弯着眼睛笑着走向林清和,她漂亮的眼睛里倒映着晶莹的光芒,是归家的灯火，有着炽热的温度。

他们在一起十年，结婚八年，孩子三岁。

"爸——妈妈！"林至渝终于抓到一只海豚公仔，刚要告诉林清和，转头看到了妈妈，欢呼一声，雀跃地飞奔向她。

向嘉望着林清和冷淡英俊的脸，接住了女儿。

"妈妈，我和爸爸等了你好久好久啊！"林至渝刚三岁，脸上是胖嘟嘟的婴儿肥，她长得像向嘉，说话也像，"等到我心里都有点酸酸的了。"

向嘉亲了下女儿的脸，却是看着林清和："那辛苦你了。"

"林至渝，"林清和面无表情地放下手，弯腰捡起娃娃机里林至渝抓了一个小时才抓到的海豚，走到向嘉身边，很顺手地接了她的包，拍了下女儿，"下来，你很沉，妈妈会累的。"

"妈妈，我三十五斤了。"林至渝从向嘉怀里滑下来，拉着她的手，仰起头邀功，"我棒不棒？"

"棒，爸爸把你养得这么好，你爸爸也很棒。"向嘉伸手到林清和面前，林清和把公仔递给了她。

林清和没那么喜欢孩子，孩子出生后，他照顾得却最多。

向嘉接过公仔塞给女儿，径直拉住了林清和的手，迎着他的目光挤到了他的手心里，声音轻了起来："抱歉，让你等这么久。"

林清和收拢手掌包裹住她的手，淡声道："也没怎么等。"

从早上等到天黑。

向嘉仰起头看他的眼："回家吗？"

"你想去哪儿？"林清和掀起稠密睫毛，冷淡的眼注视着她。

他看了一整天别人秀恩爱秀礼物，被八百个人打电话询问今年怎么不秀恩爱了，是不是感情破裂了？

他先看到向嘉眼底下粉底都遮不住的黑眼圈，话锋一转，道："累了？回家吗？"

"你想回家呀？好啊，我去买菜回家做饭给你吃？"向嘉从不吝于在林清和面前示弱,她挽住林清和的手臂,抵着他的肩膀,依赖着他,仰着头软软地看着他,"我很久没逛超市了。"

"让阿姨去买菜做饭吧,累了就歇着。"林清和从裤兜里摸出手机发信息给家里的阿姨,装手机时,他状似无意地从裤兜里带出一个粉宝石戒指递给向嘉,"下午接孩子的路上看到这个,你之前的戒指旧了,光泽不太好,试试这个。"

"爸爸,什么东西这么漂亮?亮闪闪的?"林至渝踮着脚,仰头想看林清和手里的戒指,林清和扬手举高不让她碰。

"这是爸爸爱妈妈的表达方式。"向嘉抽出手,笑着摘掉无名指上的指环,把手递给林清和,"将来我们宝宝遇到爱的人,他也会送给你最漂亮的礼物。"

林清和挑了下眉,向嘉看着他的眼,依旧是笑着:"妈妈也很爱爸爸,永远爱他。"

林清和清了清嗓子,把戒指戴到向嘉的无名指上,牵着她沿着步行街继续慢悠悠地往前走。

女儿的幼儿园就在小区门口,他们小区没有珠宝店,何况这个克数的粉宝石是拍卖级了,根本不是普通珠宝店能买到的东西。

他准备了很久。

他们到家时,那束花也到了,巨大一束五彩斑斓的玫瑰,什么颜色的玫瑰都有,这是买不到纯色大花束硬凑出来的吧?

"喜欢吗?"向嘉摸了下玫瑰花瓣,硬着头皮解释,"下一个十年,希望我们依旧能圆满、灿烂、热闹。"

这颜色是挺热闹,专门去买都凑不到这么多颜色。

林清和把女儿交给保姆,撂下车钥匙,把向嘉的包放到了玄关处,平静地越过玫瑰,拥住向嘉,低头狠狠吻住了她。

真没准备礼物!这个骗子,把他骗到手就不珍惜了,连七夕都能忘记。

这花不是向嘉的审美,不是她准备的。

保姆想来叫他们吃饭，走到玄关"哟"的一声退回去了。

亲完，向嘉把额头抵在林清和的脖子上就笑了起来，他们在一起这么久，她太清楚林清和的性格了，他今天是真的很生气。

这个男人脾气好得要命，生气也不舍得对她说什么重话。

他用了十年时间身体力行证明他有多爱向嘉，他把能给的东西全都给了她，他没有忘记过一个纪念日，他十年如一日地对向嘉好。

"老公，对不起，我最近太忙了，忙忘了。"向嘉抱着他，到底还是道歉了，"下次，我一定记得。"

"理解，但不原谅。"林清和拥着她，修长手指拨弄娇嫩的玫瑰花瓣，沾到了水汽，他收回手捏了下向嘉的耳朵，"想想怎么补偿我？先吃饭吧。"

林清和买了花和蛋糕，还学做了一个菜。吃完饭，保姆阿姨收拾厨房，林清和拿着故事书到客厅给女儿讲着睡前故事，打开了电视放了向嘉一直想看的电影。

向嘉去门口取了个快递，切了水果端到客厅，喂一口女儿，喂一口林清和："这个电影下线了吗？能在网上看了？"

"没有，找朋友借的内部片。"林清和含着哈密瓜，屈着腿往后靠在沙发上，长手越过女儿揽住了向嘉的肩膀，"你不是想看？"

向嘉往他脸上亲了一口，笑着点点头："是，我想看。"

她想看的原因是听说主演是一群身高腿长拥有八块腹肌的年轻帅哥，但这话她不能告诉林清和，林清和这个醋精，吃起醋来没完没了，难哄得很。

保姆阿姨收拾完餐厅就走了，女儿在林清和低缓温和的嗓音攻击下很快便昏昏欲睡，头倒在向嘉的怀里，脚踩着林清和的腿，软糯糯地依赖着向嘉。

向嘉捏了下女儿的脸，觉得此刻满足又幸福。

她曾经并不向往婚姻，也不相信天长地久。她对家庭没什么期待，直到她遇到了林清和。

林清和是个一根筋的傻子，一心一意地爱她。后来两人意外有了女儿，她越来越恋家，她这次这么疲惫也是为了能在家多待一段时间。她喜欢这样安安静静的日子，老公孩子在身边。

她不彷徨，她不再迷茫。

"我最近找了一个人。"

"什么？"林清和倏然抬眼，随即又垂下睫毛，漫不经心地收起故事书，语调慢沉，"什么人？"

他不想表现得太在意，蠢成陈小山。

"我想卸任林氏集团总经理。"向嘉抱着女儿靠在林清和的肩膀上，"手机在你后面的沙发上，你看下我找的人选。"

林清和没有拿手机，只是看着向嘉，目光深了下去。

"我想留更多的时间陪孩子，我现在总觉得时间不够用，孩子长得太快了，一眨眼就长大了。"当初林清和把向嘉推上这个位置，向嘉明白他的心意，林清和怕她没有安全感。她接了过来，但爱情是相互的，不能完全靠另一个人付出。

向嘉放下水果盘，从宽松的家居服口袋里拿出一个白色丝绒戒指盒，翻开盖子，取出男士戒指："我也想陪你，我们快四十岁了，人生过去了一半，剩不了多少年了。我前半生都在拼搏，为了赚钱，总是害怕停下来就会倒退然后下坠然后粉身碎骨，我那时候没有安全感，我身后没有人，我没有靠山，我不敢停下来。可我现在不一样了，我有你。"

向嘉握住林清和的手，取下他手指上的婚戒，把新的戒指戴到他的手指上，说道："我的戒指不是随手买的，我是刻意找了关系求了人，花重金买的。林清和，我们去度一个长长的蜜月吧。下一个十年，我们依旧是新婚夫妻。我希望，我们永远相爱，你永远在我身边。"

林清和是个很孤独的人，他一直游离在人群之外。他没那么爱孩子，他也没那么爱这个世界，只不过他爱的人在这里，他才学着去爱，尽职尽责做一个爸爸。

林清和在游乐场回头那一瞬间，向嘉纠结了很久的一个难题，有了答案。

电影演了什么向嘉没有看，主演也许是帅的，但向嘉眼里最帅的男人依旧是林清和，她生命中唯一的男主角。

她倾身靠近林清和，呼吸越来越近，渐渐纠缠。她温热的唇贴上林清和的唇，她的手落到他的颈侧，她亲了下他的唇，他的唇是甜蜜的哈密瓜味，她说："我爱你。"

那束五颜六色的玫瑰在夜里十一点，盛放在林清和的朋友圈。他连发五条，发女儿发晚饭发小海豚，最后一条是一双交握的手。

他和向嘉都戴上了新的戒指，他配文：下一个十年，依旧爱你。

向嘉只发了一条朋友圈，一共两张图片：一张是她的无名指上硕大的粉宝石戒指，另一张是一家三口坐在地毯上，柔光之下，岁月静好。

配文：最好的礼物。

简单直接地秀恩爱。

七夕当天向嘉还送了林清和一个礼物，不过这个礼物设了权限，仅他可见，满足了林清和的约会计划最后一项。

第二天，向嘉如约休了一天假。

七夕快乐。

- 全文完 -